dtv *galleria*

Im Herbst 1947 reist Orson Welles zu Dreharbeiten nach Italien. Seine Ankunft in Rom steht jedoch unter keinem guten Stern: Gleich am ersten Drehtag stirbt ein Komparse in seinen Armen, ein mysteriöses »San...Fran...ces...co« auf den Lippen. Für die Polizei scheint der Fall sofort geklärt: Selbstmord durch eine Überdosis Drogen. Doch Welles' Neugier ist geweckt, und er engagiert einen Privatdetektiv, um das Geheimnis des Toten zu lüften. Ein immer bedrohlicher werdendes Abenteuer beginnt: Alle scheinen im turbulenten Italien der Nachkriegszeit ihre Hände im Spiel gehabt zu haben, ehemalige, schon wieder mächtige Faschisten, Würdenträger des Vatikans, die CIA und die Mafia ...
»Raffiniert nach Welles' Meisterwerk ›Im Zeichen des Bösen‹ gedrechselt: diabolisch, vertrackt und mit viel Ambiente aus Italiens Nachkriegsjahren.« (Wolfram Knorr in ›profil‹)

Davide Ferrario, geboren 1956 in Casalmaggiore (Cremona), Filmjournalist, Kritiker, Drehbuchautor und Regisseur, dessen Filme wiederholt bei bedeutenden Festivals gezeigt und mehrfach ausgezeichnet wurden. ›Römisches Maskenspiel‹ ist sein erster Roman.

Davide Ferrario

Römisches Maskenspiel

Roman

Aus dem Italienischen von
Moshe Kahn

Deutscher Taschenbuch Verlag

Ungekürzte Ausgabe
Februar 2005
Deutscher Taschenbuch Verlag GmbH Co. KG,
München
www.dtv.de

Titel der italienischen Originalausgabe:
›Dissolvenza al nero‹
(Casa Editrice Longanesi s.r.l., Mailand 1994)

Umschlagkonzept: Balk & Brumshagen
Umschlagfotos: © Walter Vogel (Hintergrund),
© akg-images (Orson Welles)
Satz: Fotosatz Reinhard Amann, Aichstetten
Gesetzt aus der Garamond 10/11,75·
Druck und Bindung: Druckerei C. H. Beck, Nördlingen
Gedruckt auf säurefreiem, chlorfrei gebleichtem Papier
Printed in Germany · ISBN 3-423-20772-8

1. Kapitel

1.

Wie war er eigentlich hierhergekommen, eine Leiche in seinen Armen und Hunderte von Menschen, die ihn anstarrten? Mit schweißgebadeter Stirn und einem Herzen, das hämmerte wie eine ausgeleierte Pumpe?

Und doch hatte er auch diesmal nichts mit diesem Fall zu tun, genausowenig wie damals, in Brasilien. Brasilien … was in Rio geschehen war, war sein schlimmster Alptraum in den letzten vier Jahren. Doch diesmal, hier in Rom, schien die Wirklichkeit noch bizarrer und grotesker als der Traum. Angefangen bei dieser eigentümlichen Art eines makabren Karnevals, der sich um ihn herum drängte – Hinkende, Zwerge, Maskierte, Krüppel … wie in einem Bild von Francis Bacon …

Ja, wie war er eigentlich dahingekommen? Er war doch noch keine vierundzwanzig Stunden in der Stadt.

Wie war er nur hierhergekommen? Die weißen Augen des Toten gaben die Frage an ihn zurück wie ein beschlagener Spiegel.

2.

Gestern, am 6. November 1947, befand er sich nachmittags um fünf Uhr noch im Flugzeug über Rom. Der Himmel über der Stadt, bleiern und regnerisch, war nicht anders als der in London. In diesem Augenblick hatte er sich zum ersten Mal, seit er die Einladung nach Italien angenommen hatte, gefragt, ob er überhaupt das Richtige tat.

Er mußte sich eingestehen, auch wenn er den Mut dazu bisher noch nicht gehabt hatte: Er war dabei, seine Vergangenheit hinter sich zu lassen. Die Filme in Hollywood, die Bühnen am Broadway und alles andere. Den Ruhm und den Haß, den Erfolg und die Niederlagen, die Steuern und die Bankschulden, das Geld: das, das er achtlos ausgegeben hatte, und das, von dem er nie genug hatte ... Ja, es stimmte: Er eckte in Amerika nur mehr an. Alle waren hinter ihm her, und nach Europa zu gehen, war nur vernünftig.

Ihn fröstelte bei der Kleinkariertheit des Wortes »vernünftig« ...

Beim Blick in den kleinen Spiegel des Vordersitzes brachte er seine Haare in Ordnung und strich sich über den dünnen Oberlippenbart, den er sich hatte stehen lassen. Mit zweiunddreißig Jahren hatte er mehr Dinge getan und gesehen als die, die das Leben fast aller ausmachen, doch er fühlte, daß die Ablehnungen und die Niederlagen stärker wogen als alle Erfolge.

Für ihn drehte sich die Welt zu langsam. Ganz abgesehen davon, daß er es immer mit den falschen Leuten zu tun hatte. Seit Roosevelts Tod, beispielsweise, hatten die Dinge in Amerika angefangen, sich in die Gegenrichtung zu entwickeln. Die Leute wirkten hysterisch und wahnsinnig. Vor nicht einmal zwei Wochen hatten sich die vom Komitee für den Ersten Zusatz zur Verfassung in William Wylers Haus getroffen. Mit dabei waren Huston, Litvak, Paulette Goddard und andere ... Sie hatten ihm den bewußten Artikel der ›Denver Post‹ in die Hand gedrückt, in dem man ihn als »rot wie Kohlenglut« bezeichnete. Er hatte nur mit den Schultern gezuckt. Doch ein paar Tage später waren zwei Agenten des Komitees für Antiamerikanische Umtriebe zu ihm gekommen, um ihn zu fragen, ob er Kommunist sei, es jemals war oder beabsichtige, es zu werden.

In dem Hotelzimmer, wo er wohnte, seit ihn seine letzte Frau rausgeschmissen hatte, hatte er sie Platz nehmen lassen und die Gegenfrage gestellt: »Wie würden Sie denn einen Kommunisten definieren?«

Die beiden hatten sich angesehen, als hätten sie sich über diese Frage noch nie Gedanken gemacht. Dann hatte der mit der bissigeren Visage gesagt: »Ein Kommunist? Einer, der sich alles nimmt, was du hast, und es dem Staat gibt. Jetzt wissen Sie, was ein Kommunist ist.«

»Dann müssen in meinem Fall die vom Fiskus zu siebenundachtzig Prozent Kommunisten sein«, hatte er geantwortet. Und dabei gelacht wie bei dem Auftaktgelächter zu einem seiner berühmten Hörspiele. Aber die beiden hatten überhaupt nicht gelacht. Nicht einmal ein bißchen.

Nein, in Hollywood gab es keine Möglichkeit mehr, so zu arbeiten, wie er wollte. Zum Teufel noch mal. Das alles lag jetzt weit hinter ihm.

Die freundliche Stimme der Stewardess teilte den Passagieren mit, sie sollten sich auf die Landung vorbereiten. Eine Frau ein paar Sitzreihen weiter vorne gab ihrem Mann einen Stoß mit dem Ellbogen und deutete mit dem Kopf in seine Richtung.

Wird wohl die letzte Klatschspalte von Louella Parsons gelesen haben, dachte Welles. Sie wird ganz rot und gleichzeitig bebt sie bei der Vorstellung einer gemeinsamen Nacht mit mir.

Immer wieder die gleiche Geschichte. Wieso war er auf Frauen so scharf und wieso waren sie so scharf auf ihn? Und wieso, trotz aller Leidenschaft, aller Ekstase und aller Schmerzen, fand er sie letzten Endes doch immer so verzweifelt nebensächlich? Er fand kein besseres Wort und wußte, was er sagte. Zwei Ehen. Zwei Töchter. An die zehn Ehebrüche. Und zwei Scheidungen.

Das Flugzeug setzte auf und rollte über die Piste des Flughafens von Ciampino. Es regnete, und die Schatten des Abends kamen vom Horizont her näher. Er kannte Shakespeare auswendig, seit seinem zehnten Lebensjahr, und fand, daß dieser Augenblick nach einem Zitat verlangte. Er fand es.

Seht nur, Herr, und freuet Euch, denn wir
Alle haben Grund, so froh zu sein:
Was wir retten, übertrifft bei weitem
Das, was wir verloren haben.
…
Seid denn weise, Herr, und messet Euren
Schmerz nach Eurem Trost.

Ein paar Minuten später legte er seinen Paß dem Zöllner vor. Die Frau von vorhin starrte ihn weiter an. Ohne daß ihr Mann es merkte. Diesmal lächelte er ihr zu.

Der italienische Zollbeamte betrachtete das Dokument genau, machte aber den Eindruck, daß er nicht viel begriff. Die südamerikanischen Stempel machten ihn zwar argwöhnisch, doch der amerikanische Sergeant, der neben ihm saß, flüsterte ihm etwas ins Ohr. Der Zöllner nickte, dann gab er den Paß zurück. »Alles in Ordnung. Sie werden erwartet, Mister …«

Aus der Höhe seiner ein Meter neunzig und seiner neunundachtzig Kilo sprach der kräftig wirkende Passagier mit sonorer Stimme: »Welles. Mein Name ist Orson Welles.«

CINELANDIA

Halbmonatsschrift für Aktuelles – 10. November 1947

ORSON WELLES:
ZU INTELLIGENT FÜR UNS GEMEINE STERBLICHE

Von Doriana Sgroj

Seltsam ist der Ruhm von Orson Welles: Globetrotter in Frankreich, Torero in Spanien, Verleger in Marokko, Maler und Zauberkünstler in China, Rundfunkstar, Regisseur für Film und Theater, er beherrscht sechs Sprachen.

Und seltsam war auch seine Ankunft in Rom. Noch nie habe ich so viel Gleichgültigkeit für eine Persönlichkeit des amerikanischen Films erlebt. Während zur gleichen Zeit Tyrone Power vom anderen Flughafen der Stadt abflog, eingezwängt in einer taschentuchschwenkenden Menschenmenge, warteten auf Welles nicht mehr als ein halbes Dutzend Journalisten. Ein Schauspiel, das einem das Herz zudrückt.

Und was für Journalisten! In Ciampino hatten sich die »intellektuellen« Kollegen ein Rendezvous gegeben: die häßlichen, die bebrillten, die voller Pickel. Andererseits ist bekannt, daß Welles nicht nur Schauspieler ist, er steht auch im Ruf, »intelligent« zu sein, und so war die Pressekonferenz denn auch ein Leichenbegängnis, noch schlimmer, als würde man einen Mitarbeiter der Enzyklopädie Larousse interviewen.

In Amerika gibt es Leute, die Welles für ein Genie halten. Aber hier, bei uns, kassieren seine Filme weniger als die von Pat und Patachon, und das bißchen Popularität, das er sich erworben hat, kommt daher, daß er mit Rita Hayworth verheiratet war und sich kurze Zeit später wieder von ihr scheiden ließ. Der Busen seiner Exfrau hat diesem Riesen von Mann ein bißchen internationalen Glanz verliehen, diesem Mann mit dem eigentümlichen ... zoologischen Namen.

Denn – sagen wir es rundheraus – Welles ist nichts Besonderes. Er ist mit geröteten Augen und ungekämmt vor die Journalisten getreten. Für einen Amerikaner kleidet er sich vermutlich gut, aber für einen Italiener äußerst schlecht. Und die Gardenie im Knopfloch kam uns ein bißchen sehr auffällig vor. Er fuchtelt mit den Armen, legt seine Stirn in Falten, reißt die Augen weit auf, lacht mit dem Ungestüm eines Negers. Er ist unendlich groß und hat ausgeprägte Kieferknochen.

Aber wozu ist dieser eigentümliche Mensch nur nach Italien gekommen, werden Sie fragen? Hier die Antwort. Er spielt die Rolle des Cagliostro in ›Black Magic‹ von Gregory Ratoff, ein Film des Produzenten Edward Small. Der Film wird in seiner ganzen Länge in Rom gedreht, sowohl draußen als auch in den Studios der Scalera Film. Und so wurde Welles denn auch von Ratoff selbst und von Guido Viola begleitet, dem Produktionschef der Scalera Film, der auch als Dolmetscher fungierte.

Zu Beginn der Pressekonferenz wurde der Regisseur und Schauspieler gefragt, warum er Hollywood den Rücken gekehrt habe.

»Teilen Sie die dortigen Ideen nicht mehr, Mister Welles?«

»Ideen? Ich habe nie bemerkt, daß die Filmindustrie in Hollywood irgendwelche Ideen hätte ...«

»Wie hieß Ihr letzter Film?«

»Ich habe gerade die Dreharbeiten zu Macbeth für die Republic Film abgeschlossen, ein phantastischer, ein surrealer Macbeth. Ich bin sehr zufrieden. Auch der Produzent war es, wenigstens bis zum Zeitpunkt meines Abflugs.«

»Warum gerade Cagliostro?«

»Cagliostro ist eine faszinierende Figur für jemanden, der, wie ich, sich immer leidenschaftlich für Magie und Zauberkunst interessiert hat. Sehen Sie, der fortwährende Erfolg der Gaukler entspricht dem nicht zu unterdrückenden Bedürfnis der Menschen, hinters Licht geführt zu werden.«

»Beziehen Sie sich damit auf Ihre Sendung über die Marsmenschen?«

»Sie machen wohl einen Witz. Das war die reine Wahrheit. Die Klarstellungssendungen waren falsch. Amerika ist auch weiterhin in den Händen der Aliens.«

»Mögen Sie Italien, Mister Welles?«

»Italien ist die Wiege der Kultur. Ich bin zu Ihnen gekommen, um zu lernen. Mein Ideal ist der *uomo completo*, der perfekte Mensch, wie Leon Battista Alberti ihn herbeigesehnt hat.«

»Mögen Sie den neorealistischen Film? Werden Sie einen hier bei uns drehen?«

»Ja, ich habe ›Sciuscià‹ und ›Rom, offene Stadt‹ gesehen. Das sind wichtige Filme, sie haben mir sehr gefallen. Aber ich glaube nicht, daß ich einen drehen könnte. Dagegen will ich ›Cyrano‹ in Italien ansiedeln, den neuen Film, den ich mit Alexander Korda vorbereite. Wir haben uns gerade in London getroffen.«

»Wie kommt es, daß Sie immer grandiose Figuren darstellen?«

»Das ist keine Unbescheidenheit. Nur, mein Äußeres hindert mich daran, andere Rollen zu spielen. Ich bin eine wandelnde Übertreibung, was immer ich auch tue.«

Meine intellektuellen Kollegen fingen alle an zu lachen. Da konnte ich nicht mehr an mich halten und habe dem hohen Herrn ebenfalls ein paar Fragen gestellt.

»Wie geht es denn so mit Rita?«

Welles hat auf meine Frage mit einem Grunzen geantwortet, das Viola so übersetzt hat. »Signor Welles wird auf persönliche Fragen nicht antworten.« Aber da braucht es, lieber Leser, schon mehr, um Ihre Korrespondentin zurückzuhalten.

»Bedeutet das, daß die Scheidung endgültig ist?«

Diesmal hat Welles geantwortet. »Ja. Aber Ritas Problem ist ein anderes. Sie ist überaus schön, und keiner merkt, daß sie auch eine hervorragende Schauspielerin ist. Das macht sie unsicher. Ich hoffe, daß ›Die Lady von Shanghai‹, den wir gerade abgedreht haben, dazu beiträgt, Ihre Meinung zu ändern.«

»Wir haben gelesen, Sie hätten sie gezwungen, sich für diesen Film die Haare abzuschneiden ...«

»Stimmt.«

»Als Frau empfinde ich das als einen Akt der Grausamkeit.«

Zu meiner großen Überraschung hat er nicht versucht, sich zu rechtfertigen. »Sie haben völlig recht«, hat er gesagt. Und er hat mich irgendwie dämonisch angelächelt. Was hat er damit sagen wollen? Ich bekam das unbestimmte Gefühl, daß ich ihm nicht sonderlich sympathisch war.

»Was halten Sie von den italienischen Frauen?« habe ich ihn weiter gefragt.

An dieser Stelle hat Signor Viola die Antwort von Welles nicht übersetzt, sondern wurde rot und sagte, die Pressekonferenz sei beendet. Doch ich – im Gegensatz zu meinen intellektuellen Herren Kollegen – verstehe Englisch und weiß genau, was Welles geantwortet hat.

Er sagte: »Das sage ich Ihnen morgen früh.«

Achtung, meine Freundinnen. Der Ball mit Orson ist gerade erst eröffnet worden.

»Tut mir aufrichtig leid, Mister Welles. Aber Sie müssen verstehen, daß die Presse mit der gleichzeitigen Abreise von Tyrone Power...«

Guido Viola war ein Mann von sechzig Jahren mit dem Erscheinungsbild eines englischen Gentleman. Eine Wolke melierten Haars bekrönte sein hageres Gesicht mit den traurigen Augen, die eine alte Wehmut verrieten. Auf dem Weg zur Limousine der Filmproduktion versuchte er mit offenkundiger Verlegenheit, sich zu rechtfertigen.

»Keine Sorge«, sagte Welles. »Ich bin das gewohnt. Andererseits kann man sie nicht dafür verurteilen, daß sie lieber zu Ty gehen. Auch ich, wäre ich ein Fan...«

»Sollen sie doch mit Tyrone Power vögeln, diesem hasenfüßigen Geck.«

Viola antwortete auf diese Bemerkung von Gregory Ratoff mit einer Grimasse. Welles brach in schallendes Gelächter aus und drückte die Schultern des Regisseurs.

Ratoff war mit seinen fünfzig Jahren der untadelige Charakterdarsteller. Er stützte sich auf einen Stock, mit dem er eher andere einschüchterte, als ihn beim Gehen zu gebrauchen, hielt mit der anderen Hand eine Zigarre, deren bläulicher Rauch ständig unter dem Schirm seiner Seemannsmütze schwebte. In seiner Jugend war er Schauspieler des Zaren in St. Petersburg gewesen. Jetzt besaß er eine Villa und ein Bankkonto in Hollywood. Der Ausdruck der Entzauberung, der sich ihm ins Gesicht geprägt hatte, offenbarte die

Vorstellung über den Sinn des Lebens, die Ratoff sich daraus abgeleitet hatte.

»Ich brauche etwas völlig anderes als einen Schürzenjäger«, fuhr er fort. »Ich brauche einen starken Schauspieler. Ich brauche Blut und Leidenschaft. Ich bin glücklich, daß du da bist, Orson.«

»Wie sind die Dreharbeiten bisher gelaufen?« fragte Welles.

»Bestens. Dir wird dieses verteufelte Land gefallen, du wirst schon sehen. Man hat ständig den Eindruck, in einem Kostümfilm der MGM zu sein. Und erst die Küche! Das Essen ist fabelhaft. Ganz zu schweigen von den Mädchen ...«

»Und wie denkt Mrs. Ratoff darüber, Grisha?«

»Sie mag Denkmäler sehr.«

»Verstehe.«

Viola mischte sich jetzt ein. »Wir von der Scalera Film hoffen, daß Sie einen angenehmen Aufenthalt in Rom haben. Zögern Sie nicht, sich mit mir in Verbindung zu setzen, wenn Sie irgend etwas brauchen, Mister Welles.«

»Danke, Signor Viola. Im Augenblick möchte ich nur wissen, ob das Paket eingetroffen ist, das mir von New York aus nachgeschickt wurde. Es ist wichtig.«

»Ich werde gleich nachsehen.«

Gefolgt von zwei Gepäckträgern, die die acht Lederkoffer von Welles transportierten, kamen sie zum Parkplatz, wo die Limousine wartete. Der Chauffeur ging ihnen entgegen, während die beiden an den Kofferraum gelehnten Männer weiter rauchten und miteinander redeten und sich so lange nicht bewegten, bis Welles und die anderen nur noch wenige Schritte entfernt waren.

Viola schien überrascht, machte sie aber förmlich miteinander bekannt: »Signor Sandro Pallavicini, Herausgeber der ›Settimana INCOM‹, der populärsten italienischen Filmzeitung. Und Mister Drew Pearson, ein bekannter Journalist und Landsmann von Ihnen.«

Der Italiener, ein junger Mann mit braunem Haar, um einiges jünger als Welles, sah mondän und selbstsicher aus. Der andere, Pearson, war fünfzig, hatte ein Mastinogesicht und ein kurzes Hitlerbärtchen. Welles kannte ihn gut. Ein fanatischer Konservativer auf der Gehaltsliste von William Randolph Hearst. In seinen Artikeln war er mit Welles nie sonderlich rücksichtsvoll umgegangen, aber seit ›Citizen Kane‹ herausgekommen war, hatte er keine Gelegenheit mehr ausgelassen, ihn anzugreifen. »Orson Welles, der Saboteur des *American way of life*«, »Der größte Bluff der Filmgeschichte«, »Welles, der Unpatriotische«. Was zum Teufel suchte er hier, und was wollte er von ihm?

Pallavicini drückte Welles enthusiastisch die Hand. Er sprach ein hervorragendes Englisch. »Tat uns wirklich leid, daß wir nicht früher hier waren, aber...«

»Ja, ich weiß. Tyrone Power ist abgereist.«

»Ja...« Pallavicini lächelte nervös. »Aber wir möchten wirklich, daß Sie uns so bald wie möglich ein Exklusivinterview gewähren.«

Sofort trat Viola dazwischen. »Wir werden es in angemessener Zeit organisieren, keine Sorge. Aber jetzt ist Mister Welles ziemlich müde.«

Pallavicini sagte, er verstehe durchaus.

Dann ein Augenblick der Stille. Welles und Pearson sahen sich in die Augen, wie zwei Tiere, die zufällig an die gleiche Wasserstelle gekommen waren, unsicher, ob sie die Zähne fletschen oder einfach keine Notiz voneinander nehmen sollten. Pearson verzog sein Gesicht zu einer Art Lächeln und sagte: »Ich muß mit Ihnen reden, Welles.«

Viola wollte sich gerade einmischen, doch Welles hielt ihn zurück. »Einverstanden«, antwortete er.

Ratoff knurrte etwas auf russisch und setzte sich auf den Rücksitz der Limousine. Dann sagte er auf englisch: »Beeil dich, Orson.«

Inzwischen war es dunkel. Pearson führte Welles unter das

Licht einer Laterne und zündete sich eine Zigarette an, ohne Welles eine anzubieten. Was er dann sagte, hörte sich wie eine vorbereitete Rede an.

»Ist doch sinnlos, daß wir so tun als ob, Welles. Wir haben uns nie gemocht. Aber darum geht es nicht. Und es geht auch nicht darum, daß Sie nie auch nur Ansätze machten, die Haltung unseres Präsidenten Truman zu würdigen. Weder in der Innenpolitik noch in der Außenpolitik.«

Pearson zog an seiner Zigarette, als würde er sich von einer Last befreien.

»Aber ich verstehe Sie. Sie sind immer für Roosevelt gewesen. Und Roosevelt war anders als Truman, auch wenn Truman sein Vize war...«

»Grundlegend anders.«

»Die Politik ist mitunter seltsam. Doch was immer auch Ihre Vorstellung ist, Welles, eines müssen Sie sich immer vor Augen halten. Sie sind ein amerikanischer Staatsbürger in einem fremden Land. Und in diesem Land wird die wichtigste Schlacht für die Zukunft von ganz Europa ausgetragen. In fünf Monaten wählen die Italiener das erste demokratische Parlament nach über zwanzig Jahren Faschismus. Die Kommunisten sind stark hier. Es ist möglich... ja wahrscheinlich, daß sie gewinnen. Ist Ihnen klar, was das bedeutet?«

Pearson machte eine Pause, die bedeutungsvoll sein sollte. Doch Welles sagte nichts. Daraufhin redete der Journalist heftiger, um seinen Argumenten mehr Nachdruck zu verleihen.

»Zum Teufel noch mal, Welles. In den Staaten tun wir alles, um zu verhindern, daß es dazu kommt. Verstehen Sie denn nicht? Sie sind eine öffentliche Persönlichkeit. Wir erwarten, daß die Amerikaner, daß jeder Amerikaner seinen Teil dazu beiträgt.«

Welles setzte seinen Hut auf und atmete tief ein. Es hatte aufgehört zu regnen, und der Wind war, wie er merkte, überhaupt nicht kalt, sondern beinahe warm. Die Luft des Mittelmeers.

»Die einzige Rolle, für die ich nach Italien gekommen bin, ist Cagliostro, Pearson. Und die reicht mir. Bye.« Welles wandte sich ab und ging auf die Limousine zu. Dann blieb er stehen und drehte sich noch einmal um. »Jedenfalls sagen Sie Mister Hearst meine ergebensten Grüße, wenn Sie ihm den nächsten Artikel schicken.«

Pearsons Gesicht war das einer steinernen Sphinx.

Welles stieg ins Auto, gefolgt von Viola, der auf ihn gewartet hatte. Neben ihm knurrte Ratoff irgend etwas in Richtung Pearsons. Es war nicht Englisch, und es war auch kein Kompliment.

3.

Vom Flughafen in Ciampino fuhr die Limousine über dunkle Straßen, die über Land gingen. Weit hinten erkannte man die Lichter der Stadt.

Ratoffs Stimme machte den Eindruck einer alten Dampfmaschine, die Worte aus einem rumpelnden Inneren ausspuckte.

»Die italienischen Techniker sind tüchtig, und die Bezahlung für einen guten Kabelträger beträgt nur zwei Dollar pro Tag. Kannst du dir das vorstellen? Das ist ein Glücksfall. Und ich denke daran, hier noch zwei weitere Filme zu drehen ... Klar, es gibt Kommunisten, und da sind auch Gewerkschaften, die einem hin und wieder auf die Nerven gehen, aber die offiziellen Stellen tun alles, um uns entgegenzukommen. Es wird dir paradox erscheinen, aber Filme wie ›Rom, offene Stadt‹ gehen der italienischen Regierung gegen den Strich. Es heißt, die Leute sollen sich im Kino amüsieren und die eigene Lage vergessen. Vielleicht stimmt das ja auch. Hier sind neorealistische Filme jedenfalls keine Kassenschlager, dafür sind hier alle aus dem Häuschen, wenn sie Westernfilme sehen ...«

»Und Ty Power«, sagte Welles.

Ratoff kicherte, bis er hustete. Viola lächelte verlegen.

»Sie lassen uns im Quirinal drehen, verstehst du? Das war der Palast des Königs, solange sie noch einen hatten. Jetzt ist er so etwas wie ihr Weißes Haus, die Residenz des Präsidenten der Republik. Ein wunderbarer Ort, voller Spiegel und Fresken. Und der Präsident muß, bevor er zu Bett geht, auf die letzte Klappe warten. Ich meine, kannst du dir vorstellen, daß man so etwas mit Truman machen würde?«

»Der Ausschuß für Antiamerikanische Umtriebe würde das eindeutig für unpatriotisch halten ...«, sagte Welles, dem eine leichte Verlegenheit in Violas Gesichtsausdruck nicht entgangen war.

Doch Ratoff sprach weiter. »Na, und erst der Papst! Wir sind vor Drehbeginn auch zum Papst gegangen. Ich bin vor ihm niedergekniet, mit der gesamten Mannschaft, und er hat das Drehbuch gesegnet, das ich in Händen hielt ...«

Welles hörte nicht mehr hin. Viola erregte sein Interesse. Er wirkte so altmodisch mit seinen freundlichen Manieren, doch Welles ahnte, daß sich hinter dieser Freundlichkeit eine chronische Schwermut verbarg.

»Und was sagen Sie dazu, Signor Viola?« fragte er.

»Wir haben einen Krieg geführt und ihn verloren. Das ist alles, was ich sagen kann.«

»Aber am Ende habt ihr euch doch noch auf die richtige Seite geschlagen, oder?«

»Die richtige Seite? Ich habe meine Karriere unter dem Faschismus gemacht, ich geniere mich nicht, das zu sagen. Aber ich war nicht in der Partei, sondern machte einfach meine Arbeit gut. Im Jahr 1943 haben sich die Dinge geändert. Da haben mich die Faschisten ins Zuchthaus gesteckt und mir alles genommen. Ich konnte fliehen und habe mich bis zur Ankunft der Alliierten versteckt. Dann kam der Bürgerkrieg. Nach seinem Ende im Jahr '45 hat man mich zum Chef der Kommission für die Entfaschistifizierung in der Filmindustrie ernannt. Wenn Sie mich fragen, auf welcher Seite jemand wie ich steht, was soll ich Ihnen dann antworten? Wir sind unzählig viele gewesen, die durch Ereignisse, die größer waren als wir, herumgeschleudert worden sind. Ich habe Unordnung erlebt, Haß, Rache und Verrat … Und jetzt mache ich weiter meine Arbeit.«

Welles hörte schweigend zu. Zum erstenmal wurde ihm bewußt, daß er in einem Land war, das den Krieg wirklich kennengelernt hatte. Er dachte auch an seine Plattfüße, die der Grund dafür waren, daß er bei der Einberufung nicht berücksichtigt worden war, während viele seiner Schauspielerkollegen zum Heer oder zur Marine gingen. Vic Mature zum Beispiel, Ritas alte Flamme, der zur Küstenwache geschickt wurde und es Orson damit ermöglichte, ihm die Verlobte auszuspannen. Harry Cohn, der Chef der Columbia Pictures, war außer sich, als er das erfuhr. Für ihn war Rita Hayworth zu fünfzig Prozent eine Tochter, zu weiteren fünfzig Prozent eine Sklavin und zu vollen hundert Prozent seine größte Investition. Vic Mature war attraktiv, beliebt und populär. Rita mußte *ihn* heiraten. Wer war schon Orson Welles, dieser Scheißintellektuelle, wie Cohn es in seinem unverwechselbar persönlichen Stil zusammengefaßt hatte?

Das war vor vier Jahren passiert, aber es war wie hundert Jahre. Bei ihrer Hochzeit war er achtundzwanzig, Rita vierundzwanzig. Rebecca, ihre gemeinsame Tochter, würde in Kürze drei. Er erinnerte sich, als man sie ihm im Krankenhaus in den Arm gelegt hatte und er sich, während er den Fotografen ein idiotisches Lächeln darbot, verlegen und traurig darüber klar wurde, daß er nicht wußte, was er mit diesem kleinen schreienden Wesen anfangen sollte.

Welles blickte wieder hinaus auf die Straße.

Nach einer Kurve tauchten die Lichter der Studios von Cinecittà auf. Ein durchsichtiger Lichtschleier umgab einige Menschen, die mit einer Filmkamera herumhantierten. Eine Gruppe zerlumpter Kinder lachte, gab sich Püffe und reichte Zigaretten weiter.

»Drehen die da einen von diesen neorealistischen Filmen?« fragte Welles.

Viola verzog sein Gesicht, und für eine Sekunde bekam sein inneres Gleichgewicht einen Schlag, aber er fing sich gleich wieder und lächelte gemessen ironisch.

»Nein, Mister Welles, das sind keine Komparsen. Das sind richtige Straßenkinder. Seit über drei Jahren ist Cinecittà nur noch ein Flüchtlingslager. Sie sind hierher evakuiert worden und warten darauf, wieder in ihre Heimat zurückkehren zu können, oder es sind Verschleppte, die auf ein Visum für Amerika warten, oder andere, die einfach nur warten und aus. Die Studios sind zu riesigen Schlafsälen umfunktioniert. Alles sehr traurig ...«

»Es sieht so aus, als würde Ihnen das besonders leid tun.«

»Ich war seit dem Tag seiner Einweihung vor genau zehn Jahren Generaldirektor von Cinecittà. Und für mich war das wie eine zweite Jugend. Sehen Sie, ich habe nie eine Familie gehabt: Cinecittà war mein Zuhause, mein Leben. Dann kam der Krieg. Der Faschismus fiel, die Alliierten warfen ihre Bomben. Und damit war alles zu Ende. Vor zwei Jahren bin ich zur Scalera Film übergewechselt.«

»Und diese Filmkamera da?«

»Oh, ein bißchen was wird hergerichtet. Langsam, sehr langsam. Wenn ihr Amerikaner anfangen werdet, in Italien zu drehen, dann vielleicht ...«

Welles blickte hinaus. An der schnurgeraden, endlosen Via Tuscolana breitete sich eine sonderbare, verwickelte Geographie von ausgehobenen Straßen aus, von Gemüsegärten, Baracken, durch alles mögliche zusammengehalten, von Plätzen, Baustellen, bombardierten Fabriken und stinkenden Gräben. Die Menschen eilten nach Hause, entweder auf Fahrrädern oder an unvorstellbar überfüllte Autobusse geklammert. Ein Eindruck von Elend und Hunger allenthalben, doch die Gesichter der Menschen wirkten nicht verzweifelt. Diese Gesichter erzählten von unendlicher Geduld.

In der Höhe des Quadraro ging diese wimmelnde Vorstadtgegend, die ihn an bestimmte Außenbezirke von Mexico City erinnerte, in eine Reihe sozialer Wohnblocks mit zehn Etagen über, die schon eine Woche nach ihrer Fertigstellung ein altes Aussehen gehabt haben mußten. Die abgeplatzten Wände waren mit Schriftzeichen und Graffiti überdeckt, einige davon waren übermalt und mehrmals wieder überschrieben worden.

»Was besagen diese Schriften?« fragte Welles.

»Das ist alles Politik«, antwortete Viola. »Auf den ersten Blick könnte Italien Ihnen wie das Paradies vorkommen, wie Mister Ratoff sagte.«

Viola drehte sich zu dem Regisseur um. Auch der heruntergezogene Schirm der Mütze konnte nicht verbergen, daß er selig eingeschlummert war.

»Ist nicht das erste Mal. Das ist die Wirkung des Autos. Und der fünf Martinis, die er getrunken hat, während wir auf Sie gewartet haben ... Ich wollte Ihnen sagen, Mister Welles, Italien könnte Ihnen wie das Paradies vorkommen. Aber vergessen Sie nicht: Die Italiener sind ein zweigeteiltes Volk.«

Violas Blick kreuzte sich mit dem von Welles. Welles spürte: In diesem Blick lag der Versuch, seine Persönlichkeit auszuloten. So, als wäre Viola einer der Philosophen aus dem antiken Rom, die neugierig und besorgt das Oberhaupt der Barbaren betrachteten, die soeben vor den Toren der Stadt angekommen waren.

»Was bedeutet das da?« fragte Welles. Sie fuhren an einer Mauer mit einem Schriftzug in roter Farbe entlang: *Es lebe Coppi, es lebe Togliatti.*

»Togliatti ist der Chef der Kommunistischen Partei Italiens«, antwortete Viola.

»Und ... Coppi?«

Viola lächelte. »Das erkläre ich Ihnen später.«

Das Grand Hotel Excelsior machte einen Großteil des Häuserblocks aus, der sich an der Kreuzung der Via Veneto mit der Via Boncompagni hinzog. Bekrönt von einer schönen Kuppel im Stil des ausgehenden neunzehnten Jahrhunderts, erweckte es den Eindruck von Luxus und internationalem Flair. Die Empfangshalle bestand aus einer Überfülle von Stuckarbeiten im Empirestil und wertvollem Marmor, doch konnte Welles sich den Sinn der beiden melancholisch trockenen Brunnen nicht erklären, die den Beginn der Treppe zierten.

Für ihn war die Suite im fünften Stock reserviert worden: drei große Zimmer, die auf einen Balkon führten, von wo aus man einen beherrschenden Blick über die Via Veneto hatte.

»Da fühlt sich doch gleich jeder ein bißchen wie Mussolini, auf diesem Balkon«, bemerkte Welles.

Viola und Ricchiardi, der Direktor des Hotels, wechselten verlegene Blicke. »Wenn es noch etwas gibt, das wir für Sie tun können ...«, sagte Ricchiardi.

»Nein, danke. Ich bin sehr müde, ich werde nicht zu Abend essen. Ich hätte nur gerne das Paket, das mir aus New York geschickt wurde.«

Ricchiardi – ein Piemonteser um die fünfzig, der nach einer fünfunddreißigjährigen Hotellaufbahn durchaus in der Lage war, den Charakter eines Menschen an der Art, wie er seinen Koffer öffnete, zu erkennen – machte ein betretenes Gesicht.

»Wie ich bereits Signor Viola erklärt habe, ist bei uns nichts für Sie angekommen. Wir haben eilige Nachforschungen angestellt und herausgefunden, daß Ihr Paket beim Zoll in Mailand festsitzt und keine Möglichkeit besteht, es dort herauszubekommen.«

Welles blieb in der Mitte des Zimmers wie angewurzelt stehen. In seiner Hand war ein Pyjama aus Atlas. Wie ein Blitz schienen ihn diese Worte getroffen zu haben.

»Das ist unmöglich ... Ihnen ist nicht klar ...«, flüsterte er.

»Tut mir leid, Mister Welles, aber da kann man nichts machen.«

Welles senkte den Blick und studierte aufmerksam das Teppichmuster.

»Wissen Sie, was in diesem Paket ist? Meine Schlankheitspillen. Vier Fläschchen Dexedrin. In London konnte ich sie nicht kaufen, und die, die ich bei mir hatte, sind aufgebraucht. Ich kann darauf nicht verzichten.«

Viola seufzte erheitert. »Schlankheitspillen? Die brauchen Sie hier in Italien nicht.«

»Und meine Nasen«, fuhr Welles fort. »Auch meine künstlichen Nasen sind da drin. Meine natürliche Nase ist widerlich. Ich brauche meine Nasen, wenn ich spielen soll. Vor allem aber meine Schlankheitspillen. Das ist unbedingt notwendig.«

Man merkte den beiden Italienern an, daß sie diesen hochgewachsenen, schwergewichtig wirkenden Amerikaner einfach nicht ernst nehmen konnten, der wie ein kleines Kind um seine Nasen und seine Schlankheitspillen jammerte.

»Wir werden sehen, was wir tun können«, sagte Viola.

»Selbstverständlich«, fügte Ricchiardi hinzu.

Welles blickte auf und sprach mit von Verzweiflung brüchiger Stimme.

»*Per favore* ... Ich bitte Sie.«

Viola und Ricchiardi erreichten ungerührt die Türe.

»*Buonanotte*, Mister Welles.«

4.

Die an die Zimmerdecke gemalte Putte blickte mit einem Ausdruck herab, als würde sie sich unendlich amüsieren. Sie schwebte durch einen blauen, mit leichten Wolken betupften Himmel an einem sonnigen Frühlingstag.

Welles hatte sie bemerkt, bevor er in einen leichten Schlaf hinüberglitt, aus dem er sofort wieder erwachte. Dann hatte er sie gut eine halbe Stunde lang betrachtet. Danach hatte er sie aufmerksam erforscht, wobei er versuchte herauszufinden, welche Geheimnisse ihr unaussprechliches Lächeln verbarg. Seit zwei Stunden haßte er sie.

Er erinnerte sich nicht, wann er angefangen hatte, Dexedrin einzunehmen, ein exotischer und gleichzeitig vertrauenerweckender Name für ein Nebenprodukt des Amphetamins. Irgendwann hatte es ihm ein Arzt als rasch wirkendes Mittel empfohlen, wenn er vor einem Drehbeginn abnehmen wollte. Und es hatte gewirkt, mehr noch, er hatte sich noch nie so wohl gefühlt: klarer Verstand, volle Energie, brillant. Und er brauchte es: An diesem Punkt seines Lebens erinnerte seine Karriere an den flammenden Schweif eines Meteors, der, nachdem er unerwartet das Firmament von Hollywood durchzogen hatte, langsam, ganz langsam im eiskalten Dunkel verschwindet. In den Studios von Los Angeles haßten sie ihn, und das nicht nur, weil er mit ›Citizen Kane‹ versucht hatte, den populären Pressemagnaten William Randolph Hearst herauszufordern. Längst hielten ihn alle für einen Unberührbaren, für einen mit einem Fluch beladenen Regisseur, der die Budgets durchlöcherte und von Disziplin nichts wissen wollte. Drückten die Chefs der *majors* bei den Produktionskosten noch ein Auge zu, ließen sie ihm bei der Disziplin nichts durchgehen. Aber so schlimm war es gar nicht. Orson war zu allem bereit, sofern man ihn nur arbeiten ließ, sogar zu einem »Macbeth« aus Pappmaché für die Republic Pictures, die bis dahin nur Western mit singenden Cowboys ausgespuckt hatte.

In den letzten Monaten war sein Leben ein Wahnsinn gewesen. Nur um Geld für neue Projekte zusammenzubekommen, hatte er Rundfunkübertragungen mit Vorträgen, Theaterproben mit Drehbuchbesprechungen verquickt. Und wenn dann noch die unvermeidlichen Herzensabenteuer dazukamen, dauerten die Tage nie lang genug.

Zum Glück gab es Dexedrin. Worüber die Ärzte jedoch

nicht sprachen, war die Abhängigkeit, die dieses Mittel mit sich brachte. Solange er von seinen täglichen Aktivitäten in Anspruch genommen war, dachte er nicht daran, doch wenn es fehlte, wußte er, daß er ohne dieses Mittel nicht auskommen konnte.

Das war der Gedanke, der ihn peinigte, während er schlaflos, mit weit aufgerissenen Augen, voller Haß zu der gemalten Putte hinaufstarrte. Er mußte schlafen, doch die Angst vor der Abstinenz war stärker als seine körperliche Müdigkeit.

Er sprang aus dem Bett, öffnete einen Koffer und zog ein makelloses Hemd heraus. Innerhalb von fünf Minuten kleidete er sich wieder an, nahm den Aufzug und verließ das Hotel. Als der Portier ihn sah, schien er überrascht, stellte aber keine Fragen.

Die Via Veneto war menschenleer und schlecht beleuchtet. Mehr als zwei Jahre nach dem Krieg wurde Strom immer noch nach Spargesichtspunkten zugeteilt. Ein Taxi wartete an der Ecke. Welles ging zum Fahrer und sah, daß er fest schlief, eingewickelt in einen abgewetzten Mantel. Er entschloß sich, zu Fuß zu gehen. Unsicher über die Richtung, die er nehmen sollte, ließ er sich vom Instinkt eines Mannes leiten, der den Sport immer für eine degenerierte Tätigkeit gehalten hatte: Er entschied sich für die abschüssige Straße. Die schöne Allee mit ihren Bäumen, mit ihren sanften Kurven lud zum Spazierengehen ein.

Welles ging es schon besser. Auf der Straße entkam er der nagenden Ruhelosigkeit. Und Rom bot ihm in dieser ersten Nacht eine Luft komplizenhafter Intimität.

Er war schon an der Kapuzinerkirche vorbei und stand nun vor dem Tritonbrunnen, der seine sanften Schwünge unter dem barocken Schatten des Palazzo Barberini entfaltete. Welles' Herz schlug schneller, und das lag nicht nur am Gehen. Als er die Via del Tritone hinunterging, war es ihm, als könne er eine Atmosphäre von nie gekannter Erhabenheit spüren. Die Fassaden der Palazzi, die architektonische Eleganz: Er fand sich einer unbeachteten majestätischen Pracht gegenüber. Als er in eine Nebenstraße einbog, aus der Menschenlärm zu ihm drang, kam er zum Trevibrunnen, und der verschlug ihm den Atem. Sofort wurde der Anblick dieses Juwels von der Erinnerung an die Bilder aus der armseligen, zerlumpten Vorstadt überlagert, die er nur wenige Stunden vorher gesehen hatte. Er fragte sich, was denn nun die wirkliche Seele der Stadt war.

Rom verzauberte, verhexte ihn. Diese Stadt war nach seinem Maß.

Die Journalisten am Flughafen hatten das völlig richtig erahnt: Er konnte einfach nicht anders als monumental sein, was immer er auch tat. Genau wie dieser Brunnen da vor ihm. Er war so geboren. Mit sieben hatte er sich von seinem Vater eine Schreibmaschine schenken lassen. Mit acht hatte er eine ›Weltgeschichte des Dramas‹ verfaßt. Mit zehn eine Kritik über ›Also sprach Zarathustra‹. Niemand hatte je Zweifel daran geäußert, daß er ein Genie war, am wenigsten er selbst. Für ihn war es etwas Naturgegebenes.

Doch etwas störte ihn. Die Erinnerung an seinen Bruder. Obwohl gemeinsam aufgewachsen, war aus Richard Welles nur ein Betrüger, ein Alkoholiker und schließlich ein Geisteskranker geworden. Wie schmal war der Grat, auf dem er, Orson, ging, ohne zu merken, daß er in den gleichen Abgrund wie Richard stürzen konnte? Richard, der ihm mitunter lediglich wie eine Projektion seiner selbst vorkam... Auch seine Familie, ähnlich wie die Stadt, in der er sich jetzt befand, schien die Stigmata der Größe und des Elends in sich zu tragen.

Er war weitergegangen, durch die Via delle Muratte, und, fast ohne es zu merken, zur Piazza Colonna gelangt. Der Platz pulsierte vor Leben. Unter den Bögen der Galleria diskutierten Leute heftig miteinander. Die Journalisten der Zeitung ›Il Tempo‹, die ihren Sitz auf der anderen Seite der

Piazza hatte, aßen etwas an einem Kiosk, bei dem man Brote und Espresso bekam. Ein kleines Heer ambulanter Händler und Schwarzhändler, sich an Fässern wärmend, die recht und schlecht zu Kohlebecken umfunktioniert worden waren, stellte seine Waren vor einer exzentrischen, neugierigen Kundschaft aus. Einige Fenster im Parlamentsgebäude waren noch erleuchtet. Die Leute redeten lauthals über Politik, und das in einem Tonfall, der es Welles unmöglich machte, auch nur irgend etwas mitzubekommen.

Welles spürte, daß ihn jemand am Jackenärmel zog.

»Du American?«

Das Mädchen trug die bunten Kleider der Zigeuner, es hatte strahlend weiße Zähne und den Ausdruck ausgelassener Dreistigkeit derer im Gesicht, die auf der Straße geboren waren.

»Du American?« fragte sie noch einmal.

»Ja, ich American«, antwortete Welles, neugierig geworden.

»Viele Americans hier nach Krieg, Mister! Und alle habe ich Zukunft voraussagen. Und sie zufrieden, nachher!« sagte das Mädchen. »Ich lese dein Zukunft für zwei Dollar. Oder auch Lire. Aber Dollar besser!«

Welles war unschlüssig, ob er sie abwimmeln oder einfach machen lassen sollte.

»Du bist Zigeunerin?« fragte er. Auch Rita war Zigeunerin, durch ihre Mutter. Sie hat mir nie die Hand lesen wollen, dachte er. Um bei der Wahrheit zu bleiben: als ich sie kennengelernt habe, konnte sie überhaupt nicht lesen ...

Welles streckte dem Mädchen die offene Hand hin. Die Zigeunerin schaute sie sich genau an. Und je länger sie hinsah, um so finsterer wurde ihr Gesicht.

»Nicht gut, Signore, nicht gut. Ich sehe viele Frauen in dein Zukunft ... auch in dein Vergangenheit. Aber ist nicht wichtig. Das Schlimm sehe ich in diese Linie. Der groß Todesschatten folgt deinem Weg. Oh, nein, du bist nicht in Gefahr, doch die in dein Nähe sind es!« Das Mädchen ließ die Hand von Welles entsetzt los. »Dafür ich will kein Geld! Ich will nur weg von hier!«

Die Zigeunerin trat zwei Schritte zurück. Welles war schneller als sie und packte sie bei der Schulter. »Du willst kein Geld? Dann sag mir, wozu du das hier brauchst?« fragte er, steckte die andere Hand in ihre Rocktasche und zog sein Portemonnaie heraus.

Das Mädchen senkte den Kopf und sagte nur leise: »Du Polizist?«

»Nein«, antwortete Wells lachend. »Ich bin der große Giuseppe Balsamo, Conte di Cagliostro. Der mächtigste Zauberer des Universums.«

Das Mädchen riß die Augen weit auf, ohne zu begreifen.

»Keine Sorge«, sagte Welles. »Ich werde dich nicht anzeigen. Der Trick war gut, aber der, der ihn mir beigebracht hat, war noch tüchtiger. Wo hast du gelernt?«

»In der Familie können wir das alle. Und auch noch anderes.«

»Weißt du, was Hypnose ist? Kannst du einen Truthahn zum Einschlafen bringen?«

»Nein, Signore, zu groß. Aber Kaninchen wohl!«

»Gut, machen wir einen Vertrag. Ich bringe dich nicht zur Polizei, und du bringst mir alle Tricks bei, die du kennst. Einverstanden?«

»Willst du auch meine … persönlichen Tricks kennenlernen?«

Er sah sie genau an. Sie konnte nicht älter als dreizehn sein, selbst wenn man sich alle Mühe gab, sie für älter zu halten.

»Nein, dafür bist du noch zu jung. Leider.«

»Zu jung? Vergangenen Monat sind ich und Zoran …«

Welles legte ihr einen Finger auf den Mund. »Ich habe dich bezahlt, damit du mir etwas über meine Zukunft sagst, und nicht, um mir etwas über deine Vergangenheit zu erzählen. Hast du einen Schlafplatz?«

Das Mädchen nickte. Sie gingen beide zu einer Nebenstraße, weg vom Licht der Piazza.

»Gut«, sagte Welles. »Wenn deine Tricks gut sind, dann gebe ich dir vielleicht das, was du wolltest, als du so getan hast, wie wenn du mir die Zukunft voraussagen würdest.«

Die Zigeunerin blieb stehen und wandte sich langsam zu ihm, unsicher, ob sie reden sollte oder nicht. Dann nahm sie Welles an der Hand. »Aber ich habe nicht so getan. Was ich dir gesagt habe, ist wahr.«

Und weil Orson sie ansah und sich weigerte zu verstehen, flüsterte das Mädchen mit resigniertem Gesichtsausdruck, so als wolle sie ihre Worte unterstreichen: »Sei vorsichtig, Signor Cagliostro. Der Tod geht an dein Seite.«

5.

Die Scalera Film hatte ihre Studios an der Circonvallazione Appia. Um dort hinzukommen, mußte er die halbe Stadt durchqueren, und Welles war das nicht unangenehm. Der Tag war schön, die Menschen hatten sich wieder in Scharen auf die Straßen begeben.

Der Anblick von Rom beeindruckte ihn tief. Antike Ruinen türmten sich hier am Stadtrand neben Kriegsruinen auf, sozusagen eine Art Schnellkurs über die Eitelkeit der Menschheitsgeschichte. Die Menschen bewegten sich unbekümmert um Altes und Neues, so als wären alle diese Monumente, die in Welles' Augen Wunderwerke darstellten, nichts anderes als ganz gewöhnliche »Sachen«.

Die Gleichgültigkeit der Römer gegenüber der Großartigkeit dieser Szenerie erschreckte ihn, machte ihn aber auch neugierig. Sie hatten ja wirklich anderes zu tun. Von träger, gleichzeitig aber unaufhaltsamer Tätigkeit erfüllt, die aus Unterhaltungen, Begegnungen und Tauschgeschäften an der Straßenecke bestand, kauften die Leute, verkauften und tauschten und zogen Blechkanister und Koffer hinter sich her. An einer Kreuzung war ein kleiner Markt, Pärchen umarmten sich vor Ständen mit Hütchenspielern, junge Männer in Soldatenröcken aus dem abgestoßenen Bestand der Alliierten kamen aus Mechanikerwerkstätten, Frauen stillten ihre Kinder mitten auf der Straße.

Der Verkehr war chaotisch, überfüllte Straßenbahnen und donnernde Autos, auch diese vollgestopft. Mittendrin fuhren Fahrräder im Zickzack, wurden Karren mit der Hand geschoben und brausten kleine futuristische Motorräder. Diese hießen Vespa und wurden mit Antriebsmotoren von Flugzeugen gebaut, die während des Krieges nicht zum Einsatz gekommen waren.

»Was machen alle diese Menschen nur?« fragte Welles Viola, der neben ihm in der Limousine saß.

Viola war zwar in ganz andere Gedanken versunken, war aber zu höflich, um die Frage zu überhören.

»Diese Menschen? Was sollen die schon tun? Sie versuchen irgendwie zu überleben ...«

Die Gebäude der Scalera Film konnten ihre faschistische Vergangenheit nicht verleugnen. Der Duce hatte sie 1938 eingeweiht, auf der Welle jenes »Neubeginns des nationalen Filmschaffens«, der kurz zuvor zur Eröffnung von Cinecittà geführt hatte. In Wirklichkeit waren diese Studios zu Zeiten des Stummfilms gebaut worden, doch hatten die Brüder Scalera sie renoviert, vergrößert und mit ihrem Familiennamen versehen.

Allgemein war bekannt, daß die Scaleras auf ziemlich sonderbare Weise zum Film gekommen waren. Als große Freunde von Emilio De Bono, dem Gouverneur der afrikanischen Kolonien, waren sie in Libyen und Eritrea durch Regierungsaufträge für Straßen und öffentliche Gebäude zu einem beträchtlichen Vermögen gelangt, bis es 1937 schließlich zum »Scalera-Skandal« kam. Durch eine Kontrolle der

Kostenvoranschläge und der Bilanzen wurde offenbar, daß die erhabenen Unternehmer dem Finanzamt erklärt hatten, sie würden den farbigen Arbeitnehmern zwanzigfach über der Norm liegende Gehälter und Löhne zahlen, während sie in Wirklichkeit noch weniger erhielten als die Italiener. Mussolini selbst war es, der, auf den guten Ruf des Regimes bedacht, die Sache bereinigte, indem er die Scalera-Brüder nach Rom zurückbeorderte und sie ins Filmgeschäft einsteigen ließ.

Jetzt, zehn Jahre danach, war De Bono von Mussolini als Verräter erschossen worden, und Mussolini wiederum war von den Partisanen auf dem Piazzale Loreto in Mailand aufgehängt worden. Nur die Scaleras waren immer noch da. Genauer gesagt war Carlo, einer der drei Brüder, 1938 bei einem mysteriösen Autounfall in Bengasi gestorben, doch die beiden anderen, Michele und Salvatore, setzten ihre Tätigkeit fort. In der Nachkriegszeit hatten sie die eine und andere Schwierigkeit mit der Justiz, doch nicht wegen der Betrügereien gegenüber dem Staat und auch nicht wegen ihrer Machenschaften unter dem faschistischen Regime. Paradoxerweise wurde den Scaleras der Prozeß wegen ihrer Finanzierung des Marsches auf Rom im Jahr 1922 gemacht, »mit der Summe von zwei Millionen Lire und einem Automobil«. Wie so viele andere auch, wurden sie von Richtern freigesprochen, die offenbar ein größeres Augenmerk auf die Auswüchse des Partisanenkampfes hatten als auf die Bestrafung der Verbrechen und Unterschlagungen der Faschisten.

Im Grunde war es der Kassationsgerichtshof selbst, der die Unterscheidung zwischen »normaler Folter zum Zwecke der Einschüchterung« und »besonders grausamen Handlungen« einführte. Dieser Grundsatz ermöglichte es, daß Faschisten freigesprochen wurden, die zu sechst eine Partisanin vergewaltigt hatten; die einen Gefangenen an der Decke aufgehängt und mit Fußtritten und Faustschlägen traktiert hatten, als wäre er der Sandsack eines Boxers; und auch die, die einen

Kommunisten mittels elektrischer Stromstöße an den Genitalien gefoltert hatten. In diesem Fall könne man, so hatte das Gericht befunden, nicht von »bestialischer Gefühllosigkeit« reden, da die Stromstöße aus den verbundenen Drähten eines Feldtelefons gekommen seien und nicht »durch gewöhnlichen Strom«.

Die Scaleras brauchten nicht besorgt zu sein. Denn Salvatore hatte sich zurückgezogen und überließ seinem älteren Bruder Michele – in der römischen Filmwelt bekannt als »der Commendatore« – die Geschäftsführung.

Und so war es denn auch Michele Scalera, umgeben von einer kleinen Zahl von Mitarbeitern, der oben auf der Eingangstreppe zu den Studios Orson Welles erwartete. Der Commendatore war etwas über sechzig Jahre alt, und wenn Welles einen italienischen Produzenten für volksverbundene Filme hätte besetzen müssen, hätte er keinen Zweifel gehabt, wen er nehmen sollte. Breit, vierschrötig, rosiges Gesicht mit glotzenden Augen, Hängebacken, die in ein groß angelegtes Doppelkinn übergingen, stand Scalera da, in einen schwarzen Mantel gehüllt, der, je nach Standpunkt, entweder für zu eng oder für zu lang gehalten werden konnte. Der runde Kopf steckte in einem malträtierten weichen Hut.

Der Commendatore hatte sich in den dreißiger Jahren einen Namen gemacht, weil er Greta Garbo die märchenhafte Summe von fünf Millionen Lire angeboten hatte, damit sie einen Film in Italien drehte. Die Göttliche hatte ihm nicht einmal geantwortet. Dann hatte er es noch einmal bei Frank Capra versucht, aber dann war der Krieg ausgebrochen. Jetzt endlich, nach einem Jahrzehnt propagandistischer Melodramen und miefiger Kolossalfilme, war er dabei, seinen Produzententraum zu verwirklichen: einen Film mit den Amerikanern zu machen.

Scalera streckte Welles die Hand entgegen. Er schüttelte die des Gastes kräftig und begleitete diese Geste mit ein paar Schlägen auf die Schulter. Mit sonorer Stimme und deklamatorischem Ton sagte er ein paar Worte des Willkommens, die Viola übersetzte: »Der Commendatore gibt seinem Wunsch Ausdruck, daß Ihr Aufenthalt in Rom und Ihre Zeit bei der Scalera Film ertragreich und zufriedenstellend sein mögen. Wir sind aufrichtig geehrt, mit einem Genie wie Ihnen zusammenarbeiten zu können, das darüber hinaus mit einer Frau wie Rita Hayworth verheiratet gewesen ist.«

Welles, kein bißchen eingeschüchtert von dem flammendroten Teppich mit Goldbordüre, der für ihn ausgerollt worden war, antwortete höflich: »Ich hoffe, der Ehre würdig zu sein, die Sie und diese Stadt mir erweisen, indem ich sowohl als Genie wie auch als Ehemann ...« Und so weiter.

Viola übersetzte, und der Commendatore war zufrieden. Mit ausdrucksstarkem Blick wies er das Empfangskomitee an, einen herzlichen Applaus zu spenden. Dann drückte Scalera Welles noch einmal die Hand und begab sich zum Bürogebäude hinüber.

Die Studios erstreckten sich über eine verhältnismäßig weite Fläche. Sie gehörten zu den größten in Rom: ein Netzwerk sich kreuzender Wege, das fünf Studios und die technischen Gebäude für die Entwicklung und die Kopien beherbergte. Der Mussolinische Stil verlieh dem Ganzen etwas Militärisches, ein Eindruck, dem das allgemeine Durcheinander, das in den Studios herrschte, völlig widersprach.

Viola begleitete Welles zu dem imposanten Gebäude des Theaters 3 und erklärte ihm, die Studios seien so angelegt worden, daß sie alle mit den Garderoben, der Maskenbildnerei und dem Hauptfundus direkt verbunden sind. Schließlich fragte er ihn, ob er gut geschlafen habe.

»Ich habe an der Rolle gearbeitet«, antwortete Welles.

»Ach ja?«

»Ich habe eine Mitarbeiterin hinzugezogen.«

Er merkte, daß Viola ihm nicht wirklich zuhörte, sondern seinen eigenen Gedanken nachhing. Das ärgerte ihn.

»Laut Drehbuch ist Cagliostro in einer Zigeunerfamilie

geboren. Deshalb habe ich die Nacht mit einer Zigeunerin verbracht. Sie wissen ja wahrscheinlich, daß ich mich seit langem mit Zaubertricks und Hypnose beschäftige. Aber es gibt ja immer wieder Neues zu lernen.«

»Und was ist es, das Sie vergangene Nacht von dieser… Zigeunerin lernen konnten?«

»Wie man ein Huhn stiehlt und unbemerkt weggeht, indem man es sich zwischen die Beine klemmt. Dazu braucht man allerdings einen Rock. Daher ist dieser Trick nur für Frauen und für den Klerus geeignet.«

Viola zeigte sich leicht empört.

»Hat sie Ihnen noch anderes beigebracht, die Zigeunerin?«

»O ja. Aber das interessiert Sie vielleicht nicht so.«

»Wahrscheinlich nicht.«

Welles lachte innerlich. Er liebte es, für beleidigend und respektlos gehalten zu werden. Auf dem Set zu ›Jane Eyre‹ zum Beispiel hatte es ihm Spaß gemacht, Joan Fontaine von imaginären sexuellen Vergnügungen zu erzählen. Fest in seinen Armen liegend und darauf wartend, daß der Regisseur endlich »Action« sagen würde, hatte die Schauspielerin keinen Ausweg. Als Orson ihr von seiner Nacht mit zwei siamesischen Schwestern erzählte, war die arme Joan beinahe in Ohnmacht gefallen.

Während ein Kabelträger für sie das Tor zum Studio öffnete, erinnerte sich Viola plötzlich an etwas. »Ach ja. Ich habe keine guten Nachrichten für Sie, Welles. Die Pillen, von denen Sie gesprochen haben …, das Dexedrin. Es ist unmöglich, sie in Europa aufzutreiben. Die werden nur in den Vereinigten Staaten verkauft.«

Welles hatte keine Zeit, Einwendungen zu machen. Er war viel zu überrascht von dem Schauspiel, das sich ihm darbot. Das Set stellte einen riesigen Platz im Wien des 18. Jahrhunderts dar: Häuserfassaden, eine Kirche, die Perspektive eines Patrizierpalais, ein richtiger Springbrunnen … alles. Mittendrin waren Stände und Pavillons eines Zigeunermarktes aufgebaut, einschließlich eines Karussells, einiger Feuerschlukker und eines Hofstaats der Absonderlichkeiten mit einem breitgefächerten Angebot an körperlichen Mißbildungen.

Inmitten des Bühnenbilds kampierten an die zweihundert Komparsen, alle in Kostüm, und waren augenscheinlich sich selbst überlassen. Hinter einer gemalten Fassade erkannte man auch an die zehn Pferde, von zwei Technikern bewacht, die in ein Kartenspiel versunken waren.

Ratoff befand sich auf einem Podest vier Meter über dem Boden, neben ihm eine mit einem Tuch abgedeckte Kamera. Der Regisseur saß an einem Tisch mit zwölf weiteren Personen, Männern und Frauen, teilweise in Kostümen, teilweise auch nicht, alle damit beschäftigt, ihr Mittagessen hinunterzuschlingen. Welles konnte die Reste eines Truthahns erkennen, ein Tablett mit Obst, mehrere Flaschen Weißwein. Ratoff aß gierig eine Stange Schweizer Schokolade in sich hinein – offenbar ein Privileg des Regisseurs.

»Das ist sein russischer Hofstaat«, stöhnte Viola. »Die hat er alle vertraglich bei sich haben wollen. Der rechts, der so klein und dick ist wie er selbst, ist Akim Tamiroff. Links Mrs. Ratoff. Ihr gegenüber Mrs. Tamiroff. Und so weiter. Auch ein Verschleppter ist dabei, drei heruntergekommene Adelige, zwei sowjetische Kriegsverbrecher und ein Pope, der Kommunist geworden ist.«

Jetzt war die Reihe an Welles, sich professionell zu entrüsten.

»Und wer ist der da?« fragte er dann und zeigte auf eine Person, die nicht größer war als ein Meter dreißig und einen deutlich sichtbaren Höcker auf dem Rücken hatte.

»Der da? Das ist sein persönlicher Buckliger. Er sagt, der bringe ihm Glück.«

»Auch der steht im Vertrag?«

»Selbstverständlich.«

»Aber hat er nicht gesagt, er habe sich vom Papst den Segen geben lassen?«

Ratoff hatte Welles' Eintreffen bemerkt, war aufgesprungen – soweit es sein behindertes Bein zuließ – und forderte Stille auf dem gesamten Set.

»Signori«, sagte er in schlechtem Italienisch, doch mit lauter Stimme. »Signore e Signori, bitte sehr, dort vor Ihnen steht der größte Schauspieler, der in diesem Jahrhundert das Licht der Welt erblickt hat! Ein Genie des Theaters und des Films! Dort steht unser Cagliostro! Verbeugen wir uns alle vor Orson Welles!«

Welles hatte von dem, was Ratoff gesagt hatte, kein Wort verstanden, doch die Verbeugung der bunten Menge, von den Technikern bis zu den Komparsen, von den Schauspielern bis zu den Produktionsassistenten, war deutlicher als alle Worte. Ratoff, der sich selbst nicht verbeugte, stieg in Begleitung seines Buckligen eine steile Leiter hinunter.

Welles ging ihm entgegen, und Ratoff umarmte ihn herzlich.

»Das alles ist einmalig, Grisha«, sagte Welles.

»Wir haben nur auf dich gewartet, um anfangen zu können.«

Ein Maskenbildner mit roten Haaren und dem Gang einer Schwuchtel kam zu ihm.

»Wir hoffen, Sie sind mit unseren Nasen zufrieden, Mister Welles. Wir haben die ganze Nacht daran gearbeitet«, stammelte er.

Als Welles mit dem Maskenbildner wegging, warf er Viola einen dankbaren Blick zu. Dann winkte er ihn zu sich und flüsterte ihm im Weitergehen zu: »Wenn Ratoff seinen persönlichen Buckligen hat, dann will ich auch etwas.«

»Und was?«

Welles' Gesicht hellte sich auf. »Drei Grazien. Ich will drei italienische Grazien, zur Inspiration.«

6.

Das Schild an seiner Garderobe hatte etwas Drohendes: »Unter keinen Umständen darf mit Signor Welles gesprochen werden!« Das war deutlich: Die Produktion wollte nicht, daß Welles in Kontakt mit den Italienern auf dem Set trat. In der einen Stunde, die er bei den Kostümen und beim Maskenbildner verbracht hatte, war ihm klar geworden, daß die Amerikaner einen Filter um ihn herum bildeten. Er hatte das Gefühl, daß die Filmcrew so etwas wie ein Kommando war, das die Studios in Beschlag genommen hatte und nun ihr eigenes Gesetz durchdrücken wollte.

Kurz vorher hatte ihn Edward Small aus London angerufen, der Produzent, um ihn zu fragen, ob alles in Ordnung sei. Welles hatte ihm das versichert. Der Frisör, der in diesem Augenblick bei ihm war, machte ihm klar, daß er gerade einen besonderen Luxus genossen hatte.

»Was sagen Sie zum Telefon, das Sie soeben benutzt haben? Also, Signor Small hat in sämtlichen Produktionsabteilungen ein Telefonsystem installieren lassen. Die Spaghettifresser haben so etwas noch nie gesehen. Das sage ich Ihnen!«

Welles kontrollierte ziemlich zufrieden seine neue Nase und nahm das Drehbuch zur Hand. Jemand klopfte höflich an, obwohl die Türe offenstand.

»Noch eine Minute, dann komme ich runter«, sagte Welles, ohne sich umzudrehen.

Der, der angeklopft hatte, sagte nichts, doch Welles spürte seine stumme Anwesenheit im Rücken. Er drehte sich um.

Ein Mann, ungefähr in seinem Alter, blond, mit offenem, freundlichem Gesichtsausdruck, lächelte ihn voller Sympathie an. Er trug ein Kostüm von unglaublicher Farbzusammenstellung, doch für einen Schwarzweißfilm würde es in jedem Fall passen. Der Mann sprach mit großer Herzlichkeit. Sein Englisch war hervorragend, lediglich hier und da von einem leichten italienischen Akzent gefärbt.

»Ich wollte Sie nicht stören, Mister Welles. Aber ich habe Sie unbedingt kennenlernen wollen. Ich heiße Alessandro Deller. Ich bin Schauspieler, auch wenn ich hier lediglich zur Komparserie gehöre. Aber Sie wissen ja, wie das ist. Man verdient mehr, wenn man für einen Tag in einem Film wie diesem arbeitet, als wenn man eine richtige Rolle in einem neorealistischen Film hätte.«

Er streckte ihm die Hand hin. Welles fühlte sich nicht in der Stimmung für Besuch, doch die natürliche Freundlichkeit, die Deller ausstrahlte, veranlaßte ihn, ihm die Hand zu schütteln. Deller sprach dann weiter.

»Ich bin ein großer Bewunderer von Ihnen. Ich habe Ihre Filme gesehen, und die haben mich ... betroffen gemacht.«

»Ich danke Ihnen. Sind Sie sicher, daß Sie nichts über Rita Hayworth erfahren wollten?«

»Wie bitte? O nein ... Ich wollte Ihnen nur sagen, wie sehr ich bewundere, was Sie machen. Nicht nur als Künstler, sondern auch von einem ... idealen Standpunkt aus.«

»Was heißt das?«

»Es ist wichtig, daß jemand wie Sie hier bei uns ist. Aus Amerika schickt man uns sonst nur Leute wie Tyrone Power, ich weiß nicht, ob Sie mich verstehen ...«

Welles richtete sich in seinem Stuhl auf und nahm das Kompliment gerne an. »Ich verstehe Sie vollkommen«, sagte er.

»Die Italiener brauchen jemand so Fortschrittlichen wie Sie, um zu zeigen, daß dieser Beruf, unser Beruf, etwas Besseres ist als ...« Deller schien das richtige Wort nicht zu finden.

Welles verzog seinen Mund zu einem bitteren Lächeln. »... als das hier, wollen Sie sagen?« Er nahm den Frisiermantel weg, den er für das Make-up umgelegt hatte, und deutete auf sein Cagliostro-Kostüm: ein Überwurf aus himmelblauer Seide, auf den mit Goldfäden Halbmonde gestickt waren, die in abstruse kabbalistische Zeichen hineinragten.

Deller senkte seinen Kopf und wurde rot. »Entschuldigen Sie, ich wollte nicht ...«

»Nein, Mister Deller. Ich danke Ihnen für Ihre Aufrichtigkeit. Wir Schauspieler wollen immer Hauptdarsteller sein, aber meistens sind wir nur Narren. Ich spiele in diesem Film aus den gleichen Gründen wie Sie: wegen des Gesichts eines amerikanischen Präsidenten, das auf einer grünen Banknote gedruckt ist. Ich brauche das Geld, um meine Schulden zu bezahlen und um ganz sicher neue zu machen. Doch ich habe auch meine Träume, und die sind das Allerwichtigste. Für die, die ich realisiert habe, und für die, die noch nicht in Erfüllung gegangen sind, mußte ich die Vereinigten Staaten verlassen. Jetzt bin ich hier, um wieder neu anzufangen.«

Ein Augenblick der Stille trat ein. Dann redete Welles weiter. »Letzten Endes war vielleicht auch Cagliostro nur ein Träumer, der von der Geschichte schlecht behandelt wurde.«

Ein Regieassistent, eine Art Gorilla mit Mongolengesicht, kam in die Garderobe. Als er sah, daß Deller mit Welles sprach, wurde er wütend. Er brüllte etwas in schlechtem Italienisch, durchsetzt mit Russisch, und deutete gestikulierend auf das Schild an der Türe. Deller zog sich in Richtung Korridor zurück, und auch Welles schien nicht in der Lage, diesen Rasenden aufhalten zu können.

»Tut mir leid, das muß der Kriegsverbrecher sein, von dem man mir erzählt hat«, schrie Welles.

»Keine Ursache. Aber erinnern Sie sich an mich, Mister Welles: Deller! Alessandro Deller!«

Der Mongole stieß den jungen Mann auf den Korridor hinaus und schlug ihm die Tür vor der Nase zu. Danach, im Kampf mit den Konsonanten, brachte er einen gutturalen Satz heraus.

»Signor Ratoff sagt, alle fertig.«

Sein erster Drehtag ging allmählich zu Ende, und die ganze Zeit über hatte Orson Welles sich gefragt, ob das, was er da tat, die einhunderttausend Dollar des Vertrags wert war. Eine müßige Frage, natürlich.

Er kannte Ratoff seit ein paar Jahren, auch wenn er keinen seiner Filme gesehen hatte. Er hätte es längst tun sollen. Die Sympathie dieses Mannes glich die Plattheit seiner Regie nicht aus. Gegen ihn persönlich hatte Welles nichts, er litt lediglich, weil er mit ansehen mußte, wie das Geld für diese Produktion verpulvert wurde. Er war sich sicher, daß er einen schöneren Film mit der Hälfte der Summe hätte machen können. Kino, Film, das sollte Kreativität und Freude sein, aber bis jetzt war es nur ein Marionettentanz.

Gemessen am Drehplan waren sie bereits einen halben Tag in Verzug, und sie mußten noch die große Actionszene drehen, in der Zigeuner und Wiener aufeinander eindroschen, bis schließlich ein Trupp berittener Dragoner auftauchte.

Die Komparsen machten immer mehr den Eindruck von Leuten, die zu Mittag nicht genug zu essen bekommen hatten. Sogar die Pferde schienen den heraufziehenden Sturm zu wittern. Sie scharrten nervös und schnaubten.

Ratoff hatte beschlossen, die Szene mit zwei Filmkameras zu drehen. Die eine, neben Cagliostros Tribüne plaziert, würde die Action in einer Totalen aufnehmen. Die andere, an einem Kran am hinteren Ende des Platzes angebracht, sollte einen Gegenschnitt liefern und anschließend das Eintreffen der Dragoner verfolgen.

Der Regieassistent rief: »Fertig zur Probe!« Jeder stellte sich an seinen Platz, und auf Ratoffs Anweisung tat Welles so, als würde er den vor ihm stehenden Stuntman mit der Faust treffen. Auf dem Platz ging die Schlägerei los. Mäntel wirbelten unter den Leuten, die sich stießen und drängten, der eine und andere stürzte zu Boden, die Dragoner erschienen mit gezückten Schwertern.

Ratoff donnerte: »Stop!« und brüllte in einer Art Italienisch einige Komparsen an, die sich nicht ausreichend hatten schlagen lassen. Dann gab er den Assistenten Anweisung, das Set für die Aufnahmen vorzubereiten, und war zufrieden, daß sein Star nichts einzuwenden hatte.

Dazu brauchte man eine Viertelstunde. Während der ganzen Zeit war Welles stehengeblieben und studierte in Gedanken versunken die Anordnung der Szene.

Der Regieassistent – ein junger Kerl, der sechs Sprachen sprach – befahl: »Ruhe!« Ratoff sagte: »Achtung!«

Welles' Stimme wand sich herein wie das Rascheln einer Schlange in trockenem Laub. »Grisha …«

Ratoff versteinerte. »Ja, Orson?«

»Mir ist da eine glänzende Idee gekommen, Grisha.«

Ratoff brummelte etwas auf russisch. Seine Frau legte ihre Hand auf seinen Arm.

Welles begleitete seine Erklärungen mit ausgreifenden Handbewegungen, wie ein Dirigent.

»Wieso drehen wir nicht auch eine Aufnahme aus der Froschperspektive, hier an der Tribüne? Bringen wir doch eine Kamera fast in gleicher Höhe der Tribüne an, aber weit genug von mir entfernt. Nehmen wir … sagen wir ein Achtzehner und nützen die gesamte Tiefenschärfe. Wir schmeißen dieses Kohlebecken um, damit die Schatten der Flammen sich auf dem Palazzo hier nebenan reflektieren. Das wäre doch ein toller dramatischer Effekt! Ja! Und wir könnten dazu …«

Ratoff unterbrach ihn.

»Orson, wir drehen hier nicht ›Citizen Kane‹ … Das hier ist kein Kunstfilm.«

»Ist schon klar. Aber ich bin völlig überzeugt, daß die Szene dadurch gewinnt. Nicht, daß es so nicht gut wäre, aber ich finde wirklich, daß man hier eine mehr persönliche Handschrift braucht.«

»Orson …«

»Tu mir den Gefallen, Grisha. Was macht das schon?«

Ratoff blickte Welles scharf an, der ihn unvermindert freundlich anlächelte. Dann flüsterte er dem Regieassistenten etwas zu, stieg die Stufen hinunter und verschwand in seinem Arbeitszimmer.

»Signor Ratoff«, verkündete der Regieassistent, »hat gesagt, daß wir eine weitere Kamera montieren. Das braucht ungefähr zwanzig Minuten. Bleiben Sie bitte alle an Ihren Plätzen, und achten Sie darauf, daß Ihre Kostüme nicht zerknittern. Diejenigen von Ihnen, die, wie neulich, ihre Kostüme mit Fettflecken von ihren Broten versauen, werden gefeuert.«

Es reichten weder zwanzig Minuten noch vierzig. Eine ganze Stunde war nötig, bis der Beleuchter die neue Einstellung ausgeleuchtet hatte. Welles spürte, wie aus der Menge der Komparsen Groll zu ihm nach oben drang.

Ratoff war verschwunden und ließ den Buckligen die Lage ausspähen. Er tauchte erst wieder auf, als alles bereit war.

»Kein weiterer Vorschlag, Orson?« fauchte der Regisseur.

»Alles in bester Ordnung, Grisha!«

Schauspieler und Komparsen machten sich bereit.

Diesmal ging es nicht um eine Probe, und die Bewegungen waren wesentlich überzeugender. Richtige Fäuste flogen, und der eine und andere fand so seine Art, die Unstimmigkeiten zu bereinigen, die während der langen Wartezeit aufgetreten waren. Auf seiner Tribüne teilte Welles Schläge aus, als wäre er wahnsinnig geworden. Die Flammen des umgekippten Kohlebeckens hatten wirklich ihren Effekt. Die Stuntmen kippten um und rollten weg, obwohl er sie gar nicht berührt hatte, wichtig war nur die Illusion, wie immer. Der Ton würde den Rest schon machen. Die Dragoner erschienen wieder; diesmal wäre fast ein Komparse unter den Hufen eines Pferdes zertreten worden. Insgesamt schien die Szene jedenfalls gelungen.

Ratoff wirkte zufrieden. »Gut! Sehr gut! Machen wir jetzt die Großaufnahmen!«

Die Komparsen, die gestürzt waren oder sich umklammert hielten, standen langsam auf. Die Assistenten liefen herum und richteten das Set für die neue Aufnahme ein. Der Maskenbildner stieg auf die Tribüne, um Welles' Nase zu kontrollieren.

»Bitte, Mister Welles, eine Minute lang keine Bewegung…«

Die Nachbesserung des Maskenbildners zwang Welles zu einer unbequemen Haltung, bei der er seinen Hals nicht bewegen durfte. Daher konnte er, als er den Schrei einer Frau aus der Menge vor ihm hörte, auch nur ungenau erkennen, daß sich rechts von ihm etwas auf die Tribüne zubewegte.

Auch der Maskenbildner hielt inne und sah in die Richtung. Schließlich blickte auch Welles dorthin.

Ein Komparse näherte sich langsam den Stufen zur Tribüne. Sein schwarzer Überwurfmantel zeigte gelbliche Streifen von Erbrochenem, weshalb sich die Umstehenden angewidert von ihm zurückzogen. Er ging humpelnd und schwerfällig, doch hielt er eine bestimmte Richtung ein. Als er den Fuß auf die erste Stufe setzte, erkannte Welles ihn.

Das Gesicht von Alessandro Deller hatte nichts Menschliches mehr an sich. Aus seinem Mund rann Spucke, die Gesichtsmuskeln waren krampfartig zusammengezogen und verrieten äußerste Schmerzen. Die weit aufgerissenen, nach oben gerichteten Augen deuteten auf einen Zustand halber Bewußtlosigkeit.

Schaudernd wurde es Welles klar, daß dieses schmerzschäumende Etwas geradewegs auf ihn zusteuerte. Die Menschen ringsum wurden still, und er hatte den Eindruck, daß alles in Zeitlupe vor ihm abrollte. Ein Assistent lief auf Deller zu und schrie ihn an, er solle stehenbleiben, doch als er bei ihm war, hatte er Angst, ihn zu berühren.

Als er ganz nahe war, trat der Maskenbildner ein paar Schritte zurück, wobei er seine Sammlung künstlicher Nasen fallen ließ. Und direkt zu Welles' Füßen, genau über den Wachsnasen, brach Deller zusammen, entleert und wie diese zu einer unnatürlichen Hülle geworden.

Orson Welles sprang auf.

Während die Assistenten endlich nach einem Arzt riefen, beugte Welles sich über den Sterbenden. Dellers Augen waren fast völlig weiß, doch irgendwie mußte er Welles' Nähe gespürt haben, denn er rief ihn. »We...lles. We...lles.«

»Ich bin hier, Alessandro. Ich bin hier«, sagte Welles auf italienisch.

Deller sammelte seine letzten Kräfte. Während die Blasen des Speichels auf seinen Lippen zerplatzten, bahnten sich zwei Worte durch das Gurgeln der Todesschmerzen: »San... Fran...ces...co, Welles. San... Francesco...«

Deller verdrehte die Augen, und etwas wie ein elektrischer Schlag fuhr durch seinen Körper und dann aus ihm heraus und verließ ihn für immer.

Welles hob den Kopf. Er sah, daß die Karnevalsmasken der Zigeuner nähergekommen waren und ihn mit ihrem schiefen Grinsen und ihren neugierigen Augen anstarrten.

Wie war er nur hierhergekommen, mit einer Leiche in seinen Armen und Hunderten von Menschen, die ihn anstarrten? Mit schweißgebadeter Stirn und einem Herzen, das hämmerte wie eine ausgeleierte Pumpe?

Unversehens hörte er wieder die Worte der Zigeunerin: »Der Todesschatten folgt deinem Weg. Die Menschen in deiner Nähe sind in Gefahr.« Das war doch nicht möglich. Das war doch alles nicht wahr. Er selbst, in diesem lächerlichen Überwurfmantel, war falsch. Diese Stadt aus Pappmaché, die ihn umgab, war falsch. Auch dieser leblose Körper war also...

Er blickte zu Ratoff hinüber, weil ihm plötzlich ein Gedanke gekommen war. »Steht das... im Drehbuch, Grisha?«

Doch Ratoffs Ausdruck besagte, daß dem nicht so war und daß es auch kein Scherz war, mit dem man sich an ihm rächen wollte.

Wie war er nur hierhergekommen? Wieso verschränkten sich seine Hände mit den bleichen Händen eines Toten?

Welles leistete keinen Widerstand, als er spürte, wie die Arme der mongolischen Furie ihn hochhoben und fortbrachten.

Während man Welles zu seiner Garderobe drängte, begegnete er Viola und dem Arzt, die herbeigeeilt kamen. Er sah, wie sie zur Tribüne hinaufstiegen und sich über Deller beugten. Der Arzt öffnete Dellers Augen und maß seinen Puls. Dann sah er Viola an und schüttelte den Kopf.

Unter den maskierten Komparsen, die sich vor der Tribüne drängten, stieß eine Frau einen entsetzten Schrei aus.

2. Kapitel

1.

»San Francesco ... Was, zum Teufel, soll das bedeuten? Vielleicht, daß der sein Schutzheiliger war. Dann hat der dieses Arschloch ganz schön im Stich gelassen ... Aber das übersetzen Sie jetzt bitte nicht.«

Tufano, der Polizist, der Welles verhörte, war ein unangenehmer Typ. Unangenehm war sein kleiner, unproportionierter Körper. Unangenehm auch sein Gehabe und sein Geruch nach viertklassiger Pensionsunterkunft.

Viola erklärte Welles den Standpunkt des Polizisten über Alessandro Dellers Tod.

»Aber ich bin davon überzeugt, daß er mir etwas sagen wollte«, wandte Welles ein.

»Hören Sie zu«, erwiderte Tufano unfreundlich. »Sie haben mir bereits gesagt, daß Sie ihn bis heute noch nie gesehen haben, daß Sie in Ihrer Garderobe lediglich ein paar Worte gewechselt haben. Wieso also sind Sie so hartnäckig? Das hier ist kein Film, Signor Welles. Oder besser gesagt: Es ist einer, aber nicht so, wie man meinen könnte ...«

De Bernardi, der andere Polizist, kam in die Garderobe, ohne anzuklopfen. Er war anderthalbmal größer als sein Kollege, hatte aber einen Verstand, der umgekehrt proportional zu seiner Statur war.

»Der Arzt hat ihn sich angesehen«, sagte De Bernardi.

»Ja, und?« fragte Tufano.

»Er sagt, er kann vor der Autopsie nichts Genaues sagen, aber er geht jede Wette ein, daß der Tote Morphium genommen hat. Ich hab' seinen Arm gesehen, na, ich sag' Ihnen. Der hat mehr Löcher als das Kolosseum ...«

»Na, da haben wir's doch«, sagte Tufano. »Eine kleine schmutzige Geschichte unter Filmleuten. Sehen Sie, Welles? Überhaupt nichts Mysteriöses.«

Welles war nicht überzeugt, wußte aber nicht, was er sagen sollte. Dann fragte er: »War Deller verheiratet? Hatte er Familie?«

Jetzt antwortete De Bernardi: »Wie es aussieht, hatte er eine Ehefrau. Sie ist draußen und wartet.«

Viola stand auf »Wenn Sie also erlauben ... Ich glaube, es ist meine Pflicht ...«

»Gehen Sie schon«, sagte Tufano einigermaßen gereizt. »Was Sie angeht, Welles, sofern es sich um einen Unfalltod handelt, brauchen Sie nicht einmal eine Aussage zu unterschreiben. Sie können ins Hotel zurückfahren. Und wenn Sie meinen Rat hören wollen, dann ziehen Sie sich vorher lieber um.«

De Bernardi kicherte leise und folgte Tufano, der auf den Flur gegangen war. Keiner von beiden hielt es für nötig zu grüßen.

Welles blieb allein in der Garderobe zurück, seinen Blick in der Weite des Himmels verloren, der auf seinen abstrusen Cagliostro-Mantel gemalt war.

Es dauerte eine Viertelstunde, bis Welles aus seinem Kostüm geschlüpft war und sich das Make-up abgewischt hatte. Ein Produktionsassistent begleitete ihn zum Ausgang.

Als er das Set durchquerte, bemerkte er, daß die Polizisten die Namen aller Anwesenden aufschrieben. Viola stand neben Dellers Leiche, die mit einem weißen Tuch zugedeckt war. Er flüsterte der Witwe ein paar tröstende Worte zu. Signora Deller war wohl an die fünfzehn Jahre älter als ihr Mann, und wegen ihrer stolzen Haltung und ihres vornehmen Blicks erinnerte sie ihn an bestimmte Schauspielerinnen der alten Hollywoodgeneration.

Auf der Schwelle zum Studio begegnete er Ratoff. Dessen

russischer Hofstaat schien sich in Luft aufgelöst zu haben. Er war allein und saß auf einem Hocker. Er hatte getrunken.

»Orson!« sagte er. »Orson ... Was für ein Desaster! Alles ging doch so gut ... Man hat das bisher gedrehte Filmmaterial beschlagnahmt, und es heißt, daß die Dreharbeiten eingestellt werden. Was können wir da nur tun? Das ist der Fluch Cagliostros, das spüre ich ...«

»Wo ist dein Buckliger, Grisha?«

»Der hat sich aus dem Staub gemacht, als er die Polizei sah.«

»Mach dir keine Sorgen. Da braucht es schon mehr als den Tod eines Komparsen, um die Dreharbeiten zu einem amerikanischen Film einzustellen.«

Orson versuchte, seine Bemerkung mit einem zynischen Lächeln zu begleiten. Aber es gelang ihm nicht besonders.

Ungefähr eine Stunde später öffnete Welles die Tür zu seiner Suite im Excelsior. Er war durcheinander, und er war müde. Er mußte einen Weg finden, sich das Dexedrin zu beschaffen.

Er hatte nicht die Zeit, sich weiterhin Sorgen darüber zu machen, sein Instinkt sagte ihm, daß irgend etwas nicht stimmte. Zuerst war er der Meinung, der Geruch von Rauch sei auf die ungenügende Achtsamkeit des Zimmermädchens zurückzuführen. Vielleicht hatte sie nicht die Fenster geöffnet. Vielleicht war auch das Zimmer nicht gemacht worden. Vielleicht ...

Die bläuliche Wolke hing unbeweglich wie eine Miniaturgalaxie im Gegenlicht der Tür zwischen dem Eingang und dem Vorzimmer und schien aus eigener Kraft zu leben und zu atmen. Auf der der Tür gegenüberliegenden Seite war jemand, der auf ihn wartete.

Welles machte kein Licht und trat ein.

Der Mann saß bequem in einem Sessel und hatte Welles den Rücken zugekehrt. Durch die Fenstertüre des Balkons genoß er das Panorama der im Dämmerlicht versinkenden

Dächer von Rom. Welles blickte genauer auf die Hand, die die brennende Zigarre hielt und über der Lehne herunterhing: Die Haut sah verwelkt aus und war voller Flecken.

»Ein wirklich schöner Blick, Welles …«, sagte der Mann mit rauchiger Stimme auf englisch mit italoamerikanischem Akzent. Er stand nicht auf und fuhr fort. »Sicher, tut mir leid, daß ich Ihnen begegnen muß … auf diese Weise. Aber es gibt Gründe, die noch zu einer gewissen Vorsicht raten. Ich bin sicher, Sie verstehen. Natürlich, ich sollte mich als erstes wenigstens vorstellen.«

Der Mann erhob sich und, mit dem Rücken zu Welles stehend, brachte er sein Jackett in Ordnung. Welles hatte sich keinen Zentimeter bewegt. Der Besucher war klein, und als er sich jetzt umdrehte, zeigte sein Gesicht eine fleischige Nase und, unterhalb einer niedrigen Stirn, außergewöhnlich buschige Augenbrauen. Die Haut seines Gesichts schien von einem Gerbstoff gehärtet zu sein, der es zäh machte wie Leder. Welles hatte dieses Gesicht schon einmal gesehen, vor vielen Jahren. Auf einem Abendessen bei Lindy's, am Broadway. Und irgend jemand hatte ihm halb angst-, halb ehrfurchtsvoll gesagt, wer das war.

»Mein Name ist Salvatore Lucanìa«, sagte der Mann, der eine nicht eingefaßte Brille trug. Er zog noch einmal voller Genuß an seiner Zigarre. »Aber nur wenige kennen mich unter diesem Namen. In unserem guten alten Amerika nennen mich alle lieber Lucky. Lucky Luciano.«

Welles brauchte eine Weile, bis er sich von dieser Überraschung erholt hatte. Inzwischen war Luciano nähergekommen. Das Aussehen des Mannes war untadelig: er trug einen schlichten dunkelblauen Kammgarnanzug über einem weißen Hemd mit weichem Kragen. Doch es war, als würde ihn ein elektrisches Feld umgeben.

»Ich weiß schon, was Sie denken«, sagte er. »Sie denken zweierlei. Das eine ist: Lucky Luciano ist ein Gangster. Das zweite ist: Was will er von mir? Ich will versuchen, Ihnen beides zu erklären, wenn Sie gestatten, Orson. Darf ich Sie Orson nennen?«

Welles setzte sich auf eine Sessellehne und zuckte mit den Schultern.

»Ich bin 1906 aus Sizilien nach New York gekommen«, fuhr Luciano fort. »Ich war zehn Jahre alt. Ich hatte nur eine Idee, als ich an Land ging: ein Vermögen zu machen. Und so kam es. Sie werden sagen, daß meine Methoden nicht gutgeheißen werden können, aber ich sage Ihnen: da draußen findet ein Krieg statt, und den habe nicht ich angefangen. Wenn du dich in die Strömung wirfst, mußt du kräftiger schwimmen als die anderen. Andernfalls gehst du unter.«

»Und da hilft vielleicht ein Betonblock an den Füßen, um noch ein bißchen schneller unterzugehen«, sagte Welles und konnte nicht verhindern, daß in seiner Stimme ein leichtes Zittern mitschwang. Er ging zur Zimmerbar und goß sich einen Whisky ein.

Luciano war beim Tisch stehengeblieben. Er knipste eine Lampe auf dem Schreibtisch an und betrachtete Welles mit einem eigentümlich verzogenen Mund.

»Sie haben einen gewissen Sinn für Humor, wissen Sie? Und Sie haben Mut. Ich wußte, daß ich mich nicht täuschen würde ...«

Dann ging auch er zur Zimmerbar hinüber, überlegte es sich dann aber im letzten Augenblick anders.

»Ich darf nicht. Vom Arzt verboten, verdammt ... Was sagte ich doch gleich? Ach, ja. Ich habe gekämpft, das ist alles. Zu Beginn der 30er Jahre gab es keinen in den Staaten der Ostküste, der es gewagt hätte, meinen Namen respektlos auszusprechen. Respekt ist wichtig, Mister Welles, erinnern Sie sich daran. Und ich respektiere auch Dewey, den Distriktsstaatsanwalt, der mich eingebuchtet hat. Er hat seinen Job getan, und zwar gut, auch wenn ich anfangs blind war vor Wut und die Dinge nicht mit der nötigen Weisheit betrachten konnte. Bin ich möglicherweise zu schnell?«

»Oh, keineswegs. Kommt mir alles sehr interessant vor…«, versicherte Welles und goß sich einen zweiten Whisky ein.

»Na, gut. Ich bin eingebuchtet worden, in Dannemora, mit einer Strafe von dreißig bis fünfzig Jahren. Die ersten beiden Jahre habe ich damit verbracht, darüber nachzudenken, wie ich da ausbrechen könnte. Die nächsten Jahre damit, die Komplotte derer abzuwehren, die mich aus dem Weg schaffen wollten. Nicht schön, im Gefängnis zu sitzen. Haben Sie jemals dringesessen?«

»Wahrscheinlich wäre ich bald hineingekommen, wegen Steuerhinterziehung.«

»Steuerhinterziehung! Wie macht man das nur, wegen Steuerhinterziehung ins Gefängnis zu kommen?«

»Das war ja auch der Fall bei Al Capone.«

»Ach, ist doch lächerlich. Irgendwann vielleicht erzähle ich Ihnen auch diese Geschichte. Jedenfalls, an einem Herbsttag des Jahres 1942 bekam ich Besuch. Ein gewisser Kommandant Haffenden. Er arbeitete für den Geheimdienst der Marine und sagte mir mehr oder weniger das folgende: Die Alliierten würden die Landung auf Sizilien vorbereiten, daß man dafür aber Hilfe brauche. Informanten, Saboteure … Das eigentliche Problem war jedenfalls kein militärisches. Es ging um etwas Subtileres und gewissermaßen Alltäglicheres: Die Alliierten wußten nicht, wie die Leute reagieren würden. Verstehen Sie? Nach der Verjagung der Faschisten wäre ein Machtvakuum entstanden. Man mußte eine für die Alliierten günstige Lage schaffen.«

Welles konnte sich nicht zurückhalten. »Und dafür hat man sich an Sie gewandt?«

»An mich und an meine Freunde in Sizilien. Ich hatte die Verbindungen zu meiner Heimat nie abgebrochen.«

»Und was haben Sie dem Kommandant Haffenden gesagt?«

»Ich habe gesagt, ich könnte ihm beschaffen, was er

brauchte. Aber dafür müßten sie mir im Gegenzug etwas geben.«

»Die Freiheit...«

»Zuerst nur die Verlegung in ein weniger hartes Zuchthaus. Und dann, am Ende des Krieges, die Freiheit auf Ehrenwort. Das war doch ein angemessener Vorschlag, oder?«

»Und Haffenden willigte ein?«

»Er sagte, daß er mit seinen Vorgesetzten darüber reden müsse. Doch schon einige Tage später verlegten sie mich nach Comstock. Und jetzt bin ich hier. Vergangenes Jahr haben sie mich auf freien Fuß gesetzt. Man hat mich nach Sizilien zurückgeschickt und mir den Paß abgenommen. Jetzt bin ich wieder italienischer Staatsbürger. Und wissen Sie, was das Lustigste an dieser Geschichte ist?«

»Diese Geschichte hat auch eine lustige Seite?«

»Die Anweisung zur Freilassung wurde von Dewey unterschrieben, demselben Mann, der mich eingebuchtet hatte. Er war in die Politik gegangen und wurde Gouverneur des Staates New York. Seine Karriere fing mit meiner Verhaftung an... und jetzt, wo er hoch aufgestiegen ist, setzte er mich wieder auf freien Fuß. Verstehen Sie, was ich meine, wenn ich sage, daß die Erfahrung weise macht?«

Welles stand auf. Er hatte zwar keine Angst mehr, fühlte sich aber unbehaglich. Der Gedanke, daß am Krieg gegen Hitler und Mussolini auch die Mafia beteiligt gewesen war, hatte nichts Tröstliches. Wer weiß, was in dieser Hinsicht ein solcher Sittentrompeter wie Pearson sagen würde.

»Diese Erfahrung hat mir die Augen geöffnet, Orson. Heute begreife ich Dinge, die ich mir vorher nie hätte vorstellen können«, sagte Luciano. »Ich sehe die Probleme in ihrer ganzen Breite. Ich habe große Pläne. Deshalb brauche ich Sie.«

»Mich?« fragte Welles aufrichtig erstaunt. »Was könnte ich schon für Sie tun?«

»Ich habe dazu beigetragen, Geschichte zu machen, Welles. Auf meine Weise bin ich ein Patriot gewesen. Und jetzt, wo ich nach Sizilien zurückgekehrt bin, will ich etwas für mein Land, meine Insel zuwege bringen. Ich will, daß sich die Nachkommen an mich erinnern. Ich will, daß die Sizilianer in fünfzig Jahren meinen Namen voller Dankbarkeit aussprechen.«

»Und voller Respekt.«

»Natürlich. Und zunächst einmal will ich, daß Sie einen Film über mein Leben drehen.«

Einen Augenblick lang verlangsamte sich rings um Welles alles. Er war sich sicher, richtig gehört zu haben, doch sein Bewußtsein brauchte ein Menge Adrenalin, um die Bedeutung hinter den Worten wahrzunehmen.

Luciano trat vor ihn hin.

»Einen Film über mich und meine Epoche. Um mich in den historischen Rang zu heben, der mir zukommt. Sie sollen ihn schreiben, inszenieren und die Hauptrolle spielen. Ich weiß, Sie sind der richtige Mann dafür. Und machen Sie sich keine Sorgen um das Geld.«

Welles schluckte. Er suchte nach den geeignetsten Umschreibungen seiner Rhetorik, um Luciano davon abzubringen, doch der hob nur eine Hand und gebot ihm zu schweigen. Diese Geste war schlicht und herrisch. Die Geste eines Mannes, der von Natur aus ein Boss war.

»Ich bin nicht so dumm, anzunehmen, daß Sie akzeptieren würden«, sagte er. »Ich meine damit, *jetzt* akzeptieren würden. Denken Sie in Ruhe darüber nach. Und dann ist mir natürlich auch bewußt, daß Sie tief betroffen sein müssen von dem, was heute auf dem Set passiert ist.«

Welles schreckte zusammen. »Was wissen Sie darüber?«

Luciano lächelte, und Welles dachte: Wenn Kobras lächeln, dann müssen sie das wohl auf diese Art tun. Das Licht der Lampe schnitt Lucianos Gesicht in zwei Hälften. Ein Schauer lief ihm den Rücken hinunter.

»Das hier ist ein seltsames Land, Welles. Mitunter geschehen Dinge, die man auf den ersten Blick nicht ohne weiteres versteht. Aber nehmen Sie einen Rat an. Den Rat eines erfahrenen Mannes an einen jungen Künstler: Trauen Sie keinem. Nur Ihren Freunden. Und mitunter nicht einmal denen.«

Luciano nahm seinen Hut und Mantel vom Sofa und begab sich zum Ausgang. Er war bereits an der Tür, als er sich zum letzten Mal umdrehte. »Zum Unterpfand dessen, was, wie ich hoffe, zu einer langen Zusammenarbeit führt, habe ich Ihnen dort drüben etwas hinterlassen. *Buonanotte*.«

Die Tür schloß sich hinter dem Gangster.

Zwischen Neugier und Angst hin- und hergerissen, ging Welles ins Badezimmer. Er schaltete das Licht ein. Auf dem Tischchen sah er eine in gelbes Papier eingewickelte Schachtel. Sie hatte ein absolut neutrales Aussehen.

Auf Zehenspitzen ging er auf sie zu, so, als habe er Angst, Lärm zu machen. Die Schachtel war mit einer einfachen Kordel verschnürt. Er schätzte sie ab, hob sie hoch und schüttelte sie. Sie schien etwas Festes und nicht sonderlich Schweres zu enthalten. Doch nicht etwa eine Bombe?

»Der muß ja wohl den Verstand verloren haben«, sagte er.

Er stellte die Schachtel wieder ab, drehte den Wasserhahn der Badewanne auf und steckte seinen Kopf für gut eine Minute darunter. Er trocknete sich ab, ging zum Wandschrank und entnahm mit aller Ruhe eine Nagelschere. Dann kehrte er wieder zum Toilettentisch zurück, wickelte die Schachtel aus dem Papier und machte sie auf.

Welles wußte nicht, ob er sich glücklich oder verwirrt fühlen sollte. Die Schachtel enthielt an die hundert Packungen Dexedrin mit dem deutlich sichtbaren Vermerk: »Nur unter ärztlicher Kontrolle einzunehmen.«

2.

Die Nacht auf der Piazza Colonna war belebt wie immer, und die Zigeunerin war wieder da und wartete auf ihn. Kaum hatte sie ihn erkannt, gab sie ihm ein Zeichen, er solle ihr folgen. Wie in der Nacht zuvor ging Welles mit ihr durch ein dunkles Tor, über dem geflügelte Löwenstatuen angebracht waren. Die abgeplatzten Mauern im Innenhof deuteten darauf hin, daß der Palazzo seit langem nicht mehr bewohnt war.

Und wieder führte ihn das Mädchen durch lange, feuchte, dunkle Korridore bis zu einer Treppe, über die man in den Kellerbereich gelangte. »Das ist mein Geheimversteck, Signor Cagliostro«, sagte sie.

Sie traten ein. Das Mädchen zündete eine Petroleumlampe an. Er meinte, die Bewegungen von Ratten zu hören, die sich schnell in ihre Löcher verzogen. Schatten huschten an der Wand entlang.

»Und jetzt will ich dir etwas über deine Vergangenheit und deine Zukunft beibringen.«

Sie deutete auf eine Tür, die er am Abend zuvor nicht bemerkt hatte. Welles erschauderte, doch die Zigeunerin lächelte vertrauenerweckend und unschuldsvoll. »Geh schon, da ist jemand, der dich erwartet.«

Welles stieß die quietschende Tür auf. Drinnen war es völlig dunkel. Er zögerte.

»Ein Schritt nur, und dir wird alles klar. Geh.«

Welles machte einen Schritt nach vorn und spürte auf der Stelle, daß unter seinen Füßen nichts war. Er stürzte in einen Brunnenschacht, der Lärm seines Aufschlags wurde sogleich von der Stille unter dem Wasser aufgehoben.

Er ertrank. Dessen war er sich gewiß. Er schlug sinnlos und ohne jede Hoffnung mit seinen Armen, bis seine Hand irgend etwas berührte: eine andere Hand. Er öffnete die Augen, um der Rettung ins Gesicht zu blicken.

Das aufgedunsene und halb verweste Gesicht eines Indios starrte ihn aus leeren Augenhöhlen an. Er schloß die Augen, schrie, und seine Kehle füllte sich mit Wasser. Er spürte, daß der Körper des Ertrunkenen ihn umklammerte und ihn erst auf dem Grund loslassen würde.

Er versuchte, etwas zu tun, sich loszumachen. Er öffnete wieder die Augen. Wenige Zentimeter von seinem Gesicht entfernt waren nun nicht mehr die fleischlosen Augenhöhlen des Indios, sondern die verdrehten Augen und das verwüstete Gesicht Alessandro Dellers. Seine aufgedunsenen Lippen schlossen sich gerade und näherten sich seinem Mund zum Kuß.

»Ich bin nicht schuld!« wollte Orson schreien, doch das Wasser drang erneut in seine Lungen …

Er schrie, und sein Schrei drang von ferne zu ihm wie ein Echo. Doch er selbst war es, Orson Welles, der so schrie und in seinen schweißnassen Bettüchern saß, in seinem Zimmer im Hotel Excelsior.

Er spürte, wie sein Herz hämmerte, seine Schläfen brannten. Doch wußte er jetzt wenigstens, daß er einen Alptraum gehabt hatte, den üblichen Alptraum.

Er ließ sich aufs Kissen zurückfallen. Bevor er sich im Bett ausstreckte, um am Drehbuch für ›Cyrano‹ zu arbeiten, hatte er zwei Dexedrin geschluckt, aber drei schlaflose Nächte reichten, die Tagesereignisse auch für ihn zu einer Mühsal werden zu lassen. Er war eingeschlafen, und das Amphetamin, das seine Wirkung zeigte, war geräuschlos in seinen Traum gedrungen. Jetzt war er wach und klar wie nie zuvor.

Er blickte wieder zu der Putte hoch, die im spärlichen Licht der Straßenbeleuchtung, das durch die Vorhänge drang, ironisch von der Decke herablächelte. Er suchte tastend nach der Lampe und zündete sich eine Zigarette an. Dann griff er zum Telefon und wählte eine Nummer.

»Ich möchte bitte mit Signor Ricchiardi sprechen«, sagte er. »Es ist wichtig.«

Es war nach elf, als das Telefon klingelte. Welles brauchte eine Weile, bis er den Apparat unter dem Berg von Reiseführern, Almanachen und Kunstbänden gefunden hatte, die verstreut auf dem Bett, dem Schreibtisch und auf einem Teil des Fußbodens herumlagen. Der große Marmoraschenbecher war voll mit Zigarettenkippen.

»Hier ist Viola, Mister Welles. Wie fühlen Sie sich heute?«

»Ausgezeichnet, danke. Ich habe heute morgen eine Menge Ideen im Kopf«

»Ich wollte Ihnen sagen, daß die Dreharbeiten in ein paar Tagen wiederaufgenommen werden.«

»Verstehe. Was hat die Polizei herausgefunden?«

»Das, was man schon vermutet hat. Deller war ein einschlägig bekannter Morphiumsüchtiger. Die letzte Spritze war tödlich ... Man hat auch eine Dose mit einer gebrauchten Spritze in seiner Jacke gefunden, unten in der Garderobe. Wahrscheinlich hat er sich kurz vor der letzten Aufnahme zurückgezogen, während man damit zugange war, die Einstellung einzurichten, die Sie haben wollten.«

In Violas Ton lag so etwas wie ein verhüllter Vorwurf.

»Und San Francesco?«

»Bei der Polizei mißt man den Worten eines Sterbenden keine Bedeutung bei. Dort heißt es, San Francesco könne alles mögliche bedeuten. Der Fall ist abgeschlossen.«

»Abgeschlossen? Das ist doch nicht möglich ... Dieser Mann hat versucht, mir irgend etwas zu sagen!«

»Mister Welles, ich verstehe ja, daß Sie tief erschüttert sind auf Grund dieses ... dieses bedauerlichen Zwischenfalls. Aber da gibt es wirklich nichts anderes mehr zu sagen zum Tod von Alessandro Deller. Wirklich nichts anderes. Niemand hat eine Vorstellung davon, was sich im Hirn eines Menschen vor seinem Tod abspielt.«

»Die Dichter und Maler verbringen ein Leben lang damit, sich das vorzustellen, Viola. Aber die treten natürlich auch nicht in die Polizei ein.«

Ein Augenblick der Stille am anderen Ende der Leitung.

»Ich muß Sie um einen Gefallen bitten, Welles«, nahm Viola das Gespräch wieder auf. »Mister Small und wir von der Scalera Film würden viel darum geben, wenn Sie eine Einladung des Vatikanischen Sekretariats für heute nachmittag annehmen wollten. Mir ist klar, daß das für Sie eine Unannehmlichkeit darstellt, aber das ist bei berühmten Filmschauspielern so üblich. Sie müßten eine Gruppe hoher Prälaten treffen und ...«

»Ist Tyrone Power auch in den Vatikan gegangen?«

»Nun ... ja.«

»Und ich kann auch die Vatikanischen Museen besuchen?«

»Doch, ich glaube, das läßt sich einrichten.«

»Dann gehe ich.«

»Ich danke Ihnen vielmals. Die Limousine erwartet Sie um vier.«

Während er den Hörer auflegte, klopfte es diskret an der Tür. »Herein«, sagte Welles.

Ricchiardi betrat das Zimmer, gefolgt von zwei Kellnern. Einer von ihnen schob einen Rollwagen mit einem schönen Silberservice, der andere einen mit Büchern und dicken Bänden. Ricchiardi überreichte ihm persönlich ein Telegramm.

»Es ist gerade eingetroffen«, sagte er. Dann sah er sich besorgt im Zimmer um und versuchte, eine Logik in der ungeordneten bibliographischen Manie zu erkennen, die während der Nacht über Welles gekommen war.

»Sind Sie mit den Büchern zufrieden, die wir Ihnen besorgt haben? Wir haben versucht, unser Bestes zu tun ...«

»Sehr zufrieden, doch, ja, vielen Dank«, sagte Welles und machte sich gleichzeitig über das Filetsteak her.

»Und ich hoffe, daß auch das Frühstück zu Ihrer Zufriedenheit ist. Es gibt Ei mit Bacon, Filetsteak, Orangensaft, Obst und Mousse au chocolat, wie Sie es bestellt haben.«

»Ausgezeichnet, vielen Dank.«

Ricchiardi zögerte etwas. »Und … da wäre auch noch der bewußte junge Mann … Wie Sie gewünscht haben, spricht er einwandfrei Englisch. Er heißt Moravia, Tommaso Moravia, und ist absolut vertrauenswürdig, dafür stehe ich persönlich ein. Bis vor einigen Monaten hat er bei uns gearbeitet.«

»Gut, sehr gut. Ich werde in Kürze bei ihm sein.«

»Wenn Sie sich die Sache aber noch einmal überlegt haben sollten …«

Welles schob den inzwischen leeren Teller beiseite und setzte ein breites Lächeln auf »Nein, keineswegs. Ich bin voller Tatendrang und werde in wenigen Minuten bei ihm sein.«

»Wie Sie wünschen. Ich wünsche Ihnen einen guten Tag, und rufen Sie mich bitte jederzeit an.«

Ricchiardi ging hinaus, gefolgt von den beiden Kellnern.

Welles öffnete das Telegramm. Es war von Herbert J. Yates unterzeichnet, dem Präsidenten der Republic Pictures. Darin stand:

EINIGERMASSEN BESORGT WEGEN VERZÖGERUNG SCHNITT MACBETH. SEIT ENDE DREHARBEITEN IM JUNI NOCH KEINEN FERTIGEN FILMMETER GESEHEN. WARTEN GESPANNT AUF IHRE ABSICHTEN.

»Guter alter Herbert«, stöhnte Welles und schoß das zerknüllte Telegramm unmittelbar zwischen die Augen der Putte an der Zimmerdecke.

3.

Im Leseraum des Hotels Excelsior wartete auf ihn ein Mann in einem leicht zerknitterten Grisailleanzug. Welles bemerkte gleich, daß er ungefähr gleich groß sein mußte wie er selbst, aber von athletischerem Körperbau. Mit äußerster Langsamkeit wandte Moravia sich nach ihm um. Er hatte helle, traurige Augen, wie die Hunde, die Welles in den Dörfern von Yucatan gesehen hatte. Seinem Gesichtsausdruck nach zu urteilen, konnte auch er nicht ausreichend geschlafen haben. Moravia mußte um die fünfunddreißig sein. Seine Haare waren schwarz und ungekämmt.

Welles wußte nicht recht, wie und wo er anfangen sollte. Er ging um den Sessel herum und setzte sich ihm dann genau gegenüber. Er beugte sich zu ihm vor und blickte ihm in die Augen. Moravia schlug seine Augen nicht nieder.

»Glauben Sie an Träume, Moravia?«

Moravia verzog keine Miene. Dann redete er mit fester, von einer gewissen Melancholie gefärbten Stimme. »Weniger an Träume als an Alpträume.«

»Meiner ist einer.« Welles ließ sich gegen die Rückenlehne fallen. »Wahrscheinlich stellen Sie sich die Frage, warum ich einen Privatdetektiv engagieren will. Und wahrscheinlich werden Sie meine Erklärung als unzulänglich empfinden. Aber ich bin ein Filmregisseur und ...«

»Ich weiß, wer Sie sind.«

»Der Mann von Rita Hayworth ...«, kam Welles ihm zuvor.

Moravia zuckte mit keiner Wimper. Dann machte er einen Seufzer und holte aus seiner Tasche eine einsame zerdrückte Zigarette hervor.

»Kennen Sie das CID, Mister Welles? Das bedeutet *Crime Investigation Department*. Ist eine Sondereinheit der römischen Polizei und besteht aus Italienern und aus Amerikanern. Ich habe über ein Jahr in dieser Einheit gearbeitet.«

Moravia suchte nach einem Feuerzeug. Welles gab ihm seines. »Unsere Aufgabe bestand in der Jagd auf Banden von amerikanischen Deserteuren, die sich der Unterwelt angeschlossen haben. Mörder, bewaffnete Räuber, Vergewaltiger ... Eine abstoßende Arbeit.«

Moravia machte einen tiefen Zug.

»Abends und an Sonntagen hielten unsere Vorgesetzten, wenn wir gut gearbeitet hatten, etwas Besonderes für uns bereit. Raten Sie mal, was. Filme. Noch nicht in die Kinos gekommene amerikanische Filme: das CID bekam sie direkt von der amerikanischen Botschaft. Es hieß, sie würden unserer inneren Verfassung guttun. So habe ich Edward G. Robinson oder James Cagney in einem Film als Gangster gesehen und im nächsten als Polizisten. Diese Erfahrung hat mir einiges deutlich gemacht, meine Kollegen waren begeistert.«

Moravia verlor sich für einen Augenblick, so, als würde er im Geist die eine oder andere Szene wiedersehen. Dann redete er weiter.

»Filme ... Auf diese Weise habe ich auch Ihre Filme gesehen. Gute Filme. Besser als die anderen.« Er zog an seiner Zigarette. »Und Ihr Privatleben mit Rita Hayworth interessiert mich nicht.«

Welles fragte sich, welchen Typ von Mensch er da vor sich hatte. Wahrscheinlich einen, der sich seinen Lebensunterhalt damit verdiente, Bettücher nach Ehebruch und Verrat zu durchwühlen. Mit einem, der höchstwahrscheinlich einen anderen umgebracht hatte. Gleichwohl ... gleichwohl spürte er, daß dieser Mann vielleicht – vielleicht – begreifen könnte, was er ihm jetzt erzählen wollte.

»Schön. Dann erinnern Sie sich ja an meinen ersten Film, ›Citizen Kane‹?«

Moravia nickte.

»An den alten Tycoon, der am Anfang des Films stirbt. An sein letztes Wort: *Rosebud.* An das Geheimnis ...« Welles machte ein paar tiefe Atemzüge. »Jetzt befinde ich mich in der gleichen Lage. Ein Mann stirbt in meinen Armen und vertraut mir ein Geheimnis an. Und ich muß wissen, was es zu bedeuten hat.«

Zum ersten Mal schien Moravia sich zu lösen. Er machte eine ausholende, entspannte Geste und lächelte ein wenig. »Kino und Leben sind zwei verschiedene Dinge, Welles. Ich will damit nicht sagen, das eine sei besser als das andere oder umgekehrt. Nein, nur, daß es zwei verschiedene Dinge sind.«

Welles stand auf und ging mit den Armen fuchtelnd im Zimmer herum. Er sprach schnell.

»Können Sie sich vorstellen, was es für jemanden wie mich bedeutet, in einem Film mitzumachen, den ich nicht inszeniere und nicht kontrolliere? Mein ganzes Leben kämpfe ich darum: um die Kontrolle über das, was ich mache! Aber das hier ist nicht der übliche Kampf mit einem idiotischen Produzenten. Das hier ist mein eigenes Leben, das sich gegen mich stellt.«

Welles kam es vor, als könnte er einen Hauch von Sympathie in Moravias Blick erkennen, doch der Ton in dessen Stimme blieb weiterhin skeptisch.

»Ich habe die Zeitungen gelesen. Irgend so ein kleiner Möchtegernschauspieler hat mit dem Morphium etwas übertrieben. Was geht das Sie an? Wo ist da das Geheimnis? Die Polizei hat festgestellt, daß es sich um einen Unfall handelt.«

»Das weiß ich, das weiß ich ... Aber Deller hat, bevor er starb, versucht, mir irgend etwas zu sagen, irgend etwas mit ... San Francesco. Etwas, das für ihn wichtig war.«

Moravia konnte jetzt den ironischen Zug nicht mehr zurückhalten, der sich über sein Lächeln legte. Welles blieb davon unbeeindruckt.

»Die ganze Nacht habe ich Almanache, Bücher und Kalender gewälzt und durchgesehen und versucht zu verstehen, ob San Francesco eine Straße, ein Ort, ein Bildnis, eine Kirche oder sonst was sein könnte! Statt dessen habe ich entdeckt, daß es in Italien nicht nur *einen* heiligen Franziskus gibt. Da gibt es noch den San Francesco von Paola, den San Francesco Saverio, den San Francesco Caracciolo und all die anderen … Sogar die Borgias haben einen San Francesco gehabt!«

Moravia lachte jetzt ganz unverblümt. »Nun ja, das hier ist ein sehr religiöses Land.«

»Schon, aber hier produziert ihr Heilige wie Massenware.«

Die beiden verharrten still. Welles sah, daß Moravia nachdachte und eine Entscheidung traf. Einen Augenblick später nahm der Detektiv seinen Hut und erhob sich.

»Wollen Sie wissen, wie ich die Sache sehe, Mister Welles? Ich sehe das so, daß wir nach etwas suchen, das wir nicht kennen, und ich weiß nicht warum. Ich denke, Sie sind ein sympathischer Mensch und daß ich, wenn ich an mein Bankkonto denke – sofern ich denn eins hätte –, mich mehr als nur glücklich schätzen müßte, Ihr Angebot anzunehmen. Aber ich respektiere Sie als Mensch und als Künstler und fühle, daß diese Ermittlung eine Beleidigung für Ihre Intelligenz wäre. Über meine eigene will ich gar nicht reden. Daher also danke und *addio* …«

Moravia drückte ihm die Hand. Welles, der von dieser Entscheidung überrascht wurde, reagierte mechanisch und ließ ihn zunächst gehen. Moravia hatte bereits den Türgriff in der Hand, als Welles versuchte, ihn zurückzuhalten.

»Warten Sie! Vergangene Nacht war Lucky Luciano bei mir im Zimmer.«

Moravia blieb stehen. Er blickte Welles ungläubig an. Seine Augen waren unter der Hutkrempe zu kleinen Schlitzen geworden.

»Mit ihm verbringen Sie also Ihre Nächte, nachdem Sie von Rita Hayworth geschieden sind?« sagte er.

»Nicht ganz mein Typ. Ich mag die Marke seiner Zigarren nicht«, antwortete Welles. »Setzen Sie sich, ich bitte Sie …«

Moravia wirkte unentschlossen.

»Ich bitte Sie«, insistierte Welles.

Moravia kam zurück und setzte sich, ohne den Hut abzunehmen.

»Er hat mir einen absurden Vorschlag gemacht. Ich soll einen Film über sein Leben drehen«, sagte Welles. »Aber er wußte über Dellers Tod Bescheid und sagte mir, ich solle mich da nicht einmischen.« Über das Dexedrin wollte er lieber nichts sagen. »Und dann ist da noch etwas...« Welles' Ton war nun leiser und angestrengter. »Da ist dieser Traum... Vor fünf Jahren habe ich einen Film in Rio de Janeiro gedreht. Eine Art Dokumentarfilm, der bei mir von Nelson Rockefeller im Namen der Regierung in Auftrag gegeben wurde. Ich sollte die Geschichte von Jacaré und seinen Gefährten rekonstruieren, den vier *Djangadeiros.* Wissen Sie, wer die sind? Bitterarme Fischer im brasilianischen Nordosten. Menschen, die nicht mehr besitzen als ein zerschlissenes Hemd und ihr Segelboot. Ein Jahr zuvor hatten Jacaré und seine Gefährten eintausendsechshundert Seemeilen auf einem Floß aus Holzstämmen zurückgelegt, hatten sich nur an der Sonne und den Sternen orientiert, um ein Bittgesuch aus ihrem Dorf an den Präsidenten Vargas zu überbringen. Sie waren zu Volkshelden geworden. Ich dachte, das sei eine wunderschöne Geschichte, die die ganze Welt kennenlernen sollte.«

Welles ging zum Fenster und sprach weiter, ohne Moravia anzusehen.

»Wir hatten sie überreden können, für uns ihre Ankunft in Rio zu wiederholen. Das Floß sollte von einem Motorboot gezogen werden. Doch der Steuermann irrte sich und landete in den Klippen von Praia Linda. Das Floß kippte um. Jacarés Körper wurde nie gefunden... Die Brasilianer gaben mir die Schuld. Eine Tageszeitung von Rio schrieb: ›Jacaré ist in der Nähe des Strandes gestorben, bei einem sinnlosen Abenteuer. Er hätte unter seinem Strohdach bleiben sollen, fern der Verführungen der Hure Babylon. Er hätte den Filmemachern aus Amerika niemals begegnen dürfen. Er hätte zu Hause bleiben sollen, dann wäre er Orson Welles nie begegnet‹.«

Welles blickte zu Moravia. »Jetzt geschieht das gleiche hier. Deller hätte mir nie begegnen sollen. Helfen Sie mir.«

Moravia merkte, daß er Welles' Geschichte genauso verfolgt hatte, wie ein verzaubertes Kind einer Geschichte zuhört. Er hätte gerne etwas anderes sagen mögen, aber er konnte eine Frage einfach nicht zurückhalten. »Und war es das wert? Haben Sie einen guten Film gemacht?«

»Vier Jahre habe ich daran gearbeitet und ein paar hunderttausend Dollar verloren. Doch die Produktionsfirma, es war die RKO, konnte damit nichts anfangen. Der größte Teil des Filmmaterials wurde eingestampft. Der Rest wurde, um schneller zu machen, auf einen Laster geladen und bei Santa Monica ins Meer gekippt. Der Film sollte übrigens ›It's All True‹ heißen...«

Moravia überlegte lange. Welles blickte verstohlen zu ihm hinüber, um herauszufinden, was ihm durch den Kopf ging. Aber es gelang ihm nicht. Dann stand Moravia auf, ging zur Zimmerbar und goß sich einen Campari ein.

»Also gut, Welles. Ich folge Ihnen in diesen Wahnsinn und hoffe, daß ich es nicht bereue. Aber lassen wir das mit San Francesco. Wer weiß schon, was das bedeuten soll. Schließlich war ja auch in Ihrem Film *Rosebud* nur ein Schlitten, oder?«

Welles nahm das ohne einen Mucks hin.

»Ich werde Nachforschungen über Dellers Vergangenheit machen. Was hat Ihnen Luciano gesagt?«

»Daß er auf freien Fuß gesetzt wurde als Gegenleistung für seine Dienste im Interesse der US-Regierung während der Landung auf Sizilien.«

Moravia trank sein Glas aus. »Sonst nichts?«

Welles schüttelte den Kopf.

»Nehmen Sie sich vor Luciano in acht. Er ist gefährlich. Es stimmt, die Alliierten haben die Mafia benutzt. Im Gegenzug haben sie Männern wie Luciano und Vito Genovese freie Hand gelassen. Die Mafia hat die öffentliche Ordnung gewährleistet, während der Krieg weiterging. Die Mafiosi haben zwar die eine oder andere kleine Rache genommen, indem sie allzu wachsame Polizisten in aller Öffentlichkeit umgebracht haben, aber alles in allem haben sie den Amerikanern zugesichert, ihnen keine Probleme zu machen, während jetzt die Kommunisten überall sonst im Land ... Geht Ihnen diese kleine Lektion in Geschichte auf die Nerven?«

»Durchaus nicht.«

»Bis 1942 hatten die militärischen Geheimdienste ein Netz von italoamerikanischen Agenten aufgebaut, die die Verbindungsglieder zu den führenden Persönlichkeiten der Insel und der Mafia waren. Aber dann passierte etwas Unvorhergesehenes. Alle zusammen – Mafia, Honoratioren, Agenten – stellten äußerst lukrative Geschäfte zwischen Sizilien und Amerika auf die Beine, und irgendwer dachte, es wäre eine großartige Idee, wenn man sich vom übrigen Italien abspalten und der neunundvierzigste Stern im Banner der Vereinigten Staaten würde. Das ging dann doch zu weit. Die Amerikaner brauchten keinen weiteren Kleinstaat, sondern ein einiges Italien, das der kommunistischen Gefahr entgegentreten konnte, angefangen bei Jugoslawien. Das Netz wurde zerschlagen, Unabhängigkeitsabsichten wurden unterdrückt. Aber ein paar Fetzen dieser Organisation haben überlebt und machen weiter. Wie Salvatore Giuliano, der Bandit. Haben Sie von ihm gehört?«

»Natürlich. In Hollywood gibt es eine Menge Schauspielerinnen, die ihn gerne kennenlernen würden.« Welles lachte. Es klang, als ob ein Sack Kieselsteine auf einem Eisenblech ausgeschüttet würde. »Und woher wissen Sie das alles?«

Moravia sagte nichts. Und Welles verstand, daß der andere sich zu weit vorgewagt hatte und ihm jetzt etwas enthüllen müßte, das er eigentlich für sich behalten wollte. Dann gab sich Moravia einen Ruck und erzählte.

»Ich gehörte während des Kriegs der ORI an, der Organisation des italienischen Widerstandes. Wir waren eine besondere Art von Partisanen. Wir waren unmittelbar der OSS unterstellt, dem amerikanischen Spionagedienst. Bei denen habe ich mein Englisch gelernt. Wir sind hinter den deutschen Linien abgesprungen und haben uns damit beschäftigt, die Aktivitäten der Partisanen zu beobachten und die Verbindung zum alliierten Kommando aufrechtzuerhalten. Keine leichte Arbeit. Im Krieg sollte man eigentlich wissen, auf welcher Seite man steht. Aber manchmal war mir das nicht so klar. Die Partisanen hatten ihre Vorstellungen, die Amerikaner andere ... und trotzdem kämpften sie gemeinsam gegen den gemeinsamen Feind. Das alles habe ich innerhalb der ORI erfahren.«

Welles hatte die unbestimmte Ahnung, daß das noch nicht alles war. Wenn Moravia unter dem Kommando der Amerikaner gestanden hatte, bedeutete das dann nicht, daß seine Aufgabe, auch wenn er auf seiten der Partisanen kämpfte, eben darin bestand, sie auszuspionieren? Während des Krieges mußten die Dinge in Europa nicht so einfach gewesen sein, wie es die Wochenschauberichte von ›March of Time‹ glauben machen wollten.

»Jedenfalls, ist es nicht absurd?« fragte Moravia. »Da habt ihr die Faschisten verjagt, um sie gegen Verbrecher auszutauschen. Das muß der *american way of life* sein ...«

»Keine Sorge. Solange Harry Cohn zu Hause bleibt, seid ihr in Sicherheit.«

Wieder erschütterte das offene, laute Lachen von Welles die Zimmerwände. Auch Moravia lachte, dann sagte er leise: »Mein Honorar ...«

»... spielt keine Rolle. Was immer Sie verlangen, für mich ist es in Ordnung. Nehmen Sie das hier für die Spesen.« Welles zog aus seiner Tasche eine Handvoll Banknoten italienischer Lire, von deren Wert er nicht die geringste Vorstellung hatte. Moravia nahm sie, ohne etwas zu sagen.

»Rufen Sie mich an, wenn Sie Neuigkeiten haben.«

Moravia war im Begriff zu gehen.

»Ich vertraue Ihnen«, sagte Welles.

4.

Ricchiardi kam auf ihn zugelaufen, als er aus dem Aufzug stieg. »Mister Welles! Mister Welles!« Er war sehr beunruhigt. »Sie können jetzt nicht da hinaus! Da draußen stehen Journalisten und Fotografen dicht an dicht.«

Welles warf einen Blick über Ricchiardis Schulter und sah eine wirre Menschenmenge, die sich vor dem Hoteleingang drängte, aber von zwei energischen Türstehern zurückgehalten wurde.

»Journalisten...«, sagte Welles resigniert. »Sie interessieren sich für mich nur, wenn Frauen im Spiel sind oder ein paar Leichen.«

Er änderte den Ton und nahm die Haltung eines Diplomaten in offizieller Mission an. »Ich muß in den Vatikan. Ich habe eine offizielle Einladung.«

»Gewiß, Mister Welles. Selbstverständlich... Ein Auto wartet auf Sie am Dienstboteneingang.«

Ricchiardi geleitete ihn durch die Empfangshalle und ein paar Flure. Hinter einer Glasfront deutete er auf einen großen schwarzen Buick mit laufendem Motor.

Der Chauffeur in Livree schien aus einem Film von Erich von Strohheim zu stammen. Seine Haare waren zu einem ganz kurzen Bürstenschnitt gestutzt, und der blonde Schnauzbart zeigte einen eindeutig preußischen Zuschnitt. Welles vermutete, daß »der Führer« auf einen Menschen dieser Art sicher stolz gewesen wäre. Als der Chauffeur dann beim Öffnen der Wagentür auch noch die Hacken zusammenschlug, fühlte er sich in seiner Vermutung bestätigt.

Als der Preuße die Tür schloß, wurde ihm klar, daß irgend etwas nicht stimmte. Erstens schien das nicht die Limousine der Filmproduktion zu sein. Zweitens saß ihm in diesem hinteren Teil des Wagens, der zu einer Art von kleinem Salon ausgestaltet war, ein Mann gegenüber, den er noch nie gesehen hatte. Dieser Mann und Welles saßen auf zwei einander gegenüberstehenden Sofas, die mit luxuriösem bordeauxrotem Samt bezogen waren. Der Mann, nicht sehr groß, elegant gekleidet, hatte ein jugendliches Aussehen. Doch die Falten, die sich von seinen Augen aus über das Gesicht verteilten, erzählten von einem Leben voll jäher Wechsel und verrieten, was der Rest des gepflegten Körperbaus und die eleganten Manieren verbargen: der Mann war mit Sicherheit älter, als er aussah. Auch wenn der rätselhafte, fast asiatisch anmutende Gesichtsausdruck zu einer bestimmten Schlußfolgerung verleitete: fünfundvierzig Jahre? Fünfzig?

Der Buick setzte sich in Bewegung.

Der Mann betrachtete Welles nachdenklich einige Augenblicke lang mit dem Gesichtsausdruck eines Sammlers, der in seinen Händen endlich ein lang umkämpftes Stück hält. Dann öffnete er die Schiebetüren eines Tischchens, das sich als kleine Bar herausstellte. Er entnahm ihm eine Flasche Champagner, einen Eiskübel und zwei Gläser. Eines davon stellte er vor Welles hin.

»Auf den Namen und den Ruhm von Orson Welles, dem großen Zauberkünstler! Dem mächtigen Fürsten der Gaukler und Trickspieler!« rief er emphatisch aus. Er sprach hervorragend Englisch, in einem Ton, der alle großen Worte seiner Rede unterstrich.

Er entkorkte die Flasche und achtete darauf, kein Geräusch zu machen. Erst füllte er das Glas seines Gastes, danach sein eigenes. »Auf Orson Welles. Willkommen in Rom.«

Welles, wenngleich überrascht, erwiderte den Toast mit ebenso großer Überzeugung: »Und diesen Toast bringe ich auf den unbekannten Retter der Künstler aus, auf den geheimnisvollen Engel, der am Dienstboteneingang erscheint und sie vom Platz des Pöbels in einem Buick De Luxe hinwegführt ...«

Der Mann mit den asiatischen Gesichtszügen fing an zu lachen. »Ich bin begeistert, Ihre Bekanntschaft zu machen,

Mister Welles. Mein Name ist Michael Akian, und Sie werden keinen größeren Bewunderer in der gesamten Ewigen Stadt finden.« Er nippte an seinem Champagner mit dem Ausdruck eines Connaisseurs. »Wie Sie sehen, bin ich ein reicher Mann. Doch mit Geld kann man Genie nicht kaufen, und Genialität ist, was ich am meisten auf der Welt bewundere. Daher würde ich mich geehrt fühlen, wenn ich Ihnen mich selbst und was ich besitze zur Verfügung stellen dürfte.«

Welles überlegte, daß er mindestens ein gutes Dutzend Möglichkeiten wüßte, Mister Akian gleich von diesem Augenblick an glücklich zu machen. Doch er spürte, daß Akian ihn aufmerksam betrachtete, und entschloß sich, die Rolle bis zum Ende mitzuspielen.

»Das Schmeichelhafte Ihrer Worte, Mister Akian, ist ebenso groß wie der Mangel an Verdiensten, für die ich sie empfange. Was, um Himmels willen, sollte ich schon getan haben, um mir einen derartigen Ruhm in Ihren Augen zu erwerben?«

»Sie haben vom Wesen und von der Qual der Macht erzählt! Sie haben auf der Leinwand die Einsamkeit großer Männer dargestellt, die Geschichte machen! Die namenlose Kraft, die sie antreibt, und den blinden Stolz, der sie zu Verlierern macht! Ihr ›Citizen Kane‹ wird mir immer in Erinnerung bleiben. Gewähren Sie meiner bescheidenen Person die Ehre Ihrer Bekanntschaft und, wie ich sehnlich wünsche, Ihrer Freundschaft.«

Welles konnte nicht umhin, von dieser merkwürdigen Persönlichkeit beeindruckt zu sein. Wenn er denn ein Schwindler war, dann war er ein großartiger Schwindler. Sein Charisma war authentisch.

Akian füllte sein Glas nach.

»Meine Freundschaft, sagen Sie?« antwortete Welles. »Die haben Sie, Sir. Und noch viel mehr. Sie haben die Dankbarkeit einer von tückischen Winden des Schicksals an ein fremdes, fernes Gestade gespülten Seele.«

Akians Gesicht erhellte sich mit augenscheinlich aufrichtiger Freude. »Danke, mein Freund! Darf ich also so kühn sein und hoffen, daß dieser verlorene Schiffbrüchige in einigen Tagen an einer kleinen Festlichkeit teilnimmt, die in meinem Hause stattfinden wird?«

Akian reichte ihm eine Visitenkarte. Neben dem Namen und der Anschrift befand sich ein heraldisches Symbol. Welles sah es sich aufmerksam an: Es handelte sich um einen Gänsegeier, in dessen Schnabel ein Mann mit Kutte steckte.

»Der Gänsegeier hält einen Mönch im Schnabel, der in Versuchung geraten war, und entführt ihn in die Lüfte, wo er so gegen ihn wütet, daß dieser allen Glauben verliert...«, sagte Welles.

»Ich sehe, Sie kennen die Legende.« Akian lächelte wie ein Troll.

Welles sah ihm in die Augen und redete leiser. »Im Mittelalter war der Gänsegeier eines der Symbole für das Böse.«

»Wie alles, was aus dem Orient kam...« Akians Augen waren wie glühende Kohlen, die gefährlich wurden, wenn man ihnen nahekam.

»Ganz sicher«, fing Welles wieder an und ließ sich zurückfallen. »Ganz sicher. Ich werde kommen. In dieser Stadt voller Überraschungen hat Ihre Einladung die Musik der süßesten und gefährlichsten Verführung... Doch darf ich Sie jetzt bitten, sofern Ihnen derart viel an meinem Wohlbefinden liegt, mich in den Vatikan zu fahren?«

»Wir werden gleich dasein«, sagte Akian und reichte ihm noch einmal Champagner.

Wenige Augenblicke später fuhr der Wagen auf den Petersplatz und von dort durch die Porta Angelica. Schnell gelangte er ans Eingangstor zum Heiligen Uffizium.

Die Schweizergardisten kontrollierten das Erlaubnisschreiben, das der Preuße ihnen hinhielt, und ließen sie weiterfahren. In der Ferne erkannte Welles ein Empfangskomitee, das aus vier Prälaten in *clergyman* bestand. Sie waren die ersten, die er in dieser Kleidung sah, seit er in Rom war, und er hatte die Vermutung, daß es so etwas wie ein Ausdruck der Achtung war, die man ihm als Angelsachse entgegenbrachte.

Der Buick hielt, und der Chauffeur stieg aus, um Welles die Türe zu öffnen. Akian schien ihm nicht folgen zu wollen.

»Noch einmal meinen Dank, daß Sie diesen Sünder in den sicheren Hafen der Heiligen Mutter Kirche geleitet haben«, sagte Welles mit einer Verbeugung.

»O Dichter, laß mich nur dein Vergil sein in der Finsternis des Averno ...«

Akian lächelte zwar, doch Welles nahm das Aufblitzen der Abneigung in den Augen des Millionärs wahr, als die Prälaten auf ihn zukamen. Der Chauffeur schloß die Wagentür, und im Nu verschwand der schwarze Buick.

3. Kapitel

1.

Am Vormittag des 11. Novembers – eines häßlich grauen Tages mit regenverhangenem Himmel – ging Tommaso Moravia durch das Tor des Friedhofs am Verano. Ein Regenschauer prasselte gerade in dem Augenblick auf ihn nieder, als er um die erste Grabkapelle bog. Ein idealer Tag für eine Beerdigung, dachte er. Ein paar Regentropfen aus der richtigen Windrichtung, und schon sieht es aus, als würden die Angehörigen wirklich weinen.

Er war dort hingekommen, weil es ihm in vier Tagen nicht gelungen war, eine einzige interessante Tatsache über Alessandro Deller herauszufinden, obwohl er Informationen bei allen früheren Polizeikollegen eingeholt hatte, die sie ihm nicht verweigern konnten. Oder besser gesagt: Etwas, zumindest indirekt, hatte er herausgefunden. Im Polizeipräsidium hatte man keinerlei Karteikarte mit Dellers Namen, und das war merkwürdig, wenn man bedachte, daß es ja die Polizei war, die Deller als einschlägig bekannten Drogensüchtigen bezeichnet hatte. Die einzige Möglichkeit war, daß jemand die Karteikarte hatte verschwinden lassen, entweder wegen laufender Ermittlungen, oder um eine Spur zu verwischen. Sofern Deller, San Francesco und alles übrige wirklich einen Sinn ergaben, wie Welles vermutete.

An einer Kreuzung zweier grabsteingesäumter Wege wurde Alessandro Deller gerade beigesetzt.

Der Priester segnete den Leichnam zum letzten Mal. In der ersten Reihe am Grab erkannte Moravia die Witwe, die es vorgezogen hatte, das Begräbnis um ein paar Tage zu verschieben, damit keine Journalisten anwesend wären. Neben ihr standen eine junge, gutaussehende Frau von ungefähr fünfundzwanzig Jahren und, steif wie ein Gepfählter, ein Militär um die fünfundvierzig. Zu ihrer Linken drückte ihr ein jugendlich wirkender Priester tröstend die Hand.

Hinter ihnen an die zwanzig Personen in Trauer. Ihrer Kleidung und ihrem Schmuck nach zu urteilen, gehörten sie zum reichen Bürgertum der Stadt Rom.

Auf der anderen Seite, so als würden sie dem Feind entgegentreten, standen acht, neun Personen aus dem neorealistischen Milieu. Auch sie in Trauer, doch im Unterschied zu den anderen waren sie vor der Beisetzung wohl nicht zu einem Schneider gegangen. Und als der Priester zum Schluß den Segen erteilte, bekreuzigten sie sich nicht.

Die Trauergemeinde nutzte den ersten Regenschauer, um schnell auseinanderzugehen. Moravia wußte, was er zu tun hatte. Er beschleunigte seinen Schritt und erreichte den Mann, den er unter den Filmleuten erkannt hatte: den nämlich, der, dem Priester zum Trotz, die kommunistische ›L'Unità‹ während der ganzen Zeit deutlich sichtbar in der Manteltasche stecken hatte.

»Salve, Mainardi. Schon ein bißchen her, seit wir uns zuletzt gesehen haben.«

Der andere drehte sich seitlich um und erkannte ihn.

»Moravia ... Jemanden wie dich kann ich wirklich nur auf dem Friedhof treffen.«

Mainardi war groß und kräftig, hatte einen dichten schwarzen Oberlippenbart und noch dunklere Augenbrauen. Doch seine Augen waren verwaschen, geradezu transparent. Augen, in die man eindrang, ohne je den Innengrund auszumachen.

»Kennst du den Typ, den man da beerdigt hat?« fragte Moravia.

»Deller? Sicher. War ein guter Genosse. Immer in der vordersten Linie bei den Gewerkschaftskämpfen.«

»Deller war Kommunist? Und all die Volksfeinde in Trauerkleidung, die bei der Familie standen, wer waren die? Etwa seine Parteizelle?«

Mainardi grinste. »Soll ich dir also die ganze Geschichte erzählen? Dann gehen wir aber wenigstens ins Trockene ...«

Sie schauten umher, und Moravia suchte die Grabkapelle der Familie Pambieri aus, auf deren Vorderfront *»Resurgam in luce aeterna«* prangte. Unterstrichen wurde dieser Spruch durch einen Engel, der mit ausgebreiteten Flügeln den Eingang zur Kapelle schützte. Moravia und Mainardi setzten sich dort auf die Marmorstufen.

Moravia bot ihm eine Zigarette an.

»Ich rauche nur amerikanische, tut mir leid. Rauchst du trotzdem?«

Mainardi grinste spöttisch und steckte sich eine Chesterfield zwischen die Lippen.

»Man muß den Feind kennen, wenn man ihn bekämpfen will«, sagte er und machte einen tiefen Lungenzug. »Also Deller, wie? Er war Schauspieler, aber das weißt du vermutlich schon. Seine Karriere begann er Ende der dreißiger Jahre. Boulevardkomödien, seichte Filme. Dann, 1943, folgte er denen, die nach Venedig gingen, um dort weiter Filme zu drehen. Du erinnerst dich, nach dem Waffenstillstand zwischen der neuen italienischen Regierung und den Alliierten ... als die Deutschen Mussolini befreiten und ihm den Befehl gaben, jegliche Art von Ausrüstung in den Norden zu schaffen ... Nun ja, in Venedig wurde Deller zum Genossen. Er arbeitete bei den Partisanen, baute heimlich ein paar Verbindungsnetze auf. Als er nach dem Krieg nach Rom zurückkam, wurde er Mitglied der Partei. Damals habe ich ihn kennengelernt. Er hat in ein paar neorealistischen Filmen gespielt. An einem hab' auch ich mitgearbeitet.«

Moravia hielt ein ironisches Lächeln nicht zurück. Er stellte sich vor, wie Mainardi in seinem Büro am Sitz der Kommunistischen Partei einen nicht ganz die kulturellen und ideologischen Anweisungen der Partei befolgenden Drehbuchautor striegelte.

»Klar, sein Privatleben war nicht gerade das, was wir uns gewünscht hatten. Er kam aus einer bestimmten Schicht, du verstehst schon, und der gehörte er im Grunde auch an. Und dort hatte er auch das Laster mit den Drogen angefangen. 1946 hat er dann Leda De Santis geheiratet, die Witwe eines Hierarchen, eines jener Überflieger, die der Duce so gemocht hat.«

Mainardi hielt inne und nahm einen kräftigen Zug. Ein feiner Schleier der Zufriedenheit lag über ihm, aber auch etwas Bedauern über das, was er dann sagte: »Und genau bei dieser Gelegenheit habe ich Alessandros großen Wert begriffen.«

»Was heißt das?«

»Deller war in einer einzigartigen Position. Er war ein Genosse, der in die Salons der römischen Bourgeoisie eingeführt war. Wenn er Augen und Ohren offenhielt, konnte er eine Menge interessanter Dinge erfahren. Und kaum einer nahm seine Sympathien für die Linke ernst. Die dachten, er würde einer Mode der Zeit folgen, wie so viele Schauspieler. Außerdem wußten alle von seinem Laster. Wer hat sich da schon vorgestellt, daß einer wie er für die Partei arbeiten könnte?«

»Willst du damit sagen, daß Deller ein Spitzel war?«

»Ein Spitzel ... Er war ein einsamer Kämpfer hinter den feindlichen Linien. Wie du auch während des Krieges.« Mainardi sprach den letzten Satz sehr betont aus. »Nur daß er im Unterschied zu dir umgebracht wurde.«

Moravia fuhr zusammen. »Umgebracht?«

»Was sonst?« Mainardi zuckte mit keiner Wimper. »Deller nahm zwar Morphium, wußte aber sehr genau, was er tat. So wäre er nie krepiert. Er hatte irgend etwas entdeckt, und deswegen hat ihn jemand um die Ecke gebracht.«

Moravia drehte seine Augen zum Himmel, blickte aber gleich wieder nach unten. Er hatte den unangenehmen Eindruck, daß der Engel mit seinen schweren Flügeln auf ihn niederstürzen wollte.

»Und willst du mir jetzt endlich sagen, wieso dich Alessandro Deller so interessiert?« fragte Mainardi.

»Arbeit«, sagte Moravia kurz angebunden.

Mainardi brach in schallendes Gelächter aus. Moravia spürte darin seine ganze Verachtung und seine Enttäuschung.

»Arbeit? Das nennst du Arbeit?« Mainardi schnippte die Zigarette eine Handbreit unter Moravias Nase vorbei. Der Stummel erlosch in einer Pfütze. »Moravia, Moravia ... Du hast doch so gut angefangen, und jetzt sieh nur, was aus dir geworden ist. Ein elender Hund, der über Friedhöfe streunt, auf der Suche nach Leichen, die gerade begraben wurden. Die Geschichte weiß nicht, was sie mit Leuten wie dir anfangen soll. Und wir auch nicht.«

Mainardi stand auf und zog seinen Mantelkragen hoch.

»Tja, bis dann, Genosse«, sagte er im Weggehen.

»Mainardi ...«

Mainardi drehte sich um. Blitzschnell hatte sich sein Gesicht in Sanftheit verwandelt, so als habe er erwartet, daß seine Vorhaltungen Moravia tief getroffen hatten.

»Was kannst du mir über die junge Frau sagen, die neben der Witwe stand?«

Enttäuschung zeigte sich in Mainardis Ausdruck.

»Seine Tochter Aurora. Verheiratet mit Colonnello Traversa, vorbildlicher Repräsentant der ruhmreichen italienischen Armee: der Typ mit dem Aussehen eines Unglücksbringers ... und nicht zufällig. Traversa hat ein paar kroatische Dörfer dem Erdboden gleichgemacht, die gegen die Nazis aufbegehrten, aber wie so viele andere auch führt er jetzt wieder ein respektables Leben.«

Mainardi sah Moravia einen Augenblick lang scharf an. Dann ging er weg. Unter seinen Schritten knirschte der Kies.

Moravia machte einen langen Spaziergang durch die Friedhofsalleen, bevor er sich zum Ausgang begab. Er atmete tief die Winterluft ein, so als müsse er sein Herz entgiften. Er stieß auf ein anderes Begräbnis: ein Sarg auf einem Handwagen, dem nur zwei alte Frauen folgten, die sich den Rosenkranz hin und her reichten. Er fragte sich, ob, wenn einmal die Reihe an ihm ist, ihn wenigstens diese beiden begleiten würden.

Er kam zu dem Feld, wo die Gefallenen des Partisanenkampfes beerdigt waren: Reihen völlig gleich aussehender Gräber. Ein Stein, ein Name, manchmal ein Foto und das Alter: da waren Vierzehnjährige und Männer von sechsundsechzig Jahren. Da waren auch solche, die er gut gekannt hatte. Da war auch seine gesamte Familie, aber er blieb nicht stehen. Erinnern tat weh.

Als er die Allee zum Ausgang einschlug, traten plötzlich zwei Männer zu ihm, ein kleiner und einer, der größer war als er. Noch bevor er ihnen ins Gesicht blicken konnte, hatte er sie bereits an ihrem Geruch erkannt.

Tufano versperrte ihm den Weg und schenkte ihm ein bösartiges Lächeln. »Du hast deine alten Revoluzzerfreunde nie vergessen. Stimmt's, Moravia?«

»Ich habe keine Freunde, Tufano.«

»Soll das ein Witz sein? Ausgerechnet du, der so viele zerbrochene Herzen im Polizeipräsidium zurückgelassen hat. Wenn du wüßtest, wie die Sekretärinnen geheult haben, als man dich rausgeschmissen hat! Mein Gott: Moravia, der sentimentale Polizist ...«

Er schaute De Bernardi an, der auf Kommando lachte. Dieses bösartige Lachen hatte Tommaso immer in Angst versetzt.

»Laß mich in Ruhe, Tufano. Ich bin ein freier Bürger, der sich um seine Angelegenheiten kümmert.«

»Erzähl das meiner Oma«, sagte De Bernardi. »Was hast du hier gemacht?«

»Ich habe einen Strauß Blumen zum Grab einer bemitleidenswerten Frau gebracht, die sich immer noch Vorwürfe macht, weil sie einen Idioten in die Welt gesetzt hat, der Polizist ist.«

»Hurensohn!«

De Bernardi wollte sich auf Moravia stürzen, doch Tufano hielt ihn zurück. Es gelang ihm lediglich, Moravias Hut zu treffen, der davonflog.

Moravia stand unbeweglich da und deutete nur ein Lächeln an. »Wie hast du's bloß begriffen, daß ich von dir geredet habe, ohne daß dein Kumpan es dir erst erklären mußte? Du hast richtige Fortschritte gemacht, DeBe ...«

Eine lange Stille trat ein, während Tufano und Moravia sich mit allem Haß, zu dem sie fähig waren, in die Augen schauten.

»Komm mir ja nicht mehr in die Quere, Moravia, sonst kannst du dein hübsches Lächeln Zahn für Zahn im Kies zusammensuchen. Los, gehen wir«, sagte Tufano.

Moravia bückte sich, um den Hut aufzuheben. Er spürte, wie der Schweiß ihm den Rücken hinunterlief.

2.

»Tut mir leid, daß ich nicht früher mit Ihnen sprechen konnte, Moravia. Wir haben den ganzen Tag Außenaufnahmen gemacht. Das ist meine erste freie Minute.«

Nachdem er aus dem Hotel gekommen war, hatte Welles Platz in dem Taxi genommen, in dem Moravia schon eine Weile auf ihn gewartet hatte.

»Wohin geht's?« fragte der Taxifahrer.

Welles gab ihm Akians Visitenkarte. Der Fahrer stieß einen Pfiff der Bewunderung aus und setzte das Auto in Bewegung.

»Wohin bringen Sie mich?« fragte Moravia.

»Oh, ich weiß nur, daß es da eine kleine Party gibt. Der Hausherr ist ein Exzentriker. Beim Abendessen werden wir Zeit zum Reden haben. Ich habe einen Riesenhunger.«

Seit ein paar Tagen hatte Welles bemerkt, daß sein Appetit trotz Dexedrin nicht abnahm. Doch das war nicht der Grund, weshalb er aufgehört hatte, es zu nehmen.

»Ich habe im Zusammenhang mit Deller eine interessante Begegnung gehabt«, sagte Moravia.

»Ach ja? Und wo?«

»Auf dem Friedhof«

»Das ist der geeignetste Ort für bestimmte Gespräche. Und was haben Sie erfahren?«

»Jemand, der ihn gut gekannt hat, meint, Deller sei ermordet worden.«

Welles drehte sich um, ohne seine Besorgnis zu verbergen. »Ermordet?«

Moravia berichtete Welles über seine Begegnung mit Mainardi. Unterdessen hatte das Taxi die abschüssige Straße am Muro Torto hinter sich gelassen, fuhr die Kurven am Lungotevere entlang in nördliche Richtung. Am Piazzale delle Belle Arti überquerte es die Brücke, begab sich auf die Anhöhen von Monte Mario und ließ das Gewühl von Straßen und Kuppeln hinter sich. Doch die beiden auf dem Rücksitz waren zu beschäftigt, um das zu bemerken.

»Und dann ist da noch etwas. Trotz der offiziellen Version ist die Polizei immer noch an diesem Fall interessiert. Auf der Beerdigung habe ich zwei meiner früheren Kollegen getroffen. Was suchten sie da, wenn sie überzeugt sind, daß Deller durch einen Unfall gestorben ist?«

»Der, der mich verhört hat, hatte nicht den geringsten Zweifel. Und er schien auch nicht an einer Fortführung der Ermittlungen interessiert zu sein. Ein unerträglicher Zwerg, der nach Zwiebeln stank.«

Moravia feixte. »Tufano hat Sie verhört? Einer, der mit einem hirnlosen Gorilla herumläuft?«

»Genau.«

»Das sind dieselben, die ich am Verano getroffen habe. Eigenartig ...«

»Ich habe es Ihnen doch gesagt.«

»Schon, aber übertreiben wir nicht gleich. Es kann sich um einen Zufall handeln. Und es ist nicht gesagt, daß Mainardi nicht von seiner üblichen Obsession eines antikommunistischen Komplotts befallen ist.«

»Was machen wir jetzt?«

Moravia hatte darauf keine Antwort, aber der Taxifahrer unterbrach die beiden ohnehin: »Sind Sie sich sicher, daß es hier ist, wo Sie hinwollen?«

Raffael, der die Villa Madama an die Hänge des Monte Mario gebaut hatte, sagte, er habe die Vision von dieser Villa im Traum gehabt. Er hatte sie sich wie ein neues *domus aurea* vorgestellt, den Palast, den sich Nero nach dem Brand von Rom hatte erbauen lassen. Doch Raffael hatte die neronische Stattlichkeit in die Leichtigkeit der Renaissance verwandelt, das kaiserliche Pathos in die Anmut perfekter Proportionen. Verwundert betrachtete Welles die Leichtigkeit des Halbrunds am Eingang, das sich über einen Bogen von nicht weniger als sechzig Metern hinzog, die Schönheit des Portals, den Garten im italienischen Stil.

Zwei Diener in Livree, die aus einem vergangenen Jahrhundert aufzutauchen schienen, kamen fackelschwingend auf sie zugelaufen und führten sie durch riesige gewölbte Atrien. Die Flammen der Fackeln erleuchteten freskenbemalte und mit Stuckarbeiten gestaltete Wände: menschliche Gestalten, Tiere, Ungeheuer ineinander verschlungen, dazwischen Ornamente, Laubranken und Kerzenleuchter. Die Darstellungen bildeten eine kontinuierliche Abfolge, und die Motive der freskenbemalten Kuppeln spiegelten sich in den Darstellungen des Marmorfußbodens.

Daß Michael Akian, ein ganz irdischer Mensch, dort wohnen sollte, kam Welles nahezu unglaublich vor.

»Darf ich wissen, wer Ihr Freund ist?« fragte Moravia.

»Er heißt Michael Akian. Ein exzentrischer Typ mit orientalischen Vorfahren. Und er ist verdammt reich, würde ich sagen. Sonst weiß ich weiter nichts über ihn.«

»In Rom ist bekannt, daß es solche Orte gibt, doch kaum

einer setzt seinen Fuß dort hinein. Jedenfalls keiner wie ich.«

»Was bedeutet, daß die Bekanntschaft mit mir wenigstens etwas Gutes für Sie hat.«

Die beiden Diener führten sie wieder ins Freie zu einem weiteren, etwas niedrigeren Gebäude, aus dem beachtliches Treiben zu hören war. Sie gingen noch einmal durch das Heckenlabyrinth eines Gartens, hinter dem sie, weiter unten, die Lichter der Stadt sahen. Als sie an einem großen Fischteich mit Mosaikboden vorbeigingen, flogen schläfrige weiße Tauben auf und verschwanden im Dunkeln.

Sie gingen auf ein massives zweigeschossiges Bauwerk aus Stein zu. Das untere Geschoß hinter beeindruckenden Glasfronten mit Rundbögen und schweren Vorhängen war der Ort, von dem die Geräusche des Festes herkamen. Und nun tauchte hinter einem dieser Vorhänge Akian in einem weißen Smoking auf. Er zeigte sich überrascht, daß Welles in Gesellschaft war, und gab möglicherweise deshalb den theatralischen Ton auf, mit dem er sich einige Tage zuvor noch geziert hatte.

»Ich bedauere, keine Kenntnis davon zu haben, daß du mit einem Freund kommst, Orson.«

Welles übernahm die Vorstellung. »Mister Moravia ist mein italienischer Sekretär.«

»Gut, ausgezeichnet ... Ich werde gleich dafür sorgen, daß man sich um ihn kümmert.«

In einer ihm unbekannten Sprache, die sehr an Ratoffs Verwünschungen erinnerte, flüsterte er den beiden Dienern etwas zu, und diese gaben Moravia zu verstehen, er solle ihnen folgen. Der Detektiv warf Welles einen fragenden Blick zu, doch auch der wußte nicht, was tun. Moravia blieb nur, den beiden zu folgen.

»Dein Haus ist wunderschön, Michael.«

Akian setzte ein Lächeln falscher Bescheidenheit auf.

»Oh, das ist alles nur eine Illusion. Eine der vielen in dieser

Stadt. Die Villa gehörte einer Contessa, mit der ich befreundet bin ...« Er flüsterte einen Namen, bei dem, als er ihn hörte, Welles große Augen machte.

»Aber die ist doch die Geliebte von Gary Cooper!«

»Eben das ist der Grund, weshalb sie nicht mehr in Rom lebt. Unglücklicherweise hat ihre Familie auch noch viele Schulden, und so hat sie die Villa an die italienische Regierung vermieten müssen, die sie für Repräsentationszwecke nutzt. Obwohl ich Zugang zum Park und zum Palazzo habe, wohne ich in dem, was einmal die alten Skuderien waren. Ich habe sie völlig restaurieren lassen und kann dir versichern, daß ich dabei auch noch verdient habe. In der Villa mit all ihrer Herrlichkeit gibt es nicht einmal ein Schlafzimmer; die Vorfahren der Contessa haben sie nach dem Sacco di Roma durch Kaiser Karl V. halbfertig aufgegeben. Findest du nicht, daß das alles typisch italienisch ist? Vorne eine traumhafte Fassade. Hinten nicht einmal die Idee von einer Matratze ...«

Sie hatten den Eingang zum Salon im Erdgeschoß erreicht.

Akian drückte Welles eine lederbezogene Schachtel in die Hand und hakte sich bei ihm ein.

»Ich dachte mir, in Anbetracht des Charakters deiner letzten Rolle sollte die Party etwas damit zu tun haben ...«

Welles öffnete die Schachtel gerade in dem Augenblick, als Akian ihn in den Salon hinter den Glasscheiben führte. Sie enthielt einen Gegenstand aus schwarzem Leder, weich und dünn: eine Karnevalsmaske.

»Willkommen in meinem Haus«, sagte Akian.

Als Welles aufschaute, dachte er, er sei auf das Set der Scalera Film zurückgekehrt. Nicht weniger als zweihundert maskierte Personen befanden sich in dem riesigen Salon und tanzten und tranken. Die Kellner trugen Livreen und Perücken aus dem achtzehnten Jahrhundert, wie auch die zwölf Jazzmusiker, die auf der Bühne ›Tuxedo Junction‹ von Glenn Miller spielten. Das Feuer prasselte in zwei Kaminen, und der Saal wurde von hunderten Kerzen auf Kandelabern und alten, von den freskenbemalten Decken herunterhängenden Lüstern erhellt.

Die Gäste sprachen und tranken ungestört weiter, doch Welles' Erscheinen wurde von allen bemerkt und kommentiert. Zwei Sektschalen waren wie durch ein Wunder in Akians Hand aufgetaucht. Sie prosteten einander zu.

»Natürlich brauchst du diese Maske nicht aufzusetzen. Sie ist lediglich ein Geschenk: original achtzehntes Jahrhundert. Vielleicht hat ja Cagliostro sie getragen ...«

»Für einen Schauspieler ist die eigene Person oft nichts anderes als eine Maske.«

Akian lächelte bewundernd. »Weißt du, Orson, es ist nicht einfach, einen Mann zu treffen, dessen geistige Fähigkeiten seinem Ruhm gleichkommen. Auf unsere Freundschaft!«

Sie tranken erneut.

»Und jetzt muß ich dich einigen meiner Gäste vorstellen«, sagte Akian und führte ihn mitten hinein in die Party. »Verzeih mir, aber ich muß es einfach tun.«

Welles spürte die Blicke aller auf sich. Darüber war er bewegt und fühlte sich erregt. Er liebte es, im Mittelpunkt der Aufmerksamkeit zu stehen, die Bewunderung und das Erstaunen der Menge waren sein natürliches Element. Nach der enttäuschenden Ankunft schien Rom – zumindest der einflußreichste Teil von Rom – ihn jetzt so zu empfangen, wie er es verdient hatte. Er empfand für Akian unmittelbar und unbewußt Dank.

Er verteilte sein Lächeln hierhin und dorthin, ganz nach Zufall. Und mit Absicht einigen Damen, die ihn hinter dem Schleier ihrer Kostüme mit größtem Interesse ansahen. Bis sein Blick den hellen, kalten Blick von Drew Pearson kreuzte.

Akian führte ihn in einen kleinen Kreis von Männern ein, die von einer nicht zu leugnenden Aura von Autorität umgeben waren. Welles hatte das unangenehme Empfinden, in ihrer Mitte die Luft von Komplotten und flüsternd ausgetauschten Beobachtungen zu atmen.

Der Wirbel von Namen und Rängen zog an Welles' Gedächtnis vorüber wie eine Frühlingsbrise. Das einzige, an das er sich nach fünf Minuten noch erinnerte, war, daß es sich um einige Mitglieder der italienischen Regierung handelte. Vor allem war ihm der zweite Staatssekretär im Präsidialamt des Staatspräsidenten aufgefallen, ein junger Mann, dessen Kopf dermaßen zwischen die Schultern geschraubt war, daß er gar keinen Hals zu haben schien.

Dann stellte Akian ihm Pearson vor. Die beiden gaben sich die Hand so förmlich, als würden sie sich zum ersten Mal begegnen. Dann war die Reihe an dem stocksteifen Herrn neben dem Journalisten.

»Ich habe die Ehre, Ihnen den Botschafter Ihres Landes in Rom vorzustellen, Mister James Dunn«, sagte Akian.

Dunn hatte etwas von einer Bulldogge an sich. Ein Kämpfer der Politik, dachte Welles, einer von denen, die es fertigbringen, ihre Zähne in den Gegner zu schlagen und ihn so lange nicht mehr loszulassen, bis er sich nicht mehr rührt. Von denen hatte er eine ziemliche Anzahl in Washington kennengelernt, und zwar in den Monaten, in denen er für Roosevelt gearbeitet hatte. Er hatte immer versucht, einen großen Bogen um sie zu machen.

»Willkommen in Rom, Welles«, sagte Dunn. »Sie sind gerade im richtigen Augenblick gekommen. Wie ich unseren italienischen Freunden gerade erklärt habe, organisieren wir von der Botschaft, in Zusammenarbeit mit Mister Pearson, eine flächendeckende Kampagne im Hinblick auf die kommenden Wahlen. Unser Ziel ist es, die Freiheit und die Demokratie zu schützen, die dieses Land – mit unserer Hilfe selbstverständlich – unter so viel Blutvergießen erlangt hat. Es gibt eine ganze Reihe von Dingen, bei denen eine berühmte Persönlichkeit wie Sie uns behilflich sein könnte. Ich und Mister Pearson hoffen, möglichst bald schon ein Gespräch mit Ihnen darüber führen zu können.«

Pearson nickte, und auch sein feines Lächeln ließ erkennen, daß er voll und ganz mit Dunn übereinstimmte. Er wußte, daß Welles dem Botschafter nicht ablehnend antworten konnte, wie er es ihm gegenüber getan hatte, und genoß bereits den Augenblick des Triumphs.

Welles schaute beide mit dem sanftesten Gesichtsausdruck der Welt an. Fast schien es, daß er sterben könnte, nur um den beiden einen Gefallen tun zu dürfen.

»Ich stehe zu Ihrer vollen Verfügung«, sagte er leise, »wenn Sie denn der Ansicht sind, daß der bescheidene Beitrag eines Verwandlungskünstlers dem Vaterlande dienen kann. Vergessen Sie aber nicht, daß ich nur Cagliostro bin, ein Mann, der glaubte, die Geschichte beeinflussen zu können, in Wirklichkeit aber nur seine eigene Katastrophe herbeiführte.«

Während er das sagte, streckte er seine rechte Hand zu Pearsons Gesicht aus. Ein ganzer Haufen Münzen stürzte aus dem Ohr des sprachlosen Journalisten in Welles' andere Hand. »Doch wie Sie sehen, meine Herren, verbergen sich die Reichtümer an Stellen, an die man überhaupt nicht denkt. Mithin stehe ich Ihnen, sofern Sie es wollen, zur Verfügung«, sagte Welles und entfernte sich mit einer aufgesetzt devoten Verbeugung.

Das letzte, was er sah, bevor er dem Botschafter und den anderen den Rücken zukehrte, war Pearsons dümmliches Lächeln, Dunns gerunzelte Stirn und die betroffenen Gesichter der Italiener, die nichts von dem verstanden, was sich da gerade abgespielt hatte.

Akian hakte sich wieder bei Welles ein und schob ihn mitten in die Party. »Verdammte Politisierer«, sagte er leise. »Sie brauchen doch keine Maske, um sich hier, bei mir, sicher und wohl zu fühlen.«

Während Akian ihn weiterschleifte und ihm Leute vorstellte, deren Namen er gleich wieder vergaß, beobachtete Welles ihn aufmerksam. Wer, zum Teufel, war Akian wirklich? Was ging im Herzen und im Kopf eines solchen Menschen vor sich?

Akian machte ihm Komplimente, als er wieder Champagner eingoß. »Hervorragend! Wirklich hervorragend, wie du den Botschafter abgefertigt hast. Ich hasse die Zeit, die ich gezwungen bin, mit Leuten von seinem Schlag zu verbringen. Wir sind so anders als die da. Wir sind Künstler und auch ein bißchen so etwas wie Magier. Weißt du, wieso ich mir das alles hier erlauben kann?«

Endlich! Welles hatte sich ja schon eine ganze Weile über den Ursprung dieses Reichtums Fragen gestellt.

»Ich mache Geschäfte, wo immer sie sich mir anbieten. Seit kurzem habe ich zum Beispiel das Strommonopol in Argentinien erworben. Doch meine jüngste Tätigkeit gibt mir die meiste Befriedigung. Ich mache Filme. Oder besser gesagt: ich mache keine.«

»Was heißt das?«

»Du mußt dir vor Augen halten, was in diesem Land los ist. Während des Faschismus und dann während des Krieges hatten die Italiener keine Möglichkeit, amerikanische Filme zu sehen. Jetzt überschütten die großen Produktionsfirmen aus Hollywood sie mit allem, was in den letzten zehn Jahren in ihren Regalen liegengeblieben ist. Die Menschen sind arm und wollen sich amüsieren. Die Kinos sind immer voll, Illustrierte gehen weg wie warme Semmeln. Die Bosse Hollywoods kassieren Millionen und Abermillionen von Dollars, können sie aber nicht aus diesem Land hinausbringen.«

»Wieso?«

»Das verbietet das italienische Gesetz, weil man hier die Wirtschaft ankurbeln will. Trotzdem, einen Ausweg gibt's. Man muß sich nur an den Vatikan wenden. Mit ein paar Schleuseraktionen durch seine frommen Einrichtungen und seine Banken schafft er das Geld in die Schweiz. Gegen eine ehrenwerte Kommission von dreißig Prozent ...«

»Das ist ja Diebstahl!«

»Was ist das denn nicht im Kapitalismus, mein Freund?«

»Sag mir nur nicht, du wärst Kommunist.«

»Nein, aber in meiner Jugend bin ich in die Parteischule von Gurjev gegangen, meiner Heimatstadt, wo ich eine Menge gelernt habe. Aber das ist eine andere Geschichte.« Akian nippte an seinem Champagner. »Als ich dann nach Rom kam und mir über die Lage klar wurde, habe ich einen Plan entwickelt. Und jetzt hör gut zu. Vor allem ist es wichtig, einen Vertrag mit einem Studio in Hollywood für die Produktion eines Films in Italien und in italienischen Lire abzuschließen. Als Garantie für einen guten Ausgang deponiere ich einen Dollarscheck in Amerika, der das gesamte Budget für den Film abdeckt, abzüglich zwanzig Prozent. Sobald das Studio den Scheck erhält, zerreißen wir den Vertrag. Sie stecken sich das Geld ein, das gesperrt war, ich halte meine Investition in Lire in der Hand, und zwar mit einem Profit von zwanzig Prozent. Und das alles ausschließlich durch Unterzeichnung von ein paar Blättern Papier. Sie sparen gegenüber dem Vatikan, und ich kann außerdem, wenn ich will, immer noch den Film drehen. Na, was sagst du dazu?«

Welles' Blick drückte uneingeschränkte Bewunderung aus, aber auch die leichte Beunruhigung eines Mannes, der der Meinung war, die Begegnung seines Lebens gemacht zu haben. Er erhob sein Glas und sagte überzeugt: »Ich denke, das alles ist genial! Und ich denke, daß wir so bald wie möglich etwas zusammen machen müssen, Michael!«

3.

Die beiden in Livree hatten Moravia in eine Art Boudoir geführt. Nach fünf Minuten hatten sie ihm den Mantel eines Degenfechters und eine Maske aus Pappmaché gebracht. Die Maske wollte er nicht, weil er sich zu blöd vorkam, wenn er sie aufsetzte. Der Mantel, in dem er sich wenigstens nur einigermaßen blöd vorkam, hatte außerdem den Vorteil, daß er seinen Anzug aus zweiter Hand in dieser Versammlung von Reichen verbarg. Es hätte allerdings jemand auch seine Kleidung für ein Kostüm halten können, das sich an den jetzt so populären neorealistischen Filmen orientierte.

Und so war er denn, als er mit seinem Glas in der Hand auf der Suche nach Welles hier und dort durch die Menge schlenderte, auf einen Kreis von linken Filmleuten gestoßen. Seiner Meinung nach waren sie hier, auf einer solchen Veranstaltung, völlig fehl am Platz, doch die, auf die sich seine Meinung bezog, sahen das selbstverständlich ganz anders. Andererseits, wie hätte er seine eigene Anwesenheit rechtfertigen sollen, wenn jemand anderer ihn traf? Wie auch immer, diese Wahrscheinlichkeit war äußerst gering.

»Ich weiß, was du denkst. Aber das ist keineswegs so«, hörte er hinter sich sagen. Im ersten Augenblick wollte Moravia sich umdrehen. Der Klang dieser Stimme war unverwechselbar. Schnell ging er seine Erinnerungen durch und sagte: »Im Gegenteil. Wenn es so wäre, könnte es sein. Und wenn es so gewesen ware, wäre es so. Aber weil es so nicht ist, ist es auch nicht so. Ist doch logisch.«

Er drehte sich um. Wie er erwartet hatte, stand er vor einem Mann, der reichlich sechzig Jahre alt und eine Handspanne kleiner war als er. Seine Haare waren grauer geworden, als er sie in Erinnerung hatte. Doch der herzliche Gesichtsausdruck und die lebhaften blauen Augen hatten sich nicht verändert.

»Colonnello Koop. Professore ...«

»Ich bin froh und glücklich, daß du mich nicht vergessen hast. Und auch Lewis Carroll nicht.«

Mariano Koop war Moravias Lehrer für Geschichte und Literatur am Gymnasium in Triest gewesen, als Tommaso noch davon träumte, Universitätsprofessor zu werden. Dann war er 1929 wegen Antifaschismus aus dem Amt gejagt worden, war nach Frankreich geflohen, wo er mit den italienischen Emigranten zusammengearbeitet hatte, bis er 1943, nach dem Sturz des Faschismus, wieder nach Italien zurückgekehrt war. Badoglio hatte ihn in Windeseile in die Armee aufgenommen, obwohl Koop da schon sechzig war: In dem Durcheinander nach dem 8. September war er einer der wenigen, dem er eine wichtige Stellung in der Spionageabwehr anvertrauen konnte. Koop war im Grunde ein alter Idealist, der der Monarchie treu war. So kam es, daß Moravia innerhalb der ORI mit seinem alten Lehrer zusammengearbeitet hatte.

Moravia verehrte ihn. Ganze Tage hatte er damit verbracht, ihm zuzuhören, wenn er über James Joyce redete, den Koop während dessen italienischer Zeit kennengelernt hatte. Sein Lehrer war scharfsinnig, und seine Klugheit wurde immer wieder von Ironie durchbrochen. So hatten sie sich für ihre chiffrierten Mitteilungen einen Code einfallen lassen, den sie ›Alice im Wunderland‹ entliehen hatten.

Koop lachte, als er Moravias Mantel ansah. »Mir hat man nichts Derartiges gegeben. Ich bin alt. Das reicht als Maskierung.«

Moravia fühlte sich unbehaglich, wie damals im Gymnasium, wenn Koop ihn über die Konstantinische Schenkung befragte. »Bevor Sie mir die Fragen stellen, Professore, auf die ich keine Antwort hätte«, sagte Moravia, »frage ich Sie: Was machen Sie hier?«

»Ach, Junge, nach dem Krieg, als beschlossen wurde, daß meine Dienste nun doch nicht mehr so nötig sind, hat man mich in ein kleines Büro des Innenministeriums verfrachtet. Ich bin der stellvertretende Regierungsbeauftragte für die Filmzensur. Seit dem Zeitpunkt kenne ich diese Leute hier, lieber Tommaso.« Seine langen, knöchrigen Finger fuchtelten vor Moravias Augen herum, wie er es so oft gesehen hatte. »Eine Stuhlfurzertätigkeit, völlig nutzlos. Aber ich wurde befördert im Hinblick auf die Pensionierung ... Und ich, ich warte.«

Koop schwieg. Die beiden schauten sich einen Augenblick lang an, und in diesem Blick eilten blitzschnell die langen

Jahre ihrer Freundschaft vorüber. Dann tat Koop das, worauf Moravia aus ganzem Herzen gehofft hatte. Er öffnete seine Arme und zog den früheren Schüler und Kampfgenossen an sich heran.

»Jetzt zieh dieses Zeug schon aus und erzähl mir von dir«, sagte Koop. »Ich habe dich seit über einem Jahr nicht mehr gesehen. Du hast geschworen, du würdest ein Lebenszeichen von dir geben. Was ist mit dir passiert?«

Moravia schüttelte den Kopf »Ach, das lohnt sich nicht«, sagten seine Lippen. Doch seine Augen sagten dem alten Lehrer das Gegenteil.

»Komm, suchen wir uns einen ruhigeren Winkel«, sagte Koop und hakte sich bei ihm ein.

Sie fanden eine leere Terrasse, die Geräusche des Festes verloren sich in der kalten, kristallklaren Luft. Die Wolken und der Regen hatten sich schon seit dem Nachmittag verzogen. Ganz Rom breitete sich zu ihren Füßen aus, von der Farnesina bis zur Weite des Piazzale Clodio und den Vierteln am Stadtrand.

»Eigentlich ist es dumm«, sagte Koop, »aber je näher der Tod rückt, um so mehr tut es mir leid, das alles zu verlieren. Ist doch dumm, oder?«

»Das glaube ich nicht, Professore. Das heißt doch, daß es Ihnen leid tut, etwas zu verlassen, das sich lohnt.«

»Du sagst das, als gelte das gleiche nicht auch für dich.«

»Das Leben verändert sich, doch nicht immer zum Besseren. Das, was ich bei Ihnen gelernt habe, zum Beispiel ...«

»Was ist damit?«

»Es kommt mir vor, als hätte ich das vor langer, langer Zeit verloren.«

Koop blickte zum sternenklaren Himmel hinauf. »Das letzte Mal habe ich etwas von dir gehört am Tag nach der Befreiung. Es war der Tag unseres Sieges. Wir waren glücklich. Was ist dir in diesen beiden Jahren seitdem widerfahren?«

»Das ist eine lange, traurige Geschichte, Professore.«

»Niemals so lang und traurig wie deine Italienischaufsätze, Tommaso ...«

Moravia lächelte. Das Schicksal wollte es, daß er jetzt gerade hier war, an diesem Abend. Das Schicksal wollte es, daß er seinem Lehrer seine Geschichte erzählte.

4.

Der Krieg ist zu Ende, doch für mich beginnen die Schwierigkeiten erst. Ich habe nichts mehr: keine Familie, keine Arbeit, nicht einmal einen Feind, den ich bekämpfen kann. Und ich weiß auch nicht mehr, auf welcher Seite ich stehe, das habe ich schon im letzten Kriegsjahr geahnt. Die Alliierten befürchten einen Volksaufstand und kümmern sich mehr darum, den Einfluß der Widerständler auf die Bevölkerung einzudämmen, als ihnen zu helfen, den Faschismus niederzuwerfen.

Ich hatte Befehle und habe sie ausgeführt. Mit den Partisanen habe ich alles geteilt: auch Dinge, die ich lieber vergessen will. Und ich habe gelernt zu töten. Zuerst ist es beinahe natürlich: Ich schieße auf den Feind, um selbst nicht getötet zu werden. Dann kommen die Anschläge. Ich folge jemandem in der Menge und töte ihn mit einem Schuß in den Kopf. Das Risiko läßt mich vergessen, daß ich kaltblütig einen Menschen umbringe. Am Ende stehen Repressalien und Schnelljustiz. Fast alle sind Schurken, die es nicht anders verdient haben, doch wenn wir sie hängen, ist ihre Angst nicht die eines Faschisten. Es ist die Angst eines Menschen, der den Tod vor sich hat. Sonst nichts.

Im Mai 1945 legen die Partisanen, auch die kommunistischen, ihre Waffen nieder. Oder besser: sie schaffen sie beiseite. Aber es kommt nicht zu dem, was sie erwarten, das wissen Sie ebensogut. Die Alliierten haben nicht die geringste Absicht, Säuberungen durchzuführen. Bekannten Faschisten wird zwar der Prozeß gemacht, aber sie werden freigespro-

chen. Kompromittierte Industrielle werden rehabilitiert. Beamte und Polizisten, die unter dem Duce Karriere gemacht haben, bleiben auf ihren Posten.

Das alles sehe ich und weiß nicht, was ich davon halten soll. Ich habe mir gedacht, wäre der Faschismus erst einmal besiegt, würde sich alles regeln. Daß dieses Massaker durch das gerechtfertigt würde, was danach kommt. Aber so ist es nicht, alles ist wesentlich komplizierter. Was für einen Sinn hat das, was ich getan habe?

Eines Tages stellen mir einige Partisanen, die ich gekannt habe, einen gewissen Mainardi vor. Er ist ein Funktionär der Kommunistischen Partei, doch er hat keine offizielle Mission. Im Gegenteil, er sagt, er habe eine Menge Gegner innerhalb der Partei. Ich höre sein Angebot: Er baut ein geheimes Netz auf, mit dem Ziel, alte Faschisten zu eliminieren und unbestrafte Kriegsverbrechen zu rächen. Er ist zu mir gekommen, weil er über meine Geschichte und meine Erfahrung Bescheid weiß. Und weil er weiß, daß meine Eltern und meine Schwester von den Nazis umgebracht wurden.

Da endlich begreife ich. Er hat eine völlig klare Vorstellung von dem, was ich nur unter Schwierigkeiten begreife: Ich bin nichts anderes als ein Schlechter mit besten Referenzen.

Ich habe Angst vor mir selbst. Ich fange an zu trinken. Ich trinke und habe Alpträume vom Krieg. Ich träume von dem Partisanen, der vor mir auf eine Mine getreten ist. Davon, was in großen Fleischfetzen auf mich niedergeregnet ist, daß ich das Blut und die Haut mit den Fingernägeln abkratzen muß. Dann sehe ich im Wachtraum meine Schwester, geknebelt und gefesselt, die hört, wie die SS das entzündete Dynamit hinunterwirft... Ihr Schweigen ist noch unerträglicher als mein Schreckensschrei, als ich aufwache...

Eines Tages sagt mir jemand, das Polizeipräsidium würde neue Leute für das Crime Investigation Department anwerben. Ich gehe dahin, in der Gewißheit, daß sie dort keinen Expartisanen nehmen werden. Doch dann entdecken sie, daß keiner von denen, die sich bewerben, so gut Englisch spricht wie ich. Ich bin der Mann, den sie wollen. Sie geben mir sofort zu arbeiten. Mittelitalien zwischen Rom und Livorno ist von amerikanischen Deserteuren übersät. Diese haben Banden aus ortsansässigen Kriminellen organisiert und leben von Diebstählen und Überfällen auf Lastwagentransporte mit Grundnahrungsmitteln, die sie dann auf dem Schwarzmarkt verkaufen.

Ich tue wieder das, was ich im Krieg gelernt habe. Ich kämpfe, schieße, manchmal töte ich auch. Die wirkliche Gewalt ist ein Ventil, das den Alp erträglich macht. Und ich höre auf zu trinken.

Nach einigen Monaten ist man mit mir so zufrieden, daß beschlossen wird, mir einen Auftrag als V-Mann zu erteilen, auch wenn mein Chef sich weiterhin die Frage stellt, wieso einer mit einem Universitätsabschluß in Sprach- und Literaturwissenschaften so eine Arbeit macht.

Man schickt mich nach Tombolo. Haben Sie jemals etwas über Tombolo gehört? Das ist ein Pinienwald südlich von Livorno. Seit zwei Jahren ist es nun schon ein Niemandsland. Im undurchdringlichen Unterholz verstecken sich Tausende amerikanischer Deserteure, fast alles Schwarze. Sie leben von der Plünderung der Lagerstätten der Fünften Flotte. Die, die sie eigentlich kontrollieren sollen, stecken oft mit den Dieben unter einer Decke. Den Schwarzen leisten Hunderte junger Italienerinnen und kleiner Jungs Gesellschaft. Die haben zwischen den Bäumen richtiggehende Zitadellen gebaut. Keiner, nicht einmal die Militärpolizei, wagt es, da einzudringen. Entlang der Straße, unter den Büschen, werden hin und wieder die Leichen von Neugeborenen sichtbar, die eilig verscharrt wurden, Kinder der Nächte in diesem Pinienwald. Es gibt kein Erbarmen in Tombolo.

Und genau da passiert es. Sie heißt Moira, ist zweiundzwanzig Jahre alt, hat schwarzes Haar und grüne Augen. Sie ist aus dem Norden dort hingekommen, auf der Suche nach ihrem Bruder, und dort ist sie hängengeblieben: eine junge Frau aus einer der Banden mit Hauptquartier in Livorno.

Meine Tarnung funktioniert, keiner schöpft Verdacht, auch Cecchini nicht, der Chef. Im Gegenteil, er ist es, der mir eines Abends Moira schenkt. Er sagt: »Du kannst sie behalten, du hast sie dir verdient.« Moira hat schmale Lippen, ein schönes Lächeln. Aber ein Jahr dieses Lebens hat sie ruiniert. Wenn sie sich neben mich legt, macht sie die Dinge, die sie von den Soldaten gelernt hat.

Und ich entdecke, daß ich nichts dagegen habe. Ihr Körper erregt mich und läßt mich an nichts anderes mehr denken. Dann, wenn sie tagsüber am Strand sitzt, mit ihrem weißen Kleidchen und ihren zerzausten Haaren, schnürt mir die Wehmut die Kehle zu. Ich möchte ihr etwas sagen, aber ich habe alle Worte vergessen.

Deshalb erzähle ich ihr das, was eine wie sie verstehen kann. Daß ich Polizist bin und die ganze Bande in wenigen Tagen verhaftet wird. Ich biete ihr an, bei mir zu bleiben. Ich fühle, mit ihr könnte es etwas werden, denn wir kennen beide die gleiche Verzweiflung. Moira blickt mich versteinert an, dann bricht sie in Tränen aus. Sie weint wirklich. Und ich merke, daß auch ich weine.

Am Abend darauf unternimmt die Bande einen der gewohnten Streifzüge. Die Wachen am Militärlager sind mit von der Partie, doch um vor den Vorgesetzten das Gesicht zu wahren, werden sie Blindschüsse abgeben, wie immer.

Wir laden Autoreifen auf den Lastwagen, als die Schießerei beginnt. Keiner achtet weiter darauf. Zwei von uns beantworten das Feuer, ebenfalls mit Blindschüssen. Als ich mich umdrehe, liegen sie am Boden. Einer von ihnen hat anstelle eines Auges einen Durchschuß, und ich möchte nicht seine Mutter sein, wenn sie identifizieren soll, was von seinem Gesicht übriggeblieben ist. Die Wachposten schießen gezielt. Meine Gefährten fallen. Eine Maschinengewehrsalve streift mich am Arm. Ich werfe mich in einen Graben in der Nähe, und von dort aus beobachte ich, wie zwei Soldaten näherkommen und die beiden letzten mit Schüssen aus einer Magnum erledigen. Ihre Köpfe explodieren wie faule Melonen. Da verstehe ich.

Es gelingt mir, den Graben entlangzurobben, bis ich außer Schußweite bin. Ich springe in eines der Autos, die zur Tarnung zurückgelassen worden waren, und rase nach Livorno. Mein Arm schmerzt, mein Hemdsärmel ist triefnaß von Blut.

Der Treffpunkt der Bande ist eine Vierzimmerwohnung in der Nähe der Piazza Grande. Wie ein Wahnsinniger stürme ich dort hinein, aber niemand ist da, und das ist mir nur recht, denn ich bin nicht einmal bewaffnet. Die Garage, die als Lager dient, ist leer. Von Moira keine Spur. Ich fühle mich wie ein Trottel. Moira hat mich verraten. Moira mit den grünen Augen, die sich über meinem Bauch windet. Moira, die weint. Sie hat Cecchini gewarnt, und der hat nach einem grausamen, geradlinigen Plan gehandelt, hat alle Komplizen und Zeugen beseitigt und ist mit der Kasse verschwunden. Und mit Moira. Einen Augenblick lang sehe ich, wie sie ihren Kopf über Cecchinis Geschlechtsteil beugt, und fühle mich völlig kraftlos.

Ich gehe in meine Dienststelle im Polizeipräsidium. Keiner richtet das Wort an mich, und mir ist nicht nach Reden zumute. Man verarztet mich notdürftig und verfrachtet mich in ein Auto. Man bringt mich zu den »Pallini«, einer alten Munitionsfabrik, halb zerstört durch die Bombardierungen. Ich hatte gehört, die Amerikaner würden sie benutzen, aber ich erinnere mich nicht, wofür.

Das fällt mir ein, als ich Moira sehe. Sie liegt auf einem Marmortisch. Ihre Kehle ist vom einen Ende bis zum anderen aufgeschlitzt, wie ein zweiter grauenhafter Mund. Man hat ihr die Kleider ausgezogen, weil sie voller Blut waren. Ich betrachte ihren Körper und berühre ihn. Er ist kalt. Ich weiß, ich darf das nicht, aber meine Hand gleitet an ihrem Bauch hinunter, über ihre Hüften, bis zur Wölbung ihres Fleisches zwischen den Schenkeln. Die Polizisten, die bei mir sind, sehen mich schief an. Sie decken sie zu und bringen mich weg. Einer sagt zum Totengräber, er solle sie wegräumen, bevor »die Nutte anfängt zu stinken«. Ein anderer erzählt, man habe sie auf einem der Karussellpferdchen an der Piazza Grande gefunden, wie eine arme zerfleischte Spielpuppe.

Wegen der Wunde bekomme ich ein paar Tage Krankenurlaub. Die verwende ich, um die Anschrift von Moiras Mutter ausfindig zu machen und ihr den Körper ihrer Tochter für die Beisetzung zu schicken.

Als ich nach Rom zurückkehre, brauche ich drei Monate, bevor ich Cecchini ausfindig mache. Er wohnt nur zwei Schritt weit von mir entfernt, in einer schönen Wohnung in Trastevere. Er macht sein Geld weiter auf dem Schwarzmarkt. Ich mache mich bereit, ihn zu verhaften, als meine Vorgesetzten mir zu verstehen geben, daß das nicht gehe. Er steht unter dem Schutz eines hohen Tieres, eines seiner früheren Mitstreiter in der Faschistischen Jugend. Jetzt ist er Informant. Keiner darf ihn anrühren.

Ich gehe wortlos aus dem Polizeipräsidium. Ich denke nur an eines: Ich will zu Cecchini und ihm das Magazin meiner Pistole in den Leib feuern. Eine Patrouille des CID holt mich ein, als ich gerade über die Schwelle seines Hauses trete. Tufano kommandiert sie, einer von Cecchinis Freunden. Sie schlagen mich zusammen und halten mich zehn Tage in Einzelhaft. Am Ende schmeißen sie mich aus der Polizei.

Das ist alles. Cecchini wohnt nicht mehr in Trastevere, auch wenn ich gehört habe, daßer in Rom geblieben ist. Die Zitadellen von Tombolo sind vor ein paar Wochen zerstört worden. Dazu hatte man Flammenwerfer einsetzen müssen.

Aus Moiras Heimatort hat man mir geschrieben, daß ihre Mutter bereits verstorben sei und man nicht gewußt habe, was man mit dem Sarg anfangen sollte. Man habe Moira in einem Massengrab beigesetzt. Und man hat mir versichert, daß der Priester sie trotzdem gesegnet habe und dafür nicht einmal bezahlt werden wollte.

5.

Koop blickte wieder auf die Stadt hinunter, auf die Straßen mit ihren sanften Kurven, die ins Dunkel getauchten Gärten, die langen beleuchteten Alleen und auf den angeschwollenen Fluß voller Abfälle, unaufhaltsam in seiner trägen, jahrhundertealten Kraft, gleichgültig gegenüber den einstürzenden Häusern, den Kletterpflanzen, die wuchsen, indem sie ihre Wurzeln in die Ruinen schlugen, den Schicksalen der Menschen, die ihr Leben an seinen Ufern aufgebraucht hatten...

»Schwer zu glauben, daß die Verflechtung unserer Leben einen Sinn haben soll, Tommaso. Aber es ist notwendig. Auch wenn nicht gesagt ist, daß es stimmt. Es ist ein moralischer Imperativ. Und ohne Moral sind wir nichts.« Er drückte ihn sanft am Arm. »Und danach?«

»Um überleben zu können, habe ich eine Arbeit im Hotel Excelsior angenommen, als Hoteldetektiv. Kleine Diebstähle, nächtlicher Lärm, so etwas eben. Aber dann war ich auch dessen überdrüssig und wollte schon nach Mailand ziehen, als ich von diesem verrückten Welles angestellt wurde.«

»Du arbeitest für Orson Welles?«

»Ja. Haben Sie die Geschichte über den Schauspieler, der auf dem Set gestorben ist, in den Zeitungen gelesen? Welles läßt sich nicht davon abbringen, daß da etwas nicht ganz geheuer ist, etwas Geheimnisvolles... Vielleicht hat er ja recht. Vielleicht bin ich es nur, der nicht versteht. Der nie was verstanden hat.«

Koop hatte seine Stirn gerunzelt. Er führte seinen Zeigefinger zur Nase. Moravia erinnerte sich, daß er das immer tat, bevor er einen Schüler zum Katheder rief und ihn befragte. »Du ermittelst also über den Tod von Alessandro Deller. Sei vorsichtig, Tommaso.«

Moravia zeigte sich überrascht. »Was wissen Sie über Deller?«

Koop fing an zu lachen. »Welchen Deller meinst du im besonderen? Deller, den Spitzel, den Faschisten, den Morphiumsüchtigen oder den Erpresser?«

Moravia merkte, daß er nicht besonders intelligent dreinschaute, und fragte: »Deller? Aber war der nicht ein überzeugter Kommunist? Und Sie interessieren sich für ihn? Warum? Haben Sie nicht gesagt, Sie stünden kurz vor der Pensionierung?«

»Das Böse geht nie in Pension, lieber Tommaso.«

Koop warf einen Blick über Moravias Schulter. Eine lärmende Gruppe Maskierter, darunter ein Zebra, zwei Degenfechter und ein Matador, kam zur Balustrade herüber.

»Es gibt Dinge, die wir hier besser nicht diskutieren. Komm in mein Büro. Aber eines kann ich dir schon jetzt sagen: Die Geschichte mit der Morphiumspritze kommt einigen Leuten sehr gelegen.«

Die maskierte Gruppe hatte sie erreicht. Das Zebra kippte beinahe sein Glas über Moravia. Es flüsterte etwas auf französisch, worauf die anderen lachten. Moravia versuchte, das Zebra loszuwerden, doch es blieb hartnäckig. Als er sich endlich freimachen konnte, hatte er nur noch Zeit zu sehen, wie Koops graues Haupt in der Menschenmenge des Salons verschwand und ihm mit dem Arm über dem Kopf einen Gruß zuwinkte.

Welles befand sich im Mittelpunkt eines Kreises, der vorwiegend aus Frauen bestand. Moravia hörte sein tosendes Lachen von weitem.

Als er näherkam, führte Welles den begeisterten Damen gerade sein Taschenspielerrepertoire vor. Diesmal hatte er eine Münze aus dem Dekolleté einer roten Dame geholt. Als er ihre Brust streifte, fing die Dame an zu zittern, was nur teilweise mit ihrer Bewunderung für seine Zauberkunststücke erklärbar war. Ein Applaus folgte auf den gelungenen Trick. Welles verneigte sich wie ein ausgelaugter Hanswurst.

Die Gruppe löste sich auf, und Moravia trat zu ihm. Welles lächelte triumphierend und erregt.

»Die sind alle wegen mir hier, Moravia! Ich bin der Mittelpunkt der Party!«

»Ja, ganz sicher. Aber ich habe da etwas in Erfahrung gebracht, und darüber müssen wir reden ...«

»O nein, nicht jetzt! Also wirklich! Sehen Sie doch nur, wie viele Frauen um uns herum sind. Meinen Sie nicht auch, daß wir als Gentlemen die Pflicht haben, uns um sie zu kümmern? Mehr noch, könnten Sie mir nicht den Namen der einen oder anderen nennen? Beispielsweise von der da drüben. Wer ist diese junge Frau?«

Er deutete auf eine kaum mehr als Zwanzigjährige. Moravia war erstaunt. Die junge Frau war alles andere als eine Schönheit im herkömmlichen Sinn, und er selbst hätte sie inmitten der anderen kaum bemerkt. Sie hatte schwarze Haare, ihr Gesicht war von einem nahezu vollkommenen Oval und ihr Körper verhältnismäßig klein und schlank. Ihre dunklen Augen waren weit aufgerissen und leuchteten intensiv unter geschwungenen Brauen. Sie trug ein schwarzes Abendkleid mit einer seidenen Blume auf der Schulter. Von einem atlasbezogenen Sofa aus beobachtete sie mit stolzem, distanziertem Blick das Geschehen.

»Sie ist die einzige, die mir den ganzen Abend lang nicht die geringste Beachtung geschenkt hat!« erklärte Welles. »Nicht nur, daß sie sich überhaupt nicht für mich interessiert, sie hat auch einen Freund, einen hochgewachsenen blonden Typ, der einen unsympathischen Eindruck macht. Aber ich spüre – und in solchen Dingen täusche ich mich nie, das versichere ich Ihnen –, ich spüre, daß zwischen den beiden nichts mehr läuft.«

Welles machte einen Schritt und drehte sich dann zu Moravia um. »Wünschen Sie mir viel Glück, Moravia!«

Er setzte sich neben sie, ohne dazu aufgefordert worden zu sein. Sie sah ihn an. Nein, schön war sie nicht, aber faszinierend. Sie hatte etwas, das von innen kam: das Echo einer ungewöhnlichen Stärke, einer ungewöhnlichen Entschlossenheit. Etwas, das seinen männlichen Stolz unwiderstehlich herausforderte. »Erlauben Sie, daß ich mich Ihnen vorstelle«, sagte er.

»Man hat mir bereits von Ihnen erzählt, Mister Hayworth«, sagte sie und schaute wieder der Party zu.

Welles zuckte mit keiner Wimper. »Das ist lediglich mein Künstlername«, sagte er. »Und was hat man Ihnen über mich erzählt, Signorina ...?«

»Padovani. Lea Padovani. Was man mir über Sie erzählt hat? Daß man Ihnen besser aus dem Weg geht, wenn man einen Rock trägt.«

Welles hatte, außer dem Namen, kein Wort verstanden. Sein Italienisch war völlig unzureichend. Trotzdem wollte er sich ihr weiter nähern, auf die romantische Art. Denn schließlich mußte er ihr ja beweisen, daß er nicht einfach irgendein dahergelaufener Schürzenjäger war.

»How sweet and lovely dost thou make the shame, Miss Padovani ...«

Miss Padovani war kurz angebunden. »Entschuldigen Sie, Signore. *I don't speak English, sorry.«*

Aber Welles wollte es scheinen, daß die Art, wie sie diesen Satz aussprach, auf eine völlige Beherrschung der Sprache schließen lasse.

»Maybe we could ... tanzen?«

I don't dance, either.«

Diesmal war es schwierig zu glauben, daß Lea Padovani nicht englisch sprach. Gerade wollte er einen neuen Angriff starten, da erschien vor ihnen ein junger blonder Mann mit arrogantem Benehmen. Es war der, den Welles als den unsympathischen Freund bezeichnet hatte. Und getreu seiner Rolle tat der junge Mann so, als würde er Welles nicht bemerken, und forderte Lea in beinahe unfreundlicher Weise auf, die Party mit ihm zu verlassen.

Welles kochte das Blut in den Adern, als er sah, daß Lea, statt sich aufzulehnen, gehorchte, auch wenn ihr Blick nicht nur Verlegenheit, sondern auch Unduldsamkeit verriet. Der junge Mann ging, ohne auch nur auf sie zu warten. Lea folgte ihm, dann drehte sie sich zu Welles um. Der Blick, der ihn traf, war demütigend und erregend, wie er es in seinem Leben noch nie verspürt hatte. Zum ersten Mal fühlte er sich vor einer Frau moralisch nackt – und das gab ihm einen Kick. Er fühlte den Wunsch, sie zu packen, fühlte Lust am Kampf, um sie gefügig zu machen …

Lea ging.

Welles folgte ihr mit den Augen, solange es ihm möglich war. Dann bemerkte er die Abendtasche, die Lea auf dem Sofa vergessen hatte. Er nahm sie, brachte sich in ihren Besitz, wie ein Fußballspieler, der den Ball bei einem Fehlpaß des Gegners abfängt. Dann lief er mit der Beute davon, bis er auf Michael Akian stieß.

»Michael, verflixt!« Fast schrie er mit bebender Stimme. »Ich hab' mich verliebt! Und ich bin bereit zu schwören, sie auch!«

6.

Es war kurz nach drei Uhr morgens, als Welles nach einem frenetischen Mambo wieder zu Moravia kam. »Sie sind noch da? Amüsieren Sie sich?« fragte er ihn.

»Sagen wir, ich studiere die Menschen. Und Sie, sind Sie noch nicht müde?«

»Das ist wohl ein Witz. Der Morgen ist noch fern.« Orson dankte in seinem Inneren Lucky Luciano für dessen Geschenk. »Und es gibt doch noch so viele junge Frauen hier.«

»Aber haben Sie sich denn nicht verliebt?«

»Ich rede doch nicht von Liebe … Die Rote da, zum Beispiel …«

Er deutete auf eine, die Miss Italia 1947 hätte sein können. Sie steckte in einem Kleid, das wie eine zweite Haut auf ihrem Körper wirkte. Einen Augenblick lang spürte Moravia die freche, unbekümmerte Fleischlichkeit und war davon verwirrt.

»Sie spricht kein Wort Englisch«, sagte Welles. »Aber sie macht sich ausgezeichnet verständlich, sage ich Ihnen.«

Die Rote kam zu ihnen, kauerte sich wie ein Hauskätzchen neben Welles auf den Boden und legte ihren Kopf an seine Knie. »Ich fange an, mich hier zu langweilen, Orson. Fahren wir doch in einen Club«, sagte sie.

Moravia stimmte mit Welles überein. Das Verhalten der Roten bedurfte keiner Erklärungen, und das Versprechen in ihrem Blick war deutlicher als ein Gleichnis des Evangeliums.

»Komm, laß uns fahren. Die Freunde sind schon abfahrbereit.«

Welles streichelte ihr schnell über die Haare und fragte Moravia: »Kommen Sie auch mit?«

Moravia wollte nein sagen, als er merkte, in welchem Zustand sich die Freunde der Roten befanden. Sie hielten sich nur auf den Beinen, weil sie sich gegenseitig stützten: sie waren völlig betrunken. Und eigentlich wirkte auch Welles nicht mehr ganz klar, obwohl immer noch auf unnatürliche Weise hell. Irgendwie aber fühlte er sich seinem Auftraggeber gegenüber verantwortlich. Es war wohl besser, wenn er ihn begleitete. Seit der Begegnung mit Koop nahm er ihn ernster und fing an, sich Sorgen um ihn zu machen. Er fühlte sich wie der größere Bruder, der darauf aufpassen mußte, daß der jüngere sich nicht in die Nesseln setzt. Der, der sich im Hintergrund hält und abwartet, während der andere im Rampenlicht steht.

»In Ordnung«, sagte er. »Ich glaube, ihr braucht einen Chauffeur.«

Die Straßen waren zu dieser Stunde menschenleer. Das Auto gehörte dem Freund der Roten: ein dröhnender Ardea, neuestes Modell. Moravia war, trotz seines Zynismus, ziemlich beeindruckt davon und behandelte ihn mit großer Vorsicht. Ähnliches konnte man von seinem Eigentümer nicht behaupten, der, in ein dunkelhäutiges Mädchen verknäuelt, den Rücksitz wie ein Bett benutzte.

Welles saß neben Moravia. »Können Sie nicht schneller fahren?«

»Wieso? Haben Sie's eilig? Sie wissen doch nicht einmal, wohin wir eigentlich fahren.«

»Das können Sie auch über die gesamte Existenz sagen, teurer Freund. Doch in diesem Fall würde Ihre Bemerkung pathetisch klingen, finden Sie nicht? Habt denn nicht ihr Lateiner das *carpe diem* erfunden?« Er unterstrich seinen Gedanken mit einem bewundernden Blick auf den Rücksitz.

Moravia fing an zu lachen und schaute in den Rückspiegel. »Ist es nicht grotesk, wie *die Sache an sich* dermaßen lächerlich und banal ist im Vergleich zur Poesie, die aus ihr entsteht?«

Welles betrachtete Moravia genau und intensiv. Und der Detektiv spürte den fiebrigen und trotzdem klaren Blick, der ihn untersuchte wie unter der Lampe eines Operationstischs.

Die Stimme von Welles hatte sich verändert, als er wieder anfing zu reden. Sie war warm und ruhig. Es hätte Koops Stimme sein können, während einer Prüfung ... vor vielen Jahren ...

»Sie sind ein Melancholiker, Tommaso, aber ein würdiger Mensch. Übrigens, darf ich Sie Tommaso nennen?«

»Natürlich dürfen Sie das.«

»Also gut, Tommaso, werden wir Freunde. Sie können mich Orson nennen. Klingt doch fast wie ein italienischer Name, oder? Vielleicht bin ich ja mit den Orsini verwandt. Vielleicht ist einer meiner Vorfahren Papst gewesen. Vielleicht ...«

Moravia unterbrach ihn lachend. Welles war zufrieden, in diesem Lachen einen aufrichtigen Ton zu hören, so, als habe in Moravias Seele endlich etwas nachgegeben.

»Orson, wissen Sie, was Ihr Name im Italienischen bedeutet? Großer Bär. Das bedeutet er. *Great big bear* ...«

»Großer Bär?«

»Genau.«

»Großer Bär... Das gefällt mir. Doch, das paßt zu mir.«

Dann wechselte er wieder den Ton. Diesmal schien er sein eigenes Radioprogramm zu sein. »Achtung, Leute. Großer Bär Welles ist in der Stadt. Haltet eure Kinder in den Häusern. Und auch eure Frauen ...«

Der Ardea hielt in der Via Veneto, nicht weit vom Hotel Excelsior. Die Neonbeleuchtung verkündete *JICKY CLUB*, und vor dem Lokal waren bereits die anderen Autos der Gruppe geparkt. Aus einem war die Freundin von Welles ausgestiegen und hatte sich gleich an ihn gedrückt, um ihren öffentlichen Auftritt in Begleitung des Stars aus Hollywood zu haben. Die Blitzlichter der am Eingang postierten Fotografen versicherten ihr augenblicklich, daß der Abend nicht vergeudet war.

Tommaso ging als letzter hinein. Obwohl es schon halb vier war, war der Club gedrängt voll. Man atmete die Luft einer aufgesetzten Erregung, die Luft von Menschen, die ihre Nacht mit Vergnügen verbringen mußten, damit sie eine von Ängsten überquellende Schlaflosigkeit besiegen konnten.

Welles hatte sich mit der Roten gerade vor eine Flasche Champagner gesetzt, als er ihn erblickte. Er hatte wirklich die Unverschämtheit gehabt, Lea zu Hause abzusetzen, die Kleidung zu wechseln und sich weiter zu amüsieren. Der Blonde stand da, mit seinen bis zum Hals herunterhängenden Locken, seinem buttergelben Seidenhemd und seinen untadeligen Bügelfalten in der Hose. Welles fragte die Rote, ob sie ihn kenne.

»Aber ja doch, das ist Massimo Serato!« antwortete sie enthusiastisch.

Welles fand ihre Reaktion ziemlich unangemessen. Er nahm

sie an der Hand und katapultierte sie auf die Tanzfläche. Es sollte ganz offensichtlich so etwas wie eine Herausforderung an Serato werden – zum Samba. Die Anwesenden merkten das und fingen an, die Konkurrenten anzufeuern.

Tommaso lehnte an der Bar und konnte nicht umhin festzustellen, daß Welles, trotz seiner Körperfülle, sich ganz gut hielt unter dem wilden Rhythmus der Musik. Er überraschte sich dabei, daß er mit seinen Fingern auf die Bar trommelte.

Er betrachtete die Leute genauer, die sich hier im Jicky Club drängten. Fast alle hatten Gesichter aus Filmen: einige sehr bekannte wie Aldo Fabrizzi und Anna Magnani, andere verzweifelt auf der Suche nach Ruhm.

Und dann streifte er dieses Gesicht, von dem er sicher war, daß er es schon einmal gesehen hatte, doch er wußte nicht wo. Das konnte vorkommen, bei so vielen Filmgesichtern. Man sieht sie geschminkt und kostümiert auf der Leinwand, aber wenn man ihnen dann auf der Straße begegnet, erkennt man sie fast nicht. Deshalb versuchte Tommaso, neugierig geworden, sich ihn im Kostüm vorzustellen: als Musketier, als Bootsmann, als Nazi, als Kardinal ...

Die Erleuchtung traf ihn wie ein elektrischer Schlag. Ja, natürlich, er hatte ihn in einem »Kostüm« gesehen, aber nicht auf der Leinwand, sondern an jenem Vormittag auf der Beerdigung. Es war der junge Priester, der die Hand von Dellers Stieftochter hielt. Er war sich ganz sicher. Ein fast kahler Kopf, eine kleine Brille, das neutrale Aussehen eines Dreißigjährigen, ebenso geeignet für den Altar wie für einen Nachtclub. Die beiden Schönheiten, eine Blonde und eine Braune, die ihm kosend und küssend Gesellschaft leisteten, riefen jedenfalls keine Bilder von Exerzitien in ihm hervor.

Tommaso gab dem Barkeeper ein Zeichen. Er steckte ihm einen Geldschein zu und bedauerte, Welles noch nicht erklärt zu haben, daß das, was er bekommen hatte, lediglich für ein Mittagessen ausgereicht hatte.

»Der?« sagte der Barkeeper mit vielsagendem Lächeln.

»Also, der ist ein Priester. Das wissen alle hier. Ein hohes Tier im Staatssekretariat des Vatikans. Wenn man irgendeinen Kontakt zum Vatikan braucht, dann geht unsereins zu ihm. Um Valuta zu verhandeln oder Bankeinlagen … Verstehen Sie? Der ist einer der jungen Generation, ein *eleganter Priester.*«

»Ein eleganter Priester?«

»Ja, genau, von denen gibt es noch mehr. Sie sind jung, geben Geld aus und sind bereit, alle Magdalenen zu erlösen, die ihren Weg kreuzen. Ich würde nicht bei ihm beichten wollen, aber er weiß genau, was es bedeutet, ein Trinkgeld dazulassen.«

Tommaso war sprachlos.

»Und … hat dieser Gottesmann auch einen Namen?«

»Klar hat er das. Er heißt Edoardo Cippico Pressner. Soll ich Sie miteinander bekannt machen?«

»Nein, für den Augenblick nicht. Danke.«

»Sie können immer auf mich zählen.«

»Natürlich.«

Ein tosender Applaus markierte das Ende der Herausforderung auf der Tanzfläche. Schwer zu sagen, wer gewonnen hatte, aber Orson hatte jedenfalls keine schlechte Figur abgegeben. Er kehrte an den Tisch zurück und sank schweißgebadet und prustend auf den Stuhl. Böse Anzeichen, hätte der Arzt gesagt.

Tommaso ging zu ihm hinüber und zeigte ihm Cippico Pressner. »Der da«, sagte er, »ist ein Priester. Er war auf Dellers Beerdigung heute vormittag.«

Orson beobachtete Pressner neugierig. Er sah ihn aufstehen, die Damen zum Ausgang begleiten und sich mit großem Lächeln verabschieden, während die Band einen schmachtenden Tango anstimmte. »Wie der Philosoph schon sagte«, kommentierte Welles, »die große Kraft der Bischöfe und Kardinäle gegenüber den Laien besteht darin, daß sie Atheisten sind.«

»Gott segne die Philosophen.«

»Amen.«

»Ich gehe ihm nach. Wir hören uns morgen. Ihr Hotel ist, falls Sie es nicht gemerkt haben sollten, hundert Meter von hier entfernt.«

»Ich weiß. Und ich glaube, daß es auch diese reizende Dame gemerkt hat.«

Die Rote hatte wieder mit ihrem Katzenspiel begonnen. Orson hatte Schwierigkeiten, sie von sich fernzuhalten.

Moravia hatte nicht viel Mühe, Cippico Pressner zu folgen. Der funkelnde Lancia Astura 2600, ein Cabriolet der Sonderausführung mit der von Pininfarina entworfenen Karosserie, war auffallender als eine Erscheinung der Muttergottes. Tommaso fragte sich, ob er es wohl auch tagsüber wagte, mit diesem Wagen herumzufahren.

Der Taxifahrer war zum Glück einer, der keine Fragen stellte. Sie folgten dem Astura über die kleinen Alleen der Villa Borghese, bis sie das Tor eines hinter Bäumen und Sträuchern verborgenen Grundstücks erreichten. Am Ende der Allee erkannte Tommaso eine kleine eingeschossige Villa.

Es machte nicht viel Sinn, Cippico Pressner ins Haus zu folgen. Bis zu diesem Augenblick konnte sich der Taxifahrer alles mögliche vorstellen, und alles wäre mehr oder weniger überzeugend gewesen, bis hin zu dem, was der Wahrheit am ehesten entsprach: daß sein Fahrgast ein Detektiv war. Doch sich hier absetzen zu lassen, allein, an diesem Ort, zu dieser Stunde, das wäre zu weit gegangen. Auch genügte ja schon ein bißchen Beichtphantasie, um sich vorzustellen, was Monsignore und die beiden jungen Frauen dort anstellten. Und letzten Endes war das ja auch ihre Sache.

Er versuchte sich über die Lage klarzuwerden. Wer, zum Teufel, war Alessandro Deller wirklich gewesen? Ein Faschist oder ein Kommunist? Hatte Mainardi recht oder Koop? Was hatte Lucky Luciano mit all dem zu tun? Wieso interessierte sich seine frühere Ermittlungsabteilung für den Fall? Und was hatte die Familie Deller mit diesen merkwürdigen Ehen, in denen die Lebensalter so auseinanderklafften, zu verbergen? Und der elegante Priester?

Alles begann sich im Nebel seines Verstandes aufzulösen. Er war müde. Er gab die Adresse des Lochs an, das er in Pigneto bewohnte, am äußersten Stadtrand, an der Grenze zu den Wiesen des Prenestino-Viertels mit seinen verzweifelten Menschen. Dann schloß er die Augen. Er würde am nächsten Tag weiter darüber nachdenken. Von sehr weit her hörte er Koops Worte: »Schwierig zu glauben, daß die Verflechtung unserer Leben einen Sinn hat, Tommaso. Aber es ist notwendig. Es ist ein moralischer Imperativ. Und ohne Moral sind wir nichts.«

Noch im Taxi schlief Tommaso ein.

Zur gleichen Zeit flüsterte Orson im Jicky Club der Roten etwas ins Ohr. Sie lachte und tat so, als wäre sie verlegen. Es stimmte wirklich, daß sie alles verstand, was man sie fragte oder worum man sie bat, auch wenn sie kein Wort Englisch sprach.

4. Kapitel

1.

Das Mittagslicht weckte Welles ganz langsam auf. So hatte er Gelegenheit sich zu erinnern, wer er war, wo er war und in welchem Zustand er sich befand – wenn auch nicht in dieser Reihenfolge.

Der nackte Körper der Roten lag tief atmend neben ihm. Orson erinnerte sich dunkel an ihre Bewegungen, ihr Gewinsel, ihren Geruch. Der Geruch. Der hatte ihn mehr erregt als alles andere. Der animalische Geruch des Körpers, den er irgendwann hinter dem Schutzschild des Parfums wahrgenommen hatte.

Der Tag schien sauber und hell. Er stand auf und torkelte zum Badezimmer. Eine Dusche würde ihn wieder auf die Beine bringen. Eine Dusche und zwei Tabletten.

Er kramte unter den Kleidern, die hier und dort auf den Fußboden geschmissen worden waren, und fand, wonach er suchte. Leas Abendtasche war noch da und hatte die Sambas des Jicky Clubs und das Feuerwerk im Schlafzimmer überlebt. Er machte sie auf. Er fand, was vorherzusehen war: einen Lippenstift, Gesichtspuder, ein parfümiertes Taschentuch und vor allem eine Visitenkarte mit Anschrift.

Er warf wieder einen Blick auf den Po der jungen Frau in seinem Bett, und ihm fiel ein Detail ihrer nächtlichen Intimitäten ein. Er assoziierte dieses Empfinden mit Lea.

Verdammt. Ja. Eine Dusche. Kalt. Und zwei Tabletten.

Das Büro des Generals Koop am Viminal, Sitz des Innenministeriums, befand sich am Ende eines Flurs im dritten Stock und lag zur Via Depretis hin. Natürlich war es nichts Besonderes, aber wenigstens war es hell.

Das Innenministerium wurde immer mehr zu einem der Heiligtümer der Macht der Christdemokraten, je näher die Wahlen vom 18. April rückten. Die ursprünglich schon für Oktober 1947 vorgesehenen Wahlen waren von der Regierung bereits einmal verschoben worden, aus Angst, sie würde sie verlieren.

Ein paar Monate zuvor hatte Ministerpräsident De Gasperi die Linksparteien aus seiner Regierung der Nationalen Einheit geworfen, und so wurde jetzt die Auseinandersetzung zwischen Kommunisten und Sozialisten auf der einen und den Christdemokraten und Konservativen auf der anderen Seite mit äußerster Härte geführt. Die Wirtschaftspolitik des Kabinetts hatte eine Welle der Arbeitslosigkeit ausgelöst, und es verging kein Tag, an dem auf Italiens Straßen und Plätzen bei gewaltsamen Auseinandersetzungen zwischen Demonstranten und Polizei nicht Blut geflossen wäre.

Im Januar, nach seiner Reise in die Vereinigten Staaten, wegen der die Kommunisten den Vorwurf gegen ihn erhoben hatten, er sei »dorthin gefahren, um sich Befehle geben zu lassen«, hatte De Gasperi einen neuen Innenminister ernannt: Mario Scelba, einen hartgesottenen und unbeugsamen Konservativen. Er war es, der die *Celere* auf die Beine gestellt hatte, die »Schnelle Einsatzgruppe«, die berühmte Anti-Aufstand-Einheit der Polizei, deren brutale Maxime lautete: »Wo sie durchmuß, kommt sie durch.« Und das stimmte fast immer. Davon konnten die Gewerkschafter und die Militanten der Volksfront ein Lied singen, unter deren Banner Kommunisten und Sozialisten kämpften.

Und als wäre das noch nicht genug, hatte Italien sich mitten in den Auseinandersetzungen zwischen den internationalen Blöcken wiedergefunden. In den ersten Monaten des Jahres 1947 hatte Stalin den Kominform zur Koordinierung der Politik der neuen »Volksdemokratien« im Osten ins Leben gerufen, während die amerikanischen Truppen noch in Italien konzentriert waren. Ihr Abzug war binnen

Jahresfrist geplant, auch wenn jeder daran zweifelte. Aber ob sie, allen Verträgen zum Trotz, blieben oder abzogen, welchen Unterschied hätte das gemacht? Jedenfalls gab es im einen wie im anderen Fall genügend Gründe dafür, daß die politischen Auseinandersetzungen einen neuen Bürgerkrieg auslösen konnten. Genau wie in Griechenland, wo der Krieg zwischen Partisanen und Engländern seit Monaten tobte.

Es gab nicht wenige, die der Ansicht waren, daß der Tag der Wahlen niemals kommen würde.

Koop kam mit einem Stoß Dokumenten in der Hand herein. »*Buongiorno*, Tommaso«, sagte er gut gelaunt.

»*Buongiorno*, Professore.«

»Entschuldige, wenn ich dich habe warten lassen, aber da unten spielen alle verrückt. Wie es aussieht, ist in Mailand die Revolution ausgebrochen.«

»Die Revolution?«

»Gestern hat das alles angefangen. Eine Gruppe von Arbeitern hat einen Exfaschisten erkannt. Der hat die Pistole gezogen und einen von ihnen erschossen. Daraufhin haben die anderen ihn ergriffen und gelyncht.«

»So etwas passiert leider jeden Tag, Professore.«

»Schon, aber diesmal hat der Minister entschieden, den Präfekten von Mailand zu entlassen. Kennst du ihn? Er heißt Troilo. Er ist einer der ganz wenigen Präfekten, der seine Karriere nicht unter Mussolini gemacht hat. Die offizielle Begründung für die Entlassung ist, daß er nicht für den Schutz des Exfaschisten gesorgt hat. Jetzt sind die Mailänder auf die Straße gegangen, und es finden unvorstellbare Krawalle statt. Scelba hat Panzer auffahren lassen.«

»Das ist das einzige, was er richtig gut kann.«

»Du sprichst über meinen Chef, Tommaso.«

»Sie wollen mir doch wohl nicht sagen, daß Sie jetzt genauso denken wie er.«

Koop schwieg und setzte sich hin. Tommaso war einer alten Gewohnheit entsprechend beim Eintreten seines früheren Lehrers aufgestanden und wartete nun auf ein Zeichen, daß auch er sich setzen könne.

»Du kennst mich, Tommaso«, sagte Koop. »Ich bin ein alter Liberaler. Beide Eigenschaften – alt und liberal – sind ausreichende Gründe dafür, daß ich heute nicht mehr an dem Spiel teilnehme. Meine Generation hat innerhalb von dreißig Jahren zwei Kriege erlebt. Viel zu viele. Und dann ist es äußerst lehrreich, seine Tage im Ministerium zu verbringen. Hier lebt man in einer völlig anderen Dimension. Selbst wenn eine Revolution über das Land zieht, ist es hier, als würde nichts geschehen. Wenn es Aufregung gibt, so wie heute, dann ist es nicht wegen realer Vorkommnisse oder weil es um Menschen aus Fleisch und Blut geht, sondern weil sich die Depeschen häufen. Im Ministerium nimmt man die Außenwelt mittels Tonnen von Papier und Protokollen wahr. Hier drinnen mehr als sonstwo findet man sich unverzüglich mit dem Wechsel der politischen Regime ab. Wie viele Beamte, meinst du, sind nach dem Sturz des Faschismus ihres Amtes enthoben worden? Praktisch keiner. Deshalb sage ich jetzt auch nichts mehr. Mein Aufgabenbereich hat bestimmte Interessen in mir geweckt. Das hier ist es, womit ich mich gerade beschäftige.«

Er zeigte auf die verstaubten Papiere. Tommaso nahm eines davon in die Hand. Es war ein maschinegeschriebener Schriftsatz voll blauer und roter Zeichen. »Die Geschichte der literarischen Zensur«, sagte Koop. »Die verbotenen Bücher des vergangenen Jahrhunderts. Sie verrotten allesamt in den Kellern des Viminals.«

»Sie wollen mir doch wohl nicht sagen, daß Sie dort etwas über Alessandro Deller erfahren haben?«

Lachend stand Koop auf und öffnete einen Schrank. Er zog eine dünne Aktenmappe heraus und überreichte sie Tommaso.

»Deller ist ein Kapitel für sich. Er hat meinen Weg nur zufällig gekreuzt, aber ich konnte nicht umhin, mich für ihn zu interessieren.«

»Was meinen Sie damit, Professore? Haben Sie ihn kennengelernt?«

»In gewisser Weise schon... Es gibt eine Menge Dinge, über die ich dir noch nichts sagen kann, so lange jedenfalls, als mir einiges noch nicht klargeworden ist.«

Tommaso grinste. Das war typisch für Koop: sagen und doch nicht sagen. Jedenfalls wußte er, daß er nicht ein Wort aus Koop herausbringen würde, wenn dieser nicht wollte. Er warf einen Blick in die Mappe.

Die ersten Blätter waren auf Papier der OVRA geschrieben, der faschistischen Geheimpolizei. Dann folgten beigefügte Blätter auf einfachem Papier, Fotoreproduktionen von Dokumenten, weitere Berichte des Polizeipräsidiums in Venedig. Die letzten Blätter waren im Juli 1944 datiert.

»Die habe ich im Archiv des Ministeriums gefunden«, sagte Koop. »Hierher geschickt vom Polizeipräsidium auf Anforderung dieses Ministeriums, auch wenn ich noch nicht herausgefunden habe, welcher Abteilung.«

»Das also ist der Grund, weshalb ich nichts gefunden habe. Und wann?«

»Vor weniger als einem Jahr.«

Koop ging um den Tisch und setzte sich darauf, direkt vor Tommaso, der weiter die Blätter durchsah.

»Ich kann dir die Sache in wenigen Worten zusammenfassen. Deller wird 1912 in Udine geboren, als die Stadt noch zu Österreich gehört. Offenbar war es eine gute Schule für ihn, in einer Welt aufzuwachsen, die ihrem Ende entgegenging. Das hat ihm eine gewisse Vorstellung vom Leben vermittelt. Deller bleibt in Friaul, bis er das Abschlußdiplom als Buchhalter bekommt. 1932 zieht er nach Rom, um sein Glück zu machen. Er findet eine Arbeit bei den Scaleras, die zu der Zeit noch Bauunternehmer waren, und die schicken ihn nach Afrika, wo sie dank öffentlicher Bauaufträge Geld nur so scheffeln. Sie setzen ihn an eine Stelle für die Anwerbung billiger Arbeitskräfte vor Ort. Danach beschäftigt er sich mit dem Frisieren von Rechnungen und hilft den Scaleras nachzuweisen, daß sie Millionen ausgegeben haben.«

»Der Scalera-Skandal, ich erinnere mich. Praktisch fungierte Deller als Sklavenhändler.«

»Na ja, wenn du das so nennen willst. Sagen wir, er hatte keine besonderen Skrupel, aber er war nicht der einzige.«

»Reden Sie weiter.«

»Als der Duce die Scaleras 1938 nach Rom zurückbeordert, bringen sie auch Deller mit und lassen ihn in der Filmproduktion arbeiten. Fast zufällig bekommt der junge Mann eine kleine Rolle in einer Komödie von Mario Bonnard. Er setzt sich in den Kopf, er müsse Schauspieler werden. Nichts Wichtiges weiter, lediglich die eine oder andere kleine Rolle in Filmen der zweiten Kategorie, doch ausreichend, um das goldene Leben von Cinecittà auszukosten. Und Deller ist immerhin so schlau, der Liebhaber der Ehefrau eines Parteihierarchen zu werden.«

Tommaso wedelte mit einem Blatt. »*Dieses* Hierarchen hier?« fragte er erstaunt.

»Genau der ist es«, sagte Koop lachend. »Der mit den tausend Geliebten. Man kann seine Frau also durchaus verstehen. Jedenfalls hilft Deller diese Beziehung, nicht in den Krieg geschickt zu werden. Und zu diesem Zeitpunkt fängt er an, Drogen zu nehmen und sich die Frage zu stellen, wie er sich das Geld dafür beschaffen kann.«

»Und wie macht er das?«

»Er wird Erpresser und beginnt ausgerechnet bei der bewußten Ehefrau des Hierarchen.«

»Ein feiner Kerl.«

»Sagen wir, es war seine natürliche Veranlagung. Im November 1943, nachdem die Alliierten gelandet waren, geht er mit der Scalera Film nach Venedig, wo sie die neuen Studios errichtet haben. Er schlägt sich mit kleinen Tricks durch. Der letzte Bericht bezeichnet ihn und seine Freunde als ›Nichtstuer, die sich dem Alkohol, dem Glücksspiel und Frauen von zweifelhaftem Ruf hingeben‹, und bemerkt, daß derartige Elemente nicht dazu beitragen, die Moral der Bevölkerung während der Kriegsanstrengungen hochzuhalten.«

Moravia schloß die Mappe und legte sie auf den Tisch zurück. Er war es, der die Schlußfolgerung zog: »Danach kehrt er nach Rom zurück und wird, man weiß nicht, wie, ein anerkannter Kommunist, heiratet 1946 eine Frau, die älter ist als er und – ich rate ganz einfach mal, würde aber auch jede Wette eingehen – über ein ansehnliches Vermögen verfügt. Und er wird zum Spitzel ...«

»Bis sie ihn aus dem Weg schaffen.«

»Das ist Ihre Meinung, Professore.«

»Auch die deines kommunistischen Freundes.«

»Mainardi ist nicht mein Freund. Und außerdem gibt es keinen Beweis dafür, daß es sich um Mord handelt. Der Autopsiebericht spricht von einer Überdosis Morphium.«

»Du weißt doch, wie sehr du dem Gerichtsmediziner vertrauen kannst! Und die Überdosis könnte ja auch durch Zwang und nicht durch Unfall hervorgerufen worden sein.«

Tommaso überlegte unter Koops forschendem Blick. Dann schüttelte er den Kopf. »Wir wissen ja nicht einmal, für wen genau Deller gearbeitet hat. Hat er die rechten Kreise für die Kommunisten bespitzelt oder die Kommunisten für jemand anderen?«

Koops Gesicht verwandelte sich in das eines lächelnden Engels. »Finde du das heraus, Tommaso.« Dann ging er zum Fenster. »Was ist in Venedig passiert, das Dellers Leben nach dem Juli 1944 verändert hat? Und wer hatte vor einem Jahr Interesse daran, seine Vergangenheit zu vertuschen?«

Er drehte sich wieder um und stellte sich direkt vor Tommaso hin. »Bezahlt dich Orson Welles gut?«

»Ich kann nicht klagen.« Das stimmte. Welles war es klargeworden, wieviel diese taschentuchgroßen Geldlappen wert waren, mit denen die Italiener versuchten, sich die Taschen vollzustopfen.

»Besser so. Wenigstens muß ich mir um dich keine Sorgen machen. Ich würde ihn gerne einmal kennenlernen.«

»Sicherlich. Professore ... haben Sie keinerlei Hinweis oder Verbindung zu etwas gefunden, das in Dellers Leben mit *San Francesco* zu tun hat?«

Einen Augenblick lang war Koop erstaunt, dachte nach und schüttelte dann den Kopf.

»Ganz sicher?« beharrte Moravia.

»Ja. Wieso?«

»Nichts. Nur so eine Idee, die mir gekommen ist.«

Koop lächelte. Letzten Endes hatte auch sein Schüler Anrecht auf das eine oder andere Geheimnis.

»Gut. Dann ruf mich an, wenn du etwas weißt. Und sei vorsichtig. Ich verstehe die Zusammenhänge noch nicht, aber sie könnten gefährlich sein.«

»Einverstanden.« Tommaso nahm seinen Hut und seinen Mantel und ging zur Türe.

»Tommaso«, sagte Koop.

»Ja, Professore?«

»Ich habe meiner Frau erzählt, daß ich dich getroffen habe. Du weißt, wie sehr sie dich mag. Sie wäre glücklich, wenn du an einem der nächsten Abende zum Essen zu uns kommen würdest.«

Die Erinnerung an die Freundlichkeit und Wärme von Signora Koop schnürte ihm das Herz ab. Tommaso schämte sich, daß er so einsam geworden war.

»Ja, mit Vergnügen. Umarmen Sie sie für mich, bitte.«

2.

Der Weg vom Innenministerium zum heutigen Drehort von ›Black Magic‹ betrug nur fünf Minuten. Der gesamte Troß zog, wie Ratoff angekündigt hatte, hin und wieder in den Palazzo des Quirinals um, wo die Szenen gedreht wurden, die in Versailles spielten.

Moravia ging in aller Ruhe über die Via Nazionale. An einem Zeitungskiosk kaufte er eine ›Corriere della sera‹ und las die Berichte über die Unruhen in Mailand. Tja, wer weiß, ob man die Wahlen erleben würde.

Der majestätische Platz vor dem Quirinal war mit Autos und Lastwagen der Scalera Film zugeparkt. Drinnen verfolgte Tommaso das geschäftige Treiben. Er mischte sich unter die Beleuchter und Techniker und durchquerte einen Hof, ging durch eine mit Fresken ausgemalte Galerie weiter und fand sich, fast ohne es zu merken, mitten auf dem Set wieder.

Der Hof des französischen Königs war in einem pompösen, mit Freskenmalereien, flämischen Gobelins und großen Brokatvorhängen ausgestalteten Salon nachgebildet worden. Nicht weniger als hundert Komparsen in glanzvollen Garderoben des achtzehnten Jahrhunderts drängten sich um den Thron, auf dem Ludwig XV. Cagliostro Audienz gewährte.

Tommaso konnte ein Grinsen nicht unterdrücken, als er Welles sah. Er trug ein enganliegendes schwarzes Kostüm, das ihn schlanker machte und seiner Erscheinung gleichzeitig große Autorität verlieh. Auf dem Kopf trug er einen ebenfalls schwarzen Fez mit goldbestickten Freimaurersymbolen, und aus Goldstickereien, die die Tierkreiszeichen darstellten, waren auch die Aufschläge seiner Jacke. Die Maskenbildner hatten viel an seinen Augenbrauen gearbeitet, und nun hatte sein Aussehen etwas Magisches, fast schon Diabolisches bekommen. Was die Nase betraf … Wieso brauchte Welles eigentlich eine künstliche Nase?

Aus dem, was Moravia aus einer schnellen Probe entnehmen konnte, hypnotisierte Cagliostro in der zu drehenden Szene einen Adeligen, der ihn vor dem König verspottet hatte.

Der polyglotte Regieassistent gebot Stille. Tommaso drückte sich in eine Ecke. Der Clapper rief die Nummer der Szene und der Aufnahme: die fünfundzwanzigste ...

Ratoff, tief in einem Klappsessel neben der Kamera versunken, mit unterlaufenen Augen und einer ausgelöschten Zigarre im Mundwinkel, rief: »Action!«

Orson wartete einen Augenblick, um seinen Worten mehr Gewicht zu verleihen. Dann sagte er mit donnernder Stimme:

»Ich vermag zu heilen, doch vermag ich auch zu quälen!«

Bei dem letzten Wort verstummte das Stimmengewirr, das den Beginn der Szene begleitet hatte. Welles ging auf seinen Gegner zu, der von der Autorität Cagliostros eingeschüchtert zu sein schien.

Als er vor ihm stand, zeigte Welles mit dem Finger auf ihn, sah ihm fest in die Augen und begann mit einer Grabesstimme zu sprechen: »Du bist der Chef der Bande, stimmt das? Macht es dir Freude zu tanzen? Dann auf die Knie!«

Welles Stimme wurde voluminöser, ohne jedoch den Grundton zu verlieren. Dann sprach er wieder, schmeichelnder und bedrohlicher: »Auf die Knie. Es ist nicht schön, sich über das Leid lustig zu machen, das die Welt heimsucht. Du hast so getan, als wärst du gelähmt? O nein, du bist wirklich gelähmt ... Deine Beine sind aus Wachs. Weiches Wachs, das sich auflöst. Deine Kraft schwindet. Wachs, weiches Wachs, das sich auflöst ...«

Der Adelige war inzwischen auf allen vieren. Doch Cagliostro war nicht zufrieden. Welles' Stimme stieg auf bis zum Donner und beherrschte die Menge: »Und jetzt winde dich. Winde dich! WINDE DICH!«

Und der Bedauernswerte wand sich bis zum Thron des Königs. Ein Augenblick großer Spannung trat ein, so als wäre die Zeit stehengeblieben, als würde sich alles um den mesmerischen Blick des Hauptdarstellers drehen.

Ratoff rief: »Stop!«, und das ganze Set brach in einen lang anhaltenden spontanen Applaus aus. Welles verbeugte sich wie ein Kavalier. Aus dem Sessel neben Ratoff sprang auch Michele Scalera auf und riß sich fast die Haut von den Händen.

Selbst Tommaso spürte, daß Orsons Darstellung eine hypnotische Urkraft freisetzte. Ratoff stand auf, stützte sich auf seinen Stock und befahl eine Pause. Dann ging er zu Orson und drückte ihm die Hand.

»Eine großartige Interpretation«, hörte Moravia ihn sagen, als er näherkam. »Schade, daß sie dir nicht vor vier Stunden eingefallen ist.«

Die gläserne Galerie des Quirinals wurde von der Crew im Sturm genommen und zum einen Teil in ein Lager und zum anderen Teil in eine Kantine verwandelt. Französische Damen bissen in Käsebrötchen, Höflinge rauchten Lucky Strikes.

Moravia war gerade dabei, Welles bei einer Tasse Kaffee auf den neuesten Stand seiner Ermittlungen zu bringen, als Viola zu ihnen kam.

»Es ist wegen der drei Grazien«, sagte er. Und gab zwölf jungen Frauen ein Zeichen, daß sie näherkommen sollten. Welles studierte sie mit analytischem Blick. »Die, die und die«, sagte er. Die Auserwählten waren eine attraktive junge Frau von heller Hautfarbe, eine Braunhaarige mit fleischigen Lippen und eine Venezianerin mit feuerrotem Haar.

Tommaso verstand nicht, was hier vor sich ging.

»Das sind meine Musen«, erklärte Welles. »Ratoff hat seinen Buckeligen, und ich habe meine Musen. Ich mag es, wenn ich bei meiner Arbeit von Schönheit umgeben bin.«

»Und was müssen sie tun?«

»Oh, nichts. Einfach nur dasein.«

»Das ist doch wohl ein Witz, Orson…«

Welles zuckte mit keiner Wimper.

»Und abends bringen Sie sie in den Jicky Club?«

»Natürlich nicht. Würden Sie denn eine Muse mit in den Nachtclub nehmen?« Er schien es ernst zu meinen. »Und jetzt sagen Sie mir, Tommaso: Wie hofiert man eine italienische junge Dame?«

»Orson, zum Teufel noch mal…«

»Nicht den üblichen Typ von junger Frau, will ich sagen. Sondern die ganz, ganz Besondere, verstehen Sie?«

»Das klingt ja wie die Herzenspost der Illustrierten.«

»Ich *bin* eine wandelnde Illustrierte! Lea hat ihre Abendtasche gestern abend bei Akian vergessen. Ich habe sie ihr zugeschickt, mit einer Einladung zum Abendessen und einem Strauß Rosen. Verwendet man Rosen auch in Italien?«

»Rosen verwendet man überall, soweit ich weiß. Aber was ich weiß, ist nie genug.«

»Das dachte ich mir… Wie beabsichtigen Sie, die Ermittlungen fortzuführen?«

»Ich werde die Familie Deller im Auge behalten. Ebenso den eleganten Priester. Ich würde auch gerne verstehen, wie Lucky Luciano in das alles hineinpaßt, aber ich weiß nicht, wo ich anfangen soll. Außer Ihnen, hat niemand ihn in Rom gesehen. Rufen Sie mich sofort an, wenn er sich wieder melden sollte.«

»Einverstanden. Und Scalera? Es fällt mir schwer, mir den Commendatore im Gewand eines Sklavenhändlers vorzustellen. Und mit Deller geht es mir nicht anders, obwohl ich ihn ja nur kurz gekannt habe.«

»Die Geschichte der Italiener in Afrika ist noch nicht geschrieben worden, Orson. Und wenn sie einmal geschrieben werden sollte, gibt es vielleicht keinen mehr, den sie interessiert.«

Wie aus dem Nichts tauchte ein Produktionsassistent in

ihrer Nähe auf. Er sprach, als ob er ihnen drohen wollte: »Commendatore Scalera möchte Mister Welles sehen. Unverzüglich.«

An diesem Abend fand Orson bei seiner Ankunft im Excelsior Post vor. Ein Brief war per Luftpost aus Los Angeles gekommen. Richard Wilson, sein Verwalter, hatte ihn geschickt.

Lieber Orson,
die Angelegenheit mit der Republic Pictures wegen des Schnitts von ›Macbeth‹ hat eine äußerst unangenehme Wende genommen. Sie wollen Rechtsanwälte einschalten, aber ich habe eine Lösung gefunden. Allerdings mußt Du mir schwören, daß Du mir zur Hand gehst! Ich habe Yates überredet, einen Cutter und das Material von ›Macbeth‹ nach Rom zu schicken. Mach es während der Pausen von ›Black Magic‹ fertig. Wenn Du ihm die erste Kopie nicht innerhalb des Monats März aushändigst, nageln sie uns im Gericht fest wie Macbeth an die Bäume des Waldes von Birnam. Ich mache keine Witze.

Dein Dick

Wilson hatte ohne weiteren Kommentar auch ein Exemplar der ›Los Angeles Times‹ mitgeschickt. Die Schlagzeile lautete: »HOLLYWOODSTARS VOR DEM AUSSCHUSS.«

Weiter unten hieß es: »Wir treten den Roten in den Arsch und schmeißen sie raus.«

Des weiteren lag ein Telegramm von Korda vor. Es war einfach und unmißverständlich:

Lieber Orson,
tut mir leid. Ich habe die Rechte an ›Cyrano‹ José Ferrer verkauft. Ich brauche Bargeld, mein Freund. Aber ich

schicke Dir ein Drehbuch, das wir unbedingt machen müssen! Du bist immer in meinem Herzen.

Alexander

Schließlich war da noch ein Billett, das in Rom aufgegeben worden war. Darauf stand:

Lea Padovani dankt Herrn Hayworth für seine Freundlichkeit und schätzt sich glücklich, seine Einladung für Freitagabend anzunehmen. Herzlich,

Lea

3.

Leda De Santis und ihre Tochter gaben ein merkwürdiges Paar ab. Tommaso war ihnen beinahe den ganzen Nachmittag über gefolgt, und die beiden Frauen hatten sich nur gestritten. Dann gingen sie in eine Schneiderei oder in ein Geschäft und vertrugen sich wieder auf geradezu wunderbare Weise. Wenn sie dann herauskamen, ging der Streit weiter.

Tommaso war im Auto und hatte sich ihnen nicht genügend nähern können, um die Gründe für ihre Meinungsverschiedenheit zu erfahren. Sein Eindruck war, daß die Mutter irgend etwas von der Tochter verlangte, diese aber keineswegs bereit war, es ihr zu geben oder zu gewähren. Der heftigste Streit entbrannte, als sie aus einem hocheleganten Silberwarengeschäft in der Via Condotta kamen. Aurora ging weg und ließ ihre Mutter einfach mitten auf der Straße stehen.

Tommaso überlegte, ob er der einen oder der anderen folgen sollte, dann entschied er sich für die Tochter. Leda De Santis war mit Päckchen überhäuft und würde wahrscheinlich im Taxi nach Hause fahren. Eine vor Wut schäumende Frau stellte dagegen eine interessantere Spur dar.

Er fuhr dem luxuriösen cremefarbenen Imperial über den Corso Umberto I. nach, der bis zur Piazza del Popolo von allen nur möglichen Fahrzeugen verstopft war. Er hatte die Befürchtung, daß er ihn in seinem schrottreifen Fiat Topolino A auf der ersten geradeaus führenden Straße aus den Augen verlieren könnte. Doch als der Imperial hinter der Porta Flaminia nach rechts zur Steigung am Muro Torto abbog, wußte er, daß er ihm nicht mehr direkt zu folgen brauchte, um herauszufinden, wohin Aurora fuhr.

Die kleine Villa in der Nähe der Villa Borghese war wirklich ein schöner Flecken, auch bei Tageslicht. Und Tommaso gefiel der Umstand, daß sie so ruhig und geschützt lag.

Wie er erwartet hatte, war das rote Astura Cabriolet von Cippico Pressner gleich hinter dem Eingangstor geparkt. Aurora drückte auf die Klingel an der Straße. Tommaso war überrascht, Colonnello Traversa, Auroras Mann, am Ende der kleinen Allee auftauchen und auf sie zukommen zu sehen. Sie wechselten ein paar Worte, dann machte sich Aurora auf den Weg zu der Villa. Colonnello Traversa sah ihr unentschlossen nach, dann stieg er in den Imperial, mit dem seine Frau gekommen war, und fuhr davon.

Tommaso wartete ungefähr zehn Minuten und dachte über einen Plan nach, wie er vorgehen sollte. Dann entschied er sich für den einfachsten und auch banalsten: hingehen und sehen, was drinnen geschah. Die niedrige Umfassungsmauer konnte man leicht überwinden, und es sah nicht so aus, als würde das Haus bewacht.

Tommaso sah sich nach allen Richtungen um. Als er niemanden erblickte, kletterte er über die Mauer und rutschte auf der anderen Seite hinunter. Als er sich den Staub abschüttelte, schaute er in die gelben Augen eines deutschen Schäferhundes, die ihn argwöhnisch anstarrten. Es war ein schönes Exemplar von einem schwarzbraunen Männchen mit festen weißen Zähnen. Genau wie die, die die Nazis für die Jagd auf Menschen benutzt hatten. Tommaso erinnerte sich an die Geschichte von dem gefolterten und dann in einen Käfig geworfenen Partisanen, der endlich reden sollte. Der Geruch seines Blutes hatte die Tiere erregt. Er vertrieb die Erinnerung. Er wußte, das einzige, was er nicht tun durfte, war wegzulaufen. Was er sonst tun konnte, davon hatte er keine Vorstellung.

Der Hund stand unbeweglich vor ihm, einen Meter entfernt.

Tommaso zwang sich, so zu tun, als wäre nichts, und ging ruhig weiter. Nur ja nicht das Tier seine Angst wittern lassen. In der Tasche hatte er die Pistole, die er immer bei sich trug, doch sie jetzt zu benützen, hieße entdeckt zu werden.

Er machte einen Schritt in die Richtung der kleinen Allee, doch der Hund schoß wie eine Sprungfeder nach vorn und warf sich mit seinem ganzen Gewicht gegen ihn. Tommaso wälzte sich auf dem Kies, bedeckte sich mit den Armen Gesicht und Kehle und wartete darauf, zu spüren, an welcher Stelle sich die Zähne einbohren würden.

Doch er spürte nichts. Er öffnete die Augen: Der Hund war noch da, nach vorne geneigt, um ihn zum Spielen einzuladen. Tommaso hob einen Kieselstein auf und schleuderte ihn weit weg. Der Hund rannte ihm hinterher.

Unsicher, ob er sich für einen Glückspilz oder lediglich für einen Trottel halten sollte, stand Tommaso auf und ging zur Villa hinüber. Es gab nicht viele Bäume, hinter denen er sich hätte verstecken können, und die wenigen waren jetzt ohne Laub. Welche Entschuldigung würde ihm wohl einfallen, wenn jemand aus dem Haus ihn gesehen hätte?

Doch er wurde nicht gesehen. Nur der Hund kam mit einem trockenen Zweig im Maul zurück. Um ihn loszuwerden, warf Tommaso das Stück Holz in eine Art Schwanenteich mit einem klassizistischen Springbrunnen. Der Hund rannte hinüber und lief winselnd um den Teich, mal in der einen, mal in der anderen Richtung.

Die Fensterläden der kleinen Villa waren alle geschlossen: Das hier war kein Haus, in das man kam, um dort zu wohnen. Tommaso ging alle Fenster ab, doch dann bemerkte er, daß eine alte Frau ihn von der Straße her beobachtete.

Er entschloß sich, aufs Ganze zu gehen und so zu tun, als wäre er der Eigentümer. Er hob einen anderen Stein auf und warf ihn weit weg. Der Hund brachte ihn zurück, und er kraulte ihn dafür am Kopf. Dann warf er ihn noch einmal. Die alte Frau stand noch immer da und beobachtete ihn. Er machte ein paar Schritte zur Eingangstüre am Ende der Häuserwand – dieselbe, durch die er Aurora hineingehen gesehen hatte –, gab sich eine völlig natürliche Haltung und betätigte den Türgriff. Er betete, daß die Türe nicht verschlossen wäre.

Sie war es nicht. Er drückte sie auf und versuchte, jedes Geräusch zu vermeiden. Als er sich umdrehte, um die Tür zu schließen, war die alte Frau gegangen.

Drinnen war alles in einladendes Halbdunkel getaucht. Aus einem Zimmer am hinteren Ende drang der Klang eines Grammophons, das ein romantisches Lied von Rabagliati spielte. Tommaso befand sich in einem Vorraum, der zu einem langen Korridor führte, auf dessen beiden Seiten Zimmer von unterschiedlicher Größe lagen. Die Türen standen offen und hätten, im Falle eines Falles, ein Versteck geboten, auch wenn das einzige Indiz für eine menschliche Präsenz die männliche Stimme war, die sich von der Schallplatte im hinteren Zimmer begleiten ließ.

María la O
Todo se acabó
María la O
Tu amor ya se fue …

Tommaso machte einen Schritt und spürte, wie Schweißperlen auf seine Stirn traten. Die Besitzer sparten ganz sicher nicht an Heizkosten, trotz der Rationierungen. Der Schweiß machte seine Hände klebrig.

Er behielt weiterhin die dunklen Zimmer im Auge, während er zugleich den Korridor hinunterging. Jetzt konnte er auch weibliche Stimmen erkennen, die kichernd irgend etwas sagten. Oder war das ein Schluchzen? Der Mann sang unverdrossen weiter vor sich hin, mit dünner, aber wohlklingender Stimme: »María la O / Todo se acabó ...«

Er ging über einen hellblauen Läufer. Der Korridor war mit chinesischen Bildern und Vasen eingerichtet. Tommaso bemerkte, daß der Hausherr eine eindeutige Vorliebe – und einen gewissen Geschmack – für moderne Kunst besaß.

Er brauchte reichlich fünf Minuten, bis er, Schritt für Schritt, ans Ende gelangte. Dabei fragte er sich die ganze Zeit, wie er es anstellen könne, in das Zimmer zu blicken, ohne selbst gesehen zu werden. Unterdessen war es dort still geworden. Dann wurde wieder die Schallplatte mit Rabagliati aufgelegt.

Langsam, ganz langsam versuchte er, sich an der Tür vorzubeugen. Doch das half wenig. Ein Meter hinter der Türschwelle verdeckte ein Paravent mit schwerem Damast die Szene. Tommaso hörte Geräusche, Bewegungen und die männliche Stimme, aber er konnte nichts sehen.

Schon dachte er daran, wieder in den Garten hinauszugehen und zu versuchen, einen Blick durch das Fenster zu erhaschen, als ihm klarwurde, daß er das nicht brauchte.

Die Zimmerdecke bestand aus einem einzigen großen Spiegel. Oder besser gesagt, es waren gut ein Dutzend Spiegel, die aus unterschiedlichen Winkelanordnungen die Möglichkeit boten, in aller Ruhe das zu verfolgen, was hinter dem Paravent vor sich ging. Mehr noch: Es gab Spiegel auch an den Wänden, die so angebracht waren, daß sie das Bild unendlich oft reflektierten.

Was Tommaso Moravia schließlich sah, war folgendes: Cippico Pressner in einem Morgenmantel aus roter Seide, in der Hüfte gebunden. Eine der jungen Frauen, die Blonde, aus dem Jicky Club, die lediglich eine Perlenkette trug. Aurora Traversa, mit schwarzen Strümpfen und schwarzem Strumpfhalter, mit gespreizten Beinen auf einem Sofa liegend. Der Kopf der anderen Frau bewegte sich rhythmisch über ihrem Geschlechtsteil, während Cippico Pressner sich hinunterbeugte, um, vor sich hinsingend, alle Einzelheiten zu beobachten.

Das Zimmer war wie ein dekadentes Boudoir in einem Roman vom Beginn des Jahrhunderts eingerichtet: ein großer Teppich, Kissen, Stoffe, kostbar gepolsterte Sessel. Weihrauch lag in der Luft. Ein betäubender Geruch von Weihrauch, wie in einer Kirche. Das Grammophon übertönte das Stöhnen und Winseln Auroras, Tommaso überkam ein eigentümliches Gefühl: Diese unendlich oft in den Spiegeln wie in einem Kaleidoskop reflektierte Szene hatte überhaupt nichts Reales an sich.

Cippico Pressner öffnete seinen Morgenmantel und drang in die Blonde ein. Ein paar Minuten machte er so weiter, wobei er den Kopf immer zum Rhythmus der Musik hin und her schwang. Dann klopfte er der jungen Frau auf die Hüfte wie einer Stute, offenbar ein Zeichen dafür, daß er für den Augenblick zufrieden sei.

Der elegante Priester machte den Morgenmantel wieder zu und setzte sich in einen Sessel. Er deutete auf einen kleinen Tisch. Aurora und die Blonde schienen auf nichts anderes gewartet zu haben. Sie gingen aufgeregt und gespannt dorthin, knieten sich nieder, nahmen Röhrchen, die aussahen als wären sie aus Elfenbein, und benutzten sie, um ein weißes Pulver von einem Silbertablett in die Nase zu ziehen.

Tommaso bemerkte, daß die Geschlechtspartie der Blonden vollständig rasiert war. Der Anblick des weichen, offenen Geschlechts verwirrte ihn. Auch Auroras fester schlanker Körper von dunkler Hautfarbe war eine Verheißung der Leidenschaft. Ihre Brüste waren perfekt, mit dunkelbraunen, nahezu schwarzen Brustwarzen. Tommaso hatte derartige Brustwarzen schon gesehen. Er hatte sie auch geschmeckt und manchmal in sie gebissen, während Moira in den Nächten von Tombolo seinen Namen flüsterte.

Jetzt wußte er, was in dieser versteckten kleinen Villa vor sich ging. Wäre er geblieben, hätte er nicht wesentlich mehr entdecken können. Weshalb ging er also nicht?

Er bemerkte, daß Cippico Pressner sich nicht für das Kokain interessierte. Er hatte es lediglich für die beiden jungen Frauen mitgebracht. Er trank lieber etwas aus einer emaillierten Flasche, das seine Augen mit jedem Schluck schmaler und katzenhafter werden ließ. Seine Erregung war ausschließlich mentaler Art, und er ließ sich von Rabagliatis Musik, die er noch einmal spielte, förmlich in Trance versetzen. Die beiden Frauen dagegen waren damit beschäftigt, soviel Kokain wie möglich einzuziehen, und hörten sie gar nicht.

Der Prälat ging zu Aurora hinüber und flüsterte ihr etwas ins Ohr, wobei er gleichzeitig das Silbertablett in einer Schublade verschwinden ließ, deren Schlüssel er in den Morgenmantel steckte. Aurora nickte und kniete sich vor einen Sessel. Die Blonde holte ein Seidenband hervor, breitete Auroras Arme aus und fesselte sie an die Sessellehnen. Dann setzte sie sich auf den Sessel und zwängte sich zwischen Auroras Körper und der Rückenlehne. *María la O/ Tu amor ya se fue …*

Sie kreiste mit ihren Hüften und bot ihr nacktes Geschlecht der Zunge Auroras dar. Cippico betrachtete die Szene einige Minuten lang befriedigt und bewegte sich im Rhythmus des Liedes. Dann kam er zu Aurora und nahm sie von hinten. Aurora klagte kurz, leckte dann aber weiter.

Tommaso schwitzte noch immer, aber nicht mehr wegen der Hitze. Ich muß weg, sagte er sich wieder und wieder, doch sein Gehirn kam über die Absicht nicht hinaus, blokkiert wie die Schallplatte mit der Melodie von Rabagliati, die immer wieder von vorne einsetzte, wie die Bewegung des Mannes in Aurora und der des Kopfes zwischen den Beinen der Blonden, ein menschliches Pendel, das Geilheit ausschwitzte und seine Knie weich werden ließ, während der Weihrauch durch seine Nase eingedrungen war und seinen Willen schwach gemacht hatte.

Schlagartig kam er wieder zu sich, als er einen Druck im Rücken spürte. Ein leichter, aber fester Kontakt, wie vom Lauf einer Pistole. Er verwünschte sich dafür, daß er sich hatte erwischen lassen. Er erinnerte sich an die Haustür, die er nur angelehnt hatte, um kein Geräusch zu machen.

Der Druck wanderte zu den Schenkeln hinunter, dann noch weiter runter. Tommaso drehte sich um.

Der Schäferhund stand hinter ihm und beschnupperte ihn gekonnt. Tommaso streichelte ihn am Kopf, aber das war keine so gute Idee. Der Hund fing an, mit dem Schwanz zu wedeln und zu knurren, er wollte, daß Tommaso einen Stein warf, gleichzeitig versperrte er ihm aber den Weg nach draußen.

Da rief Cippico Pressner aus dem Zimmer: »Rolf?«

Ein Augenblick der Stille. Der Hund spitzte die Ohren. Tommaso hörte auf zu atmen.

»Rolf!«

Rolf schoß hinter dem Paravent hervor ins Zimmer. Tommaso spähte hinein. Er sah, wie der Hund erregt um seinen Herrn herumsprang und gleichzeitig in die von Sex durchdrungene Luft schnupperte.

Cippicos Gesichtsausdruck veränderte sich schlagartig, wie von einem Gedankenblitz erhellt. Er glitt aus Aurora heraus und deutete der Blonden, daß sie aus dem Sessel rutschen sollte. Rolf lief mit heraushängender Zunge weiter im Zimmer umher.

María la O
Todo se acabó …

Alles geschah im Bruchteil einer Sekunde. Die Blonde packte Auroras Kopf und zog ihn an den Haaren zurück. Die junge Frau versuchte, sich loszumachen, aber ihre Hände waren festgebunden. Der Priester schob Rolf, der längst völlig außer sich war, über Auroras Rücken.

Nein, Cippico Pressner hielt das Tier nicht als Wachhund. Tommaso blieb noch einen Augenblick und beobachtete, was geschah, unsicher, ob er glauben sollte, was er da sah.

María la O…

Dann überkam ihn ungeheurer Ekel, und er stürzte zum Ausgang, unbekümmert darum, ob er Geräusche machte oder nicht.

… sueña el morir.

4.

Was Moravia ihm erzählt hatte, hatte ihn in Verwirrung gestürzt. Welles liebte die Frauen und den Sex, aber er haßte Perversionen. Einmal hatte er in einem Interview Pornographie als »eine Vision der Hölle« definiert. Er fragte sich, wonach er eigentlich suchte. Ausgegangen war er von *San Francesco*, und für den Augenblick hatten sie nichts anderes als einen degenerierten Priester und eine Familie von Drogensüchtigen gefunden. Er hätte sich nicht gewundert, wenn auch die Witwe von Alessandro Deller…

Alessandro Deller, verdammt. Er war bisher der einzige in Italien, der sein Herz angesprochen hatte. Und vielleicht war er der Verrottetste von allen.

Und jetzt war auch noch Scalera mit seinem unvorhersehbaren Vorschlag angekommen, gerade als der Name des Commendatore mit Deller in Verbindung gebracht worden war. War das vielleicht nur ein Manöver, ihn von seinen Ermittlungen abzubringen? Jedenfalls, mit ›Cyrano‹ in der Schublade der unverwirklichten Träume wurde ›Othello‹ sein einzig mögliches Projekt, sofern er nicht ernsthaft über den Film mit Lucky Luciano nachdenken wollte.

Er verscheuchte diese Gedanken, als Lea am Haustor erschien. Orson stieg aus dem Wagen und öffnete ihr die Tür.

»*Buonasera*, Lea…«

»*Buonasera*, Orson.«

»Ich danke Ihnen, daß Sie die Einladung angenommen haben.«

Lea wirkte unentschlossen, ob sie einsteigen sollte oder nicht. Sie blickte immer wieder auf das Tor des Palazzo, in dem sie wohnte, einem anonymen Wohnhaus in der Via Merulana. Als würde sie auf jemanden warten. Und so war es auch. Eine junge Frau Ende zwanzig von umwerfender Schönheit trat aus dem Tor und richtete sich noch einmal kurz ihre Haare.

»Das ist Stella Landi, eine Freundin von mir. Wir sind gemeinsam als Soubretten in den Komödien von Macario aufgetreten.«

Für einen kurzen Augenblick hatte Welles die Vision, wie Lea auf der Bühne eines Varietés herumtrippelte. Sie bemerkte seine Verwunderung.

»Ja, ich habe Revuen gemacht. Das war, nachdem man mich aus der Schauspielakademie geschmissen hatte, weil ich starrköpfig war und keine Befehle hinnehmen wollte. Ich habe Stella gebeten mitzukommen und zu dolmetschen.«

Leas Englisch war einwandfrei, es war so gut, daß sie auch noch die deftigsten Flüche verstanden hätte, die ihm durch den Kopf gingen.

Als er Stella nach einem Wirbelsturm wütender, auslaugender sexueller Übungen gegen Morgen schlafend im Bett seines Zimmers im Excelsior zurückließ, fühlte Orson sich in keiner Weise befriedigt.

Lea hatte ihn den ganzen Abend lang auf ihre sanfte, nicht zu tolerierende Art auf den Arm genommen, und das war er von einer Frau überhaupt nicht gewohnt. Sie hatte sich ständig hinter der nimmer müde werdenden Gesprächigkeit ihrer

Freundin versteckt, und selbst als sie einmal fünf Minuten für sich allein gewesen waren, hatte Lea das letzte Wort.

Sie waren im Cancello d'oro gewesen, dem Restaurant, das Ricchiardi ihm empfohlen hatte, und Stella war endlich einmal weggegangen, um sich »zurechtzumachen«. Orson hatte den ganzen Abend über heißhungrig gegessen und machte sich gerade über ein Schnitzel mit Petersilie und Zitrone her. Er spürte den Schweiß auf seiner Stirn, als er an die Diätratschläge seines Arztes in Los Angeles dachte.

Lea hatte ihm zugelächelt. »Sie werden noch dick, Orson.«

»Ich hab' meine Tabletten«, hatte er geantwortet.

»Tabletten? Ach, so machen Sie das? Erst geben Sie sich den Versuchungen hin, und dann möchten Sie die Folgen verbergen? Ich frage mich, ob Sie das bei Frauen auch so machen ...«

»Na ja, im Grunde müssen Sie zugeben, Lea, daß einige Frauen schwer verdaubar sind.«

»Ich fürchte, das ist nicht unsere Schuld, Orson, sondern die der Gewürze, die die Männer verwenden, um uns nach ihrem Geschmack zuzubereiten.«

Das Schnitzel war ihm im Hals steckengeblieben. Gleich darauf hatte Lea ihm den Gnadenstoß versetzt.

»Die Männer sind nur Mägen, und wir nur ihre Speise. Sie verschlingen uns mit Gier, und sind sie satt, erbrechen sie uns wieder.«

Daß eine Frau ihm Shakespeare zitierte und dann auch noch ausgerechnet ›Othello‹ ...

Seine Frustration nahm im gleichen Maß zu wie seine Begierde, diese junge Frau zu besitzen, doch sie entwand sich ihm wie ein Aal. Nach dem Abendessen hatte Orson vorgeschlagen, in den Jicky Club zu gehen oder zu Doney. Lea war einverstanden, doch auf halbem Weg hatte sie ihre Meinung geändert und sich zu Hause absetzen lassen. So ließ sie Orson mit Stella allein zurück. »Ich bin von der Scalera morgen in aller früh aufs Set bestellt worden, tut mir leid«, hatte sie gesagt.

Und so hatte er aus Wut und weil er sich nicht ganz geschlagen geben wollte, mit Stella bis vier Uhr in den Nachtclubs von halb Rom durchgemacht und sie dann mit ins Hotel genommen.

Das erste Tageslicht fiel durch die Fensterläden, und in weniger als einer Stunde würde man kommen und ihn zum Set fahren. Er hatte kein Auge zugetan und fühlte, daß er seine Zeit verschwendet hatte.

Als er in die Studios der Scalera Film kam, merkte jeder sehr schnell, daß »Signor Welles« absolut miserabler Laune war. Mit nichts war er zufrieden, angefangen bei der künstlichen Nase. Das Dexedrin, das er nicht lange zuvor eingenommen hatte, machte ihn noch nervöser und unerträglicher. Seine drei Musen waren in eine Ecke gedrückt worden und teilten sich jetzt ein Stück Schokolade. Die Rote strickte.

Man drehte die Szene der vorgetäuschten Beerdigung von Cagliostros Gattin Lorenza. Laut Drehbuch ließ der diabolische Graf die Frau scheinbar sterben, indem er sie hypnotisierte, und inszenierte dann die Beisetzung. Ein Pappwald mit einer Vertiefung in der Erde war in einem der kleinen Aufnahmestudios der Scalera Film aufgebaut worden.

Welles' Stimme brauste in die Stille hinein. »Das ist doch alles von elender Künstlichkeit, Grisha! Einfach lächerlich, einerseits in einem echten Königspalast zu filmen und dann an irgendeiner Außenaufnahme zu sparen!«

»Ich sage, es ist alles in bester Ordnung, Orson. Alles bereit!«

»Nein, ich weigere mich.«

Ratoff versuchte sich unter Kontrolle zu halten, das gelang ihm nur mit Mühe, und dann sprach er ganz leise, wie zu der Zeit, als er sich am Hof des Zaren an Rasputin wandte.

»Komm schon, Orson. Das meinst du doch nicht wirklich. Unser Bühnenbildner ist ungeheuer tüchtig.«

»Unser Bühnenbildner ist auch dein Cousin.«

Ratoff packte seinen Stuhl und schleuderte ihn ins Set, wobei er Akim Tamiroff nur um ganz wenig verfehlte. Er feuerte eine Salve von Flüchen auf russisch ab. Dann verschwand er, wobei er die Tür zuknallte. Auf dem Set wagte keiner einen Mucks von sich zu geben. Nachdem er Ratoff in die Flucht geschlagen hatte, blieb Welles der Herr des Schlachtfelds.

»Los, drehen wir endlich diese verdammte Szene!«

Einen Augenblick lang herrschte Bestürzung bei Technikern und Schauspielern. Orson machte seine Absicht klar.

»Ich bin jetzt der Regisseur des Films!« Die Autorität und Überzeugungskraft von Welles waren derart, daß niemand, nicht einmal Viola – der bei der Szene in einer Ecke anwesend war –, Einspruch zu erheben wagte.

Orson zeigte mit dem Finger auf Nancy Guild, die die Lorenza spielte, wie ein General, der die Dezimierung befiehlt. »Nancy, Liebes, ich glaube, die Szene könnte wenigstens einigermaßen erträglich werden, wenn in der Grube nicht die blöde Puppe liegen würde, sondern du.«

»Ich, Orson?«

»Ja, Liebes. Ich bin sicher, du hast nichts dagegen, oder?«

Er ging auf sie zu und reichte ihr galant seinen Arm. »Erlaube mir, daß ich dich höchstpersönlich zu deiner Beerdigung begleite.«

Nancy Guild schaute sich um auf der Suche nach Hilfe, doch keiner rührte auch nur einen Finger. Mit einem aufgesetzten Lächeln stützte sie sich auf Welles, der sie zum Grab führte und auf den mit Erde bedeckten Plattenfußboden legen ließ.

»Liegst du furchtbar unbequem, Liebes?«

»Nein, nicht allzu sehr. Aber…«

»Gut, jetzt mach den Mund zu und halte den Atem an.«

Orson pflanzte die Schaufel in einen Haufen Erde und sagte mit schwerer Stimme: »Fertig für eine Nahaufnahme auf die Tote.«

Die erste Schaufel Erde warf er selber. Wenn er Lea und alle Frauen dieser Welt zusammen mit Nancy Guild da unten hätte begraben können, wäre er fast glücklich gewesen. Die Darsteller der Totengräber eiferten ihm nach.

»Alles in Ordnung, Nancy, mein Schatz?«

Aus dem Grab antwortete eine bebende Stimme. »Ja, Orson.«

Da adressierte Welles ein bösartiges Lächeln an die anderen Schaufler: »Okay, *boys*, los dann mit der Erde.«

5.

Ein paar Stunden ging es so weiter, bis zur Mittagspause. Von Ratoff kein Lebenszeichen.

Viola informierte Welles, daß Mister Small ihn am Telefon sprechen wollte. Orson wußte schon, was der Produzent ihm sagen würde: daß er für seine Schauspielerei bezahlt würde und nicht fürs Regieführen. Das hatte er oft gehört, und man wiederholte es voller Groll und Unduldsamkeit, wie bei einem, der die Spielregeln immer noch nicht begriffen hatte.

Er trat ins Freie und atmete die beinahe warme Luft ein. Unversehens, als er durch eine der Alleen ging, fiel ihm ein, daß Lea am Abend zuvor, als sie ihn überraschend im Stich ließ, gesagt hatte, sie würde bei der Scalera Film drehen. In dem Augenblick hatte Orson vor Überraschung nicht weiter darauf geachtet. Doch als er jetzt wieder darüber nachdachte, fragte er sich, warum sie es für nötig gehalten hatte, ihm diese Einzelheit zu nennen. Doch wohl, um zu sagen: »Du weißt schon, wo du mich finden kannst.« Das war doch wie die vergessene Abendtasche. Lea hätte das zwar nie zugegeben, aber er war sicher, daß es Absicht gewesen war. Also ...

Er ging ins Hauptbüro und erkundigte sich über die in Produktion befindlichen Filme. Als er danach zum Studio 1 hinüberging, sah er Tufano und De Bernardi aus einem niedrigen, blaßrosa gestrichenen Nebengebäude herauskommen. Was machten die Polizisten bei der Scalera Film, wenn der Fall Deller abgeschlossen war? Die beiden bemerkten ihn nicht, und er verlor keine Zeit, weiter darüber nachzudenken. Er war beim Studio 1 angekommen und wartete, bis die rote Lampe erlosch, die anzeigte, daß gerade Dreharbeiten im Gange waren. Dann ging er hinein.

Orson verstand kaum etwas von dem schnellen Dialog zwischen Lea und den beiden Schauspielern, die ihr die Stichworte lieferten, doch ihre Spielweise verschlug ihm den Atem. Sie hatte ihm noch keinerlei Vertraulichkeit gewährt, und Orson hatte lediglich erahnen können, daß hinter dieser Haltung eine starke, äußerst vitale Frau stehen mußte. Endlich konnte er sie sehen. Lea beherrschte die Szene, indem sie eine Palette von Tönen entfaltete, die von Ironie bis zur Naivität reichten, von der Durchtriebenheit bis zur Leidenschaft. Und das alles für ein Dreigroschenstück.

Als der Regisseur »Aus!« sagte, kam vom Ende des Studios ein einsamer Applaus herüber. Alle drehten sich um und sahen, wie Orson, der noch das schwarze Kostüm Cagliostros anhatte, heftig applaudierte. Lea wurde hochrot und verschwand in ihrer Garderobe. Der Regieassistent befahl eine Pause.

Fünf Minuten später klopfte Orson an die Türe, auf der mit Kreide *Padovani* geschrieben stand.

Leas Stimme sagte: »Herein!«

Sie schminkte sich zwar ab, doch Orson bemerkte, daß die herausfordernde Haltung nicht von ihr weichen wollte.

Lea begrüßte ihn weder, noch ließ sie ihn Platz nehmen.

»Sie sind eine hervorragende Schauspielerin, Lea«, sagte er. »Dessen bin ich mir sicher, auch wenn ich kein einziges Wort verstanden habe.«

»Vielleicht besser so.«

Orson faßte Mut. Wenigstens hatte sie die Komödie mit dem Englischen sein gelassen.

Während sie mit dem Abschminken weitermachte, stellte Lea fast beiläufig eine Frage: »Haben Sie sich noch amüsiert, nachdem wir uns verabschiedet haben? Ich habe Stella noch gar nicht gefragt ...«

Orson witterte die Falle und entschloß sich hineinzutappen, um dem Löwen gegenüberzutreten. »Wenn ich bedenke, wie sie geschlafen hat, als ich aus meinem Zimmer gegangen bin, glaube ich, daß Sie vor heute abend keine Nachricht von ihr erhalten werden.«

Lea verzog ihr Gesicht, das besagte: Hätte ich mir denken können, und nahm wieder ihre übliche Haltung ein. Aber Orson war vorbereitet und ging gleich zum Gegenangriff über. Er packte sie beim Arm und zwang sie, ihm in die Augen zu schauen.

»War es nicht das, was du wolltest? Mich demütigen? Wolltest du nicht, daß ich die Rolle bis zum Ende spiele, die du mir zugedacht hattest? Also gut, hier bin ich. Ganz und gar gedemütigt. So besiegt, daß ich es eingestehe. Hier bin ich. Der Barbar, der nach Rom gekommen ist, um zu erobern, und der statt dessen erobert wurde. Was muß ich noch alles tun, um dich zu besitzen?«

Er kniete nieder, auf einem Bein, wie Errol Flynn, der Lady Marian in ›Robin Hood‹ seine Liebe gesteht. In Technicolor.

Lea hatte eine solche Geste nicht erwartet. Ihre Augen drückten hundert unterschiedliche Seelenzustände aus. Sie schlug sie nieder und legte ihre Hand auf die von Orson.

»Es tut mir leid«, sagte sie leise.

»Das macht nichts. Ich glaube, ich habe es verdient. Weißt du, ich frage mich immer wieder: Was kann ich dieser Frau geben? Oh, sage ich mir, nichts von dem, was die anderen, die ich gekannt habe, gewollt hätten. Keine Juwelen, nicht Ruhm oder Vergnügen. Und gerade deswegen will ich sie ...«

»Orson, ich bitte dich ... Was willst du von mir?«

»Bald werde ich ›Othello‹ drehen. Sei meine Desdemona oder tritt auf mir herum und verschwinde aus meinem Leben.«

Orson nahm seine Hand aus Leas fester Umklammerung und ließ sich auf den Boden gleiten. In dieser unbequemen Haltung sagte er: »Ich meine es ernst.«

Das war ein billiges Melodram, und das wußten beide. Aber es war die einzige Art, in der sie aufeinander zugehen konnten: so zu tun, als würden sie eine Rolle spielen.

Eine junge Kostümassistentin trat ein und stolperte gewissermaßen über Orsons schwarze Körperfülle, die auf dem Boden ausgebreitet lag wie eine Jagdtrophäe. Mit weit aufgerissenem Mund blieb sie stehen und suchte in Leas Gesicht nach einer Erklärung, aber Lea wußte nicht, was sie sagen oder tun sollte. Orson bewegte sich keinen Zentimeter und erwartete seine Errettung oder seine Verdammnis.

Da geschah es. Leas Gesicht entspannte und öffnete sich. Langsam zunächst, dann aber immer deutlicher. Sie lachte. Orson hatte sie noch nicht lachen gehört, wußte aber, daß sie nicht über ihn lachte. Sie lachte *für* ihn. Ein heiteres Lachen, voller Freude und Leben.

Und voller Verheißungen.

Cineillustrierte
27. November 1947

Ein neues Paar in Kinoland
Hat Orson Welles seine verwandte Seele gefunden?

Orson Welles ist verliebt, und zwar richtig! Rom, diese magische Stadt, hat auch ihn in ihren weichen, barocken, sehnsüchtigen Bann geschlagen. Man konnte sich nur schwer vorstellen, daß er einer Frau begegnen würde, die Rita Hayworth ersetzen könnte, diese Atomvenus: doch der launische Regisseur, dieser Cagliostro des zwanzigsten Jahrhunderts, hat erklärt, er habe endlich sich selbst in einer anderen Frau gefunden.

Vielleicht würden Sie sie gar nicht erkennen, wenn sie Ihnen auf der Straße begegnen sollte, sie würde Ihnen gar nicht auffallen, diese Lea Padovani. Ein schwarzer Pony, zwei lebhafte Augen, ein kleiner, agiler Körper. Davon gibt es doch Tausende in jeder italienischen Stadt. Aber sie hat etwas Besonderes, etwas Undefinierbares, das Sie zunächst nur neugierig macht, dann anzieht, dann fasziniert und diese Frau schließlich vor Ihren Augen verwandelt. Sie ist romantisch und weint oft, aber dann ist sie fähig, mit steinernem Herzen Entscheidungen zu treffen. Sie ist seltsam und launisch, sie wirkt brav und treuherzig wie ein Kind im Kindergarten, bekommt aber immer, was sie will.

Vielleicht, als er sie das erste Mal sah, dachte auch Welles: »Na, ein kleines, unbedarftes Mädchen.« Aber dann merkte er bald, daß er sich unendlich in sie verliebt hatte. Er wollte sie wiedersehen, sie kennenlernen, er wollte wissen, warum er sich von ihr so angezogen fühlte. Und das war der Augenblick, von dem an Lea ihn mit den Füßen malträtierte.

Baudelaire sagt: »Wenn du willst, daß ich dich liebe, behandle mich wie einen Hund.« Dieser Satz trifft auf jeden Mann der Welt zu, auch auf Orson Welles. Leas Desinteresse verzauberte und erstaunte ihn. Lea Padovani wollte keine Orchideen, keine Millionen. Aber Welles ist noch eigensinniger als Lea.

Vor einigen Tagen wirkte er auf Freunde abends nervös. Tags darauf hat Lea ein Flugzeug nach Sizilien genommen, wo ihr offizieller Verlobter, der engelgleiche Massimo Serato, einen Film dreht. Leicht vorhersehbar also, daß eine endgültige Klärung der Verhältnisse bevorsteht.

Kurz vor dem Abflug hat Orson noch auf der Flugzeugtreppe mit ihr gesprochen. Dann ist die Maschine in den Wolken verschwunden. Was hat er ihr wohl gesagt? Und was für eine Entscheidung hat Lea wohl da oben getroffen?

Barbara Tenerelli

5. Kapitel

1.

»Die Situation ist grotesk, Tommaso, aber ich kann einfach nicht anders. Es ist stärker als ich«, sagte Welles, als er sich auf dem Rücksitz des großen grauen Packard niederließ, den die Produktion gemietet hatte. Moravia hörte ihm mit einem milden Lächeln zu.

»Lea hat mich verhext. Ich bin noch nie einer solchen Frau begegnet. Ja, sie hat diesen Massimo Serato verlassen, und ich habe sie überredet, in eine Villa in der Nähe von Frascati zu ziehen, die ich für sie gemietet habe, aber sie erlaubt mir nicht, dort zu schlafen.«

Orson merkte, daß Tommaso gerne noch etwas gefragt hätte. »Nein, wir haben uns noch nicht geliebt. Nein. Noch nie. Sie sagt, ich muß erst das Schlimme wiedergutmachen, das ich all den Frauen angetan habe, die ich vor ihr kennengelernt habe. Und ich muß ihr beweisen, daß ich wirklich verliebt bin. Erst wenn sie will ...« Welles' Stirn kräuselte sich zu einem sonderbar kindlichen Ausdruck. »Zum Glück ist sie nicht eifersüchtig, wenigstens das ...«

Tommaso brach in Gelächter aus.

»Ich weiß, es ist lächerlich. Aber mein Leben ist trotzdem die Hölle. Jetzt, wo Akian mich bei sich in der Villa Madama wohnen läßt, schneide ich abends ›Macbeth‹ am Schneidetisch neben meinem Schlafzimmer, während ich tagsüber an ›Othello‹ denke und ›Black Magic‹ spiele. Offen gestanden, habe ich angefangen, auch von diesem Film schon ein paar Szenen zu schneiden. Und die Zeit, die mir dann noch übrigbleibt, die verbringe ich in Frascati mit dem Versuch, eine Frau zu gewinnen, die mir schon Ja gesagt hat.«

Moravia schüttelte den Kopf. »Das ist Wahnsinn. Lea ist nicht die Richtige für Sie.«

Welles sah ihm in die Augen mit der Festigkeit eines Menschen, der eine unbequeme, aber nicht zu ändernde Wahrheit ausspricht. »Für mich ist Liebe noch nie ein Gefühl gewesen. Für mich ist sie eine Obsession.«

Moravia schwieg und beschränkte sich darauf, aus dem Fenster zu schauen. In den letzten beiden Wochen hatten sich seine Ermittlungen verlangsamt. Pressner war in die Schweiz gefahren und noch nicht wieder zurückgekehrt. Daraufhin hatte Tommaso Tage damit verbracht, Archive auf der Suche nach Material über Pressner zu durchstöbern und abwechselnd Leda, Aurora und Colonnello Traversa zu folgen: eine unendliche Folge von Canastaspielen, Empfängen, Wohltätigkeitsveranstaltungen, Theaterpremieren – all die Riten der gehobenen römischen Gesellschaft.

Orson Welles, der ausschließlich Lea im Kopf hatte, schien an Deller, an San Francesco und dem ganzen Rest nur wenig interessiert. Aber er war glücklich, sich in Tommasos Gesellschaft zu befinden, und der Detektiv war so etwas wie ein Vertrauter geworden. Tommaso hätte sich auch für seinen Freund halten können. Aber es stimmte, was Tommaso dem Polizisten Tufano gesagt hatte. Er hatte keine Freunde. Er *wollte* keine.

Die Limousine hielt vor dem Eingang einer Filiale der Banco di Santo Spirito, der Bank vom Heiligen Geist. Die Zweigstelle lag im Erdgeschoß eines Palazzo aus dem siebzehnten Jahrhundert, der schon bessere Tage gesehen hatte. Welles und Moravia stiegen aus dem Wagen und gingen hinein. Sie fanden sich in einer weitläufigen Vorhalle wieder, die ihr Licht durch fünf große vergitterte Fenster von der Straßenseite bekam.

»Und das Geld?« fragte Moravia.

Welles schlug sich an die Brust, wo eine sanfte Wölbung die gut gefüllte Brieftasche erahnen ließ. »Fünf Millionen Lire, wie vereinbart. Eine freundliche Leihgabe von Michael

Akian, der als perfekter Gentleman mich nicht einmal gefragt hat, wozu ich sie brauche.«

»Gut so.«

»Aber sind wir auch ganz sicher, daß das eine gute Idee ist?«

»Wir legen es in die Hände des sichersten Tresors der Welt: des Vatikans. Ich habe Wochen gebraucht, bis ich ein Rendezvous mit Cippico Pressner bekommen habe. Heute eröffnen wir ein Konto mit unser beider Unterschriften. Morgen sehe ich ihn unter dem Vorwand, ihm das Geld für den Transfer in die Schweiz übergeben zu wollen. Ich will ihn treffen und alles daransetzen, daß er mir was erzählt. Anders geht es nicht. Cippico Pressner ist der Technische Direktor der Außenwirtschaftsabteilung des Vatikans. Er und Monsignore Guidetti, sein Vorgesetzter, kümmern sich um die Devisengeschäfte des Heiligen Stuhls. Machen Sie sich keine Sorgen um das Geld. In der Schweiz wird es sicherer sein als in Ihrer Brieftasche.«

Ein Pförtner kam zu ihnen und setzte sie in Kenntnis, daß der Signor Direttore sie in wenigen Augenblicken empfangen würde. Er ließ sie in einer Art kleinem Salon Platz nehmen.

Welles dachte an das, was Moravia ihm gesagt hatte, und erinnerte sich an seinen Besuch im Vatikan. »Guidetti, sagen Sie? Den habe ich kennengelernt, an dem Tag, als ich die Museen besucht habe. Ich hatte nicht den Eindruck, daß er eine so wichtige Persönlichkeit ist.«

»Es gibt ja auch Leute, die in der Tat sagen, daß er es nicht ist. Daß der eigentliche Chef unser Cippico ist. Es gibt auch Leute, die sagen, daß es dafür gute Gründe gebe ...« Moravia machte ein Satyrgesicht.

»Cippico ist der Liebhaber von Guidetti?« fragte Welles.

»*Honny soit qui mal y pense.* Aber ganz sicher muß man zugeben, daß Cippico Pressner es sehr geschickt angestellt hat, Karriere zu machen. In den dreißiger Jahren war sein Beschützer niemand Geringerer als Monsignore Pacelli, der gegenwärtige Papst. 1939 wurde er, trotz seines jungen Alters, sogar Hausprälat des Papstes. Sagen wir mal so: Er wählt sich seine Freunde aus. Und an einem Ort wie dem Vatikan ist das sehr wichtig.«

»Sie reden über die Vikare Christi ...«

»An dem, was ich bei ihm zu Hause gesehen habe, war nur wenig Christliches.«

Welles schlug die Augen nieder.

»Wegen dieser Begabungen spielt Cippico eine äußerst diskrete Rolle. Er ist es, der für den Devisenexport und die Handelsbeziehungen des Vatikans zuständig ist. Er sitzt in mindestens zwölf Vorstandsräten. Deshalb läßt der Vatikan bei ihm die Zügel locker. Das ist Teil seiner Persönlichkeit. Durch Nachtclubs zu ziehen, bei Empfängen zu sein, Leute zu kennen und Kontakte zu knüpfen, das ist seine Arbeit.«

»Aber hat man denn keine Angst vor einem Skandal?«

»Vielleicht schon. Aber die Italiener sehen seit Jahrhunderten, daß die Priester das eine sagen und das andere tun. Sie haben sich noch nie übermäßig darüber aufgeregt. Sie wenden das Prinzip der Vergebung an, wie sie es von den Priestern auch bei sich erwarten, auf diese Weise können beide reinen Herzens weitersündigen. Das ist ein fabelhaftes System.«

Welles pfiff vor Verwunderung. »Wir Amerikaner haben noch viel von euch zu lernen. Zumindest was Schuldgefühle angeht.«

Tommaso wollte dem gerne zustimmen, aber inzwischen dachte er an die Schlagzeilen der ›L'Unità‹, die er gekauft hatte, als er vor seinem Haus auf Welles gewartet hatte:

STREIKWELLE BEI DEN LANDARBEITERN DER PO-EBENE.

Heute in Rom große Demonstration der Arbeitslosen.

So lauteten die Titel. Seitlich, kleiner aufgemacht, war eine andere Nachricht zu lesen: »Troilo, der Präfekt von Mailand, aus dem Amt gejagt.«

Die Ordnung war wiederhergestellt worden, wie immer.

Der Bankdirektor kam ihnen mit offenen Armen entgegen, so als wären sie alte Freunde.

2.

Auf dem Weg durchs Stadtzentrum bog der Packard in die Via della Scrofa ein.

Sie hatten die Formalitäten für die Kontoeröffnung und die Hinterlegung der Unterschriften schnell erledigt. Und zwar für beide, denn Tommaso wollte nicht mit einem von einer bekannten Person wie Welles unterschriebenen Scheck zu Cippico gehen. Zudem war Welles Amerikaner und hätte theoretisch die Devisen nicht über heimliche Kanäle ausführen müssen.

»Scalera hat so sehr auf diesem Interview mit ... wie heißt er doch gleich? ... Pallavicini bestanden. Lohnt sich das denn?« fragte Welles.

»Na ja, die INCOM produziert die wichtigste Wochenschau des Landes. Die sehen Millionen von Zuschauern.«

Der Chauffeur hielt vor dem kleinen Palazzo der INCOM in der Via Bellini in Parioli, ein niedriger Bau von angenehmen architektonischen Linien. Links und rechts vom Eingang standen zwei Säulen im ägyptischen Stil, zu denen eine Reihe von Stufen hinaufführten, die in einen weiträumigen, lichtdurchfluteten Vorraum mündeten. Weiter hinten sah man ein Peristyl mit Brunnen.

Moravia hatte keine Lust, bei dem Interview dabeizusein, und entschloß sich, im Auto zu bleiben und die Zeitung zu lesen. Als er zu den Sportnachrichten kam – der AC Mailand und Juventus Turin standen mit 18 Punkten an der Spitze der

Tabelle –, bemerkte er, daß der Chauffeur ihn im Rückspiegel aufmerksam ansah. Der Chauffeur fühlte sich ertappt und sagte: »Entschuldigen Sie, Signore ...«

»Nicht weiter schlimm«, antwortete Tommaso. »Interessiert dich die Zeitung?«

»Eigentlich ...« Er wagte es nicht. Der Mann war um die fünfzig, mit rundem, glattem Gesicht, einer großzügigen lichten Stelle am Schädel, die er, etwas übertrieben kunstfertig, mit langen, strähnigen Haaren überfrisierte, hatte kastanienbraune Augen und einen gutmütigen Gesichtsausdruck. Jemand, der vom ersten Augenblick an grenzenloses Vertrauen erweckte. Tommaso war sich sicher, daß er, würde er sein Portemonnaie im Auto liegenlassen, es am nächsten Tag zu Hause vorfinden würde, ohne daß ein Centesimo fehlte.

»Hier, nimm«, sagte Moravia und reichte ihm die ›L'Unità‹.

»Danke. Sie verstehen, wenn man die auf der Arbeit in meiner Tasche finden würde, wäre ich entlassen.« Er schlug die Zeitung nicht gleich auf. Eine Frage, die er nur schwer unterdrücken konnte, brannte ihm offenbar auf der Zunge. »Sind Sie zufällig auch Kommunist?«

»Nicht wirklich, aber ich sympathisiere.«

»Zum Henker, damit habe ich nicht gerechnet ... einen Genossen hier, in dieser Limousine!«

Moravia hatte noch gar nicht über die Wirkung nachgedacht, die dieses riesige Auto auf Außenstehende machte. Er versuchte sich zu rechtfertigen.

»Dieses Auto betrifft ja nicht mich. Ich arbeite für Signor Welles.«

Diese Aussage schien den Chauffeur mit seiner Sicht der Welt zu versöhnen. »Ach, gut, der Amerikaner, sagte ich doch ... Dann bist du auch Lohnempfänger.«

»In gewisser Weise ...«

Wieder legte sich die offene, glänzende Stirn in Falten.

»Was ist das für eine Art zu reden? Du bist ein Genosse, aber nicht wirklich ... Du bist ein Lohnempfänger, aber nur in gewisser Weise ... Was bist du eigentlich? Ein Mann ... sozusagen, gütiger Gott!«

Tommaso konnte ein trauriges Lächeln nicht unterdrükken. »Na ja, manchmal ist es schwierig, klare Vorstellungen zu haben.«

»Meine sind ganz klar, meine Vorstellungen. Der Kommunismus ist die Rettung für Italien. Alle Faschisten ab ins Loch. Und Priester und Nonnen an die Arbeit.«

»So einfach ist das nicht.«

»Aber kompliziert ist es auch nicht. Wer arbeitet, kommandiert, und wer kommandiert, arbeitet. Und ansonsten tut man, was man will. Die Freiheit ist doch nichts, über das man lange nachdenken muß. Oder?«

Tommaso sah ihn wieder an. Da war nicht ein Hauch von Übertreibung in dem, was der Chauffeur sagte, er war ganz ruhig und innerlich zutiefst überzeugt. »Und am 18. April zeigen wir allen, wo's langgeht«, fuhr er fort. »Dann wird Togliatti sich um sie kümmern.«

»Bist du dir da sicher?«

»Sicher? Das ist wissenschaftlich. So steht's in den Büchern, so ... Dann machen wir die Revolution und fangen ganz neu an. Eine neue Welt.«

»Und das Auto?«

»Wieso das Auto?«

»Wer fährt uns dann herum, mit diesem Riesenschlitten?«

Der Chauffeur dachte einen Augenblick verblüfft nach. Dann bahnte eine Idee sich ihren Weg.

»Das Volk. Das Auto wird dem Volk gehören, und ich fahre jeden herum, der herumgefahren werden muß.«

»Das Volk? Dann wird es hier drinnen aber ein bißchen eng.«

Der Chauffeur nahm diese Bemerkung nicht auf. Vielleicht war er auch nicht ganz von dem überzeugt, was er gesagt hatte, aber er schien sich an etwas tief in seinem Inneren Verwurzeltes zu richten. Er dachte laut nach. »Wir werden sehen. Wenn nicht, wozu sollte dieser Krieg dann gut gewesen sein? Mir hat er zwei Söhne genommen, die noch nicht einmal zwanzig Jahre alt waren. Wenn man den Glauben nicht hat, daß alles anders wird, aber wirklich alles, welchen Sinn soll dann dieses Leben hier haben? Wollen Sie mir das mal sagen?«

Der Chauffeur drehte sich zu ihm um, allerdings deutete sein Gesichtsausdruck auf etwas Fernes, wohin Tommaso ihm – auch weil ihm der Mut dazu fehlte – nicht unbedingt folgen wollte. Er spürte nur einen Kloß im Hals, und seine Stimme murmelte nur ein paar wenige Worte.

»Keinen. Da hast du recht. Ohne Moral sind wir nichts. Gar nichts.«

Sie unterhielten sich eine gute Stunde und berührten ein paar entscheidende Punkte des menschlichen Daseins, von der Existenz Gottes bis hin zu den möglichen Siegern der Fußballmeisterschaft. Moravia lud Paride – so hieß der Chauffeur – schließlich ein, und so setzten sie ihr Gespräch in der Bar neben dem Palazzo vor einem Glas Wein fort.

Als sie zum Auto zurückkehrten und Tommaso von dem ganzen Gerede wie benommen war, machte er ein Ausweichmanöver. »Warte im Wagen auf mich, Paride«, sagte er. »Ich geh' nachsehen, was aus unserem Arbeitgeber geworden ist.«

»Ja, und wenn du die von der Wochenschau siehst, dann sag ihnen, daß ich ihnen, wenn sie mich auch unbedingt interviewen wollen, eine ganze Menge erzählen könnte ...«

Tommaso ging in das Gebäude, wo ein Pförtner, der sich bei der Lektüre der letzten Ausgabe der Zeitschrift ›L'Uomo qualunque‹ gestört fühlte, belästigt aufschaute.

»Ich bin mit Signor Welles hier«, rechtfertigte sich Moravia. »Ich werde hier in der Eingangshalle auf ihn warten.«

Der Pförtner hütete sich, ihn aufzufordern, doch bitte Platz zu nehmen, und beschäftigte sich wieder mit seiner Lektüre. Die Eingangshalle der INCOM war ein angenehmer Raum, ausgestattet mit der typischen spartanischen Nüchternheit des Hauptsitzes einer Zeitung, doch auch mit einem Hauch von Koketterie, die auf die modische Kleidung und die Brillantine des Direktors verwies. Man konnte sich wirklich nicht irren, wenn man die Antwort auf die Frage haben wollte, wer hier das Sagen hatte: mindestens ein Dutzend Fotos von Sandro Pallavicini – mit dem Papst, mit dem Regierungschef, mit Alida Valli, mit Gino Bartali und auch eine, in Hommage an die berufsmäßige Objektivität, mit Kommunistenführer Palmiro Togliatti.

An den Wänden des Flurs, der zum Peristyl hinausführte, Fotos italienischer Filmstars: Aldo Fabrizzi, Isa Miranda, Totò, Gino Cervi, Lia Franca, Grazia Del Rio und dann ... Und dann fand er sich ihr gegenüber, ihr, stolz und erhaben, wie er sie schon gesehen hatte, aber jünger, mindestens zwanzig Jahre. Berauschend schön. Trotz der verstaubten Gesichter um sie herum. Leda De Santis – mit einer eigentümlichen Perlenkappe, die an Greta Garbo in ›Mata Hari‹ erinnerte, aber wohl eher aus dem Fundus der Pittaluga Film stammte – strahlte ein magisches Licht aus. Ihre großen Augen erzählten von sinnlichen Geheimnissen, der weich geschwungene Mund verhieß leidenschaftliche Nächte.

Welles' Stimme dröhnte aus einem der Zimmer in der Nähe, dann wurde eine Türe geöffnet. Tommaso fuhr aus seinem Traum auf. Wenige Augenblicke später bog Orson mit Pallavicini, der sich bei ihm eingehakt hatte, um die Ecke. Es folgten die üblichen Förmlichkeiten – »Mein Privatsekretär ...« –, und Orson stellte ihm den Direktor der INCOM vor. Pallavicinis Hand glitt durch Tommasos Finger wie ein gerade geangelter Aal.

»Sieh mal hier, Orson«, sagte Tommaso.

Welles betrachtete das Foto von Leda. Ein Hauch von Verlorenheit legte sich auf sein Gesicht.

»Mein Gott, wie sehr sie Dolores Del Rio ähnlich sieht«, sagte er. »Wer ist das?«

»Leda De Santis, Dellers Frau.«

Die Vorstellung, daß Alessandro Deller sich in den gleichen Frauentyp verliebt hatte wie er, verwirrte ihn – in diesen Typ von Frau: älter, von magnetischer Wirkung, erfahren und weltklug. Und plötzlich erwachte in ihm die Neugier, Leda zu treffen.

»Leda De Santis?« mischte sich Pallavicini ein. »Kennen Sie beide Leda?«

»Gewissermaßen«, sagte Tommaso. »Wir sind ihr vor kurzem begegnet. Wir wußten nicht, daß auch sie eine Schauspielerin ist.«

»Oh, vollkommen verständlich. Es ist jetzt wohl fünfzehn Jahre her, daß sie sich zurückgezogen hat, und keiner ihrer Filme ist, wie soll ich sagen, erinnerungswürdig geblieben …«

»Und Sie kennen sie?« fragte Orson.

»Nein, nicht persönlich. Aber als ich anfing, habe ich mich mit dem Film und mit der Filmwelt beschäftigt. Ich erinnere mich gut an Ledas Geschichte, weil sie ziemlich merkwürdig ist und auch … beispielhaft.«

»Was heißt das?«

»Leda kam gleich nach dem Ende des Ersten Weltkriegs aus Norditalien nach Rom. Sie war zwanzig und wollte Filmschauspielerin werden. Um jeden Preis, dafür hat sie sogar mit ihrer Familie gebrochen. Sie verstehen, zu der Zeit galt es noch als entehrend, eine Schauspielerin zu sein … Wie auch immer, sie spielte in ein paar Filmen und machte sich einen gewissen Namen. Sie war unglaublich schön, und das konnte ihr nur nützen. So um 1923 heiratete sie Aristide Lazzarini, einen der Helden aus dem Freundeskreis von D'Annunzio, der bei dem militärischen Unternehmen Fiume mitgemacht hatte. Sie bekam einen Sohn oder eine Tochter und begann wieder mit ihrer Karriere, doch ihr Stern war verblaßt. Das Aufkommen des Tonfilms war ihr Ende. 1932, glaube ich, zog sie sich zurück. Fünf Jahre später stürzte ihr Mann mit dem Flugzeug in Äthiopien ab, wo er eine bedeutende Stellung der italienischen Kolonialregierung innehatte. Als guter Hierarch hinterließ er ihr ein beträchtliches Vermögen.«

»Wie kam ihr Mann ums Leben?« fragte Tommaso.

Pallavicini deutete ein maliziöses Lächeln an.

»Sie wollen wissen, ob es ein Unfall war? Na ja, bestimmte Dinge durfte man damals nicht sagen. Aber alle wußten, daß in den Kolonien eine blutige Fehde unter den verschiedenen Interessensgruppen im Gange war. In Afrika konnte man ein Vermögen scheffeln. Und Faschismus bedeutete für viele in erster Linie: Geld machen. Ledas Mann war ein hohes Tier und mit Sicherheit in einige Geschäfte verwickelt. Aber die Wahrheit wird man nie erfahren.«

»Wer kann das schon sagen?« kommentierte Tommaso spöttisch. »Und was ist aus Leda geworden?«

»Nicht viel, soweit mir bekannt ist. Es gab Gerüchte, sie würde wieder zum Film zurückkehren, aber was sollen die Neorealisten denn mit einer wie ihr anfangen? Und außerdem war sie bei ihren Kollegen nicht besonders beliebt. Sie hatte ihre ganz eigene Art, sich in den Mittelpunkt zu rücken, so daß sie wie eine Hauptdarstellerin wirkte, auch wenn sie in der zweiten Reihe stand.«

Pallavicini schwieg. Orson und Tommaso warfen sich einen Blick zu. »Grazie, Signor Pallavicini«, sagte Orson. »Das war interessant.«

»Das Vergnügen ist ganz meinerseits. Ich schicke Ihnen eine Kopie des Interviews, sobald es geschnitten ist.«

»Einverstanden. Aber lassen Sie mich nicht zu intellektuell aussehen. Nur eine Idee mehr als Tyrone Power.«

Pallavicini lachte und begleitete seine Gäste zum Ausgang. Der Pförtner sprang auf, versteckte die Zeitung in einer Schublade des Schreibtischs und setzte eine Miene wachsamer Tüchtigkeit auf.

3.

Paride fuhr mit großer Geschwindigkeit in Richtung Pigneto. Bevor sie zum Außenset irgendwo auf dem Land bei San Basilio hinauskamen, mußten sie Tommaso bei sich zu Hause absetzen. Die Straßen waren frei, ganz wenige Menschen auf den Bürgersteigen, und alle schienen in großer Eile zu sein. Merkwürdig, dachte Tommaso, keiner hatte sonst Eile in seinem Viertel.

Er schaute auf vertraute Straßenecken und fragte sich, ob er je den Mut haben würde, Orson zu sich nach Hause einzuladen, sofern man die beiden feuchten Zimmer ohne Bad und Toilette in der Via Braccio da Montone ein Zuhause nennen konnte. Schöner Name eines Söldnerführers, Braccio da Montone. Die Faschisten, die dieses Viertel in den dreißiger Jahren aufgebaut hatten, benannten alle Straßen nach kühnen Condottieri aus der Renaissance. Jetzt bezeichneten die Namen dieser Krieger ein Gitter von zerbröckelnden niedrigen Häusern, durchzogen von armseligen, nicht asphaltierten Straßen, die sich bei Regen in Morast verwandelten.

»Schon eine seltsame Familie, die von Signora De Santis«, sagte Orson neben ihm.

»Wirklich seltsam«, bestätigte Tommaso. »Ledas erster Mann stirbt bei einem Unfall und hinterläßt ihr einen Haufen Geld. Das ist ebenso einfach wie verdächtig. Ihre Tochter heiratet einen wesentlich älteren Mann, der sie in die Hand eines degenerierten Priesters gibt, der auch noch Drogenhändler ist. Und wo hält sich der zukünftige Ehemann von Signora De Santis auf, als der erste stirbt? Ebenfalls in den Kolonien, im Dienst der Scaleras und ihrer miesen Geschäfte. Ich wette hundert zu eins, daß Deller Lazzarini kannte. Ich würde nur gerne wissen, ob sie bei den blutigen Fehden der Faschisten unter sich auf derselben Seite standen. Wahrscheinlich nicht. Am Ende stirbt ja auch er. Eine gefährliche Frau, diese Leda De Santis.«

Orson dachte noch einmal darüber nach, dann schüttelte er den Kopf »Schon seltsam. Unlogisch. Wer würde schon zehn Jahre warten, um die Frau des Mannes zu heiraten, den er umgebracht hat? Und auch dann: warum heiraten? Wir wissen nicht einmal, ob Leda und Deller sich in den dreißiger Jahren überhaupt kannten. Er hat doch erst Jahre später, nachdem sie damit aufgehört hatte, mit der Schauspielerei angefangen. Und schließlich, warum sollte Leda Deller umbringen? Das Geld hatte doch sie.«

»Vielleicht erpreßte er sie …«

»Die eigene Frau? Wo doch die Ehe die Erpressung par excellence ist! Und die beiden waren doch schon verheiratet. Und schließlich, wie sollte Leda ihren Mann umgebracht haben? Sie ist doch erst eine gute Stunde nach seinem Tod zum Set gekommen. Ich selbst habe sie gesehen. Natürlich hätte sie jemanden dingen können. Aber war sie auch in der Lage, die Polizei zu überreden, nachher keine Ermittlungen anzustellen? Wenn sie so mächtig ist, dann hätte sie Deller auf tausend andere Weisen aus dem Weg räumen können. Nein, das funktioniert nicht. Das sagt mir meine Erfahrung als Drehbuchautor.«

Tommaso hatte Orson still zugehört. Er blickte kurz aus dem Fenster. Obwohl es Punkt Mittag war, war die Piazza del Pigneto, auf der sonst lebhaftes Markttreiben herrschte, menschenleer.

»Sie haben recht, Orson. Aber ich habe Ihnen ja schon gesagt. Kino und Wirklichkeit sind zwei verschiedene Dinge.«

Dann wandte er sich wieder Orson zu und rief laut, mit einer Stimme, die halbernst sein sollte: »San Francesco! San Francesco! Gewähre diesen Sündern, die in der Finsternis verloren sind, ein bißchen Licht!«

Er hatte diese Worte noch nicht ganz ausgesprochen, als Paride plötzlich voll auf die Bremse trat, das Auto sich einmal um die eigene Achse drehte und die beiden Insassen herumgeschleudert wurden.

Welles richtete sich als erster wieder auf und versuchte sich zu orientieren. Aus der Via L'Aquila kommend, waren sie auf den Piazzale Prenestino gefahren, doch die Straße vor ihnen samt Schienen wurde von zwei quergestellten Lastwagen versperrt, und eine lange Reihe von leeren Autos stand mitten auf dem Platz. Links, an der Eisenbahnbrücke, wo die Via Prenestina einmündet, hatte sich ein Zug von Tausenden von Menschen gebildet. Arbeitslose und Leute ohne Aufenthaltsbewilligung hatten sich aus den Slums des PrenestinoViertels hierher gedrängt, aus Gordiani und Tor' de' Schiavi. Verzweifelte, die in ihrem Niemandsland in den Tag hineinlebten, in einem Durcheinander kleinster Hütten und Pferche, inmitten von Baustellen, Wassergräben, Schrotthalden, halbfertigen Häusern ohne Wasseranschlüsse, irgendwo auf den Grasflächen eines verbrannten Landes. Es waren Römer, Landleute aus der Umgebung, Zuwanderer aus dem Süden oder aus den Marken. Mit halb im Schlamm steckenden Füßen standen sie da und hielten Spruchbänder hoch, auf denen stand: »Wir wollen arbeiten. Wir wollen nicht verhungern.« Sie bildeten eine kompakte graue Masse. Die Männer in der vordersten Reihe trugen verschlissene Kleidung und hatten angespannte Gesichter.

Vor ihnen, rechts, am hinteren Teil des Piazzale, wo der Straßenstrang beginnt, der in die Stadt führt, hatte sich eine beachtliche Zahl von Polizisten konzentriert, einige zu Fuß, dazu Jeeps mit der Aufschrift *Celere* und zwei Panzerspähwagen.

Die Menschen lärmten und schrien, aber sie bewegten sich nicht. Die beiden Lager waren ungefähr hundert Meter voneinander entfernt – und mittendrin die Limousine.

»Verdammt noch mal, die Demonstration!« fluchte Tommaso.

»Demonstration?« Orson verstand nichts.

»Ja, hat in der Zeitung gestanden!«

Der erste Stein traf die Scheibe neben Paride und zertrümmerte sie. Der Chauffeur bedeckte sein Gesicht, ein Splitter bohrte sich in seinen Handrücken. Er blutete. »Schweinebande, die werfen mit Steinen!« sagte er fast erstaunt.

Das war erst der Anfang. Über das Auto prasselte ein Steinregen nieder, auch Flaschen und Holzstücke. Eine Gruppe von ungefähr hundert Jugendlichen, von denen viele Jacken von Militärveteranen trugen, hatte sich aus dem Zug der Demonstranten gelöst und nahm das amerikanische Auto unter Beschuß. Scheiben zersprangen, das Blech beulte sich ein.

»Weg von hier! Schnell!«

Tommaso packte Orson am Arm und zog ihn zur anderen Seite heraus. Paride war ausgestiegen, winkte mit großen Bewegungen in Richtung der Demonstranten, versuchte, sie zu beruhigen, fuchtelte mit der ›L'Unità‹ herum. Die Vordersten der Gruppe waren gerade unschlüssig stehengeblieben und riefen etwas auf römisch zu ihm herüber, da legte die *Celere* los.

Die graublauen Schwadronen setzten sich beim Heulen der ersten Sirene in Bewegung, und die Jeeps fuhren auf die Straßeneinmündung an der Brücke zu. Die Polizisten zu Fuß liefen ihnen hinterher und schwangen ihre Knüppel.

Als Tommaso sich darüber klarwurde, daß es sich hier um einen Angriff handelte, schob er Orson in Richtung der Demonstranten und schrie ihn an, er solle rennen, und zwar so schnell wie möglich. »Beeil dich! Die von der *Celere* bitten nicht erst um deinen Ausweis, bevor sie zuschlagen!«

Die Demonstranten sahen den Angriff, die Front löste sich auf, bewegte sich etwa zehn Meter zurück, doch dann, wie eine von der Brandung gepeitschte Woge, stürmten sie schreiend und die Fahnenstangen schwingend nach vorne. Der Zusammenstoß war ungeheuer, ungefähr da, wo der Packard angehalten hatte. Die Jeeps fuhren langsamer, hielten aber nicht an. Sie drangen in die Menge der Demonstranten wie ein eiserner Keil und zwangen sie auszuweichen, wenn sie nicht überrollt werden wollten. Die auf den Pritschen sitzenden Polizisten fingen an, mit ihren Gummiknüppeln und mit Fußtritten auf Männer, Frauen und Kinder einzudreschen, ganz unterschiedslos.

Die Demonstranten wiederum warfen mit Steinen, Pflasterwürfeln und allem, was ihnen sonst in die Hände kam. Trotzdem drangen die Jeeps weiter bis zum Kern der Menge vor, aber diese hatte sich längst aufgelöst, die Menschen waren in die Nebenstraßen des Pigneto gelaufen.

Tommaso packte Orson beim Kragen und zog ihn wie einen verängstigten Hund hinter sich her. Sie liefen die Via D'Alviano hinunter. Tommasos Wohnung lag zwei Straßenecken weiter im Inneren des Viertels. Sein Plan war, sich mit Welles dorthin zu flüchten, doch dann dachte er an Paride und entschloß sich, ihn zu suchen und ebenfalls in Sicherheit zu bringen.

Die niedrigen Häuserblocks und die engen Straßen boten kaum Schutz, und die Sirenen der Jeeps, die das Viertel Straße für Straße durchkämmten, näherten sich.

Als sie an der Ecke Via Fanfulla angekommen waren, schlug Tommaso mit äußerster Gewalt an die Flügeltür eines Schusterladens. »Caciotta! Mach auf, mach auf!« schrie er.

Einer der Flügel öffnete sich vorsichtig. Das scharfgeschnittene Gesicht und die Triefaugen eines alten Mannes wurden im Halbdunkel sichtbar. Tommaso drängte Orson hinein.

»Ist ein Freund von mir«, sagte er zu dem Schuster. »Und du bleibst hier und rührst dich unter gar keinen Umständen von der Stelle!« befahl er Welles.

Kaum hatte er die Tür wieder hinter sich geschlossen, schien es auch Tommaso besser, sich jetzt zu verstecken. Weitere Jeeps hatten das Gebiet umzingelt und fuhren mit großer Geschwindigkeit durch die Straßen. Sie versuchten, die Flüchtenden in die Richtung zu drängen, wo der Großteil der

Polizisten aufgestellt war, die, zu Fuß die Via Prenestina heraufrückend, die Demonstranten einzeln isolierten, sie mit ihren Knüppeln zusammenschlugen und in die Polizeiwagen verfrachteten. Diese waren vorgerückt und hielten jetzt den ganzen Piazzale besetzt. Weiter hinten an der Via Prenestina dagegen, wo noch immer Demonstranten in kleineren Gruppen standhielten, begnügten die Polizisten sich damit, sich der wütenden Masse entgegenzustellen, die sie weiter mit Gegenständen bewarf. Aus der Via Casilina stiegen Rauchsäulen auf, die auf weitere Zusammenstöße hindeuteten.

Tommaso wurde klar, daß er in einer Zwickmühle steckte. Eine Patrouille hatte sich am Ende der Via Fortebraccio aufgestellt, kurz vor der Verbreiterung in Richtung Eisenbahn, und hinderte ihn dort an der Flucht. Es blieb ihm nur die Via Fanfulla. Dort brannten ein Schrank und ein Haufen Müll. Schwarzer, beißender Rauch. Tommaso stürzte vorbei und versuchte sich durch die Menschen zu kämpfen, die in die entgegengesetzte Richtung eilten. Er stellte sich vor, daß die Jeeps weit um dieses Feuer herumfahren und die Flüchtenden verfolgen würden, die verzweifelt rannten, ohne zu ahnen, daß sie so in die Fänge der *Celere* gerieten.

Vereinzelt waren Pistolenschüsse zu hören, auch eine Maschinengewehrsalve. Die Sache wurde brenzlig. Hinter dem Rauch sah er zwei Jeeps daherrasen. Jemand packte ihn am Arm. Instinktiv drehte Tommaso sich um sich selbst, schleuderte dabei seinen Angreifer zu Boden und packte ihn an der Gurgel.

Es war Orson.

»Verdammt!« Tommaso fing an zu schreien. »Ich hatte dir doch gesagt, du solltest bleiben, wo du warst! Ich versuche, unseren Fahrer zu finden!«

»*Vaffanculo! Fuck you!* Das ist *mein* Fahrer! Und außerdem lasse ich dich nicht allein! Ich komme mit dir.«

Hinter dem Feuer kniend, sahen sie sich vorsichtig um. Ungefähr zwanzig Meter von ihnen entfernt war eine junge

Frau mitten auf der Straße. Wieso hatte sie sich nicht an die Mauer gedrückt, wie die anderen? Gleich der erste Jeep erfaßte sie voll, und Orson kam es vor, als hätte er das Geräusch brechender Knochen und das Aufreißen von Fleisch gehört, so als wäre er selbst niedergefahren worden.

Der Körper der Frau wurde einige Meter durch die Luft geschleudert, klatschte auf die Erde und rollte wie eine Puppe ohne Gelenke noch ein Stück weiter. Ihr Kopf kam unter die Hinterreifen des nächsten Jeeps, der vergeblich versucht hatte auszuweichen. Orson sah, wie ihr Blut an die Karosserie spritzte.

Bremsen quietschten. Zwei Polizisten stiegen aus und näherten sich dem mitten auf der Straße liegenden Körper. In diesem Augenblick sahen Orson und Tommaso ihren Fahrer. Paride kam aus einer Tür und ging langsam und wie benommen auf die beiden Polizisten zu. Dann kniete er sich hin, fühlte den Puls der Frau und schaute die beiden Uniformierten aus leeren Augen an. Deren Gesichtsausdruck war, wie Orson feststellte, der von zwei jungen, völlig entsetzten Männern.

Ein Polizeiwagen tauchte am Ende der Straße auf und bremste unmittelbar neben der Gruppe. Zwei Offiziere stiegen aus und tobten, wobei sie einmal auf die Leiche deuteten und dann wieder auf die Jeeps. Es sah aus, als wären sie auf die beiden jungen Polizisten wütend. Sie machten ein Zeichen, daß die Leiche auf den Polizeiwagen geladen werden sollte. Eine Frau war an einem Fenster des zweiten Stocks erschienen und fing an zu schreien. »Mörder!« und »Ihr Hurensöhne!« und bewarf sie mit Gegenständen, die ihr in die Hand kamen – ein Blumentopf und Pfannen.

Eine Patrouille rannte herbei, angeführt von einem kleinen, hageren Mann in Zivil, der, abgesehen von der blauen Binde am Arm, den Demonstranten zum Verwechseln ähnlich sah. Seine Haare waren schwarz, und er trug einen dunkelgrauen Spitzbart. Er tuschelte mit den Offizieren, zeigte mit dem Finger hierhin und dorthin, auch zum Fenster, an dem die Frau erschienen war.

Die Polizisten und die Offiziere trennten sich und befolgten die Anweisungen des Mannes in Zivil, der, als er allein war, Paride mit dem Gummiknüppel einen gewaltigen Schlag auf den Rücken verpaßte und ihn zum Polizeiwagen schleifte. Paride leistete keinen Widerstand.

Orson wußte nicht, was er sagen, auch nicht, was er tun sollte. Er drehte sich zu Tommaso um – und erkannte seinen Freund kaum wieder, so sehr hatte der Haß sein Gesicht verzerrt. Er hatte eine Pistole aus der Tasche gezogen, eine Smith & Wesson, die er von den Amerikanern bekommen hatte, als er in die ORI eingetreten war. Er machte erst ein paar Schritte und lief dann in Richtung Polizeiwagen. Orson hinterher, als er aus seinem Staunen herauskam.

»Steck die Pistole weg!« schrie er. »Die bringen dich um! Ich kümmere mich um den Fahrer, ich krieg' ihn frei!«

Der Polizist in Zivil hatte Paride inzwischen auf den Jeep verfrachtet. Jetzt drehte er sich um, da sah er sie. Schrecken und Angst in seinem Gesicht entsprachen dem Haß im Gesicht von Tommaso. Ohne zweimal nachzudenken, ließ er alles liegen und stehen und rannte in Richtung Via del Pigneto. Tommaso verfolgte ihn, ohne sich um Paride zu kümmern. Orson versuchte mitzuhalten, doch als er bei dem Polizeiwagen angekommen war, blieb er stehen und öffnete die Tür, die nur einen Außengriff hatte. Er sah die Leiche der jungen Frau mit blutverklebten, hirnverschmierten Haaren. Nur schwer konnte er den Brechreiz unterdrücken und wandte sich ab. Er sprang hinauf, packte Paride und schob ihn hinunter.

»Lauf! Mach schon!« schrie er ihn mit ausladenden Bewegungen an. Paride schien aus einer Art Schlaf zu erwachen und fing an, in Richtung Via Fortebraccio zu laufen, die jetzt völlig menschenleer war.

Orson dagegen rannte die Via Fanfulla hinunter. Er sah gerade noch, wie Tommaso nach rechts abbog, wo die Straße sich mit dem Pigneto kreuzte. Hinter der Kreuzung dehnte sich nur dürres Land voller Gestrüpp aus, das im Hintergrund von den Bögen des römischen Aquädukts begrenzt wurde. Schnaubend und keuchend gelangte auch er zu der Kreuzung. Er sah, wie Tommaso die Gleise der Eisenbahn überquerte, während der Mann, dem er nachlief, am Ende des Gleisübergangs nach links zur Circonvallazione Casilina abbog.

Orson erreichte den Übergang gerade noch rechtzeitig, um sehen zu können, daß der Mann mit dem Spitzbart in ein heruntergekommenes Haustor rannte, das zu einem gelben, völlig abgebröckelten Gebäude gehörte. Und das erhob sich wie der Turm eines Schlosses über das ganze Viertel. Der Spitzbärtige verschloß das Tor hinter sich, und Tommaso verlor gut eine Minute, bevor er es mit Fußtritten und Schulterstößen öffnen konnte.

Kurz darauf trat auch Orson über die düstere Schwelle.

4.

Das gelbe Haus war ein Bau mit Sozialwohnungen. Bei der Bombardierung der nahen Eisenbahnlinie war es ebenfalls getroffen worden. Orson befand sich in einer Art Vorhalle, die möglicherweise einmal einen gewissen Anspruch gehabt hatte, jetzt aber voller Risse war. Ein Teil des Zwischenstocks war eingestürzt, und der Schutt am Eingang zum Innenhof war bis zur Decke aufgeschüttet worden, so als wollte man den Zugang um jeden Preis verhindern. Hatte man die Holzbalken hinter sich, die die Stufen des Zwischenstocks ersetzten, schraubte sich die Treppe bis zum sechsten Stockwerk hoch. Auf jedem Treppenabsatz befanden sich drei Türen, doch der Großteil von ihnen war ebenfalls beschädigt.

Orson stieg hinauf, dabei hielt er sich am eisernen Treppengeländer fest. Er lehnte sich hinaus und erkannte Tommaso im dritten Stock. Der nahm jeweils drei Stufen und blickte nach oben. Obwohl das Haus bewohnt war, sah er niemanden. Die Menschen mußten auf der Straße sein oder sich in ihren Wohnungen verschanzt haben.

Orson erreichte den zweiten Stock und lehnte sich wieder hinaus, um nachzuschauen. Er sah Tommasos Hand und Hut zwei Stockwerke über sich auftauchen. So stieg er weiter nach oben, schwitzend und schnaubend und wünschte sich, daß an seiner Stelle ein Double wäre.

Im vierten Stock mußte er stehenbleiben, um wieder zu Luft zu kommen. Tommaso war inzwischen wohl oben angekommen. Wenn der Mann, hinter dem er her war, sich da hinaufgeflüchtet hatte, saß er jetzt in der Falle. Orson hörte, wie Tommaso die Eisentür aufstieß, die aufs Dach führte. Während er tief aus- und einatmete, blickte er um sich. Hinter ihm war eine Tür durch einen Vorhang aus Sackleinwand ersetzt worden. Die Guckfenster der Küchen hatten keine Scheiben mehr, sondern waren mit Zeitungen oder Pappe abgedichtet. Auf dem dunklen, staubigen Treppenabsatz mit seinen gekalkten Wänden, auf die allerlei geschrieben und gemalt war, öffnete sich ein kleines Fenster zum Innenhof. Orson blickte hinunter und begriff, warum die Bewohner sich soviel Mühe gemacht hatten, den Eingang zu verschließen. Der Boden des Hofs war völlig bedeckt mit einer mindestens ein Meter hohen Schicht aus Abfällen und menschlichem Kot, die fest und grau geworden war. Lachen von schwärzlicher Flüssigkeit hatten sich zwischen den einzelnen Haufen gebildet. Offensichtlich war seit Jahren alles da unten gelandet, dazu der Schutt und der Regen. In dieser stinkenden Landschaft rannte eine Unzahl riesiger schwarzer Ratten herum, ungestört vom Leben der Menschen auf der anderen Seite der Mauern.

Angewidert setzte Orson seinen Weg nach oben fort, als er plötzlich ein Geräusch hinter sich hörte. Er drehte sich um und sah für einen Augenblick hinter dem etwas beiseite geschobenen Vorhang eine alte Frau, ganz in Schwarz gekleidet, mit einer glänzenden Halskette. Orson lächelte ihr zu und machte ihr Zeichen, daß sie sich beruhigen solle, dann stieg er weiter nach oben.

Als er das darüberliegende Stockwerk erreichte, blieb dieses Bild in ihm wie am Schneidetisch stehen. Er spulte ein paar Sequenzen zurück und betrachtete die Szene genauer. Was die alte Frau da um den Hals hatte, war keine Halskette, sondern die Klinge eines Rasiermessers.

»Er ist hier, Tommaso!« rief er. »Im vierten!«

Der Mann mit dem Spitzbart sprang aus dem Elendsloch hervor, die alte Frau warf er zu Boden. Orson sprang über sie hinweg, und ohne weiter nachzudenken, was er eigentlich tat, warf er sich mit seinem ganzen Gewicht auf den Flüchtenden, der gerade die Treppe erreichte.

Sie rollten bis zum nächsten Stockwerk hinunter, Orson hörte die Klinge des Rasiermessers an seinem Ohr vorbeisausen, dann schlug er an eine Treppenkante, und der Kopfschmerz ließ ihn eine Sekunde lang alles vergessen.

Als er sich schließlich zum Sitzen aufrichtete, sah er, daß der Mann vor ihm wieder aufgestanden war. Seine rechte Hand baumelte auf unnatürliche Art von seinem Handgelenk herunter. Das Rasiermesser lag auf dem Boden. Der Mann stand mit dem Rücken zu einem schmalen Balkon, der, am anderen Ende durch eine nicht mehr benutzte Latrine begrenzt, ihm jeden Ausweg versperrte. Orson war bei der Treppe gelandet und verhinderte hier seine Flucht. Der andere machte einen Schritt und hob das Rasiermesser mit der linken Hand auf. Er stürzte sich auf Orson, der zu benommen war, um sich verteidigen zu können. Er sah nur, wie die Klinge über ihm aufblitzte, gleich darauf dröhnte ein Pistolenschuß in seinem schmerzenden Kopf,

Tommaso hatte von der oberen Treppe her geschossen und kam jetzt, die Pistole auf den Mann gerichtet, herunter. Der ließ das Rasiermesser fallen und ging rückwärts, mit erhobenen Händen, auf den Balkon zu. Der Schuß hatte an seiner Stirn einen roten Streifen hinterlassen.

Tommaso erreichte sie. Er warf einen Blick auf Welles. Als er sah, daß dieser aufstand und sich den Nacken massierte, faßte er wieder seinen Feind ins Auge. Als erstes verpaßte er ihm einen gewaltigen Tritt in die Geschlechtsteile. Der andere stöhnte und krümmte sich. Tommaso steckte die Pistole weg. Dann traktierte er ihn wieder mit Tritten, wo sie trafen, war ihm egal. Der Mann schleppte sich den Balkon entlang und versuchte, sich am Geländer wieder aufzurichten. Er spuckte Blut und zwei abgebrochene Zähne. Als Tommaso mit den Tritten fertig war, hob er ihn hoch, nahm seine gebrochene Hand und drehte sie ihm mit ganzer Kraft auf den Rücken.

Der Schrei übertönte die Sirene auf der Straße. Der Mann wurde bleich und fiel ohnmächtig zu Boden. Tommaso zog ihn an den Haaren und schlug seinen Kopf gegen die Mauer, die sich mit Blut rötete.

Orson warf sich auf ihn. »Was machst du da? Du bringst ihn ja um!«

Tommaso stieß ihn weg, und Orson landete zwei Meter weiter am Boden. Aber damit schien sich seine Wut gelegt zu haben.

»Bist du verrückt geworden, Tommaso? Wer ist der Mann? Warum tust du das?«

Tommasos Gesichtszüge waren plötzlich ganz entspannt. In ihnen war kein Haß mehr, sondern nur grenzenloser Schmerz. Wieder zog er die Pistole hervor, öffnete den Mund des Ohnmächtigen und schob ihm den Lauf zwischen die Lippen. Er zog den Hahn nach hinten.

»Er war es, der sie umgebracht hat. Jetzt bring ich ihn um.«

Orson schrie ihn an: »Er hat *wen* umgebracht, zum Teufel noch mal? Wenn du das tust, dann mußt du mich auch abknallen, denn sonst geh' ich zur Polizei und zeig' dich an!«

Er stand auf und ging herausfordernd auf Tommaso zu. Sie schauten sich in die Augen. Orsons Blick drückte eine Art kindlicher Naivität aus, den aufrichtigen Schmerz um die Schändung, der er beiwohnen mußte. Der Blick eines Menschen, der noch nie das Böse mit eigenen Augen gesehen hat. Dieser Blick hielt Tommaso ab. Langsam führte er den Hahn wieder zurück und nahm die Pistole vom Kopf des Mannes.

»Ich muß dir eine Geschichte erzählen«, sagte Tommaso.

Und er erzählte ihm von Tombolo. Von Moira. Und von Salvatore Cecchini, genannt »Coltello«, das Messer, dem Gangster, der zum Informanten wurde und jetzt sein Einkommen als Provokateur und Spitzel für das Polizeipräsidium aufrundete.

Tommaso war mit seiner Geschichte genau in dem Augenblick zu Ende, als Cecchini wieder zu sich kam und vor Schmerzen winselte. »Und jetzt verrät dieses miese Schwein Arbeitslose und arme Leute, die nur deshalb auf die Straße gehen, weil sie nichts besitzen außer ihrem Hunger und ihrer Wut.«

Orson hatte sich an das Geländer gelehnt und sah in den zerstörten Hof hinab, in dem die Ratten herumrannten, die Mauern Risse hatten und die Fenster mit Pappe abgedichtet waren. Er sagte nichts.

»Ein Grund mehr, um endgültig mit dir abzurechnen, Coltello«, sagte Tommaso und setzte ihm die Pistole an die Schläfe. Cecchini wurde starr.

Orson versuchte, so ruhig wie möglich zu wirken. »Das kannst du nicht tun, Tommaso. Dann wirst du wie er.«

Tommaso lächelte böse. »Stimmt. Wozu sollte ich mir die Hände schmutzig machen?«

Cecchini war wieder ganz zu sich gekommen, man konnte sein Herz vor Angst pochen hören. Sein eleganter Bart war zu einem widerlichen Büschel aus Haaren, Speichel und gestocktem Blut verkommen. Tommaso steckte die Pistole weg, faßte ihm unter die Achseln und stellte ihn recht und schlecht wieder auf die Beine.

»*Die* werden sich schon darum kümmern«, sagte er und zwang Cecchini sich umzudrehen. Einen Arm hielt Tommaso ihm auf dem Rücken, mit seiner anderen Hand drückte er Cecchinis Kopf über das Geländer nach unten.

Cecchini sah, wie sich die Ratten drei Stockwerke tiefer hin und her bewegten, ein dunkles, tosendes Meer. Er stöhnte, er schluchzte, und mit klebrigem Mund flehte er um Erbarmen. »Nein! Nein ... Warte. Ich kann dir geben, was du willst!«

Tommaso fing jetzt an, ihn zu stoßen. Er spürte, wie sehr das Entsetzen in Cecchinis Adern pulsierte. Wie hatte er diesen Augenblick herbeigesehnt. Und doch empfand er keine Erleichterung, nur die Ergebung in ein unvermeidliches Schicksal. Sein Feind hing schon halb über der Brüstung, obwohl er versuchte, Widerstand zu leisten. Ein leichter Druck noch. Ein leichter Ruck.

»Fahr zur Hölle, Coltello!«

»Tommaso, mein Gott ...«, flehte Orson ihn an.

Cecchini wimmerte. »Nicht! Ich kann dir doch helfen. Ich sage dir, was ich über Alessandro Deller weiß und über Guido Viola, aber hör auf, bitte! Hör auf!«

Orson war überrascht, er hatte lediglich die beiden Namen verstanden. Sein Blick kreuzte sich mit dem von Tommaso, der seinen Mund nahe an Cecchinis Ohr brachte und ihm argwöhnisch zuflüsterte: »Woher weißt du, daß ich mich für Deller interessiere?« Die Frage unterstützte er durch einen weiteren Ruck. Cecchinis Füße hoben sich vom Boden.

»Tufano hat mir das gesagt! Du weißt doch, daß wir Freunde sind. Ich habe Informationen. Wirklich ... bitte ...«

Tommaso war unsicher. Er erinnerte sich, wie er in Moiras Falle getappt war, er erinnerte sich an die Folgen dieses Irrtums, und er hatte Lust, Cecchini auf der Stelle hinunterfallen zu lassen. Sollten die Ratten sich um ihn kümmern und alles schnell zu Ende sein.

Da spürte er Orsons Hand auf seiner Schulter. Und plötzlich wurde ihm klar, daß er nicht allein in diesem Abenteuer steckte. Mit Gewalt zog er Cecchini zurück und schleuderte ihn gegen die Mauer. »Einverstanden, Cecchini. Aber mit Geschwätz geb' ich mich nicht zufrieden. Ich will Beweise.«

Cecchini heulte wie ein Kind.

»Sicher, klar. Du bist es, der alle Karten in der Hand hat. Aber wir müssen aus der Stadt hinausfahren. Da draußen bewahre ich alles auf«

Tommaso biß sich auf die Lippe. Das roch doch einen Kilometer weit gegen den Wind nach Ausflucht. Er mußte auf der Hut sein, sehr auf der Hut sein.

Orson wollte wissen, was vor sich ging.

»Okay, Orson«, sagte Tommaso auf englisch. »Wir fahren aus der Stadt. Mein Auto steht ein paar Häuserblöcke von hier entfernt. Es ist überaus gefährlich, uns zu trennen, deshalb machen wir folgendes: Wir gehen auf die Straße. Ich lege mir die blaue Binde von diesem Schurken an, und wenn uns ein Polizist sieht oder anhält, dann sind wir zwei Polizisten in Zivil, die einen Demonstranten abführen, der sich der Verhaftung widersetzt hat. Du sagst kein einziges Wort, und dann vertrauen wir auf Gott, sofern es ihn gibt.«

Wieder zog er seine Smith & Wesson heraus, drückte sie in Cecchinis Rippen und befahl ihm, sich zu bewegen. Orson ging vor ihnen her.

»Einverstanden, Coltello. Machen wir diesen Ausflug«, zischte Tommaso Cecchini ins Ohr. »Aber denk dran, ich will dich tot. Das ist mir wichtiger als alles andere. Auch wichtiger als Deller. Bietest du mir die Gelegenheit, denke ich nicht zweimal nach.« Er stieß ihn die Treppe hinunter. »Ich gebe dir eine Chance, Coltello. Nur eine. Und das ist mehr, als du je einem Menschen gegeben hast.«

5.

Eine Stunde später fuhr Orson den kleinen, zerbeulten Topolino von Tommaso über den staubigen Weg der alten Via Appia. Auf dem Rücksitz hielt Tommaso Cecchini in Schach. Und das war nicht schwer: der Rücksitz war so klein und eng, daß es geradezu an ein Wunder grenzte, daß sie sich da überhaupt zu zweit hineinquetschen konnten.

Sein Plan hatte funktioniert. Niemand hatte sie angehalten. Lediglich eine kleine Einheit der *Celere* war an einem bestimmten Punkt auf sie zugerast. Tommaso hatte die Pistole in seiner Tasche gehalten und ihren Lauf in Cecchinis Nieren gerammt, der nichts gesagt hatte. Dann hatte er die Polizisten auf die Suche nach nicht existenten Zusammenstößen hinter der Straßenecke geschickt.

Die Via Braccio da Montone war ruhig. Das Auto stand unbeschädigt vor Tommasos Haus. Sie waren rasch eingestiegen und so schnell wie möglich aus dem Prenestino-Viertel davongefahren, aus dem überall Rauch aufstieg. Jetzt waren sie auf dem offenen Land. Die Appia Antica war ein Band festgetretener Erde, die hin und wieder in locker aneinandergefügte, schon seit der Zeit des Kaisers Augustus dort liegende Steinquader überging. Aus dem umliegenden flachen Land reckten sich vereinzelt Gruppen von Schirmpinien empor.

Sie bogen auf eine gerade Straße ab. Keiner der drei Insassen sprach ein Wort, sie waren mit ihren eigenen Gedanken beschäftigt, als sie plötzlich einen gewaltigen Knall hörten. Der Wagen schleuderte, doch Orson bekam ihn wieder unter Kontrolle, bevor er von der Straße rutschte.

»Keine Sorge, ist nur der Reifen. Kommt oft vor auf diesen Straßen«, sagte Tommaso. »Deshalb habe ich immer zwei Ersatzreifen bei mir. Zwei sind besser als einer. Man kann ja nie wissen …«

Er ließ seinen Gefangenen aussteigen und fesselte dessen Hände auf dem Rücken. »Bleib neben der Tür stehen. Und wenn du nur eine Bewegung machst oder ein falsches Wort sagst, knall' ich dich ab.«

Er holte einen Ersatzreifen und die Werkzeuge heraus. »Ich brauch' nur fünf Minuten, Orson. Und du erzählst uns inzwischen, was du weißt, Coltello. Und ich kann dir nur wünschen, daß es glaubhaft ist.«

Cecchini zog die Nase hoch, aus der gelegentlich Blut tropfte. Die Nasenflügel wischte er sich an der Schulter seiner Jacke ab.

»Ich habe Deller 1943 kennengelernt, nach dem 8. September.«

Orson spitzte die Ohren. Während er den Reifen wechselte, übersetzte Tommaso und erklärte:

»Der 8. September war der Tag des Waffenstillstands. Von einem Tag auf den anderen ging Italien von den Deutschen zu den Alliierten über. Der König floh nach Brindisi und ließ das Land in den Händen der Nazis. Mussolini, der im Juli von Badoglio verhaftet worden war, kam unter dem Schutz der Deutschen wieder an die Macht und rief im Norden die »Soziale Republik« von Salò aus. Mit Mussolini kehrten die hartgesottensten Faschisten zurück, die seit drei Monaten, seit ihrer Ausschaltung, auf die Stunde der Rache gewartet hatten.«

Tommaso gab Cecchini zu verstehen, daß er weiterreden sollte.

»Damals gehörte Deller zur Bardi-Pollastrini-Gruppe ...«

»Der Bande vom Palazzo Braschi?«

»Nenn sie, wie du willst.«

»Das war der Sitz der Republikanischen Faschisten«, setzte Tommaso seine Erklärungen fort. »Eine Gruppe von Verbrechern, die unter dem Vorwand, die Verräter am Faschismus zu bestrafen, alles zusammenschlugen und raubten, was sie nur konnten. Die waren so gierig und unverschämt, daß sogar Mussolini irgendwann die Nase voll hatte und Befehl gab, sie zu verhaften. Als die Polizei eintraf, fand sie in den Kellern des Palazzo alles und jedes, sogar eine leibhaftige Kuh.«

Cecchini verzog sein Gesicht. »Du kannst ja sagen, was du willst, Moravia, aber das war nun mal der Krieg.«

»Das war *euer* Krieg.«

»Eines Tages, Anfang Oktober, holten wir diesen Signor Viola ab, einen der Chefs von Cinecittà.«

Orson mischte sich ein. »Stimmt, Viola selbst hat mir erzählt, daß er von den Faschisten verhaftet wurde. Wieso seid ihr ausgerechnet zu ihm gegangen?«

»Wieso? Weil uns zu Ohren gekommen war, daß er Antifaschist war und nach Mussolinis Sturz gesagt hatte: ›Wurde auch Zeit.‹ Deshalb. Wir hatten ja schließlich keine Zeit, erst Nachforschungen anzustellen.«

»Könnte Deller euch den Tip gegeben haben?« fragte Tommaso.

Cecchini zeigte sich überrascht. »Weiß ich nicht, hab' nie darüber nachgedacht. Kann sein, Deller kannte Bardi und Pollastrini gut, daher... Jedenfalls haben wir alles beschlagnahmt, was er im Haus hatte, auch wenn es nicht viel war. Wir beschlossen, ihn als Geisel zu nehmen und eine Lösegeldforderung zu stellen. Aber Viola hatte weder Verwandte noch Freunde. Er war nur eine Last. Einer schlug vor, ihn aus dem Weg zu räumen, und da nun kam Deller mit seinem Vorschlag heraus.«

»Einem Vorschlag? Was für einem?«

»Er sagte, man solle ihn mit Viola reden lassen, er hätte ihm ein Geschäft vorzuschlagen, und dieses Geschäft wäre auch für uns interessant. Wir hätten ja nichts zu verlieren.«

»Was war das für ein Geschäft?«

»Die Nazis wußten, daß Rom früher oder später in die Hände der Amerikaner fallen würde. Daher hatten sie beschlossen, die gesamte industrielle Ausrüstung in den Norden zu verlagern, einschließlich der Filmindustrie. Sämtliche Studios, von Cinecittà bis zur Scalera Film, sollten nach Venedig umziehen, sonst würde sämtliches Material konfisziert. Viola war der Direktor von Cinecittà und mit dem Abtransport des Materials beauftragt. Nach seiner Verhaftung war alles zum Stillstand gekommen. Deller überredete ihn, den weiteren Abtransport per Bahn zu organisieren, so daß wir von vornherein den Weg kennen würden. An einer Nebenstrecke sollten wir dann auf den Zug warten und alles an uns nehmen. Dafür würden wir ihn laufen lassen.«

»Und was habt ihr mit dem Material gemacht? Einen Film gedreht?«

»Deller sollte es zurückkaufen.«

Orson grinste hämisch. »Meinst du nicht, daß man hinter all dem das unaussprechliche Bronzegesicht des Commendatore Scalera erkennen kann, Tommaso?«

»Genau. Wahrscheinlich hat er die Ausrüstung zu einem Spottpreis gekauft, weil diese Trottel nicht den blassesten Schimmer von ihrem Wert hatten.«

»Und so produzierte die Scalera während des Krieges weiter Filme und auch danach, während Cinecittà zu einem Flüchtlingslager wurde.«

Tommaso blickte wieder zu Cecchini hinüber. »Und? Ist alles gelaufen wie geplant?«

»Ja. Kaum war der Abtransport des Materials organisiert, verschwand Viola von der Bildfläche. Deller zahlte, und wir händigten ihm alles aus.«

»Und dann?«

»Dann änderte sich die Lage. Ende November wurden wir alle verhaftet, aber nach ein paar Tagen wurden wir auf einen Zug gesetzt und in den Norden verfrachtet. Ich bin in Florenz ausgestiegen und dann nach Livorno weitergefahren. Den Rest kennst du selbst.«

»Klar«, sagte Tommaso mit einem bitteren Lächeln. »Hast du Deller nach dem Krieg je wiedergesehen?«

»Ja, als ich nach Rom zurückkam und wir gemeinsam Geschäfte machten.«

»Was für Geschäfte?«

Cecchini versuchte, trotz seines Zustands, höhnisch zu lachen. »Gesellschaftliche Beziehungen.«

Orson verstand nicht.

»Erpressungen …«, stöhnte Tommaso. »Deller machte auch nach dem Krieg, was er vor dem Krieg gemacht hatte. Mainardi zum Trotz! Wieso habt ihr euch zusammengetan?«

»Das ist schließlich ein gefährlicher Bereich. Man kann ja nie wissen, was einem der Kunden plötzlich so in den Sinn kommt. Wir bewahrten die Dokumente an derselben Stelle auf, auch wenn jeder von uns seinen eigenen Kundenkreis hatte. Aber mit doppeltem Schlüssel. Ich war seine Versicherungspolizze und er meine. Und da fahren wir jetzt hin.«

»Und du hast einer Schlange wie Deller vertraut?«

»Ja, das System funktionierte doch gut. Weshalb sollte er versuchen, mich übers Ohr zu hauen? Und außerdem war Deller ein guter Kamerad.«

»Hast du gewußt, daß er Mitglied der Kommunistischen Partei war?«

»Natürlich, das war doch sein Alibi, um mit diesem Kreis in Verbindung zu kommen. Ich weiß zwar nicht, wie ihm das anfangs gelungen war, aber als ich ihn in Rom wiedergesehen habe, funktionierte die Sache völlig einwandfrei.«

Tommaso war fertig mit dem Reifenwechsel. Er stand auf und machte sich die Hände sauber.

»Ein perfektes Paar von Schakalen.«

»*Vaffanculo,* Moravia. Was glaubst du eigentlich, wer du bist? Du bist nichts anderes als ein Spitzel, nur daß du auf der Seite der Gewinner stehst. Aber auch das wird sich wieder ändern, du Stück Scheiße. Und dann …«

Tommaso gab ihm mit dem Ellbogen einen Stoß in die Rippen. Cecchini schnappte nach Luft.

Orson bat ihn nicht, diese letzten Worte zu übersetzen.

Sie fuhren weiter auf der alten römischen Straße, bis sie zur Einmündung der Via Appia Nuova gelangten. Sie kamen an den bombenzerstörten Hangars eines Flugfeldes vorüber und fuhren noch ungefähr zwanzig Kilometer weiter in Richtung Albaner Berge. Ein Dorf nach dem anderen ließen sie hinter sich: überall lag noch Schutt, überall zerstörte Häuser und baufällige Mauern. Aber schon erhoben sich auf dem Land die ersten neuen Häuser von eigentümlichem Aussehen: Es waren Materialien und Farben eingebaut, die aus den unterschiedlichsten Ruinen stammten.

Die Räder des Topolino, hinter dem streunende Hunde herliefen, spritzten schmutziges Wasser aus den Pfützen. Vor Ariccia bogen sie in Richtung Meer ab und verloren sich in einer wüsten Gegend in der Ebene, wo der Krieg wochenlang zum Stocken gekommen war. Männer waren gestorben und andere verwundet worden für die Eroberung eines Kanals, einer Weide, eines Gehöfts.

Dann gab Cecchini die Anweisung, Welles solle mitten im Nirgendwo anhalten. Vor ihnen stand ein seit der Zeit der päpstlichen Herrschaft eingestürztes Landhaus. Nicht weit entfernt davon erhob sich so etwas wie eine Kasematte mit einem von Bomben zerstörten Dach. An ihren Mauern, wie üblich, Gekritzel.

»Tommaso, kann ich dich etwas fragen?« Orson wartete so lange, bis der andere sich ihm zugewandt hatte, dann fragte er: »Wer ist Coppi?«

Tommaso sah ihn ärgerlich an. »Das ist nicht der richtige Augenblick, Orson. – Was also, Coltello?«

Cecchini deutete auf die Kasematte. »Da ist es.«

Tommaso zog die Pistole heraus. Der Ort war offen und unbewohnt. Schwer, an einen Hinterhalt zu glauben. Trotzdem deutete er Cecchini, er solle vorausgehen. Er und Orson folgten einen Meter hinter ihm, bis sie den Bunker erreichten. Drinnen lag alles in Trümmern. Viel Dreck und die Reste eines billigen Holztisches.

»Soll das ein Witz sein?« entfuhr es Tommaso.

Cecchini machte eine rasche Bewegung zur Innenseite seines Jacketts. Tommaso stürzte sich auf ihn und warf ihn zu Boden. Mit gespreizten Beinen stand er über ihm und zielte mit der Pistole zwischen Cecchinis Augen. Der brüllte vor Schmerz, dann setzte er sich auf und zog eine Stahlkette aus seinem Jackett, an der ein Schlüsselbund hing.

»Verreck doch, Moravia! Geh allein da runter!«

Tommaso traf der mißbilligende Blick von Orson.

»Der Tisch ist mit einem Ring am Boden festgemacht«, sagte Cecchini. »Darunter befindet sich eine Luke.«

Er warf Tommaso den Schlüssel hin. Dieser gab Orson ein Zeichen.

Den Gefangenen im Auge behaltend, rückten sie den Tisch beiseite und erkannten die Bodenluke. Sie war mit einem großen Schloß versperrt. Der Schlüssel paßte.

Ein dunkler Schlund tat sich unter ihnen auf.

»Führ uns, Coltello.«

Stöhnend stand Cecchini auf, ging zur dunklen Lukenöffnung, stellte einen Fuß hinein und stieg dann eine unsichtbare Treppe hinunter. Orson und Tommaso beobachteten von oben. Als nur noch sein Kopf herausragte, tastete Cecchini unter der Lukenöffnung herum und zog eine Petroleumlampe hervor. »Ich nehme jetzt *cerini*«, sagte er, bevor er eine Hand in die Tasche steckte. Er zündete die Lampe an und machte ein Zeichen, daß sie ihm folgen sollten. Orson und Tommaso stiegen mit ihm hinunter.

Zunächst ahnten sie nur, daß sie in einem ziemlich großen und eigentümlich trockenen Raum waren. Cecchini deutete auf einen Tisch mit einer weiteren Lampe und einem Kanister mit Petroleum.

Das Licht der beiden Lampen erhellte den unterirdischen Raum deutlicher. Er war rechteckig und maß etwa zehn mal acht Meter. Die Wände waren mit Stahl verkleidet. Keine Gefahr von einsickerndem Wasser oder von Ratten: ein abgedichteter Raum im Bauch der römischen Campagna, gebaut während des Krieges, wer weiß zu welchem Zweck. An der Wand zwei Metallschränke, zugesperrt mit Schlössern, die noch größer waren als das Schloß der Bodenluke.

»Der eine gehört Deller, der andere mir«, sagte Cecchini. »Dort bewahre ich die Dokumente auf, die beweisen können, was ich euch erzählt habe.«

Cecchini stellte eine Lampe auf den größeren der beiden Schränke und benutzte einen der Schlüssel, um ihn zu öffnen.

Er hatte Mühe, ihn mit der Linken in das Schloß zu stekken, und Orson mußte ihm helfen.

»Ich kümmerte mich um die Buchführung der Gruppe«, erklärte er. »Hier befindet sich alles, was sich auf diese Zeit bezieht, einschließlich der Mitteilungen an Viola und der Verkaufsquittungen an Deller.«

Er reichte Tommaso eine Aktenmappe, auf der »Oktober 1943« stand. Orson kam mit einer Lampe näher. Sie blätterten die Mappe gemeinsam durch.

Da war ein »Requisitionsbeschluß«, auf Viola ausgestellt, mit Datum vom 4. Oktober. Es zählte minutiös alles auf, was die Faschisten bei ihm weggeschafft hatten: fünfhundert Lire in bar, zwölf Bilder, eine goldene Uhr und ein paar Schmuckstücke, Möbel und so weiter bis hin zu Socken und Wäsche (»drei wollene Unterhemden mit langem Arm, davon eines am rechten Handbund gestopft«). Orson war verlegen und schämte sich, als würde er selbst in den Schubladen des alten Gentleman herumwühlen.

Sie fanden auch drei Memoranden von Viola mit den Daten vom 13. bis 15. Oktober. Das erste beschrieb die Art und Menge des Materials, das nach Venedig geschickt werden sollte. Das zweite die Strecke des Zuges mit den verschiedenen Haltestellen. Das dritte eine absurde Selbstkritik, in der Viola seinen Glauben an den Faschismus und den unvermeidlichen Endsieg bekräftigte: die letzte Demütigung, die ihm von der Bande zugefügt wurde. Die ersten beiden waren auf Papier mit dem Briefkopf seines Büros geschrieben. Das dritte war von ihm selbst unterschrieben.

»Und das hier ist der erste Buchhaltungsnachweis«, sagte Cecchini und reichte ihm ein Register.

Auch darin waren die »Requisitionen« Violas vorschriftsmäßig aufgeführt. Weiter unten, mit Datum vom 16. Oktober, der »Verkauf Material Cinecittà – A. Deller«: eine Summe mit sieben Nullen.

Tommaso wollte gerade die Seite umblättern, als Orson ihn auf etwas in der vorletzten Zeile aufmerksam machte. Unter der Spalte »Einkünfte« hieß es da: »Durch Kontakt Angeloni. Von A. Deller: Lire 100.000.« Das Datum war der 18. Oktober.

»Und was ist das hier?« fragte Tommaso.

Cecchini schaute es sich an und dachte nach.

»Ich erinnere mich nicht mehr genau, aber ich glaube, daß das noch mit Viola zu tun hat. Deller hatte mich gebeten, für diesen eine Verbindung zu Edoardo Angeloni herzustellen, der gewisse Arbeiten für uns erledigte, und zwar für eine Angelegenheit, die Viola persönlich betraf«

»Was für eine Angelegenheit?«

»Weiß ich nicht. Uns genügte es, daß die Herstellung der Verbindung bezahlt wurde.«

»Und wer war Angeloni?«

»Ein Beamter des Innenministeriums.«

»Was tat er für euch?«

Cecchini zuckte mit den Schultern. »Er versorgte uns mit Informationen, war uns behilflich ...«

Tommaso konnte sich die Situation gut vorstellen: ein Ministerialbeamter, der wahrscheinlich Zugang zu den Geheimberichten der Polizei vor dem 8. September hatte. Eine Bande von Faschisten ohne Skrupel, die auf Rache und Beute aus war. Eine mustergültige und einkommensträchtige Zusammenarbeit.

Er blätterte den Rest der Mappe durch. Die Namen Deller und Viola tauchten nicht mehr auf.

»Und wo ist dieser Angeloni jetzt?«

»Im November '43 wurde er nach Venedig versetzt, als nach der Ausrufung der Republik von Salò alle Ministerien in den Norden transferiert wurden. Soweit ich weiß, hat er geheiratet und ist dort geblieben.«

Tommaso sah Orson an. »Denkst du das gleiche, was ich jetzt denke?«

»Ich glaube schon«, sagte Orson. »Im selben Monat fuhr auch Deller nach Venedig. Und dann wissen wir nichts mehr über ihn, bis zu seinem falschen Übertritt zum Kommunismus. Dieser Angeloni könnte eine Spur sein.«

»Folglich?«

»Folglich? Da Commendatore Scalera dort den ›Othello‹ drehen will, muß ich unbedingt auf Lokalaugenschein gehen und mögliche Drehorte in Venedig besichtigen. Wenn wir schon dahin müssen, dann lassen wir uns die Reise wenigstens von ihm bezahlen.«

Tommaso lachte. Dann deutete er Cecchini, er solle beiseite treten, und machte sich daran, hier und da wahllos in weiteren Dokumenten herumzukramen. Er öffnete einen umfangreichen Faltordner.

»Sieh mal einer an. Name, Anschrift, Beruf und Foto. Gesinnungsfreund, Kampfgenosse, Aktivist der Kommunisten ... Liegt das nicht ein bißchen außerhalb deiner sonst üblichen Erpressungslinie, Coltello? Du hast doch wohl jetzt nicht die Absicht, Geld von Arbeitern und den Ärmsten der Armen zu verlangen?«

»Scher dich doch zum Teufel, Moravia!«

Cecchini fischte eine Zigarette aus seiner Tasche und ging zum Tisch, der Lauf von Tommasos Pistole folgte ihm. Er öffnete eine Schublade. In seiner Stimme vermengten sich Wut, Verachtung und Ironie, als er sagte: »Ich suche nach *cerini*. Ich habe keine mehr. Willst du mich deswegen erschießen?«

Tommaso behielt ihn im Blick. »Nein, nicht deswegen«,

sagte er. Er sah, wie Cecchini die Streichhölzer herausnahm und sich eine Chesterfield anzündete.

Auch Orson duchblätterte den Faltordner. »Was fängt man denn mit all den Karteikarten an? Das sind doch mindestens zweihundert.«

Plötzlich wurde Tommasos Neugier erregt. Er nahm den Ordner in die Hand, während Orson ihm Licht machte, und suchte nach dem Buchstaben »M«. Als er Mainardis steifes Gesicht mit dem riesigen Schnauzbart gefunden hatte, mußte er lachen. Er las die Karteikarte. Da stand seine Wohnanschrift, außerdem die seiner Freunde und die seiner Sektion. Arbeitszeit, Gewohnheiten, Bekanntschaften. Und noch mehr: »Wiewohl verheiratet, ein Kind, trifft er sich regelmäßig mit seiner Geliebten Maddalena Bosconi, Via …«

»Hast du was gefunden?« fragte Orson.

»Nein, reine Neugier. Sehen wir doch jetzt mal nach, was in Dellers Schrank ist.«

Er verlangte von Cecchini die Schlüssel und gab sie Orson weiter, der sich an dem Schloß zu schaffen machte, bis der schwere Flügel aufging.

Sie sahen einen Haufen Papier.

»Faschistische Flugblätter, Ankündigungen und Propagandamaterial. Lauter bedeutungsloses Zeug«, stellte Tommaso an Cecchini gewendet fest.

»Ich weiß. Das hat auch mich überrascht, als ich ihn aufgemacht habe.«

Cecchinis Stimme war böse und giftig, und etwas wie Genugtuung schwang in ihr mit. An Gründen fehlte es ihm nicht. Vor allem war da eine Beretta, die auf Tommasos Herz gerichtet war. Hinter ihm die offene Schublade, aus der er die Zündhölzer herausgeholt hatte.

Tommaso verfluchte sich, daß er sich hatte hereinlegen lassen. In der Hand hielt er die Smith & Wesson, aber sein Arm hing am Körper herunter. Kein Gedanke, die Waffe benützen zu können, in dieser Lage.

Cecchinis Gesicht mit seinen geschwollenen Lippen war eine unheimliche Maske.

»Mit Deller war ich einig. Sofern einer von uns eines gewaltsamen Todes stürbe, sollte der andere sein Material öffentlich bekanntmachen, damit der Mörder ruiniert würde, wer immer das auch sei. Aber Deller hatte alles weggeschafft.«

»Wie schade, oder?« sagte Tommaso ironisch. »Denn alles in allem hättest du doch diese Dokumente für deine Erpressungen weiter verwenden können.«

Cecchini machte den Versuch, mit Gelächter darauf zu antworten, doch der Kiefer tat ihm zu weh.

»Na ja, vielleicht schon. Daran gedacht hab' ich. Doch am Ende hätte ich zu meiner Verpflichtung gestanden. Du kannst die Lebenden in die Pfanne hauen, aber nicht die Toten. Jedenfalls hat Deller sich wohl von irgend jemandem übers Ohr hauen lassen, der ihm versprochen hatte, alles abzukaufen, und dann hat der ihn aus dem Weg geräumt... Aber fragt ihn das doch lieber selber. Denn ihr werdet ihn ganz sicher treffen, da, wo ich euch jetzt hinschicke.«

Cecchini hob die Pistole und zielte zwischen Tommasos Augen. »Verreck', du Stück Scheiße.«

Tommaso war gerade dabei, die Augen zu schließen, als er sah, daß Orson die Lampe in seiner Hand gegen die auf dem Schrank schleuderte. Dadurch abgelenkt, wechselte Cecchini im letzten Augenblick sein Ziel und schoß in die Richtung, in der Orson war.

Dann war es nur noch dunkel.

Dunkelheit, Stille und drei Männer, die mit ihrem Leben Blindekuh spielten.

6.

Es war ausgesprochenes Glück, daß Cecchini sich das rechte Handgelenk gebrochen hatte, denn er hatte mit der anderen Hand schießen müssen. Die Kugel war an Orson vorbeigezischt und prallte an der Stahlverkleidung ab.

Jetzt kauerte Orson auf dem Boden, mit dem Rücken an einem der Schränke. Er hörte angespannt in den Raum, um ein Atmen oder eine Bewegung zu orten. Nichts. Er hätte genausogut glauben können, allein hier drinnen zu sein, aber in Wirklichkeit wagte er nicht einmal zu atmen.

Er berührte seine Hand und spürte etwas Dickflüssiges, Warmes. Wahrscheinlich hatte ihm ein Glassplitter die Handfläche zerschnitten. Das bedeutete, daß um ihn herum noch mehr waren. Jede Bewegung würde ein Geräusch verursachen und einen Hinweis darauf geben, wo er sich befand.

Schnell ging er alle Wahrscheinlichkeiten durch, und das Ergebnis war nicht sehr ermutigend. Cecchini hatte eine Pistole, genau wie Tommaso. Aber er hatte zwei Zielpunkte und den Vorteil, ganz unterschiedslos auf alles schießen zu können, was sich bewegte. Tommaso dagegen befand sich in einer verzwickten Lage. Auch er hätte schießen können, doch ohne die Gewißheit zu haben, wen er traf. Es hätte ja auch Orson sein können. Das war ein Schachspiel im Dunkeln, und es war offensichtlich, daß der, der den ersten falschen Zug machte, es verlieren würde.

Sie waren Gefangene des jeweils anderen. Wie lange würde dieses Spiel dauern? Orson spürte Entsetzen, und Platzangst stellte sich ein. Er fühlte, daß er nicht lange durchhalten würde können. Er mußte etwas unternehmen.

Wieder hörte er angespannt in den Raum. Nicht das leiseste Atmen. Er hätte auch gerne eine Pistole gehabt, selbst wenn er nicht wußte, was er damit hätte tun sollen; aber sie wäre wenigstens etwas zum Anfassen gewesen, etwas Reales, an das man sich klammern konnte. So fühlte er in dieser Dunkelheit nur, wie er wieder in den Horror seiner Alpträume hinabstürzte.

Er verjagte den Gedanken, der ihn fast zum Schreien gebracht hätte. Er versuchte, sich zu konzentrieren und daran zu denken, was Männer in Gefahr tun. Doch nicht die Helden und Kämpfer. Nein. Er dachte an andere verzweifelte Situationen, wie die von Schiffbrüchigen auf offenem Meer. An jemand, der wie er gezwungen war, auf Rettung zu warten, von der er nicht wußte, ob und wann sie eintreffen würde. Daran, die absolute Gleichgültigkeit des Schicksals herauszufordern.

Er machte seine Augen wieder auf, ohne sich erinnern zu können, daß er sie geschlossen hatte. Und genau in diesem Augenblick kam ihm, als tauchte sie aus den Fluten einer alten Geschichte auf: eine Idee. Sie war verrückt und gefährlich, konnte aber ein Ausweg sein. Er mußte es versuchen.

Langsam, sehr langsam ließ er sich geräuschlos zu Boden gleiten. Nach zehn Minuten wahrscheinlich – wer konnte schon sagen, mit welcher Geschwindigkeit die Zeit da unten verging? – lag er auf der rechten Körperseite auf dem Boden, mit angezogenen Beinen, in einer unbequemen Stellung, die er nicht lange hätte halten können. Orson hatte keine Wahl.

Did you ever hear tell of sweet Betsy from Pike ...

Seine Stimme tremolierte. Nach der ersten Zeile hielt er den Atem an und erwartete das Schlimmste. Aber nichts geschah. Er fing wieder an zu singen.

Who crossed the tall mountains with her lover Ike ...

Wieso war ihm dieses lustige Cowboylied mit seiner leicht einprägsamen Melodie eingefallen? Eine unbewußte, aber völlig natürliche Wahl. Er begriff, wieso die Schiffbrüchigen, an die er gedacht hatte, nicht das ›Miserere‹ sangen, sondern Songs aus der Jukebox. Man kann das Absolute nicht mit seinen eigenen Waffen bekämpfen.

With two yoke of ox ...

Das Feuer aus der Pistole ging ungefähr drei Meter von ihm entfernt los. Die Kugel schwirrte über seinen Kopf hinweg. Einen Augenblick Stille. Dann brach die Hölle los.

Wieder Feuer, diesmal von der gegenüberliegenden Seite. Orson sah, wie es aus Cecchinis Pistole jetzt in die andere Richtung schoß, auf den Punkt, wo Tommasos Waffe aufgeblitzt war. Zwischen dem Feuerschein der beiden Pistolen lagen keine drei bis dreieinhalb Meter.

Es dauerte vier, fünf Sekunden. Die Zeit, um die Magazine leerzuschießen. Dann wieder Stille.

Und jetzt? dachte Orson. Bis hierher hatte sein Plan funktioniert. Er hatte Cecchini aus der Deckung gezwungen. Aber dann? Wer hatte wen getroffen?

Er wollte nicht länger warten und auch keinem die Zeit lassen, die Pistolen neu zu laden. Er richtete sich jäh auf und bewegte sich geduckt.

»Tommaso«, flüsterte er. »Tommaso ...«

Keine Antwort, auch kein Laut, außer einem wäßrigen Hauchen irgendwo im Raum. Orson berührte einen Fuß, der sich zurückzog.

»Tommaso ...«

Er fuhr mit seiner Hand in die Tasche und zog ein Feuerzeug heraus. Verdammt noch mal. Er machte Feuer und streckte den Arm aus, um etwas sehen zu können.

Zuerst sah er einen halben Meter von sich entfernt Cecchinis Augen. Die Augen eines Sterbenden. Das von Tommasos Schlägen entstellte Gesicht sah schrecklich aus. Als er die Flamme senkte, sah er, daß eine von Tommasos Kugeln ihm die Kehle durchschlagen und die Halsschlagader zerfetzt hatte. Das Blut schoß in Strömen heraus, und Cecchini gab nur ein leises Gurgeln von sich. Sein Körper zuckte wild.

Tommasos zerzauster Kopf tauchte in dem schwachen Lichtschein auf. Er schaute Cecchini ins Gesicht. »Ich hab's dir gesagt, Coltello«, sagte er. »Eine Möglichkeit. Nicht mehr als eine.«

Cecchini bewegte sich wie ein Automat, dessen Rädchen nicht mehr synchron arbeiten. Das Blut spritzte auf seine Kleidung.

Orson drehte sich weg und übergab sich.

7.

Tommaso half ihm, ins Auto zu steigen. Er vergewisserte sich, daß ringsum niemand war. Ein starker Wind mit salzigen Düften war vom Meer her aufgekommen.

»Alles in Ordnung?«

Orson nickte. Seine Hand war mit einem Taschentuch verbunden, doch der Schnitt war nur oberflächlich und hatte aufgehört zu bluten.

»Dann nimm jetzt das Auto und fahr herum. Laß dich hier in der Gegend nicht blicken und komm in zwanzig Minuten wieder. Einverstanden?«

Orson war für eine lange Diskussion noch viel zu durcheinander. Er ließ den Motor an.

Tommaso lief zur Kasematte zurück. Licht in dem unterirdischen Raum machte er mit einer Taschenlampe, die er aus dem Auto genommen hatte. Er fühlte Cecchinis Puls, um sicherzugehen, daß er nicht mehr schlug. Die Blutlache unter dem Toten breitete sich aus, und Tommaso mußte seine Schuhe auf dem Boden abstreifen.

Er ging zum Schrank und nahm den Faltordner mit den Karteikarten der Aktivisten der Kommunistischen Partei. Er zerriß sie und machte auf dem Boden einen Papierhaufen, dann schleifte er Cecchinis Körper dorthin, durchkramte die Taschen und steckte das Portemonnaie ein.

Er brauchte einige Zeit, um den Schrank leer zu machen und alle Aktenmappen bis oben an die Treppe zu tragen. Dann ging er wieder nach unten, nahm den Petroleumkanister, der auf dem Tisch stand, und goß die Hälfte davon auf die Leiche. Er nahm das Papier, verteilte es um den gesamten Körper und goß den Rest des Petroleums darüber.

Er blickte umher, um sicherzugehen, daß er keine Spuren hinterlassen hatte. Dann entfernte er sich ein paar Schritte, zog ein Streichholz aus der Tasche, zündete es an und warf es auf die Leiche.

Ungefähr fünf Minuten blieb er und schaute zu, bis er sicher war, daß alle Dokumente verbrannt waren. Als Cecchinis Gesicht anfing schwarz zu werden und etwas aus seinem Ohr zu rinnen begann, stieg er hinauf.

Tommaso ließ die Bodenluke zufallen und zog den Tisch darüber. In der Ferne sah er ein Auto. Er versteckte sich, aber dann erkannte er Orson und seinen Topolino.

»Laß den Motor laufen«, sagte er, als der Wagen vor dem Eingang hielt.

Er öffnete den Kofferraum, zog einen Jutesack heraus, in dem er seine Autowerkzeuge aufbewahrte, leerte ihn aus und lief zum Bunker. Er stopfte die Aktenmappen in den Sack und schleifte ihn zum Wagen. Nachdem er ihn verstaut hatte, sagte er zu Orson, daß er ihn ans Steuer lassen solle. Dieser diskutierte nicht lange, sondern rückte zur Seite. Sein Blick war leer, und er sah sehr nachdenklich aus.

»Alles brennt da unten«, informierte ihn Tommaso. »Es gibt nichts, was den Toten mit uns in Verbindung bringen könnte.«

Orson sprach mit hauchdünner Stimme. »Wir haben ihn umgebracht, Tommaso. Wir haben ihn umgebracht …«

Im Losfahren entgegnete Tommaso: »Nicht du. Ich bin's gewesen. Notwehr.«

Orson schüttelte den Kopf »Das ist unwichtig. Er ist wegen uns gestorben. Der Fluch der Zigeunerin bewahrheitet sich.«

»Was, zum Teufel, redest du da? Die Zigeunerin? Du stehst ja unter Schock.« Tommaso merkte, daß er gebrüllt hatte. Er fuhr jetzt wieder in Richtung Rom und versuchte, in einem anderen Ton zu reden.

»Du hast mir das Leben gerettet, Orson. Ist dir das klar? Du hast Mut bewiesen. Und die Idee mit dem Song ...«

Orson legte sich eine Hand auf den Mund, so, als würde die Angst ihn erst jetzt packen. »Ich wollte nicht, daß das alles passiert, als wir angefangen haben ...«

Tommaso wurde starr. »Hör auf damit. Eine Vielzahl von Menschen ist während des Krieges umgekommen, während du in Hollywood Filme gedreht hast. Und das waren Menschen, die es mit Sicherheit weniger verdient hatten als Cecchini. So ist das Leben, Orson. Manchmal hast du nicht die Möglichkeit eines zweiten Anfangs.«

Orson schwieg. Ein Lastwagen kreuzte ihren Weg.

»Ich fahre dich zur Villa Madama zurück. Für heute langt's. Ich werde mit Viola telefonieren und mir eine Geschichte einfallen lassen. Bin ich nun dein Privatsekretär, oder bin ich es nicht?« Er trat aufs Gas.

»Und was machen wir jetzt, Tommaso?«

»Wir machen weiter nach Plan. Ich werde morgen Cippico Pressner treffen. Du sprichst mit Scalera über Venedig. Wir müssen Edoardo Angeloni ausfindig machen, bevor wir Viola gegenübertreten. Ach, die Dokumente. Es ist besser, wenn du sie aufbewahrst. Fühlst du dich bei Akian sicher?«

»Natürlich.«

»Gut, besser da als bei mir zu Hause.«

Gut eine Stunde lang sprachen sie nichts mehr. Erst als sie nach einer Anhöhe die ersten Ruinen der Katakomben am Stadtrand sahen, fing Orson wieder an zu reden. »Vielleicht wäre es besser, wenn wir alles auf sich beruhen ließen, Tommaso.«

Tommaso verlor die Kontrolle über das Auto und kam neben der Straße in einer dichten Staubwolke zum Stehen.

»Nein. Nicht jetzt. Dafür ist es zu spät, Orson.«

Sie blickten sich an. Tommaso setzte das Auto wieder in Gang. Keiner von beiden sagte noch etwas, bis sie das Tor der Villa Madama durchfahren hatten.

8.

4. Dezember, 19 Uhr

Lea,
ich weiß nicht, ob Du den Roman ›Herz der Finsternis‹ von Joseph Conrad kennst. Es ist die Geschichte einer Reise in den Schrecken. Der Reisende ist Charlie Marlow, ein englischer Kapitän, der mit seinem Schiff einen Fluß in Afrika hinauffährt und in den Dschungel eindringt, wo alles wundersam und wild ist. Er hat sich aufgemacht, um Kurtz zu suchen, einen Mann, der von allen als »Universalgenie« bezeichnet wird. Als er ihn findet, ist Kurtz völlig dem Wahnsinn verfallen. Sein Haus ist mit Pfählen ausgestattet, auf denen die Köpfe seiner Feinde stecken. Die Eingeborenen verehren ihn wie einen Gott, während er von »grandiosen Plänen« phantasiert. Aber möglicherweise ist er gar nicht verrückt. Er hat lediglich die Sichtweise der Dinge umgekehrt. Er, der zivilisierte Kolonist, hat begriffen, daß seine imperialistischen Landsleute ebenso barbarisch sind wie die halbnackten Wilden, über deren Leben und Tod er herrscht.

Kurtz stirbt auf der Rückreise. Seine letzten Worte sind: »Schrecken … Schrecken«. Doch seine »Krankheit« hat Marlow angesteckt, die Obsession dieser Begegnung begleitet ihn durch sein ganzes Leben.

Warum ich Dir das erzähle? Weil auch ich mich seit einigen

Wochen wie jemand fühle, der sich auf unwegsamem Pfad in unbekanntes Gelände vorgewagt hat. Dein Land ist nicht wie das meine, und ich bin mir durchaus bewußt, daß wir, trotz unserer Radios und Kühlschränke, die eigentlichen Barbaren sind. Das spüre ich an jeder Straßenecke. Und auf dieser Reise geschehen merkwürdige Dinge, die ich in keiner Weise vorhersehen konnte. Dinge, die einen Sinn zu haben scheinen, doch wahrscheinlich das Gegenteil bedeuten. Anzeichen für irgendeinen »grandiosen Plan«, Anzeichen, die wie die von Marlow an den Flußufern gefundenen sich zu einem großen Bild zusammenfügen, wenn wir, möglicherweise, unserem Kurtz am Ende des Flusses begegnen.

Es gibt Dinge, über die ich Dir noch nichts erzählen kann, aber ich bitte Dich, mir zu glauben. Auch ich sehe den Schrecken des sinnlos vergossenen Bluts, auch ich lasse mich anstecken von der Krankheit, die, unsichtbar und nicht wahrnehmbar, in der Luft liegt. Ich bitte Dich, mir zu helfen. Abgesehen von einem Freund, der in die Sache ebenso verstrickt ist wie ich, habe ich nur Dich, auf die ich zählen kann. Es ist mir nicht leicht, eine Frau um Hilfe zu bitten. Aber unsere Beziehung ist von so besonderer Art, daß ich weiß, damit keinen Fehler zu begehen. Noch nie habe ich für einen anderen derartig gefühlt, doch ich bin mir gewiß, daß das Schicksal Dich nicht zufällig auf meinen Weg geführt hat und daß wir beide Teil desselben »grandiosen Plans« sind. Sei mir nahe, auch wenn es Dinge gibt, die Du nicht verstehen kannst und ich Dir nicht zu erklären vermag.

Ich habe Dir lieber schreiben als Dich anrufen wollen, weil ich fühlte, daß ich Dir nur in einem Brief sagen konnte, was ich sagen wollte. Und nicht zufällig habe ich Dir über ›Herz der Finsternis‹ erzählt. 1939 sollte mein erster Film eben gerade ›Herz der Finsternis‹ werden, noch vor ›Citizen Kane‹. Sechs Monate habe ich bei der RKO daran gearbeitet. Ich dachte natürlich daran, die Rolle von Kurtz zu spielen. Aber nun merke ich, daß ich, wenn ich dieser Rolle würdig sein will, wenigstens lernen muß, ein guter Marlow im wirklichen Leben zu sein.

Mit all meiner Liebe und meiner Demut

Orson

Orson verschloß den Umschlag und gab ihn einem Hausdiener. Er hatte sich saubergemacht, die Kleidung gewechselt und die Hand neu verbunden. Er hatte auch versucht, an ›Macbeth‹ zu arbeiten, konnte sich aber nicht konzentrieren und hatte dann nach fünf Minuten dem Cutter gesagt, er solle sich den Abend frei nehmen. Der Schneidetisch mit seinem elektrischen Summen war eingeschaltet geblieben, und auf dem kleinen Monitor zitterte das Bild mit Welles im Gewand des schottischen Königs und den drei grinsenden Hexen.

Überaus diskret wurde an die Tür geklopft. Kurz darauf erschien Akians lächelndes Gesicht in der Türspalte.

»Störe ich, Orson?«

»Überhaupt nicht. Ich habe nicht gearbeitet.«

»Hast du dich verletzt?«

»Nur ein kleiner Schnitt. Ich habe mich im Getriebe des Schneidetischs verheddert.«

Akian kam herein. »Es ist das Blut des Künstlers, das seinem Werk den Lebenssaft spendet ...«

»Es war nur eine herausgefallene Spindel, Michael.«

Akian kam zum Schneidetisch.

»Macbeths Begegnung mit den Hexen«, erklärte Orson. »Ich hoffe, dir wird der Film gefallen, wenn er fertig ist.«

»Ah, Macbeth ...« Akian rezitierte:

Diese Erdenwelt,
Wo böse Taten oft so rühmlich sind
Und gute Taten manchmal gar als höchst
Gefährlicher Wahnsinn gelten ...

»Wo hast du Shakespeare nur so gut gelernt, Michael? Doch wohl nicht in der Parteischule von Gurjev.«

»Wieso nicht? Einer der Grundsätze des Marxismus-Leninismus ist die gründliche Kenntnis des kulturellen Überbaus des kapitalistischen Feindes.«

Akian setzte sich zu Orson, nahm eine Zigarette, steckte sie in eine elfenbeinerne Zigarettenspitze und zündete sie an. Genußvoll zog er an ihr.

»Natürlich nicht, mein Freund.«

»Wie dann?«

»Die Wahrheit ist, daß ich als Student nicht besonders gut war in Gurjev. Meine Eltern waren adelig und progressiv, eine Paarung, die fast nie funktioniert, vor allem nicht in einer Revolution, Sie wollten die Dinge *verbessern,* nicht aber das verlieren, was sie besaßen. Das ist der Grund, weshalb ich nie ein Musterschüler oder Musterstudent war, und bei der ersten Gelegenheit bin ich auf einen Dampfer gesprungen und in die Türkei geflohen.«

»In die Türkei?«

»Na ja, das ist nicht das einzige Land, das ich in diesen dreißig Jahren gesehen habe. Sagen wir mal so, ich habe gewissermaßen überall Freunde ... Aber reden wir nicht über mich. Sag mir, wie du dich hier fühlst. Man bekommt dich ja kaum zu sehen ...«

Orson atmete tief ein. »Das ist eine merkwürdige Zeit, Michael. Merkwürdig und kompliziert.«

»Bist du in Schwierigkeiten? Etwas, bei dem ich dir in aller Bescheidenheit behilflich sein kann?«

»Oh, du bist schon so freundlich gewesen, mir das Geld zu leihen. Ich werde es dir so bald wie möglich zurückgeben.«

Orson hatte keine Lust zu reden, wagte es aber auch nicht, Akian zu bitten, ihn allein zu lassen.

»Auf der Party hast du mir einiges über den Vatikan erzählt, Michael. Ich glaube, du kennst das Ambiente gut. Was kannst du mir über einen gewissen Cippico Pressner sagen?«

Akians Gesichtsausdruck veränderte sich kaum wahrnehmbar, aber es entging Orson nicht.

»Was ich über Cippico Pressner weiß?« antwortete Akian. »Nur, daß ich hoffe, daß du mein Geld nicht für geschäftliche Mauscheleien mit ihm brauchst.«

Orson versuchte, ungezwungen zu wirken. »Natürlich nicht!« Aber er spürte, daß Akians Augen sein Inneres lasen.

»Cippico Pressner ist ein Mann ohne jeden Skrupel. Er bekleidet eine heikle Stellung und nützt sie bis zum letzten aus.«

»Was willst du damit sagen?«

»Viele gehen zu ihm und geben ihm Valuta, die er exportieren soll, oder Familienstücke, die er aufbewahren soll für den Fall, daß die Kommunisten kommen, so wie es die Juden während der Besetzung durch die Nazis gemacht haben. Sie glauben, sie würden ihre Reichtümer dem Vatikan anvertrauen, aber das stimmt nicht immer. Niemand weiß das, aber die Quittungen, die Cippico Pressner unterschreibt, kannst du oft gleich in den Papierkorb werfen, auch wenn der Stempel seines Vorgesetzten darauf gedrückt ist.«

Orson erinnerte sich an die Gerüchte, von denen Tommaso über die Beziehungen zwischen Cippico Pressner und Guidetti erzählt hatte.

»Kurz ausgedrückt: Er sackt das Geld ein. Und wenn jemand es von ihm zurückhaben will, erfindet er eine Ausrede oder bringt die Gelder neuer Darlehen in Umlauf«

»Aber wie kann er so etwas ungestraft machen? Wieso zeigen ihn die Betrogenen nicht an?«

»Niemand geht zur italienischen Polizei und sagt, er habe Valuta über den Vatikan exportieren wollen, aber jetzt sei er unglückseligerweise geprellt worden. Vor allem würden sie den, der Anzeige erstattet, ins Gefängnis stecken. Sie versuchen natürlich, ihr Geld zurückzubekommen, aber nicht auf offiziellem Weg. Alles spielt sich in der Stille hinter den Mauern des Vatikans ab.«

»Darf ich dich fragen, woher du das alles weißt, Michael?«

Michael Akian fing an zu lachen, und vielleicht hätte er auch geantwortet. Aber ein Page klopfte an, trat mit einer feierlichen Verbeugung ein und sagte Akian etwas auf russisch.

Akian nickte und ließ ihn wieder gehen.

»Sieht so aus, als hättest du Besuch, Orson. Eine junge Frau. Und bei derartigen Gelegenheiten können Freunde sich nur geordnet zurückziehen.« Akian erhob sich.

»Besuch für mich? Wer ist die Frau? Ich erwarte niemanden.«

»Sie dagegen sieht das offensichtlich anders. Ihr Name ist Aurora Traversa.«

Ihm blieb kaum eine Minute, um darüber nachzudenken, und er fand keinen Grund für Auroras Besuch. Sie kannten sich ja nicht einmal. Hatte es etwas mit dem zu tun, was an diesem Tag vorgefallen war? Unmöglich. Niemand wußte davon. Noch nicht...

Im Hinausgehen beobachtete Akian Orsons Verlegenheit, so als wolle er in seiner Seele lesen. Auf der Schwelle begegnete er Aurora und verbeugte sich äußerst höflich, dann bat er sie einzutreten.

Aurora trug ein Kostüm aus kleinem Schwarzweißkaro. Es betonte ihren Körper auf elegante Weise. Das schwarze Haar fiel in weichen Wellen auf die Schultern.

»*Buonasera*, Signor Welles...«

»*Buonasera*, Signora Traversa.«

Sie war schön und hatte von ihrer Mutter ein gewisses mysteriös-fatales Flair mitbekommen, ohne jedoch die gleiche Anziehungskraft und den Stolz zu haben. Das Foto hatte in Orson die Vorstellung aufkommen lassen, daß Leda sich wie eine Königin beim Besuch ihrer Besitztümer bewegte. Aurora hingegen bewegte sich ruckartig, nervös, wie ein Panther im Käfig.

Nicht minder verlegen stand Orson auf und ließ sie neben

sich auf dem Sofa Platz nehmen. Er betrachtete sie aus der Nähe und atmete ihr Parfum ein. Es war schwierig, ihr gegenüber gleichgültig zu bleiben. Sie trug ihren Körper herum, als habe die Welt nie etwas anderes von ihr verlangt. In ihren Augen lag etwas Unverschämtes, zugleich aber auch etwas Unreifes und Schutzloses. Einen Augenblick lang stellte Orson sie sich in den Armen des eleganten Priesters vor, und ihm lief ein Schauer über den Rücken.

»Sie werden sich sicher fragen, warum ich hier bin.« Sie sprach Schulenglisch mit starkem Akzent und voller Fehler.

Da er nicht wußte, was auf ihn zukam, entschied Orson sich für eine höfliche Galanterie. »Das Vergnügen, Sie zu sehen, ist größer als jede Neugier, das versichere ich Ihnen.«

Aurora lächelte ermutigt. Sie öffnete ihre schwarze Lacktasche und zog ein Päckchen Zigaretten heraus.

Orson beeilte sich, ihr Feuer zu geben.

»Die Sache ist, daß wir, auch wenn wir uns nicht persönlich kennen, einen gemeinsamen Freund haben ... hatten«, sagte Aurora.

Orson schien nicht zu verstehen.

»Ich spreche von Alessandro. Alessandro Deller.«

Orson wurde immer sprachloser und überraschter. »Ah, ja, natürlich. Tut mir sehr leid, was mit ihm passiert ist.«

»Alessandro war mein Stiefvater, aber für mich war er in erster Linie ein Bruder. Er hatte mir gesagt, wie gerne er Sie treffen würde. So hat er mich an dem Tag ... dem bewußten Tag angerufen, nachdem er mit Ihnen gesprochen hatte.«

»Und was hat er Ihnen gesagt?«

»Daß Sie ihn nicht enttäuscht hätten. Daß alles so gelaufen sei, wie er es erwartet habe.«

Im Licht dessen, was er über Deller in Erfahrung gebracht hatte, trösteten ihn diese Worte in keiner Weise.

Aurora schlug die Beine übereinander. Sie trug teure durchsichtige Nylonstrümpfe. Der kurze Blick auf die weißen Schenkel, die sich da streiften, beunruhigte Orson.

»Er sagte mir, daß er Sie uns bald vorstellen würde. Daß Sie genauso seien, wie die Zeitungen schreiben.«

Orson fuhr sich mit der Zunge über die Lippen. Er spürte, daß sie trocken waren.

»Ich bin glücklich, daß Sie sich, trotz allem, was geschehen ist, entschlossen haben, meine Bekanntschaft zu machen«, sagte er.

Orson war sich über eines im klaren. Die Frau verströmte Wärme. Er hätte das Gefühl nicht besser beschreiben können, das sich in seinem Bauch regte. Es glich einem warmen Vibrieren, das von Auroras Körper ausging und seinen Solarplexus zum Erzittern brachte.

Beide schwiegen. Orson wußte nicht, was er sagen sollte, während Aurora darauf zu warten schien, daß er den nächsten Zug machen würde. Eine gute Minute völligen Schweigens verging. Orson hörte jede kleinste Bewegung im Räderwerk der Pendeluhr, er hörte das Surren der Filmrollen am Schneidetisch so stark anschwellen, bis es unerträglich wurde. Doch er brachte kein Wort heraus. Seine Zunge hatte sich belegt.

Dann redete Aurora. »Alessandro hat mir gesagt, daß Sie ganz sicher bald schon auch einer der unseren sein würden.«

Orson kicherte verständnislos. »... der ... Ihren?«

Er sagte das mit einem so aufrichtigen Erstaunen, daß an seiner völligen Ahnungslosigkeit über alles, was Aurora noch hätte sagen wollen, kein Zweifel bestand. Die dunklen Augen der jungen Frau ließen ein jähes Entsetzen erkennen. Und ein unkontrolliertes Zittern bemächtigte sich ihrer Stimme.

»Soll das heißen ... soll das heißen, daß Sie mir nicht helfen können?«

Sie ergriff seinen Arm. Orson reagierte beinahe mechanisch und drückte ihre Hüfte. Jetzt saßen sie beieinander wie zwei Liebende. Auroras Parfum drang in seine Nase. Die Wärme war ihm ins Mark und in den Kopf gedrungen. Das Blut hämmerte in seinen Schläfen, während er ihre weichen, runden Hüften drückte.

»Ich ... ich kann tun, was Sie wollen. Ich ... kann heute nacht hierbleiben«, flüsterte Aurora und schmiegte ihre Zunge an sein Ohr.

Orson begriff. In all dem Durcheinander, das sich in seinem Kopf ausbreitete, begriff er. Und es wurde ihm rot vor Augen. Aurora war wegen Drogen gekommen! Oder wegen Geld für Drogen. Und sie war bereit, dafür auf ihre Weise zu bezahlen.

»Einer der unseren ...« Natürlich. Ein gerade in Rom eingetroffener amerikanischer Schauspieler, feigherzig wie es nur Schauspieler und nur Amerikaner sein können. Hätte es eine bessere Gelegenheit für eine Natter wie Deller geben können? Vielleicht hatte er ja auch schon über das Dexedrin Bescheid gewußt, wie Luciano ... Es hätte wohl nicht viel gebraucht, um Orson in wesentlich heftigere Geschäfte hineinzuziehen.

Und jetzt war Aurora, da Deller tot und Cippico Pressner in der Schweiz war, zu ihm gekommen, weil sie meinte, er sei auch nur einer der vielen Kokainschnüffler von Hollywood. Wut und bittere Enttäuschung peitschten seine Selbstliebe und hinterließen brennende Spuren. Die Angst und die Empfindungen, die er an jenem Tag gespürt hatte, das Blut und das Adrenalin vermischten sich zu einem einzigen undeutlichen Gefühl: der tierischen Begierde, diese Frau zu besitzen, hier, auf der Stelle, ihr das zu geben, was sie verlangte, das, was er zwischen seinen Beinen spürte, die brennende Lust, in sie einzudringen und mit dieser tierischen Handlung das Grauen und den verletzten Stolz abzuschütteln, zu genießen und zu schreien, ohne sie auch nur anzublicken.

Er riß ihr die Knöpfe vom Kostüm, schob ihren Rock hoch und suchte nach genäßtem Fleisch unter dem Spitzenhöschen.

Sie preßte ihn an sich und kratzte seine Haut unter dem Hemd auf. »Ja ... was du willst ... was du willst.«

Orson schrie laut, oder vielleicht träumte er nur, er würde

schreien. Er drückte sie gegen die Rückenlehne des Sofas, als wäre er von einem elektrischen Schlag getroffen worden. Er sah Aurora an, dann sich selber – das Hemd über der Hose, die Hose halb aufgeknöpft – und flüsterte verloren: »Nein, nein, nein ...«

Er steckte die Hand in die Tasche, zog das Portemonnaie heraus und warf es auf den Tisch. Dann lief er hinaus, stolperte dabei über eine Filmrolle und schloß sich weinend in sein Zimmer ein.

6. Kapitel

1.

»Selbstverständlich haben wir Verständnis für Ihr Problem ...«

Cippico Pressners Sprechweise hatte etwas Besonderes, sie war das Ergebnis von Jahren im Priesterseminar. Ein gewisser Singsang, der schmeichelnd, streichelnd, hypnotisierend um den Gesprächspartner herumscharwenzelte. Er erinnerte Tommaso an bestimmte Nachmittage im Betsaal, als er noch ein Junge war.

»Sehen Sie, Monsignore, ich repräsentiere eine Person, die aus unterschiedlichen Gründen – die allesamt absolut moralisch sind, versteht sich – unbedingt einen bestimmten Betrag außer Landes schaffen muß und mich schließlich damit beauftragt hat, Kontakt zu jemandem herzustellen, der ihr dabei behilflich sein kann.«

Cippico Pressner lächelte väterlich, obwohl er nur wenig älter war als Tommaso. Sein Bürstenschnitt, die rauchgefärbten Brillengläser und diese unbeschreibbare Haltung, die Priester einnehmen, wenn sie als Priester gekleidet sind, versetzten ihn in die Lage des Mannes, der mit der ruhigen Autorität einer höheren Kraft Hilfe gewähren kann.

»Gewiß, gewiß ...«, sagte Cippico Pressner. »Er ist nicht der einzige, glauben Sie uns, der sich in dieser Lage befindet, in diesen Zeiten ...«

Er sprach im Pluralis majestatis. Ihm lag daran, daß sein Gesprächspartner das Empfinden haben sollte, nicht nur mit ihm zu reden, sondern mit der gesamten Heiligen Mutter Kirche.

»Diese Operation ist nicht schwer durchzuführen. Auch

wenn sie, selbstverständlich, unvermeidliche Kosten mit sich bringt. Aber es gibt da etwas, das wir Sie vorher gerne noch fragen möchten und worauf Sie, wie wir hoffen, die Freundlichkeit haben wollen zu antworten ...«

Als er in Pressners Büro geführt wurde – einen mit erlesenem Geschmack möblierten Raum im Palazzo des Heiligen Uffiziums, von dessen Fenster aus die Kolonnaden von Sankt Peter ihre Umarmung der Menge verlorener Söhne wie ihm zu öffnen schienen –, spürte Tommaso, wie sich seine Eingeweide umdrehten. Dieser freundliche, dieser einnehmende Priester verkörperte alle Laster – oder Eigenschaften, je nach Sichtweise – der Mitglieder des vatikanischen Hofes: heimtückisch, zweideutig, honigsüß, gefährlich. Aber Tommaso war gekommen, um seine Rolle zu spielen, und das wollte er bis zuletzt tun, trotz des Unbehagens, das er, wie er fühlte, unbewußt vermittelte ... angefangen bei dem schönen Anzug, den Orson ihm geliehen hatte. Er hoffte, daß Cippico Pressner es als die natürliche Verlegenheit eines Sterblichen vor einem Repräsentanten Gottes auf Erden verstehen würde. Und bis zu diesem Augenblick war alles ganz genau so verlaufen.

»Also, wir sagten, daß wir gerne erfahren würden, wer Sie auf die Zweckmäßigkeit der Kontaktaufnahme mit unserem Büro hingewiesen hat.«

Tommaso bemerkte, daß ihn hinter den dunklen Brillengläsern die Augen des Prälaten aufmerksam betrachteten, ohne sich je von ihm zu lösen. Er versuchte, so sanft und unschuldig zu antworten, wie es nur ging.

»Das war vor einiger Zeit, bei einer Unterhaltung mit einem gemeinsamen Freund, Alessandro Deller ...«

Tommaso beobachtete nicht die geringste Veränderung in Cippico Pressners Gesicht, aber er war bereit zu schwören, daß ein kalter Luftzug durch den Raum ging. Jetzt, wo er den Angelhaken ausgeworfen hatte, mußte er sicher sein, daß Monsignore anbeißen würde.

»Ja, vielleicht, Don Pressner, ist es bei seinem Begräbnis

gewesen, daß ich Sie gesehen habe. Auch wenn ich leider etwas später gekommen bin.«

Cippico Pressner ließ schnell die Erinnerungen an diesen Tag vor sich ablaufen, versuchte aber erfolglos, Tommasos Gesicht mit einem Ereignis zu verbinden. Doch die Tatsache, daß er bei der Beerdigung gesehen worden war, hinderte ihn daran, zu leugnen, daß er Deller kannte, auch wenn er es gerne gewollt hätte. »Oh, ja, Deller. Richtig. Ich habe mit ihm zusammengearbeitet in diesen letzten Monaten ...«

Tommaso betrachtete es als einen halben Sieg, daß Cippico Pressner zum Singular übergegangen war.

»Ein trauriges Ende war das«, sagte Tommaso scheinheilig.

Cippico Pressner schien ungerührt. »Gewiß, gewiß. Aber die Barmherzigkeit des Herrn ist unermeßlich.«

»Unendlich ...«, bestätigte Tommaso.

Ein Augenblick der Stille trat ein.

»Und wo haben Sie Alessandro Deller kennengelernt?« fing Monsignore mit einem ausgesprochen feierlichen Geklingel wieder an, wie ein Priester, der den Gläubigen den Besuch des Bischofs ankündigt.

»In Venedig, Mitte '44, glaube ich. Über einen gemeinsamen Bekannten, Edoardo Angeloni. Kennen Sie ihn?«

Cippico Pressners verneinende Antwort schien ehrlich.

»Danach haben wir uns beinahe zufällig in Rom wiedergesehen, und von da an haben wir uns gegenseitig besucht. Kennen Sie Dellers Familie?«

Tommaso spürte eine leichte Beunruhigung in der Antwort heraus.

»Einigermaßen ... Und was hat Ihnen Signor Deller erzählt?«

Tommaso riskierte. Es war reine Vermutung, und wenn sie danebenging, hätte sie sein Spiel offengelegt. Aber das Risiko lohnte sich. »Von Ihrer ... Zusammenarbeit.«

Einen Augenblick lang schien sich ein Hauch von Besorgnis über Cippico Pressners Gesicht zu legen.

»Und davon, wie zufrieden er war.«

Der Prälat entspannte sich mehr, als er zeigen wollte. »O ja, wir haben ein paar gute Finanzoperationen gemeinsam durchgeführt.«

»Ja, genau. Derartige Operationen könnten auch die Person, die ich hier vertrete, interessieren.«

Cippico Pressner stützte die Ellbogen auf den Tisch und faltete die Hände. »Gut. Sehr gut. Doch unser *modus operandi,* lieber Signor Moravia, verlangt von uns, daß wir zunächst eine enge Beziehung mit der Gegenseite eingehen. Ich hoffe, Sie verstehen mich. Einstweilen sagen Sie mir hinsichtlich des Exports von Valuta, über die wir vorher gesprochen haben … Wie hoch soll die Operation veranschlagt werden?«

Er wollte »fünf« sagen, alles, was Akian Orson geliehen hatte, doch etwas in seiner Seele von Kleinbürgersleuten Kind bremste ihn. »Vier. Vier Millionen Lire.«

Cippico Pressner machte sich eine Notiz.

»In Ordnung. Jetzt müssen wir Ihnen erklären, wie diese Art von Operation abläuft. Unsere Institute bleiben die Depositäre Ihrer Geldsumme und werden sie Ihnen, auf Grund welcher Umstände auch immer, am Sitz der Vatikanischen Bank in der Schweiz entsprechend den derzeit gültigen Provisionen auszahlen.«

Tommaso mochte diese Umschreibung – »auf Grund welcher Umstände auch immer« – und versagte sich nachzufragen, wie hoch die Provisionen sich beliefen. Er wollte sich von Orson nicht den Hals umdrehen lassen. Schließlich war es Geld, das er irgendwann zurückgeben mußte.

»Und dann gibt es da noch etwas, von dem ich möchte, daß Sie und die Person, die Sie vertreten, dies in der richtigen Weise verstehen mögen. Die gleiche Situation, die Sie dazu zwingt, an Ihr Vermögen zu denken, Signor Moravia, ist die, welche wir, mit Gottes Hilfe und der des Heiligen Vaters, versuchen zu bekämpfen. Bisweilen genügen Gebete nicht, dann bedarf es konkreterer Hilfe. Wir müssen den Feind auf seinem eigenen Niveau schlagen: dem der politischen Organisation. Können Sie mir folgen?«

»Gewiß, Monsignore.«

»Gut. Im Sinne des Geistes und der Absichten dessen, der sich an uns wendet, pflegen wir einen Prozentsatz der zu transferierenden Summe für den Kampf gegen die Krankheit des Kommunismus zu erheben, welche in diesem Augenblick Italien infiziert. Das ist eine Hilfe, die in unterschiedlicher Form gewährt werden kann, von der Verteilung von Nahrungsmitteln an die Armen bis hin zur unmittelbaren Finanzierung von Bewegungen, deren christliche Ausrichtung anerkannt ist.«

Tommaso hätte lachen mögen, wenn er gekonnt hätte. Er beschränkte sich auf ein Kopfnicken. »Lobenswerter Vorsatz. Darf ich fragen, wie hoch der Prozentsatz ist?«

»Zehn Prozent. Ich hoffe, Sie halten das nicht für übermäßig.«

»Durchaus nicht, bedenkt man den Zweck.«

Cippico Pressner lächelte und öffnete die Arme, so als wollte er ihn segnen. »Gut. Also ...«

Das war eine Aufforderung, mit dem Geld herauszurükken. Tommaso zog die Brieftasche aus dem Jackett, holte das Scheckbuch heraus und unterschrieb einen Scheck.

»Lassen Sie den Begünstigten ruhig aus«, empfahl Cippico Pressner.

Der Prälat nahm den Scheck an sich, sah ihn sich mit einem Lächeln genau an und wandte sich dann wieder Tommaso zu. In seinem Ausdruck war deutlich zu lesen, daß er sich wünschte, Tommaso solle jetzt nicht weiter stören.

»Ich glaube ... mein Klient ...«, versuchte Tommaso einzuwenden. »Ich brauche wohl noch eine Empfangsbestätigung oder eine Garantieerklärung, Monsignore ...«

Cippico Pressner zeigte sich schockiert, als sei gerade die Jungfräulichkeit Mariens in Frage gestellt worden. »Eine Garantieerklärung?«

Tommaso sagte nichts und schlug die Augen nieder, im Versuch, die Idee zu vermitteln, daß er, nein, nein, es niemals wagen würde, wohl aber die Person, die ihn hergeschickt habe ... Die Taktik ging auf.

»Das ist etwas, was wir für gewöhnlich nicht tun, Signor Moravia. Der Vatikan ist ... Aber wenn Sie unbedingt wollen, dann gibt es kein Problem. Ich muß mich nur mit meinem Vorgesetzten besprechen. Bitte warten Sie auf mich.«

Cippico Pressner stand auf und ging hinaus. Als er allein war, blickte Tommaso um sich. Er schwitzte und hoffte nur, man würde es nicht bemerken. Er lauschte, ob Schritte zu hören waren, dann stand er auf und versuchte, die Schreibtischschubladen zu öffnen. Sie waren verschlossen.

Er setzte sich wieder hin und gab sich damit zufrieden, einen Blick auf die Akten zu werfen, die aufgestapelt auf dem Tisch lagen. Er hatte gerade noch Zeit, die Aufschrift auf einer Mappe zu lesen, die ihn interessierte: COL. TRAVERSA.

Cippico Pressner kam zurück. In seiner Hand hatte er ein farbiges Blatt. Es war ein Scheck ohne Begünstigten von der Banco di Napoli über einen Betrag von vier Millionen Lire. Er trug die Unterschrift von Monsignore Guidetti und den Stempel des Vatikanischen Staatssekretariats.

»Ich hoffe, damit sind Sie voll und ganz zufriedengestellt«, sagte Cippico Pressner in seinem Singsang.

»Aber gewiß. Ich danke Ihnen, Monsignore.«

Tommaso stand auf. Die Etikette sah wahrscheinlich vor, daß er dem Prälaten die Hand küßte. Es kostete ihn schon übermäßige Anstrengung, ihm seine zu reichen.

Cippico Pressner begleitete ihn zur Tür.

Tommaso konnte sich nicht zurückhalten und sagte: »Ich habe sagen gehört, daß Sie Rabagliati sehr mögen, Monsignore Cippico ...«

»Rabagliati? Aber hören Sie, ich bin ein Priester.«

»Ja, gewiß. Aber was gibt es Göttlicheres als die Musik? Ich könnte Ihnen Karten für seine Vorstellung besorgen, wenn es Sie interessiert … Lassen Sie es mich wissen. Arrivederci.«

Tommaso verließ den Palazzo und atmete tief ein. Er war froh, wieder im Freien zu sein, auch wenn der Tag kalt war.

Cippico machte seine Geschäfte also mit Deller und mit Traversa. Interessant. Sex und Geld umschlangen sich in einer tödlichen Umarmung, wie in Büchern. Und derweil hatten er und Orson die antikommunistische Kampagne des Vatikans mitfinanziert. Wenn das Mainardi gewußt hätte …

Cippicos System war nicht übel. Hätte Tommaso nicht beharrt, wäre keine Spur von dem ihm ausgehändigten Geld mehr übriggeblieben. Die zehn Prozent für Wohltätigkeiten, sie wären in keiner Buchführung mehr aufgetaucht. Dessen war er sich sicher. Er fragte sich, wie viele, die ängstlicher waren als er, gar nicht erst eine Quittung verlangt hatten.

Außerdem wurden die Gelder nicht wirklich ins Ausland überwiesen, sondern lediglich auf Verlangen zur Verfügung gestellt. Das bedeutete für den größeren Teil der Leute: sofern und wenn die Kommunisten an die Macht kamen. Dieses System ermöglichte einen weitläufigen Spielraum.

Und dann gab es da noch eine Besonderheit, die ihn neugierig machte. Wieso hatte man ihm als Garantieerklärung einen Scheck der Banco di Napoli und nicht einen der Vatikanbank gegeben? Möglich, daß das nichts zu bedeuten hatte, aber trotzdem entschloß er sich, eine kurze Kontrolle durchzuführen.

Er hatte in der Via della Conciliazione geparkt, und um zu seinem Auto zu gelangen, mußte er die Piazza San Pietro überqueren. Trotz der Zeiten oder vielleicht gerade deswegen, waren die Wallfahrten der Gläubigen nicht weniger geworden. Tommaso sah Menschen, die kniend beteten, andere betrachteten voller Bewunderung die Großartigkeit der Architektur, wieder andere schauten zum Fenster hinauf, an dem sich der Papst zu zeigen pflegte. Zum größten Teil waren es arme Leute, die für den Besuch im Vatikan die Sonntagskleider herausgeholt hatten. Tommaso meinte, Naphthalin riechen zu können, während in seinem Inneren der unbestimmte Wunsch aufkam, alle diese Menschen zu segnen. Doch er wußte nicht, wie.

2.

Das Haus, das Orson für Lea gemietet hatte, hieß Casal Pilozzo, eine schöne Anlage aus dem siebzehnten Jahrhundert, die an der Kreuzung der Straße nach Frascati mit der nach Monteporzio Catone lag, einem Bergdorf, das sich an die nicht weit oberhalb liegende Hügelkuppe klammerte.

Er hatte Leas Wunsch nach einem Haus auf dem Land nachgegeben und ihr einen Wagen zur Verfügung gestellt. Der Ort war zauberhaft und das Gutshaus mit seinen bemalten Decken und seinen Terrakottafußböden wunderschön zum Wohnen. Es gehörte der Familie von Giuseppe Bottai, einem hohen Tier des Faschismus.

Bottais Geschichte war exemplarisch. 1922 hatte er eine der Kolonnen des Marsches auf Rom befehligt und Karriere beim Duce gemacht, indem er zunächst Gouverneur von Rom wurde und danach Minister für Bildung und Erziehung. Nachdem er Mussolini den Rücken gekehrt hatte, gehörte er zu denen, die ihn 1943 verhafteten. Nach dem Waffenstillstand vom 8. September war er von der Bildfläche verschwunden: Er war in die Fremdenlegion gegangen. 1944 wurde er von der Republik von Salò zum Tode verurteilt, 1945 von einem Partisanengericht zu einer lebenslangen Zuchthausstrafe. Und jetzt gerade, 1947, wurde er von der christdemokratischen Regierung für alle Verbrechen amnestiert.

Die Mietverhandlungen hatte der Sohn geführt, ein junger Mann, der Orson gegenüber die Schönheit des Panoramas und den hervorragenden Zustand des Hauses gepriesen hatte. Er hatte nicht unrecht. Die Lage, auf halber Höhe des Hügels von Frascati, war wunderschön. Und das Haus war praktisch nie bewohnt worden. »Es sollte eigentlich unser Landhaus sein«, hatte der junge Bottai gesagt, »aber wir haben hier nicht viel Zeit verbringen können …« Die Miete – einhunderttausend Lire im Monat – war keine Kleinigkeit, aber auch nicht übertrieben. Und Lea gefiel die Vorstellung, jeden Morgen frische Milch vom nahen Bauernhof bekommen zu können.

Die Ausstattung der Villa entsprach der Eigentümlichkeit ihrer *ménage.* Im Erdgeschoß hatte Orson die meisten Möbel aus dem großen Kaminzimmer verschwinden und Theaterscheinwerfer einbauen lassen, so daß eine Art kleine Bühne entstanden war. Hier verbrachten Orson und Lea lange Stunden, um über ›Othello‹ zu diskutieren und Szenen zu proben. Ebenfalls im Erdgeschoß lag die Küche, die mit einer Veranda verbunden war, von der aus man einen Blick über das Tal hatte. Und auf der Rückseite ein Gästezimmer. Im Obergeschoß befand sich ein großes Eheschlafzimmer mit einem dem *Excelsior* würdigen Bad, ebenso ein Arbeits- und ein Lesezimmer. Das war sogleich Leas Reich geworden.

Orsons ursprüngliche Strategie war einfach: eine stufenweise Eroberung des Geländes vom kleinen Theater unten bis ins Schlafzimmer oben, dazwischen gelegentliche Abende auf der Veranda und ein paar Nächte im Gästezimmer. Doch bis jetzt war er über die Küche nicht hinausgekommen. Lea hatte ihm keinen weiteren Meter zugestanden.

Und da war es auch, daß Lea ihm – inzwischen war es Mittag geworden – einen Espresso anbot.

»Ich habe deinen Brief erhalten«, sagte sie, ohne etwas sonst hinzuzufügen. Orson machte sich Vorwürfe, ihn geschrieben zu haben. Er hatte sie gebeten, keine Fragen zu stellen, in Wahrheit aber hätte er mit ihr über alles reden wollen, ihr erzählen, was ihm passiert war, und ihren Trost suchen. Aber er konnte nicht mehr zurück. Er wußte, daß Lea ihn Tag für Tag aufmerksam beobachtete. Vom Abend bis zum Morgen seine Meinung zu ändern, hätte nicht zu seinen Gunsten gesprochen.

Daher wechselte er augenblicklich das Thema. »Fühlst du dich wohl hier?«

Lea lächelte. Und Orson war glücklich, sie unter ihren geschwungenen Augenbrauen lächeln zu sehen.

»Es ist ein Paradies. Dafür werde ich dir immer dankbar sein.«

»Und du fühlst dich auch nicht einsam?«

»Nein. Die Bauern sind sympathisch. Und ich kann ja immer einen Sprung nach Rom hineinmachen, wenn ich Lust auf Gesellschaft habe.«

Orson nahm einen Schluck Espresso. Er war noch nicht lange wach, und sein erster Wunsch war es gewesen, zu ihr zu fahren, Ratoff zum Trotz, der ihn auf dem Set erwartete.

»Nur würde ich dich gerne öfter sehen ...«, sagte Lea.

»Ja, wir müssen viel an ›Othello‹ arbeiten. Der Film soll dich in der ganzen Welt lancieren.«

»Laß jetzt mal ›Othello‹ beiseite, Orson. Tatsache ist, daß du hier nur herkommst, um zu arbeiten und um mich zu verführen. Hin und wieder würde ich es mögen, daß du es mit einem anderen Grund versuchst.«

Orson lachte. »Na ja, heute bin ich nur gekommen, um dir Guten Tag zu sagen und einen Espresso zu trinken.«

»Danke dir. Ich weiß das zu schätzen.«

Orson war aufrichtig. Was er während des Besuchs von Aurora innerlich empfunden hatte, hatte ihn zutiefst verwirrt. Er brauchte Klarheit, brauchte Sauberkeit. Er brauchte ein Haus, eine Frau, die ihn liebte, und eine Tasse heißen Espresso.

»Ich bin nicht daran gewöhnt, die Liebe von der Leidenschaft zu trennen, Lea. Und ich bin auch immer noch nicht davon überzeugt, gestehe ich.«

»Du hast immer alles bekommen, was du haben wolltest. Du bist dabei, auch mich zu bekommen: Vergiß nicht, daß ich einen anderen aufgegeben habe. Aber ich will mich nicht überrumpeln lassen. Mit deiner Kraft würdest du alles in einem einzigen Augenblick hinwegfegen. Ich will keine schrille Liebesgeschichte mit einem Hollywoodstar. Ich suche einen Mann, mit dem ich zusammenleben kann.«

Orson hätte am liebsten gesagt: Na und, wieso fangen wir nicht gleich damit an? Aber er wußte, daß es nicht das war, was Lea meinte. So wagte er nur den Einwand: »Es stimmt nicht, daß ich immer alles bekommen habe. Meine Karriere ist ein Friedhof nie verwirklichter Ideen.«

Lea schüttelte lächelnd den Kopf. »Siehst du? Da bringst du schon wieder alles durcheinander. Du behandelst deine Liebesgeschichten wie Filme ... und umgekehrt. Wenn es mir einfallen würde, mich mit Rita oder den anderen Schauspielerinnen zu vergleichen, die du gekannt hast, was bliebe dann deiner Meinung nach von mir übrig? Ein kleines italienisches Mädchen, das nicht so hübsch ist wie ihre Freundinnen ... Das wäre so, als würde man ›Duell in der Sonne‹ mit ›Sciuscià‹ vergleichen.«

Orson fühlte sich zwar innerlich berührt, wollte aber nicht auf eine Erwiderung verzichten. »›Sciuscià‹ ist ein wunderbarer Film.«

Lea stand auf, ging zu ihm und küßte ihn auf die Lippen. »Ich freue mich, daß du dieser Ansicht bist, Orson Welles«, flüsterte sie ihm ins Ohr.

3.

Die Zweigstelle der Banco di Napoli befand sich nördlich des Stadtzentrums von Rom, ein paar Kreuzungen vor dem Foro Italico, das früher Foro Mussolini hieß, ein Gebiet mit Sportstätten und öffentlichen Gebäuden. Wenn man den Blick von dort, was sich noch wenige Jahre zuvor Piazzale dell'Impero genannt hatte, nach oben richtete, konnte man an den Hängen des Monte Mario die Umrisse der Villa Madama erkennen.

Tommaso parkte in der Via Dosso Faiti und betrat die Bank, ein verhältnismäßig bescheidener Raum mit drei Schaltern. Er ging zu dem, der gerade frei war, und zog den Scheck heraus, den Cippico ihm ausgehändigt hatte.

»Ich möchte diesen Scheck einlösen.«

»Sicher. Haben Sie einen Ausweis, Signore?« fragte der Angestellte.

Tommaso legte ihn vor. Sein Plan war, das Geld zu nehmen und es unter einem Vorwand wieder einzuzahlen, um so herauszufinden, wem das Konto gehörte. Vor allem wollte er Klarheit haben, ob es sich um ein offizielles Konto des Vatikans handelte.

Der Bankbeamte sah sich den Scheck aufmerksam an und runzelte die Stirn. »Bitte entschuldigen Sie einen Augenblick«, sagte er blöde grinsend.

Tommaso sah ihn zum Schreibtisch des Zweigstellenleiters am hinteren Ende des Raumes trotten. Er konnte nicht verstehen, was die beiden miteinander redeten, aber sie tuschelten ziemlich aufgeregt. Schließlich kam der Angestellte einigermaßen verlegen zurück.

»Tut mir leid, Signore, aber wir können diesen Scheck nicht einlösen.«

Tommaso wahrte die Haltung eines Mannes von Welt.

»Wieso? Stimmt irgend etwas nicht?«

»Nun ja, sehen Sie ... im Augenblick verfügt das fragliche Konto nicht über die entsprechende Deckung, um ...«

»Das Vatikanische Staatssekretariat stellt ungedeckte Schecks aus?«

Der Angestellte machte einen Sprung, als hätte er gerade einen Fluch gehört, leugnete aber nicht, daß Guidettis Unterschrift durchaus die – oder eine von denen – auf dem Konto war.

»Ich bin sicher, es muß sich um ein Mißverständnis handeln«, sagte Tommaso. »Das werde ich mit der entsprechenden Person abklären. Jedenfalls müßte ich noch eine Einzahlung auf dasselbe Konto machen. Könnten Sie mir bitte die genauen Angaben nennen?«

Das Gesicht des Angestellten hellte sich auf.

»Sicher. Gewiß.«

Tommaso zog sein Scheckbuch hervor.

»Sie müßten ihn auf Dottor Marcello Baroni, Rom, ausstellen.«

Tommaso tat so, als würde er mit dem Ausfüllen des Schecks beginnen. Dann faßte er sich an die Stirn, als würde ihm plötzlich etwas einfallen.

»O mein Gott, heute kann ich nicht! Ich hab' versprochen, meiner Verlobten einen neuen Lancia zu kaufen. Den letzten hat sie in der vergangenen Woche in Fregene zu Schrott gefahren! Dann komme ich eben Montag wieder mit den Einnahmen des Wochenendes. Einverstanden?«

Der Angestellte schnappte nach Luft wie ein Fisch, ohne irgend etwas zu begreifen.

Tommaso ging zum Ausgang.

»Haben Sie auch einen Lancia?« rief er ihm im Hinausgehen zu. »Ein fabelhaftes Auto. Einfach fabelhaft!«

Es war fast eins, und er hätte noch bis drei warten müssen, die Stunde, zu der die Banco di Santo Spirito wieder öffnete. Er wollte die Einlage wieder herausnehmen, bevor Cippico Pressner das Geld einsacken konnte. Es machte ihm nichts aus, daß der Scheck, den er ihm gegeben hatte, sich dann als ungedeckt herausstellen würde. Cippico würde keine Anstalten machen, schließlich wußte er ja, daß auch Tommaso einen ungedeckten Scheck von ihm in der Hand hielt.

Dieser Scheck! Was genau steckte hinter dem Konto bei der Banco di Napoli? Es war unglaublich, daß aus Cippico

Pressners Büro ungedeckte Schecks mit dem Stempel des Staatssekretariats hinausgingen. Jeder wäre mit einem von Guidetti unterschriebenen Scheck ruhig gewesen, so als hätte er damit Bares in der Tasche. Jeder hätte ihn als Garantie aufbewahrt, ohne sich vorzustellen, daß sein Geld wer weiß wo landete. Tja, wo? Bei Marcello Baroni? Und wer war das? Ein Strohmann? Ein weiteres Glied in der Kette, die von Deller zu … zu wem führte?

Aufgeregt fuhr Tommaso über den Lungotevere. Er war im Begriff, auf etwas Großes zu stoßen, das spürte er. Und er müßte sich so bald wie möglich mit Koop beraten. Er brauchte seinen alten Lehrer, nur er konnte ihm helfen, die verschiedenen bisher zusammengetragenen Versatzstücke in eine logische Reihenfolge zu bringen. Diesmal würde er ihm erzählen müssen, wie er Deller kennengelernt hatte.

Und Orson? Am Ende verdankte er es ja ihm, daß er sich an diesem Punkt befand. Seiner Hartnäckigkeit und seiner Halsstarrigkeit. Seiner Vermutung, daß »San Francesco« wirklich etwas zu bedeuten hatte.

Er mußte zugeben: Hin und wieder sollte man Künstlern Glauben schenken. Sie sehen die Dinge vielleicht nicht so, wie sie sind, aber sie sind in der Lage, die Schatten wahrzunehmen, die hinter ihnen aufsteigen.

Um fünf, als es anfing dunkel zu werden, stand Tommaso in einer Autoschlange, die sich, wie immer zu dieser Stunde, in der Nähe des Bahnhofs gebildet hatte – oder genauer gesagt: in der Nähe dessen, was der Bahnhof hätte sein sollen. Seit 1942 siechte die Stazione Termini in diesem Zustand dahin, halbfertig und mit einem Vorplatz, der zu einem einzigen Bombentrichter verkommen war.

Er war auf dem Weg nach Hause. Die Zeit bis drei hatte er damit verbracht, die Telefonbücher von Rom und Latium durchzusehen, um auf Marcello Baroni zu stoßen, doch ohne Erfolg. Von dort aus hatte er dann das Innenministerium angerufen, aber auch hier ohne Erfolg. Sein alter Lehrer war »nicht im Zimmer«.

Tommaso war zur Banco di Santo Spirito gegangen, hatte alles Geld vom Konto genommen und sich den Betrag auf einem Bankscheck akkreditieren lassen, den er Welles so bald wie möglich zurückgeben wollte. Dem Direktor tat dies ausgesprochen leid, aber Tommaso hatte ihm versichert, daß sie ganz gewiß schon bald wieder die Dienste der Bank in Anspruch nehmen würden.

Das Haus, in dem Tommaso wohnte, hatte zwei Eingänge. Der direkt an der Straße gehörte zur größeren Wohnung, die sich über zwei Etagen erstreckte. Zu Tommasos Wohnung dagegen gelangte man durch ein kleines separates Tor neben dem Gemüsegarten seiner Nachbarn und über eine Treppe. Die beiden Zimmer lagen im hinteren Teil des Hauses, im zweiten Stock. Sie waren schmucklos und melancholisch, aber ihm gefiel die volkstümliche Nachbarschaft, die aufgehängte Wäsche und der Duft von Minestrone hier im Pigneto.

Tommaso gelangte an seine Tür und steckte den Schlüssel ins Schloß. Er trat ein und wollte gerade das Licht einschalten, als er an der Schulter gestoßen und ihm gleichzeitig ein Bein gestellt wurde, so daß er zu Boden stürzte. Die von der Decke baumelnde Birne schaltete sich ein, während er die Tür ins Schloß fallen hörte, etwas Schweres sich auf seinen Rücken wuchtete und ihm den rechten Arm nach hinten bog.

De Bernardis Stimme flüsterte ihm ins Ohr: »Wenn du schreist, brech' ich ihn dir.«

Tommaso dachte nicht entfernt daran, zu schreien. De Bernardi ließ ihn aufstehen und durchsuchte ihn. Er steckte die Pistole in seine Tasche. Tommaso erwartete, auch Tufano im Zimmer zu sehen, aber De Bernardi wurde nur von einem schwarzgelockten Bürschchen begleitet, das nicht aussah wie ein Polizist. Kein gutes Zeichen. Es bedeutete, daß De

Bernardi privat zu ihm gekommen war, um freiere Hand zu haben.

Tatsächlich stellte er sich vor ihn und gab ihm einen Haken in die Magengrube, der Tommaso atemlos in den Sessel schleuderte. Eine Kugel verursachte mehr Schaden, aber nicht mehr Schmerzen.

»Der war einfach nur so, ohne Grund, mein ganz eigenes Vergnügen. Um dich zu begrüßen ...«

Der Lockenkopf fing an zu lachen. De Bernardi genoß es, ihm die erste Schlägerlektion vorzuführen. Er beugte sich über Tommaso. »Hast du etwa Bauchschmerzen? Nein, nicht doch. Du mußt wieder zu dir kommen. Wir sind doch hier, um uns mit dir über eine ganz bestimmte Sache zu unterhalten, oder?«

Die erste Ohrfeige traf Tommaso mit der vollen Hand und brachte sein Gesicht zum Glühen. Ein Schlag mit dem Handrücken hinterließ dann einen Blutstreifen an der Stelle, wo der große Ring des Bullen die Haut weggefetzt hatte.

»Hör mir gut zu, Moravia. Seit ein paar Tagen schon trittst du uns gewaltig auf den Eiern rum. Und da frag ich dich jetzt ganz einfach mal: wieso?«

De Bernardi zog ein Päckchen Lucky Strike heraus, hielt dem Bürschchen eine hin und zündete sie an.

»Zweitens. Du erinnerst dich doch an unseren Freund Coltello, nicht? Also, keiner hat ihn mehr gesehen. Aber nun fragt man hier und da so ein bißchen herum, und da hat uns ein Vögelchen was erzählt, aber ja doch, es hat ihn sogar in ein Auto steigen sehen, mit zwei Männern, gestern nachmittag. Und jetzt rat mal, wer der eine von den beiden war?«

Wieder beugte er sich über ihn und blies ihm den Rauch seiner Zigarette ins Gesicht.

»Wir wissen doch alle, daß du's ihm geschworen hast, unserem Cecchini. Und du kannst uns nicht zufällig sagen, wo er geblieben ist, unser Coltello, und für wen, verdammte Scheiße, du arbeitest?«

Tommaso hatte nur Zeit, sich zu freuen, daß sie nichts über Welles wußten und meinten, er sei mit Cecchini nur weggefahren, um sich an ihm zu rächen. Dann blendete der Schmerz der in der Handfläche ausgedrückten Zigarette alles aus.

In der einen Hand hielt De Bernardi Tommasos Handgelenk und in der anderen die Zigarette. Das leichte Zischen und der Geruch von verbranntem Fleisch schien er zu genießen. Tommaso wimmerte vor Schmerz, schrie aber nicht. Er wußte, die beiden würden ihn mit Schlägen zum Schweigen bringen.

Das Bürschchen rauchte nervös und aufgeregt.

»Starrköpfig, wie immer. Ich wußte doch, daß ich dir wehtun müßte.«

Noch ein Schlag in den Magen. Doch diesmal hatte Tommaso die Muskeln rechtzeitig anspannen können. De Bernardi ließ ihn aufstehen, hielt den Arm seines Intimfeindes aber weiter hinten am Rücken, und in dieser Stellung übergab er Tommaso dem Lockenbürschchen. »Halt ihn mal kurz fest!«

De Bernardi zog ein Taschentuch aus der Tasche und knebelte ihn. Tommaso fing an zu schwitzen, und sein Inneres entspannte sich. Was immer auch geschieht, betete er, hilf mir, daß ich mir nicht in die Hose mache. Nicht vor De Bernardi.

Der Bulle ging hinaus und gab dem Halbstarken zu verstehen, er solle Tommaso zum Tisch führen. Er kam mit einer Eisenstange aus dem anderen Zimmer zurück. Ein Zeichen zu dem Bürschchen, und Tommasos linker Ellbogen lag auf der Rückenlehne eines Stuhls, während sein Handgelenk im Griff des jungen Mannes fest auf den Tisch gedrückt wurde.

»Weißt du was, Kleiner?« De Bernardi grinste. »Es ist nicht nötig, daß du mir jetzt erzählst, was du weißt. Du erzählst es mir dann hinterher.«

Er hob die Stange und führte zwei Schläge rasch hintereinander aus. Tommaso spürte, wie die Knochen seines Armes brachen, und ein rasender Blitz durchzuckte sein Gehirn.

Vielleicht wurde er ohnmächtig. Er hätte es später nicht sagen können. Da war nur die Erinnerung an einen dumpfen, andauernden Schmerz und dann De Bernardis Gesicht eine Handbreit von ihm entfernt. Der Knebel wurde auf seinen Hals herabgestreift.

»Was nun? Redest du jetzt oder nicht?«

Tommaso senkte den Kopf. Er fühlte, daß De Bernardi sich eigentlich nicht wirklich dafür interessierte, etwas von ihm zu erfahren. Sie hatten Cecchini längst für erledigt gehalten. Was der Polizist wollte, war, es ihm heimzuzahlen, und zwar auf die bestialischste Weise. Tommaso schob sich an der Wand empor, bei der er gelandet war. Er betrachtete seinen Arm, der seitlich an ihm herunterhing. De Bernardi knebelte ihn wieder.

»Jetzt sind wir gezwungen, Nägel mit Köpfen zu machen, Kleiner. Behalt ihn im Auge.« De Bernardi ging wieder ins andere Zimmer.

Tommaso konnte unmöglich zuwarten, bis sie ihn massakrierten. Er mußte irgend etwas versuchen.

Das Bürschchen hatte die Zigarette im Mund wie ein Halbstarker aus den Vorstädten und deutete ihm, er solle seine Hände in die Höhe der Handschellen heben, die er aus der Tasche gezogen hatte. Tommaso konnte seinen linken Arm aber nicht heben. Der andere machte einen Schritt auf ihn zu, schaute hinunter, und genau in dieser Sekunde verpaßte Tommaso ihm einen seiner schlimmsten und verzweifeltsten rechten Haken an den Kiefer.

Der Halbstarke rollte kopfüber nach hinten, hustete und hielt sich den Hals mit den Händen fest. Er hatte die brennende Zigarette verschluckt. Tommaso wartete nicht, wie die Sache ausgehen würde, sondern rannte zur Tür, während der Schmerz vom Arm bis in die Augen schoß.

Er stürzte hinaus und hörte gerade noch, wie De Bernardi

im anderen Zimmer seine Waffe lud. Der Schlüssel! Er mußte noch im Türschloß stecken! Sie hatten ihn gepackt, noch bevor er ihn herausziehen konnte. Er drehte ihn zweimal um, das Schloß schnappte zu, sinnloserweise warf sich De Bernardi von innen gegen die Tür.

Tommaso sprang die Treppe hinunter. Draußen war es dunkel und kalt, doch die Kälte betäubte teilweise den Schmerz. Er erreichte den Topolino gerade in dem Augenblick, als De Bernardi die Tür auf dem Treppenabsatz durchbrach.

Glücklicherweise war der Motor noch nicht kalt. Das Ritual des Anlassens im kalten Zustand, das der Wagen ihm jeden Morgen abverlangte, wäre jetzt fatal gewesen. Der Topolino setzte sich in Bewegung. Erster Gang, zweiter Gang.

Tommaso war gezwungen, mit dem einen Arm, der heil geblieben war, Gangschaltung und Lenkung zu bedienen. Er war gerade dabei, in die Via Fanfulla einzubiegen, als er im Rückspiegel sah, wie De Bernardi und das Bürschchen fluchend auf die Straße fielen.

Mit Vollgas fuhr er in Richtung Via Prenestina. Sein Vorsprung war beträchtlich, und in der Dunkelheit konnten sie ihm nicht folgen. Aber er mußte sofort seinen Arm behandeln lassen. Den Krankenhäusern gegenüber war er mißtrauisch. In der Notaufnahme gab es immer einen diensthabenden Polizisten, und wenn sein Name bereits weitergegeben worden war, hätte er sich innerhalb weniger Minuten in den Händen von Tufano und De Bernardi wiedergefunden.

Es blieb nur Alfredo Pennati, der *rote Doktor.* Auch er war in der ORI, gemeinsam hatten sie viele Unternehmen durchgeführt. Nach dem Ende des Krieges hatte er promoviert. Seine Erfahrungen hatte er jedoch in den Bergen gesammelt, indem er Wunden mit Angelfäden nähte und Kranke mit Kräutern und Ölen heilte. Trotz seines Spitznamens war er ein überzeugter Liberaler. Aber sein Haar war karottenrot, und die kommunistischen Partisanen, die ihn respektierten und schätzten, gaben ihm diesen Spitznamen: Er sei ja noch roter als sie.

Vor ein paar Monaten hatte Pennati als unverbesserlicher Idealist eine Praxis in Arco di Travertino eröffnet, einem Vorort armer Leute an der Via Tuscolana. Tommaso hoffte, daß Pennati ihm den Arm wieder einigermaßen in Ordnung bringen könnte. Wie vor vier Jahren, als noch Krieg war.

Vielleicht war der Krieg ja immer noch nicht ganz zu Ende. Und Tommaso befand sich mittendrin.

4.

Tommaso informierte Orson in aller Eile über das, was vorgefallen war. »Und nun gibt es ein weiteres Problem. Ich kann nicht nach Hause zurück.«

Orson dachte kurz nach und meinte dann: »Überhaupt kein Problem. In Casal Pilozzo gibt es eine Menge Platz. Da kannst du dich einquartieren, solange du's brauchst.«

Tommaso wurde unruhig. »Die Villa in Frascati? Nein, das geht nicht. Lea wohnt da.«

»Eben deshalb. Da bist du sicher. Und Lea kann sich um dich kümmern.«

»Nein, Orson ... Ich habe auch nichts bei mir, nicht einmal Wäsche zum Wechseln.«

»Du weißt doch, was der Doktor gesagt hat. Absolute Ruhe. Und außerdem wissen die Polizisten nichts über dich und mich. Ich bring' dich nach Frascati. Und ich bin's, der hier entscheidet.«

Tommaso hätte gerne etwas erwidert, aber er fühlte sich müde. Als sie in der Nähe von Casal Pilozzo waren, wollte er nur noch ein Bett und schlafen. Die Müdigkeit der letzten Tage und die Pillen, die Pennati ihm gegeben hatte, ließen alles unerträglich langsam ablaufen.

»Was wirst du Lea sagen?« konnte er gerade noch murmeln, bevor er seinen Kopf an Orsons Schulter legte und die Augen schloß.

»Laß mich nur machen. Mach dir keine Gedanken. Wir sind fast da.«

Das Geräusch des Autos auf der Zufahrtsallee weckte Leas Aufmerksamkeit. Zuerst war sie in Sorge, als sie ein ihr unbekanntes Auto bemerkte, aber dann sah sie Orson am Steuer.

»Was ist los?« rief sie und ging ihm entgegen.

»Das ist eine der Geschichten, die ich dir jetzt noch nicht erklären kann.«

»Zu meinem Besten, denke ich mir.«

Orson überging ihren ironischen Ton. Er öffnete die Türe auf Tommasos Seite und mußte ihn stützen, um ihn ins Haus zu bringen.

»Wer ist das? Was hat er mit sich angestellt? Ist er betrunken?«

»Stell mir bitte keine Fragen. Er ist ein Freund von mir. Wir müssen ihn für eine Weile hierbehalten.«

»Hier?« Lea hatte ihre Zweifel, sah aber Tommasos Zustand und half Orson, ihn aufrecht zu halten. Sie brachten ihn zum Gästezimmer.

»Einverstanden, Orson, du bezahlst die Miete. Aber erinnere dich bitte daran, daß ich in diesem Haus wohne ...«

Sie erreichten das Zimmer und legten Tommaso auf das Bett, zogen ihn aus und steckten ihn unter die Decken, wobei sie darauf achteten, nur ja nicht seinen geschienten Arm zu berühren.

Als sie wieder aus dem Zimmer waren, nahm Orson Leas Hände in die seinen. »Ich weiß, das alles mag dir völlig absurd vorkommen, Lea. Aber ich schwöre dir, ich kann nicht anders. Das Leben dieses Mannes ist in Gefahr. Und verantwortlich dafür bin ich.«

Lea schaute ihn an. Sie hatte beobachtet, daß Orsons Augen wie die eines Kindes wurden, wenn er um Verständnis flehte. Seinen Worten zu glauben, war dann schwer. Seine Sätze klangen falsch und übertrieben, wie damals, als er vor ihr auf den Knien lag und ihr Liebe schwor. Aber auch wenn man seinen *Worten* nicht glaubte, *ihm* glaubte man am Ende immer.

»Na gut, Orson. Das muß eines von diesen Männerspielchen sein, die Frauen nicht verstehen können, oder? Eine Wette oder so was ... Darf ich wenigstens den Namen dieses Unglücksraben erfahren, wenn er nun schon einmal hierbleiben soll?«

»Tommaso.«

»Und was tut er so?«

»Er arbeitet für mich. Wir machen gemeinsam Recherchen für einen neuen Film.«

Er dachte schnell nach, wie er seine Worte glaubwürdiger machen könnte. Da fiel ihm das Drehbuch ein, das Korda ihm wie versprochen zugeschickt hatte. Ein Thriller mit dem Titel ›Der dritte Mann‹. In dieser Geschichte sollte er eine große Rolle bekommen, hatte Korda gesagt.

»Ein Film über ... den Schwarzmarkt. Er berät mich. Aber es ist eine gefährliche Arbeit, wie du siehst. Er muß in Sicherheit bleiben, bis sich die Wogen geglättet haben. Es ist die Geschichte über einen amerikanischen Schriftsteller, der auf der Suche nach einem Freund nach Europa kommt. Doch der Freund ist tot, und die Polizei sagt, er sei ein Hai gewesen, ein Penicillinschieber. Der Schriftsteller glaubt nicht daran und macht sich auf die Suche ...«

»Gibt es auch eine Frau in dieser Geschichte?«

»Ja.«

»Ich wette, sie ist die Geliebte oder die Frau des Toten, und der Schriftsteller verliebt sich in sie.«

Orson war völlig verblüfft. »Hab' ich dir die Geschichte schon erzählt?«

»Nein. Aber in dieser Art von Geschichte dienen Frauen immer nur dazu, Männer in sich verliebt zu machen oder von Männern verlassen zu werden. Oder lieg' ich da falsch?«

Orson hatte keine Worte mehr.

»Komm jetzt mit. Ich hab' dir das Abendessen warmgestellt.«

5.

Das erste, was Tommaso sah, als er aufwachte, war eine Spieluhr. Ein Karussell mit Akrobaten und Pferden, die in ihrer letzten mechanischen Bewegung erstarrten, die einen mit den Beinen in der Luft, die anderen mit angezogenem Rücken.

Allmählich erinnerte er sich an alles oder fast alles. Hilfe bekam er dabei durch eine unbedachte Bewegung, die er machte, um sich von der rechten Körperseite, auf der er gelegen hatte, aufzurichten. Der Schmerz und die Behinderung durch die Schiene, die fast bis zu den Schultern hinaufreichte, brachten ihn auf der Stelle wieder zur Besinnung.

Er stützte sich hoch, so gut er konnte, und begegnete Leas Blick. Sie saß in einem Schaukelstuhl am Ende vom Bett, mit einer Tasse Espresso in der Hand.

»*Buongiorno*, Tommaso«, sagte sie.

Seine Antwort klang, wie er sich fühlte: klebrig und schmutzig. »*Buongiorno*. Sie sind sicher Lea Padovani.«

Lea nickte. Sie trug einen himmelblauen Pulli über einer weißen Bluse und einer schwarzen Hose. Tommaso hatte nicht oft Gelegenheit gehabt, eine Frau in Hosen zu sehen.

»Orson hat sich große Sorgen um Sie gemacht. Er wollte in diesem Zimmer schlafen. In diesem Stuhl, in dem ich jetzt sitze.«

Tommaso sah sich genauer um. Das Zimmer war hübsch und gemütlich, auch wenn seine ursprüngliche Verwendung als Kinderzimmer noch sichtbar war.

»Wie es aussieht, haben Sie die ganze Nacht geschlafen«,

sagte Lea wieder. »Was ein gutes Zeichen ist. Leider mußte Orson vor einer halben Stunde zum Set fahren. Er hat mir gesagt, daß er Ihnen heute abend etwas zum Anziehen mitbringt.«

»Danke.« Er suchte eine bequemere Haltung. »Wer hat mich in dieses Zimmer gebracht? Ich erinnere mich an nichts.«

»Orson und ich.«

»Sie und Orson?«

Lea stand auf und kam zum Bett.

»Im Haus ist sonst niemand. Und wenn Sie sich Sorgen machen, daß ich Sie in der Unterhose gesehen habe, na ja, ich glaube, damit müssen Sie sich abfinden. Aber ich kann Sie beruhigen: Sie sind nicht der erste Mann, den ich in diesem Zustand sehe.«

Sie zeigte auf die verbundene Hand. »Und was ist das?«

»Oh, nur eine Verbrennung ...«

»Eine Verbrennung? Dann muß sie sofort neu verarztet werden.« Sie wickelte den Verband ab. Als sie das verbrannte Fleisch sah, schien sie unbeeindruckt zu sein.

Tommaso versuchte sich zu wehren. »Nein, Lea, lassen Sie das nur ...«

»Keine Sorge. Während des Krieges bin ich nicht nur in den Revuen von Macario herumgehopst, sondern habe auch einen Kurs als Krankenschwester gemacht. Nicht die Wunde berühren!«

Sie ging ins Badezimmer und kehrte mit einer Salbe und einem frischen Verband zurück. Sie setzte sich auf den Rand des Bettes und ging mit großer Sicherheit ans Werk.

»Tut mir leid, daß ich Ihnen soviel Scherereien mache.«

Lea starrte auf den Verband, legte ihm die Hand wieder auf den Schoß zurück und sah ihn an.

»Hören Sie, Tommaso, ich betrachte Sie schon eine ganze Weile. Man lernt eine Menge Dinge, wenn man zusieht, wie Männer schlafen, und ich schäme mich kein bißchen, wenn ich gestehe, daß ich auf diesem Gebiet eine gewisse Erfahrung habe. Ich muß zugeben, Sie sind jemand, der ziemlich in Ordnung ist. Sie schlafen ruhig, auch wenn Sie stark dazu neigen, Ihre Stirn in Falten zu legen.«

Tommaso schluckte. Er fühlte sich wie bei einer Prüfung.

»Muß eine alte Angewohnheit sein. Ich neige wohl dazu, mir Sorgen zu machen.«

»Orson hat mir eine völlig überspannte Geschichte erzählt, um mir Ihren Zustand zu erklären. Natürlich glaube ich kein einziges Wort, aber die Art, wie er lügt, ist wunderbar. Andererseits ist es nur gerecht, daß ich, so wie er meine Bedingungen des Zusammenlebens akzeptiert, ihn nicht auf das festnagele, was er tut. Was immer das auch sein mag.«

Lea stand auf.

»Ich glaube verstanden zu haben, daß wir uns für eine ganze Weile dieses Dach teilen müssen, daher ist es sinnlos, daß wir um das Problem herumreden. Sie können dieses Zimmer haben und das Bad nebenan benutzen. Ich bitte Sie, nicht ohne meine Einwilligung nach oben zu gehen und sich auch nicht einzumischen, wenn Orson und ich proben. Sie haben freien Zutritt zum Garten und zur Küche.«

Sie drehte sich um und wollte gehen, doch im letzten Augenblick fiel ihr noch etwas ein. »Ach ja, ich hoffe, Sie gehören nicht zu denen, die ihre Sachen überall herumliegen lassen. Vor allem keine brennenden Zigaretten. Das dulde ich nicht.«

Tommaso hob den rechten Arm wie zum Schwur.

»Habe verstanden.«

»Gut. Wenn Sie Hilfe brauchen, rufen Sie mich, und spielen Sie ja nicht den Helden. Es wäre schlimm für mich, einen Krüppel auf dem Gewissen zu haben.« Sie machte eine kurze Pause. »In der Küche gibt es Espresso. Auch Brot und Marmelade, wenn Sie frühstücken wollen. Ich bin oben.«

Sie ging. Tommaso war eingeschüchtert und voller Bewunderung. Lea erinnerte ihn an bestimmte Freundinnen seiner

Mutter, die nie geheiratet hatten, aber überhaupt nicht den Eindruck von sauertöpfischen Jungfern machten. Im Gegenteil. Zum ersten Mal begriff er, warum jemand wie Orson Welles einen Großteil seiner Zeit damit verbrachte, diese Frau zu erobern.

An diesem Nachmittag rief Orson an, um sich nach Tommasos Zustand zu erkundigen. »Außerdem habe ich mit dem Commendatore über Venedig gesprochen. Ich habe ihn fast herum, aber wir sind mit den Aufnahmen im Verzug und drehen hier bis zum Ende des Monats. Du bist ja sowieso außer Gefecht. Wir könnten für Silvester hinfahren.«

»Außerordentlich romantisch, Orson ...«

»Lea kommt auch mit. Daher brauchst du mir gar nicht erst irgendwelche Avancen zu machen.«

Tommaso lachte. »Du bist auch gar nicht mein Typ.«

»Brauchst du irgend etwas?«

»Ich schäme mich, das zu sagen. Aber ich brauche Wäsche. Geh aber nicht zu mir, um sie zu holen, das könnte immer noch gefährlich sein. Kauf mir neue. Und wenn du in der Villa Madama vorbeikommst, bring mir auch die Dokumente von Cecchini mit. Ich will sie in Ruhe durcharbeiten. Ich habe ja sonst nichts zu tun.«

Das stimmte. Er mußte sich damit abfinden, zu warten, wie ein Gentleman, der sich aufs Land zurückzieht, um seine Gebrechen zu heilen. Doch zuerst mußte er noch mit jemandem sprechen. Er wählte die Nummer des Ministeriums.

In Koops Stimme lag Besorgnis und zugleich Freude, ihn zu hören. »Wohin hast du dich verkrochen, Tommaso? Du solltest doch zum Abendessen zu uns kommen.«

»Ich hatte ein paar Unannehmlichkeiten, Professore.«

»Das ist nichts Neues. Etwas Ernsthaftes?«

»Genau deshalb rufe ich an. Ich möchte wissen, ob die Polizei mich sucht oder ob ich nur einigen Leuten im Präsidium nicht gefalle.«

»Geht es dir nicht gut, Tommaso? Ist dir was passiert?«

»Nichts, was der rote Doktor nicht in Ordnung bringen könnte. Erinnern Sie sich an ihn?«

»Hast du dich von Pennati behandeln lassen müssen? Wir müssen uns sehen.« Sein alter Lehrer schien sich ernsthaft Sorgen zu machen.

»Nein. Besser, wenn ich mich für eine Weile nicht blicken lasse. Wir müssen unser Abendessen verschieben, Sie müssen mir verzeihen. Und entschuldigen Sie mich bitte bei Ihrer Frau. Aber ich habe Ihnen viel über unseren Freund zu erzählen.«

Tommaso konnte spüren, wie Koop am anderen Ende der Leitung förmlich bebte. Aber Geduld war immer schon eine seiner besten Tugenden. »Einverstanden«, sagte er schließlich.

»Ich plane eine Reise nach Venedig, die uns helfen kann, eine Menge zu verstehen. Ich melde mich dann wieder. Und suchen Sie mich nicht. Ich bin nicht zu Hause, und es ist auch besser, wenn ich Ihnen nicht sage, wo ich bin. Ich werde Sie morgen wieder anrufen, um zu hören, ob Sie im Präsidium etwas herausgefunden haben.«

»In Ordnung, Tommaso. Sei vorsichtig.«

»Sie auch, Professore. Ich habe die Befürchtung, daß wir da in ein Vipernnest gestoßen sind.«

»Morgen um neun bin ich im Büro.«

»Dann rufe ich Sie an.«

Koop fing an zu singen: »Nimm dich in acht vor Jabberwock, mein Junge.«

Tommaso erkannte das Lied aus Lewis Carrolls ›Alice hinter den Spiegeln‹ und lächelte.

6.

Der Dezember verging langsam und regnerisch. Koop informierte Tommaso, daß kein Haftbefehl gegen ihn vorlag. Wie er vermutet hatte, war De Bernardi eigenmächtig in seine Wohnung eingedrungen.

Tommaso beruhigte sich, vor allem gegenüber Orson und Lea. Das, was in der Via Braccio da Montone abgelaufen war, war im Polizeipräsidium sicher nicht unbeobachtet geblieben, und Tufano und De Bernardi mußten, wenn sie auf eigene Faust gehandelt hatten, eine ganze Weile Ruhe geben.

Eine aufmerksame Durchsicht der bei Cecchini gefundenen Dokumente ergab zwar nichts unmittelbar Wichtiges für den Fall Deller, aber hätte Tommaso eine Karriere als Erpresser machen wollen, wäre das im Bunker gefundene Material ein guter Ausgangspunkt gewesen. Da gab es Fotos und Dokumente, die einen Minister, drei oder vier hohe Tiere in den Unternehmerorganisationen und mindestens zwei Würdenträger der Kirche ruiniert hätten. Tommaso war unschlüssig, ob er das alles verbrennen sollte oder nicht. Am Ende hatte er sich entschieden, die Aktenmappen in einem Schrank hinter einer Kinderbuchreihe zu verstecken.

Lea behandelte ihn anfangs freundlich, aber kalt. Was ihn am meisten störte, war, daß sie sich in den Kopf gesetzt hatte, ihn als »einen bestimmten Typ von Mann« klassifizieren zu müssen. Tommaso hatte dazu nichts gesagt und war auf keine ihrer Provokationen eingegangen. Er hatte begriffen, daß Lea eine intelligente Frau war und ihre Unterhaltung mit kleinen Nadelstichen spickte. Bei der ersten Platitüde trug sie einen in ihr mentales Schwarzbuch ein, aus dem man nie wieder gestrichen werden würde.

Gerade auf Grund ihrer Intelligenz und Sensibilität merkte Lea aber bald schon, daß Tommaso nicht irgendein Leibwächter war, und fing an, gemeinsam mit ihm den Tee auf der Veranda einzunehmen. Sie sprachen dann über verschiedenes, vor allem aber über Orson. Lea war über die ungebremste Aktivität ihres Liebhabers äußerst beunruhigt.

»Orson ist wahnsinnig. Hin und wieder frage ich mich, ob er überhaupt Zeit zum Schlafen findet. Er arbeitet an drei Filmen gleichzeitig, und schon denkt er wieder an neue Projekte. Jetzt will er ›Moby Dick‹ in Form eines Oratoriums auf die Bühne bringen.«

»Orson ist ein Genie, Lea ...«

»Ja, Orson kommt aus einer anderen Welt und lebt in einer anderen Zeit als der unseren.« Lea sagte es mit einem Hauch von Bedauern. »Ich versuche, auf seinem Niveau zu leben«, fuhr sie fort. »Ich glaube, die Frauen, die er gehabt hat, haben nie wirklich seinen Charakter verstanden. Sie waren zwar seine Frauen oder seine Geliebten, aber sie haben nie versucht, etwas zu sein, über das er phantasieren konnte. Orson hat ein unstillbares Bedürfnis, sich etwas vorzustellen und über die Wirklichkeit hinauszugehen.«

»Davon kann auch ich ein Lied singen.«

»Das ist es, was ich ihm zu geben versuche, auch wenn unsere Beziehung absurd erscheint. Aber ich weiß, wenn ich dem Feuer, das er in sich hat, allzu nahekommen würde, bliebe bald nichts mehr als Asche von mir übrig.«

Orson kam oft nach Casal Pilozzo, um Lea zu besuchen und mit ihr zu arbeiten. Manchmal aßen sie mit Tommaso zu Abend, doch meistens packte Orson Lea einfach in den Sportwagen »Freccia d'Oro«, einen Sechszylinder Alfa Romeo 2500, den er gekauft hatte, und fuhr mit ihr in die Stadt. In seiner Tasche hatte er immer seine Flasche mit den Pillen.

Am Ende war Tommaso nicht unzufrieden mit seinem Zustand. In Frascati fühlte er sich so wohl wie schon lange nicht mehr. Er war wie zu Hause, obwohl er sehr viel Zeit allein verbrachte. Er dachte zwar an Deller, aber sein gebrochener Arm zwang ihn, über die gesamte Geschichte mit größerer Ruhe und Klarheit nachzudenken. Mit ein paar Telefonaten machte er Edoardo Angeloni in Venedig ausfindig. Cecchini hatte die Wahrheit gesagt, wenigstens einmal. Angeloni hatte eine junge, vermögende Frau geheiratet und ein Sachverständigenbüro eröffnet. Sein Name und seine Adresse standen ganz offiziell im Telefonbuch.

Eines Morgens hatte sich Tommaso gefreut, als er Paride im Garten traf. Der Chauffeur erzählte ihm, die Scalera Film habe ihn wegen des demolierten Packard gefeuert, Orson habe das erfahren und ihm angeboten, in Frascati als Gärtner zu arbeiten. »Dem Welles kann man nichts anhaben, der ist zwar Amerikaner, aber wirklich ein guter und tüchtiger Mensch«, hatte Paride gesagt.

Um den 20. Dezember herum fuhr Paride mit Tommaso zu Doktor Pennati, der ihm die Schienen aus Holzstöcken erneuerte und sich sehr zufrieden über den Zustand seines Patienten äußerte.

Auf dem Set von ›Black Magic‹ gingen die Dinge unterdessen weiter wie gewohnt, und zwar in einem absoluten Durcheinander. Ziemliches Aufsehen hatte der Umstand erregt, daß Edward Small, der Produzent, unerwartet in Rom auftauchte, um persönlich die Lage zu kontrollieren, und Orson neben der Kamera und Ratoff im Kostüm eines Kochs inmitten der Masse der Komparsen antraf.

Gleichsam zur Wiedergutmachung organisierte Orson am 29. Dezember, dem letzten Arbeitstag des Jahres, ein großes Kostümfest für Darsteller und Technik. Nachdem das letzte »Stop!« des Tages verkündet worden war, bat er die Anwesenden zu bleiben, ohne die Kostüme auszuziehen, klatschte in die Hände, worauf zwölf Pagen in Livree eintraten und vor den erstaunten Augen aller ein richtiges Bankett im Stil des achtzehnten Jahrhunderts servierten. Das alles – die Speisen waren vom Koch des Cancello d'Oro nach Originalrezepten zubereitet – hatte ein Vermögen gekostet, doch Orson dachte, dies sei die angemessenste Art, Akians Geld auszugeben, das Tommaso ihm ausgehändigt hatte.

Gegen Ende des Festes kam ein Angestellter zu Michele Scalera, flüsterte ihm etwas ins Ohr, und der Commendatore verkündete mit vor innerer Bewegung gebrochenen Stimme, daß der König gestorben sei. Orson, der mittlerweile ziemlich gut Italienisch verstand, fing an zu lachen.

»Der König tot? Aber woher! Vielmehr ist er wiederauferstanden. Sehen Sie doch, dort steht er und beißt in eine Languste!«

An dem Tag hatten sie die Szene mit dem Tod des Königs von Frankreich gedreht. Carlo Campanini, im Kostüm Ludwigs XV., war unter den Seufzern von Margot Grahame alias Madame Du Barry brillant an Gicht verschieden.

Scalera wurde fahl wie die Erde.

»Machen Sie darüber keine Witze, Mister Welles. Ich rede von Vittorio Emanuele III., König von Italien, heute verstorben im Exil, fern von seinem Vaterlande.« Und er bekreuzigte sich demonstrativ.

Unendlich oft hatte sich dieses Zusammentreffen von Wirklichkeit und Fiktion in Orsons Leben ereignet. Dieses Ereignis jetzt verdarb ihm die Laune. Alles schien sich nach einem unbegreiflichen, geheimnisvollen Plan gegen ihn zu verbünden.

Auch sein Abend mit Jennifer Jones war eine Enttäuschung. Sie wollte ihn nach einem Streit mit ihrem Verlobten David Selznick, dem legendären Produzenten von ›Vom Winde verweht‹, in Rom treffen, weil er die einzige amerikanische Persönlichkeit in der Stadt war, die ihrem Rang entsprach. Orson war ins Excelsior gefahren, doch die Geschichte mit dem König verfolgte ihn. Außerdem hatte er sich während des Abendessens dabei ertappt, daß er öfter an Lea denken mußte, als er eigentlich wollte. Jennifer Jones, die keine halbe Aufmerksamkeit erwartet hatte, ärgerte sich. Um elf Uhr klagte sie über heftige Migräne, und ein paar Minuten später ging Orson mit gesenktem Kopf durch das Foyer des Hotels dem Ausgang zu.

Hoteldirektor Ricchiardi grüßte ihn überfreundlich. »Ich habe vom Portier gehört, daß Sie hier sind.«

»Ich konnte eine schöne Frau doch nicht allein lassen.«

»Ihr Amerikaner seid mir die Rechten. Ihr zieht die Soldaten ab und schickt dafür Filmdiven. Gibt es eine hinterlistigere Methode, eine Besatzung zu installieren?« Ricchiardi spielte auf den Abzug der US-Truppen an, der ungeachtet der grassierenden Kommunistenangst plangemäß vor einigen Tagen erfolgt war.

Sie verabschiedeten sich mit Händedruck.

Orsons Alfa stand an der Ecke der Via Boncompagni, direkt vor der amerikanischen Botschaft. Er fragte sich, was wohl Botschafter Dunn und Drew Pearson Neues ausheckten. Vor einem Monat hatten sie begonnen, die italienischen Haushalte von Amerika aus mit Millionen von Briefen zu überschwemmen. Unbekannte aus Wisconsin schrieben Arbeitern in Turin und beschworen sie, nicht kommunistisch zu wählen, sonst… Beigeschlossen ein paar Dollar, um die Beschwörung wirkungsvoller zu machen. Für Ende des Jahres war ein italo-amerikanischer »Sonderzug der Freundschaft« angekündigt, der vollgestopft mit Geschenkpaketen ganz Italien abrattern sollte.

Orson wollte nach Frascati zurückkehren, entschloß sich dann aber, zur Villa Madama zu fahren und am ›Macbeth‹ zu arbeiten. Er zündete sich eine Zigarette an und zog die Autoschlüssel hervor. Im Lichtschein des Feuerzeugs nahm er einen hochgewachsenen, dunkel gekleideten Mann wahr, der auf ihn zukam. Von der schwarzen, durchaus beeindruckenden Gestalt ging etwas Feindseliges aus. Der Mann blieb unmittelbar vor Orson stehen und hielt ihm eine Zigarette hin. Ganz automatisch zündete Orson sie an.

Der Mann zog den Rauch tief ein, dann sagte er auf Englisch, mit einem unverwechselbaren Brooklyn-Akzent: »Mister Luciano erinnert Sie an seinen Vorschlag.«

Orson lief es kalt über den Rücken.

»Sagen Sie ... sagen Sie Mister Luciano, daß ich darüber nachdenke. Und zwar ernsthaft.«

Der Mann nickte. Dann zog er etwas aus der Tasche und steckte es ihm zu.

»Mister Luciano hat mir gesagt, das hier würde Ihnen helfen, besser darüber nachzudenken.« Zwei Schritte, und er war hinter der Ecke der Via Veneto verschwunden.

Einen Augenblick verharrte Orson sprachlos, dann schaute er sich an, was er in der Hand hielt. Es war ein kleines, farbiges Rechteck, ein Bildchen. Und unter der Darstellung des segnenden Heiligen stand:

San Francesco beschütze mich immerdar.

7. Kapitel

1.

Um Mitternacht des 2. Januar 1948 fegte ein eisiger Wind mit Regenschauern über die Riva degli Schiavoni. Fest in ihre Mäntel gehüllt, gingen Orson, Lea und Tommaso eilig das kurze Stück vom Landungssteg zur Empfangshalle des Hotels Danieli.

Die Fahrt im Zug von Rom war eine einzige Katastrophe gewesen: In Bologna, wo der elektrifizierte Streckenabschnitt aufhörte, war die Elektrolokomotive gegen eine altersschwache Dampflok ausgewechselt worden, und der Zug hatte es schließlich auf zweieinhalb Stunden Verspätung gebracht, sehr zu Orsons Staunen und Empörung. Lea und Tommaso waren an die Flexibilität der italienischen Eisenbahnfahrpläne – als mit dem Einzug der Demokratie die Züge aufgehört hatten, »fahrplanmäßig« anzukommen – eher gewohnt und hatten mit keiner Wimper gezuckt.

Dottor Pennati hatte Tommaso die Armschienen schon am 31. Dezember abgenommen, ein paar Tage früher als vorgesehen, um ihm ein »Neujahrsgeschenk« zu machen. Der Bruch war verheilt, der Arm allerdings war sichtlich dünner geworden. Orson hatte Tommaso vergeblich eingeladen, die Silvesternacht mit ihnen und einigen Freunden zu verbringen. Jetzt, wo sein Arm wieder in Ordnung war und Tommaso keiner Hilfe mehr bedurfte, war ihm das Haus in Frascati unerträglich geworden. Er fühlte etwas in sich, das an ihm nagte und ihn drängte, Zuflucht in den beiden Zimmern im Pigneto zu suchen. Er war sicher, wenigstens am Silvesterabend keiner Gefahr ausgesetzt zu sein.

Und so war es auch. Seine Wohnung wurde weder beschattet, noch war jemand dort eingebrochen, um etwas zu stehlen, trotz der kaputten Türe. Signora Orlandi, seine wehrhafte Nachbarin, hatte Tommasos Wohnung im Blick behalten und einfach einen etwas vertrottelten Onkel und zwei Enkel dort einquartiert. Jetzt war sie – »selbstverständlich« – bereit, sie wieder freizumachen, aber vielleicht könnte er damit einverstanden sein, ihre Verwandten bis zur Befana, dem Dreikönigsfest, bei sich wohnen zu lassen …

Tommaso hatte nicht ablehnen wollen. Völlig außer sich vor lauter Dankbarkeit hatte Signora Orlandi ihn verpflichtet, gemeinsam mit ihrer Familie Mitternacht zu erwarten. Und am Ende hatte er sogar mitgemacht, den wenigen alten und unnützen Plunder des zurückliegenden Jahres aus den Fenstern zu werfen.

Als er jetzt an dieses bewegende kleine Fest zurückdachte, konnte Tommaso ein gewisses Unbehagen inmitten all des Luxus im Danieli nicht unterdrücken. Das Hotel mit seiner wie von einem Zauber zusammengeführten Möblierung aus venezianischem Geschmack und orientalischem Gold und Brokat war ein bedeutender Ort für bedeutende Menschen. Und Tommaso wollte sich nur noch in die nächste Osteria verkriechen.

Orson dagegen fühlte sich pudelwohl. Der Direktor des Hotels erkannte ihn auf der Stelle und beeilte sich, ihm in einem stark mit venezianischem Singsang eingefärbten Englisch seine Freude über seine Ankunft auszusprechen. Er fragte ihn, wie die Reise gewesen sei, wünschte ihm einen angenehmen Aufenthalt und erging sich am Ende ausführlich in Hommagen für die »Signora«.

»Signorina«, verbesserte ihn Lea.

Der Direktor zuckte mit keiner Wimper. »Selbstverständlich«, versicherte er.

Die Gepäckträger nahmen eilig das Gepäck in Empfang, und der Direktor begleitete seine Gäste zur Rezeption. Hinten, am Ende des Ganges, war Betrieb an der Bar zu beobachten, dem letzten Zufluchtsort der Gäste in dieser Sturmnacht.

Der Portier legte ein paar Papiere vor, die unterschrieben werden sollten, und bat um die Ausweise, dann nahm er die Schlüssel aus einer Schublade.

»Ihre Zimmer. Ich begleite Sie.«

Lea starrte auf die beiden Schlüssel und legte ihre Stirn in Falten. »Wieso zwei Schlüssel? Gibt es denn nicht drei vorbestellte Zimmer?«

»Nein, Signorina Padovani. Die Reservierung von Rom besagte ein Doppelzimmer und ein Einzelzimmer.«

Lea drehte sich zu Orson um, der die allersanfteste Unschuldsmiene aufgesetzt hatte.

»Darüber weiß ich nichts, Lea, ich schwöre es dir. Das ist alles von der Scalera so geregelt worden.«

Tommaso hatte den Blick niedergeschlagen und betrachtete aufmerksam das Muster des Teppichs unter seinen Füßen.

»Da ist ein Irrtum unterlaufen«, sagte Lea. »Es müssen drei Zimmer sein. Drei Einzelzimmer.«

Der Portier schlug das Register auf, warf einen Blick hinein und schüttelte den Kopf. »Tut mir leid, aber da können wir nichts machen. Das Hotel ist ausgebucht.«

Ein Augenblick der Stille trat ein. Orson konnte ein leichtes Lächeln der Zufriedenheit nur schwer unterdrücken.

Leas Gesicht versteinerte sich. Sie wandte sich Tommaso zu. »Gut«, sagte sie. „Dann bringen Sie das Gepäck von Signor Moravia jetzt auf das Doppelzimmer. Er wird bei mir schlafen."

Tommaso war perplex. Der Portier wurde rot. Orson verstand, auch wenn er am liebsten nicht hätte verstehen mögen.

»Vielleicht wäre es besser, wenn wir die Sache irgendwie lösen …«, flüsterte Orson und führte den Portier ein Stück zur Seite.

Tommaso starrte Lea an und öffnete seine Arme zum Protest. »Wie kommen Sie nur darauf?«

»Ich kann mich doch Orson gegenüber nicht so einfach geschlagen geben. Und außerdem sind Sie ungefährlich.«

Tommaso wollte gerade etwas antworten, blieb dann aber nur mit offenem Mund stehen. Er konnte nicht abschätzen, ob das eine Beleidigung oder ein Kompliment war.

Der Portier kam lächelnd zurück, gefolgt von Orson, der seinen Kopf gesenkt hatte.

»Eine Lösung gäbe es da noch. Wir haben ein kleines Zimmer für das Personal auf der Rückseite, das wir als leider etwas unbequemes Einzelzimmer herrichten könnten.«

»Für mich würde das völlig ausreichen«, sagte Tommaso schnell.

Orson blickte mit der unschuldsvollsten Miene der Welt auf »Gut. Dann wäre ja alles geregelt.«

»Ich zweifle nicht, daß Signor Welles glücklich ist, das kleine Zimmer auf der Rückseite zu nehmen, zumal er ja auch die Verantwortung für diese Bescherung trägt, und Signor Moravia sein Zimmer zu überlassen.«

Orson gestikulierte nicht weniger mit seinen Armen herum als Tommaso. Er sah Lea an und ihr unbewegliches Gesicht. Orsons Gesichtsausdruck war derart komisch, daß Lea ganz langsam laut zu lachen anfing, was ihn wiederum an die Szene in ihrer Garderobe erinnerte.

Nun ja, er hatte es versucht, und wie immer hatte sie gewonnen. Jetzt mußte er die Bestrafung dafür auf sich nehmen. Auch er fing an zu lachen.

Auch der Portier lachte dumm, ohne etwas von den Vorgängen zu begreifen.

»Signorina Padovani hat immer recht«, sagte Orson und nahm den Koffer in die Hand. »Wo ist dieses Kämmerchen?«

Der Portier hob schüchtern eine Hand, fast so, als würde er es kaum wagen, auf den Gang zu deuten, der unter der Treppe abging.

»*Buonanotte*«, wünschte Orson, stocksteif wie ein Soldat, der auf eine Mission ohne Wiederkehr geht. Er küßte Lea auf die Stirn. Dann ging er zu Tommaso und flüsterte ihm ins Ohr:

»Glaubst du, daß du mir die Benutzung deines Badezimmers morgen gegen Viertel nach acht garantieren kannst?«

2.

Tommaso schlief wenig und schlecht und stand um sieben Uhr auf. Er drückte die Nase ans Fenster, das zum Canale von San Marco hinausging. Trotz der Dunkelheit sah er, daß es nicht mehr regnete und daß der Himmel rein und klar war.

Verfrorene Menschen sammelten sich an den Landungsstegen von Schiavoni und warteten auf die *vaporetti*, die sie zur Arbeit brachten. Zwei kleine Segelboote hielten auf den Landungssteg der Giardini zu, um dort Fisch auszuladen.

Er duschte, zog sich an und ging fort. Für Orson hinterließ er einen Zettel mit einer Verabredung:

»12 Uhr 30, Café Florian.«

Über der Riva fing es an hell zu werden. Angeloni wohnte am Rio San Stin, in einer Calle hinter der Kirche von Santa Maria dei Frari. Zu Fuß brauchte er bis dorthin eine gute halbe Stunde, und er freute sich auf den Spaziergang. Er kannte Venedig, seit er als Student oft von Triest herübergefahren war, um hier ein paar Tage zu verbringen.

Er kam zur Piazza San Marco und überquerte sie, bog in die Gassen der Mercerie ein, wo die Geschäfte gerade aufzumachen begannen. Auf zahlreichen Umwegen, wie einer, der nicht wirklich ankommen will, gelangte er zum Palazzo Corner, und von dort aus setzte er mit einer Gondel zur anderen Seite des Kanals über. Noch einmal zehn Minuten, und er kam zum Rio San Stin.

Unter der im Telefonbuch angegebenen Hausnummer fand er ein schönes Haus vor. Es gab zwei Klingeln: eine mit dem Namen der Familie und eine mit dem Schild »Dott. Edoardo Angeloni – Gutachter«. Den Angelonis ging es allem Anschein nach nicht übel. Das dreigeschossige Haus gehörte ihnen, ebenso der zum Kanal hin liegende Garten, den man durch steinerne Rosetten hindurch erkennen konnte.

Tommaso klingelte im Büro, ohne Ergebnis. Er versuchte es in der Wohnung. Ein hübsches Mädchen mit braunen Haaren und einer Hausschürze kam und öffnete.

»Ist Signor Angeloni im Haus?«

»Schon. Aber das Büro öffnet um Viertel nach neun, Signore. Kommen Sie später noch einmal vorbei.«

Tommaso bedankte sich und machte ihr schöne Augen.

Er hatte also eine halbe Stunde Zeit und noch nicht gefrühstückt. Er ging zur Trattoria auf der anderen Seite des Rio, um etwas zu essen und zu warten, was er mit Zeitunglesen verbringen wollte. Er war gerade auf der Brücke, als er sah, daß sich die Türe des Hauses Angeloni öffnete. Ein gutaussehender Mann um die Vierzig mit meliertem Haar trat heraus, der unter seinem teuren Astrachanmantel einen grauen Anzug trug. Tommaso spürte instinktiv, daß dies sein Mann war, und beobachtete ihn.

Auch Angeloni ging Richtung Trattoria, und nach wenigen Augenblicken hatte Tommaso die Gewißheit, daß der ehemalige Beamte des Innenministeriums die ganz und gar römische Gewohnheit, vor Arbeitsbeginn in der Bar einen Cappuccino zu genießen, nicht abgelegt hatte. Daher ging er hinein, setzte er sich an einen Tisch, bestellte einen Espresso und wartete ab.

Das Lokal war halbleer. Der Ansturm der Arbeiter und Geschäftshilfen war seit einer Weile vorüber und der der Freiberufler konnte in einem Wohnviertel wie diesem nicht besonders hoch sein. Tommaso hatte den Verdacht, daß das Büro lediglich eine Existenzrechtfertigung war und die Ehe ein Gutteil der wirtschaftlichen Probleme des Herrn im Astrachanmantel lösen würde.

Jetzt trat auch Angeloni ein und wurde vom Mann hinter

dem Tresen dienstbeflissen begrüßt. Er brauchte gar nicht erst zu bestellen, der Wirt machte sich daran, für ihn »wie immer« herzurichten. So wie auch eine Gewohnheit Angelonis zu sein schien, mit der Hand auf die Tür hinten im Lokal zu deuten, auf der »Telefon – Toiletten« stand.

Tommaso wartete eine Minute, trank seinen Espresso und ging Angeloni nach. Er fand ihn mit dem Telefonhörer in der Hand, wohl darauf wartend, mit jemandem sprechen zu können, und hatte den Eindruck, daß seine Anwesenheit als absolut unpassend empfunden wurde. Er schlüpfte in das Loch mit der Aufschrift »Herren«, zog die Tür hinter sich geräuschvoll zu, achtete aber darauf, daß das Türschloß nicht einschnappte, und lauschte.

Angelonis Stimme tönte wie die von Frank Sinatra in einem sentimentalen Lied.

»Ja, mein Schatz, ja. Du fehlst mir. Wir können uns heute um drei sehen, am selben Ort. Zieh dir die Unterwäsche an, die ich dir zu Weihnachten geschenkt habe. Tust du das?«

Angeloni wartete die Antwort ab, verabschiedete sich mit einem Küßchen und legte wieder auf.

Tommaso kam ein paar Minuten später ins Lokal zurück, während Angeloni den Schaum vom Cappuccino schlürfte und aussah, als würde er denken, daß die Welt sich so drehe, wie sie soll. Tommaso nahm einen Stuhl und setzte sich neben ihn.

Angeloni wurde steif »Entschuldigen Sie, ich glaube nicht, daß ich Sie kenne«, sagte er kalt.

»Aber ich schon. Wir haben einen gemeinsamen Freund. Alessandro Deller.«

Tommaso spürte, wie Besorgnis durch Angelonis Inneres jagte. Er entschloß sich, ihn endgültig niederzustrecken, was gelingen mußte, wenn er der Kerl war, den er sich vorstellte.

»Und ich weiß auch noch etwas anderes über Sie. Ich habe mich vorhin gefragt, wieso ein anerkannter Freiberufler wie Sie in eine Bar gehen muß, um zu telefonieren, wenn er doch ein ganzes Büro zur Verfügung hat. Aber jetzt ist es mir klar. Vielleicht ist es besser, Signora Angeloni über gewisse ... Gutachterpraktiken im dunkeln zu lassen. Oder täusche ich mich?«

Der Wirt warf einen neugierigen Blick zu den beiden hinüber. Angeloni packte Tommaso beim Arm, gottlob dem gesunden.

»Halten Sie den Mund, Herrgott noch einmal. Was wollen Sie? Geld?«

»Nein. Mir genügen ein paar Informationen.«

»Welcher Art?«

»Vielleicht sollten wir nicht hier darüber reden, meinen Sie nicht?«

Angeloni biß sich auf die Lippen. »Was sind Sie? Ein Polizist?«

»Nein, ein Privatdetektiv.«

Angeloni wirkte erleichtert. »Einverstanden. Gehen wir.«

Sie standen auf, und Angeloni bezahlte für beide. Tommaso ging ihm voraus und öffnete ihm die Tür.

»Wie geht es Deller?« fragte Angeloni.

»Deller? Bestens, für einen wie ihn. Er ist tot.«

Angeloni wurde es plötzlich kalt, und er kramte aus der Tasche seines Astrachanmantels ein Paar schwarzer Lederhandschuhe.

Was für ein elender Tag war das für deinen Edo heute, Schatz. Als würden die Sorgen nicht schon genügen, die meine Frau mir bereitet. Die ahnt etwas von uns beiden, vermute ich.

Heute morgen ist so ein Typ bei mir aufgetaucht, ein Detektiv aus Rom. Nein, natürlich habe ich nichts Schlimmes angestellt. Es war nur wegen irgendwelcher Geschichten aus der Kriegszeit, in die einer verwickelt war, den ich kannte, ein gewisser Deller. Ich habe es vielleicht mit der Angst zu tun bekommen, als er damit drohte, unsere Geschichte öffentlich zu machen. Da habe ich ihm erzählen müssen, was ich wußte.

Was? Ach so, ja, einen Cognac, danke. Ein Cognac tut mir gut.

Ach, weißt du, das ist so eine Geschichte, eine von denen, wo du nie weißt, was die Leute dazu sagen würden, auch wenn du selber gar nichts Schlimmes getan hast. Aber du verstehst mich doch, oder? Ich brauche jetzt ganz viel Zuneigung und Liebe, in so einem Augenblick …

Wir befanden uns im Jahr 1943, die Deutschen hatten Rom besetzt. Ich saß auf meinem Posten im Innenministerium und habe versucht, so wenig wie möglich aufzufallen. Es war eine Zeit großen Durcheinanders, man konnte nicht wissen, was passierte und wie es ausgehen würde. Aber ich ging jeden Morgen pünktlich zum Dienst. Ich brauchte das Gehalt. Es war das einzige, das im Grunde zählte, oder?

Also, ich fälle kein Urteil über die Deutschen, man muß sie auch ein bißchen verstehen. Die Italiener hatten sich ihnen gegenüber nicht besonders nett benommen, als sie ihnen am 8. September 1943 plötzlich den Rücken kehrten. Es war ersichtlich, daß die Deutschen den Italienern nicht mehr vertrauten und auf niemanden mehr Rücksicht nahmen. Beispielsweise haßten sie die Juden wie die Pest. Mussolini hatte 1938 die Rassengesetze eingeführt, um den Führer nachzuahmen, das schon, aber keiner hatte sie wirklich ernst genommen, nicht einmal wir, und wir saßen in dem Büro, das die Rassenkontrolle beaufsichtigen sollte. Wir haben natürlich treu und brav unsere standesamtlichen Urkunden anfertigen lassen, und wir haben alle Italiener nach ihrer Herkunft karteimäßig erfaßt. Aber das war auch alles, mehr oder weniger.

Als dann die Deutschen kamen, änderte sich die Lage. Die nahmen alles ganz genau. Schon Ende September hatte Kapplers SS sich von den Juden in der Stadt fünfzig Kilo Gold aushändigen lassen, unter der Androhung, sie würden anderenfalls alle deportiert und das Ghetto dem Erdboden gleichgemacht. Selbst für mich war es schmerzlich, das mit ansehen zu müssen, das schwöre ich dir, mit ansehen zu müssen, wie alle diese Leute das, was sie in einem langen Leben erspart hatten, in die Synagoge tragen mußten.

Aber das Gold war nicht genug für die SS. Am 16. Oktober – ich glaube, es war der 16., ja – durchkämmten sie das Ghetto. Sie nahmen zweitausend Juden gefangen, jeden Alters, und schickten sie in den Norden, in einem verplombten Zug. Man dachte, daß die SS sie in Fossoli festhalten würde, in der Nähe von Modena, wo, wie wir wußten, ein Sammellager war. Doch statt dessen erging an uns der Befehl, wir sollten Dokumente ausstellen, um sie nach Deutschland zu schicken. Im ersten Augenblick, na ja, wir wußten nicht, was … Also, verstehst du, es gab Gerüchte über Konzentrationslager, aber nichts Genaues, erst nach dem Krieg haben wir … und außerdem, was hätte ich schon tun können?

Ja, massier mir den Hals, so, danke …

Was habe ich gesagt? Ach ja, durchkämmt. Ein paar Tage darauf, glaube ich, kam dieser Deller zu mir. Er war mir von einem vorgestellt worden, den ich kannte, einem gewissen Cecchini. Er kam zu mir und fragte mich, ob ich eine Rassenurkunde für einen Freund von ihm fälschen könnte, einen gewissen Viola. Er wäre bereit, gut dafür zu zahlen.

Verstehst du, ich habe darin nichts Schlimmes gesehen. Genaugenommen dachte ich sogar, ich würde da etwas Gutes tun. Ein gewisses Risiko bestand, denn die Deutschen kamen jeden Tag und durchforschten die Archive, aber sie wußten nicht so genau, wo sie ohne mich und meine Kollegen eigentlich anfangen sollten.

Die Urkunde, die ich fälschen sollte, war gar nicht die von diesem Viola, der überhaupt kein Jude war, sondern die einer Familie von hier, von Venedig, gewissen Coen. Warum ihn diese Leute interessierten, weiß ich nicht, war auch nicht meine Angelegenheit. Alles ging gut, und ich dachte, damit wäre die Sache erledigt.

Doch drei Monate später traf ich Deller wieder, und zwar genau hier in Venedig. Damals wurden alle Ministerien in den Norden verlagert. Venedig war der ideale Ort, und der Duce hatte denen, die mit umziehen würden, doppeltes Gehalt und angemessene Unterkunft versprochen.

Ich war ungebunden, hatte keine Familie und dachte: Wieso nicht? Solange es noch gehen würde, wollte ich ein bißchen Geld verdienen, ohne mich der Gefahr auszusetzen, mich mitten im Kriegsgebiet wiederzufinden.

In Venedig hatten wir ein herrliches Leben, besonders nachdem Cinecittà abgebaut worden war und die Filmleute hierher auswandern mußten. Am Ende eröffnete auch die Scalera Film ein Studio an der Giudecca. Und mit ihr traf auch Deller hier ein.

Du kannst dich nicht an diese Zeiten erinnern, mein Schatz, weil deine Verwandten dich bei den Nonnen in Sicherheit gebracht hatten. Ist auch besser so, denn eigentlich war das nicht die geeignete Atmosphäre für eine anständige Signorina. Es gab Geld und schöne Frauen, das schon, aber es gab nicht viel zu tun. Wir lebten wie in einem Glashaus, im Warmen, vor Regen geschützt, und bald schon wurde die Atmosphäre süßlich und korrupt wie der Duft einer faulenden Blume.

Wer kam nicht plötzlich alles! Spekulanten, Schieber, Quertreiber, SS-Spitzel, Verrückte, Geschäftemacher und Typen mit Empfehlungsschreiben jeglicher Art und Couleur. Für einen wie Deller war das die ideale Situation. Eines Morgens kreuzten sich zufällig unsere Wege, und am nächsten Morgen sah ich ihn in mein Büro eintreten. Er lud mich zu einem Espresso ein und sagte: »Die Deutschen springen hier besonders hart mit den Juden um. Wieso machen wir hier nicht im großen Maßstab das, was wir schon in Rom gemacht haben?«

Ich hatte Angst, aber Deller überredete mich. In Venedig gab es eine Unmenge reicher Juden, die vor Angst starben und bereit waren, jede Summe für eine falsche Rassenurkunde zu zahlen und ihren Besitz auf Dritte zu übertragen, nachdem ein Gesetz von 1944 ihnen verboten hatte, überhaupt etwas zu besitzen. Deller hatte die Kontakte, ich brauchte mich nur um die Urkunden zu kümmern.

Ich dachte darüber nach, und am Ende war ich überredet. Im Grunde habe ich ja nichts Schlechtes getan, im Gegenteil. Und wenn man ein bißchen Geld auf die Seite bringen konnte ... Mit Geld kann man schöne Dinge kaufen, wie die Halskette, die ich dir zu deinem Geburtstag geschenkt habe, weißt du noch?

Die Sache lief wie geschmiert, ohne die kleinste Schwierigkeit. Doch während ich an die Zukunft dachte, reichte Deller das Geld nie aus. Er konnte einfach nicht anders: Er zahlte für Frauen, er spielte, er nahm Drogen. An Gelegenheiten für das alles und mehr mangelte es nicht in der Stadt. Du konntest ihn immer wieder in den reservierten Räumen des Hotels Luna antreffen oder in Harry's Bar, die sich damals aufgrund eines Gesetzes Da Arrigo nannte, wo er seine Schiebergeschäfte organisierte oder einem SS-Offizier eine als Schauspielerin getarnte Geliebte verschaffte. Ich weiß, das klingt alles merkwürdig, aber nur für dich, weil du nicht dabei warst. Aber so ist das alles gelaufen, und es kommt einem vor, als wäre alles sehr weit weg, obwohl es erst vorgestern war.

Als der Krieg zu Ende war, machte ich mir ernste Sorgen. Mit Sicherheit würde Deller ins Gefängnis kommen, er war schließlich in viele Dinge verstrickt. Ich hatte Angst, er würde über mich reden, meinen Namen nennen, auch wenn ich mir nicht viel vorzuwerfen hatte. Erklär das mal den Partisanen! Aber die vom Entfaschistifizierungsausschuß haben ihm fast einen Orden gegeben. Ich weiß nicht, wie er sich da herausgewunden hat, jedenfalls kannst du dir wohl denken, wie glücklich ich darüber war. Später ist er nach Rom zurückgegangen, und ich bin Serena begegnet, meiner Frau, diesem Drachen, und ich war sogar so blöde, sie ...

Aber lassen wir das lieber, amore mio. *Nein, ich glaube nicht, daß ich diesen Detektiv noch einmal sehe. Als er mich fragte, ob ich wüßte, wie er diese Familie Coen ausfindig machen könnte, war mir klar, daß, wenn ich ihm einen Knochen zum Abnagen hinwerfe, er von mir ablassen würde. Da habe ich ihm gesagt, wie er den finden könne, der Arzt war, den einzigen Überlebenden. Alle kennen ja seine Geschichte in der Stadt, auch wenn ich nie ganz verstanden habe, wieso Dottor Coen nicht...*

Nein, jetzt ist es genug. Das war wirklich ein mieser Tag, mein Schatz. Jetzt komm unter die Decke und laß mich alles andere vergessen. Du weißt schon, was ich meine, oder? Komm her, amore mio, *komm her...*

3.

»Ich würde so gerne etwas Kluges über diese Stadt sagen, aber mir fällt nur völlig banales Zeug ein, wie etwa: eine luftige Spitzenklöppelei von Palazzi über der Lagune...«, sagte Orson und drückte Lea an seine Seite.

»Jeder, der nach Venedig kommt, sagt banales Zeug. Man braucht eine Weile, um die Stadt wirklich zu erfassen.«

Sie saßen bequem in einer Gondel, die langsam den Rio dei Miracoli hinunterglitt. Seit nunmehr zwei Stunden fuhren sie über kleinere und größere Kanäle, ohne müde zu werden. In Orsons Augen lagen das Ungestüm einer Leidenschaft und die undeutliche, noch verhangene Entwicklung eines Traums.

»Ich fange an, den ›Othello‹ zu sehen, den ich drehen will. Er wird wie ein Labyrinth sein, das Labyrinth der Seele des Mohrs, die sich in den Straßen von Venedig verirrt und sich in der Burg von Zypern völlig verliert. Es wird und kann kein statischer Film sein. Diese Stadt verlangt nach Bewegung, nach Bewegung und nach Ränken. Ich stelle mir Jago vor wie einen Hund, der seinem Herrn folgt, der die Spur einer Beute wittert, vor der er sich fürchtet, sie aber doch haben will. Venedig ist dafür geradezu geschaffen! Gondoliere, halten Sie hier!«

Orson sprang auf und brachte die Gondel dadurch fast aus dem Gleichgewicht.

»*Va'n mona, bestiòn*, du Fotzenficker!« fluchte der Gondoliere unhörbar auf venezianisch, während er anlegte.

Orson half Lea beim Aussteigen unter einem Portico, der mit dem anderen Ufer durch eine schmale Brücke verbunden war. Sie überquerten sie und standen auf einem kleinen Platz, der von der eleganten Fassade der Kirche Santa Maria dei Miracoli beherrscht wurde.

Orson betrachtete in respektvoller Stille die Harmonie der Proportionen, den mehrfarbigen Marmorboden, das Spiel der Kreuzverstrebungen der Fenster und der Kreismotive am Giebel.

»Die Nüchternheit der Anordnung der Renaissancezeit gegenüber dem dunkel heidnischen Trieb, der durch Othellos Kopf jagt. Sicher ist das der Ort, an dem er sich mit Desdemona vermählte. Nachts und ohne Wissen der anderen. Gehen wir hinein.«

Lea gab dem Gondoliere zu verstehen, daß er warten solle. Der antwortete mit einer ausdrucksstarken Handbewegung.

Das Innere der Kirche war nicht weniger beeindruckend als die Fassade. Die Schlichtheit des einschiffigen Raums wurde durch ein Gewebe von Verzierungen bereichert, das vom Marmor des Fußbodens über die Friese an den Wänden bis zu den Glasfenstern der Apsis verlief. Ein blasses Licht fiel durch die Fenster zu beiden Seiten auf zwei Reihen von Holzbänken mit Intarsienarbeiten.

Orson bewegte sich auf den Altar zu. Er stand erhöht, und man gelangte über eine Marmortreppe hinauf »Das ist alles wunderbar. Dein ganzes Land ist wunderbar, Lea. Ich bin glücklich, daß ich hier bin.«

Sie kamen zu einem Bildnis der Madonna mit Kind, darunter brannten drei dichte Reihen mit Kerzen. Orson betrachtete das Bild, dann wanderte sein Blick zu Lea.

»Die Fähigkeit der italienischen Künstler besteht darin,

auf die Leinwand oder in den Marmor hinein die natürliche Anmut ihrer Frauen zu übertragen.«

Lea lächelte über diese Galanterie. »Ich bin keine Madonna, Orson ...«, sagte sie und schlug die Augen nieder.

»Warum zeigst du es mir dann nicht? Jetzt, hier, gleich.«

»Aber was sagst du denn da? Wir sind in einer Kirche ...«

Er nahm sie bei der Hand und zog sie in einen weniger beleuchteten Winkel.

»Ich bin mir gewiß, der Herr segnet die, die sich lieben. Und außerdem bin ich mir sicher: An diesem Altar wirst du an meiner Seite sein ...«

Er zog sie an sich. Lea leistete keinen Widerstand. Sie flüsterte nur etwas, während sich ihre Lippen den Lippen Orsons näherten: »Ja, ich werde Desdemona sein und du Othello. Alle wissen, wie diese Geschichte ausgegangen ist.«

Sie schloß ihre Augen. »Küß mich und laß mich an nichts denken«, befahl sie.

Tommaso saß im Florian mit einem Stadtplan von Venedig und wirkte gut aufgelegt. Seine Augen lachten, und hinter seinen Sätzen verbarg er so etwas wie ein Grinsen. Orson und Lea waren von der ersten Besichtigungstour mit einer halben Stunde Verspätung gekommen, und Lea war sogar sichtlich mißgestimmt, weil sie ihren Rundgang durch Venedig für dieses »Arbeitsintermezzo« unterbrechen mußte, wie Orson es bezeichnet hatte.

Sie bestellten Tramezzini und eine Flasche Wein. Orson überrumpelte Tommaso sogleich mit einem enthusiastischen Bericht über seine Suche nach Drehorten.

»Das wird ein absolut ungewöhnlicher Film, mein schönster! Und Lea wird der eigentliche Star darin sein.«

»In letzter Zeit scheinst du dich aber mehr für deinen Film über die Schwarzmarktschieber als für ›Othello‹ zu interessieren«, bemerkte Lea dazu.

»Schwarzmarktschieber?«

Tommaso mußte Orson unter dem Tisch einen Tritt geben, damit der sich wieder an die Geschichte vom ›Dritten Mann‹ erinnerte, von der er Lea erzählt hatte.

»Ach, ja, natürlich. Der Film über die Schwarzmarktschieber. – Hast du mit Angeloni sprechen können, Tommaso?«

Tommaso erzählte ihm von seiner Begegnung. Am Ende seines Berichts fing etwas in Orsons Erinnerung an zu brummen. Anfangs war es nur ein undeutliches Summen, dann ein dumpfes Geräusch, und schließlich verwandelte es sich in klare, verständliche Worte.

»Ja, natürlich! Der Ausschuß für die Entfaschistifizierung. Ihm stand Viola vor. Das hat er mir selbst gesagt, am Tag meiner Ankunft in Rom.«

»Bist du dir da sicher?«

»Voll und ganz!«

»Das erklärt einiges. Zum Beispiel, wieso Deller den Ausschuß unbeschadet überstanden hat und sich trotz seiner Vergangenheit wieder eine politische Jungfräulichkeit zulegen konnte. Erinnerst du dich an die von Viola unterschriebenen Erklärungen, die wir bei Cecchini gefunden haben? Deller konnte Viola wegen des Diebstahls des Materials von Cinecittà erpressen. Damit hätte Viola sowohl sein Gesicht als auch seine professionelle Glaubwürdigkeit verloren. Zudem öffnete das Wort eines Antifaschisten wie Viola, der von den Mitgliedern der Pollastrini-Bardi-Bande ja fast umgebracht worden war, die Türen zur PCI, als er nach Rom zurückkehrte. Letzten Endes bestätigte der Ausschuß, daß Deller zahlreiche Juden vor den Gaskammern bewahrt hat.«

»Tja, die Juden ... Wieso lag Viola soviel daran, diese venezianische Familie zu retten, die ... wie heißen sie doch gleich?«

»Coen ... Ich weiß es nicht. Aber hoffen wir, daß Dottore Daniele Coen, der einzige Überlebende der Familie, uns das erzählen kann. Der ist ein Typ, der die Ruhe und Einsamkeit liebt. Er lebt allein auf einer Insel in der Lagune.« Tommaso wedelte mit dem Stadtplan. »Ich habe ein Motorboot gemietet. Es wartet auf uns am Landungssteg bei San Marco. Wir können gehen, sobald wir gegessen haben.«

Lea sprang auf. »Jetzt? Heute wollten wir zusammen sein, Orson, denk dran.«

Orson stammelte verlegen: »Ja, eigentlich ... schon ... wir haben noch viele Besichtigungen vor. Könnten wir die Bootsfahrt nicht auf morgen vormittag verschieben? Ja, morgen vormittag ist besser.«

Orson stand auf, als wollte er sich aus der Schlinge ziehen, indem er mit Lea augenblicklich wegging. Tommaso schien davon weder beeindruckt noch überrascht zu sein. Er trank in aller Ruhe sein Glas Wein aus. Orson und Lea hatten sich die Mäntel übergezogen und wollten weg.

»Wir sehen uns dann am Abend, Tommaso! In Ordnung?« sagte Orson. »Was wirst du heute tun?«

»Ich glaube, ich fahre in jedem Fall zu Coen. Ihr könnt es euch ja noch überlegen und mit mir kommen.«

Orson machte eine Bewegung, die ihn aufforderte, nicht weiter zu insistieren. Er wollte wirklich mit Lea zusammensein.

Tommaso zuckte die Achseln. »In Ordnung, wie ihr wollt. Ach, Großer Bär, da ist noch etwas, das ich vergessen habe zu sagen.«

Lea war schon beim Ausgang. Orson war ungeduldig, er wollte ihr nach. »Ach ja? Und was?«

»Den Namen der Insel, auf der Coen lebt. Interessiert dich der?«

»Okay, Tommaso, ich bin in Eile. Sag's mir heute abend.«

»Ich dachte, es würde dich freuen, das zu wissen. Sie heißt San Francesco. San Francesco del Deserto, Sankt Franziskus von der Wüste.«

4.

Die Insel tauchte nach einer Stunde Bootsfahrt in einem grauen Nebelschleier auf, dort, wo das Meer der Lagune in einem Gewirr aus Land, Gewässer und Lehm- oder Sandkuppen sumpfig zu werden beginnt. An einem sonnigen Tag hätte man bis zum fernen Burano blicken können. An einem Wintertag wie diesem erkannte man rechter Hand lediglich den langgezogenen Umriß der Küste von Sant'Erasmo.

Der Bootsführer war ein wortkarger Mann, er wollte im voraus bezahlt werden, und er führte das Boot umsichtig und gekonnt.

Orson, Lea und Tommaso hatten sich auf den Boden gehockt und versuchten, sich vor dem Wind zu schützen. Beim Namen San Francesco hatte Orson nicht mehr widerstehen können und Lea überredet, doch mit ihm zu kommen. Es würde sicher nicht lange dauern. Aber schon die Hinfahrt reichte aus, um ihr klarzumachen, daß sie nicht vor Abend zurück sein würden.

San Francesco war eine flache, grüne Insel, zu dieser Jahreszeit waren die Wiesen und Zypressen allerdings grau. Das einzige Bauwerk, das man erkennen konnte, war eine kleine Kirche am unteren Ende der Kiesallee, die am Landungssteg begann. Ihr Name leitete sich von einer alten Legende her, derzufolge der Heilige sich auf seiner Rückreise von Syrien dort aufgehalten haben soll. Und in dem Augenblick, als der Motor beim Anlegen schwieg, kam es auch Orson vor, als ob er nach einer langen Reise endlich nach Hause gekommen wäre.

»Ich weiß nicht, wie lange wir brauchen«, sagte Tommaso zum Bootsführer.

»Sie sollten sich beeilen, wär' besser. Ich hab' nämlich keine Lust, die Lagune im Dunkeln zu überqueren«, sagte der barsch.

Die drei machten sich zu der kleinen Kirche auf, die sie

nach wenigen Minuten erreichten. Das einzige Geräusch waren ihre Schritte auf dem Kies und die Schreie der Möwen.

»Was zum Teufel sucht ein Arzt an einem solchen Ort?« fragte Orson.

Tommaso drückte an die Kirchentür, sie war offen. Drinnen war niemand, und es sah auch nicht so aus, als würde sich jemand darum kümmern, sie in Ordnung zu halten. Nicht daß es notwendig gewesen wäre. Es gab ja nur einige abgewetzte Bänke und einen Altar aus bloßem Stein.

Sie gingen durch die Kirche und erreichten, nachdem sie auch die Sakristei hinter sich gelassen hatten, einen kleinen Kreuzgang. Nicht ein Hinweis auf menschliche Präsenz, aber sie bemerkten, daß die Wiese gepflegt war und der Kreuzgang in seiner Gesamtheit nicht den Eindruck völligen Niedergangs machte. Auf der gegenüberliegenden Seite befand sich ein Gittertörchen, hinter dem ein kleiner, von niedrigen Steinmauern umwallter Friedhof lag, und dahinter wiederum die Lagune.

»Wieviel Heiterkeit!« sagte Lea nur.

Tommaso öffnete das Gitter und betrat den Friedhof, die anderen folgten. Auf den Seiten waren je zwei Reihen Grabsteine angeordnet, auf der Frontseite zwei Kapellen. Er las Namen und Daten, es waren fast alles Franziskaner, die in den letzten Jahrhunderten hier gestorben waren, und einige Pilger, die aus unerfindlichen Gründen gerade an diesem Ort ihr Leben beendet hatten.

»Sind wir denn auch sicher, daß wir hier richtig sind?« fragte Orson.

Tommaso öffnete seine Arme. Unversehens spürte er so etwas wie eine Leere in sich, so als wäre die Ermittlung für ihn von keinem Interesse mehr, als wäre das einzige, das überhaupt noch zählte, die Wirklichkeit dieses Friedhofs, seine Trostlosigkeit und sein Friede.

»Würdest du dich hier denn nicht gerne begraben lassen?« fragte er Orson.

Orson durchfuhr es kalt. »Was für eine blöde Frage. Nein, das glaube ich nicht. Zu viele Kreuze hier für meinen Geschmack. Ich würde mich lieber verbrennen und meine Asche an irgendeinem beliebigen Ort beisetzen lassen, wo die Menschen ganz zufällig vorüberkommen.«

Er stellte seinen Mantelkragen hoch.

»Das Problem ist ja auch nicht das Sterben«, sagte er weiter, »sondern das, was vorher ist. Des langen Tages Werk ist nun vollbracht, wir müssen schlafen gehen.«

»Aber Shakespeare sagt auch: ›Schaurig grinsender Geist, du Wurm des Erdreichs, du willst die Schönheit noch erstikken?‹« entgegnete Tommaso.

»Den Großen ist es erlaubt, ihre Meinung zu ändern, mein Freund. Wir armen Sterblichen sind gezwungen, konsequent zu sein. Allerdings ...«

Leas Schrei kam aus der Kapelle zur Rechten und beendete ihre Unterhaltung abrupt. Sie stürzten beide zum Ende des Friedhofs.

Die Kapelle war einigermaßen weiträumig und völlig dunkel. Ihre Augen brauchten eine Weile, bis sie sich an die Dunkelheit gewöhnt hatten. Dann sahen sie Lea in einer Ecke stehen, mit den Händen vor ihrem Gesicht. Und dann den Toten, ausgestreckt auf einem Brett am Boden liegend. Seine Verwesung war schon weit vorangeschritten, fast kein Fleisch war mehr an ihm. Man sah noch den Draht, der seine Hände zusammengebunden hielt, und das große Loch in seinem Schädel, das durch eine aus nächster Nähe abgefeuerte Kugel entstanden war.

Lea schluchzte, sie war mit ihren Nerven am Ende. Orson nahm sie an der Schulter und führte sie hinaus, während Tommaso anfing zu fluchen.

»Verdammte Sauerei! Sie sind vor uns dagewesen!«

Er zog sein Feuerzeug aus der Tasche und beugte sich mit dem Licht über die Leiche. Sie war in einem elenden Zustand und mit Sicherheit schon lange dort. Andererseits hatte Angeloni ihm gesagt, daß Coen allein auf der Insel lebe und keinen Besuch habe. Weiß Gott, wann das geschehen war…

Orson hatte unterdessen Lea zum Ausgang drängen können. Im Umdrehen konnte er gerade noch Tommasos Namen flüstern. Schnell drehte dieser sich um und bemerkte ebenfalls, daß sich gleich draußen, unmittelbar vor der Kapelle, etwas bewegte. Er nahm die Pistole, eine Beretta, die er einem Schmuggler abgekauft hatte.

Auf dem Kies hörte man Geräusche, wie leichtes Laufen, und auf der Schwelle erschien ein Hund von unbestimmbarer Rasse, groß wie eine Dänische Dogge und mit dem struppigen Fell eines Irischen Windhundes. Da stand er, ohne zu knurren, aber mit der deutlichen Absicht, jedem den Ausgang zu versperren.

Orson und Tommaso warfen sich einen ratlosen Blick zu, als sich ein hoher, schmaler Schatten im Gegenlicht der Tür abzeichnete. Der Schatten blickte herein, um sich ein Bild der Lage zu verschaffen, dann sprach er Lea an, und seine Stimme verriet, daß er seit langem an Stille gewöhnt war.

»Das hier ist kein Ort für Touristen, Signora.«

Tommaso löste die Hand von der Pistole. »Wer sind Sie?«

»Ich bin der Kustos der Insel. Und eigentlich sollte ich es sein, der hier Fragen stellt. Das hier ist Privatgrund.«

Tommaso ging einen Schritt auf ihn zu. »Sie sind Dottore Coen? Dottore Daniele Coen?«

Eine Pause trat ein.

»Wer sind Sie?«

»Wir sind hierhergekommen, um mit Ihnen zu sprechen, wenn Sie erlauben… Aber vielleicht ist es besser, wenn wir hinausgehen, meinen Sie nicht?«

Coen wartete einen Augenblick mit seiner Antwort. Dann befahl er dem Hund: »Komm, Brina, komm…«

Der Hund wedelte mit dem Schwanz und gab den Eingang frei. Orson und Lea schlüpften hinaus. Tommaso folgte als letzter. Als er Coen unmittelbar gegenüberstand, deutete er auf die Leiche: »Und der da?«

Coen sah ihn argwöhnisch an. »Müssen Sie das wissen? Hier auf der Insel wurden während und nach der Besetzung offene Rechnungen beglichen, immer wenn es besser war, keine Zeugen zu haben. Die Toten wurden recht und schlecht verscharrt. Gelegentlich bringt der Regen oder Brina jemanden zum Vorschein. Ich bringe sie hierher, um sie zu beerdigen.«

Tommaso nickte. Coen streichelte den Kopf des Hundes mit einer langsamen Bewegung.

»Niemand sollte aus dem Haus des Todes verbannt werden«, sagte er.

Daniele Coen machte den Eindruck, als wäre er Überlebender eines Schiffbruchs. Er war hochgewachsen, mager, trug einen ungepflegten Bart und hatte eine Adlernase. Seine Augen waren schwarz, und rings um seinen kahlen, knochigen Kopf wuchs ein Kranz krausen Haares. Seine Bewegungen waren langsam und gemessen, und er schien seit langem verlernt zu haben, wie man lacht. Es war schwierig, zu sagen, wie alt er sein könnte. Er wirkte alterslos wie die Insel, auf der er lebte.

Mit einer schroffen Bewegung forderte er seine Gäste auf, auf einer Steinbank an der Umfassungsmauer Platz zu nehmen. Lea wollte an der Unterhaltung nicht teilnehmen und entfernte sich, gefolgt vom Hund, der freundlicher war, als sein Aussehen vermuten ließ.

»Also?« fragte Coen.

Tommaso wußte nicht, wo er anfangen sollte. »Das ist eine lange Geschichte, Dottore Coen. Sagen wir so, wir möchten gerne Informationen über das haben, was 1943 vorgefallen ist. Und das hat seinen guten Grund.«

»Es gibt keine ausreichend guten Gründe, um in dieser Vergangenheit herumzustochern.«

Tommaso tat so, als habe er das nicht gehört.

»Haben Sie in Rom oder anderswo jemals einen gewissen Guido Viola kennengelernt?«

»Nein.«

»Und Alessandro Deller?«

»Auch nicht.«

»Wir haben in Erfahrung gebracht, daß Viola im Oktober 1943 einige Risiken auf sich genommen hat, um eine gefälschte Rassenurkunde für Sie und für Ihre Familie zu bekommen.«

»Davon weiß ich nichts.« Coen antwortete knapp und brüsk, klang aber aufrichtig.

»Darf ich fragen, wie groß Ihre Familie vor dem Krieg war?«

»Ich sehe nicht, wieso ich Ihnen darauf antworten sollte.«

Tommaso lächelte. »Stimmt. Nicht einmal ich wüßte Ihnen das zu sagen.«

Überrascht durch diese Äußerung, fing Coen an zu sprechen. »Wir waren zu viert. Ich hatte meine Eltern und einen Bruder. Sie sind alle gestorben, in Bergen-Belsen. Wollen Sie noch mehr wissen?«

Tommaso sah Orson an, der zu verstehen gab, daß er begriffen habe, aber nicht wisse, was er sagen sollte.

»Ich muß vor der Dunkelheit noch einige Arbeiten erledigen«, sagte Coen und nahm eine an der Mauer lehnende Schaufel. »Ja, ich glaube, auch Sie würden gut daran tun, wieder zurückzufahren.« Er lud auch noch eine Spitzhacke auf seine Schultern und ging zum Eingang des Friedhofs.

Lea folgte Coen mit ihrem Blick, während Tommaso und Orson heftig miteinander tuschelnd auf der Bank zurückblieben und einen unzufriedenen Eindruck machten. Coen gelangte zu einer Ecke auf der Wiese, an der es keine Grabsteine gab, und fing an, ein Grab für die in der Kapelle liegende Leiche zu schaufeln. Einen Augenblick blieb Lea unentschlossen stehen, dann ging sie zu ihm, gefolgt von Brina, die es genoß, von ihr gestreichelt zu werden.

»Die Männer bringen sich gegenseitig um für ihre Ideale«, sagte sie. »Aber dann sind es die Frauen, die sich um ihre Gräber kümmern müssen.«

Brina legte sich neben sie nieder und wälzte sich auf dem Rücken. Lea kratzte ihr den Bauch. Coen stützte sich auf seine Schaufel, dann setzte auch er sich auf die Erde.

»Wozu sind Sie gekommen? Wonach suchen Sie?« fragte er.

»Ich weiß es nicht. Aber ich habe verstanden, daß es für die beiden sehr wichtig ist.« Sie deutete auf Orson und Tommaso, die immer noch miteinander diskutierten. »Und ich mag die beiden sehr.«

Coen deutete so etwas wie ein Lächeln an.

»Da gibt es nicht viel zu erzählen«, sagte er. »Ich war ein Idealist, wie alle in der Familie. Wir hatten gehört, was mit den Juden in Deutschland geschah, aber wir waren sicher, daß das hier niemals hätte geschehen können. Nicht in Italien, wo sich die Juden als Staatsbürger wie alle anderen fühlten. Es gab zwar die Rassengesetze von 1938, aber sie wurden ja zum größten Teil gar nicht umgesetzt. Doch auch Badoglio hob sie nicht auf. Dann gab es das Gesetz vom 30. November 1943, das die Internierung aller italienischen Juden in Konzentrationslagern der Provinz vorsah. Viele unserer Freunde sind abgehauen, doch mein Bruder und ich haben im jüdischen Altersheim gearbeitet, und auch meine Eltern waren inzwischen alt. Wie hätten wir da weggehen können?«

Coen hielt inne und dachte über etwas nach, das ihm eingefallen war. »Ist das nicht sonderbar? Jetzt kümmere ich mich um diese Toten, wie ich mich damals um die Lebenden gekümmert habe.«

Er machte eine Pause.

»Wir gaben uns der Illusion hin, daß auch diesmal das Gesetz ignoriert werden würde. Und so wie wir waren ja auch die ärmeren und größeren Familien gezwungen zu bleiben, die, die sich die Freiheit oder eine gefälschte Urkunde nicht erkaufen konnten. Ihre Freunde haben mir gesagt, daß jemand in Rom uns eine besorgt hätte. Ich habe diese Urkunde nie gesehen, aber ich glaube auch, daß ich sie nicht verwendet hätte. Ich habe mich geweigert, dieses Barbarentum zu akzeptieren, das über uns hereingebrochen war. Und ich habe einen Fehler begangen: Venedig war die erste Stadt, in der die Rassengesetze angewandt wurden. In der Nacht des 5. Dezember hatte ich Bereitschaftsdienst auf der Krankenstation des Altersheims. Auf der Straße hörte ich Lärm, dann wurde laut an die Türe geschlagen. Mit Maschinengewehren drangen sie ein und brachten alle weg, so wie sie waren: alte Menschen mit Kathetern, Frauen, die sich kaum auf den Beinen halten konnten, Krankenschwestern und Ärzte. Und es waren keineswegs die Nazis, sondern venezianische Polizisten. Leute, mit denen man einen Aperitif trank. Von *Pietisten,* wie das Regime diejenigen brandmarkte, die freundschaftlichen Umgang mit Juden pflegten, hatten sie sich allesamt zu Helfern und Helfershelfern verwandelt. Da begriff ich, daß der Schrecken, das Grauen, fast nie das Gesicht des Feindes trägt, sondern derer, die in deiner unmittelbaren Umgebung leben. Zwei Tage später fand ich meine Familie wieder, im Lager von Fossoli. Dort blieben wir eine Woche, dann verfrachtete man uns auf einen Zug mit anderen Juden aus dem gesamten Land. Wir aus Venedig waren an die zweihundert. Neun waren wir bei unserer Rückkehr.«

Coen fuhr sich übers Gesicht.

Lea streckte ihre Hand aus, um ihn zu berühren, doch Coen zog sich zurück.

»Ich habe überlebt, das ist alles, was ich sagen kann. Aber nach meiner Rückkehr ist mir klargeworden, daß ich nicht mehr unter Menschen leben wollte. Nicht mehr unter denen, die die Lager nicht kennengelernt haben, will ich damit sagen. Ich wußte von dieser Insel, und man hat mir die Stelle eines Kustos nicht abgeschlagen. Alles, was ich sehe, sind der

Himmel und das Wasser der Lagune. Ich esse, was ich im Garten hinter der Kirche anbaue. Anderes will ich nicht.«

Coen schwieg.

Lea war nicht mehr in der Lage, ihn anzuschauen. »Ich schäme mich. Entschuldigen Sie ...«, flüsterte sie.

»Alle sollten sich für das schämen, was geschehen ist. Aber lassen wir das, Sie haben nicht gesehen, was ich gesehen habe. Sie können weiterleben.«

Coen stand auf und reichte ihr eine Hand, um ihr wieder auf die Beine zu helfen.

»Glauben Sie, daß das, was ich Ihnen erzählt habe, Ihren Freunden weiterhelfen kann?«

»Das weiß ich nicht.«

Etwas unbeholfen klopfte Lea sich den Staub vom Rock.

Coen betrachtete sie eine Weile mit einem unergründlichen Gesichtsausdruck. »Wie heißen Sie, Signorina? Was tun Sie?«

»Lea. Lea Padovani. Ich bin Schauspielerin.«

»Schauspielerin ... Sehen Sie, das ist es, weshalb ich gleich etwas Vertrautes bei Ihnen gespürt habe. Sie erinnern mich an meine Schwester Rebecca.«

»Sie haben mir gar nicht gesagt, daß Sie eine Schwester haben. Ist auch sie ...?«

»Nein. Rebecca war älter als wir und war im Pensionat. Wir haben sie selten gesehen. Als sie zwanzig war, ließ sie uns alle im Stich und ging nach Rom, zum Film, als es den Tonfilm noch nicht gab. Sie wollte unbedingt Schauspielerin werden. Meine Eltern machten einen Aufstand und enterbten sie. Das waren andere Zeiten: Zu Hause durfte man ihren Namen nicht nennen, und sie meldete sich nie wieder. Sie legte sich einen Künstlernamen zu. Sie sind jung, wer weiß, ob Sie sich an sie erinnern ...«

»Wie heißt sie?«

»Leda. Leda De Santis. Ich habe sie nie wieder gesehen, ich weiß nicht einmal, ob sie lebt. Und wenn sie lebt, wer weiß, ob sie sich an mich erinnert.«

Wieder stieß Coen die Schaufel in die Erde. Sein Ton war freundlich, aber er erlaubte keine Erwiderung. »Es ist besser, wenn ihr jetzt geht. Ich kann unseren neuen Gast nicht warten lassen. Addio.«

Brina bellte in die heraufziehende Dunkelheit.

5.

Orson erhob das Glas und brachte noch einen Trinkspruch aus. »Auf Lea Padovani und ihre detektivische Spürnase. Und weil sie die Frau ist, in die ich verliebt bin.«

Tommaso und Lea stimmten ein. Sie befanden sich in einem reservierten kleinen Saal im Danieli, wo Orson ein Abendessen mit Fisch, Meeresfrüchten und Sauce hollandaise hatte anrichten lassen. Inzwischen war es zehn Uhr, und sie hatten die dritte Flasche Weißwein von den Colli Euganei geöffnet. Alle drei hatten sie einen Schwips.

»Der Kreis schließt sich, Orson. Wir haben bei Deller angefangen, und jetzt kehren wir zur Witwe Deller zurück. Oder sollten wir sagen Rebecca Coen? Oder Witwe Lazzarini? Jedenfalls möchte ich nicht ihr nächster Ehemann sein …«

Ledas Foto schwang für einen Augenblick durch Orsons erhitzten Kopf und lagerte sich wie damals, als er es in der Eingangshalle der INCOM das erste Mal gesehen hatte, über das Bild seines Exschwarms Dolores Del Rio.

»Diese Frau hat was, Tommaso. Sie mag ja durchaus gefährlich sein, aber sie hat was …«

»Wenn du weiterhin so von ihr redest, könnte ich möglicherweise eifersüchtig werden«, sagte Lea.

Nachdem sie ihnen auf dem Boot von der Unterhaltung mit Coen erzählt hatte, hatten Orson und Tommaso sich entschlossen, Lea die ganze Geschichte zu erzählen, wobei sie die Ereignisse ausließen, die Orson einer Frau gegenüber nicht für angemessen hielt: wie die Orgie bei Cippico Pressner, die Tötung von Cecchini, die Umstände des Überfalls auf Tommaso. Und natürlich den peinlichen Besuch Auroras in der Villa Madama. Lea hatte sich tiefzufrieden gezeigt, daß sie von den beiden Männern endlich in deren Geheimnis eingeweiht worden war.

»Ich habe Leda einmal auf einer Party kennengelernt«, fuhr Lea fort. »Sie ist immer noch eine schöne Frau. Sie besitzt Charme und weiß ihn einzusetzen. Und sie ist ehrgeizig.«

»Inwiefern?« fragte Tommaso.

»Ich glaube, sie würde gerne wieder zum Film zurückkehren, auch wenn niemand sie ruft.«

»Aber deshalb muß man doch nicht gleich den Ehemann umbringen«, sagte Orson. »Sonst wäre Hollywood schon längst ein Friedhof.«

Sie lachten.

»Ich frage mich, was die Verbindung zwischen Leda und Viola ist«, sagte Tommaso. »Denn es steht wohl außer Zweifel, daß diese Rassenurkunde für sie bestimmt war und für niemanden sonst.«

»Schon seltsam«, bemerkte Orson. »Am Tag von Dellers Tod, als mitgeteilt wurde, daß seine Frau eingetroffen sei, verhielt sich Viola ihr gegenüber wie ein Fremder. Damals ist mir das nicht gleich aufgefallen, aber ist das nicht sonderbar? Es ist offensichtlich, daß sich die beiden mindestens seit Oktober 1943 kannten, statt dessen ...«

»Vielleicht. Vielleicht ...«, sagte Tommaso. »In dieser Geschichte verläßt man sich besser nicht auf den äußeren Anschein. Das werden wir Viola direkt fragen, wenn wir nach Rom zurückkommen. Wann, denkst du, werdet ihr wieder zurückfahren? Ich bin schon einigermaßen ungeduldig.«

Orson erhob erneut sein Glas in Richtung Lea. »Wann immer Signorina Padovani mag.«

»Danke«, sagte Lea und lächelte. Und zu Tommaso gewandt: »Ich glaube, du stehst in unserer Schuld für den romantischen Nachmittag, den du uns heute gestohlen hast, Tommaso. Sagen wir also übermorgen.«

Tommaso deutete eine leichte Verneigung mit dem Kopf an. »Zu Ihren Diensten. Aber, wenn ihr erlaubt, reise ich schon morgen ab. Ich glaube, ich bin jetzt ohnehin zuviel. Und außerdem will ich Orson sein Zimmer zurückgeben.«

»Es könnte aber auch sein, daß er es gar nicht mehr braucht, sofern er sich so benimmt, wie es sein sollte.«

Orson verschluckte sich, und Tommaso spürte, wie seine Wangen anfingen zu glühen.

»Lea...«, flüsterte Orson.

Als Antwort erhob Lea ihr Glas. »Auf die Männer. Sofern sie sympathisch und galant sind und den richtigen Augenblick abwarten können.«

Lea war nach oben in ihr Zimmer gegangen, um sich zurechtzumachen, bevor sie weggingen. Der Abend ohne Regen lud zu einem Spaziergang durch die Calli ein, und Orson und Tommaso vertrieben sich die Zeit, während der sie auf Lea warteten, an der Bar vor einem Glas Whisky. Orson hatte seines schon leergetrunken und bestellte ein zweites. Tommaso dagegen spürte, wie sein Kopf schwer wurde.

»Du solltest nicht soviel trinken, Orson.«

»Mach dir keine Sorgen.«

»Bist du dir auch ganz sicher, daß ich mitkommen soll? Ich gehe gerne mit, aber...«

»Auf jeden Fall. Das hab' ich auch Lea gefragt. Schließlich sind wir jetzt eine Mannschaft.«

Orson kippte die Hälfte des Whiskys in einem Zug hinunter. Beim Gedanken an Leas Versprechen war er sichtlich erregt.

»Ich habe für eine Frau noch nie so leiden müssen, Tommaso.«

»Und, war es das wert?«

»Das weiß ich noch nicht.«

»Glaubst du wirklich, das ist der Weisheit letzter Schluß?«

Tommaso fühlte sich zunehmend unangenehm berührt, über dieses Thema zu reden. Orson war ja nicht irgendein Playboy, aber seine Leichtigkeit und Leichtfertigkeit waren ihm fremd. Und er konnte diese riesigen Mengen Whisky nicht gutheißen.

Lea tauchte am Eingang zur Bar gerade in dem Augenblick auf, als Orson seinen dritten Drink bestellte. Sie hatte ihr Make-up gerichtet, auch ihre Haare, und sie hatte ein anderes Kleid angezogen. Sie trug ein dunkles Kostüm mit einem farblich darauf abgestimmten Kasack und einem Fuchs um den Hals. Auch Tommaso konnte nicht umhin, sie voller Bewunderung anzusehen. Orson ging ihr entgegen, und mit einer linkischen Verbeugung küßte er ihr die Hand gleich neben dem Ring, den er ihr nach ihrer Rückkehr aus Sizilien geschenkt hatte. Ein Kreis mit einem eingefaßten Onyx und Turmalin. Kein wertvoller Ring, hatte Orson betont, aber alt und ganz sicher »magisch«.

Er hatte wirklich zuviel getrunken. Verlegenheit huschte über Leas Gesicht, als sie ihn, sich bei ihm einhakend, zum Ausgang führte. Ein Kellner kam Tommaso hinterher und gab ihm eine Flasche Champagner und drei Kristallgläser. »Signor Welles hat sie bestellt. Für Ihren Spaziergang.«

6.

Sie haßte ihn. Sie haßte ihn jetzt so sehr, wie sie vorher gewünscht hatte, die Nacht mit ihm zu verbringen.

Eine Weile lang war es ein schöner Abend gewesen. Orson war ganz aufgedreht und übertrug seine Euphorie auch auf sie und Tommaso. Er redete, als würde er alles kennen, als hätte er schon die ganze Welt gesehen. Venedig war in dieser kalten, klaren Nacht ein Traum bei offenen Augen. Die menschenleeren Straßen gehörten ihnen ganz allein, und sie gingen, dem Zufall folgend, weiter, unterhielten sich dabei und tranken oder blieben auch stehen und betrachteten ein beeindruckendes Detail oder eine Stelle, wo Orson – wie er sagte – eine große Szene des ›Othello‹ drehen wollte.

Lea war glücklich gewesen. Sie ging eingehakt am Arm eines der berühmtesten und intelligentesten Männer der Welt. Er war verliebt, dessen war sie sich gewiß, und er hörte nicht auf, mit volltönender Stimme zu verkünden, wie er auch aus ihr eine große Diva machen würde. Tommasos Anwesenheit machte ihr nichts aus. Er war ein guter, ein reservierter Mensch, und sie hatte gelernt, diese Eigenschaften während seines Aufenthalts in Frascati zu schätzen. Jetzt, nachdem sie wußte, wer er eigentlich war und welches Geheimnis ihn mit Orson verband, war sie beinahe zufrieden, daß er der Zeuge ihres Glücks war.

Aber dann waren sie in diese Straße gekommen, in der nur Katzen zu hausen schienen. Orsons Blick war auf das Schild mit dem Straßennamen gefallen. »Rio Terà degli Assassini!« hatte Orson laut vorgelesen, Kanal des zugeschütteten Mördergrabens, und goß sich den Rest der Flasche, die er so gut wie allein ausgetrunken hatte, ins Glas.

»Rio Terà degli Assassini ... Der ideale Ort, um diesen Abend zu beenden! Ich möchte den letzten Trinkspruch ausbringen. Auf alle Mörder dieser Welt, auf die Fürsten des Bösen und ihre genialen Einflüsterer, auf die Ladys Macbeth aller Jahrhunderte!«

Als er das Glas geleert hatte, warf er es auf die Erde. Lea hatte begriffen, daß Orson unwahrnehmbar die Grenze des Schwipses überschritten hatte und in einen Zustand der Volltrunkenheit gefallen war, in dem seine Phantasmen angefangen hatten, ungezügelt durch seinen Kopf zu rasen.

Auf dem Rückweg hatte Tommaso ihn geschoben, und er hatte angefangen, über Leda De Santis zu sprechen und nicht mehr damit aufgehört, bis sie beim Danieli waren. Diese Frau war eine merkwürdige, eine dumpfe Obsession für ihn. Und

Orson erzählte von Frauen, die lieben und töten, über seine Exfrau Rita Hayworth und über die ›Lady von Shanghai‹, über eine gewisse Dolores und über Alessandro Deller. Er hatte gesagt, Deller sei ein großer Schauspieler gewesen, weil er seine Rolle nicht auf dem Set spielte, sondern im richtigen Leben.

Als sie endlich wieder im Hotel waren, hatte sich Lea in der Eingangshalle am Rande eines Weinkrampfs befunden. Orson hatte gesagt, sie solle schon vorgehen, er würde gleich nachkommen. Sie solle sich auf dem Zimmer schon einmal herrichten ... Er hatte sie einfach stehengelassen, während er wetterte, weil die Bar schon geschlossen war, und Tommaso versuchte, ihn zu beruhigen. Sie hatte sich ins Zimmer eingeschlossen und angefangen zu weinen.

Das war vor mehr als einer Stunde. Wahrscheinlich war Orson auf einem Sofa zusammengesackt, oder Tommaso hatte ihn ins Bett bringen können.

Zum Teufel. Zum Teufel mit ihm und diesen verdammten Nachforschungen, die ihn ihr wegnahmen. Zum Teufel mit Deller, Viola und auch mit ›Othello‹. Und vor allem zum Teufel mit Leda De Santis. Blinde Wut war in ihr, da schoß ihr plötzlich ein Gedanke durch den Sinn.

Sie nahm den Telefonhörer und rief die Telefonzentrale des Hotels an.

7.

Orson konnte seine Augen nur mit ungeheurer Willensanstrengung öffnen. Er befand sich nicht in dem Zimmer, in dem er in der Nacht zuvor geschlafen hatte, und er war noch angezogen, aber ohne Schuhe. Vor sich hatte er einen offenen Koffer, das einzige, was er genau erkennen konnte, doch er weitete sich auf unnatürliche Weise in alle Richtungen und bekam etwas Beunruhigendes, wie bestimmte Gegenstände in den Filmen seines Kollegen Alfred Hitchcock.

Eine Hand drang in sein Blickfeld. Dann ein Auge und ein halbes Gesicht, es war das von Tommaso.

»*Buongiorno*. Es ist fast elf.«

»Was machst du da? Wo bin ich?«

»In meinem Zimmer. Ich mache gerade mein Gepäck fertig. In einer Stunde muß ich den Zug nehmen.«

»Den Zug? Oh, Gott, mir scheint, daß ich meinen schon gestern abend verpaßt habe.« Mit Mühe richtete Orson sich auf. Sein Kopf drehte sich, kam aber dann wieder zur Ruhe.

Tommaso lächelte. »Ich stelle mit Freuden fest, daß du deinen *sense of humour* noch nicht verloren hast.«

»Wo ist Lea?«

»In ihrem Zimmer, glaube ich.«

»War sie sehr wütend? Nein, sag mir nichts. Was kann ich nur tun, um mich zu entschuldigen?«

Tommaso machte den Koffer zu. »Ich bin lediglich dein Privatdetektiv, nicht dein Berater in Herzensangelegenheiten. Du hast dir diese Suppe eingebrockt. Das einzige, was ich tun kann, ist nachzusehen, ob sie Lust hat, mit dir zu reden.«

Orson reckte sich und setzte die Füße auf den Boden.

»Danke. Und organisiere mir bitte eine Kanne Kaffee!«

Tommaso ging, und Orson steckte seinen Kopf unter kaltes Wasser. Als er den Wasserhahn zudrehte, hörte er, daß das Telefon klingelte. »Signor Moravia?« meldete sich die Stimme eines Angestellten. »Haben Sie eine Ahnung, wo Signor Welles stecken könnte?«

»Ich bin Orson Welles«, brüllte Orson in den Hörer.

»Ich verbinde Sie mit Rom, Signor Welles.«

»*Buongiorno*, Welles.« Violas Stimme war freundlich wie immer. »Commendatore Scalera wollte wissen, wie die Suche nach *locations* vorangeht.«

»Ganz wunderbar. Ich dringe immer tiefer in das eigentliche Wesen dieses Shakespeare-Dramas ein: den Wunsch nach Selbstzerstörung.«

Viola stellte ihm ein paar technische Fragen und setzte ihn dann in Kenntnis über den neuen Drehplan für ›Black Magic‹.

»Hoffen wir, daß das neue Jahr voll guter Vorsätze für jeden ist und man die Unannehmlichkeiten des alten Jahres vergessen kann«, sagte Viola philosophisch.

»Es gibt Unannehmlichkeiten der Vergangenheit, die man unmöglich vergessen kann, Viola.«

»Was meinen Sie?«

»Hier in Venedig habe ich jemanden kennengelernt, den auch Sie kennen müßten. Erinnern Sie sich an Edoardo Angeloni, zum Beispiel? Er hat im Innenministerium gearbeitet. Und an Daniele Coen?«

Schweigen.

»Aber das ist nicht das einzige. Es gibt da auch noch einen gewissen Zug, vollgeladen mit Material aus Cinecittà, der nie ans Ziel gekommen ist.«

Orson stellte sich vor, wie Viola kreidebleich wurde.

»Welles, um Gotteshimmels willen ...«

»Und natürlich ist da auch noch Alessandro Deller. Und seine Gattin Leda De Santis. Oder sollte ich lieber sagen Rebecca Coen?«

Orson schwieg und genoß das verzweifelte Schweigen seines Gesprächspartners.

»Was beabsichtigen Sie zu tun, Welles?« Violas Stimme schien schlagartig gealtert zu sein.

»Machen Sie mir einen Vorschlag. Finden Sie nicht, daß wir uns nach meiner Rückkehr einmal ganz ausführlich unterhalten sollten?«

Wieder ein langes Schweigen, wie bei einem Verurteilten, der gerade sein Strafmaß zur Kenntnis genommen hat. Dann sprach Viola mit schleppender Stimme. »Einverstanden. Ich werde Ihnen alles erzählen. Früher oder später mußte es ja so kommen ... Haben Sie mir noch anderes zu sagen?«

»Nein.«

»Einen guten Tag, Welles.« Auch in einem Augenblick wie diesem vergaß der Gentleman nicht, was sich gehörte.

Als Orson auflegte, ging gerade die Tür auf. Tommaso kam herein, gefolgt von einem Kellner mit dem Frühstückstablett.

»Lea sagt, sie wartet um drei auf dich in der Empfangshalle. Du sollst es dir aber nicht in den Sinn kommen lassen, früher bei ihr aufzutauchen. Sie ist ungeheuer wütend. Ich muß los. Du kannst dich jetzt hier einrichten.«

Tommaso nahm den Koffer gerade in dem Augenblick, als Orson ihn umarmte.

»Danke, Tommaso.«

Tommaso wand sich mit gesenktem Blick aus der Umarmung. »Keine großen Worte, Orson ...« Er warf ihm noch einen Gruß zu und verschwand auf dem Flur.

Orson goß sich eine Tasse Kaffee bis zum Rand ein und erinnerte sich dann, daß er gar keine Zeit hatte, Tommaso von seinem Gespräch mit Viola zu erzählen. Aber das war auch nicht so wichtig. Viola hatte ja nicht mehr zugegeben, als sie ohnehin schon wußten. Später, in Rom, würden sie ihn dann schon in die Enge treiben.

Auf dem *vaporetto*, der ihn zum Bahnhof brachte, fühlte Tommaso sich nicht wohl. Die Situation, in die er sich in der Nacht verstrickt gesehen hatte, verursachte ihm kein gutes Gefühl, und die Flucht aus dem Hotel war wie eine Befreiung. Gleich nach seiner Rückkehr nach Rom würde er Frascati aufgeben und sich ein Zimmer weit weg vom Pigneto mieten.

8.

Die Platzreservierung für die erste Klasse, großzügig von der Scalera Film angeboten, ermöglichte es Tommaso, den Zug im letzten Augenblick zu besteigen. Mit diesem Billett hatte er nämlich auch das Anrecht auf einen uniformierten Bahnbeamten erworben, der den Platz schon in der Remise besetzte und damit dem Kunden half, die Streitigkeiten zu vermeiden, die sich regelmäßig unter den Tausenden Reisenden schon beim Einlaufen des Zuges auf dem Bahnsteig ergaben und sich dann in den vollbesetzten Abteilen, den Fluren und sogar noch auf den Trittbrettern fortsetzten.

Nachdem er dem Beamten ein durchaus verdientes Trinkgeld hatte zukommen lassen, setzte Tommaso sich auf seinen ledernen Sitzplatz und schlief gleich hinter Mestre ein. Nach ein paar Stunden wachte er irgendwo in der Emilia Romagna wieder auf, dem rotesten Gebiet Italiens, wo die Plakate mit Hammer und Sichel auf jedem Bahnhof prangten.

Er döste noch ein bißchen vor sich hin und bedauerte, daß er kein Buch mitgenommen hatte. Er versuchte sich vorzustellen, wie Orson zur Eroberung Leas angetreten war. Noch ein Ring? In Bologna nützte er einen längeren Aufenthalt dazu, eine Tageszeitung zu kaufen, die er von A bis Z durchgelesen hatte, noch bevor er in Florenz eintraf.

Er dachte an seinen »Fall« und an das, was er in der Hand hielt. Alles schien sich in einen kleinen Kreis zu fügen, der Deller, Viola und Cippico Pressner einschloß. Und was hatte ihm Koop verschwiegen? Jedesmal, wenn er den Kreis schließen wollte, zerbrach er wieder, und die Stücke flogen erneut auf den Boden.

Inzwischen war es acht geworden. Bis Rom würden es noch drei Stunden sein. Als der Zug in Arezzo hielt, stieg er aus und kaufte die Abendausgabe von ›Il Tempo‹.

Als erstes warf er einen Blick auf die Sportnachrichten. Atalanta hatte Florenz mit 2:0 geschlagen. Er blätterte weiter. Der Betrug von ›Radio International‹ war aufgedeckt worden:

Sie ließen sich Geld zahlen für nicht stattgehabte Nachforschungen im Ausland nach vermißten Soldaten.

Und dann:

Die Atombombe ist kein Geheimnis mehr
Und ebensowenig ist es ein Geheimnis, daß das Pelzgeschäft AMAS über die größte Auswahl an Pelzen verfügt.

Gleich unterhalb dieser Werbung zog eine eingerahmte Notiz seine Aufmerksamkeit auf sich:

Trauer in der römischen Filmwelt
Der frühere Direktor von Cinecittà begeht Selbstmord. Guido Viola ist von der Bühne abgetreten.

Fluchend schleuderte Tommaso die Zeitung auf den Sitzplatz gegenüber.

8. Kapitel

1.

»Tja, Violas Selbstmord ... Hier ist die Kopie des Polizeiberichts, den ich mir besorgt habe.« General Koop setzte die Brille auf. »Die Hausangestellte hat den Körper am 4. Januar um 16 Uhr 30 im Arbeitszimmer seiner Wohnung gefunden. Niemand hat einen Schuß gehört, aber der Körper war noch warm, was die Vermutung zuläßt, daß der Tod erst kurz davor eingetreten sein mußte. Viola hatte in der Hand seine Pistole, die ordnungsgemäß registriert war, und auf dem Griff sind ausschließlich seine Fingerabdrücke. Die Pressereaktionen hast du ja selbst mitbekommen. Große Trauer in der Welt des Showbiz ... Ein hochgeschätzter Mann ... Neigung zu Depressionen, seit er bei den Faschisten eingebuchtet war ... und so weiter und so fort. Worüber die Zeitungen aber nichts schreiben, ist folgendes. Erstens: Viola hat einen Brief hinterlassen. Zweitens: In dem Zimmer deutet einiges darauf hin, daß eine zweite Person mehr oder weniger zum Zeitpunkt von Violas Selbstmord anwesend war ... oder sagen wir besser, von Violas Ableben.«

»Was steht in dem Brief?« fragte Tommaso.

»Ungefähr das gleiche, was du mir in bezug auf Deller und den Zug erzählt hast. Viola gibt zu, den Überfall auf den Zug von Cinecittà organisiert zu haben und von Deller erpreßt worden zu sein, bis er sich schließlich gezwungen sah, ihn zu ermorden. Und dann gesteht er noch, daß er die Gewissensbisse nicht mehr aushalten konnte und beschlossen habe, sich das Leben zu nehmen.«

»Unsinn. Ich habe mit Welles gesprochen, und er hat mir gesagt, er habe mit Viola am Morgen desselben Tages geredet und ihn vorab darüber informiert, was wir in Venedig herausgefunden hatten. Das war natürlich eine große Dummheit von ihm, muß ich sagen. Aber schließlich kann man nicht erwarten, daß Genies auch noch vernünftig sind.«

»Sehr richtig«, kommentierte Koop trocken.

»Daher ist es klar, daß Welles' unvorsichtiger Anruf etwas in Gang gesetzt hat, das schließlich zu Violas Ermordung geführt hat.«

»Du bist voreilig, Tommaso.«

»Aber Sie selbst haben doch gesagt, daß Viola nicht allein war, als er starb.«

»Er war nicht allein *mehr oder weniger* zum Augenblick seines Todes. Außerdem sind die Schriftsachverständigen des Polizeipräsidiums nahezu sicher, daß der Brief seine Handschrift ist.«

»Viola kann auch gezwungen worden sein.«

»Möglich. So wie es auch möglich sein kann, daß er sich das Leben genommen hat, um jemanden zu decken. Denn klar ist, daß er Deller nicht umgebracht haben *kann.* Weder selbst – denn alle Zeugenaussagen stimmen darin überein, daß er an diesem Nachmittag in seinem Büro war – noch als Auftraggeber. Er sagt ja in seinem Brief auch nicht, daß er ihn umbringen hätte *lassen.*«

Tommaso stand auf und ging nervös auf und ab.

»In der ganzen Sache ist etwas, das keinen Sinn ergibt«, wandte er ein. »Offiziell ist Deller durch einen Unfall gestorben. Wenn Viola jemanden decken wollte, welches Interesse sollte er dann gehabt haben, den Fall wiederaufzurollen? Niemand wäre es in den Sinn gekommen, seinen Tod mit dem von Deller in Verbindung zu bringen.«

Koop nahm die Thermoskanne, die zwischen den Aktenbergen thronte, und goß sich eine Tasse Kaffee ein. »Willst du auch eine?« Tommaso lehnte ab. Koop dagegen trank ihn genüßlich.

»Du bist immer ein scharfsichtiger Schüler gewesen, Tommaso, aber mit einem großen Fehler. Du gehst immer von Vermutungen aus, um zu den Tatsachen vorzudringen, statt umgekehrt zu verfahren.«

Tommaso blieb stehen, sah Koop an und begriff, daß jetzt die Unterrichtsstunde begonnen hatte.

»Sich eines Verbrechens zu bezichtigen, das kein Verbrechen war, ist doch eigentlich ein genialer Schachzug, weil er ein konkretes und sofortiges Ergebnis nach sich zieht: Die Polizei glaubt jetzt nämlich wirklich, daß Viola sich auf Grund einer paranoiden Depression umgebracht hätte. Einer Depression, die in den letzten Monaten immer stärker hervortrat, nachdem Deller, sein Erretter und Erpresser, auf einem Set gestorben ist, für den Viola verantwortlich zeichnete. Das etwas unbeholfene Geständnis Violas läßt die Überzeugung nur stärker werden, daß Deller rein zufällig gestorben sei. Mit diesen Konsequenzen: erstens, niemandem würde es mehr in den Sinn kommen, den Fall Deller neu aufzurollen; zweitens, alle neigen dazu, den traurigen Tod eines alten, vereinsamten und kriegsgeprüften Mannes zu bemitleiden, der sich entschließt, ausgerechnet in dem Augenblick von der Bildfläche zu verschwinden, in dem sich die ganze Stadt auf das Dreikönigsfest vorbereitet. Ist doch die ideale Kulisse für den Selbstmord eines notorisch melancholischen alten Herrn, meinst du nicht? Eines alten Herrn, der so melancholisch war, daß man, aus lauter Mitleid mit dem armen Verblichenen, seinen Brief nicht einmal den Zeitungen zugespielt hat. – Willst du wirklich keinen Kaffee?«

Tommaso dachte gut eine Minute nach.

»Sie wollen mir doch wohl nicht sagen, daß Sie wirklich an das glauben, was Sie mir gerade erzählt haben, Professore?«

»Nein, natürlich nicht.« Koop schraubte den Becher wieder auf die Thermosflasche. »Ich habe dir nur erklärt, was geschieht, und das ist genau das Gegenteil von dem, was du dachtest. Der Mord an Deller – und der an Viola, sofern es Mord ist – wird voll und ganz gedeckt.«

»Und wir sind am Anfang. Sofern Leda De Santis nicht der Schlüssel zu allem ist.«

»*Cherchez la femme,* klar. Ich bin sicher, die Dame weiß eine ganze Menge. Aber ich habe die Befürchtung, daß die Dinge in diesem Fall ein bißchen komplizierter sind. Und ich denke auch, jetzt ist der Zeitpunkt, dir zu sagen, wie ich dazu gekommen bin, mich für diese Geschichte zu interessieren.«

Tommaso setzte sich auf den Stuhl.

Koop lächelte. »Aber vorher, glaube ich, brauchst du wirklich einen Kaffee.«

Tommaso streckte mit resigniertem Gesichtsausdruck den Arm zur Thermosflasche aus. »Einverstanden, Professore ...«

»Nein, nicht hier. Unten im Erdgeschoß gibt es einen hervorragenden Getränkeausschank.«

Koop weigerte sich kategorisch, den Aufzug dorthin zu benutzen. Nach der ersten Treppenflucht wollte Tommaso gerade die zweite angehen, als sein ehemaliger Lehrer mit dem Finger unter seiner Nase herumwedelte.

»Machen wir einen kleinen Umweg«, sagte er. »Und schau dir die Büros rechts von dir genau an.«

Tommaso wurde immer verwirrter, tat aber, was ihm gesagt worden war. Auf dem Flur waren fünf Türen, die in ebenso viele Büros führten. Ihr Aussehen war ganz und gar normal ministeriell: große hölzerne Schreibtische mit vielen Ordnern und Aktenmappen, die nie bearbeitet würden, schwere, mit Papieren überquellende Schränke, Angestellte und Beamte, die an diesem 7. Januar des neuen Jahres ganz so aussahen, als würden sie dem Urlaub nachtrauern, der am Tag zuvor zu Ende gegangen war.

Dann waren sie am Ende des Korridors bei einer weiteren Treppenflucht angekommen.

»Nun?«

»Na ja, mir ist nichts aufgefallen, Professore. Alles Büros der Polizei: *Lizenzen für öffentliche Lokale, Zivilinvaliden, Brandschutz* und so weiter.«

»Was für ein Reinfall, Tommaso. Jetzt gehen wir noch mal zurück. Und sei diesmal wirklich aufmerksam.«

Tommaso konzentrierte sich auf die Wiederholungsprüfung. Sie gingen den Korridor zurück. Als sie an seinem Ende ankamen, schaute Koop Tommaso fragend an.

»Ja, ich habe etwas gesehen, aber ich glaube nicht … Also gut, das Büro für *Brandschutz* hat, im Gegensatz zu allen anderen, kein Namensschild des zuständigen Beamten an der Tür.«

Koops Gesicht fing an zu strahlen.

»Was für ein Glück. Ich dachte schon, ich hätte all die Jahre weggeschmissen, in denen ich versucht habe, in Kürbishirne wie dem deinen so etwas wie Beobachtungsgabe einzutrichtern. Also, welche Vermutung stellt sich bei dir ein, wenn du *kein* Namensschild zu lesen bekommst?«

»Nun ja, zweierlei. Erstens, daß das Ministerium nicht die höchste Stelle der Organisation ist. Die zweite, daß es aus irgendeinem Grund nicht sinnvoll erscheint, den Namen draußen mitzuteilen.«

»Und wenn wir weiterhin bedenken, daß du trotz aller Unordnung, die hier drinnen herrscht, keinen Beamten findest, der darauf verzichten würde, seinen Namen mit vorangestelltem akademischem und meistens nicht einmal verdientem Grad an der Türe zu lesen, dann bleiben nicht mehr viele Möglichkeiten offen.«

Sie waren wieder oben an der Treppe angekommen. Der Espresso im Erdgeschoß war nur ein Vorwand gewesen, Tommaso durch die Gänge zu locken.

»Wer ist in dem bewußten Büro, Professore?«

»General Giuseppe Piéche.«

Tommaso durchkramte sein Gehirn, mußte sich aber nicht sonderlich anstrengen. *»Der* General Piéche?«

»Genau der.«

»Aber der war doch einer der Chefs von Mussolinis Geheimpolizei!«

»Genau. Als ich vor ungefähr einem Jahr entdeckte, daß man ihn ganz unauffällig zum Chef dieses Büros gemacht hatte, dachte ich, das sei eine der vielen Verschleierungstaktiken, die die Regierung benützt, um alte, durch den Faschismus belastete Offiziere noch bis zur Pensionierung unterzubringen. Wäre ich jünger gewesen, hätte ich mich darüber aufgeregt. Statt dessen beobachtete ich die merkwürdigen Besucher von Piéches Büro.«

Tommaso öffnete jetzt die Tür zu Koops Büro und ließ ihn vorgehen.

»Hast du jemals etwas von der CIA gehört, Tommaso?«

»Nein.«

»Das ist eine von Präsident Truman vor nicht mehr als vier Monaten ins Leben gerufene neue Organisation, die auf den Strukturen der einstigen OSS aufbaut, der Spionagedienste, von denen auch wir von der ORI während des Krieges abhängig waren.«

»Verstehe.«

»Ach, ja? Nun, ich verstehe nicht viel. Wie immer versuche ich mich an Fakten zu halten. Und das erste Faktum ist, daß ich eines Tages aus diesem Büro Vernon Brennan und Vinnie Scamporino kommen sehe. Erinnerst du dich an die?«

»Ja, sie haben für die OSS in Sizilien gearbeitet.«

»Richtig. Brennan ist jetzt in der CIA, während ich von Scamporino nicht sagen kann, was er macht, aber ich bezweifle, daß es mit Brandvorbeugung zu tun hat. Ganz sicher beschäftigte sich unser Deller nicht damit, der Piéches Büro seit August ebenfalls regelmäßig aufsuchte.«

»Dann haben Sie ihn also auf diese Weise kennengelernt. Und dann muß es auch Piéche gewesen sein, der Dellers Akte hierher hat transferieren lassen. Aber wie haben Sie sein Büro unter Beobachtung stellen können?«

Koop öffnete einen Schrank und fing an, in einem Haufen vergilbter Papiere zu kramen.

»Ich habe mich nicht an der Treppe aufstellen müssen,

wenn du das meinst. Wäre ja wohl auch ein bißchen lächerlich gewesen, in meinem Alter. Es hat genügt, einen Blick in die wöchentlichen Besucherlisten zu werfen, in denen deutlich der Name des Besuchers angegeben wird und des Büros, zu dem er geht. In ihrer dumpfen Komplexität versteht die Bürokratie es, so klar zu sein wie eine Seite von Benedetto Croce.«

In Tommasos Kopf mischten sich die Steinchen des Mosaiks mit rasender Geschwindigkeit, ohne jedoch je ein klares Bild hervorzubringen.

»Aber wenn die von der OSS in Sizilien hierhergekommen sind, dann ist Lucky Luciano ...«

»Natürlich, eine Verbindung ist möglich. Aber welche genau? Fakten, Tommaso, Fakten. Ach, da ist ja, was ich gesucht habe.« Er reichte ihm ein verblaßtes Foto. Eines von jenen Erinnerungsfotos aus der Zeit nach der Befreiung, die auch er mit seinen Partisanenfreunden aufgenommen hatte. Hierauf sah man Koop mit einem guten Dutzend Offizieren und Agenten des OSS, die sich alle umarmt hielten und lachten, wie eine Fußballmannschaft nach gewonnenem Spiel.

»Das hier ist die gesamte Gruppe, die die Operation in Sizilien leitete, einschließlich der Kontakte mit der Mafia: Brennan, Scamporino, Max Corvo, Charles Poletti, Marcello Baroni ...«

Tommaso gab es einen Stich. »Wie, haben Sie gesagt, heißt der?«

»Marcello Baroni. Der gehörte nicht zu den Aufgewecktesten, muß ich zugeben. Allerdings habe ich gehört, daß er nach dem Krieg angefangen habe, Filme zu produzieren ... Vielleicht interessiert das ja deinen Freund Welles.«

Sicher, hätte Tommaso am liebsten gesagt, er ist der Inhaber des Kontos bei der Banco di Napoli, des Kontos, auf das Cippico ungedeckte Schecks ausstellt. Aber er hatte Koop noch nichts über seinen Besuch im Vatikan und die dubiosen Bankgeschäfte erzählt, und jetzt war nicht der richtige Augenblick dazu. Der Professore war an der Reihe zu reden.

»Wie ich dir ja bereits sagte, habe ich dieses Kommen und Gehen mehr aus Neugierde als sonst was beobachtet, bis Deller starb und kurz darauf du und Welles aufgetaucht seid und alles sich wie ein ausgeleierter Kreisel zu drehen begann. Da habe ich mich dann ein bißchen mehr ins Zeug gelegt, auch wenn ich befürchten muß, mich auf diese Weise aus meiner Deckung weit hervorgewagt zu haben. Ich habe mit dem einen und anderen alten Freund telefoniert, ich habe ein paar Informationen gesammelt, auf andere warte ich noch. Sind natürlich alles Gerüchte. Aber um zu den Fakten vorzudringen, brauche ich dich.«

»Können Sie das alles denn nicht Ihrem Vorgesetzten vortragen?«

Koop hatte ein bösartiges Blitzen in seinen Augen, als er antwortete: »Wenn Piéche dahin gesetzt worden ist, wo er hingesetzt wurde, bedeutet das, daß man ihn dort behalten will, Tommaso. Und außerdem, was könnte ich ihm schon erzählen?«

Tommaso war aufgewühlt, auch wenn er es vor Koop zu verbergen suchte: Sein früherer Lehrer hätte es nicht gutgeheißen. Diese Neuigkeiten stießen alles um, auch wenn sie mehr Fragen aufwarfen als beantworteten. Und wenn man dann noch bedachte, daß das alles mit Dellers letzten Worten an Welles angefangen hatte. Er hatte Orson ja ein bißchen auf die Schippe genommen, als er ihm bei ihrer ersten Begegnung gesagt hatte, *Rosebud* sei im Grunde auch nur ein Schlitten gewesen: Schon, aber wie viele Dinge über Charles Foster Kane enthüllte Orsons Film vor dieser pathetischen Schlußentdeckung! Und so war auch *San Francesco* der Leitfaden, aber es war nicht das, was letztendlich aufzudecken war.

Koop legte die Fotografie in den Schrank zurück.

»Für den Augenblick reicht's. Ich glaube, ich werde schon bald auf etwas stoßen. Natürlich verständige ich dich, aber nur unter einer Bedingung ...«

»Welcher?«

»Daß du Freitag zu mir nach Hause kommst, möglichst anständig angezogen, und daß du zum Abendessen bei mir und meiner Frau bleibst.«

Tommaso brachte sich grinsend in Habtachtstellung und sagte in militärischem Ton: »Jawohl!«

»Und bring auch Welles mit, sofern er sich nicht geniert. Ich wäre glücklich, wenn ich mit ihm ein bißchen über den ›Othello‹ reden könnte, den er ja wohl drehen will.«

»Ich glaube, er wird gerne mitkommen. Ach ja, schreiben Sie bitte folgendes auf: Via dei Vaeri 4. Da wohne ich jetzt, hinter San Giovanni. Ist nichts Besonderes, aber ein sicherer Platz. Natürlich benütze ich einen falschen Namen: Delfino Piredda.«

Koops Gesicht wurde ernst, er schüttelte den Kopf. »Delfino Piredda ... Tommaso, Tommaso, wann beginnst du endlich, ein wirkliches Leben zu führen?«

»Wenn diese Geschichte hier vorüber ist, Professore.«

2.

An diesem Abend fuhr Tommaso zum Bahnhof, um Lea und Orson abzuholen. Es war halb sechs, als der Zug quietschend unter dem Dach des Bahnsteigs zum Stehen kam.

Nach Koops Enthüllungen hatte Tommaso Orson wegen des dummen Telefonanrufs bei Viola verziehen. Jetzt wollte er nur wissen, ob es ihm gelungen war, die Situation mit seiner Geliebten wieder ins reine zu bringen, wie der verlängerte Venedigaufenthalt der beiden vermuten ließ.

Tommaso trug immer noch die Melancholie von Violas Beerdigung mit sich herum, zu der er nach seinem Besuch im Ministerium gegangen war. Die Feier war sehr förmlich, mit vielen Persönlichkeiten aus der Welt des Films. An der Spitze Michele Scalera. Das Übliche wurde gesagt, über seine Hingabe an die Arbeit und seinen lupenreinen Antifaschismus, von dem alle glaubten, er sei der Grund für seinen Selbstmord gewesen. Von Leda De Santis auch nicht ein Schatten.

Orson erschien auf dem Trittbrett eines Waggons der ersten Klasse in der Mitte des Zuges und half Lea beim Aussteigen. Als er seinen Freund erkannte, machte er große Bewegungen mit den Armen.

Tommaso rief einen Gepäckträger und ging zu den beiden hin. Nach der Begrüßung die obligate Frage: »Nun, wie war's?«

»Wir haben schöne Tage verbracht, vielen Dank. Auch das Wetter war gut.«

Die Antwort war verhältnismäßig bedeutungslos für jemanden, der so enthusiastisch war wie Orson.

Leas Antwort warf dafür ein genaues Licht auf die Situation: »Ich habe ihm verziehen. Und Orson hat sich wie ein Gentleman verhalten.«

Tommaso verstand. Trotz ihrer Versöhnung war also Leas Zimmer im Danieli für Orson verschlossen geblieben. Und auch das von Casal Pilozzo würde es noch für eine Weile bleiben.

Während der Fahrt nach Frascati im Alfa Freccia d'Oro erzählte Tommaso von seinem Gespräch mit Koop. Lea war auf dem Rücksitz eingeschlafen.

Orsons Gesichtsausdruck wurde finster. »Wohin begeben wir uns da nur, Tommaso?«

»In einen Sumpf voller Treibsand. Machst du dir Sorgen?«

Aus Orson platzte es heraus: »Sicher mache ich mir Sorgen! Wie könnte es anders sein, wenn man alle drei Wochen eine Leiche auf dem Weg liegen hat?« Er schwieg, dann setzte er mit klagendem Ton wieder ein. »Aber wie können wir es bewerkstelligen, uns gerade jetzt aus dieser Sache zurückzuziehen?«

Tommaso wandte sich zu ihm und schenkte ihm ein großes Lächeln. Es stieß auf Orsons ernstes Gesicht.

»Ich will ganz deutlich mit dir reden, Tommaso«, sagte Orson. »Du hast in dieser ganzen Geschichte nichts zu verlieren. Du *bist* nämlich diese Geschichte. Für mich ist es nicht das gleiche, ich hoffe, du bist dir darüber im klaren.«

»Was willst du damit sagen, Großer Bär?«

»Wir haben gemeinsam unser Leben riskiert, und ich glaube, ich habe das Recht, mit dir darüber zu reden. Deshalb bitte ich dich, hör gut zu, was ich dir sage. Auch wenn du es noch nicht begriffen hast, so spüre ich doch, daß du einen persönlichen Krieg gegen das Universum begonnen hast. Ich diskutiere hier nicht, ob das richtig oder falsch ist, aber das eine muß dir klar sein: Ich bin nicht du.«

Tommaso verringerte unbewußt die Geschwindigkeit.

»Du hoffst, etwas aufdecken zu können, was die Welt, was vor allem dein Land verändern soll, du sagst korrupten Priestern, ungestraft davongekommenen Faschisten und weiß Gott wem sonst noch den Kampf an. In Gedanken bist du wieder in den Bergen bei den Partisanen, Tommaso ...«

Der sagte nichts.

»Es ist nicht so, daß ich dich nicht verstehen würde. Aber ich befand mich auf der anderen Seite der Welt, als hier der Krieg stattfand. Und ich bin auch nicht der Mann, für eine Sache einzustehen, bei der man das Gewehr in die Hand nehmen muß. Weißt du, woran ich glaube? An die Wahrheit, Punkt und Schluß. Und ich versichere dir, sie zu finden ist auch nicht so einfach, wie es aussieht. Als ich dich für Ermittlungen über Deller engagiert habe, hast du mich für einen wahnsinnig gewordenen Geisterseher gehalten; dabei war das, was mich damals angetrieben hat, nichts anderes als das, was ich, Geheimdienste hin oder her, immer noch verspüre: die Besessenheit, die Wahrheit zu kennen, zu verstehen ...«

An einer Kreuzung am Anfang der Via Tuscolana waren sie stehengeblieben. Orson schaute Tommaso in die Augen.

»Verstehen, was sich im Herzen der Menschen verbirgt«,

deklamierte er, »und verstehen, warum sie sich gegenseitig dieses Leid zufügen ...«

Der Verkehrspolizist gab ihnen ein Zeichen, sie sollten weiterfahren.

»Zum Teufel noch mal, Orson ... Hier geht es doch nicht um eine Tragödie von Shakespeare, in die wir verwickelt sind.«

»Wieso nicht? Die Elemente sind alle da.«

Tommaso schüttelte nur den Kopf und entschloß sich, nicht weiter zu beharren. Er wußte nicht einmal, was er dem wirkungsvoll entgegensetzen konnte. Orsons Worte gruben ihm Zweifel unter die Haut. »Was schlägst du also vor?«

»Es gibt schon zu viele Tote um uns herum. Wir brauchen Hilfe.«

»Und zu wem würdest du da gehen wollen? Zur Polizei, zu Tufano? Oder zu seinem Vorgesetzten? Weißt du, was dieser Polito für ein Typ ist?« Tommaso wartete Orsons Antwort gar nicht erst ab. »Polito ließ sich bei den Paraden des Regimes gerne in seiner Faschistenuniform mit Fez sehen, doch kaum hatte der Wind die Richtung geändert, trat er als Antifaschist hervor. Und weißt du, wie er das machte? Indem er die Gattin des Duce zu vergewaltigen versucht hat, während er sie auf dem Weg zum Gefängnis begleitete, wo sie ihren Mann besuchen wollte. Als die Nazis Mussolini wieder an die Macht brachten, kassierte Polito vierundzwanzig Jahre wegen unzüchtiger Gewaltakte. Am Ende des Krieges schwenkte er das Urteil als Beweis für seine anerkannte demokratische Gesinnung herum, aber alles, was er getan hatte, war, seine Hände zwischen Donna Racheles Schenkel zu schieben. Das sind die Leute, die im Polizeipräsidium von Rom das Sagen haben. Oder willst du ins Ministerium gehen? Nicht einmal Koop vertraut seinen Leuten. Zu deiner Botschaft? Wahrscheinlich ist es ausgerechnet dein Botschafter Dunn, der die CIA-Agenten zu Piéche schickt.«

»Nein. Ich will mit Michael Akian darüber reden.«

»Akian?«

»Er ist ein mächtiger Mann und weiß, was in Rom vor sich geht. Er wird uns helfen können. Und außerdem bin ich sicher, daß er irgend etwas vermutet, seit ich ihm von Cippico Pressner erzählt habe.«

Tommaso sah keineswegs überzeugt aus.

»Was soll Akian mit all dem zu tun haben? Ist dir denn nicht klar, Orson, daß wir uns umso sicherer fühlen können, je weniger Leute über das informiert sind, was wir wissen?«

»Nein, mein Entschluß steht fest. Natürlich erzähle ich ihm nur das unbedingt Notwendige, aber ich muß es tun. Wir sind ja nicht die einzigen, die in dieser Sache stecken.« Er drehte sich zu Lea um, die weiterhin schlief. »Ich fühle mich auch für sie verantwortlich.«

Die Via Tuscolana führte jetzt durch offenes Land. Tommaso schwieg und konzentrierte sich aufs Fahren.

Aber dann platzte es aus ihm heraus: »Also gut, tu, was du für richtig hältst. Schließlich bist du ja der Regisseur dieses Films, oder? Aber wenn du mit Akian reden willst, dann tu es bald. Sehr bald. Denn wir werden von einem Auto verfolgt, und ich glaube nicht, daß sie ein Autogramm von dir haben wollen.«

Doch eigentümlicherweise blieben die Scheinwerfer immer im gleichen Abstand zu ihnen. Tommaso beruhigte sich. Sie fuhren über ein Stück menschenverlassenes Land, und wenn die in dem anderen Auto böse Absichten gehabt hätten, dann wären sie nähergekommen. Statt dessen begnügte sich das Auto damit, sie nicht aus Sichtweite zu verlieren.

»Was sollen wir tun?« fragte Orson.

»Fahren wir ruhig nach Frascati. Als du das Haus von den Bottais gemietet hast, stand das ja in allen Illustrierten. Sie brauchen uns also durchaus nicht zu folgen, wenn sie uns finden wollen.«

Sie nahmen ein paar Abkürzungen und kamen wieder auf die Via Tuscolana. Das andere Auto folgte ihnen weiter.

»Vielleicht wollen sie uns ja auch nur Angst machen. Oder vielleicht haben sie sich verfahren«, sagte Orson. Aber man spürte, daß er das vor allem sagte, um sich selbst Mut zuzusprechen.

»Das werden wir bald wissen.«

Fünf Minuten später bogen sie auf den Weg ein, der zum Gittertor von Casal Pilozzo führte. Der Weg war eine Sackgasse, und Tommaso stellte sich darauf ein, den Verfolgern entgegenzutreten. Doch das Auto fuhr an der Abzweigung vorbei und verschwand in der Dunkelheit.

»Hab' ich dir doch gesagt«, kommentierte Orson mit einem kecken Tonfall in der Stimme, der Tommaso zum Lachen brachte. Lea wachte gähnend auf, sie hatte von den Vorgängen nicht das geringste mitbekommen.

»Okay, Orson. Du hast recht behalten. Willkommen zu Hause«, sagte Tommaso, und mit der gravitätischen Geste eines Majordomus öffnete er Lea die Wagentür.

Drinnen erwarteten sie ein gedeckter Tisch und verschiedene Töpfe und Pfannen auf dem Feuer, mit einem Zettel von Paride, der seinem Wunsch Ausdruck gab, daß die Minestrone und die frittierten Gemüse, die er für sie zubereitet hatte, ihrem Geschmack entsprechen mögen.

Während des Abendessens kamen Orson und Tommaso mit keiner Silbe auf das Auto zurück, das ihnen gefolgt war. Und Lea erzählte von den Tagen in Venedig und wie Orson zu ihr kam und sie um Verzeihung bat.

Tommaso kam unvermittelt auf anderes zu sprechen.

»Wir müssen Leda De Santis so bald wie möglich sehen. Setz dich mit ihr in Verbindung, Orson. Sag ihr, du willst Probeaufnahmen mit ihr machen, für ›Othello‹, oder so etwas. Dann vereinbarst du ein Treffen mit ihr, und wir versuchen, sie ein bißchen zum Sprechen zu bringen.«

»Eine Rolle in ›Othello‹? Das soll wohl ein Witz sein ...«

»Erzähl mir nicht, du hättest dich noch nie einer Frau unter dem Vorwand genähert, ihr eine Rolle in einem Film zu geben …« Plötzlich wurde Tommaso klar, was er da gesagt hatte. »Entschuldige, Lea, ich …«

Lea legte einen Finger auf den Mund, dann sagte sie: »Ich meine, unser Freund Tommaso hat eine Bestrafung für das verdient, was er da gerade gesagt hat.«

»Völlig deiner Meinung«, erklärte Orson. »Und hier ist die Strafe. Lea und ich müssen ›Othello‹ proben. Du wirst so lange auf mich warten, bis wir fertig sind, dann fährst du mich zur Villa Madama.«

Tommaso neigte theatralisch sein Haupt. »Ich nehme die Strafe an und bitte demütig um Verzeihung.«

Orsons Stimme trillerte vor sadistischem Vergnügen. »Oho, aber *das* ist noch nicht die Strafe! Für die Szenen, die wir proben müssen, fehlt uns ein Jago. Du wirst mit uns spielen. Das hier ist der Text, wie ich ihn ausgearbeitet habe.«

Von einem kleinen Tisch auf der Veranda nahm er eine Mappe und gab sie Tommaso, der rot wurde und zu stottern anfing. »Aber … nein, unmöglich … das kann ich nicht …«

Orson pflanzte sich vor ihm auf.

»Eben noch hast du es selbst gesagt, Tommaso. Der Regisseur dieses Films bin ich. Daher komm mit uns rüber und rede nur dann, wenn du mit deinem Text an der Reihe bist.«

Es war fast Mitternacht, als Orson sich entschloß, die Probe abzubrechen.

»Schluß für heute. Bald machen wir Probeaufnahmen. Du mußt dir die Haare färben, Lea.«

»Mir die Haare färben?«

»Natürlich! Desdemona ist blond, sie kann nur blond sein!«

Lea dachte an das, was Orson mit Ritas Haaren in ›Die Lady von Shanghai‹ gemacht hatte, sagte aber nichts. Sie hakte sich bei Orson ein und ging mit ihm hinaus.

Tommaso war feinfühlig genug, um zu spüren, daß er sich jetzt zurückziehen sollte. Er mußte die beiden allein lassen, damit sie sich gute Nacht wünschen konnten. Wieder beschlich ihn das Gefühl von Unbehagen. Die Intimität zwischen Orson und Lea empfand er als peinlich. Nicht daß er sich nicht daran erinnerte, was man empfindet, wenn man eine Frau liebt und mit ihr schläft. Nein, es war die Vorstellung einer verliebten Frau, an die er nicht mehr gewöhnt war. Er kramte in seiner Jackentasche ein verknülltes Päckchen Nazionali hervor, andere hatte er an diesem Tag auf dem Schwarzmarkt nicht auftreiben können. Er zündete die einzige noch verbliebene an und ging auf die Veranda, um das nächtliche Panorama zu genießen, aber viel zu sehen gab es nicht. Die Nacht war stockdunkel, der Mond hinter Wolken verborgen, und der Bauernhof hatte schon längst seine Lichter gelöscht. Und doch fühlte er sich, so unsichtbar in der Dunkelheit, gleich wohl.

Er versuchte noch einmal darüber nachzudenken, was Orson im Auto gesagt hatte, aber dazu hatte er keine Zeit mehr. Die Scheinwerfer eines nach Frascati hinauffahrenden Autos ließen den Umriß eines anderen Autos hervortreten, das unmittelbar vor der Abbiegung am Erdaushub geparkt war. Tommaso hatte es vorher zwar nicht genau erkennen können, spürte aber instinktiv, daß es dasselbe Auto war, das sie verfolgt hatte.

Er warf die Zigarette fort und lief nach draußen. Der Kies knirschte unter seinen Sprüngen. Er hörte Leas Schreie: »Nein! Schluß damit! Aufhören!«

Er suchte nach seiner Pistole unter der Jacke, erinnerte sich aber, daß er sie im Auto zurückgelassen hatte. Zum Teufel. Er kam hinzu, als der Angreifer Orson bereits zu Boden geworfen hatte und nun auf Lea losging, sie stieß und ohrfeigte.

Tommaso stürzte sich auf ihn, und beide rollten ein paar Meter weit weg. Als erstes spürte er einen dumpfen Schmerz im gebrochenen Arm. Der andere nutzte das, um sich zu befreien und ihm einen Schlag mit der Faust zu verpassen, den Tommaso aber nicht einmal richtig wahrnahm – als Schläger war sein Gegner schwach. Während der versuchte, wieder aufzustehen, packte Tommaso ihn bei den Knöcheln und zog ihn nach unten. Jetzt hatte er ihm seine Knie in den Rücken gestemmt und verpaßte ihm einen Haken ins Genick, während er Orson und Lea undeutlich schreien hörte.

Der Mann jaulte vor Schmerz, und Tommaso spürte, wie die Kraft aus den Armen des Angreifers entwich. Dann nahmen Leas Hände seinen Kopf und zwangen ihn, sie anzuschauen. »Basta, Tommaso, um Gottes willen, hör auf!«

Sie stieß ihn weg und kniete sich neben den anderen, der gequält röchelte. Es sah so aus, als würde sie ihm Trost spenden. Tommaso verstand das nicht und drehte sich zu Orson um, der aufgestanden war und nun zu ihm herüberkam.

Orson breitete seine Arme aus, so, als wollte er sich rechtfertigen. »Der würdige Abschluß eines Abends, der dem Mohren von Venedig gewidmet war…«

Tommaso blickte wieder zu Lea hinüber und erkannte nun die blonden Locken und das feminine Gesicht ihres früheren Verlobten.

»Was ist dir nur in den Sinn gekommen, Massimo…«, flüsterte Lea ihm zu und streichelte seinen Kopf.

Orson half Tommaso wieder aufzustehen. »Alles in Ordnung?«

»Geht schon.«

»Er hat draußen auf uns gewartet«, berichtete Orson. »Ich habe ihm gesagt, er solle uns in Ruhe lassen, daraufhin hat er mir einen Schlag in den Magen versetzt. Als Lea dazwischentrat, hat er sie traktiert.«

»Ich dachte, *sie* wären es.«

»Sie… wer?« fragte Orson. Tommaso antwortete nichts, weil er im Grunde auch nicht gewußt hätte, was er sagen sollte.

»Geht's dir gut, Lea?« fragte Orson voller Sorge.

»Ja, ja… ist nichts weiter passiert. Aber es wäre besser, wenn ihr beiden jetzt geht. Um ihn hier kümmere ich mich.«

Orson fühlte sich in seinem Stolz gekränkt und wollte

schon Einwände erheben, daß *er* schließlich der Angegriffene sei, aber da schubste Tommaso ihn auf den Zufahrtsweg und zum Auto. »Sie hat völlig recht, Orson. Es gibt Dinge, die Frauen besser lösen können als wir.«

»Aber genau das ist es ja, was mir Sorgen macht, verdammt noch mal!«

Sie erreichten den Eingang, und Tommaso holte Mantel und Hut. Als er wieder herauskam, sah er, daß Orson sich ans Steuer gesetzt hatte.

»Macht es dir was aus, wenn ich fahre?«

»Ja. Keiner fährt schlechter Auto als ein eifersüchtiger Mann.« Er stieg auf der Fahrerseite ein und drängte Orson auf den Beifahrersitz. »Und dann vergiß auch nicht, du bist zwar der Regisseur, aber ich bin der, der dich herumfährt. Und jetzt los.«

Orson murrte zwar noch ein bißchen, aber am Ende fügte er sich. Als sie zum Tor hinausfuhren, beobachteten sie, wie Lea Massimo Serato half, wieder aufzustehen und aufs Haus zuzugehen, während der Mond endlich hinter den Wolken hervortrat.

3.

Einige Tage waren nötig, um ein Rendezvous mit Leda De Santis zu vereinbaren. Nicht weil die Witwe Deller sich nicht dazu herbeigelassen hätte, nein, im Gegenteil. Kaum hatte sie erfahren, daß Orson Welles ihr eine Rolle in seinem ›Othello‹ vorzuschlagen habe, hatte sie ihn eilig bei der Scalera Film angerufen. Doch die Signora hatte mit Tochter und Schwiegersohn Rom am Heiligen Abend für einen längeren Ferienaufenthalt in Positano verlassen, von wo sie erst am 12. Januar wieder zurückgekommen war. Was im übrigen die Möglichkeit ihrer Anwesenheit in Rom – aber auch die Auroras und ihres Gatten – am Tag des Todes von Viola ausschloß.

Jedenfalls zeigte sich Leda De Santis auf der Stelle bereit, Mister Welles und seinen Sekretär am folgenden Tag zu sehen.

Unterdessen ging Tommaso, Koops unbeabsichtigten Hinweisen folgend, den Spuren Marcello Baronis nach. Pallavicini von der INCOM, der gerade einen Dokumentarfilm ›Thanks Amerika‹ über den amerikanischen »Sonderzug der Freundschaft« zu schneiden hatte und ihn deshalb kurz angebunden abwimmelte, gab ihm immerhin den Tip, das Jahrbuch des ›Filmherold‹ zu Rate zu ziehen. »Das ist das Mitteilungsblatt der Produzenten, und darin finden Sie alle Informationen, die Sie brauchen.«

Er durchsuchte den Band gut zwei Stunden lang mit aller Akribie, bevor er endlich auf das stieß, was er suchte. Er war schon fix und fertig vom Bilanzenlesen, von Unternehmensprofilen und von den Zusammensetzungen von Verwaltungsvorständen.

Der Name Marcello Baroni tauchte mit dem Titel eines Vorstandssprechers der Ocean Film auf. Diese war im Handelsregister von Rom eingetragen, hatte aber eine Zweitanschrift in Palermo. Der Name der Gesellschaft sagte Tommaso etwas, er wußte aber nicht genau, was, und so warf er erst einmal einen Blick auf die jüngsten Produktionen der Ocean Film: eine Reihe von »Lehrfilmen«, deren Titel einiges verrieten, von ›Die Lüge des Kommunismus‹ bis ›Sie haben die Kirchen zerstört!‹

Ja, jetzt erinnerte er sich, wo er zum ersten Mal den Namen der Ocean Film zusammen mit einem Dutzend anderer Gesellschaften unterschiedlichster Ausrichtung gelesen hatte. Es war, als er sich zum ersten Mal für den eleganten Priester zu interessieren begonnen hatte. Und es war daher auch nicht überraschend, daß er ganz oben auf der Liste der Vorstandsmitglieder auf der nächsten Seite den Namen von Monsignore Edoardo Cippico Pressner sah.

4.

Gegen vier Uhr nachmittags kamen sie beim Wohnhaus in der Via Panama an. Es war einer der üblichen katastrophalen Tage auf dem Set von ›Black Magic‹ gewesen. Violas Tod war ein weiterer schwerer Schlag für die Produktion, das Fehlen eines höflichen und zugleich effizienten Organisators, wie er es gewesen war, machte sich auf Schritt und Tritt bemerkbar, und in all dem Durcheinander war Orson nur mehr darauf bedacht, die Dreharbeiten irgendwie zu Ende zu bringen und den Film auf den Schneidetisch hinüberzuretten.

Die Via Panama war in den zwanziger und dreißiger Jahren entlang der Parkanlagen der Villa Savoi im Herzen des Parioli-Viertels entstanden. In ausgesprochen schönen modernen Häusern, die in ihrer eleganten Bauweise eher an Entwürfe der besten Futuristen erinnerten als an den snobistischen Protz des offiziellen faschistischen Stils, wohnten nur Reiche, die in jenen zwanzig Jahren ihr Glück gemacht und nach dem Krieg damit nicht aufgehört hatten. Die Dellers – oder besser gesagt Leda De Santis, Witwe Lazzarini – bewohnten seit ungefähr zehn Jahren die Dachterrassenwohnung von Haus Nummer 26.

Orson und Tommaso betraten die lichtdurchflutete Eingangshalle, und der Portier, von Welles' Alfa Romeo beeindruckt, begleitete sie sogleich zum Aufzug und versicherte ihnen, daß die Signora sie erwartete. Sie drückten den Knopf zur fünften Etage.

Dort wurden sie von einem Äthiopier in Hausdienerlivree empfangen, möglicherweise einer Hinterlassenschaft der afrikanischen Jahre von Ledas erstem Mann. Sein Alter war schwer zu schätzen: vielleicht vierzig. Ganz sicher aber war er so groß wie sie beide, nur viel stattlicher. Er nahm ihnen Mäntel und Hüte ab und führte sie in den Salon. Bevor er dort eintrat, hatte Tommaso gerade noch Zeit festzustellen, daß die Wohnung mit der großen, umlaufenden Terrasse wirklich riesig war und die gesamte obere Etage einnahm. Riesig und menschenleer.

Leda hatte ihren Auftritt äußerst sorgfältig vorbereitet. Der weitläufige Salon war mit futuristischen Tapisserien und Bodenteppichen von Fortunato Depero ausgestattet, allesamt in ziemlich dunklen Tönen gehalten. Es gab keine sperrigen Schränke oder Möbel, sondern nur einen großen Tisch von einfachen, klaren Linien auf der einen Seite und zwei einander gegenüberstehende, lange geschwungene Sofas auf der anderen. Vier weibliche Bronzebüsten unterbrachen die leicht übertriebene Symmetrie des Raums.

Leda trug ein hellgraues Kleid und hatte sich an die einzige Stelle gesetzt, wo das Licht nicht durch eine Dekoration aus Eisen abgeschirmt wurde, einer Art Gitterwerk, das fast bis zur Decke reichte. Das Licht fiel wie ein Schnitt ein und ließ die Züge des Gesichts mit seinen perfekten Proportionen und seiner überaus weißen Haut deutlich hervortreten. In ihrem Profil lag überhaupt nichts Jüdisches – nichts, was an Daniele Coen erinnerte. Fast als habe Ledas Körper seine Herkunft vergessen.

Sie zog an einer Zigarettenspitze.

»*Benvenuti.* Ich freue mich, Sie zu sehen. Bitte, nehmen Sie doch Platz.«

Orson, der immer bereit war, die Faszination einer gelungenen Inszenierung anzuerkennen, beugte sich elegant zum Kuß über die Hand, die ihm Leda reichte. Tommaso dagegen beschränkte sich darauf, sie zu drücken, setzte sich in sicherem Abstand hin und überließ Orson sozusagen die Rampe.

Nachdem er seinen »Sekretär« vorgestellt hatte, ging Orson gleich aufs Ganze. »Ich sage ohne alle Umschweife, Mrs. Deller, ich empfinde ein gewisses Unbehagen ...« Er legte die Betonung auf »Mrs. Deller«.

Leda zuckte mit keiner Wimper, wandte sich ihm aber zu und blickte ihn fest an. Orson durchfuhr es, denn noch mehr wie auf den Fotos fiel ihm auf, daß ihre Augen den gleichen

Schnitt und die gleiche Farbe hatten wie die von Dolores Del Rio.

»Ich verstehe, was Sie sagen wollen. Sie waren doch neben ihm, als mein Mann gestorben ist, oder?«

Orson nickte.

»Ich glaube, niemand sollte sich für sein Schicksal verantwortlich fühlen. Alessandro hatte seines schon vor langer Zeit gewählt.«

Tommaso hörte, wie der Sargdeckel über dem Kopf des Gemahls dieser Signora zum zweiten Mal zuschlug. Orson verstand indessen auf Anhieb, warum Leda mit dem Tonfilm ihre Filmkarriere beendet hatte. Obgleich ihre Stimme auf ein unnatürlich tiefes Register eingestellt war, neigte sie zu scharfen, geradezu aufdringlichen Spitzentönen.

»Sicher«, sagte Orson. »Doch im Inneren habe ich ...«

»Ich verstehe Sie vollkommen.«

Es war überdeutlich, daß für die Witwe dieses Thema erledigt war.

»*Okay, let's get down to our film.* ›Othello‹. Ich bin von einer Ihrer alten ..., von einer Ihrer Fotografien umgehauen worden, die ich zufällig gesehen habe.«

»Aus welchem Film?«

Orson wandte sich an Tommaso um Hilfe, ohne sie zu bekommen.

»Ich ... äh ... ich weiß nicht ...«

Leda beugte sich vor, um die Zigarettenspitze abzulegen, und streifte dabei fast Orsons Arm. Sie benutzte ein exotisches Parfum, das nach Afrika roch und nach Wüstenwind, wie Orson es nicht kannte, obwohl er etwas verstand von weiblichen Düften.

»Sie sind jung, Signor Welles, und ich bin ein Profi. Es ist also sinnlos, um den heißen Brei herumzuschleichen. Ich habe etwas für Sie vorbereitet. Folgen Sie mir bitte.«

Sie stand auf. Sie war nicht sehr groß, ganz sicher kleiner als ihre Tochter. Tommaso und Orson blickten sich kurz an und verständigten sich über den Eindruck, den sie bekommen hatten: eine Frau, kalt und sinnlich wie eine Schlange, die sich langsam aus ihren Verknotungen herauswindet.

Sie folgten ihr in den Korridor, wo der Äthiopier wartete. Sie gab ihm ein Zeichen, mit etwas weiterzumachen, was sie offenbar vorher verabredet hatten, und er verschwand hinter einer kleinen Tür. Leda ließ sie in einem Zimmer Platz nehmen, das Orson gleich als Projektionsraum erkannte, mit einer Leinwand auf der einen Seite und den Fensterchen für den Vorführapparat auf der anderen. Doch die Ausstattung ... die Ausstattung entsprach dem überhaupt nicht. Es war, als würden sie ein dekadentes Heiligtum betreten: der große Orientteppich, die Wandbehänge aus Brokat, die chinesischen Vasen zu beiden Seiten der Leinwand, die Jugendstilsofas – alles das schien sie in das erste Jahrzehnt des Jahrhunderts zu katapultieren.

So, als würde sie ihre Gedanken lesen können, begann Leda mit Erklärungen. »Das alles sind Dinge, die meinem ersten Mann gehörten. Sie sind schön, gehören aber zu anderen Zeiten. Ich ziehe es vor, sie hier, im Halbdunkel der Projektionen, aufzubewahren. Draußen würden sie ihren Sinn verlieren.«

Tommaso hatte das unangenehme Gefühl, sich in einer Reliquiensammlung zu befinden.

Leda öffnete ein niedriges Barmöbel aus Mahagoni. »Möchten Sie etwas trinken?« fragte sie.

Tommaso lehnte freundlich ab, Orson dagegen war der Meinung, ein Glas Cognac würde ihm schon nicht schaden.

»Ich habe ein paar Ausschnitte aus einigen meiner Filme vorbereitet. Sie sind nicht gerade aus jüngster Zeit, aber ich denke, das ist die beste Art, einen Anfang zu machen.«

Das Licht ging aus, und die Leinwand wurde hell. In einem hatte Leda recht: Diese Art von dekadentem Museum schien sich im Halbdunkel stärker zu beleben als im Licht.

Als der Film nach zehn Minuten zu Ende war, atmete Tommaso, der sich während der Vorführung nervös in seinem Sessel hin und her bewegt hatte, vor Erleichterung tief durch. Er schaute Orson an und bemerkte an ihm einen eigentümlichen Ausdruck, den er einen Augenblick später entzifferte. Dieses Zeug hatte ihm gefallen! Natürlich nicht vom künstlerischen Standpunkt aus, sondern als filmische Kuriosität.

»Das ist wirklich … faszinierend. *Charming – and you were … I mean,* Sie sind … wunderschön.« Er sagte es voller Überzeugung.

Leda nahm das Kompliment mit einem Lächeln hin, dem ersten. Tommaso spürte, daß sich zwischen ihr und Orson etwas entspannt hatte, und beschloß, die Gelegenheit beim Schopf zu packen.

»Mein Kompliment, Signora. Aber ich möchte Sie bitten, mich zu entschuldigen. Bei der Scalera wartet man auf einen Telefonanruf von mir. Darf ich Ihren Apparat benutzen?«

»Selbstverständlich. Sie finden ihn im Arbeitszimmer, wenn Sie hinausgehen rechts. Aber Sie müssen allein zurechtkommen. Außer Amediè, der im Vorführraum ist, habe ich kein Hauspersonal.«

Tommaso fand, daß die Situation sich für eine Inspektion der Wohnung geradezu anbot.

»Keine Sorge. Wartet bitte nicht auf mich. Es könnte länger dauern. Und schließlich geht es hier um Signor Welles.« Tommaso begleitete den letzten Satz mit einem ironischen Lächeln und ging hinaus.

»Der nächste Film ist einer der ersten Tonfilme, die in Italien gedreht wurden. Er ist ein bißchen länger als der andere. Ich hoffe, daß es Sie interessiert«, sagte Leda.

Orson hatte keine Mühe, sie davon zu überzeugen, ja, er war wirklich interessiert. Leda De Santis war ganz ohne Zweifel eine Schauspielerin von natürlicher Begabung, auch wenn es ihr völlig an Technik und Disziplin mangelte. Orson wollte den Beginn ihrer Komplizenschaft nutzen und auch die Zeit, die Amediè brauchte, um die Filmrolle in den Projektor einzulegen.

»Wissen Sie, wer mir von Ihnen erzählt hat? Guido Viola.«

Orson nahm den Schatten war, der über Ledas Gesicht huschte. Er hatte noch nicht herausgefunden, was das bedeutete, als die steinernen Worte von Leda De Santis zu ihm drangen. »Bedauernswerter Mann, Guido Viola.«

»Ich denke doch, er war Ihr Freund ... Er hat mir von einer Urkunde im Jahr '43 erzählt.«

Leda blickte ihn mit aufrichtigem Erstaunen an. »Was für eine Urkunde?«

»Die, die besagt, daß Sie keine Jüdin sind.«

»Hat er wirklich eine dieser Urkunden besorgt?«

»Ja.«

Leda versuchte ein Lächeln, das Mitleid ausdrücken sollte, dann aber doch mehr etwas wie Lästigkeit zeigte.

»Viola war in mich verliebt. Ich glaube, er war es, seit er mich in den zwanziger Jahren kennengelernt hatte, aber ich war verheiratet, und er war ein Mann mit alten Grundsätzen. Als mein erster Mann starb, fing er allerdings an, mir den Hof zu machen. Zunächst diskret, dann immer drängender. Ich hatte nichts gegen seine Freundlichkeiten und Aufmerksamkeiten. Er war imstande, mir jeden Tag eine andere Blume zu schicken, passend zu jeder Gemütslage: diese Art von unbeholfen-komischer Romantik, verstehen Sie? Aber ich hätte mich niemals in ihn verlieben können. Er mußte sich mit meiner Freundschaft zufriedengeben. Dann kam der Krieg. Ich hatte mir noch nie Sorgen darum gemacht, daß ich Jüdin bin, meine Umgebung war weit von derartigen rassistischen Albernheiten entfernt. Aber dann änderte sich alles mit den Deutschen, und nach der Durchkämmung des Ghettos bekam ich Angst. Große Angst. Und damals kam Viola zu mir. Er war tief erschüttert, er wollte unbedingt, daß ich mit ihm an einen sicheren Ort auf dem Land fliehe.«

»Hat er Ihnen die Urkunde nicht gegeben?«

»Nein, ich habe ihn nie etwas darüber sagen gehört. Aber das war typisch für Viola. Er wußte, daß ich niemals mit ihm gegangen wäre, wenn er sie mir gegeben hätte. Aber er hielt sie für alle Fälle bereit, falls die Nazis da hingekommen wären, wo wir waren. Aber sie sind nicht gekommen.«

Den letzten Satz sprach sie mit einem Seufzer aus. Dann nahm sie eine Metalldose voll langer, dünner Zigaretten und zündete eine an.

»Dort blieben wir bis Juli 1944, als Rom befreit wurde. Er sagte, es sei die schönste Zeit seines Lebens gewesen. Gleiches kann ich für mich nicht behaupten. Mit Viola Mann und Frau zu spielen, war nicht unbedingt mein größter Traum. Als wir nach Rom zurückkehrten, wollte er mich unbedingt heiraten, aber ich weigerte mich und versuchte, ihn so wenig wie möglich zu sehen.«

Orson dachte an Violas trauriges Gesicht, an seine Resignation gegenüber den paradoxen Widersprüchen, die sein öffentliches und privates Leben kennzeichneten.

»Haben Sie sich nicht als ... undankbar empfunden?«

Leda verzerrte die Lippen, was einem rasiermesserscharfen Schnitt gleichkam.

»Undankbar? Dankbarkeit ist eine Sache, Signor Welles, und Gefühl eine ganz andere.«

Die Lichter gingen wieder aus, und der Vorspann lief.

»Und Ihre Tochter? War die bei Ihnen?«

»O nein! Aurora hatte im Juli desselben Jahres geheiratet, und ihr Mann wurde gleich zur Botschaft in Berlin versetzt. Es mag vielleicht sonderbar klingen, aber sie war im Herzen des Reichs sicherer als ich. Ich war es, die ohne die Unterstützung meines Schwiegersohns niemanden hatte, der mich beschützte. – Die Kopie ist nicht die allerbeste, ich hoffe, Sie werden mir das nachsehen.«

Orson konzentrierte sich auf die Leinwand und versuchte, in den Bildern den wirklichen Charakter dieser Frau zu erfassen, die so distanziert und erhaben wirkte, so fern der Zuneigung einer Familie, die sie völlig vergessen hatte, und eines Mannes, der sie über zwanzig lange Jahre geliebt hatte.

Ohne es zu wollen, stellte er sich plötzlich die Frage, was sie eigentlich erregen könnte.

5.

Tommaso wollte sichergehen, daß außer ihnen niemand im Haus war, und machte daher einen großen Rundgang bis zum Arbeitszimmer. Die Wohnung hatte etwas von Reichtum, der aber nicht ins Auge stach. Man hätte es auch als Luxus bezeichnen können, der sich aufs Wesentliche beschränkte und die Schönheit und das Maß zu seinen Vorzügen machte.

Tommaso warf einen schnellen prüfenden Blick in einen anderen großen Raum, in das Eheschlafzimmer und noch zwei Gästezimmer, das Bad, die Küche. Den Bereich der Hausangestellten ließ er beiseite und kam schließlich ins Arbeitszimmer, wo er ursprünglich ja auch hingewollt hatte.

Es war ein sechseckiges Zimmer mit einer zentralen Säule, um die herum ein schöner runder Nußbaumtisch gearbeitet worden war. Die eine Seite führte auf die Terrasse, an den anderen waren Bücherregale angebracht. Die Bände darin machten den Eindruck, daß sie seit langem nicht mehr in die Hand genommen worden waren. Auf der rechten Seite ein Schrank im selben Stil wie die Bücherregale. Tommaso ging zum Tisch und schob die verschiedenen Stapel von Illustrierten und Büchern beiseite, die sich dort auftürmten. Zwischen dem einen und dem anderen Stapel lag eine fingerdicke Staubschicht. Das hier war mit Gewißheit nicht das am häufigsten aufgesuchte Zimmer in der Wohnung.

Er nahm die Bücherregale in Augenschein. Eine ganze Abteilung war der Fliegerei gewidmet. Dann einige Klassiker des Faschismus, von Farinacci bis Gentile, und Romane unterschiedlichster Genres. Tommaso kam zum Schrank und versuchte, ihn zu öffnen, aber vergebens. Er sah sich das Schloß genauer an, zog ein Taschenmesser aus der Tasche, schob die Klinge ins Schloß und machte einen Ruck. Die Schranktüre öffnete sich weich.

Er warf einen Blick in den Korridor und sah, wie Amediè aus der Vorführkabine schnell herauskam und wieder hineinging. Kein Problem. So, wie er gehofft hatte, daß der erste Film nur kurz sein würde, wünschte er sich nun, daß das zweite Meisterwerk von Leda De Santis so lange wie nur irgend möglich dauern sollte.

Es gehörte zum Sonderbarsten, was ihm je vor die Augen gekommen war. Orson konnte sich nicht vorstellen, wem eine derartige Anhäufung von Ungereimtheiten und Extravaganzen eingefallen war. Zunächst einmal handelte es sich um einen wie ein Stummfilm gedrehten Tonfilm. Wahrscheinlich hatte der Regisseur der neuen Technik nicht allzu sehr vertraut, den Dialog auf ein Mindestmaß beschränkt und die Schauspieler so in Szene gesetzt, als würde es noch die Erklärungstafeln geben. Dies wiederum gab Leda die Möglichkeit, ihr gesamtes Ausdrucksrepertoire auszubreiten, von verhängnisvoll bis melodramatisch, zumal es sich um die klassische Dreiecksgeschichte handelte, in der der schöne, männermordende Vamp ihren Liebhaber, einen Zirkusakrobaten, dazu antreibt, ihren Gatten umzubringen.

Mitten in die Stille dieser mehr als unwahrscheinlichen Handlung platzten wie Feuerwerkskracher Musiknummern zu Wasserballettchoreographien, mit einer maßlosen Pracht von Unterwasseraufnahmen. In diesen Sequenzen nahm sich Leda keineswegs zurück. Sie tauchte ein, schwamm, drehte Pirouetten unter Wasser und stellte ihren beneidenswerten Körper in einer Weise dar, die man – außerhalb dieses Zusammenhangs und dieses Schwimmbeckens – als unangemessen betrachtet haben würde.

Orson bemerkte, daß für Leda ganz sicher nicht der körperliche Verfall das Maß der verflossenen Zeit war. Ihr Körper schien keineswegs gealtert zu sein. Im Gegenteil, ihre schneidende Art zu antworten, die durchaus Klasse verriet, entsprach der authentischen Entwicklung dieser Figur einer jungen Femme fatale. Einer Frau, für die man töten könnte. Und auch sterben. Was hätten wohl Lazzarini, Deller und Viola gesagt, wenn sie noch hätten reden können? Hätten sie bestätigt, daß auch Leda – so wie Orsons beste Freundin in Hollywood, Marlene Dietrich – sich an öden Nachmittagen damit beschäftigte, die Männer zu zählen, die für sie gestorben waren?

Papiere. Eine ungeheure Menge von Papieren, eingezwängt in einen Schrank mit sechs großen Zwischenbrettern, die aber immer noch nicht ausreichten.

Tommaso hätte einen ganzen Nachmittag gebraucht, um sie alle zu untersuchen. Er mußte ganz einfach hoffen, Glück zu haben. Die erste Aktenmappe, die er in die Hand nahm, enthielt die Bankbewegungen von Alessandro Deller im Jahr 1938. Darunter befanden sich weitere Faltordner mit der Aufschrift »Versicherungen«, »Wertpapiere« und so weiter. Deller war zwar ein verderbter Mensch, hatte aber die Buchhalterei erlernt, und das sah man. Alles schien nach einer logischen Ordnung zusammengestellt, auch wenn dies einem Fremden nicht unmittelbar ins Auge fiel.

Tommaso versuchte es mit einem anderen Regal. Briefe von Leda diesmal. Abgesandte und empfangene Briefe. Ein an Deller adressierter begann: »Dein Mund auf meiner Brust...« Er trug das Datum des 2. November 1946: die Zeit ihrer »Verlobung«. Eine schnelle Durchsicht der anderen machte Tommaso klar, daß es sich auch um noch ältere Korrespondenz handelte. Doch diese Briefe und ein ganzer Block mit Empfangsbestätigungen unterschiedlichster Art und ausgestellt auf die Witwe Lazzarini zeigten, daß dieser

Schrank nicht nur von Deller benützt worden war, sondern beiden Eheleuten diente.

Enttäuscht wollte Tommaso den Schrank gerade wieder schließen, als er hinten, halb verborgen durch die leicht geöffnete Schranktüre, einen Haufen Dokumentenmappen in Behältern bemerkte, die ihm bekannt vorkamen. Verblüfft blieb er einen Augenblick lang reglos stehen, konnte den Anblick dann aber sehr schnell in seinem Verstand einordnen. Es war der gleiche Typ von Behältern, die er tagelang in Frascati auf- und wieder zugemacht hatte: die nämlich, in denen Cecchini seine Dokumente aufbewahrte.

Tommaso fing an zu lachen. Ein Buchhalter. Ein gottverdammter Buchhalter. Hier also war das ohne Cecchinis Wissen fortgeschaffte Zeug gelandet. An der offenkundigsten und eben deshalb am wenigsten sicheren Stelle. Warum hatte Deller es weggeschafft? Hatte Leda ihm den Auftrag dazu gegeben?

Tommaso kniete sich hin und öffnete die erste Mappe.

Leda war der Vorführung still gefolgt, sehr konzentriert, so als hätte sie diesen Streifen noch nie gesehen. Nur einmal hatte sie eine Bemerkung fallen lassen: »Im ›Othello‹ gibt es ja nicht sehr viele Frauenrollen, abgesehen von Desdemona.«

Glücklicherweise war das ein Einwand, auf den Orson sich vorbereitet hatte.

»Das stimmt nicht. Da ist Bianca, Cassios Geliebte. Und Emilia, Jagos Gattin …«

Leda hatte ein paar Sekunden nachgedacht, bevor sie weitersprach. Orson begriff, daß diese Namen ihr nicht sehr viel sagten. Sie war eine Filmschauspielerin und kannte Shakespeare nicht besonders. Das brauchte sie auch nicht, ihre Sorgen waren anderer Art.

»Sind das junge oder alte Personen?«

Orson hatte so getan, als habe er nicht verstanden, und Leda hatte nicht weiter nachgehakt.

Dann kam das große Finale. Leda versuchte mit tragischen Gesten ihrer Verhaftung zu entgehen. Es gelang ihr, die Polizisten zwischen den Zirkuszelten abzuhängen und in eine Art dunklen Gang einzudringen. Das war nicht unspannend, auch wenn die Musik eine schlechte Imitation von Mascagni war. Im Dunkeln berührte Leda eine mechanische Vorrichtung und fand sich mitten in einem Löwenkäfig wieder. Eine wirkungsvolle Kameraeinstellung: sie inmitten der fauchenden, brüllenden wilden Tiere, dann verschiedene Großaufnahmen von ihr, von den Tieren und vom gefährlichsten Löwen. Leda blickte voller Angst in die Kamera, dann schlug sie ihre Hände vors Gesicht, in Erwartung, daß der Löwe sich auf sie stürzt. Eine schlichte und doch dramatische Geste von großer Wirkung.

Dann der Abspann.

Orson machte große Komplimente. »Sehr schön ... sehr beeindruckend. Wie haben Sie den Trick mit den Löwen hinbekommen?«

Der Streifen war abgespult, und das von der Leinwand zurückgeworfene weiße Licht fiel auf Ledas eiskaltes Gesicht.

»Trick? Es gab keinen Trick. Sie hatten gefressen, und natürlich stand ein Dompteur bereit, um nötigenfalls einzugreifen. Aber es waren richtige Löwen, und ich stand mittendrin.«

Tommaso untersuchte drei Mappen, bevor er etwas fand, das ihn interessierte. Die ersten enthielten nur klassisches Erpressungsmaterial, und davon hatte er schon genug bekommen, als er Cecchinis Archiv durchgesehen hatte. Aber die zuletzt durchgesehene Mappe hatte ihm enthüllt, daß Deller und Traversa sich mit Cippico Pressners Unterstützung auf Spekulationen eingelassen hatten. Er dachte an seinen Besuch im Vatikan, an Cippico Pressners Worte – »Oh, ja, wir haben zusammen ein paar gute Finanztransaktionen durchgeführt ...« – und an die mit dem Namen von Colonnello Traversa versehene Aktenmappe auf seinem Schreibtisch.

Soweit er verstehen konnte, hatten Deller und Traversa an Cippico Pressner beachtliche Summen für den Ankauf riesiger Mengen kubanischen Zuckers überwiesen. Er erinnerte sich dunkel, in den Zeitungen etwas über einen »Skandal mit kubanischem Zucker« gelesen zu haben, konnte aber die Einzelheiten dieser Geschichte nicht mehr zusammenbekommen. Er wollte ihr jedenfalls nachgehen. Er schloß diese Mappe und öffnete die nächste.

Ganz obenauf lag ein Foto. Ein pornographisches Foto. Eine unbewußte erste Reaktion ließ ihn glauben, es handle sich um Aurora: eine nackte Frau, weich hingegossen auf einer Unzahl von Kissen, in einer Umgebung, die einen orientalischen Harem nachzuahmen versuchte. Ganz und gar authentisch dagegen war der nackte, muskulös gebaute Afrikaner mit seinem erigierten Glied, mit dem er sich ihr näherte.

Tommaso erkannte sofort Amediè, dagegen brauchte er ein paar Augenblicke, bis er begriff, daß unter der seltsam orientalischen Haartracht nicht Auroras Augen hervorblickten, sondern die ihrer Mutter: Leda De Santis.

Dann zwang ihn das Schütteln an seiner Schulter sich umzudrehen, und sein Blick traf auf das harte, undurchdringliche Gesicht des Äthiopiers.

Als der Film zu Ende war, warteten Orson und Leda darauf, daß das Licht wieder anging. Aber sie blieben weiter im Dunkeln vor der hellen Leinwand sitzen.

Leda wurde nervös. »Entschuldigen Sie mich. Ich gehe nachsehen, was mit Amediè los ist«, sagte sie.

Da hörten sie auch schon die Stimme des Äthiopiers von draußen. Ein Ruf in einer knappen, geheimnisvollen Sprache, aber man brauchte sie nicht zu verstehen, um zu erkennen, daß es ein Alarm war.

Leda stürzte aus dem Vorführraum, Orson folgte ihr. Als sie das Arbeitszimmer erreichten, stand Tommaso mit dem Foto in der Hand neben dem geöffneten Schrank, der Afrikaner stand an der Tür und versperrte ihm den Weg.

Leda zwängte sich an ihm vorbei und betrat das Zimmer. Zuerst blickte sie auf den Stapel von Papieren, dann auf das Foto, das in Tommasos rechter Hand baumelte, und schließlich auf Tommaso selbst.

»Wer hat Ihnen die Erlaubnis dafür gegeben? Wie haben Sie es wagen können?« schrie sie. Ihre Stimme kreischte wirklich, wenn sie sie nicht unter Kontrolle hatte.

Tommaso warf einen Blick zu Orson hinüber, der im Korridor stehengeblieben war und mit der Situation nichts anzufangen wußte. Tommaso mußte selbst nach einem Ausweg suchen. Er setzte eine arrogante Miene auf.

»Man muß nicht erst um Erlaubnis fragen, wenn man im Abfall wühlt.«

Ledas Ohrfeige saß. Sie glühte in seinem Gesicht. Tommaso zuckte mit keiner Wimper.

»Ich muß schon sagen, Ihr Mann ... ich meine, Ihr zweiter Mann«, feixte er bösartig, »hat sich seine Freunde wirklich ausgesucht. Auch seine Frauen. Und jetzt sind Sie es ja wohl, die die Bude hier zusammenhält, oder?«

Tommasos aggressive Taktik schien Wirkung zu zeigen. Leda ballte die Fäuste, ihre Stimme wurde aber kleinlaut. »Ich weiß nicht, wovon Sie reden.«

»Ach, nein? Von der ... na, nennen wir es einmal Erbschaft, die Ihnen Alessandro Deller hinterlassen hat, darüber reden wir hier. Die Beweise für seine Erpressungen. Die sind doch mehr wert als ein Bankkonto. Oder als eine Lebensversicherung ... zugunsten des überlebenden Ehepartners, will ich damit sagen.«

Ledas Augen waren zwei kleine Schlitze geworden, aus denen nur noch Blitze des Hasses schossen. »Amediè, ruf die Polizei«, sagte sie.

»Das ist ja großartig, Signora De Santis. Und was wollen Sie, daß wir den Beamten erzählen? Etwas über Ihren morphiumsüchtigen und kürzlich dahingeschiedenen Mann, der ein Erpresser war? Oder über Ihren ersten, der in Afrika auf geheimnisvolle Weise gestorben ist? Oder etwas über Ihre Tochter? Ist ja noch nicht lange her, daß ich selbst gesehen habe, wie sie in einem gemütlichen Alkoven der Villa Borghese Kokain genommen und sich dem Gruppensex hingegeben hat. Aber das regt Sie wahrscheinlich gar nicht auf, zumal Sie, ihre Mutter, es waren, die ihr mit gutem Beispiel vorangegangen ist.«

Tommaso wedelte mit der Fotografie.

Leda war blaß geworden und sah aus, als sei sie innerhalb weniger Augenblicke um zehn Jahre gealtert. Die Haut über ihrem Gesicht hatte sich gespannt, und ihr Oberkörper war eingesunken.

»Was wollen Sie? Was suchen Sie?« hauchte sie mit dünner Stimme.

Sie drehte sich zu Orson um und sah ihn fest an. Orson las in ihrem Gesicht die Enttäuschung und den verletzten Stolz. Der Trick mit den angeblichen Probeaufnahmen machte sie ebenso fertig wie Tommasos Anschuldigungen.

»Wieso sagen Sie es uns nicht selbst?« erwiderte Tommaso überheblich.

»Raus hier!«

Ledas Stimme kam nicht mehr aus ihrem Körper, sondern aus einem Rest von Haß und von zurückgehaltener Wut.

»Einverstanden«, sagte Tommaso. »Aber diese Papiere nehmen wir mit.«

»Nein. Amediè ...«

Ein Zeichen von Leda genügte, und Orson befand sich in der eisernen Umklammerung des Äthiopiers. Mit einer Hand drehte er einen Arm nach hinten, mit der anderen verschloß er ihm die Kehle.

Tommaso machte einen Satz zu ihnen hinüber, doch Amediè drückte nur noch fester. Er ließ keinen Zweifel daran, daß er beim nächsten Versuch Orson das Genick brechen würde.

Tommaso hob die Hände zum Zeichen der Aufgabe. »Gut«, sagte er. »Einverstanden. Wir gehen ...«

Er ging rückwärts zur Türe, öffnete sie und gab Amediè zu verstehen, daß er jetzt gehen wollte.

»Laß ihn los«, befahl Leda.

Orson hustete, spuckte und prustete, als würde er von einem Tauchgang an die Oberfläche kommen. In zwei Sprüngen war er auf dem Treppenabsatz. Er erreichte Tommaso, der inzwischen hinuntergegangen war, und nutzte den Augenblick, in dem Leda an der Türe erschien, um ihr keuchend seinen Gruß zuzuschleudern.

»Wir ... sehen uns ... wieder, Mrs. Deller ... Wir sehen uns wieder.«

Vom unteren Treppenabsatz blickte Tommaso nach oben.

»Ich habe Daniel Coen kennengelernt«, rief er. »Er lebt in Venedig, auf einer menschenleeren Insel und ist Friedhofsaufseher. Er fragte sich, ob seine Schwester Rebecca sich noch an ihn erinnern würde.«

»Ich hoffe nicht, zum Besten dieses armen Mannes«, fügte Orson hinzu.

»Heiliger Herrgott, der Afrikaner war dabei, mich zu erwürgen ...«

»Gerade du hast in Ledas Sammlung noch gefehlt«, sagte Tommaso grinsend, als er die Tür des Freccia d'Oro vor Orson öffnete. Er ging um den Wagen herum und erreichte die Fahrerseite.

Orson starrte ihn an. »Glaubst du, sie ist es gewesen?«

»Steig ein, Großer Bär.«

Tommaso ließ den Motor an, und der Alfa fuhr in Richtung Piazza Unghería davon.

»Das ist der Typ von Frau, der vor nichts haltmacht«, sagte

Orson erregt. »Ich habe gesehen, wie sie in einen Löwenkäfig gegangen ist, nur um eine effektvolle Szene zu drehen.«

Tommaso sagte nichts.

»Und der Schwarze? Den kommandiert sie doch mit dem Taktstock herum. Und sie läßt sich von ihm durchvögeln. Er ist der ideale Meuchelmörder.«

»Hör jetzt auf, Orson. Du redest wirres Zeug. Ein Afrikaner wäre in einem Filmstudio nicht unbeobachtet geblieben. Halten wir uns an die Fakten, wie mein alter Lehrer sagen würde.«

»Einverstanden. Und um gleich damit zu beginnen: Du hast ein Haltesignal überfahren.«

Tommaso drehte sich nach dem Typ auf der Vespa um, der ihn von der Mitte der Kreuzung aus beschimpfte.

»Auch das stellen wir San Francesco in Rechnung. – Jetzt hör mir bitte zu. Auch ich habe keinen Zweifel daran, daß Leda zu allem fähig ist. Aber sie ist auch eine Frau, die ganz genau weiß, was sie will. Hast du gesehen, wie sie diesen Stapel Dokumente verteidigt hat? Für sie ist das bares Geld. Sie war bereit, dich umzubringen, nur um die nicht zu verlieren.«

»Eben.«

»Eben. Jetzt frage ich mich: Warum sollte eine solche Frau ihren Mann umbringen? Sie muß ein ungeheuer wichtiges Argument dafür haben. Aus Eifersucht? Dazu ist sie nicht der Typ. Aus Geldgier? Möglich, aber sie ist selber reich …«

»Vielleicht aus Rache?«

»Afrika und der Tod des ersten Mannes? Möglich, daß Deller damit zu tun hatte, aber warum ihn dann heiraten?«

»Und jetzt?«

»Und jetzt ist die Wahrheit, daß wir nicht nur nicht wissen, wer Deller umgebracht hat – und ich bezweifle sehr, daß es seine Frau war –, sondern daß wir auch nicht wissen, wie und warum. Wir müssen den Blickwinkel ändern, Orson. Wenn wir weiter das Vergrößerungsglas benutzen, sehen wir nichts anderes als mehr oder weniger ekelhafte Insekten, die um den

Mist herumschwirren ... Wir müssen die Dinge aus einem gewissen Abstand betrachten, um die gesamte Form zu erkennen.«

»Was empfiehlst du? Eine Gesamtaufnahme von einem Scheißhaufen, um deine sublime Metapher fortzuführen?«

Tommaso lachte. »Irgend so etwas in der Art. Zumindest wäre der Gestank nicht so stark.«

»Glaubst du, daß dein Freund und Lehrer inzwischen einen Kontakt hergestellt hat?«

»Das werden wir bald wissen. Er erwartet uns morgen abend um halb neun. Kommst du? Ich würde das als einen persönlichen Gefallen ansehen.«

»Natürlich.«

»Und ich muß dich noch um einen weiteren Gefallen bitten ...«

»Weiteres Geld? Ich habe nicht mehr viel übrig.«

»Fällt mir nicht schwer, dir das zu glauben, bei deinem Lebensstil. Nein, mit dem Geld ist alles in Ordnung. Ich wollte dich nur fragen ...«

»Was?«

»Kannst du mir für morgen abend einen anderen Anzug leihen?«

9. Kapitel

1.

»Du willst meinen Rat? Hier ist er. Laß die Sache sausen. Du bist ein Genie in der Welt des Films, kein Geheimagent.«

Akians Gesichtsausdruck war der einer Marmorstatue. Er hatte sich Welles' Geschichte beim Frühstück angehört, zuerst mit beinahe amüsierter Neugier, dann aber immer ernster und aufmerksamer, wobei er schließlich gar die *crêpes* mit Konfitüre außer acht ließ, ohne die, wie er sagte, kein Frühstück es verdient habe, als Frühstück bezeichnet zu werden. Er war zutiefst besorgt, obwohl Orson blutrünstige Einzelheiten gar nicht erst erzählt hatte, wie etwa den Tod von Cecchini.

»Aber das ist es ja gerade, Michael! Die Handlung, in die wir hineingezogen wurden, ist keine Filmhandlung, sondern besteht aus realen Fakten. Irgend etwas geschieht, und wir müssen herausfinden, was. Warum es ausgerechnet mich trifft, kann ich dir nicht erklären oder nur mit den Worten des Sängers: *Oh, ich bin des Schicksals Köder!*«

Akian schüttelte den Kopf, als Orson ihm umgarnend zuhauchte: »Ich dachte, wir wären Freunde. Ich dachte, du könntest mir helfen.«

»Du kannst mich um Geld bitten, um Empfehlungen oder auch um einen Palazzo wie diesen hier, Orson. Aber wie kann ich dir in einer solchen Angelegenheit helfen? Nein, die einzige Art, dir eine Hand zu reichen, ist die, dich davon zu überzeugen, daß diese Geschichte nichts für dich ist.«

Orson stand auf und kehrte sich der Terrasse zu, hinter der sich das noch schläfrige Rom ausbreitete.

»Wenn ich eines überhaupt nicht vertragen kann, dann ist

es das, daß es Dinge geben soll, die mich nichts angehen, nur weil ich Schauspieler bin. Ich bin verdammt noch mal nicht Tyrone Power! Ich lebe nicht in Beverly Hills, ich weiß, was in der Welt vorfällt! Vor zwei Jahren habe ich einen Fall von Rassismus wieder aufrollen lassen und den Schuldigen festgenagelt. Wußtest du das? Und davor habe ich für Roosevelt gearbeitet. Ich habe Geheimaufträge für die Regierung ausgeführt. Michael.«

Orsons Ausbruch von Stolz schien Akian einen Augenblick lang zu belustigen. Er setzte sein sphinxhaftes Lächeln auf. »Muß ich dir glauben?«

»Nicht einmal Rita hat das geglaubt. Sie dachte, ich wäre weg, um sie mit irgendeiner Tänzerin zu betrügen. Man hat sie unmittelbar aus dem Weißen Haus anrufen müssen, um sie zu überzeugen.«

Orson setzte sich wieder hin und griff nervös nach einem Hörnchen in dem Silberkorb. »Mist, verdammter, und das, obwohl ich Tänzerinnen doch so mag ...«, seufzte er.

Akian schob den Teller mit den inzwischen kalt gewordenen *Crêpes* von sich weg und beobachtete, wie sein Gast das Hörnchen mit zwei Bissen verschluckte.

»Ich werde versuchen, dir meine Haltung zu erklären, Orson. Weißt du, warum ich habe, was ich habe, und mir die Ehre und das Vergnügen erlauben kann, dich hier zu haben? Weil ich versuche, ohne Feinde zu bleiben. Erklärte Feinde, meine ich, denn es ist selbstverständlich, daß man sich im Bereich der großen Geschäfte unausweichlich Feinde schafft. Und in diesem Augenblick ist mein größter Gegner der Vatikan.«

»Der Greif, der den Mönch im Schnabel trägt, nicht?« bemerkte Orson und zeigte mit dem Finger auf das Wappen auf den Kristallgläsern.

»Genau. Ich will ganz aufrichtig zu dir sein, Orson: Ich hasse die Katholischen noch mehr als die Kommunisten. Ich hasse sie von Natur aus, aus Prinzip und aus Notwendigkeit.

Von Natur aus, weil ich Orientale bin. Aus Prinzip, weil mich ihre falsche Moral anwidert. Aus Notwendigkeit, weil sie meine unmittelbaren Konkurrenten sind, wie du ja wohl aus deinen Verbindungen zu Cippico Pressner bemerkt haben wirst. Aber es handelt sich um einen stillen Krieg mit sehr viel Lächeln. Erinnerst du dich an den Tag, an dem ich dich in den Vatikan begleitet habe?«

Akian goß sich frischgepreßten Orangensaft ein. Orson beobachtete, wie die blutrote Flüssigkeit das Glas mit dem Wappen füllte.

»Ich habe zwei Möglichkeiten, in diesem Krieg zu kämpfen. Angreifen oder abwarten. Ich bin immer fürs Abwarten, bevor ich irgendwelche Initiativen ergreife. Mir liegt nicht daran, zu siegen, sondern einen Waffenstillstand zu guten Bedingungen anzubieten. Niederlagen bleiben im Gedächtnis haften und lassen den Wunsch nach Rache entstehen. Wenn du aber den Gegner den entscheidenden Fehler begehen läßt – oder wenn du ihm ohne sein Wissen hilfst, ihn zu begehen –, wird er dein Friedensangebot als eine Geste des guten Willens verstehen und darauf verzichten, dir weiterhin zu schaden.«

»Äußerst subtil, Michael. Aber erzählst du mir das alles, um mir zu sagen, daß du keinen Finger krümmst?«

Akian nahm einen langen Schluck Orangensaft. Orson stand enttäuscht auf.

»Wir werden uns bald sehen, Michael. Komm am Schneidetisch vorbei, wann immer du willst. Einen guten Tag.« Er ging in die Richtung seines Zimmers.

»Du wirst nicht auf mich hören, Orson, oder?« Ein besorgtes Zittern lag in Akians Stimme. »Du wirst weiter deinen Weg gehen.«

Orson drehte sich um, führte die Hand an seine Brust und verbeugte sich majestätisch. »Ich bitte um Vergebung. Graf Cagliostro wird auf dem Set erwartet.«

Akian kicherte, dann legte er den Zeigefinger auf seinen

Mund. »Vorsicht, mein Freund, du weißt nicht einmal, wer deine Feinde sind ...«

Die Espressomaschine hinter ihm donnerte und pfiff wie eine Lokomotive. Damit er am anderen Ende der Leitung verstanden werden konnte, mußte Tommaso lauter sprechen. Aber niemanden kümmerte das. In dieser Bar an der Ecke der Via Amba Aradam, direkt unter seiner neuen Wohnung, war Hochbetrieb.

»Ja, Antonio, der Skandal mit dem kubanischen Zucker. Erinnerst du dich daran?«

Antonio Capocefalo, sein alter Freund aus Universitätstagen und jetzt Wirtschaftskorrespondent der Zeitung ›Momento sera‹, antwortete langsam und ironisch, wie es sich für einen Intellektuellen aus dem südlichen Italien, der etwas auf sich hielt, seiner Ansicht nach gehörte.

»Aber sicher, wie könnte ich die Geschichte vergessen haben? Was willst du wissen?«

»Na ja, alles, ganz einfach gesagt.«

»Wenn man alles ganz einfach erklären könnte, was sollten wir Journalisten dann noch, Tommaso? Na gut, ich will versuchen, dich zufriedenzustellen: Vor etwa sechs Monaten war eine Ministerialkommission auf eine merkwürdige internationale Operation aufmerksam geworden. Ein gewisses Konsortium CICA fragte um die Genehmigung an, Zucker im Gegenwert von über viereinhalb Milliarden Lire einzuführen.«

»Was ist daran so merkwürdig?«

»Nun, zunächst einmal hatte nie jemand von diesem Konsortium gehört. Zweitens, eine Einfuhr in dieser Größenordnung hätte ein Monopol für die in Frage stehende Ware geschaffen.«

»Und weiter?«

»Mein Gott, wieviel Hast! Es war offensichtlich, daß hinter diesem Manöver jemand stand, der ein zweifaches Interesse hatte. Das eine: den Marktpreis für Zucker zu bestimmen. Das zweite: Valuta zu exportieren. An diesem Punkt nun tauchte der Brief auf«

»Was für ein Brief?«

»Der Brief der Konventualminoriten, die dem *Istituto Opere Religiose* – du weißt schon, der Bank des Vatikans – einen Großteil der zur Frage stehenden Summe zur Verfügung stellten.«

»Die Minoriten?«

»Äh, ja, die Minoriten, die Minderen Brüder des heiligen Franziskus.«

»Und wie ist die Sache ausgegangen?«

»Wie soll sie schon ausgegangen sein? Überhaupt nicht. Die Kommunisten haben einen ungeheuren Staub im Parlament aufgewirbelt, aber rein technisch hatte man nichts gegen die Operation einwenden können. Und wo das ganze Geld letztendlich gelandet ist, das diese Bewegung hervorsprudeln ließ, wer kann das sagen? Bei mir jedenfalls nicht, das kann ich dir versichern.«

»Dank dir, Antonio.«

»Dein ergebenster Diener, Don Tommasino.«

Tommaso legte auf und dachte nach. Die Minoriten, die fehlten gerade noch. Die Minderen Brüder. Der Schatten des San Francesco sprang hinter jeder Ecke hervor.

Tommaso verließ die Bar, trat auf den Viale mit all seinem Verkehr und ging zu seinem Topolino. Er hatte sich entschlossen, nach Frascati zurückzufahren und noch einmal Cecchinis Papiere durchzusehen. Es war ein schöner Tag mit einem heiteren Winterhimmel, einer von denen, die in Rom bereits an den Frühling erinnern. Wie schaffte es die Welt nur, unter einem solchen Himmel so ekelhaft zu sein?

2.

Tommaso kam kurz vor acht in die Villa Madama. Orson merkte sofort, daß mit ihm irgend etwas nicht stimmte. Andererseits hatte ihn die Erfahrung gelehrt, daß man ein Geständnis, so man es will, auf keinen Fall verlangen oder darum bitten darf. Man mußte nur abwarten, dann servierte es einem der Betroffene auf einem Silbertablett. Tommaso würde nach dem Abendessen reden, wenn ihm danach zumute war.

Sie fanden einen Anzug, der ihm gut stand, stiegen in den Alfa Romeo und fuhren Richtung Zentrum, wo die Koops wohnten. Während der Fahrt berichtete Orson von seinem Gespräch mit Akian.

»Ich hab's dir doch gesagt, daß es sinnlos ist. Ich hoffe nur, daß es nicht auch gefährlich ist.«

Orson ließ sein amerikanisches Lachen aufdonnern. »Akian gefährlich? Aber verstehst du nicht? Michael mag mich! Vielleicht sogar ein bißchen zu sehr ...«

»Was willst du damit sagen?«

»Er ist homosexuell, außerordentlich gepflegt und pervers. Einmal habe ich ihn abends bei einem kleinen Schauspiel in der Villa Madama überrascht, in dieser Art von Theaterchen, das du auf der Party vielleicht bemerkt hast. Es ging da um ein *tableau vivant* mit vier nackten Jungs und einem einzigen Zuschauer im Raum: Michael.«

Tommaso grinste verlegen. »Und ... das stört dich nicht?«

»Nein. Einige meiner besten Freunde sind homosexuell. Und das waren sie in den Jahren, in denen mein Alter mich ... zugänglicher machte, sozusagen. Mehr noch: weißt du, was ich mir vorstelle? Ich habe eine großartige Idee für ›Othello‹.«

»Und welche?«

»Ich will die Rolle des Jago Michael MacLiammoir geben. Er ist einer meiner irischen Paten. Ein großer Theaterschauspieler und unverbesserlich homosexuell.«

»Jago ein ... Weiß Scalera das?«

Orson machte eine abweisende Bewegung mit der Hand.

»Wieso sollte er? Scalera ist ausschließlich dazu da, das Geld zu beschaffen!«

Sie fuhren über den Ponte Margherita in Richtung Piazza del Popolo. Die Bars waren wie immer rammelvoll. Bei Rosati konnte man die ganze Gesellschaft der neorealistischen Regisseure und Drehbuchautoren erkennen, heftig vertieft in die üblichen endlosen Diskussionen. Der Freccia d'Oro bog in den Corso in Richtung Piazza Venezia.

Tommaso war wieder ganz ernst geworden und hing fernen Gedanken nach. Doch plötzlich runzelte er die Stirn. Seine Stimme schlug in ein besorgtes Zittern um. »Was ist denn da los?«

Nun sah auch Orson die Polizeiautos und den Krankenwagen, die dreihundert Meter weiter vorne standen, genau dort, wo die Koops wohnten.

Tommaso drängte sich durch die Menge der Polizisten, wobei er seinen Ausweis schwenkte, während Orson auf der Straße blieb. Erdfahl im Gesicht, stieg er das kurze Treppenstück bis zum Zwischenstock hinauf. Er wußte, was er vorfinden würde, auch wenn sein Bewußtsein sich weigerte, sich das einzugestehen.

Die Wohnungstür, eine ganz normale Flügeltür mit einem einfachen Türschloß, stand weit offen, als wäre sie von einer plötzlichen Windböe aufgestoßen worden. Ein uniformierter Polizist stand in der Diele, während die neugierigen Gesichter der Nachbarn sich auf den darüberliegenden Stufen drängten, aber von zwei weiteren Polizisten unter Kontrolle gehalten wurden.

Tommaso betrat die Wohnung. Dann ging er ins Arbeitszimmer. Es war schlicht, im alten Stil, wie sein Lehrer ja auch. Zwei große Bücherregale auf den Seiten, vollgestopft mit Büchern, ein strenger Schreibtisch aus Nußholz weiter hinten, ein Lesesessel neben einem kleinen Tisch voller Zeitschriften.

Unwirkliche Stille herrschte in der Wohnung. Doch vielleicht herrschte die Stille nur in Tommasos Kopf. Er sah den ausgestreckten Körper seines Lehrers zu Füßen des Schreibtischs liegen. Um ihn herum machten sich zwei Typen zu schaffen, einer schoß Fotos, der andere trug einen weißen Kittel.

Tommaso beugte sich hinunter und berührte vorsichtig die Hand der Leiche.

»Geh mal zur Seite, mach schon, du versaust mir die Einstellung ...«, sagte der Fotograf. Seine Worte erreichten Tommaso von ferne. Es war, als wäre sein Herz unversehens herausgenommen worden und würde in ihm nur eine frische, offene Wunde hinterlassen, rot von Blut und Schmerz.

»Wie ist das passiert?« hörte er sich selbst in nahezu normalem Ton fragen.

»Wie es aussieht«, sagte der Mann im Kittel, »hatten wir einen Hinweis auf eine heimliche Spielhölle in diesem Haus bekommen. Der Tip war offenbar falsch. Als der alte Herr unsere Leute in Zivil sah, bekam er einen Schrecken und wollte um Hilfe rufen. Na, ist ja auch zu verstehen, oder? Nur daß die Jungs, die heute zu uns kommen, allesamt Draufgänger sind, Typen, denen der Finger am Abzug juckt. Drei Schüsse, und der arme Kerl lag tot am Boden.«

Tommaso richtete sich auf und lachte fast ungläubig. »Eine Spielhölle, hier?«

Der Fotograf zuckte mit den Schultern und bekundete damit seine völlige Gleichgültigkeit in dieser Sache.

»Ich bin fertig. Kannst ihn zudecken.«

Der Mann im Kittel breitete ein Bettuch über Koops Körper, das sich an den Wunden mit Blut färbte.

Tommaso lehnte sich ans Bücherregal. Auf dem Tisch sah er eine Illustrierte mit Orsons Foto auf der Titelseite: die letzte Lektüre seines Lehrers, um sich über seinen berühmten Gast kundig zu machen. Hinter dem Schreibtisch ein niedrigerer Tisch mit Porzellangeschirr, bereit für die Gäste. Der gute Espresso von Signora Koop …

Er fühlte seine Beine weggleiten.

Im Flur waren Geräusche zu hören. Stimmen und Schluchzen. Jemand in Zivil führte Signora Koop herein, die neben der Leiche ihres Mannes niederkniete und in lautes Weinen ausbrach.

Nach dem ersten Ansturm von Trostlosigkeit schien sich Signora Matilde etwas zu beruhigen. Da kniete auch Tommaso neben ihr nieder und nahm ihre Hand. Sie sah ihn an, und der unbewußte Ausdruck von Dankbarkeit und Trost, den er in ihren Augen sah, ließ sein Herz mit dem Rest der Welt wieder in Gleichklang kommen.

»Tommaso! Was tust du hier?«

»Aber, Signora Matilde … Ihr Mann hatte mich eingeladen. Wußten Sie das nicht? Wie … wie ist das hier passiert?«

»Sie sind hereingekommen und haben auf ihn geschossen, Tommaso. Sie haben ihm keine Zeit gelassen, irgend etwas zu sagen. Was hatte Mariano denn getan? Jetzt heißt es, es sei ein Unfall. Aber wieso trifft es uns? Wieso? Warum?«

Tommaso wußte nicht, was er sagen sollte, auch wenn er spürte, daß ihm ein Satz im Hals wuchs, der sich langsam zwischen dem brennenden Durst in seiner Kehle und der trockenen Zunge ausbreitete, bis die Worte ihm sozusagen unaufhaltbar von den Lippen glitten. »Es ist meine Schuld. Ich weiß nicht, wieso, aber es ist meine Schuld.«

Zwei durcheinandersprechende Stimmen auf der Treppe brachen in die Stille ein, gefolgt von vulgärem Gelächter. Die Tür des Arbeitszimmers ging auf, und in ihr stand Tufanos vierschrötige Gestalt, gefolgt von De Bernardi und einem weiteren Polizisten.

»Sieh da, sieh da, sieh da. Das ist wirklich eine schöne Überraschung. Wir suchen dich überall, und dabei hätte es genügt, einfach auf dich zu warten. Wir wissen doch, daß du dem Geruch von Leichen nicht widerstehen kannst, oder?«

Tommaso stand auf »Du mieser Bastard! Du hast ihn umbringen lassen.«

Tufano setzte den Ausdruck eines amüsierten Entsetzens auf »O mein Gott, was für ein grauenhafter Vorwurf. Warum reden wir darüber nicht im Polizeipräsidium weiter? Es sei denn, daß auch du Widerstand leisten willst, und in diesem Fall...« Er lachte wieder sein böses Lachen und deutete auf die Leiche.

Da stürzte Tommaso sich auf ihn. Seine Hände drückten Tufanos Kehle zu, und seine Beine drängten ihn zum Ausgang, bevor er sich selbst darüber klarwurde. Er drückte und drängte und gab nicht acht auf die beiden anderen, die sich an seinen Anzug klammerten und versuchten, ihn zurückzuhalten. In wenigen Augenblicken waren sie an der Tür, auf dem Treppenabsatz. Er drückte und drängte, unbekümmert über die Schläge, die er bekam. Tufanos Stimme war zu einem angestrengten, verzweifelten Röcheln erstickt.

Er stolperte über etwas, oder jemand hatte ihm ein Bein gestellt, denn jetzt spürte er, wie er die Treppe hinunterrollte, bis vor die Haustür. Aber seinen Griff lockerte er nicht. Er drückte mit geschlossenen Augen und konzentrierte seine ganze Kraft in den Fingern, die sich tief in Tufanos Kehle eingruben.

Dann riß ihn etwas, eine noch gewaltigere, noch blindere Kraft als seine eigene, vom Gehsteig weg und richtete ihn auf. Er öffnete die Augen und wurde sich bewußt, daß er im eisernen Griff von De Bernardi steckte, der ihm die schlimmsten Beschimpfungen ins Ohr brüllte.

Tufano war zur Seite gerollt, hielt seine Kehle, zwei Kollegen halfen ihm.

»Schlagt ihn! Zertrümmert ihm die Fresse, diesem Scheißkerl!« schrie De Bernardi jetzt.

Tommaso fühlte, wie er aufgerichtet und um einhundertachtzig Grad gedreht wurde, bis seine rechte Gesichtsseite einen Gummiknüppel spürte. Dann sah er nur noch schwarz.

Er bekam einen Haufen Schläge und Tritte ab, bevor es Orson gelang, sich mit seinem stämmigen Körper durchzuarbeiten. Er stürzte sich auf De Bernardi und schleuderte ihn gegen die Mauer. Der Polizist war völlig verdutzt und sah seinen Angreifer an wie ein Lausbub, der von der Mutter Oberin auf frischer Tat ertappt wurde.

»Schluß jetzt! Schluß jetzt!« rief Orson mit seiner gewaltigen Stimme, die durch die ganze Straße hallte, »oder ich reiße euch allen den Arsch auf! Ich bringe eure Gesichter und Namen auf die Titelseite einer jeden Zeitung in Rom! Ich bin Orson Welles, *capito*? Orson Welles!«

Der uniformierte Polizist ließ Tommaso los, der wie ein Sack Kartoffeln zu Boden sank. Orson kam ihm zu Hilfe. Er nahm seinen Arm, legte ihn sich um den Hals und half ihm aufzustehen.

Sie gingen zum Wagen, der mit offenen Türen an der Straßenecke stehengeblieben war. Die Polizisten wußten nicht, was sie tun sollten. In ihrer mentalen Polizistenordnung waren die Drohungen eines amerikanischen Filmstars etwas, worauf sie nicht vorbereitet waren.

Orson setzte Tommaso auf den Beifahrersitz, dann spürte er, wie Tufano ihn am Arm packte. Er war gezwungen, sich umzudrehen. Die anderen Polizisten und Passanten schauten ihnen schweigend zu. »Sag deinem Freund: er ist ein toter Mann«, zischte Tufano. »Ich warte auf ihn. Und du bete zu Gott, daß du nicht bei ihm bist, wenn es passiert.«

Orson wartete nicht erst, bis Tufano ihn wieder losließ. Er stieß ihn weg, stieg ins Auto und schoß in Richtung Piazza Venezia davon.

3.

Orson fuhr auf gut Glück durch die am hellsten beleuchteten Straßen und kontrollierte hin und wieder im Rückspiegel, ob ihnen auch niemand folgte. Neben ihm auf dem Beifahrersitz jammerte Tommaso.

»Sie haben ihn umgebracht, Orson. Sie haben ihn umgebracht, weil er alles herausgefunden hat.«

Orson drehte sich zu ihm, um seinen Zustand zu kontrollieren. Der Teil des Gesichts, der von dem Gummiknüppel getroffen worden war, schwoll bläulich zu einem Bluterguß an. In der Tat eine überzeugende Interpretation eines Menschen, der gerade aus einer Schlägerei hervorgekommen war. Mit einer Besonderheit, die Orson überraschte. Tommaso weinte. Zwei Tränenbäche liefen über seine Wangen. Aber nicht, weil er Schmerzen hatte.

»Wo können wir hin? Jetzt wissen sie, daß wir zusammen sind. Frascati ist nicht mehr sicher. Villa Madama …«

Tommaso protestierte und versuchte, sich zu bewegen, aber es tat zu weh. Dann schlug er vor: »Fahren wir zu mir, nach San Giovanni. Da sind wir sicher.« Er erklärte Orson, wie er fahren mußte.

Orson half Tommaso beim Aussteigen. Sie gingen lautlos ins Haus. Der Anblick des einzigen Zimmers, aus dem »die Wohnung« bestand, ließ Orson erschaudern. Außer einer Matratze auf einem durchhängenden Metallgestell und zwei muffigen Wolldecken, einem ramponierten Tisch mit einem Stuhl und einem Waschbecken ohne fließendes Wasser gab es nichts. Kein Anzeichen, daß das Zimmer beheizt werden konnte.

Kaum spürte Tommaso die Matratze unter sich, kauerte er sich zusammen. Einige Minuten lang verlor er das Bewußtsein. Dann kam er wieder zu sich und spürte den Schmerz, der von seinem Gesicht bis zu den Rippen hinunter auf ihn einhämmerte.

»Ich will etwas zu trinken! Bring mir etwas zu trinken!« stieß er heraus.

Er versank wieder ins Dunkel. Als er aufwachte, stand Orson mit einer Flasche Likör neben ihm. Tommaso riß sie ihm förmlich aus den Händen und setzte sie, ohne auf Orsons Einwände zu achten, an den Mund. Er konnte nicht sagen, was für ein Likör das war, aber es war dickflüssig, süßlich und brannte in der Kehle. Nach drei langen Schlucken spürte er eine Wärme im Nacken und schlief ein.

Es war kein Schlaf, der Schmerzen und Erinnerungen betäubt, sondern eine Art Alptraum, in dem alles ellenbogenstoßend zurückkehrte, um wie hysterische Schauspieler an die Rampe der Erinnerungen zu drängen. Tommaso sah Koop in Triest, den Hafen, er saß auf einem Poller und blickte aufs Meer. Dann kam eine Welle, und die Welle hatte den Geschmack des Likörs, den er getrunken hatte. Er rief nach Orson, damit er ihm helfe.

Dann war wieder Dunkel um ihn. Und er dachte, er liege verwundet irgendwo im Gebirge. Der rote Doktor war über ihn gebeugt und verarztete ihn, während die anderen Partisanen ihn mit langgezogenen Gesichtern ansahen und den Kopf schüttelten. Er wollte schreien, daß er es nicht gewesen sei, aber dann stieg wieder der Satz: »Meine Schuld, alles meine Schuld ...« in seiner Kehle empor.

Er spürte, daß er allein gelassen worden war. Sie hatten geglaubt, er sei tot, und hatten ihn allein gelassen. Warum machte denn niemand Licht?

Da wurde es hell. Wie bei der Atomexplosion, über die die Zeitungen berichtet hatten. Licht und Wärme, ein heißer Wind, der seinen Verstand zertrümmerte. Graue Schatten im Licht, die unter den Augenlidern tanzten. Er fragte sich: ist das der Tod? Dieses unwürdige Durcheinander? Und er hörte seinen Lehrer sagen: »Ein moralisches Prinzip, Tommaso. Ein moralisches Prinzip ...«

Er wachte auf.

Orson saß neben ihm.

Ein Lichtstrahl durch die nicht fest geschlossenen Fensterläden fiel auf Tommasos Augen, doch es dauerte nicht lange, und er hatte sich daran gewöhnt. Es war kein starkes Licht, sondern das milchig-harmlose des späten Nachmittags. Orson hatte ihn ausgezogen und die Wolldecken über ihn gelegt.

Tommasos Blick fiel auf das Bündel zerrissener schmutziger Kleidung am Fußende des Betts. Er richtete sich auf, stützte sich auf einen Arm und stammelte: »Mein Gott, Orson. Tut mir leid. Ich hab dir noch einen Anzug ruiniert.«

Orson lächelte und gab ihm zu verstehen, er solle sich wieder hinlegen.

»Wieviel Zeit ist vergangen? Habe ich wirres Zeug geredet?«

»Es ist vier Uhr am nächsten Tag, wenn es das ist, was du wissen willst. Und ja, du hast ein paar aufgewühlte Stunden hinter dir.«

Tommasos Gesicht verfinsterte sich. »Was habe ich gesagt?«

»Nichts Kompromittierendes, wenn es das ist, was du wissen willst. Und außerdem hast du im Dialekt wirres Zeug geredet. Wenigstens glaube ich das.«

Er reichte ihm ein Glas Wasser.

»Pennati, dein roter Doktor, hat gesagt, ich soll dir viel zu trinken geben, wenn du wieder aufwachst.«

»Pennati?«

»Ja, ich konnte doch nicht einfach hier sitzen und dich ansehen, und ich konnte dir auch nicht weiter Cinzano zu trinken geben. Ich habe ihn geholt, und er hat dich untersucht. Er sagt, du hättest nichts wirklich gebrochen, vielleicht nur zwei angeknackste Rippen. Aber ein schönes Gesicht, das hast du durchaus nicht, das kann ich dir versichern. Im Augenblick siehst du eher aus wie eine Aubergine und nicht wie ein Detektiv. Er hat dir eine schmerzstillende Spritze gegeben und hat mir das hier fürs Fieber dagelassen.« Er deutete auf ein paar Pillen. »Nimm zwei davon.«

Tommaso gehorchte.

»Und du? Mußt du nicht aufs Set?«

»Ich habe angerufen und gesagt, daß ich mich nicht wohl fühle. Ist kein großes Problem. Sie werden ein paar Actionszenen mit meinem Double gedreht haben.«

Tommaso bemühte sich, zu lächeln.

»Auch ich könnte gelegentlich ein Double gebrauchen.«

Wieder richtete er sich auf »Aber nicht jetzt. Jetzt muß ich pinkeln gehen.«

Orson half ihm, die Hose anzuziehen, und brachte ihn zur Tür.

»Okay, in fünf Minuten sehen wir uns wieder.«

»Ganz sicher?« fragte Orson skeptisch.

»Ja, ich glaube, ich kann ihn durchaus allein halten.«

Tommaso schlurfte durch den menschenleeren Innenhof, schloß sich ins Häuschen ein und pinkelte. Als er sah, daß kein Blut im Urin war, war er beruhigt. Er verließ den Verhau, der als Klo diente, und ging wieder zur Tür zurück, die Orson offengelassen hatte.

Da rief ihn eine Frauenstimme und hieß ihn stehenbleiben. »Signore! Professore Piredda ...«

Er schaute nach oben und sah seine Nachbarin am Geländer des ersten Stocks, eine junge Frau, deren Augen so melancholisch waren wie ihr mausgrauer Morgenrock. Sie und ihr Mann waren außer Tommaso die einzigen Bewohner dieses Hauses. Sie wedelte mit etwas, das weiß und rechteckig war.

Tommaso schlurfte ein paar Schritte und kam in ihre Nähe.

»Das hier ist vor ein paar Tagen gebracht worden. Ich wollte es lieber nicht vor Ihrer Tür liegen lassen, weil es vom Ministerium und daher vielleicht wichtig ist. Aber Sie sind ja nie da, und mein Mann hat Nachtschicht.«

Sie ließ den Umschlag herunterfallen, der taumelnd vor Tommasos Füßen landete.

»Also, endlich sehe ich Sie. Aber geht es Ihnen gut? Brauchen Sie irgendwas?«

Bevor er den Umschlag aufhob, machte Tommaso ein schwaches Zeichen des Dankes mit der Hand. »Nein, alles in Ordnung. Nur ein bißchen Fieber.«

»Ach ja, bei der Jahreszeit! Seien Sie vorsichtig!«

»Werde ich. *Buonasera.*«

Der mausgraue Morgenrock verschwand hinter der Tür.

Tommaso betrachtete den beschrifteten Umschlag in seiner Hand. Es war ein Brief des Innenministeriums, der an den »Sehr geehrten Herrn Prof. Delfino Piredda« adressiert war.

Seine Hände zitterten, aber nicht wegen des Fiebers. Nur einem Menschen hatte er seine Adresse und seinen falschen Namen mitgeteilt: seinem Lehrer Mariano Koop.

Tommaso setzte sich an den Tisch, drehte den Umschlag in seinen Händen hin und her, ohne den Mut zu haben, ihn zu öffnen. Der Poststempel verriet, daß er vor vier Tagen aufgegeben worden war.

»Vielleicht hatte Koop bereits gespürt, daß er überwacht wurde«, sagte Orson.

»Ganz offensichtlich. Er konnte nicht offen mit uns Verbindung aufnehmen, und da hat er diesen Brief geschickt. Jetzt verstehe ich auch, weshalb seine Frau mich gestern abend nicht erwartet hatte. Wenn ich den Brief rechtzeitig bekommen hätte, wären wir nicht zu ihm gefahren. Vielleicht würde er dann noch leben ...«

Orson spürte das Schuldbewußtsein in Tommasos Worten. »Unsinn. Da war er ja schon tot. Aber Tufano und seine Leute haben sicher auch seine Post im Auge gehabt. Wenn der Brief eine wichtige Nachricht enthält, wieso haben sie ihn dann durchgehen lassen?«

Sie sahen sich an. Tommaso riß den Umschlag auf. Er zog ein einzelnes Blatt mit Briefkopf heraus, das sauber mit der Maschine beschrieben war.

»Er muß ihn einer Sekretärin diktiert haben. Koop war auf der Schreibmaschine eine Katastrophe.«

Still las er den Brief, dann reichte er ihn Orson.

Rom, den 10. Januar 1948

Lieber Herr Prof. Piredda,
angesichts Ihres Interesses für die unveröffentlichten Arbeiten von Lewis Carroll schätze ich mich glücklich, Ihnen diese erste, nie veröffentlichte Fassung von ›Das Walroß und der Zimmermann‹ zuschicken zu können, dessen Endfassung einen einigermaßen bekannten Abschnitt aus ›Alice hinter den Spiegeln‹ darstellt.

In später Nacht
Promenierten das Walroß und der Zimmermann
Am Saum des Meers entlang,
Lange, wohl eine ganze Meile.
Lustlos schien der Mond hernieder,

Im Licht glitzerten sanft die Wellen,
Nicht ein Vogel flog durch die Luft.
Immer sagte der Zimmermann nur eines:
Torpedo.

In der Gewißheit, Ihnen damit einen Gefallen erwiesen zu haben, grüße ich Sie herzlich. Für den Fall, Sie nicht persönlich treffen zu können, hoffe ich, daß es Ihnen möglich ist, mir auf dem Ihnen angemessen erscheinenden Weg die Ergebnisse Ihrer Forschungen mitzuteilen.

Ihr Mariano Koop

PS: Ich bitte Sie, bei Ihren Forschungen Ihr Augenmerk auf das Abschiedsgedicht aus demselben Buch zu richten, und das wegen seines Zusammenhanges mit dem ersteren.

Orson sah Tommaso hilflos an. »Was zum Teufel soll dieses Zeug?«

Tommaso starrte auf einen fernen Punkt des Zimmers und redete, ohne die Augen zu bewegen.

»Ja, er fühlte sich bespitzelt und konnte uns nicht treffen. Da hat er diese Nachricht erfunden und so getan, als würde es sich um eine seiner literarischen Korrespondenzen handeln. Dann hat er diesen Brief, zusammen mit anderer Büropost, einer Sekretärin gegeben. Kühn, aber genial. Meines Lehrers würdig. Was weiß schon einer wie Tufano über Alice?«

»›Alice im Wunderland‹? ›Alice hinter den Spiegeln‹? Was zum Teufel hat denn Lewis Carroll mit der Sache zu tun?«

»Das ist der Code, den wir während des Krieges gebraucht haben, um miteinander zu kommunizieren. Eine Art Geheimsprache zwischen ihm und mir.«

»Dann weißt du ja, was dieses Gedicht aussagen will.«

»Nein.«

Orson sprang auf »Was heißt hier nein? Machst du dich lustig über mich?«

»Nein. Ich verstehe den Grundgedanken dieser Nachricht: das *Walroß* bezeichnet irgendeine Person, mit der Kontakt aufgenommen werden soll, wohingegen der *Zimmermann* mein Codename war. Mithin soll ich mit jemandem Verbindung aufnehmen. Aber ich verstehe nicht, wer der ist, und auch nicht, wo ich ihn treffen kann. Die Hinweise sind ganz sicher im Text enthalten, aber ich weiß nicht, wo ich suchen soll.«

Tommaso las das Gedicht noch einmal aufmerksam durch, dann gab er das Blatt Orson wieder zurück.

»Nein, ich verstehe es nicht«, sagte er kopfschüttelnd. »Ich glaube, die Verse stimmen, aber es gibt da etwas Eigentümliches, etwas ... Unregelmäßiges.«

Orson ging nervös im Zimmer umher. Nach einer Minute der Stille machte er eine resignierende Handbewegung.

»Lassen wir das. Du bist schwach und darfst dich nicht anstrengen. Ich beschaffe mir die beiden Alice-Bücher, und dann werden wir sie gemeinsam durchgehen. Jedenfalls, mach dir keine Vorwürfe. Wir hätten nichts tun können, um Koop zu retten. Sein Tod war offensichtlich bereits beschlossene Sache. Leg dich jetzt ins Bett.«

»Nein.« Tommasos Stimme zeigte eine unnatürliche Ruhe.

»Nein«, sagte er noch einmal. »Das ist etwas verdammt Wichtiges, wenn sie jemand wie den Professore umgebracht haben. Wir haben keine Zeit zu verlieren, wir müssen uns beeilen. Jetzt stehe ich noch mehr in seiner Schuld.« Wie zum Zeichen seiner Machtlosigkeit, seiner Trostlosigkeit schlug er sich mit der Faust aufs Knie.

»Los, Orson, du bist doch das Genie. Erinnerst du dich denn an gar nichts aus ›Alice‹? An das Gedicht am Ende von ›Alice hinter den Spiegeln‹?«

Orson schloß die Augen und runzelte die Stirn beim Versuch sich zu erinnern. Wieso hatte Tommasos Lehrer nur nicht Shakespeare ausgewählt? Wäre leichter gewesen. Er kehrte in seiner Erinnerung bis 1938 zurück. In dem Jahr hatte er eine Reihe erfolgreicher Hörspiele für die CBS inszeniert, zu Beginn auch eine Bearbeitung von ›Alice‹. Aber die Arbeit war in der Mitte steckengeblieben, denn die Sponsoren wollten am Ende lieber ›Dracula‹.

»An ein bißchen was erinnere ich mich, aber es ist wirklich sehr unvollständig.«

»Los, Orson, versuchs!«

»Es heißt ›Wer hat's geträumt?‹, und es geht ungefähr so:

A boat, beneath a sunny sky,
Lingering onward dreamily
In an evening of July…

Children three was nestle near,
Eager eye and willing ear,
Pleased a simple tale to hear…

… aber dann erinnere ich mich an nichts weiter, verdammt! Oh, doch, an den Schlußvers: *Life what is it but a dream?* Aber ich habe keine Ahnung, wie das in deiner Sprache klingt! Und der Text deines Lehrers ist …«

Tommaso durchfuhr ein Geistesblitz.

»Was ist das Leben, wenn kein Traum? Vielleicht hast du ja genau das Richtige gesagt, Großer Bär. Wiederhol mir doch noch mal die Strophen. Langsam, ganz langsam.«

Orson gehorchte.

Tommaso hörte mit geschlossenen Augen zu und buchstabierte im Geist mit. »Gib mir bitte noch mal den Brief«, sagte er dann.

Orson sah ihn herausfordernd an. »Nein, solange du mir nicht sagst, was dir im Kopf herumschwirrt.«

»Einverstanden. Weißt du, was ein Akrostichon ist?«

Orson schlug sich an die Stirn.

»Aber ja! Jetzt erinnere ich mich. Die ersten Buchstaben der Gedichtzeilen bilden den Namen der *eigentlichen* Alice: Alice Pleasance Liddell! Der gute alte Lewis Carroll hatte solche Spielereien zum Sterben gern. Daher …«

»Daher laß mich noch mal einen Blick auf Koops Gedicht werfen und sehen, ob das stimmt.«

Tommaso ging den Brief noch einmal durch, und Orson beobachtete, wie sein Gesicht die wenige Farbe wieder verlor, die es in der Aufregung bekommen hatte.

»Ja, das ist der Schlüssel«, flüsterte er leise. »Professor Koop hat die Originalverse verwendet, aber sie so manipuliert, daß sie ein Akrostichon ergeben.«

Orson zog aus seiner Tasche einen Stift und schrieb die Anfangsbuchstaben eines jeden Verses hintereinander. Er sah kein bißchen überzeugt aus. *»Ipallini?«* rätselte er. »Was zum Teufel soll das bedeuten? Ist das der Name des Ortes oder der Name der Person, mit der wir Kontakt aufnehmen müssen?«

»Der Name oder möglicherweise Codename unseres Kontaktmanns ist Torpedo.« Tommasos Stimme war müde und schleppend. »Siehst du: *Der Zimmermann sagte nur*… Das ist es, was ich tun muß: nach einem gewissen Torpedo fragen.«

»Schon, aber *Ipallini?*«

»Das sind zwei Wörter: *i pallini.*«

»Ist das ein Ort?«

»Ja. Und mein Lehrer Koop wußte, daß ich ihn gut kannte, denn ich war's, der's ihm gesagt hat, auf der Party bei Akian.«

»Und wo ist dieser Ort?«

Tommaso starrte auf den Fußboden. »Ist noch etwas Cinzano da, Orson?«

Orson nahm die Flasche und reichte sie ihm. »Du dürftest eigentlich nicht.«

Tommaso machte einen langen Zug, dann wischte er sich die Lippen mit dem Handrücken ab.

»Nicht weit von hier. Eine halbe Tagesreise mit dem Auto von Rom aus. Aber es ist kein fröhlicher Ort.«

»In dieser ganzen Geschichte habe ich durchaus nicht viele fröhliche Orte gesehen«, wandte Orson ein.

»Aber keinen wie diesen. Es ist ein Leichenschauhaus, Orson. Das Leichenschauhaus von Tombolo.«

10. Kapitel

1.

Wie verabredet verließ Orson den Wartesaal des Mailänder Flughafens, als die Passagiere nach Paris sich bereits in einer Reihe zum Check-in aufgestellt hatten. Auf dem Vorplatz traf er Tommaso, der mit dem Alfa Romeo Freccia d'Oro auf ihn wartete.

»Hast du einen guten Flug gehabt?«

»Ja. Und wie war deine Reise?«

»Kein Problem. Bist du sicher, daß dir keiner gefolgt ist?«

»Ganz sicher. Wenn jemand in Rom ins Flugzeug gestiegen ist, was ich bezweifle, dann steht er jetzt in der Reihe der Passagiere nach Paris.«

»Gut. Dann können wir ja losfahren.«

Sieben Tage hatte es gedauert, bis Tommaso sich von der Schlägerei erholt hatte, und dann noch einmal drei, um die Reise nach Tombolo zu organisieren. Orson hatte überall Interviews gegeben und wissen lassen, daß er nach Paris fliegen müsse, um sich mit Alexandre Trauner zu treffen, dem Bühnenbildner für ›Othello‹. Er wolle eine viertägige Drehpause von ›Black Magic‹ dazu nützen.

Das hatte sich Tommaso einfallen lassen. Tufano konnte einen Mann wie Orson Welles zwar nicht anrühren, aber möglicherweise hätte er jemanden auf ihn ansetzen können, in der Hoffnung, daß er ihn zu Tommaso führen würde. Daher hatte er Orson das Versprechen abgenommen, ganz normal weiterzuarbeiten und nicht mit ihm in Verbindung zu treten, außer zu genau festgelegten Zeiten von verschiedenen öffentlichen Telefonen aus. Die Telefonanlage der Scalera Film war nur allzu leicht zu kontrollieren. Zwei Tage vor der

Abreise hatte Orson den Wagen für eine Kontrolle in die Autowerkstatt gebracht und angekündigt, daß sein Chauffeur ihn wieder abholen werde.

Alles war glatt verlaufen. Nachdem er den Freccia d'Oro abgeholt hatte, war Tommaso gleich nach Mailand gefahren, wo er sich mit Orson verabredet hatte. Jetzt erwartete sie eine fünfstündige Autofahrt bis Livorno. Gegen Abend würden sie dort ankommen.

»Wie fühlst du dich?« fragte Orson.

»Gut. Sogar sehr gut. Ist ja nicht die erste Schlägerei für mich gewesen und wird auch nicht die letzte sein.«

»Nein, ich meine ... wie fühlst du dich, jetzt, wo du nach Tombolo zurückfährst.«

Tommaso drückte auf die Hupe, bevor er eine Kreuzung überquerte. Eine Gruppe Radfahrer beschimpfte ihn wütend.

»Ich weiß nicht. Das einzig Gute, was man über diesen Ort sagen möchte, ist, daß man sich gar nicht mehr erinnern kann, einmal dagewesen zu sein. Aber bei Tombolo ist das nicht möglich.«

»War es so schrecklich?«

»Livorno hatte unmittelbar nach dem Krieg kaum mehr existiert. Es gab einige, die daran dachten, die Stadt ganz einfach aufzugeben und sie an einer anderen Stelle wieder aufzubauen. Aber da wart ja auch ihr Amerikaner. Und die schwarzen Soldaten von der Buffalo, die den Gegenangriff der Nazis im letzten Kriegswinter abbekommen hatten. Die brachte man nach Tombolo, abseits der Stadt, damit sie nicht lästig wurden. Doch die Klugscheißer des Generalstabs hatten falsch kalkuliert. In dem Pinienwald war es schwierig, sie zu kontrollieren. Bald schon wurden sie fahnenflüchtig, und die Generäle hatten es mit einer richtiggehenden Meuterei zu tun.«

»Darüber hab' ich in Amerika nie etwas gelesen oder gehört.«

»Überrascht nicht, denn die Armee hat kein besonders gutes Bild abgegeben. Ich glaube, nachdem diese schwarzen Soldaten als Kanonenfutter an den Fronten der halben Welt verbraucht worden waren, haben sie sich in Tombolo zum ersten Mal richtig frei gefühlt. Sicher freier als bei sich zu Hause, in der Heimat. Sie waren Eroberer. Sie raubten, machten krumme Geschäfte, soffen und verbrachten die Nächte damit, nackt zu tanzen. Sie hatten Geld und alle weißen Frauen, die sie nur haben wollten. Sie veranstalteten Orgien, die ganze Tage lang dauerten, und wenn irgendwelche Meinungsverschiedenheiten auftraten, lösten sie das Problem sehr schnell, mit ein paar Pistolenschüssen.«

»Konnte denn die Militärpolizei nicht einschreiten?«

Tommaso fing an zu lachen. »Die MPs? Die dachten nicht im Traum daran. Sie hatten eine Linie um das Pinienwäldchen gezogen und schossen auf jeden, der diese Linie überschritt, wenn sie ihn gesehen haben. Aber hinein gingen sie nicht, nein. Die Deserteure hatten Gräben ausgehoben und Fallen gebaut, in die die Jeeps hineinfielen. Das war es, was Tombolo so besonders machte. Du wußtest, daß dir, wenn du die Linie überschritten hattest, kein Gesetz helfen würde, auch das der Unterwelt nicht.«

Tommaso schwieg. Er wagte nicht, Orson zu gestehen, daß jenseits dieser Linie gleichzeitig mit der Angst noch ein anderes Gefühl in dir aufkam: das einer grenzenlosen Allmacht. Wenn du ein Mann warst und eine Pistole hattest, konntest du alles haben, sofern du ausreichenden Mumm besessen hast zu kämpfen, um es dir zu nehmen.

»Tombolo wurde größer, es wuchs aus dem Pinienwald hinaus bis an die Außenbezirke der Stadt. Baracken entstanden, die vorgaben, Tanzlokale zu sein, wo es alles gab: Boogie-Woogie-Orchester, Zauberkünstler und Schlangenbeschwörer, Abenteurer, Zuhälter und viele, viele Signorine. Alles sehr pittoresk. Ich bin sicher, das würde dir gefallen haben.«

»Und wie lange ging das so?«

»In gewisser Hinsicht hat es nie aufgehört. Während meiner Mission Ende '46 befand sich Tombolo auf dem Höhepunkt. Es gab zwar verschiedene Säuberungen vorher und nachher, aber die haben nichts verändert. Eine Veränderung gab es erst mit dem allmählichen Abzug der Amerikaner seit dem Sommer des vergangenen Jahres, bis zur Abfahrt des letzten Schiffs vor einem Monat. *Finish America,* sagten die Leute hier.«

»Und *Torpedo?«*

»Ich habe ihn ausfindig gemacht. Er arbeitet im Sortierungsbüro der Pallini. Natürlich ist das nicht sein richtiger Name: Den hat wohl auch seine Mutter vergessen.«

»Und warum nennt er sich so? War er auf einem Kriegsschiff?«

»Nein, überhaupt nicht. Mit Torpedos hat das gar nichts zu tun. Eher schon was mit dem Livorneser Ponce.«

»Ponce?«

»Ja, das, was bei euch *punch* heißt. Die Livorneser Version ist ziemlich robust. Daher der Name Torpedo. Unser Mann ist ein begeisterter Anhänger davon.«

»Verstehe ...«

Sie schwiegen für einige Minuten. Orson dachte noch einmal über das nach, was Tommaso erzählt hatte. Wie anders das alles war als das, was er und viele seiner Landsleute sich vorgestellt hatten. Er dachte an die Intellektuellen, die Hymnen auf die »erneuernden Kräfte des Krieges« anstimmten. Blödsinn. Der Krieg brachte nur neue Formen des Bösen hervor, subtilere, widerstandsfähigere Formen.

»Wie geht es Lea?«

Die Frage riß ihn aus seinen Gedanken.

»Lea? Wie immer ...«

»Wie immer?« In Tommasos Stimme lag so etwas wie Neugierde. Und das war man an ihm gar nicht gewohnt.

»Ja ... Ich will sagen, wir lieben und wir streiten uns wie immer. Vielleicht mit einer Spur Gefallen und Schärfe mehr in diesen vergangenen Tagen. Wieso?«

Tommaso nahm sich Zeit für seine Antwort, und dieses Zögern beunruhigte Orson.

»Ich sage dir etwas, Orson, aber nur, wenn du mir versprichst, keine weiteren Fragen zu stellen. Auch Lea nicht.«

Auch Orson antwortete nicht gleich. Er wog die Möglichkeit einer schlechten Nachricht gegen die Angst des Zweifels ab und entschloß sich Hals über Kopf für die erste.

»Einverstanden.«

Tommaso räusperte sich. »Lea trifft einen anderen Mann.«

Orsons Kopf drehte sich plötzlich wie ein verrückt gewordener Kreisel.

»Und woher weißt du das?«

»Ich hab' ihn gesehen. Das war an dem Tag, als mein Lehrer umgebracht wurde. Nachmittags bin ich nach Frascati gefahren, um Cecchinis Papiere noch einmal durchzugehen, und Lea war...«

Orson sah Tommasos Gesicht von diesem Abend wieder vor sich, als er ihn abholen gekommen war. Seine Ruhelosigkeit und Verlegenheit. Und er verstand jetzt, daß Tommaso nicht den Mut gehabt hatte, ihm etwas von Leas Betrug zu sagen.

Tommasos Stimme drang von weit her zu ihm. »Ich erzähle dir das, weil ich immer gedacht habe, daß das mit dir und Lea ... ein großer Fehler ist. Nicht, daß Lea es nicht verdient hätte. Sie ist eine wunderbare Frau, in vieler Hinsicht einzigartig. Aber sie ist nicht die Frau für dich, und das müßtest du inzwischen eingesehen haben.«

»Wer ist es? Kenne ich ihn?«

Tommaso wurde starr, und sein Tonfall verhärtete sich. »Du hast mir geschworen, daß du nichts weiter fragen würdest! Ich bin doch kein Spitzel, verdammt ... Ich habe es dir nur gesagt, weil ich dein Freund bin und weil ich glaube, daß du einen Fehler begehst. Und daß es, je länger du wartest, nur um so schlimmer wird. Aber jetzt reicht es. Du hast mir ein Versprechen gegeben.«

»Zum Teufel! Ich pfeife darauf. Bis jetzt habe ich ausschließlich darum gekämpft, sie zu bekommen. Wenn ich einen Gegner besiege, macht sie das in meinen Augen nur um so teurer und wertvoller.« Er schlug mit der Faust auf das Armaturenbrett. »Und treib schon diese verdammte Kiste an, oder wir kommen nie vor der Dunkelheit dahin!«

Sie fuhren durch einen kleinen Weiler, dessen wenige Häuser sich an einen Hügel klammerten. Gleich hinter einer Kurve saßen zwei Alte vor ihrem Haus: er auf einen Stock gestützt, sie im Begriff, eine Hose zu flicken, und zwar unterhalb eines verwackelten, in roter Farbe geschriebenen Schriftzugs.

»Beantwortest du wirklich keine weitere Frage?«

»So ist es.«

Orson ließ ihn erst eine scharfe Kurve fahren, dann beklagte er sich. »Schade. Ich will nämlich endlich wissen, wer dieser Coppi ist, dessen Namen sie auch hier an die Mauern schreiben.«

Tommaso fing an zu lachen und wollte gerade antworten, da sah er Orsons erhobene Hand vor sich, die ihm zu schweigen gebot. »Wenn *er* es ist, will ich nichts davon wissen.«

Und sprach bis Livorno kein einziges Wort mehr.

2.

Lange nach Einbruch der Dunkelheit trafen sie ein. Die Straße über den Apennin war in einem katastrophalen Zustand, und oft hatten sie im Schrittempo fahren müssen. In der Stadt angekommen, gingen sie in eine Trattoria, wo Tommaso seinen Freund mit Cacciucco alla livornese bekanntmachte, der Fischsuppe nach Livorneser Art. Nach der ersten Flasche Weißwein wurde Orson wieder heiter und ausgelassen, aber nun war es Tommaso, der melancholisch wurde. Die Gesichter, die Stimmen, die Trattoria: Alles erinnerte ihn an Dinge, die weh taten.

Sie suchten nach einem sicheren Platz für das Auto und gingen dann in ein Hotel der zweiten Kategorie, einen jener Orte, wo nicht viele Fragen gestellt wurden und man im voraus bezahlte. Orson bekam kein Auge zu: zunächst wegen des Dexedrins, dann wegen des durchgelegenen Betts und schließlich wegen des Cacciucco. Im Dunkeln dachte er an Leas Betrug, er kämpfte mit sich selber, um sich davon zu überzeugen, daß er, würde erst einmal die Schlacht gegen die Eifersucht gewonnen sein, auch den Krieg mit ihr gewinnen würde. Die ganze Nacht wälzte er sich auf der Matratze hin und her, allerdings vorsichtig, um Tommaso nicht aufzuwecken, der freilich selbst nicht schlafen konnte. Kaum hatten sie das Licht ausgemacht, hatte Tommaso sich auf die Seite gelegt und den Geräuschen vom Hafen zugehört, die Augen zum Fenster gerichtet, durch das ein Stück Mond hereinfiel, und so lag er da, über Stunden, verloren.

Gegen Morgen waren sie beide eingeschlafen, jeder von ihnen in den Fängen seines persönlichen Nachtalps. Vom Kirchturm in der Nähe schlug es zehn Uhr, als Orson plötzlich aufwachte.

Sie gingen schnell zum Auto und fuhren nach Norden, in Richtung des Industriegebiets von Livorno. Oder besser, was von ihm übriggeblieben war. Der Freccia d'Oro überquerte den Kanal, die nördliche Grenze des Wohngebiets, und bog auf eine Allee mit wunderschönen Zypressen zu beiden Seiten.

»Siehst du?« sagte Tommaso. »Ist doch so, als würde man bereits einen Friedhof betreten.«

Eine gemauerte Lagerhalle tauchte am Ende der Allee auf. Dahinter sah man, wie sich die Wellen des Meeres unter den heftigen Böen des Nordwestwindes brachen.

»Das war eine alte Munitionsfabrik, deshalb ist sie außerhalb der Stadt gebaut worden«, erklärte Tommaso. »Der ideale Ort für ein Geschäft weitab von indiskreten Blicken.«

Mit der Hand machte er eine große Bewegung in Richtung

der dichten Pinienreihe, die wenige hundert Meter weiter zu ihrer Rechten begann. »Und das da ist die Pineta, der Pinienwald von Tombolo. Sie dehnt sich nach Norden gute acht Kilometer aus, bis hin zum Arno.«

Die Fabrik war eingezäunt, aber das Tor stand offen. Auch der Wachturm war verlassen. Betrieb war nur weiter hinten, wo sie eine Reihe von Lastwagen des Roten Kreuzes sahen, in deren Nähe sie parkten. Sie stiegen aus, ohne eigentlich zu wissen, was sie nun tun sollten, und entschlossen sich, die Halle zu betreten. Niemand hielt sie auf oder fragte, was sie denn suchten. Nichts deutete darauf hin, daß man sich bei den Pallini besondere Gedanken um die Sicherheit machte.

Als sich ihre Augen an das durch die hohen Fenster ringsum einfallende metallische Licht gewöhnt hatten, verstanden sie auch, warum. Niemand, auch nicht der miserabelste Schieber von Tombolo, hätte die Ware rauben wollen, mit der man da drinnen zu tun hatte. Leichen, Leichenberge überall in dieser Halle. Als hätte die Hölle eine ganze Menge Verdammter ausgespien und die Überreste dort hineinkatapultiert.

Ein kleines Heer von Männern in weißen Kitteln und mit Mundschutz war zwischen den vielen großen Tischen emsig beschäftigt, auf denen die Körper in ihren unterschiedlichen Verwesungszuständen lagen. Diese ganze Emsigkeit in Weiß erinnerte an die Zwerge aus den Märchen, an quicklebendige Männchen bei der Arbeit in einem Wald verstümmelter Knochen, offener Bäuche und unkenntlicher Gesichter.

Orson schlug die Augen nieder und dachte nur daran, seinen Ekel unter Kontrolle zu halten. Tommaso blickte unentschlossen um sich, bis er schließlich in einer Ecke einen jungen Mann mit olivfarbener Haut sah, der sich den Mundschutz heruntergezogen hatte und in aller Ruhe eine Zigarette rauchte. Tommaso deutete Orson, er solle ihm folgen.

Sie gelangten zu dem jungen Mann, der den Eindruck eines ewigen Studenten machte.

»Wissen Sie, wo wir Torpedo finden können?« fragte Tommaso.

»Torpedo?« wiederholte der andere im heiseren toskanischen Tonfall.

Tommaso nickte, und der junge Mann deutete mit dem Zeigefinger über ihren Kopf hinweg auf eine Art Büro, das von Fenstern geschützt und von brutalem Neonlicht erhellt wurde. Es lag oberhalb der Arbeitsbereiche dieser Halle und befand sich am äußersten Ende.

»Es ist der im rechten Büro. Sie können sich nicht vertun. Der ist der einzige mit einem Kopf wie eine Billardkugel.«

Sie dankten und gingen zum Büro.

»Verwandte, oder?« rief er ihnen nach und tat so, als ob er über alles hier Bescheid wüßte.

Sie erreichten das Treppchen, das zum Büro hinaufführte, und beeilten sich, dem Gestank zu entkommen, der ihnen in den Hals drang. Ein in Druckbuchstaben geschriebenes Schild auf der letzten Stufe machte sie darauf aufmerksam, daß sie auf das Gebiet des *AMERICAN GRAVES REGISTRATION OFFICE* vordrangen. Dann klopften sie an das Büro, in dem man durch das Fenster in der Tür einen glatzköpfigen, kugeligen Mann um die fünfunddreißig sah.

»Wir suchen Torpedo«, sagte Tommaso.

Der Glatzköpfige blickte von seinem Papierwust auf, mit dem er beschäftigt war, und schaute sie finster an. »Und weshalb?« antwortete er mit einer Stimme, die an das Anlassen eines alten Motors erinnerte.

Tommaso war der Meinung, es sei besser, vage zu bleiben, so sagte er nur: »Uns schickt der Herr aus dem Ministerium.«

Bei diesen Worten wurde der Gesichtsausdruck Torpedos unergründlich. Aber er forderte sie auf, hereinzukommen, und deutete auf die beiden ramponierten Stühle vor seinem Schreibtisch. Als Orson sich Zeit ließ, herrschte Torpedo ihn an: »Und machen Sie die verdammte Tür zu, um Himmels willen! Ich kann diesen ekelhaften Gestank nicht mehr aushalten!«

»Der Herr spricht englisch«, sagte Tommaso, um Orsons Zögern zu rechtfertigen.

»Das Zeug da stinkt auch auf englisch, Kruzifix noch mal!« erwiderte Torpedo immer mürrischer. Doch als sie Platz genommen hatten, sprach er einigermaßen freundlich in einem anglolivornesischen Gemisch.

»Ich dachte schon, ihr würdet überhaupt nicht mehr kommen. Das Geld ist vor einer Woche eingetroffen.«

Das war etwas, woran Tommaso oft gedacht hatte. Wenn Torpedo Informationen zu verkaufen hatte, würden sie sie kaufen müssen. Er hatte auf das Bargeld seines Freundes gehofft, aber Orson hatte ihm ganz treuherzig gestanden, daß er bis zur letzten Zahlung seiner Gage für ›Black Magic‹ ohne einen Centesimo dastehen würde. Zum Glück hatte offenbar Koop schon vorgesorgt. Wer sollte sonst das Geld geschickt haben.

»Also, was wollen Sie wissen?«

»Na ja, zunächst mal, was da unten eigentlich vorgeht.«

»Der Scheißdreck da? Wir schicken die amerikanischen Gefallenen nach Hause zurück. Es gibt sechs Soldatenfriedhöfe, die unserer Jurisdiktion unterstehen, und da sind es ungefähr fünfzehntausend. Bei einem Rhythmus von tausendzwei-, tausenddreihundert pro Monat gibt es Arbeit für reichlich ein Jahr.«

»Ein Jahr lang hier drinnen?«

»Bei der Krise, die nach dem Abzug der Soldaten aufgekommen ist, darf man nicht sehr wählerisch sein. Und in gewisser Hinsicht ist es doch besser, daß es diese Soldaten da sind als die, die noch leben. Die da sind ganz ruhig, sie mucksen sich nicht, wirklich sehr diszipliniert ... sofern du nicht vergißt, sie in regelmäßigen Abständen mit Formaldehyd zu besprühen. Sonst fangen nämlich auch sie an, sich zu bewegen ...«

Torpedo zog ein Päckchen Chesterfield heraus und bot sie seinen Gästen an. Dann sprach er weiter. »Und dann ist es auch nicht mehr so einfach, für die Amerikaner zu arbeiten, was glauben Sie denn? Aus Washington ist die Anweisung gekommen, daß nur noch ihre eigenen Ärzte und Einbalsamierer die Toten anfassen dürfen. Abgesehen von ein paar Angestellten und einigen Medizinstudenten, die die chirurgischen Instrumente in Schuß halten, gibt es keine Italiener hier.«

Torpedo zog genußvoll den Nikotinrauch ein, der seine Stimmbänder heiser werden ließ.

»Ich habe meine Mutter zu versorgen.«

»Und was genau ist Ihre Aufgabe hier?« fragte Orson.

»Ich bin verantwortlich für den Transport der Särge.«

»Verstehe.«

»Ich führe genaue Aufstellung darüber, wie viele volle Särge von den Friedhöfen kommen, wie viele leere Särge aus den Staaten und wie viele Särge voll dahin zurückgehen.«

»Alles klar.«

»Und dann gibt es da ein paar, die behaupten, wir wären nur fähig, Zeug von den Amerikanern zu nehmen, ohne ihnen etwas dafür zurückzugeben. Was soll das, frage ich?«

Und als er mit der Hand auf seinen Papierberg schlug, blieb ihm der Rauch im Hals stecken. Torpedo fing an zu husten und zu fluchen und kam dann mit einer neuen Frage, die noch an seinen Bronchien klebte.

»Das war es doch, was Ihren Freund interessierte, oder?«

Tommaso bestätigte das eilfertig. »Natürlich.«

»Dann hören Sie mir jetzt zu. Am Ende des Sommers ist eine Kommission der CIA hergekommen.«

»Davon haben wir gehört.«

»Sie kamen her, um unter den Offizieren aufzuräumen, die Waren aus den Magazinen verschieben, das heißt unter fast allen. Sie haben Ermittlungen angestellt, und innerhalb einer Woche haben sie ein Dutzend von den am stärksten belasteten Offizieren verpackt und nach Hause befördert. Aber sie haben ebenso viele zurückgelassen, die auch ihre Hand im Spiel hatten, darunter meinen Chef, Colonel O'Hara. O'Hara hatte die Hosen scheißvoll, das können Sie mir glauben, als die Typen hier waren. Ich war mir sicher, sie würden ihn einlochen, aber dann kam er eines Tages in mein Büro geflattert – das muß im Oktober gewesen sein – und hielt mir einen Vortrag ...«

»Wieso Vortrag?«

»Einen Augenblick Geduld, heilige Madonna! Ich beschäftigte mich damals mit der Verteilung von Medikamenten, und O'Hara sagte mir, unsere Abteilung würde bald schon mit diesen Särgen anfangen und ich solle mich darum kümmern. Ich müsse aber aufpassen, weil nicht alle Särge, wenn sie hier rausgingen, schnurstracks in die Verladehäfen kämen, sondern einige würden erst in Rom Station machen.«

»Hat er Ihnen gesagt, warum?«

»Nur mit der Ruhe, ich komme jetzt darauf. Also, eines habe ich begriffen, nämlich das: je weniger Fragen du hier stellst – wie übrigens auch überall sonst auf der Welt –, um so besser ist es. Deshalb habe ich ihn gar nichts gefragt. Er sagte mir auch, daß ein Herr aus Rom kommen würde, um die Transportbedingungen festzulegen.«

»Ist er gekommen?«

»Ja, Ende Oktober.«

»Wie hieß er?«

»Ah ... daran erinnere ich mich nicht mehr.«

»Warten Sie einen Augenblick.« Tommaso steckte seine Hand in die Tasche und zog das Portemonnaie heraus.

Torpedo protestierte und versuchte ihn abzuhalten.

»Nein, das ist doch nicht wegen des Geldes! Ich erinnere mich einfach nicht und Punkt und Schluß! Und außerdem, tun Sie derartige Dinge nicht hier drinnen.«

Tommaso steckte das Portemonnaie wieder ein und knallte ihm das Foto von Alessandro Deller vor die Nase, das er herausgenommen hatte. »Es war nicht zufällig dieser Mann, der zu Ihnen gekommen ist?«

Torpedo betrachtete das Foto genau und bestätigte schließlich. »Meine Fresse, genau der war es.«

»Und was hat er Ihnen gesagt?«

»Er hat mir gesagt, daß bei jedem Transport ein Kontingent an Särgen dabeisein würde, das O'Hara mir zeigen werde, und dieses Kontingent solle über Rom gehen. Er sagte, das seien Särge katholischer Soldaten, die im Vatikan erst noch gesegnet werden sollten. Dafür gab er mir die Anschrift der Organisation, die er repräsentierte. Interessieren Sie sich dafür?«

»Aber sicher.«

Torpedo ging seinen Kalender durch und schrieb etwas auf einen Zettel. Tommaso las und reichte ihn an Orson weiter. Darauf stand: »MACRI – *Movimento Azione Cattolica per la Ricostruzione Italiana* – Via Siria, 5 – Roma.«

»Sollen sie doch hingehen, wo der Segen über sie kommt, mich interessiert das nicht«, fing Torpedo wieder an. »Aber er sagte mir, ich solle eine eigene Aufstellung für diese Särge machen, und auch O'Hara beharrte darauf. Die Sache war merkwürdig. Daraufhin habe ich mich mal umgeschaut. Ich mußte sogar runtersteigen in all den Scheißdreck da unten. Und da habe ich dann verstanden, warum diese Särge abgesondert herumstanden. Der Grund ist ganz einfach: Die werden nie geöffnet.«

»Was soll das heißen?«

»Die Särge kommen auf dem Luftweg aus den Vereinigten Staaten an und werden hierherbefördert, wo dann dieser… na ja, Sie haben wohl verstanden, was reingeschmissen wird. Aber die für die MACRI bestimmten werden in einer Ecke der Lagerhalle aufgestellt und, so wie sie sind, nach Rom weitertransportiert. Ich weiß nicht, was sie dort damit machen, ich weiß nur, daß nach einiger Zeit die Transportpapiere von den Häfen bei mir eintreffen, von wo aus die Särge eingeschifft worden sind.«

»Wollen Sie andeuten, daß die Särge keine Leichen enthalten?«

»Man muß schon ziemlich blöd sein, um das nicht zu begreifen.«

»Und was ist dann da drin?«

»Weiß ich nicht. Jedenfalls müßte man noch blöder sein, wenn man die Verantwortlichen danach fragen würde. Sie können die Särge von hier aus sehen, wenn Sie sich nicht allzusehr den Blicken der anderen aussetzen.«

Mit dem Kopf deutete Torpedo auf ein Dutzend Särge, die für den Abtransport hergerichtet und, getrennt von den anderen, weiter hinten übereinandergestapelt waren.

»Die gehen mit dem Zug um Mitternacht ab, wenn sie nicht in irgendeinem Tanzschuppen verlorengehen.« Torpedo grinste vor Stolz über seinen witzigen Einfall.

Tommaso starrte sprachlos auf die Särge und kaute auf seinem Daumennagel herum. »Eines verstehe ich nicht«, sagte er. »Wozu all diese Umständlichkeiten für einen heimlichen Transport? Wozu die Särge zuerst hierherschaffen, wo doch der Hafen von Livorno immer schon der ideale Ort für derartige Schiebereien war? Ganze Waggonladungen sind verschwunden, ohne daß irgend jemand irgend etwas gesagt hätte, ohne daß Frachtpapiere unterschrieben worden wären.«

»Sie verstehen nicht viel von Politik«, sagte Torpedo beinahe bedauernd, »sonst wüßten Sie doch, daß der Hafen von Livorno für die Amerikaner *off limits* ist. Seit sich alle Hafenarbeiter bei der von den Kommunisten kontrollierten Gesellschaft eingetragen haben, legen an unseren Molen nicht einmal mehr Rettungsschlauchboote mit dem Sternen-und-Streifen-Banner an. Der totale Boykott. Deshalb müssen sie durch die Basis.«

Orson lächelte breit. »*Finish America . . .*«

Torpedo neigte seinen Kopf bestätigend vor und zurück. »Tja, genau so ist das. *Finish America.*«

Seine Augen blickten Orson mit quälender Neugier an. »Darf *ich* Sie jetzt etwas fragen?«

»Nur zu.«

»Sind Sie zufällig im Filmgeschäft?«

Orsons überraschtes Schweigen sagte mehr als eine Antwort.

»Wußt' ich's doch, heilige Madonna, wußt' ich's doch! Hab' ich Sie nicht in einem Film gesehen, den sie gerade vorige Woche unten an der Basis gezeigt haben? Ich hab' auch meine Mutter mitgenommen, die furchtbar geweint hat, auch wenn sie nicht viel verstehen konnte ... ›Jane Eyre‹ hieß der Film! Stark, wirklich stark!«

Tommaso sah Orson an, der seine Arme ausbreitete. »Leider wird man nicht immer für die Dinge in Erinnerung bleiben, für die man in Erinnerung bleiben möchte.«

»Geben Sie mir ein Autogramm? Ja? Ich hab' eine ganze Sammlung von wichtigen Autogrammen.« Torpedo sprang erregt auf. Er reichte Orson ein weißes Blatt.

Orson schrieb »Charles F. Kane«. Torpedo würde trotzdem zufrieden sein.

»Danke. Und wollen Sie wissen, wie ich angefangen habe mit meiner Sammlung? Mit dem Verrückten, den man während des Krieges im Lager von Coltano gefangenhielt. Der war so was wie ein Dichter, hieß es, aber man hielt ihn in einem Käfig wie ein Tier. Er tat mir leid ... völlig heruntergekommen, mit einem Mantel, der bis an die Knöchel reichte, einem Wollschal und einem verbeulten Hut. Alle machten sich über ihn lustig, und man warf ihm Nüsse durch die Gitterstäbe seines Käfigs zu. Eines Tages hat er mich um Papier und Bleistift gebeten. Er wollte schreiben. Wie konnte ich ihm das abschlagen? Zum Dank hat er mir das erste Gedicht geschenkt, das er geschrieben hat. Der war aber nicht ganz bei sich, der arme Kerl. Später hat man ihn nach Amerika zurückgeschickt und in ein Irrenhaus gesteckt. Onkel Ez, das war sein Spitzname, aber wie hieß er nur noch, gütiger

Gott ... Ach ja, Ezra Pound. So hieß er. Was meinen Sie, hat dieses Gedicht jemals einen Wert, Mister?«

Sie setzten sich auf zwei ramponierte Bierkästen. Der Wind pfiff stark an diesem Morgen am Strand von Tombolo.

Orson blickte aufs Meer und dachte an Ezra Pound im Käfig. In einem Krieg enden die Dichter immer auf der falschen Seite: vielleicht, weil man die Dinge von der Verliererseite aus besser versteht. Der Schmerz, die Niederlage verleihen einem große Klarheit. Das ist es, was wir von König Lear lernen. Und was wußte er schon, Orson Welles, anerkanntes Genie, was wußte er schon vom Schmerz der Welt? Und was war der Sinn des Todes, dem er begegnen würde, wenn nicht die Offenkundigkeit des Todes selbst?

Je mehr die Teilchen des Mosaiks sich zusammenfügten, um so sinnloser kamen sie ihm vor. Wozu hätte die Wahrheit dienen sollen, nach der sie suchten? Würde sie mehr offenbaren als das Gefühl von Resignation, das hier am Strand über ihn kam, bei diesem Salzgeruch in seiner Nase und dem Wind, der kleine Sandwirbel um seine Schuhe emporsteigen ließ?

»Waggon 18.« Tommasos Stimme verlor sich im Wind.

»Was?«

»Da werden die Särge hineinverladen. Beim Hinausgehen habe ich mir das genau angesehen. Es gab da einen Schein mit dem Bestimmungsort, und die Särge haben nicht mehr als zehn Schrauben.«

»Was zum Teufel hast du vor?«

»Das einzig Mögliche. Nämlich einen zu öffnen, bevor die Ladung in Rom ankommt.«

»Das ist doch ein Witz.« Orson sah Tommaso an.

»Ich mache keinen Witz«, sagte Tommaso. »Heute abend werden wir uns auf dem Bahnhof umsehen. Ich will in den Waggon klettern, wenn ich kann. Du brauchst nicht mitzukommen. Du kannst im Hotel bleiben.«

Orson sagte nichts. Er wußte, daß er mitkommen würde.

3.

Den Rest des Tages verbrachten sie mit einem Rundgang durch die Stadt. Orson hatte so etwas noch nicht gesehen. General Clark hatte beschlossen, die Stadt dem Erdboden gleichzumachen, und das war ihm fast gelungen: Die Liberators waren über Livorno geflogen und hatten ihre mit Bomben bespickten Bäuche entleert. Die auf dem Rückzug befindlichen Deutschen hatten dieses Werk vollendet, indem sie den Hafen verminten und den mittelalterlichen Leuchtturm in die Luft sprengten. Ganze Stadtviertel waren zerstört, auf die irgendwer Schilder mit der Aufschrift »Kriegerfriedhof« gepflanzt hatte, wodurch er mit einem Schlag das Problem des Wiederaufbaus und das der Vermißten löste.

Als sie durch die Fortezza der Medici gingen, sah er, daß sich innerhalb der baufälligen Mauern eine kleine Stadt mit arbeitslosen und obdachlosen Menschen herausgebildet hatte. Sie hausten in Baracken aus Holz oder Blech. Einige hatten große Ölfässer zu ihrer Unterkunft gemacht.

Schließlich kamen sie zur Piazza XX. Settembre, wo im Schatten großer Bogengänge, über denen nichts mehr stand, einer der tausend kleinen Schwarzmärkte blühte, die beim ersten Sirenenton der *Celere* verschwanden. Dort kaufte Tommaso eine Taschenlampe, eine Anzahl Schraubenzieher und eine Ledertasche.

Sie überquerten die Piazza Grande. Der Lunapark, wo Cecchini Moiras Körper zurückgelassen hatte, war noch da, eine absurde Insel des Vergnügens inmitten von Schlamm und Trümmerschutt. Tommaso sagte kein Wort, und Orson stellte keine Fragen.

Gegen vier kamen sie zum Bahnhof. Die umliegenden Straßen wimmelten von Soldaten und Militärpolizei, was nicht sehr ermutigend war. Unter den Überresten der Bahnsteigdächer beluden die italienischen Träger mit gekonnter Langsamkeit den Güterzug nach Rom. An den äußersten Enden des Bahnsteigs standen lediglich zwei Wachsoldaten. Als Tommaso und Orson den Bahnhof verließen, machten sie einen weiten Umweg, bis sie auf die drei Lastwagen des Roten Kreuzes stießen, die von den Pallini kamen. Sie beobachteten, wie die Särge abgeladen wurden, die sie interessierten und an einem seitlich angebrachten roten Streifen leicht erkennbar waren.

»Jetzt können wir nur warten, bis es dunkel geworden ist«, sagte Tommaso. »Aber nicht hier. Besser, wenn wir uns hier nicht zu lange blicken lassen.«

»Es ist verdammt kalt. Wo können wir hingehen?«

Tommaso grinste bitter. »Da, wo die Armen hingehen, um sich aufzuwärmen und sich zu amüsieren. Ins Kino.«

Gerade als Richard Widmark daranging, Vic Mature umzubringen, stieß Tommaso Orson in die Seite und mahnte zum Aufbruch.

Inzwischen war es nach acht. Die Straßen waren dunkel und kalt, und ein eisiger Nebel drang in den Mantel. Nur ein paar Radfahrer beeilten sich, zu ihrem warmen Abendessen zu kommen, und ließen dicke Wolken ihres Atems hinter sich.

Sie gingen dorthin zurück, wo sie das Auto abgestellt hatten, und fuhren dann zum Bahnhof. Tommaso nahm die Ledertasche mit dem Werkzeug unter den Arm und betrat die Bahnhofshalle wie einer, der nach einem harten Arbeitstag den Eilzug nach Florenz nehmen wollte.

Kurz darauf folgte ihm Orson und lehnte sich an eine Säule des gegenüberliegenden Bahnsteigs.

Tommaso näherte sich dem Zug und schaute gelangweilt herum. Einer der Wachsoldaten kam sofort auf ihn zu. »*You Sir, move out.* Weg da. Verboten.«

Tommaso tat so, als hätte er Angst, und ging weg. Er kam zu Orson auf die andere Seite der Gleise.

»Wie steht's?« fragte dieser.

»Unmöglich, von den Enden heranzukommen. Aber wir haben einen Vorteil: Die Waggons sind auf der Verladeseite noch geöffnet. Ich muß einen Weg finden, unter dem Zug herzurobben und in der Mitte herauszukommen. Dann muß ich nur noch in den Waggon klettern.«

»Tja, sofern sie dich nicht vorher über den Haufen schießen. Die halten doch auch diese ganze Seite im Blick, hast du das nicht gesehen?«

Tommaso antwortete nicht.

»Was ist, hast du einen Plan?« beharrte Orson.

»Nein ... Warten wir auf eine günstige Gelegenheit.«

Orson sah, daß die Träger an den Wachsoldaten vorbeigingen, sich unter einem Dach versammelten und Brot hervorkramten, geöltes Papier und eine Flasche Wein. »Wieviel Zeit brauchst du?« fragte er.

»Zehn Minuten. Höchstens fünfzehn.«

»Okay. Die bekommst du.« Und ohne noch irgend etwas zu sagen, überquerte er schnell die Gleise.

Überrascht und verdattert, konnte Tommaso ihm nur noch mit dem Blick folgen. Er sah, wie Orson schnurstracks auf den Anfang des Zuges losging, dorthin, wo die Träger waren. Diese blickten ihn neugierig an, diesen riesenhaften, gutgekleideten Mann, dessen Lächeln das offenste und reinste Vertrauen einflößte.

Orson kam auf sie zu, verbeugte sich und lächelte erneut.

»Tüchtige Leute ... Tüchtige Leute! *Nefter zufu* ... Aus der Finsternis jenseits der Nacht, vom verbotenen Berg des verhüllten Mondes steigt der Abkömmling des großen Cagliostro zu euch herab, *at last!*« Ein Stoß Karten tauchte aus dem Nichts in seinen Händen auf. »Ich will keine Lire, ich will keine Dollars, ich will nur eure Aufmerksamkeit!«

Aus den Augenwinkeln sah Orson, daß auch die beiden wachhabenden MPs neugierige Blicke wechselten.

Es fehlte nur wenig, daß auch Tommaso dieser Vorstellung von weitem zugeschaut hätte. Doch als er sah, daß die MPs ihren Posten verließen, eilte er den Bahnsteig entlang zur Mitte des Zugs, bis er den Waggon Nummer 18 erreicht hatte. Hinter einer Säule wartete er, bis die Patrouille vom anderen Ende des Zugs hinter dem letzten Waggon auftauchte. Die MPs blickten träge dorthin und verschwanden wieder.

Im Schutz des eisigen Nebels schwang Tommaso sich unter den Zug. Die Tasche hielt er auch jetzt fest unter dem Arm. Die Beine der Wachposten behielt er im Blick, und als er sah, daß sie den Bahnsteig verließen, kroch er hervor. Bevor er in den Waggon sprang, bemerkte er gerade noch eine immer größer werdende Ansammlung an der Stelle des Zugs, wo Orson sich befand.

Im Waggon wartete er einen Augenblick, um sich ans Dunkel zu gewöhnen und sicherzugehen, daß ihn keiner gesehen hatte. Der Waggon war prallvoll mit Särgen. Er befand sich also inmitten von Leichen. Er knipste die Taschenlampe an, achtete darauf, daß das Licht nicht durch die Ritzen nach außen drang, und entdeckte die Särge mit dem roten Streifen und der Aufschrift: MACRI. Sie waren übereinandergestapelt, was nur eine Möglichkeit zuließ: hinaufklettern und den Deckel vom obersten abnehmen. Er blickte auf die Uhr. Fünf Minuten waren bereits vergangen. Wie lange konnte Orson durchhalten?

Er kletterte hinauf, stellte die Tasche auf einen Sarg und fand mit Hilfe des Lichts den geeigneten Schraubenzieher. Die Schraube war im Holz festgezogen und wollte nicht nachgeben. Schweißtropfen traten auf seine Stirn. Er mußte alle Kraft aufwenden, die er besaß, um sie zu lockern. Der gebrochene Arm tat ihm weh, auch die Rippen, in die De Bernardi getreten hatte, schmerzten.

Bei den anderen Schrauben ging es leichter, bis er schließlich alle draußen hatte. Den größten Schraubenzieher benutzte er als Keil, und so war er am Ende in der Lage, die Taschenlampe zwischen Deckel und Sargkiste zu klemmen.

Was ihn zuerst überraschte, war der Geruch von Öl und

Metall, der aus dem Sarg drang. Eigentlich ein guter Geruch, wie in einer Autowerkstatt.

Maschinengewehre. Maschinengewehre und einfache Gewehre. Das war es, was der Sarg enthielt. Und in den anderen Särgen lagen wahrscheinlich Munition und anderes Kriegsmaterial. Der Sarg war eigens dafür hergerichtet worden: Die Holzverkleidung war nur äußerlich, um das Gewicht der Waffen mit dem einer Leiche auszugleichen. Nach dieser Überraschung dachte Tommaso nur: in Särgen. Sie konnten keinen passenderen Weg finden.

Er machte den Deckel wieder zu, und zwar so schnell, wie er nur konnte, und ließ sich auf den Boden des Waggons gleiten. Er schaute auf die Uhr. Mehr als zwanzig Minuten waren vergangen. Er kämpfte mit angstvoller Nervosität, zwang sich aber, ruhig abzuwarten, bevor er die Nase hinaussteckte. Er blickte nach rechts. Er sah keine Wachposten mehr, weder am einen noch am anderen Ende des Güterzugs. Dieser Bahnsteig schien vollkommen verlassen.

Er glitt unter den Zug und wartete ab. Er sah die Beine der beiden MPs von den Trittbrettern des letzten Waggons herunterbaumeln und stellte sich vor, daß sie sich in aller Ruhe eine Zigarette gönnten und über ihre Rückkehr nach Hause redeten. Er robbte eine Strecke zwischen den Rädern, versicherte sich dann, daß niemand ihn vom gegenüberliegenden Bahnsteig aus bemerken konnte, und schlüpfte hinaus, wobei er versuchte, so wenig Geräusche wie möglich zu machen.

Niemand brüllte oder schoß. Tommaso kletterte mit dem normalsten Gesichtsausdruck der Welt wieder auf den Bahnsteig, klopfte seinen verschmutzten Mantel ab, setzte den Hut wieder auf und ging nachschauen, was mit Orson los war.

Er kassierte ein paar bissige livornesische Bemerkungen, weil er sich mit Hilfe der Ellbogen in die vorderste Reihe drängte. Es war, als hätten sich alle Müßiggänger des Bahnhofs und die wartenden Reisenden dort versammelt.

Und man verstand, warum: Tommaso befand sich vor einem unerwarteten *tableau vivant.* Die beiden wachhabenden MPs standen im Mittelpunkt des Kreises, mit dem Gewehr in der Hand, in einer Haltung, die an das Denkmal der *Marines* in Ijowima erinnerte. Sie waren auf unnatürliche Weise reglos, den Blick ins Leere gerichtet, lächerliche Marionetten, die für ein Blitzlicht posierten, das nie ausgelöst werden würde. Orson ging mit magnetisierendem Blick um sie herum, wie ein Panther, machte sonderbare Handbewegungen und redete in einer Sprache, die keinen Sinn ergab. Die Menge flüsterte und kicherte über die beiden Soldaten.

Als Orson seinen Partner sah, zwinkerte er ihm zu.

»Aber jetzt, Signori, sind wir am Ende der Vorstellung! Auch die Illusion hat ein Ende!«

Er schnippte mit den Fingern, und die beiden MPs erwachten aus ihrer Hypnose. Spott und unflätige Bemerkungen ergossen sich über sie. Sie schauten sich ratlos an, dann schwangen sie drohend ihre Knüppel und bahnten sich einen Weg durch die Menge, die sie pfeifend durchließ. Als sie weggegangen waren, drehten sich alle wieder zu Orson um.

»Euer untertänigster Diener, der große Cagliostro, verabschiedet sich. Werden wir uns wiedersehen? Vielleicht, im anderen Leben.« Er machte einen Schritt auf Tommaso zu, hielt ihm den Hut unters Kinn, und mit der freien Hand tat er so, als würde er ihm ein Ohr abdrehen. Es war der gleiche Trick wie bei Pearson. Eine Sturzflut von Münzen rauschte in den Hut und wurde begleitet von großem Applaus.

Orson kniete sich elegant nieder und stellte den Hut auf die Erde. In weniger als zwei Minuten war er voller Geldscheine.

4.

»Natürlich lade ich dich ein«, sagte Orson, griff in seine Jakkentasche und zog die zerknüllten Geldscheine hervor, die er am Bahnhof verdient hatte.

Sie setzten sich an einen Tisch in einer Ecke.

»Die Vorstellung hat ihnen wirklich Spaß gemacht«, tönte Orson, um die infernalische Version von Barnyard Boogie zu überbieten, die das kleine Orchester aus vollen Lungen posaunte. Er war es, der Tommaso gegenüber darauf bestanden hatte, in eine Tanzdiele zu gehen.

Tommaso hatte sich anfangs zwar etwas gesträubt, hatte dann aber eingewilligt und Orson in die Perla della Foresta gebracht, abenteuerlicher Name für ein Lokal am Weiher an der Waldgrenze der Pineta von Tombolo. Der Laden war brechend voll mit Soldaten und Signorine, die frenetisch tanzten, häufig über die Grenzen des Schicklichen hinaus. Aufgeheizte Oberkörper gegen Brüste mit erhärteten Brustwarzen, Beine, die über den Köpfen der Tänzer wirbelten, Schamteile, die mit Spitzenhöschen ausstaffiert waren, wenn überhaupt – ihre Körper zogen sich magnetisch an. Hier atmete man Dschungelatmosphäre, stickig, trotz des Winters, der die Fensterscheiben beschlug.

Orson war aufgedreht und kippte, ohne weiter nachzudenken, den Livorneser Punch hinunter, den er bestellt hatte.

»So schmeckt also der berühmte Torna ...« Er sprach nicht zu Ende. Der Alkohol zerschnitt ihm den Atem.

Tommaso war in einer ganz anderen Gemütsverfassung. Nachdenklich hatte er sich in einen Stadtplan von Rom vertieft, den er im Handschuhfach des Wagens gefunden hatte.

»Sieh mal hier«, sagte er. »Via Siria, der Sitz des MACRI. Kommt dir da nicht ein Gedanke?« Er hielt den Stadtplan Orson vor die Nase, deutete auf eine Straße jenseits der Eisenbahnlinie am Piazzale Zarna, mit einem Seitenarm, der als Sackgasse ins verbaute Gebiet führte.

Orson verneinte und würgte den zweiten lodernden Schluck seines Torpedo hinunter.

»Sie ist eine Querstraße zur Circonvallazione Appia. Dieser Gebäudekomplex gehört der Scalera Film. Und ich verwette mein Gehalt, sofern ich eins hätte, daß die Adresse, die wir haben, mit diesem Seitenarm übereinstimmt. Die Sackgasse ist nichts anderes als ein Nebeneingang zu den Studios.«

Orson fuhr mit seiner Hand an die Stirn.

»Natürlich, verdammt! An dem Tag, als Lea und ich ... Na ja, an dem Tag habe ich Tufano und De Bernardi gesehen, die gerade in einen niedrigen Bau an der Mauer zur Eisenbahn gegangen sind. Ich dachte damals, sie wären wegen weiterer Ermittlungen da, in Wirklichkeit ...«

»In Wirklichkeit konnte der gute alte Commendatore einer Gruppe alter Kameraden einen Gefallen nicht abschlagen. Da gelangen die Waffen hin. Das ist das Büro des MACRI.«

Orson schickte Tommaso einen zweifelnden Blick hinüber.

»Also, dann stellt sich die Situation folgendermaßen dar: Die CIA schickt einer wohltätigen Organisation des Vatikans Waffen. In Wahrheit ist diese Organisation ein Geheimbund von Neofaschisten, der von Scalera finanziert und vom »Büro für Brandvorsorge« des Innenministeriums gedeckt wird. Mein Gott, wenn ich nicht gesehen hätte, daß Leute dafür umgebracht werden, könnte ich meinen, daß es sich um die Wahnvorstellung eines Drehbuchautors nach einem Abendessen in der Kantine der Republic Pictures handelt.«

»Verzeihen Sie, Signore, sind Sie Orson Welles?«

Die Frage kam von einem jungen Mann um die fünfundzwanzig, einigermaßen gutgekleidet, ohne den Anflug von Zynismus und Nikotin, der den üblichen Besuchern dieser Art von Tanzdiele anhaftet. Der junge Mann spürte, daß seine Frage mißverstanden werden könnte, und erklärte sich.

»Bitte, entschuldigen Sie nochmals, aber wir haben ebenfalls mit dem Film zu tun. Sehen Sie die beiden Herren da hinten?«

Er deutete auf zwei eigentümliche Typen, die, als sie sahen, daß mit dem Finger auf sie gezeigt wurde, den Blick abwandten und wieder mit zwei auffälligen Damen sprachen.

»Das sind zwei Drehbuchautoren der Lux Film, sie bereiten einen Film über Tombolo vor. Der feinere der beiden heißt Tullio Pinelli, der jüngere Federico Fellini. Ich arbeite für die Filmproduktion. Sie sprechen kein Englisch und haben mich herübergeschickt. Wir haben uns gefragt, ob Sie uns wohl ein Autogramm geben würden und ob wir etwas später die Ehre haben dürften ...«

Orson unterbrach ihn. Für das Autogramm, sagte er, gebe es kein Problem, aber die Einladung könne er auf keinen Fall annehmen. Er ließ sich ein weißes Blatt Papier geben.

»Pinelli und Fellini, haben Sie gesagt? Wie schreibt man das?«

Der junge Mann schrieb die Namen auf »Und was machen Sie hier, Mr. Welles?« fragte er. »Bereiten auch Sie einen Film vor?«

Die Frage traf ihn völlig unvorbereitet. Er blickte Tommaso an, der noch verblüffter war als er selber. Orson sprach nun in einer Weise, die er seinen »Genietonfall« nannte, das hieß: mit genau kalkulierter Langsamkeit.

»Gewiß. Es handelt sich um einen Film über die Besetzung einer kleinen italienischen Stadt durch eine Crew aus Hollywood. Die Stadt war nach und nach von Sarazenen, Mauren, Normannen und später, während des Krieges, von Deutschen und Engländern besetzt worden. Am Ende kommen die Amerikaner, und diese neue Besetzung gleicht in jeder Hinsicht einer militärischen Invasion. Die Dreharbeiten verändern den Charakter der Bewohner von Grund auf. Es handelt sich um eine große Farce. Sie wird den Titel ›Operation Cinderella‹ haben.«

Der junge Mann staunte mit offenem Mund, während Orson ihm das Blatt mit dem Autogramm hinhielt, bedankte sich dann und zog sich zurück.

»Operation Cinderella …«, murmelte Orson und dachte ernsthaft über die Geschichte nach, die ihm gerade eingefallen war. »Na ja, ist doch keine schlechte Idee für einen Film, findest du nicht, Tommaso? Ich sollte sie einmal ausarbeiten.«

»Laß jetzt einmal das Kino beiseite. Wir müssen uns um Wichtigeres kümmern. Das Problem ist jetzt, wie wir ins Büro des MACRI kommen. Das ist nicht so einfach wie bei einem offenen Zug.«

Orson lächelte rätselhaft. »Eine gute Idee wirft man nie weg«, sagte er. Und bestellte noch einen Livorneser Punch.

Rom, den 28. Januar 1948

An Seine Exzellenz
den Botschafter der Vereinigten Staaten in Italien
Mr. James Dunn

Sehr geehrter Mr. Dunn,
ich hoffe, Sie erinnern sich noch an den Unterzeichnenden, Ihren untertänigsten Landsmann George Orson Welles. Einige Wochen sind seit unserer Begegnung vergangen, und ich gestehe Ihnen, daß mir während dieser ganzen Zeit oft der Gedankenaustausch durch den Sinn ging, den ich die Ehre hatte, mit Ihnen führen zu dürfen.

Die unmittelbare Erfahrung der in Italien vor sich gehenden Umsturzkampagne der Kommunisten, deren Zeuge ich inzwischen geworden bin, hat mich dazu gebracht, aufmerksam über die Verantwortung eines jeden amerikanischen Künstlers und Bürgers nachzudenken.

Wir alle müssen etwas tun, um in diesem Land zum Sieg und zur Konsolidierung der Demokratie, der Freiheit und der

Prinzipien beizutragen, welche die Regierung unseres Volks so umsichtig in der ganzen Welt vertritt. Aber was können wir armen Schauspieler im großen Drama des wirklichen Lebens tun? Genau das ist der Grund, weshalb ich Ihnen die Dienste meiner bescheidenen Person anbiete und es wage, Ihnen einen Vorschlag zu unterbreiten, den Sie, wie ich hoffe, Ihrer Aufmerksamkeit für würdig erachten.

Vielleicht haben Sie einmal über die ›Mercury Wonder Show‹ reden gehört, die Vorstellung mit Zauberei und verschiedenen Sensationen, die ich die Ehre hatte, im Sommer 1943 in Los Angeles auf die Bühne zu bringen, mit dem Zweck, Gelder für die Kriegsanstrengungen zu sammeln und unseren Truppen einen Augenblick der Entspannung und Ablenkung zu bieten.

Zahlreiche Persönlichkeiten aus Hollywood – Rita Hayworth, Marlene Dietrich, Joseph Cotton, um nur einige zu nennen – leisteten ihren Beitrag zu einer Veranstaltung, die Nummern von großem Prestige darbot, wie etwa »Orson der Prächtige«, »Das Mädchen mit den Röntgenaugen«, »Szenen einer Hinduausstellung«, »Schmerzlose Chirurgie« und »Die menschliche Nähmaschine«.

Mein Vorschlag, sehr geehrter Herr Botschafter, ist, diese Veranstaltung mit den notwendigen Veränderungen in Rom unter dem Titel ›Grand Magic Show‹ ein zweites Mal zu geben, und zwar so bald wie möglich in den Studios der Scalera Film, wo, wie Sie sicher wissen, die Aufnahmen für einen Film über den Grafen Cagliostro gedreht werden. Ich bin der Meinung, daß diese Umgebung auf Grund der Natur und des Zwecks dieser Veranstaltung am geeignetsten ist.

Die Veranstaltung bietet Ihnen die Möglichkeit für eine Rede und die Verteilung von Geschenkpaketen an die bedürftigsten Familien, ganz im Sinn eines uramerikanischen Geistes. Ich bin mir gewiß, daß Sie und Ihr Mitarbeiter, Mr. Drew Pearson, auf diesem Gebiet Ihre überzeugende Erfahrung einbringen können.

In Erwartung Ihrer Antwort will ich Sie davon in Kenntnis setzen, daß Commendatore Michele Scalera sich enthusiastisch bereit erklärt hat, seine Studios für diese Sache zur Verfügung zu stellen, die, in seinen Worten, »uns und alle« angeht.

Hochachtungsvoll
Ihr stets loyaler Landsmann
G. O. Welles

2. Februar 1948

Lieber Mr. Welles,
ich war glücklich, Ihren Brief vom 28. Januar zu erhalten. Ich finde, Ihr Vorschlag ist aller Aufmerksamkeit wert und verbindet sich aufs vollkommenste mit dem Geist unserer Kampagne.

Was das Datum der Veranstaltung angeht, dessen Durchführung ich angesichts der besonderen Sensationen völlig Ihnen überlasse, schlage ich den 29. Februar vor, den letzten Sonntag in diesem Monat. Das ist vielleicht nicht so bald, wie Sie es sich wünschen, aber ich habe zwei entscheidende Gründe für diesen Vorschlag.

Der erste ist, daß wir, je mehr wir an den vorgesehenen Tag der Wahlen (den 18. April) heranrücken, eine um so größere Wirkung erzielen können. Der zweite ist der: Wir haben erfahren – und ich bin sicher, diese Nachricht wird Sie glücklich stimmen –, daß Tyrone Power gerade zu diesem Zeitpunkt nach Italien zurückkehrt. Ich bin völlig davon überzeugt, daß die Anwesenheit von Mr. Power der ›Grand Magic Show‹ helfen wird, einen noch größeren Erfolg und ein noch weiteres Echo zu haben.

Indem ich Ihnen für den Ausdruck Ihres Patriotismus danke, verbleibe ich in der Erwartung Ihrer Nachrichten.

Der Botschafter der USA in Italien
James Dunn

11. Kapitel

1.

»Immer wieder dieser Tyrone Power, verflixt noch mal!« rief Orson und fuchtelte mit Dunns Brief. »Seit ich in Rom angekommen bin, verfolgt der mich. Warum kehrt er nach Italien zurück? War er denn nicht gerade erst da?«

»Man sieht, du liest keine Illustrierten, Orson«, antwortete Lea und goß den Tee ein. »Tyrone Power hat sich verliebt. Deshalb kommt er zurück, um seine Verlobte zu treffen.«

»Power heiratet? Und wen?«

»Linda Christian.«

»Die Rote aus der Metro?«

»Kennst du sie?«

»Na ja… schon…« Orson konnte seine Verlegenheit nicht verbergen. »Sie ist eine aus dem Umfeld von Ratoff. Wir haben uns auf dem Set gesehen.«

Lea nippte am Tee und ließ eine Bemerkung fallen, die beiläufig wirken sollte: »Den Fotos in den Zeitungen nach zu urteilen, scheint sie deiner Exfrau ähnlich zu sehen.«

»Wer, Linda? Die ist doch nur eine wandelnde Modeskizze von Varga!«

»Braucht es denn mehr, um eine Filmdiva zu werden?«

Orson sagte nichts. Er war noch nie einer Frau begegnet, die es so wie Lea verstanden hatte, intelligent und geistreich eine Unterhaltung zu ihren Gunsten umzukehren.

Nach der Rückkehr von Tombolo hatte Orson es sich auferlegt, so zu tun, als wäre nichts, auch wenn die Eifersucht in ihm nagte. Er war zutiefst überzeugt, daß, wenn er Lea zur Rede stellen würde, ihre komplizierte Beziehung den Bach hinunterginge. Warum sollte er ihr denn nicht die gleiche

Freiheit einräumen, die er für sich selbst in Anspruch nahm – auch wenn er sie in letzter Zeit nicht sonderlich auskostete?

Tatsache war, daß die Frauen, die er gekannt hatte, zumindest jene, mit denen er mehr als nur eine kurze Affäre gehabt hatte, immer darauf aus waren, ihn in ein festes Verhältnis zu zwingen, wenn schon nicht zu heiraten. Ausgenommen Dolores Del Rio, gewiß; aber die war schon zweimal geschieden und wußte, was sie tat.

Mit Lea dagegen hatte er eine freie und gleichberechtigte Beziehung. Und darauf war er nicht wirklich vorbereitet. Er mußte tagtäglich darum kämpfen, das zu akzeptieren. In den vergangenen zwei Monaten hatte er begriffen, daß es nicht genügte, sich ihr zu Füßen zu werfen und sich gedemütigt zu fühlen. Die Demütigung, von der Lea sprach, war eine viel komplexere Angelegenheit und, alles in allem, eine positive. Dieser Gedanke hatte ihn schon in Venedig gequält, während er nach der Abreise von Tommaso darauf gewartet hatte, sie wiederzusehen. Er hatte sich eingestehen müssen, daß alles in die Brüche gegangen wäre, wenn sie am Abend davor wirklich miteinander ins Bett gegangen wären. Der Sex hatte die verhängnisvolle Wirkung, jene Leidenschaft auszulöschen, die *unter* der Haut brennt, die vom Herzen kommt. Sex verwandelte *diese* Frau in *eine* Frau, so war es jedenfalls ihm immer ergangen.

Er wollte Lea, koste es, was es wolle. Und daher würde er warten. Warten und leiden. Solange die Zeit nicht allzu langsam verging, wie es sich rund um die *Grand Magic* Show abzuzeichnen schien.

»Unsere Idee ist folgende«, erklärte Orson. »Es ist praktisch unmöglich, ins Büro des MACRI einzudringen. Tagsüber sind zu viele Menschen da. Und nachts der Wachdienst der Scalera Film. Daher muß man etwas schaffen, das die Aufmerksamkeit aller auf einen einzigen Bereich der Studios lenkt, während sich Tommaso ins Büro schleicht und alles fotografiert, was er für interessant hält.«

»Und du glaubst, deine Veranstaltung wird dieses Ergebnis erzielen?«

»Ganz ohne Frage. Und um so mehr, ich muß es zugeben, wenn Tyrone Power dabei ist. Aber ich brauche auch deine Hilfe.«

Einen Augenblick wurde Lea nachdenklich, dann ging sie zu ihm hinüber und setzte sich auf seinen Schoß. Sie verschwand in Orsons Umarmung, wenn sie das tat.

»Ich habe Angst. Die Geschichte ist gefährlich. Für alle.«

Orson beruhigte sie. »Es geht alles gut, du wirst schon sehen.«

Er war aufrichtig, so wie er es war, wenn er sich Hals über Kopf in die Umsetzung eines Films stürzte: Da fiel jedes Hindernis angesichts der Kraft seiner Vision. Auch diese Geschichte würde gut ausgehen. Dessen war er sich gewiß.

»Nein, hab keine Sorge. Der einzige, der wirklich etwas riskiert, ist Tommaso. Aber er ist das gewohnt. Und er will ja der Geschichte noch mehr auf den Grund gehen als ich.«

»Was hofft ihr herauszufinden?«

»Die Archive des MACRI. Wer Teil der Organisation ist und wer die Fäden in der Hand hält. Und vor allem, wozu diese Waffen dienen.«

»Und was soll ich dabei tun?«

»Oh, nichts. Du sollst nur meine Assistentin während der Vorstellung sein. Das ist alles.« Orson lachte zweideutig, doch das merkte Lea nicht. »Es wird lustig sein. Eine richtige Überraschung ...«

Er wartete. Tommaso hatte an der Tankstelle am Kilometer 71 der Via Appia angehalten, schaute um sich und begab sich unter das schützende Dach. Es regnete, wie fast immer, seit er von Rom weggefahren war. Das umliegende Land war durch und durch naß und melancholisch.

Sie waren übereingekommen, daß es besser für ihn sein würde, auf das Ende des Monats weit weg von Rom zu warten. Irgendwie war es Orson gelungen, Bargeld aufzutreiben, und er hatte ihn gefragt, wohin er fahren wolle. Er hatte sich für Latina entschieden. Die Stadt war nicht allzuweit von Rom entfernt und außerdem ausreichend groß, so daß er nicht unbedingt auffallen würde.

Latina war keine schöne Stadt. Es war eine Stadt, die der Duce vor weniger als zwanzig Jahren inmitten der vom Regime trockengelegten Pontinischen Sümpfe hatte bauen lassen. Sie war der in Stein und Marmor verwirklichte Traum der idealen faschistischen Stadt. Ordentlich, beeindruckend, sich des Schicksals des italienischen Volkes männlich bewußt, bis in die öffentlichen Pissoirs. Die Bombardierungen sind gnadenlos auf sie niedergegangen.

Tommaso hatte nicht in ein Hotel gehen wollen, sondern sich ein kleines Zimmer in einem anonymen Wohnblock gemietet, der so aussah wie viele andere, die er in den letzten zehn Jahren kennengelernt hatte. Was neu war, war die Unruhe, die in seiner Brust wuchs und an seinem Magen nagte. Sie trieb ihn aus dem Haus.

Orson hätte nicht verstehen können, was er da tat. Warum er da wartete. Nein, das hätte er nicht. Aber die Zeit, als Tommaso nur sein Privatdetektiv war, war ohnehin längst vorbei. Was geschehen war, hatte alles verändert.

Er schaute auf die Uhr. Es war nicht spät, vielmehr war endlich er es einmal, der vor der Zeit zu einer Verabredung kam.

Nachdem er den Tank gefüllt hatte, fragte der Tankwart, ob er noch anderes wünsche.

»Ja«, antwortete Tommaso. »Könnten Sie mir den Ersatzreifen reparieren?« Seit jenem Nachmittag mit Cecchini hatte er sich nicht mehr darum gekümmert.

Zufrieden mit diesem unerwarteten Sonderauftrag, öffnete der Tankwart den Kofferraum und pfiff vor Überraschung. »Da schau an. Sie sind einer, der kein Risiko eingeht.« Und er zeigte auf den zusätzlichen Ersatzreifen, den Tommaso in seinem engen Kofferraum zusammen mit hunderterlei verschiedenem Kram liegen hatte.

Tommaso lächelte und zog das Päckchen Lucky Strike aus der Tasche. »Eine alte Gewohnheit. Zwei sind besser als einer.«

Er zündete sich eine Zigarette an und bot auch dem Tankwart eine an, der sie gerne annahm.

»Und ich habe ja auch kein Platzproblem. Ich bin jemand, der nicht viele Koffer braucht.«

»Das ist die beste Art, auf dieser Welt zu sein. Sich mit wenigen Sachen zurückziehen zu können«, philosophierte der Tankwart und rollte die Reifen zur Garage.

Tommaso blieb allein. Er atmete tief ein, als er das Auto, auf das er gewartet hatte, am Ende der Kurve auftauchen sah.

2.

»Vielleicht ist dieses Set, dieses Studio, diese Welt nichts anderes als eine einzige unendliche Bühne? Schwer zu sagen, wo die Realität aufhört und die Illusion anfängt.«

Orson spazierte langsam und gebieterisch an der Vorbühne vorüber.

»Nehmt mich, zum Beispiel. Wer kann euch versichern, daß ich wirklich Orson Welles bin und nicht die Reinkarnation von Giuseppe Balsamo, Graf von Cagliostro?«

Seine Stimme senkte sich in eine höhlenartige, beunruhigende Tiefe hinab.

»Nichts ist gewiß. Woher kommt diese weiße Taube, zum Beispiel?«

Als er das sagte, breitete er die Arme aus. Eine weiße Taube erschien in seiner rechten Hand. Verwundertes Raunen ging durch das Publikum.

Er führte die linke Hand an seinen Mund, und während

seine Stimme in diesem finsteren, unheimlichen Ton weitersprach, zog er ein Ei aus dem Mund. »Vielleicht daraus?«

Der Trick wurde tosend beklatscht.

»Und wer kann euch schließlich versichern, daß wirklich ich es bin, der zu euch spricht?«

Es war deutlich erkennbar, daß diese Worte gesagt wurden, ohne daß Orson seinen Mund öffnete. Staunendes, sprachloses Flüstern überall im Saal.

Der Hintergrundprospekt, der die Szene abschloß, wurde lautlos hochgefahren. Orsons projiziertes Flimmerbild wurde auf einer Leinwand sichtbar. Die Einstellung reproduzierte haargenau die Situation auf der Bühne, und alle begriffen nun, daß Orson playback gesprochen hatte. Sein perfektes Italienisch kam vom Filmstreifen.

Die Aufnahmekamera kam zu einer allgemein nicht sehr geschätzten Großaufnahme näher.

»Vergessen wir es nie. Im Grunde unseres Herzens wollen wir alle getäuscht werden.«

Auf der Leinwand tauchte ein Stoß Karten im gleichen Augenblick auf, in dem der richtige Stoß Karten, kaum daß die weiße Taube zum Flug in die Luft entschwunden war, in Orsons richtiger Hand auf der Bühne auftauchte.

Stürmischer Beifall belohnte diese Nummer.

»Und nun wird Signor Welles oder wer immer auch dieses Individuum auf der Bühne ist, eine der bewährtesten Nummern seines ... ich meine *meines* Repertoires vorführen, mit dem Titel: Was die meisten Männer am liebsten mit ihren Frauen machen würden, eine Nummer, die auch unter dem Titel bekannt ist: ›Die Zerteilung von Miss Lea Padovani‹.«

Wieder begleitete ein orkanartiger Beifall die Ankündigung dieser Nummer, während die Techniker Säge, Box und die gesamte Ausrüstung für die Nummer auf die Bühne schoben.

Lea erschien in einem Kostüm aus Federn und Pailletten

und versuchte zu lächeln. Orson bemerkte mit Vergnügen ihr ängstliches Zittern, als sie die große Säge mit den scharfen Zähnen sah. Sprachlos kam sie näher. Mit einer Verbeugung lud Orson sie ein, in die Box zu steigen. Dann, als er so tat, als würde er den Deckel schließen, flüsterte er ihr zufrieden zu: »Na, was hältst du von meiner Überraschung?«

Leas Lächeln wirkte einigermaßen gezwungen. »Bist du auch ganz sicher, Orson, daß du weißt, was du da tust?«

Während er auf die Trommeln deutete und sie zum Wirbel anfeuerte, trat Orson einen Schritt zurück.

»Aber sicher, Liebste. Das hab ich schon mit Rita Hayworth und Marlene Dietrich gemacht. Und da soll mir ausgerechnet bei dir ein Fehler unterlaufen?«

Tommaso war mit Orson zur Scalera Film gekommen und hatte in dessen Garderobe auf den Beginn der Vorstellung gewartet. Wie sie vorausgesehen hatten, waren alle hauseigenen Sicherheitskräfte zur Verstärkung an den Eingang zum Gelände gelaufen, um die Menge durch die Tore zu schleusen. Die anderen Studios waren leer, und niemand hatte die Patrouille der Straßen und Wege am Gelände übernommen.

Er machte sich auf den Weg zur Umfassungsmauer, zu dem niedrigen, in Blaßrosa gestrichenen Magazin, das Orson ihm bezeichnet hatte. Als er näherkam, bemerkte Tommaso ein großes eisernes Schiebetor in der Umfassungsmauer. Auf der anderen Seite konnte man die enge Gasse der Via Siria erahnen. Der Güterbahnhof der Stazione Tuscolana war nur wenige Minuten entfernt. Alles paßte genau zusammen.

Er gelangte zur Eingangstür, versicherte sich aber immer wieder, daß ihn niemand beobachtete. Er stieg die drei Stufen hinauf und probierte den Türgriff aus, sah aber sofort, daß er da niemals durchkommen würde. Die Tür sah sehr solide aus und wies zudem drei abschreckende Schlösser auf, die ziemlich robust waren. Tommaso fluchte leise und ging um das Gebäude herum. Auf der nach Westen gelegenen Seite waren die Fenster allesamt mit Rolläden verschlossen, ebenso die zur Langfront hin. Also auch da war nichts zu machen.

In seiner Nervosität sah er plötzlich auf der Seite, wo sich die Eisentür befand, den metallenen Rolladen des Gebäudes, das er für das Lager gehalten hatte. Am Boden war er mit einem Schloß gesichert, das durch einen großen Stahlring gezogen war. Tommaso lächelte. Zum Glück waren diese Schlösser – wie auch die von Wohnungstüren – seine Spezialität.

Im Handumdrehen gelang es ihm, den Rolladen hochzuziehen, er schloß sich ein und machte die Taschenlampe an, die er mitgebracht hatte. Der Lichtstrahl fiel gleich auf drei der leeren Särge, die im hinteren Teil dieses Lagers aufgestapelt waren.

Dann fand er die Eingangstür zum übrigen Gebäude. Vorsichtig drückte er dagegen, obwohl er ganz sicher war, daß das Büro jetzt leer war. Er erblickte zwei verhältnismäßig große Räume, einen in seiner unmittelbaren Nähe, den anderen auf der gegenüberliegenden Seite. Der weiter entfernt liegende machte den Eindruck, als würde dort das Offizielle abgewickelt. Der in seiner unmittelbaren Nähe dagegen war ohne jeden Zweifel das eigentliche Büro des MACRI. Die Wände waren kahl, abgesehen von einem großen Foto mit Papst Pius XII., der segnend hinter einem mit Papieren überladenen Schreibtisch stand.

An der gegenüberliegenden Wand stand ein Karteischrank, der vielversprechend aussah. Tommaso legte seinen Regenmantel ab und zog seine Mikrofilmausrüstung hervor, die er auf dem Schwarzmarkt erstanden hatte. Dann öffnete er die erste Schublade.

Kaninchen. Kaninchen und Hühner kamen aus dem Zylinder, den Orson eine Minute zuvor umgestülpt auf den Tisch gelegt hatte, und irrten über die Bühne. Die Erwachsenen klatschten begeistert, die Kinder lachten wie verrückt. Dann zog er aus seinen Ärmeln langsam immer mehr zusammengeknotete bunte Tücher hervor.

Im Licht der Scheinwerfer dachte Orson, daß er sich schon lange nicht mehr so amüsiert hatte. Er spürte die Woge von Gefühlen seines Publikums, die naiven, kindlichen Gefühle, die Darbietungen mit Magie hervorbringen. Vor einem Zauberkünstler wollen alle wieder zu Kindern werden, sie sehnen sich nach nichts anderem, als überrascht zu werden und staunen zu können. Das fordern sie. Genau das ist auch der Grund, weshalb die Tricks gelingen. Denn die Menschen wollen gar nicht wissen, wie diese Tricks funktionieren: Es genügt, daß man in tiefe Verwunderung fällt.

Natürlich verhält es sich ganz anders, wenn es um Frauen geht. Ein Trick ist für sie dann nichts weiter als ein Trick, und ein Mann, der wieder zum Kind wird, ist weiter nichts als ein Trottel. Nein, Frauen mögen es nicht, wenn man um sie herumschleicht. Zumindest nicht in dieser Weise.

Da waren sie. Alle. Sämtliche Namen der Mitglieder und Geldgeber des MACRI, in der ersten Schublade des metallenen Karteischranks. Die Organisation strukturierte sich in absolut undurchlässige Abteilungen: Die am weitesten außen befindliche Gruppe bestand aus Förderern, die Geld oder andere Formen der Hilfe gaben, wie der Commendatore und ein Dutzend hoher Richter und Industrieller. Dann kam der eigentliche operative Kern: an die zwanzig Leute, darunter Cippico Pressner, Deller, Tufano und andere Polizisten, Cecchini, bis hin zu Colonnello Traversa und Marcello Baroni.

Am Ende kamen die geistigen Väter des MACRI. Doch

Tommaso suchte verzweifelt nach etwas, das in diese Richtung wies: Gewisse Geheimnisse befanden sich streng geschützt im Büro für Brandvorsorge des Innenministeriums.

Er fotografierte alles, einschließlich der persönlichen Karteikarten der Mitglieder. Dann machte er die Schublade zu und öffnete eine andere, vollgepackt mit Flugblättern und anderem antikommunistischem Material, das er schnell durchblätterte. Ganz unten fand er eine Mappe, die kein italienisches Aussehen hatte. Sie erinnerte ihn an die Mappen, die die Amerikaner an die ORI weitergaben. Er öffnete sie. Unter der Aufschrift *Psychological War* stand in unbeholfenem Italienisch *Anti-Umsturz-Kampagnen in Italien.*

Er brauchte ungefähr zwanzig Minuten, um sie durchzulesen, dann las er noch einmal die Kernabschnitte, um sicherzugehen, daß er auch richtig verstanden hatte. Dann verging einige Zeit damit, das ganze Dokument mit seinen vielen Seiten auf Mikrofilm zu bannen.

Er öffnete eine weitere Schublade. Hier schienen die Rechnungen der Geschäftsführung des MACRI aufbewahrt zu werden. Schenkungen, Ausgaben, Quittungen, Frachtbriefe ... Frachtbriefe. Schön geordnet fand er den gesamten Papierwust über den Transport der Särge von Tombolo nach hier. An jeden Frachtbrief war eine wesentlich aufschlußreichere Karteikarte geheftet: der Inhalt der Särge – Gewehre, Maschinengewehre, Munition – mit dem entsprechenden Gegenwert in Dollar. Das war es also, weshalb Deller und O'Hara so darauf bestanden, daß Torpedo die Ausführung gründlich erledigte. Die aus Amerika kommenden Waffen mußten bezahlt werden. Aber von wem und wie?

Tommaso brachte die Taschenlampe näher heran, um in diesem Ozean von Nummern und Zahlen besser lesen zu können.

Seit Beginn der Vorstellung waren fünfundsiebzig Minuten vergangen, doch die Aufmerksamkeit des Publikums war zu keinem Zeitpunkt erlahmt. Jetzt verfolgten viertausend Augen, wie Leas Körper schwebte. Allen stockte der Atem.

Orson leitete sie bei ihren Wanderungen durch die Luft und freute sich über den gelungenen Trick. Bewegungen seitwärts im Flur störten ihn, Bewegungen, die – hätte Orson wirklich an Magie geglaubt – er als unheilvolle Schwingungen bezeichnet haben würde.

Während Lea wieder langsam auf den Tisch herabschwebte, von dem sie zu ihrer Reise in den Raum aufgestiegen war, beobachtete Orson, was sich im Publikum unten tat. Er mußte an die Rampe vortreten, bis er fand, wonach er suchte: die kleinen bösen Augen Tufanos, der sich, gefolgt von De Bernardi, in herausfordernder Weise in einer Ecke gleich unterhalb der Bühne bei den Fotografen plaziert hatte.

»*Nefter zufu!* Kehre wieder zu uns zurück, Lea!« donnerte Orson. Er hoffte, der einzige zu sein, der einen leichten Einbruch seiner Stimme bemerkt hatte.

Lea öffnete die Augen, das Publikum klatschte Beifall.

Ein Ruf kam von den billigeren Plätzen ganz hinten: »Orson, du bist viel toller als Gäri Kuper!«

Orson verbeugte sich und kreuzte erneut Tufanos Blick, der langsam und spöttisch mit den anderen applaudierte. Auf seinen Lippen konnte er das tonlose Wort lesen, das Tufano zu ihm gewandt aussprach: »Du Narr!«

Orson antwortete mit einer besonderen Verbeugung und überlegte blitzschnell. Sie waren ja schon einigermaßen glücklich zu schätzen, daß die Polizisten der Versuchung nachgegeben und ihre Nasen in dieses Studio gesteckt hatten. Er durfte es auf keinen Fall zulassen, daß die beiden zum Büro gingen, während Tommaso noch dort war.

Während Lea sich zurückzog, forderte er das Publikum auf zu schweigen.

»Und jetzt eine improvisierte Nummer!«

Mit einer genau kalkulierten Pause ließ er die Neugierde im Publikum wachsen.

»Eine besondere Nummer, für die ich die Mitarbeit von jemandem aus dem Publikum brauche.«

Ein Raunen ging durch den Saal.

»Einen Mann mit Mut und Kraft! Einen Mann wie ... diesen da!«

Der Scheinwerfer folgte Orsons Zeigefinger und fiel auf Tufano, der innerhalb einer Sekunde seinen amüsierten Gesichtsausdruck verlor und völlig ratlos aussah.

Ein aufmunternder Beifall brauste spontan aus dem Publikum auf. Männerstimmen wurden hörbar, die den Polizisten antrieben. »Bravo! Zeig's uns!«

Tufano wollte ausweichen, wurde aber erbarmungslos von zwei Hünen in Livree zur Bühne gedrängt. Es fehlte nur wenig, und selbst Orson hätte sich durch die unglaubliche Scheu Tufanos erweichen lassen, die er zeigte, als er die Rampe erreicht hatte. Menschen sind seltsame Wesen, und Mörder besonders.

Orson ging auf Tufano zu und schüttelte ihm die Hand. »Danke, Signor ...«

Einen Augenblick lang hatte er die Befürchtung, Tufano könne ihm antworten, daß er seinen Namen doch genau kenne. Doch das Gefühl, im Mittelpunkt der Aufmerksamkeit zu stehen – ein Gefühl, das für Orson erfrischender war als ein heißes Bad –, hatte Tufano vollkommen gelähmt. Er hauchte seinen Namen ins Mikrophon, das von der Decke herabgelassen worden war.

»Oh, schön, Mister Tufano. Und welchen Beruf haben Sie?«

»Ich arbeite im Polizeipräsidium ...«

Gelächter und höhnische Rufe kamen aus den hinteren Reihen.

»Ein Polizist ... *Very well.*« Orson tat so, als wäre er angenehm überrascht. »Für unsere kleine Attraktion brauchen wir genau so einen kaltblütigen Mann.«

Orson gab dem Bühnentechniker, der von der Programmänderung überrascht worden war, ein Zeichen mit dem Kopf.

»Also, Mister Tufano, entspannen Sie sich, und kommen Sie her.« Er führte ihn mitten ins Parkett. »Sie tun jetzt so, als würden Sie einen gefährlichen Verbrecher verhaften, klar? Sehr aufmerksam und sehr konzentriert, genau so …«

Tufano blickte Orson fest in die Augen. In seinem Blick lagen Haß und Verzweiflung.

Da setzte hinter der Bühne das Kreischen von Seilwinden ein, begleitet von einem angsteinflößenden Rasseln von Ketten.

Im Büro des MACRI hatte Tommaso mittlerweile jedes Zeitgefühl verloren. Es hatte lange gedauert, bis er hinter die Logik gekommen war, der diese eigentümlichen Friedhofstransaktionen folgten, doch dann hatte er sie begriffen. Und war plötzlich ganz ruhig. Wie ein Taucher, der auf der Wasseroberfläche liegend ruhig durchatmet, bevor er sich neuerlich in die Tiefe wagt, starrte er minutenlang ruhig zur Decke, tat gar nichts, nur seine Gedanken schwirrten im Kopf herum, ohne nach Erklärungen zu suchen. Denn was sie registrierten, war außer Reichweite seines Verstandes.

Plötzlich verspürte er so etwas wie einen kalten Schauder und machte sich wieder an den Schrank, wo jetzt die Schublade mit den Papieren der Ocean Film an der Reihe war.

Eine Granitplatte von zwei Metern mal einem Meter fünfzig, mit einer Dicke von mindestens zwei Handbreiten, wurde langsam von der Studiodecke heruntergelassen. Die Augen der Zuschauer waren wie magnetisch darauf gerichtet, alle verfolgten sie das millimetergenaue Herabgleiten dieser schweren Platte, bis die untere Kante den Bühnenboden berührte. Sie blieb in der Schwebe, gehalten von einer mächtigen Stahltrosse.

Orson ging zu Tufano und forderte ihn auf, ihm zu folgen.

Er betastete die Platte mit dem Ausdruck von Hochachtung vor ihrer monolithischen Festigkeit.

»Ein tonnenschwerer Felsblock aus den Bergen, Signore und Signori ... Dieses wird eine äußerst schwierige Nummer, daher bitte ich Sie um Ihre allergrößte Aufmerksamkeit.«

Er schob Tufano neben die Granitplatte. Der Polizist gehorchte mit einem dümmlichen Lächeln. Orson bemerkte, daß sich Tufanos Stirn mit Schweißperlen bedeckte.

»Gut so, gut so. Und jetzt, bitte, lassen wir die Granitplatte herunter! Aber langsam. Wir wollen ja nicht den Polizisten zerquetschen ...«

Neues Gelächter kam aus dem hinteren Teil des Saales, erstarb aber im unheimlichen Quietschen, mit dem die Platte an Tufanos Rücken niedergelassen wurde, bis sie schließlich an ihm lehnte. Kaum hatte er den Kontakt mit dem Granit gespürt, beugte er unwillkürlich seine Schultern.

Im Zuschauerraum herrschte Grabesstille.

»Diese Nummer kommt aus der Mythologie«, erklärte Orson. »Sie alle kennen doch die Geschichte von Atlas, oder? Der Gigant, der die Welt auf den Schultern trug ...«

Er trat neben Tufano. »Eine ziemlich unbequeme Haltung, nicht?« Er schaute ihm ganz fest in die Augen. »Es ist eine schwere Platte. Eine sehr schwere Platte ... Aber keine Sorge. Die Trosse ist stark.«

Orson wandte sich wieder ans Publikum. »Atlas war ein wirklich starker Mann, aber er lehnte sich gegen den Göttervater Zeus auf. Und es war immer schon eine schlimme Sache, sich gegen den Chef aufzulehnen. Sehr schlimm ...«

Er kehrte zu Tufano zurück. Er bemerkte, daß die Schweißtropfen zu einem Bach geworden waren, der ihm an der Stirn herunterlief. Aber Tufano fiel es nicht ein, ihn abzuwischen. Ohne es zu merken, benutzte er jetzt auch die Hände, um die Platte abzustützen, so als würde ihm das Gewicht mit jeder Sekunde mehr zu schaffen machen.

»Ich sehe, Sie schwitzen, Signor Polizist. Aber ich sage

noch einmal, die Trosse ist stark. Warum versteifen Sie sich derart? Haben Sie kein Vertrauen?«

Tufano hatte angefangen zu stöhnen, und seine Stimme schien gegen die Anstrengung zu kämpfen. »Schaff mich hier weg. Schaff mich auf der Stelle hier weg!«

Orson ließ sich nicht im geringsten beeindrucken. Am ehesten ließ sein Ausdruck Ratlosigkeit erkennen.

»Aber vielleicht sollten wir das Gewicht ein bißchen leichter machten, dann ist es besser, Signor Polizist, *right*?«

Er gab den Bühnentechnikern hinter der Tribüne ein Zeichen. »Zieht den Granit ein Stückchen hoch, dann kann der mutige Polizist wieder atmen! Aber Vorsicht bei diesem Manöver! Wir wollen ja keine Landkarte aus ihm machen.«

In Tufanos Blick lag Haß. Und das Gelächter aus dem Publikum war keineswegs entspannt, eher war ein Anflug von Besorgnis dabei.

Wieder kreischten die Winden hinter der Bühne.

»Apropos Landkarte. Da erinnere ich mich an eine schöne Geschichte meines Landsmanns Ambrose Bierce. Es war einmal eine kleine Zündholzverkäuferin ... Nein ... Vorsicht, ihr macht ja alles verkehrt! *Watch out!*«

Ein Schrei des Entsetzens erhob sich aus der Menge, als sich der Haken, der irrtümlich abgesenkt worden war, aus dem Ring loslöste, der ihn mit der Steinplatte verband, und die Trosse frei durch die Luft hin und her zu schwingen begann.

Orson drehte sich augenblicklich zu Tufano um, der verstanden hatte, was geschehen war, und den Koloß jetzt mit allen seinen Kräften zu stützen begann. Wie ein Verzweifelter stemmte er ihn nach oben. Sein Gesicht war verdreht und bläulich angelaufen.

Das Publikum nahm das hektische Hin und Her der Bühnenarbeiter im Hintergrund wahr, die versuchten, die Trosse herunterzulassen, um sie wieder einzuhaken. Zwei von ihnen liefen rasch über die Bühne, doch keiner wagte es, Tufano dabei zu helfen, das gigantische Gewicht zu stützen, weil sie Angst hatten, sie könnten selbst darunterkommen.

Orson schrie beängstigt und machte Tufano Mut durchzuhalten. »*Come on*, halt durch! Einen Augenblick nur...«

Doch die Trosse schwang weiterhin wie ein Pendel frei durch die Luft. Einige Zuschauer hatten sich nach vorne gestürzt und wollten helfen, aber die Treppen zur Bühne waren weggeräumt worden, nachdem Tufano hinaufgestiegen war.

Das Studio war ein einziges Durcheinander aus Schrekkensschreien und chaotischen Manövern.

»Halten Sie durch! Halten Sie durch!« flehte Orson den Polizisten an. Sein Gesicht war völlig verwirrt und ratlos.

Aber Tufanos Knie knickten langsam ein, ohne daß man etwas machen konnte. Es war ein Wunder, daß es ihm möglich war, überhaupt auch nur eine halbe Minute durchzuhalten. Tufano prustete und spuckte, sein Gesicht war von der übermenschlichen Anstrengung blau angelaufen. In einem verzweifelten letzten Versuch, weiter durchzuhalten, kniete er auf einem Bein nieder, während die Bühnenarbeiter und Feuerwehrleute sich um ihn herum zu schaffen machten. Einen Augenblick lang ähnelte er wirklich der Darstellung des Atlas. Dann wurde es klar, daß er ans Ende seiner Kräfte gelangt war.

Da passierte es.

Orson nahm eine feierliche Haltung an. Mit erhobener Hand, so als wäre er Jesus Christus, der dem Lazarus befiehlt aufzustehen. Die Menge reagierte auf diese Geste mit einem Augenblick erstaunten Schweigens. Orson nutzte dies, um seine Hand unter die Granitplatte zu legen und sie ohne die geringste Anstrengung von Tufanos Rücken wegzuheben.

Ein verschmitztes Lächeln erstrahlte auf seinem Gesicht.

»Signore und Signori, Atlas hatte alle diese Probleme natürlich nicht. Sonst würde die Erde immer noch durch den Weltraum kullern und wir mit ihr...«

Tufano kniete immer noch, ohne zu begreifen, was da vor sich ging. Den Ton verändernd, gelangte Orson in die Mitte der Bühne. »Schauen Sie, Signori! Wir brauchen kein Licht, keine Pendeluhren, keine Augen von Cagliostro, um einen Menschen zu hypnotisieren! Sein eigener Verstand ist es, der ihn täuscht!«

Emphatisch lief er zu den Bühnenarbeitern hinüber, die sich inzwischen die »Felsplatte« mit einer Leichtigkeit auf die Schultern geladen hatten, als wiege sie nur wenige Kilo.

»Der sogenannte Granit war zu Beginn nicht ganz leicht, das stimmt, weil die Trosse mit Ballast versehen war. Aber dann, Herr Polizist, haben Sie sich mit meiner und mit der Hilfe des Publikums selbst eingeredet, daß Sie in Gefahr sind, und haben Ihre gesamten Kräfte und mehr eingesetzt, um sich zu schützen vor…« – er schlug kräftig auf die Platte, die einen Widerhall von sich gab – »… vor einem hohlen Körper aus Holz und Gips, der in der Bühnenbildabteilung der Scalera Film hergestellt und täuschend echt bemalt wurde.«

Die Bühnenarbeiter verbeugten sich. Stürmischer Applaus aus dem Publikum.

»Einen großen Applaus für sie, unsere Männer hier, und für euch«, rief er ins Mikrophon, um das Chaos zu übertönen. »Doch vor allem für unseren freundlichen Mitspieler.«

Die Woge des Beifalls verwandelte sich in einen ohrenbetäubenden Lärm aus klatschenden Händen, höhnischem Geschrei und Pfiffen.

Tufano stand wieder auf. Er wirkte völlig ausgelaugt. Er ging unter dem Gebrüll der Menge über die Bühne, dicht an Orson vorbei. Die Worte, die er ihm zuflüsterte, waren kalt wie ein Dolchstoß und ebenso scharf. »Ich bring' dich um, Welles. Das schwör' ich dir. Ich bring' dich um.«

Orson fiel nichts Besseres ein, als ihm eine deutlich sichtbare Verbeugung zu schenken.

Jetzt war auch das letzte Versatzstück an der passenden Stelle eingefügt worden. Tommaso legte die Dokumente der Ocean Film, die er durchgesehen hatte, auf die Erde und stand wieder auf. Er fragte sich, was er jetzt tun sollte. Er war fast am Ende des Weges angekommen, doch den letzten Akt, den mußte er noch schreiben. Er machte die Taschenlampe aus und fing an, im Büro hin und her zu gehen, im Widerstreit mit sich und seinem Verlangen nach einer Zigarette.

Nein, es war viel zu früh, um darüber nachzudenken. Es blieb noch so viel zu tun übrig. Er hockte sich wieder auf den Boden, knipste die Taschenlampe wieder ein, leuchtete auf die Dokumente der Ocean Film und machte sich daran, sie zu fotografieren.

Nachdem der Tumult sich gelegt hatte, der nach Tufanos Nummer ausgebrochen war, gab Orson den Bühnenarbeitern zu verstehen, daß er die Vorstellung hier beenden wollte. Das Publikum wurde still und hörte seinen Schlußworten zu.

»Einmal wurde Robert Houdini, der größte Magier der Welt, gefragt: ›Was ist ein Magier?‹ Seine Antwort war: ›Ein großer Schauspieler, der die Rolle eines Magiers spielt.‹ Ich hoffe, daß euch das Spektakel heute abend geholfen hat, dieses Paradoxon zu verstehen.« Er ging zu der einen Seite der Bühne. »Und wie jeder gute Schauspieler, der weiß, wann es Zeit ist, zu gehen, verabschiedet sich von euch euer Orson Welles.«

Es umgab ihn plötzlich ein Vorhang aus Rauchschwaden. Als er sich aufgelöst hatte, war der große Magier nicht mehr da.

Während der Applaus für Orson Welles sich mit dem für Tyrone Power vermischte, der gemeinsam mit dem Botschafter auf die Bühne gestiegen war, um die Geschenkpakete zu verteilen, stürzte Orson zum Ausgang. Lea versuchte ihn aufzuhalten, aber Orson blieb kaum stehen.

»Tommaso ist in Gefahr«, sagte er. »Tufano und sein Kompagnon gehen da hinüber. Ich muß sofort zu ihm. Es wird alles gut. Wir sehen uns zu Hause.«

Doch kaum hatte er zwei Schritte gemacht, als eine Meute seiner begeisterten Verehrer – die größte, die er in Rom je hatte – ihn umzingelte und mit Programmen und Zetteln um Autogramme fuchtelte.

Fertig. Tommaso legte alles wieder zurück. Allerdings konnte er der Versuchung nicht widerstehen, ein Blatt auszusondern, bei dem er sich in besonderer Weise aufgehalten hatte.

Das wird Orson interessieren, dachte er.

Er raffte seine Sachen zusammen und spähte aus dem Fenster, ohne etwas zu erkennen. Im Magazin nahm er lediglich die Umrisse der Särge wahr, die aus den danebenstehenden Säcken mit Zement gefüllt werden sollten. Er hob den Rolladen etwas auf und schlüpfte rasch durch.

Die frische Abendluft atmen zu können, was für ein Gefühl des Glücks! Tommaso blieb kurz am Boden liegen und schaute in den Sternenhimmel. Er war ruhig und unvermittelt sentimental. Er dachte an seinen ehemaligen Lehrer. Wenn erst einmal alles geregelt ist, hätte er endlich Zeit, zum Friedhof zu gehen und ihm etwas mitzubringen. Mitzubringen? Er wußte nicht, was. Einen Blumenstrauß? Kaum vorstellbar für einen wie ihn. Aber was bringt man den Toten sonst mit? Was brauchen sie denn jetzt noch, doch nur etwas, das mit ihnen gemeinsam hinwelkt!

Als er endlich aufstand, spürte Tommaso, daß irgend etwas nicht ganz geheuer war. Er hörte Stimmen von einem Nebenweg zu ihm herüberdringen und legte die Hand an den Revolver. Die Stimmen kamen näher. Tommaso ging rückwärts zum Rhododendronbeet, das zwischen dem Büro des MACRI und der Einfahrt an der Via Siria lag. Er beobachtete unablässig die Ecke des niedrigen Gebäudes, weil die Stimmen genau von dort zu kommen schienen.

Da packte ihn eine Hand an der Schulter und versuchte, ihn in die Büsche zu drängen. Tommaso befreite sich und schwang den bewaffneten Arm wie eine Keule gegen den Angreifer, aber der andere duckte sich rechtzeitig.

»Lieber Gott, Tommaso ...«

Tommaso bückte sich und fing, trotz der Situation, beinahe an zu lachen. Orson hatte sich auf dem Gras ausgestreckt, um dem Schlag auszuweichen. Er trug noch immer sein Bühnenkostüm mit goldbestickten Planetenkonstellationen und Freimaurersymbolen.

»Was zum Teufel tust du hier?« fauchte Tommaso.

»Zum Glück hab' ich dich gesehen. Tufano und De Bernardi ...«

Orson brauchte nicht mehr weiterzureden. De Bernardis Kontur tauchte an der Ecke auf. Er spuckte und rotzte nach links und rechts, seine Stimme klang wie Schmirgelpapier, er hielt sein Ding in der Hand und suchte eine Stelle, wo er pinkeln konnte.

Vielleicht hätte er Tommasos schwarzen Regenmantel gar nicht bemerkt, der in der Dunkelheit unterging. Doch Orsons Kostüm wirkte wie eine Miniaturausgabe des Tierkreises in einer hellen Augustnacht.

Wegen des Hustens blieb sein Ruf im Hals stecken, und bevor Tufano ihn noch erreichen konnte, hatte Tommaso seinen Freund wieder auf die Beine gestellt. Gemeinsam liefen die beiden zu den Hauptgebäuden der Studios hinüber.

»Los, Orson, los! Sie können nicht schießen, sie wollen ja keine Aufmerksamkeit erregen! Es reicht, wenn sie uns nicht einholen, los ...«

Orson gab alles, doch körperliche Tätigkeit – zumindest dieser Art – war noch nie seine Stärke gewesen. Er warf einen Blick nach hinten und sah, daß Tufano und De Bernardi den Abstand aufholten.

Er packte Tommaso am Ärmel. »Hier lang! Hier, hier!«

Orson wandte sich abrupt nach links, in Richtung einer

verhältnismäßig hohen Lagerhalle. Bevor er sich hinter Orson durch eine kleine Tür zwängte, die Orson gut zu kennen schien, hatte Tommaso gerade noch Zeit, die Aufschrift über dem Haupteingang zu lesen: *Bühnenbildwerkstätte.*

3.

Orson verschloß die Tür von innen mit dem im Schloß steckenden Schlüssel. »Ich wußte, daß diese Tür hier immer offen ist«, erklärte er, noch ganz außer Atem. »Ich komme oft hierher, für ›Othello‹, ich kenne mich hier aus. Im Büro gibt's ein Telefon. Wir können von dort aus Hilfe anfordern.«

»Und wo ist das Büro?«

Orson deutete auf die andere Seite der Halle, irgendwie in die Richtung jedenfalls. Sie befanden sich in einem Dunkel, das nur ganz leicht von den Reflexen aufgehellt wurde, die durch die Fenster im Dach hereindrangen.

Gegen die Tür prasselte ein Hagel von dumpfen Schlägen, die zuerst voller Wut klangen, dann aber immer rhythmischer und bedrohlicher wurden. Tommaso stellte sich vor, wie De Bernardi sich mit aller Körperkraft dagegenwarf. Der hölzerne Türflügel zitterte derart, daß er jeden Augenblick aus den Scharnieren zu springen drohte.

»Weg hier!« befahl Tommaso und packte Orson beim Arm.

Dreißig Sekunden später zeichneten sich De Bernardis Umrisse in der Tür ab, die nach innen aufschlug.

Tommaso und Orson flüchteten hinter zwei an eine Wand gelehnte Theaterprospekte.

»Was für eine Scheißidee, Orson!« klagte Tommaso. »Wir müssen hier raus! Gibt es noch eine andere Tür?«

»Nein ... Die sind normalerweise alle verschlossen.«

Tommaso legte seinen Zeigefinger an die Lippen. Sie sahen, daß Tufano mit gezogener Pistole an ihnen vorüberging.

»Wenn sie hier drinnen schießen, kann sie keiner hören. Wir haben uns selbst in die Falle begeben.«

Tommaso versuchte, so schnell wie möglich zu denken.

»Komm mit!«

Sie schlichen hinaus, kurz zuvor war Tufano genau gegenüber vorbeigegangen. Die Polizisten hatten sich getrennt, was die Lage noch schwieriger machte. Zur Tür zurück und hoffen, daß De Bernardi nicht als Wache dort geblieben war!

Der offene Teil der Halle trennte sie von einem Gerüst. Hinter dieses und das eigentümliche runde Etwas, das dort schwach in Umrissen auszumachen war, flüchteten sie. Als er seinen Kopf hob, konnte Tommaso erkennen, daß er sich unter dem weit aufgerissenen Rachen eines gigantischen Löwenkopfs im assyrisch-babylonischen Stil versteckte.

Sie warteten ab, ohne irgendein Geräusch wahrzunehmen. Als er sich zu Orson umwandte, fing Tommaso an zu fluchen: Je mehr seine Augen sich ans Dunkel gewöhnten, um so mehr erinnerte das Cagliostro-Kostüm an eine Art wandernden Sternenhimmel. Er zog seinen Regenmantel aus und wies Orson an, ihn überzuziehen.

»Du wartest hier«, sagte er dann.

Mit der Pistole in der Hand glitt Tommaso leise auf die Tür zu. Dann fiel sein Blick auf ein paar neoklassizistische Statuen, und er sah, daß De Bernardi zwischen den Schenkeln einer jagenden Diana hockte. Die geeignetste Stelle für jemanden wie ihn.

Er kam wieder zum Löwenkopf zurück.

»Wir können nicht raus. Wir müssen ...« Der Satz blieb ihm im Hals stecken, als er bemerkte, daß Orson verschwunden war.

Wie ein Wurm kriechend, war Orson zum Zinnenkranz einer mittelalterlichen Burg gelangt, die genau in der Mitte der Halle lag, zusammen mit anderem Krempel dieser Art: einem

Thron, einem Haufen Helme und Hellebarden, einem Hochzeitsbaldachin.

Er war es, der Tommaso in Schwierigkeiten gebracht hatte, und er mußte ihn da auch wieder herausziehen. So schwer konnte es doch nicht sein, zum Büro zu gelangen, sofern er aufpaßte und kein Geräusch verursachte. Der Tisch mit dem Telefon stand keine zwölf Meter entfernt, und der zurückzulegende Weg war einigermaßen sicher: Fünf bis sechs Gefährte unterschiedlichster Art, von einer Kutsche des siebzehnten Jahrhunderts bis zu einem Militärfahrzeug aus dem Ersten Weltkrieg, waren zwischen den Überbleibseln des Schlosses und der Tür des Büros nebeneinander aufgestellt. Er mußte nur unter ihnen weiterkriechen und in Deckung bleiben.

Um sich ein Bild von der Lage zu verschaffen, hob Orson den Kopf über den Zinnenrand. Er bemerkte Tufanos Umrisse und sah, wie er die Treppen zum Laufgang unterhalb der Fensterreihe hinaufstieg. Von dort aus konnte Tufano in Ruhe alles kontrollieren, was sich unten abspielte.

Orson stürzte aus seinem Versteck und wartete darauf, daß eine Kugel in die zweieinhalb Meter offenen Erdreichs einschlagen würde, das ihn von der Kutsche trennte. Aber alles ging gut. Als er sie erreicht hatte, fühlte er sich einigermaßen geschützt. Tufano würde ihn dort nur schwer erkennen können. Wenigstens war es ermutigend, die Dinge so zu sehen.

Er kroch weiter und verhedderte sich mit dem Gürtel des Regenmantels in dem Getriebe eines Wagenrades. Er befreite sich zwar, verlor aber Zeit. Angst breitete sich in ihm aus. Die Dunkelheit vor ihm, die Stille waren eine schwarze Falle.

Als er unter das letzte Fahrzeug kroch, dachte er an Lea. Er wollte sie, sie war das, was er am meisten begehrte. Und er wußte, daß er gerade deshalb dort lebendig herauskommen würde. Um endlich, endlich seine Frau zu bekommen.

Sein Kopf schaute unterhalb des Trittbretts des Militärfahrzeugs heraus, das die Reihe abschloß. Freie Bahn!

Er robbte bis zur Hüfte heraus und hielt inne, als ihm der Lauf einer Pistole ins Genick gesetzt wurde und De Bernardis knurrende Stimme ihm über den Hals wehte. »He, ich habe die Hexe erwischt, hab' ich.«

Orson spürte, wie De Bernardis große Hand ihn am Hals packte und ganz herauszog, die Pistole aber weiterhin an sein Genick hielt.

Oben, auf seinem Laufgang, begann Tufano zu rufen. »Hast du gehört, Moravia? Wir haben deinen Freund geschnappt. Komm mit erhobenen Händen heraus, oder wir schießen ihm sein hübsches Geniegesicht in die Luft.«

De Bernardi verpaßte Orson, der sich hingesetzt hatte, einen Tritt in die Rippen und gab ihm zu verstehen, er solle etwas sagen.

»Stimmt, Tommaso. Sie haben mich geschnappt. Bleib, wo du bist.«

»Ach, ja?« rief Tufano. »Na, sehen wir mal, ob du noch immer so denkst, nachdem DeBe dich ein bißchen bearbeitet hat.« Tufano fing an, höhnisch zu lachen.

»Sicher doch … Jetzt sehen wir mal, ob du immer noch Lust hast, den Kamm schwellen zu lassen, Signor Magier«, sekundierte De Bernardi. Er steckte die Pistole weg und ließ ein Klappmesser aufschnappen, das gut eine Handbreit lang war. Die scharfe Kante setzte er Orson an den Hals, dann ließ er es langsam über seine Brust und seinen Bauch gleiten. Er hob den Kopf und warf seinen Satz ins Nichts wie ein Hund, der den Mond anbellt. »Sag mal, wo möchtest du denn, daß ich anfangen soll? Bei der Nase oder bei den Eiern?«

Der Satz hallte mit kleinen Echos durch das Lagerhaus, dann löste es sich in Stille auf.

»Oder wir könnten ihm einen Finger nach dem anderen abschneiden, was?«

Orson spürte die Klinge am kleinen Finger der rechten Hand, während sich De Bernardis Griff um sein Handgelenk schloß. Er schloß die Augen, als er merkte, daß De Bernardi gewalttätig wurde.

»Hör auf, De Bernardi ...« Tommasos Stimme drang müde und geschlagen durch den Raum.

»Komm mit sichtbar erhobenen Händen heraus!« befahl ihm Tufano, der ihn im Visier behielt.

Tommaso kam aus seinem Versteck, während Tufano sich mit der Pistole im Anschlag der Treppe näherte und nach unten stieg. Er gelangte zur Glasfensterwand des Büros. De Bernardi hatte Orson davor aufgestellt.

»Das hättest du nicht tun dürfen, Tommaso. Jetzt bringen sie uns *beide* um.«

Tommasos Blick war stumpf und hoffnungslos.

»Der hätte dich zuerst gequält. Und dann hätte er dich trotzdem umgebracht.«

De Bernardi zog Tommaso die Pistole aus der Tasche und stellte ihn mit dem Rücken zur Wand neben Orson.

»Genau«, sagte Tufano höhnisch im Näherkommen. »Genau. Und das ist es, was mir am meisten leid tut, Moravia: keine Zeit mehr miteinander verbringen zu können. Dabei würde es mir so gefallen, dich ganz langsam sterben zu sehen. Aber du bist immer ein Typ gewesen, der das Glück auf seiner Seite hatte. Jetzt müssen wir uns mit einer kleinen Inszenierung begnügen. Zieh dir die Hose runter.«

»Zieh du sie mir doch runter, du Arschlosch.«

Auf ein Zeichen von Tufano ging De Bernardi zu Tommaso und steckte ihm sein Messer unter den Gürtel.

Tufano grinste. »Ich wäre zu gerne dabei, wenn man euch hier findet. Der amerikanische Schauspieler, der seinen kleinen italienischen Freund fickte, bis der nicht mehr konnte. Ich habe deine Smith & Wesson behalten, verstehst du? Ich wußte, daß die mir noch mal nützlich sein würde. Ein schöner Mord-Selbstmord, eine trübe Schwulengeschichte. Kannst du dir das Vergnügen vorstellen, das die Illustrierten haben werden? Erklär das mal dem Genie da, könnte ja sein, daß er nichts verstanden hat.«

Orson konnte sich tatsächlich über die Situation kein klares Bild machen. Sein Blick wanderte verängstigt umher, eingesponnen vom fassungslosen Staunen eines Menschen, der nicht glauben kann, daß das, was geschieht, ausgerechnet ihm passiert.

»Und was dich betrifft, du Zirkusclown ...«, sagte Tufano und hielt ihm den Lauf der Pistole unter die Nase. »Was dich betrifft ... Sieh dir diese Kaliber 9 genau an. Die ist keine Illusion. Die ist so wirklich wie die Kugel, die du dir gleich zwischen den Augen einfängst. Du machst dir wohl in die Hose, was, du Scheißkerl?«

Doch Orson zitterte nicht. Einen Augenblick lang fragte sich Tufano, was zum Teufel dieser eigentümliche Ausdruck bedeuten sollte, der auf sein Gesicht getreten war, mit heraushängenden Augen, als hätte er die Madonna gesehen, und dem idiotischen Lächeln eines Debilen. Dann blieb ihm keine Zeit mehr, überhaupt noch an etwas zu denken.

Der Schlag mit dem Gummiknüppel traf ihn auf äußerst professionelle Weise mitten ins Genick und löschte den Schmerz im Dunkel der Bewußtlosigkeit aus. Im selben Augenblick traf De Bernardi das gleiche Schicksal, dank des Knüppelhiebs des zweiten der beiden Männer, die plötzlich hinter den beiden Polizisten aufgetaucht waren.

Weder Tommaso noch Orson wußte, was er sagen oder denken sollte, doch auch wenn sie ihren Rettern hätten danken wollen, hätten sie dazu nicht Zeit gehabt. Die beiden geheimnisvollen Männer drückten nämlich ihre Gesichter an die Wand und durchsuchten sie von oben bis unten, ohne ein Wort zu sagen.

Da sie nichts fanden, drehten sie sie wieder um und erklärten ihnen mit Zeichen, daß sie helfen sollten, die beiden reglosen Körper von Tufano und De Bernardi wegzuschaffen.

Das Gesicht des korpulenteren der beiden war von einer alten Narbe durchfurcht, einer Art tiefer Falte, die von der Stirn bis zum Kiefer reichte. Der andere war jünger und schmächtiger, wie transparent und undefiniert, ein Gesicht ohne Eigenschaften.

Der Mann mit der Narbe und Orson kümmerten sich um De Bernardi – eine beträchtlich mühseligere Arbeit. Der junge Typ kam gemeinsam mit Tommaso – und Tufano im Schlepp – vor ihnen an die eingetretene Tür, ging hinaus und gab einen hohen Pfiff von sich.

Einen Augenblick, dann hörten sie das Knattern eines Motors, der sich von einem Seitenweg näherte. Ein Planenwagen fuhr heran, der Fahrer stieg aus, ging etwas seitlich und unterhielt sich mit dem Kerl mit der Narbe.

Tommaso und Orson wechselten einen Blick absoluter Sprachlosigkeit. Keiner von ihnen hatte die geringste Ahnung, was da vor sich ging. Nicht wegzudiskutieren war lediglich, daß diese Männer sie zwar nicht offen bedrohten, daß sie aber auch nicht die geringste Absicht hatten, sie gehen zu lassen.

Das Narbengesicht kam zurück und verlangte, daß sie Tufano und De Bernardi auf den Wagen heben sollten. Dann gab er ihnen ein Zeichen, sie sollten auf die Ladefläche klettern. Danach stieg sein Spießgeselle hinauf. Das Narbengesicht wartete, kontrollierte, ob alles in Ordnung war, dann kam auch er und zog die Plane hinter sich herunter.

Der Transporter fuhr in die Richtung los, von der Tommaso annahm, daß dort das Tor an der Via Siria war. Tatsächlich hielten sie kurz darauf an, und ihm war klar, daß der Fahrer ausgestiegen war, um das Tor zu öffnen und, einmal draußen, wieder zu schließen. Tommaso machte die Augen zu, um sich besser orientieren zu können, doch nach der ersten Biegung am Ende der Straße, an der Kreuzung mit der Circonvallazione Appia, verlor er völlig seinen Orientierungssinn.

Sie waren nach links gefahren, zur Peripherie. Und es war

nicht ausgeschlossen, daß sie auch Umwege machten, um mögliche Verfolger abzuwimmeln, denn der Lieferwagen bog immer wieder ab, als hätte er sich in einem Labyrinth verloren. Schließlich kamen sie nach ungefähr zehn Minuten auf eine gerade Straße, die der Fahrer für einige Kilometer nicht mehr verließ.

De Bernardi fing an, sich zu bewegen und zu klagen, doch das Narbengesicht versetzte ihm gleich wieder einen fürchterlichen Schlag mit dem Gummiknüppel, den er in seinem Gürtel stecken hatte. Während er dies tat, zeigte er nicht die geringste Gefühlsregung.

Nach weiteren fünf Minuten hielten sie an. Orson und Tommaso war es klar, daß sie wieder helfen mußten, Tufanos und De Bernardis immer noch bewußtlose Körper herunterzuschaffen. Als sie ausstiegen, merkten sie, daß sie auf dem offenen Land waren, an einem Ort, der in einem Umkreis von fünfundzwanzig Kilometern um Rom überall hätte sein können. Sie brachten Tufano und De Bernardi, die jetzt, wiewohl völlig benommen, ein paar Lebenszeichen von sich gaben, unter einen Baum in der Nähe eines Felsblocks, wo sie leise Wasser rauschen hörten. Danach wurden sie aufgefordert, wieder auf den Wagen zu klettern, und die Plane wurde hinter ihnen verschnürt.

Orson und Tommaso wagten nicht, miteinander zu sprechen. Sie lauschten so angestrengt, wie sie nur konnten. Sie hörten ein Scharren und konvulsivische Bewegungen. So etwas wie ein Röcheln, das an das Grunzen von Schweinen erinnerte. Dann ein zweifaches dumpfes Aufschlagen auf das Wasser. Kurz darauf kletterten der Mann mit dem Narbengesicht und sein Gefährte wieder auf den Planwagen. Das Auto setzte sich erneut in Bewegung und fuhr die Straße zurück, die es gekommen war. Vielleicht war das der Weg in die Stadt.

Tommaso sah den beiden genau ins Gesicht. Die völlige Gelassenheit ihres Gesichtsausdrucks erstaunte ihn. Man hätte sie für sorglose Männer halten können. Bei allem Haß, den er auf Tufano und De Bernardi hatte, empfand er eine Spur von Mitleid beim Gedanken, daß sie von Typen wie diesen aus dem Weg geräumt worden waren, deren Unergründlichkeit mehr Angst machte als die dumpfe Grausamkeit der beiden Polizisten.

Nein, die würden ihnen nicht mehr in die Quere kommen, diese beiden.

Er schaute zu seinem Freund hinüber, um zu sehen, wie der sich fühlte. Er merkte, daß Orson versteinert auf etwas starrte. Er folgte der Richtung des Blicks und sah nun ebenfalls das Rasiermesser, das in den Händen des jüngeren aufgetaucht war. Die Klinge mußte er an einem Grasbüschel gereinigt haben, aber wohl doch etwas zu hastig. Und jetzt hielt er es dort ganz ruhig halb in die Luft, damit das Blut gründlich aus dem Handgriff herausfließen konnte, bevor er es mit dem Taschentuch abtrocknete.

4.

Es waren zwei Stunden vergangen, seit man sie hatte runterklettern lassen und in die Küche eines einfachen Bauernhauses auf dem Land geführt hatte, in der man nur den Wind hörte und gelegentlich das ferne Pfeifen eines Zugs.

Sie hatten Orson und Tommaso auf einem ramponierten Sofa Platz nehmen lassen, und das Narbengesicht hatte sich ans andere Ende des Raums gesetzt, in die Nähe der Tür. Man konnte nicht sagen, daß er sie überwachte – eigentlich sah er sie nicht einmal an. Doch weder Tommaso noch Orson hatten sich die Mühe gemacht herauszufinden, wie er reagieren würde für den Fall, daß einer von ihnen versucht hätte, den Raum zu verlassen.

Über ihnen war das Dröhnen eines Flugzeugs zu hören, kurz darauf vernahm man die Geräusche eines näherkommenden Autos. Sicher eines, das nicht zufällig vorbeifuhr, denn bisher hatten sie keines gehört, was ein Zeichen dafür war, daß die Hauptstraße weit entfernt war. Sogar das Narbengesicht war jetzt aufgestanden und warf einen Blick durch die Fensterschlitze.

Diese Gelegenheit nutzte Orson, um Tommaso mit dem Ellbogen anzustoßen. »Was für Leute sind das, zum Teufel noch mal?«

Tommaso stand auf, nahm einen Stuhl und stützte sein Kinn auf die Rückenlehne wie ein geprügelter Hund. Er blickte wieder ins Feuer. »Das werden wir bald wissen, Großer Bär.«

Die Haustür ging auf, und man hörte mit leiser Stimme ausgetauschte Begrüßungen. Hinter seinen Leibwächtern erschien ein in einen schweren Mantel gehüllter Mann. Das Narbengesicht blieb zum Zeichen des Respekts stehen. Als der Mann im Mantel sich gegenüber von Orson und Tommaso hingesetzt hatte und dem Wachposten ein Zeichen gab, verließ dieser das Zimmer und machte die Tür zu.

»Ich hätte es mir denken sollen, daß Sie hinter all dem stecken«, seufzte Orson und schaute dem Neuankömmling direkt ins Gesicht. »Tommaso, ich mache dich mit Signor Lucky Luciano bekannt ...«

Tommaso kreuzte den grimmigen Blick des Gangsters und wandte seine Augen gleich wieder von ihm ab. Er hätte nicht sagen können, ob aus Abscheu oder aus Angst.

»Und doch solltest du froh sein, daß du mir dein Herz geöffnet hast, Orson. Wenn Signor Luciano nicht wäre, hättest du in diesem Augenblick längst keinen Atem mehr, um dich zu beschweren.«

Michael Akians liebenswürdige Stimme drang von der Haustür zu ihnen herüber. In seinem Kamelhaarmantel und in seinen Lederhandschuhen sah er untadelig aus, und sein Lächeln war gewinnend. Er sah aus, als befände er sich auf einer Vernissage.

Orson blieb der Mund offenstehen. Er stotterte. »Michael, du ... du und ... er, ihr steckt beide in dieser Sache?«

Akian nahm einen Stuhl und setzte sich zu ihnen. In aller Ruhe nahm er seinen Hut ab, zog seine Handschuhe aus, legte sie auf den Tisch und rieb sich die Hände, die er zum Feuer ausgestreckt hatte.

»Mein lieber Orson, es gibt etwas, das ich dir im Hinblick auf ›Citizen Kane‹ nie gesagt habe. Wirst du es dir freundlicherweise anhören?«

Orson sagte nichts.

»Dein Film ist genial und *moralisch* äußerst scharfsinnig. Doch in seiner Substanz leider nicht so genau. Es stimmt zwar, daß Männer der Macht im Grunde einsame Männer sind: Doch wenn sie ihre Macht aufbauen oder auch erhalten wollen, dann brauchen sie Verbündete. Auch Diktatoren brauchen sie. Und so gehen sie miteinander Bündnisse ein, wie der letzte Krieg gezeigt hat. Es sei denn, daß sie sich auf Grund ihres Wesens gegenseitig zerfleischen. Siehst du, es sind nicht Macbeths *Methoden,* die ihn in den Untergang treiben; die ist die Welt bereit zu akzeptieren. Es ist seine Manie, ohne die Zustimmung der anderen zu befehlen, die ihm das nicht verzeihen können.«

»Und so sind Sie der Freund von Lucky Luciano geworden«, setzte Tommaso fort. »Der Freund von einem Mafiaboß, dessen Spießgeselle Salvatore Giuliano unschuldige Frauen und Kinder in Portella della Ginestra massakriert hat, nur weil sie am ersten Mai zum kommunistischen Fest gegangen sind.«

Einer der beiden Leibwächter von Luciano trat zu ihm und versetzte ihm einen solchen Schlag ins Gesicht, daß es Tommaso die Beine wegzog und er auf dem Boden landete. Akian verzog angewidert sein Gesicht.

Orson wollte Tommaso helfen, doch der wehrte ab.

»Laß es gut sein, Orson. Es war ja nur ein Schlag ins Gesicht.«

Luciano gab seinem Mann ein Zeichen, daß er wieder an seinen Platz zurückkehren sollte, und wartete, bis Tommaso sich wieder gesetzt hatte.

»Sehen Sie, Moravia, es gibt Dinge, die sind schwer zu begreifen für einen wie Sie. Einen, der sich darauf versteift hat, an das Böse und an das Gute wie an zwei voneinander getrennte Dinge zu glauben. Die Mafia ist nur ihr eigener Freund. Der Mann, der diese Frauen und Kinder umgebracht hat, denkt, er könnte nicht angerührt werden, aber er weiß nicht, daß er schon bald selber an der Reihe sein wird.«

Akian mischte sich ein. »Wißt ihr, was euer Fehler ist? Ihr denkt, daß die Mafia eine einheitliche, monolithische Organisation sei. Aber das wäre, wie wenn die Abgeordneten in eurem Parlament – Kommunisten oder Christdemokraten, Neofaschisten oder Liberale – alle gleich wären, nur weil sie im selben Saal sitzen. Im Grunde ist es für viele Sizilianer genauso.«

Orson kommentierte Akians Worte mit einem ironischen Lächeln. »Du weißt aber eine ganze Menge über die Mafia, Michael.«

»Nur weil ich als Ausländer versuche, meine Beobachtungsgaben vorurteilslos einzusetzen.«

Eine lange Stille voller Spannung trat ein.

Tommaso war es, der sie unterbrach. »Was wollt ihr von uns?«

»Dasselbe, was auch ihr von allem Anfang an wissen wolltet. Wer hat Deller umgebracht und warum?« antwortete Akian.

Orson fuhr hoch. »Das wollt *ihr* von *uns* wissen? *Ihr* seid es doch, die alles wißt! Ihr seid es doch, die mich von Anfang an auf die Spur von *San Francesco* gehetzt habt!«

Akian und Luciano verständigten sich mit einem Blick.

Dann schüttelte Luciano den Kopf »Nein, Orson, Sie irren sich. Am Abend unserer ersten Begegnung bin ich lediglich zu Ihnen gekommen, um über den Film zu reden. Und es hätte mich wirklich gefreut, wenn ...«

»Es waren dein Stolz, Orson«, ließ Akian keine Abschweifungen zu, »und deine Obsessionen, die alles in Gang gesetzt haben. Da haben wir beschlossen, dich allein weitermachen zu lassen, nur daß wir dir hin und wieder die Sporen gaben.«

»Wie bei dem Heiligenbildchen von San Francesco ...«, sagte Orson, »oder wie an dem Tag, als du mir gesagt hast, daß du mir nicht helfen würdest ...«

Akian lächelte seraphisch.

Orson war deprimiert. »Du wußtest genau, daß der beste Weg, mich voranzutreiben, darin bestand, meine Eigenliebe zu provozieren.«

»Selbstverständlich haben wir dich nicht in Gefahr gebracht. Immer war jemand da, der euch Schutz gegeben hat, bevor ihr euch endgültig in Schwierigkeiten gestürzt habt, wie heute abend. Das einzige Mal, daß ihr unserer Überwachung entwischt seid, war am Tag der Demonstration. Aber schließlich seid ihr da dann doch ganz gut allein herausgekommen, wie mir scheint.«

»Ein etwas extravaganter Filmstar und ein Dreigroschendetektiv. Was für ein Paar«, kicherte Luciano. »Michael war immer in eurer Nähe, ihr wart für uns eine perfekte Tarnung. Ihr dachtet, ihr wärt die Jäger, dabei wart ihr nur die Spürhunde.«

Was Luciano sagte, brannte Tommaso mehr als der Schlag ins Gesicht.

Orson war blaß geworden. Er redete mit hauchdünner Stimme: »Aber wozu das alles? Wieso interessiert euch Deller?«

»Deller verkaufte auch an mich Informationen«, sagte Akian, »sowohl über seine Freunde von der Rechten als auch über seine Freunde von der Linken. Und ich weiß, daß er am Ende in eine große Sache verwickelt war. Etwas, das die Zukunft dieses Landes betrifft. Deshalb habe ich nie an seinen Unglückstod geglaubt.«

Akian stand auf, rückte seinen Stuhl neben Orson und beugte sich zu ihm hinüber, so als würde er beichten.

»Du wirst wohl erfaßt haben, daß ich keine persönlichen Vorlieben in der Frage habe, ob die Kommunisten oder die Christdemokraten gewinnen. Aber ich muß im vorhinein wissen, was hier passieren wird. Das ist lebenswichtig für die, die in Italien Geschäfte machen wollen. Und wir sind in erster Linie Geschäftsleute.«

Er hob den Kopf wieder und änderte den Ton. »Also, Signor Moravia?«

Orson drehte sich zu Tommaso um und sah ihn an.

»Wir wissen, daß Sie eine Mikrofilmkamera dabeihatten, als Sie ins Büro des MACRI eingedrungen sind«, sagte Luciano. »Aber als meine Männer Sie durchsucht haben, haben sie nichts gefunden. Sie haben sie während der Flucht versteckt, oder?«

Tommaso nickte. »Als sie Welles gefaßt hatten. Ich hatte nicht viel Zeit zum Nachdenken, aber ich wollte auf keinen Fall, daß alles wieder in die Hände des MACRI zurückfällt; vielleicht würde einer ja die Mikrofilme finden und sich darüber klarwerden, was auf ihnen drauf war.«

»Was war denn auf ihnen drauf, Signor Moravia?«

Einen Augenblick lang schwieg Tommaso, dann hob er den Kopf und versuchte, überzeugend zu klingen. »Was gebt ihr uns dafür?«

Lucianos Antwort war ungeduldig und brutal: »Das Leben. Und seien Sie gewiß, das ist schon sehr viel.«

»Nicht nur das«, versuchte Akian diesen Ausbruch seines Geschäftspartners abzuschwächen. »Was du nicht weißt, Orson, ist, daß die Banken hinter dem Commendatore her sind. Die Scalera Film steht im Begriff, in die Luft zu fliegen, mitsamt deinem ›Othello‹. Ich könnte dir eine Hand reichen. Letzten Endes bin ja auch ich ein Filmproduzent, oder?«

»Schluß jetzt. Raus mit der Geschichte, Moravia«, sagte Luciano kurz angebunden.

Tommaso warf Orson einen Blick zu. Aber der hatte seine Augen gesenkt und schien mit dem, was in diesem Raum vor sich ging, nichts mehr zu tun zu haben. Dann ließ er sich vom Leibwächter eine Zigarette anzünden, machte einen tiefen Zug und betrachtete den Qualm, der sich verteilte. Und er fing an zu erzählen.

5.

»Da gibt es etwas, worüber ich nachgedacht habe, seit wir in Dellers Wohnung die Dokumente gefunden haben, die er gemeinsam mit Cecchini im Bunker aufbewahrt hatte: Wieso hat er sie von einem so sicheren Ort weg und an einen Ort gebracht, wo man doch höchstwahrscheinlich nach ihnen suchen würde? Kein sehr intelligenter Schachzug für einen Erpresser. Es sei denn ... es sei denn, er hatte ein sehr ernst zu nehmendes Motiv für ihre Verlagerung und höchste Eile – und war schließlich aus einem sehr einfachen Grund nicht mehr in der Lage, sie auch von dort wegzuschaffen: nämlich weil er vorher gestorben ist.

Deller hatte die Veranlagung zu einem Doppelspieler und noch mehr. Er verriet nicht nur die Kommunisten an den MACRI, sondern war auch bereit, den MACRI an jemand anderen zu verkaufen, wie Sie das ganz richtig erfaßt haben, Akian. Und ich stelle mir vor, daß genau das stattfinden sollte. Deller steckte bis zum Hals im MACRI, und er kannte alle Verbindungen. Er war es, der ins Innenministerium ging, er verhandelte den Transport von Tombolo. Und der MACRI ist wie eine Bombe mit glimmender Zündschnur auf der politischen Bühne unseres Landes, wenn jemand ihn aufdeckt. Angefangen bei seiner Haupttätigkeit: der ungesetzlichen Einfuhr von Waffen zugunsten neofaschistischer Organisationen.«

Tommaso hielt inne, um auf den Ruf eines Nachttiers zu

lauschen. Von den Personen im Raum war kein Mucks zu hören.

»Das erste Glied der Kette ist die Gruppe des CIA in Italien, dieselben Männer, die mit der Mafia in Sizilien zusammengearbeitet haben. Sie überzeugten ihre Zentrale von der Notwendigkeit, Waffen zu schicken, und das im Einvernehmen mit dem Büro des Generals Piéche im Innenministerium, dem Verbindungsmann zu einer wichtigen Persönlichkeit in der italienischen Regierung. De Gasperi und seine amerikanischen Kollegen haben Sterbensangst vor einem Sieg der Kommunisten bei den nächsten Wahlen und machen sich daher zu schaffen.

Aber die Waffen müssen bezahlt werden. Eine Operation, die man natürlich nicht auf dem sonst üblichen Weg abwickeln kann. An dieser Stelle erscheint das Außenhandelsbüro des Vatikans auf der Bildfläche, das von Cippico Pressner geleitet wird, einem Mann voller Möglichkeiten. Cippico Pressner verfügt über gigantische Barmittel, die teilweise aus Geschäften mit Valuta-Exporten stammen, um die amerikanischen Filmgesellschaften zu bezahlen, teilweise aus Fonds, die ihm von Privatleuten anvertraut werden – und von denen keine Spur zurückbleibt, nicht einmal eine Quittung, oder für deren Garantie er ungedeckte, vom Staatssekretariat avalierte Schecks gibt.

Cippico Pressner ist geschickt und ehrgeizig. Einen Teil des Geldes benutzt er für seine persönlichen Ausgaben, einen Teil investiert er in die Gesellschaften, bei denen er Teilhaber ist, wie etwa der Ocean Film. Und mit dem, was übrigbleibt, finanziert er den MACRI, der Waffen kauft, die wiederum mit dem System der Särge geschmuggelt werden. Aus diesem Grund braucht O'Hara in Tombolo eine genaue Buchführung: Dem Inhalt jedes Sarges entspricht eine bestimmte Bezahlung, und darüber muß er denen von der CIA Rechenschaft ablegen, die ihn in der Hand haben.

Der Vatikan läßt Cippico Pressner diese Freiheiten, weil er

bei dieser Operation nicht direkt in Erscheinung treten kann. Und außerdem interessieren ihn nur die Ergebnisse, das heißt, daß die antikommunistischen Kreuzzüge subventioniert werden. Und bei der Einberufung seiner Kreuzritter nimmt er es nicht so genau.«

»An diesen Dingen hat er schon im Mittelalter nicht viel Federlesen gemacht«, präzisierte Akian spöttisch lächelnd.

»Zum MACRI, der sich nach außen hin wie eine Wohltätigkeitsorganisation des Vatikans darstellt, gehören alte Faschisten, die zu allem bereit sind, wie Tufano und Cecchini; doch auch harmlosere Leute, die viel Geld besitzen, wie Scalera und andere Industrielle.

Die von Cippico Pressner in seine Aktivitäten investierten Gelder bewegen weitere Gelder, vor allem durch die Ocean Film, deren Vorsitzender Marcello Baroni ist, einer der CIA-Agenten. Er erhält nicht nur Subventionen von der Regierung für seine ›erbaulichen‹ Dokumentarfilme, sondern hat ein Projekt für Coproduktionen mit dem Ausland – und für Valuta-Ausfuhrgeschäfte – auf die Beine gestellt, ganz ähnlich dem Ihren, Akian.

Das System scheint kompliziert, ist aber ganz einfach, wenn man erst einmal das Gesamtbild wiederhergestellt hat: Die Amerikaner bezahlen den Vatikan, der Vatikan bezahlt den MACRI, der MACRI bezahlt die Amerikaner. Der ständige Einsatz von Geld bringt das Geld hervor, das das System in Gang hält, und im Verlauf all dieser Übergänge schneiden sich Leute wie Deller, Cippico Pressner, Baroni und wer weiß, wie viele andere noch, ihr Stück vom Kuchen ab, und zwar im Namen des Antikommunismus und der Freiheit.

Alles ist glattgelaufen bis Anfang November, als mit Deller etwas passiert ist. Irgend etwas Dramatisches, das ihn gezwungen hat, daran zu denken, den größten Brocken, den er je in Händen gehalten hat, zu verkaufen: den MACRI. Ich vermute einmal, daß er, nachdem der ›Zuckerskandal‹ aufgeflogen war, ein gutes Alibi brauchte, um der Rache seiner Genossen zu entgehen. Mein Eindruck ist, daß er mit dem Schlangenhirn, das er nun einmal hatte, daran dachte, Cecchini zum Sündenbock zu machen. Daher schaffte er als erstes die Dokumente aus dem Bunker weg. Und in einem zweiten Augenblick wollte er in Cecchinis Schrank die Beweise für den Verrat hineinlegen und dafür sorgen, daß seine Freunde den Weg dorthin fänden.

Doch Tufano muß schneller als er gewesen sein. Nachdem ihm bewußt geworden war, daß Deller sie verraten und die Schuld seinem Freund geben wollte, hat er auf eigene Faust gehandelt. Er und De Bernardi waren bei der Scalera Film sozusagen zu Hause. Sie haben einen einfachen, aber wirkungsvollen Plan ausgeheckt. Sie wußten, daß Deller morphiumsüchtig war und die Droge bei sich hatte. Es genügte, daß sie seine normale Dosis durch eine letale ersetzten und abwarteten, daß er sie sich früher oder später spritzen würde.

Um das zu tun, brauchten sie allerdings jemanden, der sie unauffällig in seine Garderobe brachte. Dafür hatten sie Viola, und es war leicht, ihn mit der Geschichte zu erpressen, die Cecchini uns erzählt hat. Ich weiß nicht, ob Viola von Anfang an wußte, daß sie vorhatten, Deller umzubringen, oder ob er es erst später entdeckte. Jedenfalls taten sie ihm einen Gefallen, indem sie seinen Erpresser aus dem Weg räumten, denselben Mann, der ihm die Frau ausgespannt hatte, die er liebte.

Unglücklicherweise verlor Viola den Kopf, nachdem Orson von Venedig aus mit ihm gesprochen hatte. Er wird Tufano wohl gefragt haben, was er nun tun solle, und der hat das Problem auf eine Weise gelöst, die ihm am sinnvollsten schien, nämlich durch die Vortäuschung von Violas Selbstmord. Der Brief, in dem er sich selbst beschuldigte, diente, wie Professore Koop begriffen hatte, lediglich zur Untermauerung der These vom Unfalltod Dellers.

Alles war wieder normal. Leda führte allein die Geschäftemachereien ihres Mannes weiter, Colonnello Traversa vermietete seine Frau als Prostituierte an Cippico Pressner, und die Geschäfte des MACRI blühten.

Nur daß Professore Koop der Wahrheit auf den Grund gekommen war – oder wenigstens einem Teil der Wahrheit –, und zwar ganz allein. Als man ihn, wie er befürchtete, entdeckt hatte, haben sie das Schmierentheater von der Spielhölle inszeniert, um ihn aus dem Weg zu räumen. Die Hälfte der an jenem Abend anwesenden Polizisten gehört zum MACRI.

Deller, Viola, Koop. Und am Ende hätte es mich und auch dich getroffen, Orson ...«

Im Zimmer herrschte eine lastende Stille. Akian und Luciano wechselten stumme Blicke.

»Ich habe alle Dokumente fotografiert, die mit den Geschäften des MACRI zu tun haben. Namen und Nummern von Bankkonten. Alles. Alles ist auf den Mikrofilmen, die ich bei der Scalera Film gelassen habe. Nur ich weiß, wie ich an sie herankomme.«

Akian stand auf und ging langsam wie ein Panther um den Tisch, bis er bei Tommaso war.

»Eine interessante Geschichte. Aber irgendwie ist es, als würde etwas fehlen.«

»Stimmt. Das Wichtigste. Aber bevor ich Ihnen das sage, will ich etwas von Ihnen wissen.« Er wandte sich Luciano zu.

Der Gangster zuckte mit keiner Wimper. »Vorsicht, Moravia«, sagte er nur. »Sie sind nicht in der Lage, auch nur irgendeine Frage zu stellen oder etwas zu fordern ...«

»Das ist mir bewußt. Aber es ist nichts, was ich mir nicht schon von allein vorgestellt hätte. Sie brauchen mir nur ja oder nein zu sagen.«

Er schaute sich das Gesicht des Mafiabosses genau an, bemerkte aber nicht die geringste Veränderung. Das faßte er als Zustimmung auf.

»Sie und Ihre Exfreunde von den militärischen Geheimdiensten, die, die mit den Independentisten verbunden waren und jetzt für den CIA arbeiten … Sind Sie jetzt Rivalen? Muß wohl so sein, sonst wüßten Sie ja längst alles, was ich Ihnen erzählt habe.«

Luciano wartete ab, bevor er antwortete. Er schien nach den richtigen Worten zu suchen.

»Ich hab' es Ihnen schon gesagt. Auf Sizilien gibt es viele Köpfe, und jeder von ihnen hat seine eigenen Vorstellungen. Da gibt es welche, die wollen zum Beispiel in die Politik gehen. Das haben sie zuerst versucht mit diesem Irrsinn der Unabhängigkeit und der Angliederung an die Vereinigten Staaten, und jetzt gibt es welche, die sich Liebkind in Rom machen wollen. Ich denke überhaupt nicht in dieser Weise. Ich erinnere mich noch daran, was unsere Alten gesagt haben. *Calati junco 'ca passa la china,* das heißt: Beuge dich, Schilfrohr, bis der Sturm vorüber ist. Faschismus, Monarchie, Demokratie, Kommunismus … ist doch das gleiche. Die Politik geht vorüber, aber wir bleiben.«

»Sicher.« Tommaso lächelte matt. »Euch interessieren nur die Geschäfte. Dann habe ich eine Information für euch, die euch ganz sicher nützen kann.«

Akian setzte sich neben ihn und sah ihn aufmerksam an.

»Diese Wahlen sind ein Scheingefecht. Wenn die Kommunisten gewinnen, gibt es einen Staatsstreich.«

Akians Augen verkleinerten sich so sehr, daß sie nur noch zwei schwarze Punkte waren.

Auch Orson durchfuhr es. »Was sagst du da?«

»Die Amerikaner sind unter gar keinen Umständen bereit, Italien den Russen zu überlassen, nicht einmal, wenn die Italiener es selbst so wollen. Im MACRI habe ich eine Direktive gefunden, in der erklärt wird, wie das vor sich gehen soll. Nach einem möglichen Sieg der Volksfront sollen Attentate gegen Menschen und Parteisitze der Christdemokraten in ganz Italien organisiert werden. Die Attentäter sollen sich mit falschen Parteiausweisen der Linksparteien in der Tasche einsperren lassen. Nachdem auf diese Weise ein Zustand totalen Durcheinanders erreicht worden ist, tritt die Armee auf den Plan, unterstützt von den Amerikanern.«

»Das ist unmöglich«, wehrte sich Orson. »So tief kann man nicht sinken. Truman ist zwar nicht Roosevelt, aber... Ist euch das klar? Die Russen würden doch nicht zuschauen. Mein Gott, das würde doch der Beginn eines neuen Krieges sein...«

Akian schien von Orsons Reaktion überrascht. »Ich dachte, Orson, du würdest Shakespeare kennen: ›Der Teufel wußte nicht, was er da tat, als er die Politik den Menschen lehrte: Er legte sich damit aufs eig'ne Kreuz...‹ Und zudem wäre ein Bürgerkrieg auch nichts Neues. So was findet doch gerade in Griechenland statt, wo sie sich seit zwei Jahren massakrieren. Das ist letzten Endes durchaus logisch. Hast du die Zeitungen der letzten Woche gelesen, Orson?«

Orson bewegte keinen Muskel.

»In Europa standen zwei Länder noch auf der Kippe. Italien und die Tschechoslowakei. Vor etwas mehr als einer Woche gab es eine Regierungskrise in Prag, die mit der Bildung einer kommunistischen Regierung beendet worden ist. Oh, unter einem streng legalen Aspekt betrachtet, war alles in Ordnung. Ich frage mich, wie ein Mann wie Masaryk nur darauf hereinfallen konnte, aber praktisch ist das Land durch diesen Totengräber Gottwald in die Klauen Stalins gekommen. Seit ein paar Tagen sind Säuberungen im Gange und Verhaftungen: Die Tschechoslowakei ist hinter den Eisernen Vorhang gekommen. Truman wird sich nicht auch noch Italien abspenstig machen lassen, nur weil die Italiener andere Vorstellungen über ihr Schicksal haben als er.«

Orson schüttelte ungläubig den Kopf »Aber die Demokratie... Es muß doch einen Weg geben, das alles zum Halten zu bringen.«

Luciano brach in schallendes Gelächter aus und deutete

auf das Cagliostro-Kostüm, das er immer noch anhatte. »Und Sie glauben, Sie sind der Mann, der das kann?«

Orson brauste auf.

Akian legte eine Hand auf seine Schulter und sagte beschwichtigend: »Tut mir leid. Lucky ist mitunter ziemlich roh. Jedenfalls haben wir erfahren, was wir erfahren wollten. Heute nacht bleibt ihr hier, und morgen begleiten euch Lucianos Männer zu den Scalera Studios, um den Mikrofilm zu bekommen. Diese Namen und diese Informationen werden für uns sehr nützlich sein. Ihr werdet ihnen den Film geben, dann seid ihr frei. Und dann empfehle ich euch wärmstens, das alles zu vergessen. Ihr würdet euch sonst nur in Schwierigkeiten bringen. Keiner würde einem Paar wie euch Glauben schenken.«

»Ja, vergeßt alles«, sagte Luciano im Aufstehen. »Eine zweite Chance wird es nicht geben.«

Immer noch wollte Orson nicht glauben, was er gehört hatte. »Aber wenn das die Wahrheit ist, was hat das dann alles mit San Francesco zu tun?«

Weder Luciano noch Akian schienen darauf eine Antwort zu haben. Im Gegenteil, es war offensichtlich, daß sie *dieses* Problem nur sehr wenig interessierte.

Tommaso steckte seine Hand in die Innentasche seines Jacketts und zog ein zerknittertes Stück Papier hervor. »Das habe ich für dich mitgehen lassen, Orson. Es war unter den Dokumenten der Ocean Film.«

Orson nahm es und faltete es auf. Es war der Entwurf eines Ankündigungsinserats für Fachzeitschriften. Die Worte umrahmten die schwarze Silhouette eines Mannes, der kniend betete.

EINE GROSSE NEUE PRODUKTION DER OCEAN FILM!
Augusto Genina inszeniert ›San Francesco‹,
die wahre Geschichte unseres großen Heiligen.
Ganz in Farbe!

… seinem Delirium ist Deller zu dir gekommen und hat versucht, dir das einzige zu erklären, von dem er hoffte, daß du es verstehen würdest. Er hat dir etwas über einen Film gesagt. Sie hatten die Absicht, diese Produktion als Deckmantel für ihre Geschäfte zu benutzen.« Tommaso lachte bitter. »San Francesco … Das hier ist immer ein Land großer Heiliger und großer Sünder gewesen, hab' ich dir das nicht gesagt?«

12. Kapitel

1.

Um acht wurden sie geweckt, nach einer unbequemen Nacht auf dem Sofa neben dem Feuer. Vor dem Bauernhaus wartete Akians Limousine auf sie, mit dem »preußischen« Chauffeur, der martialisch wie selten aussah, ihnen aber Zeit gab, die frische Morgenluft einzuatmen und die Hügellandschaft mit ihren Weiden zu betrachten. Nachdem sie dann ins Auto gestiegen waren, zog das Narbengesicht die Vorhänge zu, und das Auto fuhr los. Er öffnete sie erst wieder, als sie in der Stadt waren, wenige Kreuzungen von den Scalera Studios entfernt. Die Pförtner an der Einfahrt erkannten Welles und ließen den Wagen durch.

Im Büro der Bühnenbildnerei fanden sie lediglich einen früh aufgestandenen Angestellten vor.

»Ich bin hier, um einen Blick auf bestimmtes Material zu werfen«, sagte Orson.

»Sicher, Signor Welles! Soll ich Sie dabei begleiten?«

»Nein. Meine Assistenten werden mir behilflich sein.«

Tommaso an der Spitze, gingen sie zu dritt zu der Stelle, wo Orson und er sich versteckt hatten. Sie vergewisserten sich, daß niemand sie beobachtete, dann steckte Tommaso seinen Arm in den weit aufgerissenen Rachen des großen assyrisch-babylonischen Löwenkopfs. Er suchte nach etwas und zog schließlich die Mikrofilmkamera hervor. Das Narbengesicht untersuchte sie aufmerksam, hieß Tommaso Platz machen und fuhr nun seinerseits mit dem Arm in den Löwenrachen, tastete herum und zog zwei weitere Filme hervor. Er wandte sich zu Tommaso und legte seine Stirn in Falten, ein Zeichen, daß er äußerst ungehalten war.

aso schaute mit eingefallenem, melancholischem Ge-
zu Boden, worauf das Narbengesicht auf dem Absatz
rtmachte und ging.

Orson und Tommaso schauten sich überrascht an. Keiner von ihnen hatte den Mut, etwas zu sagen.

»Ende der Fährte?« murmelte Orson nach einer Weile.

»Sieht ganz so aus, Großer Bär.«

»Na gut«, sagte Orson schließlich. »Ich telefoniere jetzt mit Lea, sie wird sich Sorgen machen. Danach gehe ich in die Garderobe und bringe das Kostüm in Ordnung. In einer Stunde werde ich auf dem Set erwartet.«

Er ging zum Ausgang, bemerkte dann aber, daß Tommaso ihm nicht gefolgt war. Im Gegenteil, er hatte sich auf das Kapitell einer dorischen Säule gesetzt, die zu den Überresten eines griechischen Tempels gehörte.

»Du kommst nicht mit?«

»Nein. Ich bleibe noch ein bißchen hier.«

Orson sah ihn an und fragte sich, was in Tommasos Kopf vorging. Er hatte die Befürchtung, daß er sich in einer Bar in der Nähe besaufen könnte. »Brauchst du etwas?«

»Nein, es geht mir gut, mach dir keine Sorgen. Ich will nur ein bißchen allein bleiben.«

»Einverstanden. Am Nachmittag bin ich in Frascati bei Lea, wenn du zu uns kommen willst. Ich glaube, jetzt müssen wir uns keine Sorgen mehr machen.«

»Das glaube ich auch.«

»Tommaso …«

»Ja?«

»Danke für alles.«

Tommaso holte sein Päckchen Lucky Strike aus der Tasche, zog eine Zigarette heraus. Es war die letzte.

»Ich danke dir, Orson. Wir hätten ja sonst nicht einmal angefangen.«

»Vielleicht wäre es besser gewesen.«

»Vielleicht.«

»Noch ein Letztes, Tommaso ...«

»Ja, sag.«

»Ich glaube, hier drinnen darf nicht geraucht werden.«

Tommasos Lippen weiteten sich zu einem ironischen Lächeln.

Orson entspannte sich.

»Okay, Orson«, sagte Tommaso und steckte die Zigarette wieder weg. »Wir wollen diesen Ort und das, was drin ist, ja nicht in Brand stecken.«

2.

Kaum hatte Orson das Tor von Casal Pilozzo hinter sich, da stürzte sich Lea auf ihn und traktierte ihn mit ihren Fäusten.

»Ich bin hier gewesen wie eine Blöde und habe auf euch gewartet, während ihr beide euch beinahe hättet umbringen lassen. Was habt ihr euch eigentlich vorgestellt? Ihr müßt aufhören damit! Aufhören!«

Und während sie ihn umarmte, brach sie in Tränen aus. Orson war völlig verblüfft und wußte nicht, was er anderes tun konnte, als sie an seine Brust zu drücken und sie ins Haus zu begleiten. Sie setzten sich auf die Veranda. Orson schenkte zwei Cognacs ein und reichte einen Lea, die sich die Tränen abwischte.

»Ich konnte nicht anders, Lea. Du mußt mir vergeben. Aber jetzt ist es vorbei. Vorbei, ich schwör's dir. Keine Nachforschungen mehr, keine Verfolgungen mehr. Nur noch du und ich.«

Lea kippte den Cognac hinunter und putzte die Nase.

»Ich möchte dir glauben, Orson. Ich möchte dir so gerne glauben. Manchmal denke ich, daß du mich brauchst, aber dann sage ich mir, daß du mich nicht als Frau aus Fleisch und Blut brauchst, sondern nur als Vorstellung, die du dir von mir gemacht hast.«

aus Fleisch und Blut? Aber, Lea, ich war es doch der…«

a unterbrach ihn, ohne ihm zuzuhören. »Es stimmt. Ich be einen anderen in diesen vergangenen Wochen gesehen. Vielleicht sollte ich mich deswegen schämen, aber ich kann es nicht. Ich habe mich gefragt, ob das, was ich für dich empfinde, Liebe ist, Orson, oder ob es nicht eher so etwas wie Bewunderung ist, das ich mit etwas anderem verwechsle.«

»Lea…«

»Ich habe lange darüber nachgedacht. Weißt du, was das stärkste Gefühl ist, das ich empfinde, wenn ich an dich denke? Das erste, unmittelbare, das noch vor meiner Zuneigung und meinem Begehren kommt? Angst, Orson, Angst. Angst, in deiner Nähe zu sein, und dann Angst, dich zu verlieren. Ich weiß, daß das nicht rational ist, aber das kümmert mich nicht. Ich bin durcheinander. Ich bin durcheinander und fühle mich elend. Ich möchte mit dir schlafen, aber dann denke ich, daß es, nachdem ich dich so lange habe warten lassen, nur in einer Enttäuschung enden kann… Ich habe mir selbst eine Falle gestellt, aus der ich jetzt nicht wieder herauskomme.«

Die Sätze wirbelten durch seinen Kopf. Die von Lea und die, die er ihr sagen wollte, einschließlich des Worts, das ihn quälte, seit er sie kennengelernt hatte. »Heiraten wir«, hätte er ihr sagen wollen, aber er fürchtete, daß sie ihn nicht ernst nehmen könnte. Er spürte, daß er und Lea, obwohl sie sich suchten, dabei waren, sich in den dunklen Räumen ihres Labyrinths zu verlieren. Und sie waren dabei, das Rendezvous zu verpassen, das man sich in der Liebe einmal und nur einmal gibt.

Das Bremsen des Topolino auf dem Kies der Allee lenkte plötzlich seine Aufmerksamkeit von diesem Gedanken ab.

Die Autotür wurde zugeschlagen, und Tommaso kam atemlos, ohne anzuklopfen, ins Haus. Er bemerkte auf der Stelle Leas rote Augen, tat aber, als wäre nichts weiter. Er war viel zu aufgeregt, um sich zurückzuhalten.

»Wir haben es geschafft, Orson! Wir haben es geschafft!« sagte er und ballte die Fäuste in einer Begeisterung und Zufriedenheit, die Orson noch nie an ihm beobachtet hatte.

»Wovon redest du, Tommaso?«

Tommaso fing an zu lachen und schenkte sich etwas zu trinken ein. »Zwei ist immer besser als eins! Immer und in allen Fällen!«

»Zwei ist immer besser als eins? Bist du verrückt geworden?«

Tommaso trank den Cognac in einem Zug und schien sich zu beruhigen.

»Entschuldigt wenn ich so hereingekommen bin«, sagte er dann. »Mir ist schon klar, daß ihr allein sein wollt, aber die Sache ist überaus wichtig.«

Orson blickte zu Lea, die wieder ihren üblichen herausfordernden Ausdruck angenommen hatte. Innerlich war sie gegangen. Diese verzweifelte Lea, die ihn brauchte, die einen Augenblick dageblieben war, sie war gegangen. Dafür haßte er Tommaso. Er goß sich noch einmal etwas zu trinken ein.

»Was ist passiert?«

»Ich habe die Mikrofilme wieder.«

Orson verschluckte sich. »Was?«

Tommaso sah die Sorge in Orsons Gesicht.

»Nein, ich habe sie Luciano nicht geklaut, wir sind nicht in Gefahr. Das verdanken wir alles einer alten Gewohnheit von mir.«

»Einer alten Gewohnheit?«

»Ja, einer alles entscheidenden Vorsichtsmaßnahme. Aus dem gleichen Grund fahre ich auch immer mit zwei Ersatzreifen herum.«

»Ersatzreifen?« Orson wurde ungehalten. »Also, bitte, hör auf damit ... Du hast getrunken.«

»Nein, Orson. Es ist so: Ich hatte zwei Kameras, als ich in den MACRI eingedrungen bin. Und ich habe zwei Serien

… gemacht, die ich an zwei verschiedenen Stellen …kt habe. Die eine habe ich dem Typen mit dem Nar…gesicht gegeben, die zweite habe ich an mich gebracht, …chdem du gegangen warst.«

Lea stand auf. Ihre Stimme war flach und distanziert. »Ich glaube, ihr habt allerhand zu besprechen. Ich gehe nach oben. *Arrivederci*, Orson.«

Orson schnappte nach Luft, unfähig zu einer Antwort. Lea wartete einen Augenblick in der Hoffnung, daß Orson etwas sagen würde, aber es kam nichts. Da warf sie auch Tommaso einen grimmigen Blick zu. »*Arrivederci*, Tommaso«, sagte sie und ging.

Als sie allein waren, fuchtelte Tommaso nervös herum. »Tut mir leid …«

»Laß gut sein. Erzähl weiter.«

»Als ich zu dem Schwarzmarkthändler ging, um die Mikrofilmkamera zu kaufen, hatte er einen ganzen Vorrat da. Wahrscheinlich stammten die von einer Militärlieferung, waren gestohlen, zusammen mit anderen Sachen, und er maulte herum, weil er nicht wußte, was er damit anfangen sollte. Ist ja auch keine Ware, die sich leicht verkaufen läßt wie Penicillin oder Reifenmäntel. Da sind wir dann handelseinig geworden. Mit einem kleinen Aufschlag habe ich zwei Kameras mit den dazugehörigen Filmen gekauft. Ich dachte mir, das ist eine zusätzliche Vorsichtsmaßnahme für den Fall, daß die erste Kamera nicht richtig funktionieren würde oder die Filme kaputt wären. Statt dessen …«

Sie hörten das Telefon klingeln und Lea antworten.

»Statt dessen ist alles so gelaufen, wie ich's dir gesagt habe.«

»Daher hast du immer gewußt, daß … Und wo sind die Mikrofilme jetzt?«

»Ich habe dir nichts gesagt, weil ich kein Risiko eingehen wollte. Ich habe über eine Stunde in dieser Halle verbracht, bevor ich das Zeug an mich gebracht habe. Und dann bin ich …«

Leas Stimme kam kalt und distanziert von oben: »Es ist für Tommaso.«

Tommaso entschuldigte sich, ging zum Apparat auf der unteren Etage und sprach kurz mit jemandem, sagte ständig »Ja« und kam dann zu Orson zurück.

»Als ich die Filme wieder in der Hand hatte, bin ich ins Zentrum gefahren, zum Sitz der Kommunistischen Partei. Mir war klar, daß die mich für verrückt halten würden, wenn ich dem erstbesten Funktionär meine Geschichte erzählt hätte. Also habe ich Mainardi rufen lassen. Der hat mir nicht nur zugehört, sondern mir auf der Stelle geglaubt. Ich hatte begriffen, daß Deller, bevor er aus dem Weg geräumt wurde, mit ihm Verbindung aufgenommen hatte, um die Geschichte des MACRI auch an ihn zu verkaufen. An diesem Punkt sind wir zusammen ins Fotolabor der ›L'Unità‹ gegangen und haben die Filme entwickeln lassen. Da war alles drauf, was du schon weißt, haarklein und genau. Mainardi war entsetzt. Er sagte mir, daß er sofort mit den Bonzen sprechen würde, daß das aber ein paar Stunden dauern könnte. Ich habe ihm gesagt, er soll mich unter dieser Nummer anrufen, und bin hierhergekommen.«

»War er das jetzt?«

»Ja. Palmiro Togliatti will uns heute abend sehen, nach der Wahlkundgebung. Hast du verstanden? Togliatti will dich und mich sehen!«

Orson war benommen. Ihnen fiel es zu, die letzte Karte auszuspielen, trotz allem. Aber er spürte auch, daß Tommaso ihm den Kartenstoß aus der Hand genommen hatte, indem er zur PCI gegangen war. Die Ereignisse entwickelten sich wieder schneller, als er ihnen folgen konnte. Doch nicht ausreichend schnell für Tommaso, der statt dessen auf seine Uhr schaute, ganz aufgeregt über die Begegnung, die bevorstand.

»Wenige Stunden, Orson. Wenige Stunden, und dann werden wir die Geschichte verändern!«

3.

An die 250.000 Menschen hatten sich auf dem riesigen Platz vor San Giovanni in Laterano versammelt. »Das römische Volk hat seine erste Schlacht gewonnen«, verkündete eine Sonderausgabe der ›L'Unità‹ am nächsten Tag.

Orson hatte von den Reden nicht viel verstanden, war jedoch zutiefst beeindruckt von Togliattis Rednergabe. Sicher, er war kein Volksführer, der die Massen zu Begeisterungsstürmen hinreißen konnte. Aber seine ruhige und sichere Dialektik, das Charisma des wahren *leader*, setzten geradezu magische Kräfte frei, die das Volk fesselten.

Nach der Wahlveranstaltung saßen sie alle bei Signora Agnese in einer kleinen Straße hinter dem Piazzale Appio im Viertel von San Giovanni beim Essen zusammen.

Togliatti hatte seinen Teller Spaghetti verschlungen. Als er sah, daß Tommasos Teller dagegen fast unberührt geblieben war, richtete er zum ersten Mal das Wort an ihn. »Schmecken sie Ihnen nicht?«

»Ich habe keinen großen Hunger. Entschuldigung.«

»Sie wissen nicht, was Ihnen entgeht.«

Tommaso lächelte irgendwie. Er kam sich allmählich wie ein Schwachsinniger vor und konnte sich nicht erklären, wieso Togliatti seine Zeit damit vertat, Blödsinn, Banalitäten von sich zu geben, Fragen über Hollywood, John Ford, Westernfilme und ob vielleicht auch Orson einen drehen würde.

»Was meinen Sie, Signor Welles?« fragte Togliatti. »Meinen Sie, unsere Alida Valli wird auch in Amerika ihren Durchbruch erleben?«

Tommaso machte eine brüske Bewegung und traf das Glas vor ihm mit dem Handrücken. Der Wein kippte auf das Tischtuch. Sie schauten alle drei zu, wie der Fleck sich ausbreitete.

»Sie sind ungeduldig, Signor Moravia«, sagte Togliatti nachdenklich, und dieser Ton war neu. »Ungeduld ist eine Krankheit, von der man nur schwer genest. Außerdem bringt sie einem einen Haufen Scherereien ein.«

Die Augen hinter den runden Brillengläsern fingen Tommasos Augen ein.

»Meine Mitarbeiter haben mir gezeigt, was Sie beide entdeckt haben. Sie haben eine bemerkenswerte Arbeit getan. Es ist die endgültige Bestätigung aller Verdächtigungen, die uns seit langem Sorge gemacht haben. Meinen Glückwunsch.«

Tommaso nickte, aber das Kompliment kam ihm weniger bedeutend vor als seine Scham über den kleinen Zwischenfall.

»Wann werden Sie die Dokumente veröffentlichen?« fragte Orson.

Togliattis Stimme war sanft und absolut deutlich. »Nie.«

Tommaso fuhr zusammen und suchte Orsons Blick.

»Aber was sagen Sie denn da?« sagte er laut. »Hier stehen die Demokratie und die Freiheit dieses Landes auf dem Spiel!«

Ein Lächeln trat auf Togliattis Lippen. »Signor Welles, haben Sie bemerkt, daß Ihr Freund dazu neigt, die gleichen Worte zu verwenden wie Ihr Botschafter Dunn?«

Aber auch Orson war nicht nach Scherzen zumute. Und Togliatti wurde jetzt ebenfalls ernst.

»Ich weiß, daß Sie beide viel gewagt haben, um in den Besitz dieser Dokumente zu kommen. Daher glaube ich, daß ich Ihnen eine Erklärung schuldig bin, auch wenn ich, das sage ich gleich, in der Öffentlichkeit nicht ein einziges Wort von dem bestätigen werde, was ich Ihnen jetzt sage.«

Tommasos Kehle war ausgetrocknet. Er nahm das umgekippte Glas und schenkte sich wieder ein.

»Es stimmt«, sagte Togliatti. »Wenn es in Italien einen Staatsstreich gäbe, könnte das der Beginn des Dritten Weltkriegs sein. Oder vielleicht auch nicht.«

»Was soll das heißen?«

»Daß ich mit den entscheidenden Leuten in Moskau gesprochen habe. Sie haben zwanzig Millionen Tote während des Krieges gehabt, und die Städte sind halb zerstört. Genosse Stalin hat zwar die Atombombe jetzt, aber es fehlt ihm Weizen. Es ist notwendig, daß die Industrieproduktion wieder voll in Gang kommt. Und das bedeutet ganz klar eines: Die Sowjetunion will Frieden. Um jeden Preis.«

»Und daher?«

»Und daher werden sie unter keinen Umständen in Italien eingreifen, auch nicht, wenn die *Marines* landen. Das hat man mir klar und deutlich gesagt, und ich kann sie sogar gut verstehen. Natürlich hoffen sie, daß die Demokratische Volksfront gewinnt, aber das, was Sie entdeckt haben, macht deutlich, was in einem solchen Fall passieren würde: noch ein Bürgerkrieg. Und ich kann mir diese Verantwortung vor der Geschichte nicht aufbürden.«

Togliatti setzte die Brille ab und putzte sie mit dem Taschentuch.

»Sehen Sie, ich stehe vor einem Dilemma. Wenn die Christdemokraten die Wahlen gewinnen, bedeutet das, daß das Volk nicht hinter uns steht. Aber wenn wir gewinnen, werden die Amerikaner die Regierung stürzen. In beiden Fällen sind wir zur Niederlage verdammt. Allerdings mit zwei völlig verschiedenen Optionen: einerseits einen Bruderkrieg, der Jahre dauern und weitere Tausende von Toten kosten könnte, wie das ja in Griechenland passiert; andererseits würde eine Wahlniederlage unsere Partei in die Opposition zwingen, doch immerhin die Verfassung und die Demokratie retten. Und das ist der Punkt, von dem aus wir uns wieder aufmachen können. Geschichte wird nicht nach Jahren gemessen, sondern nach Jahrzehnten und vielleicht noch mehr. Wenn wir heute verlieren, ist es möglich, daß wir morgen gewinnen, wenn sich die Bedingungen verändert haben.«

»Wenn sich die Bedingungen verändert haben? Aber *jetzt* ist doch die Zeit, Veränderungen herbeizuführen!« Tommaso konnte nicht mehr an sich halten. »Es hat einen Krieg gegeben, mein Gott ... wozu? Dieses Land wird sich nie ändern, andernfalls ...«

Togliatti behielt die Fassung, ließ aber ein paar Augenblicke vergehen, bevor er antwortete, damit Tommaso hören konnte, wie sich das Echo seiner Stimme in den Ecken des Raumes verlor.

»Das stimmt nicht. Die Dinge ändern sich und werden sich nach und nach verändern. Aber es wird in Italien keine Revolution geben. Wenn ich öffentlich machen würde, was Sie entdeckt haben, würden sowohl die amerikanische Regierung als auch meine Genossen zu den Waffen greifen, ohne den 18. April abzuwarten. Ich kann nicht zulassen, daß weiteres Blut vergossen wird. Auf den Straßen fließt immer noch viel zuviel. Nein, ich werde diese Dokumente nicht veröffentlichen, außer vielleicht jene, die uns für die Propaganda nützlich erscheinen, angefangen bei den Skandalen, in die der Vatikan verwickelt ist.«

Orson schüttelte ungläubig seinen Kopf »Aber das, was Sie auf der Wahlkundgebung gesagt haben, zu all den Leuten ... ist das dann alles nur Täuschung?«

»Nennen Sie es, wie Sie wollen, Welles.« Togliatti lächelte bitter. »Das ist Politik in der realen Welt. Die Christdemokraten machen mit Hilfe des Vatikans und Ihrer Landsleute eine außerordentliche propagandistische Anstrengung. Wir füllen zwar die Plätze, aber sie zählen auf alle anderen, auf die, die zu Hause bleiben. Ehrlich gesagt, ich glaube nicht, daß wir gewinnen ... und an diesem Punkt kann ich es mir eigentlich nur wünschen. Aber wir müssen jede Anstrengung unternehmen, so viele Stimmen wie möglich zu bekommen, damit wir nur knapp verlieren. Wir müssen deutlich machen, daß wir die einzige alternative Volksbewegung sind.«

»Aber wie machen Sie das nur, daß Sie eines denken und etwas anderes sagen können? Das ist Irrsinn.« Auch Orson wurde lauter. »Darin liegt etwas grundlegend Irriges, Falsches.«

»Erinnern Sie sich bitte, daß man das Falsche und die Vernunft nicht in absoluten Begriffen mißt. Es ist die Entwicklung der Geschichte, die sie bestimmt. Die Lüge von heute kann morgen einen großen Sieg hervorbringen. – Und jetzt muß ich mich von Ihnen beiden verabschieden. Die Genossen warten auf mich.«

Togliatti stand auf und nahm seine schwarze Tasche.

Tommaso stand ebenfalls auf und faßte ihn am Arm. Seine Stimme war rauh und hart. »Und sie, Ihre Genossen, wissen sie, was Sie uns gerade gesagt haben?«

»Zu gegebener Zeit werden sie es verstehen.«

Tommaso packte noch stärker zu.

»Für diese Geschichte sind Menschen gestorben! Sie können nicht einfach so tun, als wäre nichts!«

Togliatti schaute Tommaso so lange an, bis er ihn endlich gehen ließ.

»Der einzelne zählt in dieser Geschichte nichts«, sagte er. »Sie sind im Widerstand gewesen und sollten das sehr wohl wissen. Glauben Sie denn, ich sei glücklich über diese Geschichte? Darüber, fast sicher zu sein, sterben zu müssen, bevor Italien frei entscheiden kann, sozialistisch zu werden? Denn ich bin sicher, dieser Tag wird kommen, sonst würde ich nicht tun, was ich tue.«

Sofern Togliatti beim Aussprechen dieser Worte wehmutsvoll geworden sein sollte, so zeigte er es nicht. Hinter seinen Brillengläsern war sein Gesicht versteinert.

»Der einzelne und seine Gefühle zählen nicht«, fuhr er fort. »Auch meine nicht.«

Tommaso ließ sich auf den Stuhl fallen.

»Jedenfalls danke ich Ihnen im Namen der ganzen Partei. Wir werden sinnvollen Gebrauch von Ihren Informationen machen. *Addio*.«

Togliatti ging hinaus. Seine Bewegungen waren etwas gebeugter als die, die Orson während der Kundgebung bei ihm beobachtet hatte.

Tommaso blickte ins Leere.

4.

Sie gingen die Via Merulana hinauf, ohne ein Wort zu sagen, und reichten sich gegenseitig die Flasche Gin, die sie an einer Straßenecke gekauft hatten.

Die Straße war voll mit gesprächigen, nach außen hin ausgelassen wirkenden Menschen. Der schöne Märzabend hatte die Bewohner des Viertels zwischen San Giovanni und Stazione Termini auf die Straße gelockt. Von einem Fenster zum anderen flogen die im Radio gesendeten *canzoni* hin und her.

Von all dem sah und hörte Tommaso nichts. Wut und Enttäuschung hatten seine Augen zwei schwarze böse Schlitze werden lassen. Er ging schnell, so als wollte er hinter sich den Rest der Welt abschütteln. Orson hatte Mühe, ihm zu folgen, und packte ihn am Arm.

»Laß mich ...«, wehrte Tommaso ihn ab und griff gleich wieder zur Flasche.

»Beruhige dich doch, wo willst du denn hin?«

»Laß mich!« wiederholte Tommaso, diesmal wirklich drohend. »Siehst du denn nicht, daß alles sinnlos ist? Und schließlich bist ja auch du nichts weiter als ein gottverdammter Amerikaner. Was soll es dich denn schon angehen, was hier passiert?«

Orson faßte ihn an der Schulter, zwang ihn, sich umzudrehen, und drückte ihn an eine Mauer. Die Leute ringsum schauten neugierig zu, wie die beiden auf englisch miteinander stritten.

»Das darfst du mir nicht sagen!« brüllte Orson.

Eine halbe Minute lang sahen sie sich an, dann stieß Tommaso ihn weg und ging weiter und trank.

»Du weißt doch gar nicht, was ein Bürgerkrieg ist, Welles. Für dich ist alles nur ein Spiel. Eine Fiktion. Du hast dich dem genußreichen Leben hingegeben, während ich ...«

Orson holte ihn wieder ein und zwang ihn stehenzubleiben.

»Ich habe die Schlinge um den Hals eines siebzehnjährigen Jungen gelegt, und zwar mit diesen Händen«, sagte Tommaso. »Weil er ein Faschist war.«

Ein Augenblick der Stille trat ein, und Orson konnte den Haß ermessen, der in seinem Gefährten anzuschwellen begann.

»Und weißt du«, fing Tommaso wieder an, »was bei der Befreiung von Auschwitz geschehen ist? Unter Tränen haben die Frauen ihre Seifenstücke begraben, die aus den Leichen ihrer Männer und ihrer Kinder gemacht worden waren. Was weißt du schon von diesem Grauen?«

»Tommaso ...«

»Ich hab' mir gesagt: Das wird sich alles ändern. Alles wird gut. Aber ich habe mich getäuscht. Nichts verändert sich je. Oder, wenn Togliatti recht hat, verändert sich, was sich verändern sollte, viel zu langsam für mich.« Er kicherte. »Aber der einzelne zählt ja nicht, oder?«

Er versuchte, noch einen Schluck Gin hinunterzukippen, aber Orson riß ihm die Flasche aus der Hand.

»Tu nicht so, als wärst du anders«, brüllte Orson. »Auch du hast meine Geschichte für deine Zwecke benutzt. Dich hat es doch immer einen Scheißdreck interessiert, wie ich die Dinge sehe ...« Orson trank einen Schluck. »Du wolltest den Lauf der Geschichte verändern, nicht wahr? Na gut, das hast du jetzt bekommen. Die Geschichte hat's dir heimgezahlt mit ihrer Münze. Tatsachen, für sich genommen, reichen nicht aus. Verstehst du nicht, daß das einzige, was verändert werden muß, im Herzen der Menschen liegt? Sonst ist die

Geschichte nur ein sinnloses Hinschlachten! Ich bin ein Künstler, und das ist das einzige, was mich wirklich interessiert!«

Er hielt Tommaso die Flasche hin. »Ich bin froh, kein Killer zu sein«, sagte er mit leiser Stimme. »Und daß ich nie daran gedacht habe, einer zu werden, aus keinerlei Grund.«

Tommaso war für einen Augenblick unentschlossen, dann nahm er die Flasche. »Verschwinde, Welles«, sagte er und brummelte noch etwas in seinem halbbesoffenen Zustand. »Kehr zu Lea zurück und komm mich nie wieder suchen.«

Tommaso entfernte sich ein paar Schritte.

Orson blieb reglos stehen. Er wußte nicht mehr, was er sagen sollte. »Fahr zur Hölle, Moravia …«, murmelte er nur.

Tommaso drehte sich ein letztes Mal um und schwang die Flasche wie eine Trophäe. »Bin gerade auf dem Weg dahin.«

Er hielt die Arme weit ausgebreitet, wie ein Kruzifix, um so das Gleichgewicht besser halten zu können. Die Scheinwerfer eines Autos hinter ihm zeichneten seine Umrisse im Gegenlicht ab. Tommaso stieg vom Bürgersteig herunter, ohne sich umzudrehen. Zwischen dem Hupsignal und dem Bremsgequietsche war keine Pause. Das Auto kam auf dem Gehsteig zu stehen. Der Fahrer blutete an der Stirn.

Orson kümmerte sich um ihn, vorher sah er einen Augenblick lang Tommaso auf der anderen Seite der Straße, er grüßte und verbeugte sich mit großen Gesten. Dann bog er um die Ecke einer schlecht beleuchteten Gasse und verschwand.

Der Freccia d'Oro verschlang die Straße von Rom nach Frascati in weniger als einer halben Stunde. Nachdem man den leicht verwundeten Lenker in ein vorbeikommendes Auto gesetzt hatte, war Orson von einer irrationalen, unkontrollierbaren Angst übermannt worden. Er fühlte sich nackt, verwundbar und ohne einen Platz, wohin er hätte gehen können. Mit Schrecken dachte er daran, daß alle seine Sachen noch bei Akian in der Villa Madama waren.

Er hatte nichts mehr. Nichts. Kein Haus mehr oder einen Freund, keinen Beschützer und nicht einmal mehr den Glauben an sich selbst.

Fast im Laufschritt war er zu der Stelle gelangt, an der er das Auto geparkt hatte, ließ den Motor an und machte sich auf nach Frascati. Vielleicht hatte er nicht einmal mehr eine Frau in seinem Leben, aber eine Möglichkeit bestand, daß es noch nicht zu spät sein würde.

Er bog auf die kleine Allee ab, die zum Haus führte. In der letzten Kurve spritzte der Kies unter seinen Rädern weg. Er sah noch Licht. Lea war nicht gegangen, Gott sei Dank. Er fühlte das Fieber, das in ihm brodelte, schwächer werden. Er stieg aus dem Auto, ohne die Türen zu schließen, und rannte ins Haus. Im Eingang bemerkte er die beiden gepackten Koffer.

Er stürzte auf die Veranda. Lea saß auf dem Sofa, sie trug einen dunklen Rock und eine schlichte Bluse. In der Hand hielt sie ein Buch, las aber nicht: Der Raum war in Dunkel getaucht. Unten wimmelte die römische Ebene in einem Wirbel von Lichtern, die der laue Frühlingswind angefacht hatte.

Lea erahnte Orsons Gesicht mit den ungekämmten Haaren, seine geröteten Augen, den wirren Blick. Er hatte wieder das Aussehen eines schutzlosen, verlorenen Kindes. Doch diesmal hatte seine Verzweiflung eine neue, eine völlig unschuldige und aufrichtige Färbung. Sie schreckte zusammen. »Was ist passiert? Wo ist Tommaso?«

Orson hockte sich neben sie auf den Boden und erzählte in wenigen Worten von ihrem Treffen mit Togliatti.

Lea hörte anfangs mit kaum verhüllter Sorge zu, am Ende aber mit Erleichterung. Ihre Stirn hatte sich geglättet, und ihre Hände suchten die Hände Orsons. »Und nun gibt es keine Geheimnisse noch irgendwelche Umgebrachten mehr?«

Orson schüttelte den Kopf »Nein. Diesmal ist wirklich alles zu Ende.«

»Besser so. Ist dir das nicht auch bewußt?«

»Mein Gott, Lea, ich habe immer gedacht, ich wäre derjenige, der alle Fäden zieht. Orson Welles, der Meister der Manipulation ... Aber siehst du? Ich bin nichts weiter als ein dilettantischer Cagliostro und habe mich wie er in einem Spinnennetz aus Täuschungen verfangen.«

»Nein, Orson. Du hast überhaupt nichts mit dem zu tun, was geschehen ist. Du bist ein großer Schauspieler. Ein Künstler. Das wirst du immer sein.«

Lea streckte ihre Hand zu seinem Kopf aus, und Orson ließ sich an ihre Beine gleiten.

»Ich habe geglaubt, daß meine Kunst mich vor Irrtümern beschützt, daß sie mich eine Stufe über die lärmende Existenz erhebt. Ich habe mich der Täuschung hingegeben, wirklich wie Shakespeare zu sein, verstehst du? Vom hohen Gebäude einer Weisheit wie der seinen herab wäre es mir möglich, die Welt zu begreifen und ihre Leidenschaften zu beherrschen.«

»Ist es denn nicht so, Orson?«

»O nein. Sieh dir doch diesen arroganten Trottel an. Ich bin nichts weiter gewesen als ein blinder Darsteller in einer Tragödie, deren Text ich vergessen habe. Jemand anderer an meiner Stelle hatte die Handlung geschrieben, einschließlich der Rolle, die ich spielen sollte. Und die Hauptrollen waren längst an wesentlich wichtigere und mächtigere Männer vergeben. O Gott! Tommaso hat seine Ideale, denen er Rechenschaft ablegen kann. Aber ich? Ich stehe in der Schuld Gottes für das Talent, das er mir gegeben hat, und nur er weiß, wie weit ich mit meinen Zahlungen im Rückstand bin.«

Lea lächelte im Dunkeln. »Es ist nur gerecht, daß du für deinen Stolz bestraft wirst, Orson Welles.«

»O Lea ...«

Sie legte einen Finger auf seine Lippen und hinderte ihn

daran, weiterzusprechen. »Es ist doch nicht nötig, daß du immer der Regisseur deiner Existenz bist«, sagte sie. »Du bist ein Genie, und das weißt du. Versuch doch einmal nur, der Mann zu sein, der du immer wieder vergißt zu sein.«

Sie streichelte ihm über die Haare. Orson fühlte sich wohl. Und er hätte gewollt, daß die Zeit in diesem Augenblick aufhörte zu verrinnen. Doch die Angst lastete noch auf seinem Herzen.

»Ich habe die Koffer im Eingang gesehen ...«

Lea rutschte neben ihn auf den Boden. »Ich wollte morgen früh abreisen.«

»Um wohin zu fahren?«

»Ich weiß nicht. Weit weg von dir.«

»Und wirst du abreisen? Liebst du mich nicht mehr?«

»Hör auf zu fragen, Orson. Hast du immer noch nicht verstanden, daß das zu nichts führt?«

Sie sah ihm in die Augen, ganz frei von ihrer sonstigen Überheblichkeit. Sie lauschten einen Augenblick auf die Stille der Nacht. Dann streckte Lea ihre Hand aus und löste den Knoten seiner Krawatte, knüpfte den Kragen seines Hemdes auf.

Orson seufzte und biß sich auf die Unterlippe. Lea öffnete das Hemd, und ihr feuchter Mund senkte sich weich auf seine Haut, glitt über seine Schulter, über seine Brust und schmiegte sich weich um seine Brustwarze.

Er schloß die Augen und dachte an nichts mehr.

Dunkel. Dunkel und Fleisch. Aufblitzen von weißem Fleisch. Ein Fensterflügel knarrt, vom Wind gepeitscht, im Rhythmus ihrer Bewegungen. Durchwühlte Haare, Speichel, Flüssiges.

Ist das Lust? Es gleicht eher einem Brunnen ohne Ende, feucht und sanft. Haut. Seine Haut in ihr. Anschmiegend, erregt, tobend. Drängend, tretend, kämpfend.

Man liebt, wie man kämpft. Um zu überleben.

Er wachte im Bett auf und wußte nicht, wie er dahingekommen war. Die Uhr zeigte nach zehn an, und er würde, wie immer, zu spät zum Set kommen. Er drehte sich zu Lea, aber sie war schon aufgestanden.

Zuerst wollte er sie rufen, aber dann hielt ihn eine sonderbare Scham zurück, so als würde der Name, ausgesprochen, die Geheimnisse der Nacht verraten. Er stand auf und schleppte sich unter die Dusche, betrachtete sich im Spiegel: ein langer, massiger, weißer Körper. Das Dexedrin verhinderte zwar, daß er weiter zunahm, aber nicht, daß er schlaff wurde. Er drehte das kalte Wasser über seinem Kopf auf und blieb unter dem Strahl, bis er nicht mehr konnte.

Wenige Minuten später kam er heraus und hüllte sich in ein großes weißes Badetuch. Er hörte nur Parides Hacke unten im Gemüsegarten und fing an, sich über die Stille im Haus zu verwundern. Als er den Korridor hinunterging, sah er, daß die Koffer nicht mehr im Eingang standen. Seine Eigenliebe verleitete ihn zu glauben, daß Lea sie vielleicht wieder ausgepackt hatte, aber sein Instinkt sagte ihm, er solle nach einer Nachricht von ihr suchen.

Er fand sie auf dem Tisch in der Küche:

Lieber Orson,
ich bin glücklich. Und verängstigt über das, was in der vergangenen Nacht geschehen ist. Bis gestern ging es um ein faszinierendes und manchmal auch grausames Spiel, aber es war ein Spiel. Jetzt muß ich meine Entscheidung treffen und allein sein. Bitte, such mich nicht. Wenn ich zurückkomme, werde ich meine Antwort gefunden haben. Ich liebe dich.

Lea

Orson ließ sich auf einen Stuhl fallen. Wenn er sich einen Augenblick lang der Täuschung hingegeben hatte, Lea erobert zu haben, weil sie mit ihm geschlafen hatte, dann hatte er sich gründlich geirrt. Sie war es, die mit ihm geschlafen hatte, nicht umgekehrt. Ihn quälte der durchaus männliche Zweifel, er könnte vielleicht nicht auf der Höhe gewesen sein. Und der Gewissensbiß, bei ihrer Abreise nicht dagewesen zu sein und in ihrem Gesichtsausdruck jene Antwort abgelesen zu haben, die Lea, ohne es zu wissen, vielleicht schon besaß.

Mit einem Schauder fuhr er aus seinen untröstlichen Phantasien auf. Ihm wurde sein Zustand bewußt: halbnackt und kalt. Er war nicht in seiner Rolle, und er war am falschen Platz. Und er war wieder einmal zu spät dran.

13. Kapitel

1.

Der Tag der Wahl verlief ohne Zwischenfälle. Dreiundneunzig Prozent der Italiener gingen geordnet und ruhig zur Wahl. Es gab groteske Szenen, wie die Tausenden von Alten und Kranken, die sich vor den Wahllokalen in Schlangen reihten, begleitet von einem Priester oder einer Nonne, die ihnen bis in die Wahlkabine hinein beistanden. Aber nichts Bedrohliches.

Die Stimmabgabe war am Nachmittag des 19. April abgeschlossen, und die ersten Ergebnisse liefen gegen Abend in Rom ein. Das gesamte Land wartete mit stockendem Atem. Das gesamte Land, außer Orson Welles.

Nach Abschluß der Dreharbeiten zu ›Black Magic‹ war Orson nach Frascati zurückgekehrt, hängte sich tagtäglich ans Telefon, um mit jedem zu sprechen, der Geld in ›Othello‹ investieren könnte. Er hatte nicht viel erreicht. Nur Darryl Zanuck, der Mogul der Fox, hatte ihm eine Hand gereicht, indem er ihm zwei Rollen in Kostümfilmen anbot. Er sollte Cesare Borgia in ›Prince of Foxes‹ spielen und danach einen Mongolenführer in ›The Black Robe‹. In beiden Filmen sollte der männliche Star Tyrone Power sein. Mit einem bitteren Lächeln hatte Orson zugesagt. Er brauchte unbedingt diese zweihunderttausend Dollar.

Er wartete auf Lea. Und wartend verbrachte er viele Stunden am Schneidetisch. Seine gesamte Habe hatte er von der Villa Madama zur Scalera Film bringen lassen, belegte zwei Schneideräume, einen für ›Macbeth‹ und einen für ›Black Magic‹. Im Grunde hätte Ratoff den Schnitt überwachen sollen, aber der Regisseur hatte meistens Besseres in Rom zu tun, und wenn er Orson gelegentlich in den Studios traf, ging er mit einer Bemerkung über die Sache hinweg und ließ ihn gewähren.

Orson hatte weder von Tommaso gehört noch von Akian. Als der Skandal um Cippico Pressner explodierte, hatte er einen Augenblick lang befürchtet, daß Akian und seine Partner ihn dafür bezahlen lassen würden, daß er ihren Anweisungen keine Folge geleistet hatte. Aber dann war er sich klar darüber geworden, daß er es war, der ihnen einen Gefallen getan hatte, indem er einen Konkurrenten auf dem Markt der Valuta-Geschäfte ausgeschaltet hatte. Aber was ihn am meisten an dieser ganzen Sache störte, war dies: jede unternommene Anstrengung zur Erreichung eines bestimmten Zieles endete unweigerlich mit einer neuen Anstrengung. Nein, das konnte er nicht ertragen. Er haßte es, sich darüber klarwerden zu müssen, daß er, der große Orson Welles, nur eine unbedeutende Figur in einem Spiel darstellte, das größer war als sein eigenes. Doch wenigstens war weder er noch Tommaso in Gefahr. Das Leben ging weiter. Wenn nur Lea sich gemeldet hätte ... Dieses lange Schweigen machte ihm Sorge.

Der Cutter von ›Macbeth‹ verschloß die letzte Filmdose mit einer Doppelverschnürung. »Fertig«, sagte er.

Orson sah auf den Kalender. Es war der 20. April, ungefähr Mittag. Auch ›Macbeth‹ war unter einem unguten Stern entstanden. An einundzwanzig Tagen war der Film erfolgreich abgedreht worden, danach folgten zehn Monate für den Schnitt. Das alles würde in Hollywood nur wieder seinen Ruf als den eines vertrauensunwürdigen Regisseurs bestätigen. Irritiert fragte er sich, ob sie ihn in Amerika jemals einen weiteren Film inszenieren lassen würden.

Während die Transportleute die Filmrollen auf kleine Wagen hievten, kam der Cutter zu Orson und streckte ihm die Hand entgegen. »Danke, Mister Welles«, sagte er. »Es war außerordentlich lehrreich, mit Ihnen zu arbeiten.«

»Ich habe alles in meinen Bemerkungen aufgeschrieben«, sagte Orson. »Doch wenn man sich bei der Republic Film über den schottischen Akzent in den Dialogen beklagt, na dann sag ihnen, daß Macbeth ein Schotte war, zum Himmeldonnerwetter noch mal!«

Dann verschwand der Cutter hinter den Transportleuten.

Orson wartete einen Augenblick und genoß die Einsamkeit des Schneidetischs, sein Halbdunkel und das vibrierende Summen des Ventilators. Er war gerade im Begriff, sich eine Zigarre anzuzünden, als das Telefon klingelte.

Er mochte sich nicht persönlich melden, aber im Raum war außer ihm niemand. »Hallo ...«

»Signor Welles, bitte«, sagte die Stimme in der Telefonzentrale.

»Am Apparat.«

»Bleiben Sie bitte am Apparat.«

Er hörte, daß die Leitungen umgeschaltet wurden, dann unerwartet die Stimme von Lea: »Orson, bist du's?«

»Lea! Wo bist du?«

»Ich bin in Rom. Ich bin zurück.«

Orson hatte Mühe, seine Erregung zu kontrollieren. »Wo bist du gewesen, Lea? Wie geht's dir? Ein Monat ist vergangen ...«

»Ich habe Zeit gebraucht, um nachzudenken. Um über mich und über dich nachzudenken.«

»Und was ...«

»Nicht am Telefon ... Sehen wir uns doch heute abend in Frascati. Ich habe gehört, daß du jetzt dort bist.«

»Ich konnte nicht mehr bei Akian bleiben.«

»Wie viele Frauen hast du während meiner Abwesenheit getroffen?«

»Die Wahrheit oder eine Lüge?« Orson spürte Leas unterdrücktes Lachen und war glücklich darüber. »Nicht viele ... Nein, nicht viele.«

»Besser so. Liebst du mich noch?«

Orson hatte keine Zeit zu antworten.

»Nein, sag mir nichts. Wir sehen uns heute abend ...«

Er blieb mit dem Hörer in der Hand sitzen, bis er in seinem Inneren eine Art sprudelnde Wärme aufsteigen fühlte, die nach allen Seiten überschwappte. Das Verlangen, sie in seine Arme zu schließen, denken zu dürfen, »diese Frau gehört mir«. Und dann wieder und wieder, bis er endlich satt war, bis er sich einem traumlosen Schlaf überlassen konnte.

2.

Er ging durch den Korridor der Schneideräume, um zu dem von ›Black Magic‹ zu gelangen. Der Gang war lang und eng, rechts und links gingen fünf Schneideräume ab. Normalerweise krächzten hier die Maschinen, in denen die Filme hin und her gespult wurden; dort Dialoge, Musikstücke, die bis zur Hysterie überdreht waren, und es vermehrten und überlagerten sich die Geräusche, bis sie die schräge Tonkulisse hervorbrachten, die für diesen Ort so typisch ist.

Orson dachte intensiv an Lea und brauchte eine ganze Weile, bis er merkte, daß an diesem Tag eine ungewöhnliche Stille herrschte. Eine Stille, die sich mehr und mehr in ein Geflüster von Stimmen verwandelte, je näher er zu seinem Schneidetisch gelangte.

Alle Cutter, Assistenten und auch der eine oder andere Regisseur saßen zusammengedrängt in dem Raum neben ›Black Magic‹. Sie hörten Radio und gaben gelegentlich ein paar Kommentare ab. Sie hörten so aufmerksam zu, daß sie ihn nicht einmal bemerkten.

Etwas seitlich entdeckte Orson auch Maurizio, einen seiner Assistenten. Die aus dem Labor geholten Filmrollen lagen am Boden neben seinen Füßen. Orson rief ihn zu sich.

»Entschuldigen Sie, Mr. Welles«, winselte er. »Aber es kommen gerade die ersten Wahlergebnisse.«

»Und, wer gewinnt?«

»Scheint zwar unglaublich, aber ... die Christdemokraten. Sie gewinnen überall haushoch. Wenn das so weitergeht, besteht sogar die Gefahr, daß sie die absolute Mehrheit erobern.«

Orson wußte nicht, wie er die Nachricht aufnehmen sollte. Er hatte nicht mehr an das denken wollen, was er und Tommaso aufgedeckt hatten. Seine einzige Angst war, ein Krieg könnte ausbrechen, bevor Lea zurück war. Aber es würde ohnehin nichts passieren. Zu guter Letzt hatten die Italiener ihnen ja geglaubt, klar, dem De Gasperi, dem Heiligen Vater, dem dollarschweren Onkel Sam. So spielte Orson den Gleichgültigen und zuckte nur mit den Schultern.

»Besser so, insgesamt betrachtet«, sagte er. »Wenn sie schon auf der Seite Trumans stehen müssen, dann sollen sie doch wenigstens glauben, daß sie das so wollten.«

Maurizio schaute ihn an, verstand aber nichts.

Dann folgte er Orson in den Schneideraum, wo der amerikanische Cutter mit dem allergrößten Desinteresse für die politischen Ereignisse in Italien seiner Arbeit nachging.

»Hast du die gestrige Szene fertigstellen können?« fragte Orson, und James McCain machte ein Gesicht wie ein geprügelter Hund, was mehr sagte als eine Antwort.

»Macht nichts, Jim. Das werden wir schon hinkriegen. Was müssen wir heute machen?«

Maurizio kontrollierte seine Notizen. »Die Schlägerei mit den Zigeunern in der Wiener Sequenz.«

Orson biß sich auf die Lippe. Die Wiener Sequenz war die, in der Deller gestorben war. Er hatte sich bisher um dieses Problem gedrückt, und auch jetzt hatte er nicht die geringste Lust, Hand an diese Szene zu legen: Sie war ihm entglitten, wie eine Geliebte, mit der man eine alptraumhafte Nacht verbracht hat.

Aber es gab nichts anderes zu tun, und er kam zu der Einsicht, daß er es an diesem Tag probieren mußte, an dem er wegen Leas Rückkehr gute Laune hatte, sonst hätte er es vielleicht nie mehr getan.

»Okay. Legen wir die Rollen ein und wählen die Gelungenen aus.«

»Die Gelungenen auswählen« bedeutete, das ganze Material zu sichten, das um eine Szene herum gedreht wurde, und die besten Einstellungen für den eigentlichen Schnitt auszusuchen. Dabei waren die allgemeinen Kriterien: Darstellung, Beleuchtung oder gelungene Kameraeinstellungen. In diesem Fall war ja nicht viel zu tun, denn nach Dellers Tod war die Arbeit an der Szene bis auf einige Details mit Komparsen nicht mehr aufgenommen worden. Alles in allem sieben Minuten Material.

Maurizio richtete den Schneidetisch ein, und der Cutter fuhr den ersten Film ab, das Ergebnis von Kamera A.

Als sie alles gesehen hatten und auch der Film von Kamera C wieder aufgespult wurde, kommentierte McCain das zuletzt Gesehene mit seiner üblichen Wortkargheit, einer Kargheit, die seiner Schnittmethode entsprach: knapp und auf das Wesentliche gerichtet. »Die Einstellung von unten, schönes Bild. Nicht mehr im Stil der Zeit. Schade.«

Orson rümpfte die Nase und gab mit aufeinandergebissenen Zähnen zu, daß auch er dieser Meinung war. »Wir hätten sie aber auch sonst nicht gebrauchen können ...«

Dagegen war die Totale des Platzes dank der ungewöhnlichen Kameraposition und der Tiefenschärfe von ungeheurer, geradezu phantastischer Wirkung, was den konventionellen Bildern der anderen Kameras durchaus fehlte.

Während Orson den Filmstreifen in die Hand nahm, um ein bestimmtes Bild gegen das Licht zu untersuchen, sah ihn der Cutter fragend an. »Nun sag bloß nicht, du hättest das nicht bemerkt«, wandte Orson ein.

Aber McCain hatte wirklich nichts bemerkt.

»Maurizio, fahr noch mal zurück«, befahl Orson.

Sie betrachteten die Szene noch einmal. Orson belauerte McCains Gesicht, sah aber nur die unbestimmte Sorge darüber, was der Star gemeint haben könnte.

»Fahr noch mal zurück«, sagte Orson ungeduldig. »Siehst du nicht diesen Fleck, gleich oberhalb des Plattenbodens der Tribüne, zu Beginn der Szene. Er erscheint für einen Augenblick, ein paar Sekunden nach Beginn, dann verschwindet er schlagartig. Das Objektiv muß schmutzig gewesen sein.«

McCain hielt das Bild an. »Der da?« fragte er und zeigte mit dem Finger darauf.

»Ja, dieser Fleck.«

»Das ist kein Fleck, sondern ein Dreispitz.«

»Ein was?«

»Ein Hut mit drei Ecken. Der Kopf eines Komparsen.«

Orson schaute genauer hin. »Stimmt. Aber was tut er denn da, dieser Verrückte? Hat ihm denn keiner erklärt, was er tun mußte?«

McCain zuckte mit keiner Wimper.

Maurizio fühlte sich verpflichtet hineinzureden. »Das ist nur ein Schatten, Mr. Welles. Man sieht ihn nicht einmal.«

»Ich habe ihn gesehen«, präzisierte Orson ziemlich barsch. Auch McCain sah den Assistenten schief an. In Amerika hätte es kein Lehrling gewagt, sich in eine Unterhaltung seiner Vorgesetzten zu mischen.

»Nur ein Schatten ...«, brummte Orson und gab dem Cutter bereits ein Zeichen, daß er weiterspulen sollte, als ihm ein Gedanke durch den Kopf schoß. Nach langer Zeit waren sie wieder beisammen. Er, Deller und der »Große Schatten des Todes«, wie die Zigeunerin es genannt hatte.

»Laß mich die Szene noch einmal sehen. In Zeitlupe.«

Gelangweilt setzte McCain den Teller in Bewegung.

»Was macht der deiner Meinung nach, der mit dem Dreispitz?«

McCain überlegte kurz. »Ich würde sagen, er schaut herum. Und dann weiß er, wohin er gehen muß.«

»Tja, er sieht um sich ... Wieso? Und dann, woher kommt er? Sehen wir es uns noch mal an.«

McCain sagte nichts und folgte Orsons Anweisung.

»Ist doch merkwürdig, meinst du nicht? Er wirkt, als würde er am Anfang der Aufnahme noch gar nicht in der Szene sein. Sieht eher so aus, als würde er von außerhalb des Bildbereichs hereinkommen. Dann hebt er den Kopf, blickt um sich, und als er weiß, wohin er will, geht er ganz schnell dorthin. Das ist es wahrscheinlich auch, warum er sich plötzlich hinunterbeugt und wir ihn nicht mehr sehen.«

Er suchte McCains Blick, der himmlischste Gleichgültigkeit ausdrückte. »Weißt du, was während dieser Szene passiert ist, Jim?«

Der Cutter verneinte. »Ich bin erst vor einem Monat angekommen«, rechtfertigte er sich.

»Aber ich weiß es. Und ich will noch etwas herausfinden, das mich neugierig gemacht hat. Fahr mal zur ersten Einstellung zurück. Und dann sehen wir uns jedes Einzelbild an.«

Es war praktisch unmöglich, in der Gesamtaufnahme überhaupt etwas zu erkennen. Aber dann schrie Orson laut: »Da! Da ist er!« Er zeigte mit dem Finger auf das Bild. »Der mit dem grauen Überwurfmantel! Man kann ihn zwar in diesem Durcheinander nicht dauernd verfolgen, aber zu Beginn der Aufnahme ist er hier, und dann, vier Sekunden später, verläßt er das Bild auf der anderen Seite. Er ist der einzige, der sich quer durch das Bild bewegt. Und hier dreht er sich gerade ganz wenig in Richtung Kamera. Kannst du erkennen, was er für ein Gesicht hat?«

McCain beugte sich vor, bis seine Nase fast das Bild berührte. Dann drehte er sich um und antwortete feierlich: »Nein.«

»Wir müssen eine Vergrößerung machen. Unverzüglich! Maurizio, lauf ins Labor und ...«

Maurizio sah den Cutter an. Orson drehte sich zu ihm um

und sah, daß er schon ein Vergrößerungsglas in Händen hielt, das er in seiner Schublade gefunden hatte.

»Danke, Jim. Er hat etwas Schwarzes im Gesicht … eine Maske. Aber er ist zu weit weg, um mehr erkennen zu können.«

»Die halbe Komparserie trägt Masken«, bemerkte McCain.«

»Schon, aber dieser Mann ist nicht hier für den Film. Verdammt! Wenn er wenigstens einmal näher zur Kamera kommen würde …«

Der maskierte Mann blieb immer am äußeren Rand des Bildfeldes und verschwand dann, ohne jemals richtig fokussiert worden zu sein. Aber Orson brauchte nicht zu sehen, wo er hinging. Er wußte es.

Er war auf dem Weg zu Deller. Um ihn umzubringen.

Orson folgte seinem Instinkt, nicht seinem Verstand. Und sein Instinkt hämmerte ihm ein, daß in diesem Bildbereich etwas steckte. Etwas, das sein Auge zwar registrierte, sein Bewußtsein aber nicht in Schärfe umsetzte. Etwas, das ihn drängte, sich etwa zwei, drei Sekunden gegen Ende der Sequenz, als die Dragoner hereinstürmen und sich auf die Menge stürzen, einmal, zehnmal, fünfzigmal anzusehen.

Maurizio und McCain beobachteten konsterniert, wie Orson immer mehr in Trance zu fallen schien, wie er eigenhändig das Gerät bediente und den Film vor- und zurücklaufen ließ. Immer wieder. Vor und zurück. Vor und zurück.

»Wo bist du, du Bastard? Wo hast du dich versteckt?«

Wieder stürmten die Dragoner am unteren Bildrand herein. Ein heilloses Durcheinander unter den Leuten. Jemand rollt die Treppe herunter. Die weißen Schweife der Pferde. Die Wämse der Dragoner. Ein Verkaufsstand stürzt um. Die Dragoner schwingen ihre Säbel. Rauch. Rauch und Bewegung. Dann löst sich das Bild in Dunkel auf.

Noch einmal.

Die Dragoner kommen unten ins Bild. Durcheinander,

Rauch und Bewegung. Die Schweife. Einer, halb verdeckt vom Bauch eines Pferdes, bringt sich in Schutz. Andere laufen weg. Die Säbel kreisen in der Luft. Dunkel.

Da capo. Noch einmal.

Langsam zurück.

Dunkel. Säbel über den Köpfen der Menge. Einer läuft die Treppen wieder hoch, mit einem Sprung nach oben. Rauch. Bewegung. Durcheinander. Die Pferde. Der umgestürzte Verkaufsstand, die Dragoner gehen rückwärts unten aus dem Bild.

Noch einmal. In Zeitlupe.

Die Dragoner.

Die Menge.

Die Pferde.

Der Rauch.

Das Durcheinander.

Die Bewegung.

Die kreisenden Säbel.

Einen Augenblick. Halt hier an.

Einen Schritt zurück.

Die Menge. Die Pferde. Das Durcheinander und die Bewegung.

Eine Bewegung.

Orson hielt inne und spürte, daß auch sein Herz einen Augenblick stillstand. Dann wandte er sich an McCain. Er war ganz blaß, sein Zustand machte sogar den sonst völlig gleichmütigen Cutter besorgt.

»Geht es dir gut, Orson?«

»Ja. Schon.«

Maurizio konnte kaum an sich halten. »Brauchen Sie irgend etwas, Mr. Welles?«

»Nein … Ja.«

»Was brauchen Sie?«

»Ein Telefon. Ich muß telefonieren.«

Obwohl Maurizio erstaunt war, stand er auf und ging zum

Wandtelefon neben der Tür. Er nahm den Hörer in die Hand, aber Orson stand nicht auf.

»Welche Nummer soll ich anrufen?«

Orson schien in seine Gedanken verloren. Doch war er keineswegs durcheinander. Er wußte sehr genau, was er zu tun hatte. Und sagte: »Ruf die Telefonzentrale an. Die Telefonzentrale der Produktion.«

3.

Der Alfa Freccia d'Oro glitt ruhig über die Straßen von Rom, auch wenn Orson am liebsten voll aufs Gaspedal getreten wäre, um so schnell wie möglich an sein Ziel zu gelangen.

Tommaso hatte sich geirrt. Tufano war zwar ein Mörder, aber er war es nicht, der Deller umgebracht hatte. Deller wäre es wahrscheinlich gelungen, alle seine Freunde in den Sack zu stecken, wenn er nicht vorher umgebracht worden wäre. Tufano wußte nichts über den geplanten Verrat, so wie Cecchini weiterhin glaubte, Deller sei »ein guter Kamerad«. In dieser Geschichte spielte Verrat eine so wesentliche Rolle, daß Tommaso und er die einfachsten Tatsachen aus dem Blick verloren hatten, wie Professore Koop gesagt haben würde.

Doch jetzt hatte Orson verstanden und begab sich schnurstracks zum Schlangennest. Vielleicht hätte er sich eine Waffe besorgen sollen, aber was hätte er dann damit angefangen? Schießen konnte er nicht.

Er parkte und ging durch den Haupteingang. Mit einem breiten Lächeln und einem ansehnlichen Trinkgeld ließ er sich vom Portier sagen, daß die Person, die er suchte, zu Hause war. Langsam stieg er die Treppen hoch und dachte an eine Art von Aktionsplan, wenn er erst einmal drinnen wäre. Aber er hatte keinen Einfall. Er würde improvisieren, wie immer. Er vertraute mehr auf seine Fähigkeiten als auf irgendeinen rationalen Plan.

Er drückte auf die Klingel. Dann wartete er eine Weile. Er klingelte noch einmal, und sein Finger lag noch immer auf dem Knopf, als sich die Tür öffnete.

Vor ihm zeigte sich das unsympathische distinguierte Gesicht des Colonnello Traversa. Er schien überaus erstaunt, Orson zu sehen, den er gleich erkannte, auch wenn sie sich nie persönlich begegnet waren.

»*Buongiorno*.«

»*Buongiorno*.«

»Was wünschen Sie?«

»Ich muß mit der gnädigen Frau sprechen.«

Traversa wurde starr. »Im Augenblick ist sie nicht im Haus. Kann ich Ihnen sonst irgendwie dienlich sein?«

»*Bullshit.* Signora Deller ist da. Ich weiß es. *I need to speak with her.* Es ist wichtig.«

Traversas Ton wurde barsch. »Ich habe Ihnen gesagt sie ist nicht da. Ich bitte Sie …«

Doch Colonnello Traversa sprach den Satz nicht zu Ende. Orson schob ihn mit seinem ganzen Gewicht beiseite und ging an ihm vorbei.

Er hatte eine ziemlich genaue Vorstellung davon, wo er sie suchen mußte. Und er fand sie im gewohnten Salon, einen Augenblick bevor Traversa ihn bei den Schultern packte und gegen die Wand zu stoßen versuchte. Der Colonnello brüllte: »Was fällt Ihnen ein? Verlassen Sie sofort diese Wohnung!«

Leda De Santis saß in ihrer Lieblingsecke und hob ihren Blick wie eine Göttin, die vom Lärm zweier törichter Sterblicher gestört worden war. Ihr gegenüber saß eine mit Schmuck behangene, arrogant wirkende Megäre. Als die Megäre zu ihnen herüberschaute, versuchte Traversa sich zu rechtfertigen wie ein Pennäler.

»Dieser Mann hier will mit Aurora sprechen, aber ich habe ihm gesagt, daß …«

»Nein. Ich glaube, Signor Welles will mit mir sprechen, Colonnello.« Ledas Augen hatten die von Orson gefangengesetzt und lasen in ihnen. »Ihr könnt uns allein lassen, es gibt überhaupt kein Problem.«

Traversa gestikulierte und deutete einen scheuen Protest an.

»Aber wir …«

»Wir haben wohl nichts Wesentliches mehr zu diskutieren, nicht wahr?« sagte Leda. »Ich glaube, wir haben uns deutlich verstanden.«

Als sie allein waren, wartete Leda eine Weile, bis es im Salon ganz still geworden war. Dann wandte sie sich an Welles:

»Ich hätte nicht geglaubt, Sie noch einmal wiederzusehen, Signor Welles. Was ist der Grund für Ihren Besuch? Wollen Sie mir eine Rolle in einem anderen Film anbieten?«

Orson schluckte und versuchte beim Sprechen so selbstsicher wie möglich zu wirken.

»Nein, nicht so ganz. Ich habe eine einzige Frage: Warum haben Sie Ihren Gatten Alessandro Deller getötet?«

Leda schien von dem Vorwurf nicht im geringsten getroffen. »Wieso sagen Sie, ich hätte Alessandro getötet?«

»Weil ich es weiß. Ich weiß es und kann es beweisen.«

Unaufgefordert setzte Orson sich ihr gegenüber hin.

»Sehen Sie«, sagte er. »Was mein Freund und ich von Anfang an nie in Betracht gezogen haben, ist, daß diese Geschichte auf einem Filmset anfing und das der Punkt war, an dem wir mit unserer Suche hätten beginnen müssen. Im Film selber. Heute habe ich die Szene geschnitten, die an dem betreffenden Tag gedreht wurde. Oh, auch die Polizei hatte ihn selbstverständlich kontrolliert, ohne irgend etwas Seltsames festzustellen. Das ist auch klar. Die im Polizeipräsidium sind ja keine Regisseure … wenigstens für den Augenblick nicht. Man braucht ein geübtes Auge, um eine bestimmte maskierte Figur zu entdecken, die sich während der Szene durch das Set bewegt, zu ihrem Gatten kommt, ihm einen Schlag oder ich weiß nicht was versetzt – das wissen Sie mit Sicherheit besser als ich – und dann am Ende der Aufnahme flieht, ohne daß jemand sie bemerkt.«

Orson stand auf und goß sich etwas zu trinken ein. Leda hörte ihm schweigend zu.

»Die Verkleidung ist glänzend, das muß ich zugeben. Und ich verstehe etwas von Verkleidungen. Nichts deutet darauf hin, daß dieser Mann in Wirklichkeit eine Frau ist. Außer einer völlig unvorhersehbaren Besonderheit. Am Ende greifen die Dragoner an, und einige Komparsen versuchen sich in Schutz zu bringen. Eine Komparsin wird beinahe von einem Pferd zertrampelt. Wieso? Weil sie nicht da steht, wo sie stehen soll, sie verläßt gerade das Set. Ein Bild, das den Bruchteil einer Sekunde dauert. Um sich zu schützen, schlägt diese Komparsin die Hände vors Gesicht. Eine ausgezeichnete Bewegung, vollkommen überzeugend. Wirkliche Angst...«

Orsons Stimme wurde tief und einschmeichelnd.

»Ich bin ein Regisseur, Signora De Santis. Ich kenne die Wichtigkeit der Details. Und die Bewegung ist genau die gleiche, die ich in dem alten Film über den Zirkus gesehen habe, bevor die Löwen Sie angreifen. Auch Sie waren auf dem Set an dem Tag, an dem Alessandro Deller starb.«

Ein leichtes ironisches Lächeln runzelte Ledas Lippen.

»Ich bezweifle, daß das, was Sie mir gerade gesagt haben, auch nur im entferntesten als Beweis angesehen werden kann, Signor Welles.«

»Das ist mir klar. Deshalb habe ich eine Kontrolle in der Telefonzentrale der Scalera Film durchgeführt. Dazu habe ich fast drei Stunden benötigt und mir den Haß der Mädchen zugezogen, die dort arbeiten, aber wir haben gründliche Arbeit geleistet. Vielleicht wissen Sie es ja nicht, aber der Produzent von ›Black Magic‹, Edward Small, hat ein unabhängiges Telefonsystem für die Produktion installieren lassen. Darauf sind sie sehr stolz, man hat mich gleich am ersten Tag darauf hingewiesen. Nicht ein einziger Anruf ist vom Set, vom Studio oder von den Büros hinausgegangen, der nicht vermerkt wurde. Und kein einziger direkter Anruf ist von der Scalera Film an Sie an jenem 7. November hinausgegangen, noch viel weniger innerhalb der Stunde nach dem Tod Ihres Gatten. Und doch waren Sie in weniger als einer Stunde dort. Eigenartig, wo doch niemand Sie von dem Zwischenfall informiert hatte. Ich habe den diensthabenden Wachmann am Eingang nicht ausfindig machen können, bin aber trotzdem sicher, daß er bestätigen würde, daß Sie an diesem Tag niemals hereingekommen sind. Sie sind deshalb nicht hereingekommen, weil Sie sich schon im Studio versteckt hatten und nie sichtbar wurden, außer nach dem erfolgten Mord. Doch da hatten Sie Ihr Ziel bereits erreicht: Sie waren bereits Witwe Deller geworden. Stimmt's nicht, Leda?«

Leda verharrte in Schweigen. Sie steckte sich die Zigarette mit ihren divahaften Allüren in die elfenbeinerne Zigarettenspitze, dann hörte sie mittendrin auf. Sie war einen Augenblick lang unschlüssig, dann warf sie alles mit einer halb verärgerten, halb rebellierenden Bewegung in die Ecke.

»Sind Sie jemals gezwungen worden, Signor Welles, eine Rolle zu spielen, die Sie anwidert?«

»Sehr häufig.«

»Ich meine nicht im Theater oder im Film, sondern im Leben.«

Orson wußte nicht, was er sagen sollte, aber er versuchte ihr entgegenzukommen. »Ja, ich glaube, ich weiß, was Sie meinen.«

Leda erwiderte trocken, doch mit einem Schatten von Müdigkeit. »Nein, ich glaube nicht, daß Sie verstehen können. Na, es ist auch weiter nicht wichtig.«

Leda stand auf und ging zum Fenster, an das sie sich lehnte. Als sie sich einige Augenblicke später wieder ihm gegenüber hinsetzte, kam es Orson vor, als habe sie geweint.

»Wollen Sie mir jetzt alles erzählen, Leda?«

4.

»Haben Sie je von Aristide Lazzarini sprechen gehört, meinem ersten Mann? Wahrscheinlich hat man Ihnen erzählt, daß er ein Fliegeras war, ein ganzer Held, einer von denen, die Mussolini mochte. Und so war es auch, zumindest am Anfang.

Ich habe ihn 1923 geheiratet. Damals war ich 25 Jahre alt und hatte meiner Familie schon seit langem den Rücken gekehrt. Ich hatte nach Rom kommen wollen, um Filme zu machen, wie Sie wissen. Was man Ihnen wahrscheinlich nicht gesagt hat, ist, daß mein Vater, der respektable Signor Coen, mich mehr als nur mit Vergnügen ziehen ließ, weil er mich nie hatte ausstehen können. Er hatte den Verdacht, ich könnte eine außereheliche Tochter sein, und vielleicht hatte er auch recht. Ich sehe weder ihm noch meinen Brüdern auch nur entfernt ähnlich, wie Sie ganz sicher bemerkt haben werden, und auch nicht besonders meiner Mutter. Meine rebellische Leidenschaft für den Film war das perfekte Alibi, alle Bindungen mit mir für immer zu kappen.

Auch deshalb kann ich nicht behaupten, daß ich, als ich Lazzarini kennengelernt habe, eine unschuldige junge Frau war. Das bin ich nie gewesen. Und trotzdem verliebte ich mich in ihn wie ein Backfisch: Er war der ideale Typ eines Mannes jener Jahre, von übersteigerter Ästhetik und draufgängerischem Soldatenmut. Ich erreichte den Höhepunkt meiner Karriere, die Zeitungen, die meine Porträts veröffentlichten, sprachen von der schönen Femme fatale mit dem Herzen aus Eis. Wir waren eines der meistbeachteten Paare jener Zeit. Es war gar nicht mehr anders möglich, wir heirateten.

Aber das hielt nur einige Monate. Innerlich war Lazzarini so etwas wie ein dekadentes Heiligtum, in das er auch mich geschleppt hatte. Er fing sofort wieder mit seinen Aktivitäten an und mit seinen Orgien. Um mich ruhig zu halten, hat er mich gleich einmal geschwängert, und das hat dazu geführt, daß ich die beste Zeit meiner Karriere verloren habe. Aurora wurde nach einem Jahr unserer Ehe geboren, nach einer Schwangerschaft voller Komplikationen. Als man sie mir brachte, hatte ich nicht einmal die Kraft, sie in den Armen zu halten. Sehen Sie, so ist das mit meiner Tochter von Anfang an gewesen.

Ich fing wieder an, Filme zu drehen, aber mein magischer Augenblick war vorüber. Dann kam der Tonfilm, und das war praktisch das Aus für Schauspielerinnen wie mich. Unterdessen war mein Mann unter den Faschisten immer bedeutender und einflußreicher geworden, bis er sogar mit dem Duce selbst in Auseinandersetzungen geriet. Daraufhin wandte Mussolini seine Lieblingstaktik für die Kameraden an, die zuviel Schatten auf ihn warfen: Er schickte Lazzarini nach Afrika, um für das Imperium zu kämpfen. Und ich, ich habe 1932 endgültig mit dem Film aufgehört.

Mein Mann nahm die Aufgabe in Afrika begeistert an. Er war ein Typ der Gefechte und starken Emotionen. Und natürlich war in diesem seinem neuen Leben kein Platz für mich. In den folgenden fünf Jahren nahm er mich ein einziges Mal mit, und das pornographische Foto, das ihr gefunden habt, erklärt Ihnen, wozu: die weiße Nymphe auf dem Schwarzen Kontinent. Er mochte es, mich in unliebsame Situationen zu bringen und mich gewissermaßen als eine Art weiße Sklavin in den Händen von Wilden zu fotografieren.

Amediè war ein armer Kerl, den Lazzarini vor dem Exekutionskommando gerettet und zu seinem Adjutanten gemacht hatte. Er verdankte ihm sein Leben und war zu allem bereit, was Lazzarini von ihm verlangte. Aber er hat mich nie berührt. Amediè war im Grunde noch verzweifelter als ich. Er fragte sich, wieso dieser Mann, der ihm das Leben gerettet hatte, noch bestialischer sein konnte als die, die ihn umbringen wollten. Bei seiner Rückkehr brachte mein Mann ihn mit und ließ ihn als Faktotum bei uns im Haus zurück. Seit der

Zeit ist er der treueste Mensch, den ich je gehabt habe. Zusammen mit Guido Viola …

Unterdessen wuchs Aurora heran. Sie hatte ihre Privatlehrerin und besuchte die exklusivsten Schulen, sah aber fast kaum ihre Eltern. Sie wuchs einsam und melancholisch heran, mit einer besorgniserregenden Neigung zu Launenhaftigkeiten und zur moralischen Schwäche. Natürlich hatte auch mein Verhalten sie nicht gerade gestärkt. Von Lazzarini enttäuscht, wechselte ich meine Liebhaber, wie ich meine Kleider wechselte. Bis Aurora schließlich zwölf war und mein Mann sie während eines ihrer Besuche zu Hause vergewaltigte.«

Orson fühlte sich, als ob eine kalte Hand ihm ins Innere greife. Leda saß da und blickte ins Leere.

»Ich will aufrichtig sein, Signor Welles. Aristide Lazzarini machte auf seiner Suche nach dem raffiniertesten und perversesten Lustvergnügen vor nichts halt. Aber ich könnte nicht sagen, wer dafür mehr verantwortlich ist, er oder seine Tochter. Als mir Aurora Monate später während eines albernen Streits ins Gesicht schrie, was da vorgekommen war, las ich in ihren Augen, daß mein Mann keine besonderen Anstrengungen zu machen brauchte, um sie zu bekommen. Sie war so aufgewachsen, und ich habe es viel zu spät bemerkt.

Ich schrieb ihm einen Brief, in welchem ich ihm sagte, er solle sich nie wieder sehen lassen, aber ihm war keine Zeit mehr geblieben, ihn zu lesen. Im Februar 1943 wurde sein Flugzeug ›irrtümlich‹ von der italienischen Flak abgeschossen. Ich habe keine Träne vergossen, auch wenn mir seine römischen Freunde geschworen haben, daß es sich durchaus nicht um einen bedauernswerten Fehler gehandelt hatte. Es war ein feindselig eingestellter Clan von Kameraden, der mit De Bono liiert war. Der hatte alles eingefädelt. Die gleichen Freunde machten mich ein Jahr später auf einen Zeitungsartikel über den Unfalltod des jüngsten der Scalera-Brüder auf einer Straße in Bengasi aufmerksam. Die Scaleras hatten damals Beziehungen zu De Bono geknüpft. Das war ihre Rache.«

»Deller traf Lazzarini in Afrika?« fragte Orson.

»Ja. Aber wenn Sie andeuten wollen, daß Deller in seinen Tod verwickelt war, dann täuschen Sie sich. Zu jener Zeit arbeitete Alessandro für die Scaleras, und er wußte nur zu gut, daß es kein Unfall war... wie übrigens alle. Nur daß man es nicht sagen durfte. Und gerade die Tatsache, daß der gute Ruf des Regimes nicht kompromittiert werden sollte, rettete mich.«

»Was wollen Sie damit sagen?«

»Bei seinem Lebensstil hatte mein erster Mann mich nahezu mittellos zurückgelassen. Er war ein ganzer Idealist, ein ganzer Faschist: aber einer, der nicht ans Geld dachte. Meine Familie hatte seit langem die Brücken zu mir abgebrochen, mit dem Film hatte ich aufgehört: Ich hätte es nie alleine geschafft. Ich war verzweifelt, aber es war der Duce, der mich persönlich aus dieser unangenehmen Lage herausholte. Er beglich Lazzarinis Schulden. Diese Wohnung, die der Partei gehörte, ließ er auf meinen Namen übertragen. Und er überwies einhunderttausend Lire auf mein Bankkonto. Es war eine Art Wiedergutmachung für den Tod eines alten Freundes, dem gegenüber er sich im Grunde verantwortlich fühlte; und es war seine Art, mir zu verstehen zu geben, daß ich keine Unannehmlichkeiten machen sollte.

Das wäre mir im Traum nicht eingefallen. Ich hatte andere Sorgen. Nach der Enthüllung über den Inzest hatte ich Aurora in ein Pensionat gegeben, damit sie fern von Rom ihre Schuljahre verbringen konnte. Doch obwohl sie gerade erst über fünfzehn Jahre alt war, brauchte sie kein moralisch verkommenes Umfeld, sie verstand es, sich selber eines zu schaffen.«

Leda hob die vorher weggeworfene Zigarette auf, und diesmal zündete sie sie an.

»Von uns hatte sie die Vorliebe für Promiskuität geerbt.

Wir ließen sie in ein Mädchenpensionat einschließen, und sie wurde lesbisch. Die Sache ging drei Jahre in aller Stille weiter, bis im letzten Gymnasialjahr ein Skandal losbrach, den man nur schwer beschwichtigen konnte. Aurora und ihre Freundin beschränkten sich nicht auf ihre privaten Angelegenheiten, sondern verlangten auch die Dienste jüngerer Mitschülerinnen.«

Für einen Augenblick spürte Orson Auroras Atem um sich, wie an dem Abend in der Villa Madama. Das blinde Begehren von Fleisch und Lust.

»Ich holte sie nach Rom zurück. Ich hatte mir in den Kopf gesetzt, einen Ehemann für sie zu finden, und hoffte, das würde alle ihre Probleme lösen. Um zu begreifen, wie weit ich von der Wahrheit entfernt war, hätte ich nur an meine eigene Ehe denken müssen. Doch die Menschheit hat einen sonderbaren Zug, der sie von anderen Spezies unterscheidet, finden Sie nicht, Welles? Die Fähigkeit, die gleichen Fehler wieder und wieder zu machen ...

Ich nahm Aurora zu allen mondänen Anlässen mit. Sie war wunderschön und brauchte sich keine Mühe zu geben, Verehrer zu finden, aber niemand war ihr recht. Bis sie schließlich Colonnello Traversa traf, leider Gottes.«

»Wieso leider Gottes?«

»Oh, im ersten Augenblick war ich über die Wahl äußerst glücklich. Er war eine hervorragende Partie. Guter Ruf, Familienvermögen. Das einzige, was mich nicht ganz überzeugte, war sein Alter. Als sie sich kennenlernten, 1943, war Traversa einundvierzig, Aurora neunzehn. Er galt als Junggeselle, der Gold wert war, auch wenn man hinter vorgehaltener Hand flüsterte, er habe nie geheiratet, weil er homosexuell sei. Ich beschloß, mir ein genaueres Bild zu verschaffen. Ich lud ihn ans Meer ein, über ein Wochenende, und tat alles Erdenkliche, daß Aurora allein mit ihm sein konnte. Ich bespitzelte sie. In seiner Werbung war er glühend und leidenschaftlich, aber auch sehr fest in seinem Vorsatz, diese Gelegenheit nicht auszunutzen. Ich war felsenfest überzeugt von ihm. Ein reifer, ausgeglichener Mann, das war es, was ich für Aurora suchte. Und wir arrangierten die Eheschließung.«

»Aber so war er nicht?«

»Überhaupt nicht. Die Ehe war für ihn wesentlich vorteilhafter als für Aurora. Die Geschichte um seine Homosexualität erwies sich im wesentlichen als falsch, aber sie enthielt einen Kern von Wahrheit, wie ich leider vor knapp einem Jahr feststellen mußte. 1932, während eines der Feldzüge in Libyen, wurde Traversa, damals noch ein einfacher Offizier, von den Arabern gefangengenommen. Ich habe gehört, daß die italienische Armee nicht sonderlich sanft mit den Libyern umging, nicht einmal mit der Zivilbevölkerung. Daher zahlten es die Araber unseren Gefangenen mit gleicher Münze heim. Traversa wurde gefoltert. Sie nahmen ihn, zogen ihn nackt aus, machten ein Feuer und ... Als eine Patrouille ihn am nächsten Morgen befreite, lebte er zwar noch, war aber in äußerst schlechter Verfassung. Sechs Monate später kam er aus dem Krankenhaus. Impotent, für immer. Er erreichte, daß er die Militärlaufbahn weiterhin verfolgen konnte, verschwieg allerdings seinen Zustand. Seine Vorgesetzten konnten ihm das nicht verwehren. Aber weil man ihn nie mit einer Frau an seiner Seite sah, begannen sich Gerüchte zu verbreiten. Traversa und seine Familie halten wie besessen an Form und Würde fest. Wenn man ihm einen Arm abgehackt hätte, wäre er ein Held gewesen. Aber in diesem Zustand ... Die Ehe mit Aurora diente als perfekter Schutzschild, und das um so mehr, als Traversa es erreichte, sich im Sommer 1943 an die Italienische Botschaft nach Berlin versetzen zu lassen. Fern von Rom konnte er den Schein besser wahren und rechnete damit, seine Frau unter Kontrolle halten zu können. Aurora wiederum hatte sich aus dem offensichtlichsten Grund in ihn verliebt, auch wenn ich es nicht begriffen hatte: Traversa erinnerte sie an ihren Vater.

Ich weiß nicht, was meine Tochter in diesen beiden Jahren in Berlin gemacht hat, mitten im Niedergang des Reiches. Ich habe nie den Mut aufgebracht, sie danach zu fragen. Ich erhielt lediglich zwei äußerst förmliche Briefe im Sommer 1943, und dann ...«

»Und dann mußten Sie sich um sich selber kümmern«, sagte Orson dazwischen. »Im Oktober fingen die Nazis an, nach Juden zu suchen. Viola kam mit seinem Vorschlag zu Ihnen, und Sie sind gemeinsam geflohen.«

»So war es. Ich habe Ihnen ja schon gesagt, wie ich ihm gegenüber empfand. Guido war ein devoter Mensch. Allzu devot. Vielleicht war das der Grund, weshalb ich ihn nicht lieben konnte. Aber er war sehr geschickt. Er rettete nicht nur mich, sondern auch mein Vermögen. Und er fand einen Unterschlupf, sogar für Amediè.

Dann kam die Befreiung von Rom, und schließlich war auch der Krieg zu Ende. Nach einem Jahr völligen Schweigens kehrten Aurora und Traversa von Berlin zurück. Es ging ihnen gut, sie wirkten glücklich. In Wahrheit aber hatte Aurora nach dem Anfangstrauma eine Irrsinnsbeziehung zu Traversa aufgebaut. Er war bereit, jede ihrer Launen zu akzeptieren, solange man nichts erfuhr. Und ich, ach, ich wollte ganz einfach an das Glück der beiden glauben.

Es war die Nachkriegszeit. Alles fing von vorne an, und auch ich dachte wieder daran, es noch einmal zu probieren. Ich war siebenundvierzig und habe auf jede nur denkbare Weise versucht, den Alterungsvorgang aufzuhalten.«

Wie sie so ihre Geschichte erzählte, löste sich der eisige Panzer Ledas in feinste Schuppen aus unterdrücktem Schmerz auf. Sie machte jetzt keine Angst mehr. Die Schlange hatte sich in irgendein Nest zurückgezogen.

»Soll ich Ihnen etwas völlig Albernes gestehen, Welles? Zu einem bestimmten Zeitpunkt war ich sogar eifersüchtig auf die Jugend meiner Tochter. Ich fühlte mich zwar nicht alt. Noch nicht. Ich hatte Geld und die Möglichkeit, es auszugeben. Aber ich war einsam. Und so bin ich in die älteste Falle der Welt getappt.«

»Alessandro Deller.«

»So war es. Der junge Mann, der die Witwe verführt. Ein pathetisches Bild, nicht, für eine Frau wie mich? Das wirkt so töricht... Aber wir sind ja töricht, im Grunde genommen. Wir verlangen ganz wenige einfache Dinge, und einer wie Alessandro war mit der Gabe geboren, die Schwäche der Menschen auf Anhieb zu begreifen.«

Für einen Augenblick erinnerte Orson sich an seine Begegnung mit Deller und das, was er über ihn erfahren hatte, und so empfand er diese Worte wie Knüppelschläge auf seinen Stolz.

»Ich lernte ihn auf einem Fest kennen, einer Party«, fuhr Leda fort. »Er war es, der mich angerufen hatte und mich einlud, mit ihm auszugehen. Er stellte mir auch diesen verdammten Priester vor. Er sagte, er habe eine eigene Filmproduktion, er wolle einen Film über die heilige Katharina von Siena drehen und daß es in diesem Film auch eine Rolle für mich gebe... Ist es schwer vorstellbar, daß ich auf diese Märchen hereingefallen bin wie eine Klosterschülerin? Aber so ist es gewesen. Als Alessandro mir seine Liebe gestand, glaubte ich ihm. Ich mußte ihm glauben. Und ich gebe auch zu, daß ich für eine gewisse Zeit, für ein paar Wochen vor und nach der Eheschließung sogar glücklich war.

Aber das dauerte nicht lange, natürlich nicht. Es dauerte einige Monate, bis ich begriff, was für eine Schlange ich mir da ins Haus geholt hatte. Einen morphiumsüchtigen Erpresser, der sein Geld fürs Glücksspiel ausgab und für windige Spekulationen. Was ihn eigentlich interessierte, war mein Bankkonto. Aber, Gott sei Dank – wenigstens diese Lektion hatte ich gelernt. Ja, ich habe ihm von Zeit zu Zeit Geld gegeben, aber er hat nie über mein Bankkonto verfügen können.

Da fing er an, sich für Aurora zu interessieren, das war im

Mai des vergangenen Jahres. Er war auf das Geld ihres Mannes aus. Einer wie er braucht nicht viel, um sie zu verführen. Und außerdem kannte Alessandro die Droge. Aurora gab er Kokain, und bald schon hatte er auch eine perfekte Waffe in der Hand, um den Colonnello zu erpressen: die Geschichte mit seiner Impotenz.

Alessandro selbst war es, der es mir sagte. Eines Tages trat ich ihm entgegen und drohte ihm, ich würde ihn anzeigen, wenn er seine Hände nicht von Aurora ließe. Er lachte. Er erzählte mir, was meine Tochter ihm im Bett gebeichtet hatte: über ihre eigene und über die Vergangenheit ihres Mannes. Noch nicht zufrieden, erzählte er mir, wie er Lazzarini in Afrika getroffen hatte, daß mein erster Mann herumging und allen die ›Kunstfotos‹ mit seiner Frau zeigte. Eines davon hatte er sogar aufbewahrt, Sie beide haben es ja gefunden. Er trug noch dicker auf: Mit mir im Bett, sagte er, habe er sich erregt, indem er an Geschichten dachte, die er von Lazzarini gehört hatte.

Meine Drohungen machten ihm keine Angst. Er besaß etwas, womit er mich und meine gesamte Familie vernichten konnte. Es sei denn, ich würde ihn in Ruhe lassen und ihm endlich nennenswerte Summen zahlen.

Jeder Hoffnungsfunke, den ich Männern gegenüber in mir bewahrt hatte, erlosch an jenem Tag. Nur eines war mir völlig klar: Ich mußte meine Tochter und mich vor diesem Grauen retten, in das wir gestürzt waren. Und um das zu tun, gab es nur einen Weg: die Bestie töten, die ich in mein Bett gezogen hatte. Alessandro Deller mußte sterben.

Aber dazu brauchte ich Hilfe. Ich sprach mit dem einzigen Freund, den ich hatte: Guido Viola. Er erschrak, als er von meinen Absichten erfuhr. Er versuchte, mich davon abzubringen, und teilweise gelang es ihm auch. Er riet mir, Alessandro für den Augenblick Geld zu geben, um ihn von meiner Tochter fernzuhalten. Aber es war die Hölle. Aurora war es, die ihn wollte. Ihn und das Kokain.«

Leda schwieg. Die Zigarette war im Aschenbecher verglüht.

»Sie konnten nicht wissen, daß Viola Deller fürchtete, denn Deller erpreßte ihn... Wann ist das alles passiert?« fragte Orson.

»Zwischen Juni und Oktober des vergangenen Jahres.«

»Und in dieser Zeit haben Sie nie etwas über den MACRI reden gehört und über Dellers politische Aktivitäten?«

»Nein. Ich habe versucht, nichts von allem, was mit seiner Geschäftemacherei zu tun hatte, zur Kenntnis zu nehmen. Erst später habe ich etwas von dem Unheil erfahren, auf das er sich eingelassen hatte.«

»Und wie?«

»Dank Ihres Freundes.«

»Moravia?«

»Ja. Als er entdeckt hatte, wo Alessandro seine Dokumente versteckt hielt.«

Orson verstand nicht recht. »Sie wollen sagen, Sie wußten nicht, daß Deller die Beweise für seine Erpressungen dort aufbewahrte?«

»Überhaupt nicht. Das war irgendein Schrank, in dem alte Quittungen und Empfangsbestätigungen und so etwas gesammelt wurden. Ich erinnere mich, daß der Schlüssel irgendwann nicht mehr auffindbar war, aber ich machte mir weiter keine Gedanken. Offenbar hatte Alessandro ihn versteckt. Wenn Moravia nicht gewesen wäre, wären die Dokumente noch da.«

»War das der Grund, weshalb Sie sie uns nicht geben wollten?«

»Sicher. Der Besuch von Ihnen beiden war wie ein Blitzschlag aus heiterem Himmel. Bis zu diesem Augenblick war alles glatt verlaufen. Oder fast. Ich mußte unbedingt wissen, was es mit diesen Dokumenten auf sich hatte.«

»Und was war das?«

»Schweinereien, Welles. Nichts als Unflat. Bettgeschichten und Sakristeigeschichten. Der Grundstoff für einen Erpresser. Aber da war auch die gesamte Dokumentation über die Schiebereien mit dem Zucker. Alessandro, Traversa und Cippico Pressner hatten Gelder in ein großes Spekulationsgeschäft mit Zucker und Auslandsvaluta gesteckt. Vor allem Alessandro hatte jeden Centesimo investiert. Und diese Geschichte mit dem Zucker war es, die die gesamte Situation zur Explosion brachte.«

»Wieso?«

»Traversa ist ein rachsüchtiger Mensch. Er konnte Dellers Affront ihm gegenüber nicht hinnehmen. Deshalb verständigte er sich mit Cippico Pressner. Beide überredeten ihn, sein gesamtes Geld in dieses Geschäft zu stecken, und dann, unter dem Vorwand des Skandals, der folgte, steckten sie es in ihre eigene Tasche.«

»Und folglich bekam Cippico Pressner es mit der Angst zu tun, als Moravia ihm etwas über Dellers Investitionen erzählte. Aber Moravia hatte natürlich keine Ahnung von diesem Komplott. Wie sind Sie dahintergekommen?«

»Traversa hat es mir vor einer Stunde selbst gesagt, bevor Sie hergekommen sind.«

»Aber Traversa, Cippico und Deller waren allesamt Mitglieder des MACRI. Sie waren Gefährten. Oder genauer gesagt: Kameraden.«

Leda blickte Orson fest in die Augen. »Glauben Sie mir, Welles. Diese Leute haben nur sich selbst zum Freund. Politik ist für sie nur ein Schutzschild.«

»Und was ist passiert, als Deller merkte, daß er an den Bettelstab gekommen war?«

»Da hat ihn die Panik ergriffen. Und er faßte den Entschluß, seine Gefährten zu verkaufen.«

Tommaso hatte das also richtig erkannt. Aber da war noch etwas, was nicht so ganz passen wollte. Deshalb setzte Orson nach: »Sie haben mir allerdings gerade gesagt, daß Sie die Schiebereien Ihres Mannes nicht verfolgt haben. Wie haben Sie dann davon erfahren?«

»Dank Amediè. Das war am 6. November. Alessandro war seit Tagen ruhelos und nervös und nahm so viel Morphium wie nie zuvor. Ich habe versucht, so viel wie möglich nicht dazusein. Aber Amediè war zu Hause, wie immer, um ihm zur Verfügung zu stehen. Alessandro hatte in ihm nie mehr gesehen als einen Küchengegenstand ...«

»Wußte Amediè, daß Deller in Afrika Sklavenhändler war?«

»Nein, das hat er auch mir nie gesagt. Aber ich habe keine Schwierigkeiten, mir das vorzustellen. Für Deller waren die Afrikaner nur hirnlose Affen. Deshalb kümmerte es ihn nicht sonderlich, daß Amediè im Nebenzimmer war und lauschte, als ein Funktionär der Kommunistischen Partei ihn besuchte. Es war nicht das erste Mal, daß er und dieser Mainardi sich hier getroffen hatten ...«

»Mainardi?«

»Kennen Sie ihn?«

»Ja.«

»Sie sahen sich von Zeit zu Zeit, um Informationen auszutauschen, glaube ich. Die üblichen Schweinereien von Alessandro. Aber an diesem Tag hatte er etwas ganz anderes in der Hand. Er sagte Mainardi, er könne ihm den Plan für einen Staatsstreich enthüllen. Er habe alles, Namen, Anschriften. Aber er wolle dafür etwas haben.«

»Geld!«

»Nein. Alessandro dachte, daß seine Gefährten, wenn die Angelegenheit erst einmal aufgeflogen wäre, sich fragen würden, wer der Spitzel gewesen sei. Daher sagte er, er habe einen Plan ...«

Tommaso hatte auch hier richtig gesehen. Kamerad Cecchini war das ausersehene Opfer.

»... aber daß er vor allem unter keinen Umständen Geld direkt bekommen könne, auch nicht im Ausland. Es gebe eine andere Form, wie man ihn bezahlen könne.«

»Und wie?«

»Man mußte jemanden umbringen.«

»Und was sagte Mainardi dazu?«

»Es käme darauf an, wen.«

»Und wer war es, den Deller tot sehen wollte?«

»Seine Frau.«

Orson durchfuhr ein Schauder. »Er bat Mainardi, Sie umzubringen?«

»Ich hatte kein Testament gemacht, daher hätte er als Ehegatte fast alles geerbt. Was Auroras Anteil anging, denke ich, da hätte er wohl seine üblichen Mittel eingesetzt.«

»Mein Gott... Und was hat Mainardi geantwortet?«

»Wenn es sich um die Witwe eines faschistischen Hierarchen handle, sei es für ihn kein Problem. Aber er müsse erst mit seinen Genossen darüber reden...«

»Die geheime Struktur... In die sollte auch Tommaso eintreten...«

»Er versprach Alessandro eine Antwort für den nächsten Tag und ging. Amediè verließ die Wohnung unter einem Vorwand und suchte mich auf. Er erzählte mir alles. Er fragte mich, ob er wieder hinaufgehen und Alessandro zerfleischen solle. Ich sagte ihm, er solle nichts Unsinniges tun, ich würde mir etwas überlegen, aber ich hatte in Wahrheit keinen blassen Schimmer. Ich stieg ins Auto und fuhr zu Viola, um ihn um Hilfe zu bitten. Ich wollte, daß er mich versteckte oder so etwas in der Art. Ich suchte auf dem Set nach ihm und im Büro, aber Guido war nicht da. Er war nach Ciampino gefahren, um Sie abzuholen, Welles. Als ich auf seinem Schreibtisch den Drehplan für den nächsten Tag las, da kam mir die Idee. Ich wußte, daß Alessandro am nächsten Tag da sein würde... Die Vorstellung, einen Ausweg vor Augen zu haben, nahm mir jede Angst. Ich dachte wieder an meine Tochter, ich machte mir den Vorwurf, soviel Zeit vergeudet zu haben. Innerhalb einer Stunde traf ich alle Vorbereitungen.«

Ohne sich darüber bewußt zu sein, trat in Ledas Gesicht der Ausdruck, den sie an diesem Tag gehabt haben mußte: der einer Frau, die bereit war, kaltblütig zu töten, weil ihr eigenes Leben auf dem Spiel stand.

»Ich dachte sofort an Morphium als das sicherste Mittel, das würde wie ein Unfall aussehen. An eine Dosis, die wesentlich höher als die normale war, auch weil ich mit Sicherheit nicht die Zeit gehabt hätte, ihm die Droge in eine Ader zu injizieren. Auf dem Weg nach Hause kaufte ich eine Spritze. Ich wußte, wo Alessandro seinen Vorrat an Morphium aufbewahrte, nahm, was ich brauchte, und fuhr zur Scalera Film zurück. Viola war zurück und versuchte, ein Problem zu lösen, das mit Ihrer Nase zu tun hatte, Welles.«

Orson wurde rot.

»Ich erklärte ihm kurz, was ich erfahren hatte, und sagte, daß ich mich in dieser Nacht in seinem Büro verstecken müsse. Er bestand darauf, bei mir zu bleiben oder mich zu sich nach Hause zu bringen, aber am Ende überredete ich ihn, mich dort zu lassen. Ich bereitete mich vor. Die Risiken waren jedenfalls sehr eingeschränkt. Ich würde lediglich eine nicht autorisierte Komparsin sein. Ich würde keine Waffen bei mir tragen. Schlimmstenfalls würde man mich rauswerfen. Wenn die Injektion nicht ausreichend stark sein würde, Alessandro umzubringen, dann würde sie zumindest sein Nervensystem lahmlegen und ihn zu einem harmlosen Invaliden machen. Und schließlich: wenn er mich bemerken würde, was wäre dann? Sollte er sich etwa hinstellen und schreien, seine Frau wolle ihn mitten auf dem Set umbringen? Und dann war da noch etwas, das mir an diesem Plan gefiel. Alessandro Deller würde auf dem Set sterben als der armselige Schmierenkomödiant, der er immer war.«

Orson bekam eine Gänsehaut. Leda erzählte das alles mit größter Kälte und völlig distanziert.

Er erinnerte sich, wie abgelenkt Viola an dem Morgen war, als er ihm von der Zigeunerin erzählte. Viola war in Wirklichkeit um Leda besorgt. »Aber wie konnten Sie nur so sicher sein, daß die Kameras Sie nicht filmen würden?«

»Vor allem war ich maskiert inmitten einer Unzahl von Komparsen. Und dann, Signor Welles, habe ich fünfzehn Jahre meines Lebens auf Sets verbracht. Ich weiß sehr genau, was man entsprechend der Position der Kamera und dem eingesetzten Objektiv sehen kann und was nicht. Sie können sich die Enttäuschung nicht vorstellen, die ich bei den ersten paar Mal hatte, als ich auf der Leinwand mein schönes Gesicht nicht in Großaufnahme sehen konnte ...«

Orson erinnerte sich an die Worte Pallavicinis: »Sie war nicht sehr beliebt bei ihren Kollegen. Sie hatte ihre ganz eigene Art, den anderen das Licht wegzunehmen ...« Wer wußte, wie man sich ins Bild rückte, wußte ebensogut auch, wie man sich vor den Scheinwerfern versteckte.

»Die technischen Anweisungen waren alle in den Skizzen des Drehplans enthalten, den ich gesehen hatte. Verkleidet wie ich war, konnte ich mich verhältnismäßig frei bewegen. Jeder hielt mich für einen Komparsen, der auf dem Weg in die Maske war. – Wie haben Sie mich schließlich ausfindig gemacht?«

Welles lächelte. »Aufgrund eines Weitwinkels. Ein Objektiv, das dem gesamten Blickfeld Tiefenschärfe gibt. Eine meiner Manien.«

»Sie meinen die Kamera, die Sie an die Tribüne haben montieren lassen?«

»Genau die. Für einen Augenblick wird man sich Ihres Erscheinens in der Szene bewußt. Immerhin ausreichend, um jemanden wie mich neugierig zu machen.«

Leda schüttelte enttäuscht den Kopf.

»Derartiges verwendet man nie in italienischen Filmen. Ich dachte, ich wäre völlig außerhalb des Bildes. Alles lief bestens. Die Generalprobe vor der Aufnahme gab mir die Möglichkeit zu sehen, wo Alessandro bei dieser Szene stand. Während der Pause, in der die dritte Kamera montiert wurde, konnte ich die Spritze vorbereiten. Dann kam ich wieder zurück und wartete auf das Durcheinander der Aufnahme. Ich arbeitete mich zu Alessandro vor, er stand mit dem Rücken zu mir, und ich habe ihn nach vorne gestoßen. Feige, wie er war, hatte er sich zu Boden fallen lassen, sicher aus Angst, er könnte irrtümlich einen Schlag abbekommen. Ich habe mich auf seinen Rücken gekniet, mich hinter dem Überwurfmantel versteckt und ihm die Spritze in den Hals gejagt, und gedrückt ... Ich glaube, er hat nicht einmal mitbekommen, was da passiert ist, denn ich habe ihn so zurückgelassen, wie er da lag. Dann bin ich auf die andere Seite des Sets gegangen und wäre beinahe von einem Pferd niedergetrampelt worden.

Als die Aufnahme zu Ende war und alle ihre Kostüme in Ordnung brachten, bin ich in die Umkleideräume der Männer gegangen. Der Aufseher hielt mich für einen Darsteller und ließ mich vorbei. Ich fand Alessandros Kleider. Gewöhnlich hatte er ein Metalldöschen dabei mit allem, was er für das Morphium brauchte. Ich tauschte seine Spritze mit meiner aus und ging weg. Hätte er ausgerechnet an diesem Tag seine nicht dabei gehabt, hätte ich ihm meine in der Tasche gelassen.

Ich hörte Schreie auf dem Set, und mir war klar, was da ablief. Ich zog mich um und wartete ab. Als ich eine Dreiviertelstunde später mein Versteck verließ, war das die einzige Gefahr, der ich mich aussetzte. Ich fragte eine Garderobiere, was denn passiert sei. Ich konnte mich ja nicht auf dem Set zeigen, ohne eine Ahnung zu haben. Sie war Engländerin und erklärte mir voller Entsetzen, daß ein Mann gestorben sei. Genau das, was ich zu hören hoffte. Natürlich hätte mich diese Frau später wiedererkennen und sich fragen können, was die Frau des Toten da zu suchen hatte. Aber es lief alles glatt. Sie war so mitgenommen, daß sie mein Gesicht nach einer halben Minute vergessen hatte.

Ich bin hinuntergegangen und aufgetaucht, so als käme ich vom Eingang. Wer sollte schon Verdacht schöpfen. Ich war doch die Witwe ... Viola wurde gerufen, der, als er mich sah, auf der Stelle begriff, wie alles gelaufen war. Was ich nicht wissen konnte, war, daß Viola sich bei Alessandros Tod verloren vorgekommen sein mußte. Er glaubte, die Dokumente von Dellers Erpressung würden auftauchen. Aber die waren ja hier in einem Schrank verschlossen. Das habe ich erst später bemerkt, nach seinem Tod. Trotz allem verhielt er sich wie immer, wie ein verzweifelter Verliebter, der er ja auch war. Er tat so, als wäre nichts, verkürzte mein Verhör durch die Polizei und ließ mich hinaus, sobald es eben ging. So ist es gewesen. Das ist alles.«

Die Art, wie Leda sagte: »Das ist alles«, schockierte Orson mehr als alle Einzelheiten über Dellers Tod.

»Und warum ist Viola gestorben?«

»Guido Viola haben Sie beide auf dem Gewissen, Welles. Sie und Ihr Freund.«

»Wieso sagen Sie das?«

»Alles war glattgelaufen. Die Polizei hatte keinen Verdacht. Die Version von der tödlichen Injektion wurde geglaubt.«

»Das stimmt nun ganz und gar nicht, Signora De Santis!« Orson lachte nervös. »Niemand hat je an diese Geschichte geglaubt, und schon gar nicht Tufano und sein Partner. Wußten Sie denn nicht, daß sie Teil derselben Organisation waren wie Ihr Mann?«

»Nein.«

»Sie glätteten gleich nach dem sogenannten Unfall die Wogen, weil sie klarer sehen wollten und die Befürchtung hatten, daß eine wirkliche Ermittlung im Fall Deller irgend jemanden zur Organisation führen könnte, wie es ja auch der Fall war. Das Paradoxon in dieser ganzen Geschichte ist, daß niemand sich vorstellen konnte, Deller sei, bei so vielen möglichen Motiven, aus ... familiären Gründen umgebracht worden. Eine Menge Leute haben sich um diesen Fall herum zu schaffen gemacht, und es ist nur gut, daß Sie das nie bemerkt haben!«

Leda schwieg.

»Lassen Sie mich einmal raten«, fuhr Orson fort. »Als ich mit Viola über die Geschichte mit dem Zug sprach, fühlte er, daß die Welt über ihm zusammenbrach. Zwei Monate war überhaupt nichts passiert, und ausgerechnet als er dachte, er hätte es noch einmal geschafft, kam diese alte Angelegenheit wieder zum Vorschein. Und sie drohte, auch die Sache mit Dellers Tod ihm aufzuhalsen. Daher...«

»... daher hat er die letzte Tat getan, um mich zu retten. Er hat sich das Leben genommen und hinterließ die bewußte Nachricht. Er hatte mich in Positano angerufen, gleich nach dem Gespräch mit Ihnen. Er war völlig zerstört und verwirrt. Ich war nicht in Rom, bin aber gleich ins Auto gesprungen und zu ihm gerast.«

»Dann waren *Sie* also in diesem Zimmer...«

»Ja, aber ich bin zu spät gekommen. Als ich den Zettel gesehen habe, war ich entsetzt. Ich wollte gleich die Polizei anrufen und mich stellen. Aber dann habe ich begriffen, daß, wenn Guidos Tod irgendeinen Sinn haben sollte, ich still weggehen mußte, wie er es gewollt hätte.«

»Und das haben Sie dann getan.«

»Ja.«

»Eine ziemlich eigennützige Geste.«

»Ich wußte, daß Sie das so sehen würden. Aber das ist eine Angelegenheit, die ich seit damals mit meinem Gewissen diskutiere. Ich hoffe, Sie tun das gleiche mit Ihrem. Vergessen Sie nicht, es wäre nichts passiert, wenn Sie nicht gewesen wären.«

Orson verneigte seinen Kopf »Ich weiß. Aber meine Schuld ist das nicht. Es war Schicksal.«

»Schicksal ist der Name, den ihr Männer euren Fehlern und Irrtümern gebt.«

Ein langes Schweigen folgte Ledas Worten. Orsons Blick begann umherzuschweifen. Die Zeit war vergangen, das Licht des Nachmittags begann sich zu einem blutroten Sonnenuntergang zu färben.

Die Wahrheit. Endlich hatte er sie entdeckt, und wozu nützte das? Nur um noch einen Alp für die Zukunft zu schaffen. Orson wünschte sich wenigstens einen guten Grund, um vor seinem Gewissen die Entwicklung zu rechtfertigen, die zwei sich zufällig kreuzende Leben genommen hatten.

»Und was haben Sie mit den Dokumenten gemacht?« fragte er.

»Ich habe sie verbrannt.«

»Gut gemacht. Stellen Sie sich nur einmal vor, wie viele Menschen seit dem Tag in Angst leben, weil sie nicht wissen, ob Dellers Tod für sie eine Befreiung war oder ein Urteilsspruch. Wie der arme Viola.«

»Wenn Sie diese Dokumente gelesen hätten, dann würden Sie mir zustimmen, daß die sich jeden einzelnen Augenblick dieser Angst verdient hatten. Und schließlich gebrauchte auch ich eine kleine Erpressung.«

»Was sagen Sie da?«

»Als Sie vor drei Monaten zu mir kamen, sagte mir Ihr Freund etwas, das mich schaudern ließ. Er hatte gesehen, daß Aurora mit dem Einverständnis ihres Gatten Cippico Pressner traf. Das hieß, daß jetzt Traversa die Person war, die meine Tochter an diesen miesen Typen verkaufte. Möglicherweise war das ein Teil ihrer Abmachung zum Nachteil Dellers. Traversa besitzt genau diese Art von Mentalität. Seine Impotenz führt ihn dazu, einen Haß auf Frauen zu haben. Ich stelle mir vor, er empfindet so etwas wie Genugtuung, wenn er meine Tochter prostituiert.«

Leda stand auf.

»Ich habe eine Weile gebraucht, um die Bankquittungen zu entziffern, aber dann hatte ich begriffen. Ich habe die Beweise für seine Spekulationen und seine Schiebereien mit Valuten. Ich könnte ihn jederzeit anzeigen. Aber ich habe ihm vor zwei Monaten einen Pakt vorgeschlagen. Er muß Aurora eine Entziehungskur machen lassen und sie mir danach zurückbringen.«

»Sie Ihnen zurückbringen?«

»Genau das. Aurora hat die Klinik vor ein paar Tagen verlassen, und ich habe gerade heute die letzten Vereinbarungen mit Traversa und seiner Mutter getroffen. Die Familie achtet streng auf Form, wie ich Ihnen schon sagte, und wir sind übereingekommen, daß die Ehe von der Sacra Rota für ungültig erklärt wird, weil sie nie vollzogen wurde. Was ja auch stimmt. Aurora wird zu mir zurückkommen, und wir werden Rom verlassen.«

»Und wo wollen Sie hin?«

»Nach Hause. Ich habe einen viel zu lange schon vergessenen Bruder, und den will ich wiederfinden.« Leda ging wieder ans Fenster. »Das wenigstens waren meine Pläne, bevor Sie hergekommen sind. Was beabsichtigen Sie zu tun? Werden Sie zur Polizei gehen?«

Orson machte einen tiefen Atemzug und wandte sich dann zu Leda. Alle Eleganz war gleichsam von ihr abgeglitten. Es blieb die Bitterkeit einer schönen Frau in mittleren Jahren, die von den Männern schlimm behandelt worden war.

Orson erhob sich und ging zu ihr hinüber.

»Das alles war wie ein Maskenspiel, eine große Illusion. Doch die Toten waren echt. Es würde überhaupt keinen Sinn ergeben, wenn Sie jetzt ins Gefängnis müßten. Das würde alles nur noch sinnloser machen, nichts würde sich ändern. Kümmern Sie sich um Ihre Tochter und um Ihren Bruder. Viel Glück.«

Er wartete darauf, daß Leda sich zu ihm umdrehen würde, aber sie tat es nicht.

So trat Orson zurück, nahm seinen Hut und begab sich zur Tür. »Wo ist Amediè« fragte er noch.

»Ich habe ihn in seine Heimat zurückgeschickt. Er wollte zwar nicht, aber ich habe ihm erklärt, daß er, sofern er glaubte, in der Schuld meines früheren Mannes zu stehen oder bei mir, diese überreich abgestattet habe, indem er mich gerettet hat.«

Orson öffnete die Tür.

»Welles ...«

Orson drehte sich um.

Leda sprach jetzt in einem Ton, den er noch nie bei ihr gehört hatte. Weich und aufrichtig. So wenigstens kam es ihm vor. »Danke ...«, sagte sie nur.

»Sie brauchen mir nicht zu danken. Für eine Weile dachte ich, daß ich Ihr Richter sein könnte. Aber das ist das Leben. Und ich bin doch nur einer, der Filme dreht. *Addio* ...«

Er besann sich kurz.

»Eine letzte Frage, Leda, wenn Sie gestatten. Wenn ich Ihnen gesagt hätte, ich würde zur Polizei gehen, was hätten Sie dann getan? Hätten Sie auch mich umgebracht?«

Leda antwortete nicht gleich. Orson versuchte, etwas in ihrem Ausdruck zu erkennen, doch Leda war inzwischen nur noch ein schwarzer Schatten im flammenden Gegenlicht am Fenster.

Er wartete nicht länger auf die Antwort. Er richtete die Hutfalte mit dem Handrücken und ging.

5.

Er kam in Casal Pilozzo an, als es schon dunkel geworden war. Von weitem sah er Leas Auto, und sein Herz füllte sich mit Freude. Er schüttelte das düster dumpfe Gefühl ab, das über ihm lag, seit er Ledas Wohnung in der Via Panama verlassen hatte. Er wollte von jetzt an nicht mehr an diese Geschichte denken, sondern nur noch an Lea und an die Filme, die er machen wollte.

Er parkte neben ihrem Auto. Als er das Haus betrat, nahm er den Geruch von Rauch wahr, der vom Kamin kam. Statt nach oben zu gehen, wo er Lea herumhantieren und Dinge verrücken hörte, ging er in den großen Saal hinüber, wo sie normalerweise ›Othello‹ probten.

Da stand Tommaso, das Gesicht zum Kamin gewandt und das Feuer beobachtend, in dem Papiere und Fotos verbrannten. Als er sich umdrehte, hatte Orson das Gefühl, als wären seit dem Streit in der Via Merulana nicht erst ein Monat, sondern Jahre vergangen. Und daß dieser junge Mann da vor ihm nur ein entfernter Verwandter jenes jungen Mannes war, den er kennengelernt hatte. Trotzdem war er aufrichtig glücklich, ihn wiederzusehen.

»Tommaso, gütiger Himmel! Was machst du hier?«

»Lea hat darauf bestanden, daß ich komme. Und dann hatte ich ja auch noch dieses Zeug hier vergessen.«

Er zeigte auf die Papiere, die im Kamin brannten.

»Was sind das für Papiere?«

»Die Dokumente, die wir in Cecchinis Bunker gefunden haben. Sie sollen für immer verschwinden.«

Cecchinis Name löste in Orson einen plötzlichen, mit Stolz durchsetzten Enthusiasmus aus.

»Weißt du, wo ich herkomme, Tommaso? Ich habe gerade mit Dellers Mörder gesprochen! Leda De Santis, seine Frau.«

Er ging zu Tommaso und schüttelte ihm die Hand.

»Verstehst du, wir haben irgendwann durchaus klargesehen. Leda war schuldig. Aber sie war Schauspielerin, und wir hatten ihr die falsche Rolle gegeben. Sie war keine skrupellose Femme fatale, sondern die Hauptdarstellerin in einem richtigen Melodram! Setz dich, und ich werde dir alles erzählen.«

Orson nahm ein Aufzucken von Interesse in Tommasos Augen wahr, aber es erlosch sofort wieder, als Lea den Raum betrat. Orson drehte sich um. Lea trug ein malvenfarbenes Kostüm mit einem farblich dazu abgestimmten leichten Mantel. Schwarze Handschuhe. Und sie hatte einen großen Koffer in der Hand.

»Lea ...« Orsons Stimme erstickte im Hals.

Sie hatte Orson nicht ankommen gehört, und auch sie brauchte ein paar Sekunden, um ihre Gefühle zu ordnen. Dann nahm sie ihren kämpferischen Ausdruck an.

»*Ciao*, Orson. Ich habe gehofft, wir würden mehr Zeit zum Reden haben, aber so ist es nicht. Tut mir leid.«

Orson ging zu ihr, packte sie an den Schultern, sprach flehentlich und ein bißchen dumm. »Tut dir leid? Was bedeutet das? Wo gehst du hin?«

Tommasos Stimme traf ihn wie ein Dolchstoß im Rücken. »Sie wird mit mir zusammenleben, Orson.«

Orson sah wieder zu Tommaso und kam sich ziemlich dämlich vor. »Ihr ... werdet ... zusammenleben? Aber das ist doch Wahnsinn! Wann ... wie ...«

Dann verstand er. Seine Knie knickten ein, und er mußte sich setzen. »Als du mir erzählt hast, Lea würde einen anderen treffen ... Das warst du?«

Tommaso senkte den Blick und versuchte, etwas zu sagen. Aber ihm kamen nur wiedergekäute Worte aus dem Mund.

»Es ist an mir, dir zu erzählen, wie alles gekommen ist«, sagte Lea. »Ich bin der Grund für diese Situation hier.«

Sie setzte sich neben Orson, nahm seine Hand in die ihre. »Alles hat in Venedig angefangen, in der Nacht, in der du dich besoffen hast. Ich wollte es dir heimzahlen. Ich habe Tommaso in seinem Zimmer angerufen und ihn gebeten, zu mir zu kommen. Ich wollte mit ihm schlafen, aus Rache. Tommaso ist gekommen, aber er hat sich geweigert, mich anzurühren. Und wir haben die ganze Nacht zusammengesessen und geredet, wir haben uns aus der Distanz genau beobachtet und uns schließlich in die Augen gesehen. Das war noch kein Gefühl, aber etwas hatte sich verändert.

Ich glaube, ich bin aufrichtig, wenn ich sage, daß wir nach unserer Rückkehr nach Rom versucht haben, alles zu vergessen. Aber das hat nichts geholfen. Eines Tages, kurz bevor ihr nach Tombolo gefahren seid, ist Tommaso wegen dieser Dokumente hierhergekommen. Ich war allein. Da ist es passiert. Daraufhin hat er die Geschichte von dem anderen Mann erfunden, um dich zu zwingen, Klarheit zwischen uns zu schaffen, aber du hast so getan, als wäre nichts weiter. Ich habe durchaus gespürt, daß du mit dir gerungen hast, und ich habe mich immer elender gefühlt. Ich habe mich mit Tommaso auch getroffen, als er in Latina war. Ich habe euch beide geliebt, auf ganz unterschiedliche Weise. Ich kämpfte und wußte nicht, was ich tun sollte. Dann haben wir die bewußte Nacht miteinander verbracht, du und ich. Und mir wurde klar, daß ich so nicht weitermachen konnte.«

»Dann galt die Sorge für das, was wir getan haben, nicht nur mir...«

Lea schlug die Augen nieder.

»Nach meiner Abreise bin ich drei Wochen allein geblieben. Dann bin ich zu Tommaso gefahren. Wir haben gesprochen. Und ich habe meine Entscheidung getroffen.«

»Du wirst mit ihm gehen ... Warum?«

»Du hast dir nichts vorzuwerfen, Orson. Es würde nicht klappen, das ist alles. Ich liebe dich, aber auf eine Weise, die dich nie ausreichend zufriedenstellen würde. Du brauchst nicht mich, sondern eine Frau, die sich um Orson Welles sorgt. Ich bin nicht so. Ich könnte es auch nie sein.«

Orson blickte müde zu Tommaso auf. Er fühlte sich leer, und seine Worte dröhnten in seinem Inneren wie eine Glocke.

»Und du siehst das so wie Lea?«

»Ich habe von Anfang an versucht, dich davon abzubringen. Das hier ist ein anderes Land, ein anderes Volk. Und Lea ist nicht die Frau für dich. Das ist wie mit San Francesco, siehst du das nicht? Du glaubst lieber an deine Obsessionen als an Menschen aus Fleisch und Blut.«

»Und was werdet ihr machen? Wohin werdet ihr gehen?«

»Wir gehen von Rom weg«, sagte Lea. »Ich habe ein paar Filmangebote aus England bekommen. Ich habe den Produzenten überreden können, Tommaso als Inspizienten einzustellen.«

»Du gehst jetzt ins Filmgeschäft? Du?« Orson konnte ein hämisches Grinsen nicht unterdrücken.

Tommasos Blick wurde, wenn das überhaupt möglich war, noch härter und bitterer.

»Du hast die Wahlen miterlebt, Orson. Du hast erfahren, was dieses neue Italien ist, das man da vorbereitet. Sie, die anderen, haben gewonnen. Und damit meine ich nicht die Christdemokraten oder die Amerikaner. Diejenigen haben gewonnen, die im Sicheren abwarten können, während die anderen sich zerfleischen. Oben in den Bergen hatte ich eine Gewißheit. Würden wir gewinnen, würden wir die Faschisten wegputzen. Umgekehrt … ja umgekehrt würden sie das gleiche mit uns machen. Einen Mittelweg hätte es nicht gegeben. Aber nun ist es so nicht gekommen. Das Blut hat keine Ungerechtigkeit weggewaschen oder wenn, dann nur für einen Augenblick. Jetzt wird alles wieder so wie vorher. Die Hauptdarsteller verlassen die Szene. Ende des Films. Abspann. Abblende.«

Er ging einen Schritt auf Orson zu.

»An dem bewußten Abend in der Trattoria bei San Giovanni habe ich aufgehört zu kämpfen. Das einzige, was mich interessiert, ist Lea. Sie will Sicherheit, und die werde ich ihr geben. Wieso also nicht der Film? Film ist eine ideale Arbeit, das mußt du zugeben. Eine Arbeit, wo die Menschen zahlen und wo sie bezahlt werden, um nicht zur Kenntnis zu nehmen, wo die Wahrheit aufhört und die Fiktion beginnt.«

Eine Pause trat ein. Die Blätter im Kamin hörten auf zu brennen.

»Du bist im Inneren verflucht, Tommaso«, sagte Orson ohne Groll, beinahe schon resignierend. »Was immer du auch tust. Und das weißt du.«

»Es ist besser, wenn ich mit dem Gepäck schon vorausgehe«, sagte Tommaso. »*Addio*, Orson.«

Er berührte Lea flüchtig, die im zulächelte, nahm den Koffer und ging hinaus. Orson drehte sich nicht zu ihm um, sagte nicht *addio*.

»Tut mir leid, Orson. Es tut mir leid für dich, es tut mir leid für deinen ›Othello‹... Aber du wirst eine andere Desdemona finden, da bin ich mir sicher.«

Orson schnaubte. »Othello ... der Mohr, der seine Frau tötete wegen eines Ehebruchs, den es nicht gab, während ich dich gehen lasse nach einem wirklichen Ehebruch. Siehst du, Lea? Mir ist schon wieder die falsche Rolle zugefallen.«

»Es ist besser so, das wirst du noch einsehen ...« Lea streifte den Ring ab, den er ihr in Venedig gekauft hatte, und legte ihn in seine Hand. »Du bist ein Künstler, Orson, ein Genie. Ich brauche aber nur einen Mann.«

Orson ballte die Faust, und der Ring verschwand zwischen seinen großen Fingern.

»Weißt du was, Lea? Ich gestehe es: Ich habe die Frauen immer als Beiwerk behandelt. Dann habe ich dich kennengelernt, und innerhalb von sechs Monaten hast du mich für jede Sünde zahlen lassen, die ich in den letzten zwanzig Jahren begangen habe, und auch für ein paar mehr noch.«

»Das fasse ich als Kompliment auf, Orson.«

»Ich liebe dich. Bleib.«

»Nein. Auch wenn das bedeutet, daß du mich eines Tages hassen wirst.«

Sie küßte ihn auf die Stirn. Dann stand sie auf und ging.

Denn Liebesgeschichten enden oft so. Mit banalen Gesten. Schritte auf dem Kies. Das Geräusch eines Autos, zuschlagende Wagentüren.

Orson verweilte einige Minuten lang ratlos und etwas dumm, eingetaucht in die Stille des Hauses, bis der Schmerz in seiner Hand ihn wieder zu sich zurückbrachte. Er hatte den Ring so fest gedrückt, daß seine Handfläche blutete.

Wie von einer Biene gestochen sprang er auf. Er ging in die Küche, dann auf die Veranda. Er ging nach oben, machte ein paar Schritte ins Schlafzimmer, dann ins Arbeitszimmer. Alles wirkte leer und bereits vergessen, so als ob die gelebten Leben der Menschen in diesem Haus zu einem anderen Jahrhundert gehören würden.

Dann fand er sich im Badezimmer wieder. Er setzte sich auf den Rand der Badewanne und betrachtete sich im Spiegel. Sein Gesicht war erschöpft, und er fühlte sich, als wäre ein Panzer über sein Herz gerollt. Als er in Rom angekommen war, wollte er ganz von vorne beginnen. Er hatte es versucht, und hier war das Ergebnis. Ein Versager in einem Badezimmer.

Er öffnete das Wandschränkchen über dem Waschbecken und nahm die letzte Flasche Dexedrin heraus. Sie war noch ziemlich voll, genug für einen weiteren Monat. Er schraubte den Verschluß auf, beugte sich ein bißchen nach vorne und leerte den Inhalt ins Klo. Er drückte die Wasserspülung und beobachtete, wie die Tabletten in den Abfluß gewirbelt wurden.

»Diesmal werde ich wirklich dick ...«, sagte er leise und trostlos.

Er würde wieder kämpfen, genau das würde er tun. Er würde sich hartnäckig in den ›Othello‹ stürzen, koste es, was es wolle. Damit würde er seinen bedeutendsten Film drehen.

Leda De Santis hatte völlig recht gehabt, als sie sagte: »Schicksal ist der Name, den ihr Männer euren Fehlern und Irrtümern gebt.« Vor seinen würde er keine Angst haben. Er würde alle Fehler und Irrtümer begehen, die wunderbaren Fehler und Irrtümer, zu denen er mit seinen Träumen fähig war.

Aber es gab noch ein Letztes für ihn zu tun.

Der Freccia d'Oro wurde an der Zufahrt zur Piazza Colonna von einer Gruppe gutgekleideter Männer blockiert, die drei oder vier offensichtlich betrunkene Mädchen im Schlepptau hatten. Auch ihre Begleiter hatten ziemlich *spumante* gebechert. Der Aufdringlichste von ihnen zwang Orson, das Fenster herunterzukurbeln, und schnupperte den Duft des After shave ein, das Orson eine halbe Stunde zuvor, nach dem Abrasieren seines Oberlippenbartes, aufgetragen hatte.

»Gehört das Auto Ihnen?« blies er ihm ins Gesicht.

»Sicher. Warum?«

Der Betrunkene nahm die Antwort wie einen Triumph auf. »Es gehört wirklich ihm! Er ist einer von uns!«

Er gab Orson das Zeichen weiterzufahren, während er seine Geführten eine Art Sambarhythmus anstimmen hörte.

Wir ha-aben gesiegt, es le-eben die Reichen.
Wir ha-aben gesiegt, es le-eben die Reichen …

Er parkte in der Nähe der Säulen und begann, nach ihr zu suchen, inmitten des Menschengewühls, in dem die Wahlergebnisse diskutiert wurden. Er fand sie auf den Stufen unter den Bögen sitzend. Die Zigeunerin erkannte ihn sofort.

»Signor Cagliostro! Wie geht dir?«

Orson setzte sich neben sie. »Gut geht's. Und dir?«

»O nein. Nicht gut heute abend. Alle reden Politik. Keiner will Magie. Und meine Vorhersage? Hat sie gestimmt?« Ihre Stimme zitterte mit einer Spur aufrichtiger Besorgnis.

»Irgendwie schon, aber dann hat sich alles geregelt.«

Das Mädchen lächelte zufrieden.

»Jetzt hör zu«, sagte Orson, *»ich* werde *dir* ein magisches Kunststück vorschlagen. Mach die Augen zu. Und was immer auch geschieht, versprich mir, sie nicht aufzumachen.«

»Ist kein Scherz?«

»Nein.«

Das Zigeunermädchen schloß die Augen. Es spürte Orsons Hände um seinen Kopf, an den Armen entlang, ihre Hände nehmen, als wollte er ein magisches Fluidum auf sie übertragen. *»Nefter zufu …«*

Die abstrusen Sätze aus dem Drehbuch von ›Black Magic‹ begleiteten Orsons Fingereien eine gute Minute lang.

Das Mädchen fühlte sich ein wenig benommen, dann

folgte eine lange Stille. Es begann, ungeduldig zu werden, rief seinen Namen, keine Antwort. Da vergaß sie ihr Versprechen und öffnete die Augen.

Sie sah ihn auf der Stelle. Der alte Ring war über ihren Finger der rechten Hand gestreift. Der Onyx sandte unter den Lampen der Galleria Colonna Blitze schwarzen Lichts aus. Sie glaubte nicht sofort an das, was sie sah, doch ihre Erfahrung als Zigeunerin bestätigte ihr innerhalb weniger Augenblicke, daß der Ring echt war.

Als der erste Überraschungsmoment verflogen war, blickte sie sich verblüfft um und suchte Cagliostro. Aber sie sah ihn nicht mehr.

Der große Magier, er hatte sich in Nichts aufgelöst.

Nachwort des Autors

Und diese Kunst verbessert die Natur –
Ja, ändert sie.
Doch dann ist's die Kunst selbst, die hier Natur ist.
(Shakespeare, Ein Wintermärchen*)*

Einige Leser möchten möglicherweise wissen, wieviel »Wahres« und wieviel »Erfundenes« im vorliegenden Roman enthalten ist. Ich will versuchen, sie zufriedenzustellen.

Echt und richtig sind alle Einzelheiten, die das Leben und den italienischen Aufenthalt von Orson Welles betreffen, wohingegen die eigentliche Kriminalhandlung natürlich frei erfunden ist: Es hat niemals einen »Fall Deller« gegeben. Doch ein paar Einzelheiten, die wie Erfindungen aussehen könnten, sind es in Wirklichkeit durchaus nicht. Welles selbst erzählte zum Beispiel, daß Lucky Luciano ihn mit dem Vorschlag verfolgt habe, einen Film über sein Leben zu drehen. Und Welles hat Palmiro Togliatti wirklich in einer römischen Trattoria getroffen, wie einige Zeitfotos bezeugen, die in dem Dossier aufbewahrt werden, das der FBI über Welles von 1945 bis 1949 angelegt hat.

Die Liebesgeschichte zwischen Orson und Lea, wie sie hier erzählt wird, entspricht nach Ansicht des Verfassers dem Geist ihrer Beziehung (obwohl ich mir ein paar Freiheiten bei der Chronologie der Ereignisse genommen habe) und stützt sich auf ihre eigenen, in einigen Biographien enthaltenen Aussagen. Lea Padovani weigerte sich wirklich, mit Orson Welles zu schlafen, und das über den gesamten Zeitraum ihrer Beziehung, obwohl er ihr seine Liebe bei jeder sich bietenden Gelegenheit erklärte (und tatsächlich vor ihr niederkniete, nur daß er dies nicht in einer Garderobe tat, sondern inmitten einer Menschenmenge in Harrys Bar). Und sie verließ ihn, um mit dem Mann zusammenzuleben, der zu diesem Zeitpunkt Welles' intimster Freund war. Welles war darüber schockiert. Dies erklärt möglicherweise den unterschiedlichen Ton in beider Erinnerungen einige Jahrzehnte später. Orson gedachte dieser Liebesgeschichte mit einer gewissen bitteren Ironie; während Lea eingestand, daß es wahrscheinlich »der größte Fehler ihres Lebens« war, Welles verlassen zu haben.

Tommaso Moravia ist eine frei erfundene Person, doch die Einzelheiten seines Lebens sind real. Die Organisation für den Italienischen Widerstand (ORI), das Crime Investigation Department (CID), Tombolo und alles übrige sind historische Fakten. Was die wichtigsten Nebenfiguren angeht, also Michael Akian, Edoardo Cippico Pressner und Guido Viola, so sind sie Menschen nachgestaltet, die wirklich gelebt haben, und damit in unmittelbarer Nähe der historischen Wahrheit angesiedelt. Der Luftwaffengeneral Ernesto Coop, ein aufrichtiger Antifaschist, ist eine historische Figur und wurde am 19. Januar 1948 in der im Roman beschriebenen Weise getötet, was zu wilden Polemiken führte.

Die den Roman bestimmenden zeitgeschichtlichen Daten sind bewiesen und überprüfbar. Gab es also tatsächlich einen amerikanischen Invasionsplan für Italien für den Fall, daß die kommunistische Demokratische Volksfront die Wahlen vom April 1948 gewonnen hätte? Daß es so war, darüber gibt es inzwischen reichliches Dokumentationsmaterial, auch wenn es – was häufig in Italien vorkommt – schwer ist, Namen zu nennen (die Aktivität des Generals Pièche in seinem vom Innenministerium gedeckten Büro ist jedenfalls eine Tatsache). Unabhängig von einschlägigen Forschungsergebnissen braucht man nur an die Erklärungen einer Persönlichkeit wie des früheren Staatspräsidenten Francesco Cossiga zu denken, der sich gerade in dieser Eigenschaft damit brüstete, sich in seiner Jugend darauf vorbereitet zu haben, mit Maschinengewehr und Handgranaten die Kommunisten zu bekämpfen. Ganz zu schweigen von den Enthüllungen über die geheime und illegale Struktur der Loge »Gladio« vor einigen Jahren.

Ebenfalls unstrittig ist es, daß es im Umfeld der PCI eine Organisation gab, die in der unmittelbaren Nachkriegszeit jene Form von »Volksjustiz« betrieb, der sich der Staat entzog, nämlich der Eliminierung von Faschisten und bekannten Kollaborateuren. Jeder mag es mit seinem Gewissen abmachen, ob diese Form von illegaler Justiz begründet war oder nicht.

Ebenso ist bekannt, daß Togliatti, anders als ein Großteil seiner Genossen des Zentralkomitees, die Wahlniederlage vom 18. April 1948 mit den Worten aufnahm: »Es sind die besten Ergebnisse, die wir erzielen konnten. Das ist so in Ordnung.« Wenige Monate später wurde der Führer der Kommunisten bei einem Attentat beinahe getötet. Diese Tat löste allgemein Empörung aus und führte fast zu einer Erhebung des Volkes. Togliatti selbst hat von seinem Krankenbett aus aufgerufen, es nicht zu einem Aufstand kommen zu lassen. Die PCI wuchs an, bis sie schließlich die Christdemokraten bei den Europawahlen 1984 überflügelte. Doch sie gelangte nie an die Regierung.

Schließlich noch ein paar wenige Worte über das Schicksal einiger Personen. Lea Padovani ging wirklich nach England, wo sie in dem Film ›Give Us This Day‹ von Edward Dmytryk hervorragend spielte, einem der Regisseure, der auf der schwarzen antikommunistischen Liste von Hollywood landete.

›Black Magic‹ kam erst 1949 in die Kinos und war ein totaler Flop. Die nächsten Filme von Gregory Ratoff waren nicht viel besser. Doch gewann er im folgenden Jahr unvergängliche Anerkennung unter Filmliebhabern wegen seiner schauspielerischen Leistung als Impresario Max Fabian in ›All about Eve‹ (mit Anne Baxter, Bette Davis und Marilyn Monroe).

Die Scalera Film erklärte 1950 den Bankrott, und Commendatore Michele Scalera zog sich ins Privatleben zurück. ›San Francesco‹ sollte unter der Regie von Augusto Genina entstehen, wurde aber nie gedreht, und das als Folge des Skandals, in den die Ocean Film und Cippico Pressner verwickelt waren. Im Jahr darauf drehte Roberto Rossellini einen ›Francesco giullare di Dio‹ (Franziskus, Narr Gottes); aber hierbei handelte es sich um eine ganz andere Geschichte.

Die INCOM setzte ihre Tätigkeit bis Anfang der sechziger Jahre fort, und Sandro Pallavicini versuchte sich auch als Filmproduzent. Er hat nichts Erinnerungswürdiges hinterlassen, außer daß er 1953 den alten Buster Keaton nach Italien geholt hat, der neben der »Sexbombe« Silvana Pampanini einen antikommunistischen Film drehte.

James Dunn setzte seine diplomatische Karriere fort. Er wurde später Botschafter in Paris und dann in Madrid. Und Drew Pearsons glänzende Journalistenkarriere endete erst 1969 mit seinem Tod in Washington. Nachdem Lucky Luciano der unangefochtene Boss des internationalen Drogenhandels im vorhergehenden Jahrzehnt geworden war, starb er in den sechziger Jahren in Neapel an einem Herzinfarkt.

Orson Welles schließlich präsentierte seinen ›Macbeth‹ ohne großen Erfolg im August 1948 bei den Filmfestspielen in Venedig und brauchte vier Jahre und einen riesigen Schuldenberg, um ›Othello‹ drehen zu können, eines seiner Meisterwerke, nachdem ›Der dritte Mann‹ einer der berühmtesten Filme der Filmgeschichte geworden war, durch den sein Name für immer mit dem von Harry Lime verbunden bleibt. Seine weitere Karriere war ein ständiger Krieg mit zahlreichen Niederlagen, er wollte Filme machen, wie sie ihm vorschwebten, statt dessen boten ihm die Produzenten immer nur absurde Rollen in bedeutungslosen Filmen an. An seinem Genie als Erzähler und Taschentrickspieler orientiert sich in aller Bescheidenheit dieser Roman.

Italo Calvino im dtv

»Calvino ist als Philosoph unter die Erzähler gegangen, nur erzählt er nicht philosophisch, er philosophiert erzählerisch, fast unmerklich.«
W. Martin Lüdke

Die unsichtbaren Städte
Roman
Übers. v. Heinz Riedt
ISBN 3-423-10413-9

Wenn ein Reisender in einer Winternacht
Roman
Übers. v. Burkhart Kroeber
ISBN 3-423-10516-X

Der Baron auf den Bäumen
Roman
Übers. v. Oswalt v. Nostitz
ISBN 3-423-10578-X
Am 15. Juni 1767 erhebt sich Baron Cosimo von der Familientafel und klettert auf eine Steineiche. Er wird den Boden nie mehr betreten …

Der geteilte Visconte
Roman
Übers. v. Oswalt v. Nostitz
ISBN 3-423-10664-6
Dem Visconte hat das Leben übel mitgespielt: Nur seine schlechte Hälfte scheint aus dem Krieg zurückgekommen zu sein.

Der Ritter, den es nicht gab
Roman
Übers. v. Oswalt v. Nostitz
ISBN 3-423-10742-1

Zuletzt kommt der Rabe
Erzählungen
Übers. v. Nino Erné und Julia M. Kirchner
ISBN 3-423-11143-7

Unter der Jaguar-Sonne
Erzählungen
Übers. v. Burkhart Kroeber
ISBN 3-423-11325-1

Das Gedächtnis der Welten
Übers. v. Burkhart Kroeber
ISBN 3-423-11475-4

Auf den Spuren der Galaxien
Übers. v. Burkhart Kroeber
ISBN 3-423-11574-2

Die Mülltonne und andere Geschichten
Übers. v. Burkhart Kroeber
ISBN 3-423-12344-3

Die Braut, die von Luft lebte
und andere italienische Märchen
Übers. v. Burkhart Kroeber
ISBN 3-423-12505-5

Italo Calvino im dtv

»Calvino ist einer der letzten großen Zauberer der europäischen Literatur.«
Mary McCarthy

Wo Spinnen ihre Nester bauen
Roman
Übers. v. Thomas Kolberger
ISBN 3-423-12632-9

Pin, der verwahrloste Gassenjunge, fühlt sich magisch angezogen von der Welt der Erwachsenen. Doch keiner nimmt ihn ernst. So stiehlt er einem deutschen Soldaten die Pistole ... Krieg, Sex, Heldentum und Politik enthüllen aus der Sicht eines Kindes ihre ganze Fragwürdigkeit. Calvinos erster Roman, der ihn früh berühmt machte.

Eremit in Paris
Autobiographische Blätter
Übers. v. Burkhart Kroeber und Ina Martens
ISBN 3-423-12723-6

Herr Palomar
Übers. v. Burkhart Kroeber
ISBN 3-423-12764-3

Marcovaldo oder Die Jahreszeiten in der Stadt
Der Tag eines Wahlhelfers
Übers. v. Nino Erné, Heinz Riedt und Caesar Rymarowicz
ISBN 3-423-12775-9

Heikle Erinnerungen
Erzählungen
Übers. v. Nino Erné, Julia M. Kirchner und Caesar Rymarowicz
ISBN 3-423-12840-2

Das Schloß, darin sich Schicksale kreuzen
Erzählungen
Übers. v. Heinz Riedt
ISBN 3-423-13120-9

Ein Weltentwurf aus alten Tarockkarten: Könige, Alchimisten, Gaukler, Lady Macbeth, Parsifal, Lear, Faust – sie alle sitzen rund um den Tisch und »erzählen« ihre Geschichte.

